在公路、
河流
和驿道上
寻找西南联大

重走

杨潇 著

上海文艺出版社　　單向空間

序一

代路而言

李海鹏

想象西南地区一条穿越群山的道路,路上先是走过了徐霞客,然后走过了林则徐,还有作为背景而存在的无名的商旅,赴任的官僚,以及迎面而来的缅甸进贡大象的队伍。让它进入文化史的,则是由西南联大的近300名男生和11位教授及助教组成的湘黔滇旅行团,为了躲避战火和求学,徒步1600公里的旅程。往后的历史映衬得越久,西南联大就越在视野深处迸射着理想主义的微光,也把人们的好奇心,吸引到这条路上来。如果这样一条路想在今天找到全新而又如旧的旅行者,代它而言者,它自然会寻找这样一个人:出生于中南或西南地区,毕业于北大、清华、南开三所大学的其中之一,是有着媒体经验的优秀作家,对知识分子的生活史和思想史有着长久的兴趣,又喜欢徒步旅行。我想它能找到的最好的人选就是杨潇，碰巧他也对这条路有兴趣。

可能这种契合就是读这部书稿对我来说如此愉快的原因。我几乎没空做摘录，也没有跳过任何一行，也就是说，纯粹是感到享受。它甚至让我想到了比如勒卡雷的间谍小说之类给我的那种感觉，就是你总在期待下一章。有时候，悬念能做到的，讲述看似普通的事物而又自然奔涌的文字也能做到，当一个个字之间有着那种默契又隐约的电流的时候。我不能保证别人也能有同样的体验，我只是说，这就是那种天作之合的书，读完之后我感到的是，如果杨潇没有写这本书，反倒是奇怪的。

以我自己的关于历史的浅知陋见，我想这条路是中国的中心被迫迁往西南的路，是男孩们成为男人们的路，是中国珍贵又脆弱的大学传统的保存骨血之路，是既在逃难也在进军之路，也是20世纪中国知识阶层的甦生之路。也许没有任何一个词比"甦生"更是时代强音了——正是当年旅行团中的一位教授，闻一多，在《青春》中写道，"诗人呵！揩干你的冰泪／快预备着你的歌儿／也赞美你的甦生罢！"

一个闪闪发光又复杂难言的概念，"学生"，也是在这条路上，拓展其词义，增长其能量。在20世纪，读书人，一种备受尊崇又备受蔑视的工具人，甦生为决心自负其责的知识分子；在策论中谈论统治道德的秀才们，甦生为反对其统治内核的学生群体。在那个世纪里，"学生"的意志的主线，正是告别传统，呼唤甦生，即便他们不能预见何种甦生将会到来。无论如何，他们拥有了古代读书人阶层不曾有过的能量。在本书所讲述的这条路上，学生们所拥有的是一种必须把青春当作青春的全新意志。

这条路通往了昆明的西南联大，正如杨潇在书中所说，直到今天，"人们也怀念着联大师生对学术自由的捍卫，怀念他们对知识和教养的尊重，怀念他们的理想主义"。这种怀念差不多就是在怀念一种单纯，也恰好佐证了当初"学生"走过的那条路，后来通往了更复杂的世界。无论如何，在整个20世纪，"学生"那只既在挥别又在召唤的手不断挥动，有时像在鼓动，有时像在为了让时代搭载他们而打车，有时像在演唱会上激动战栗，有时像溺水者在求救。这只手太多次挥动，甚而时常挥别他们曾召唤过的甦生，也时常召唤他们挥别过的传统。幸好，杨潇在这本书里叙述的，正是整个故事当中的一个迷人的段落。

这条路想必令人愉快，因为在这样一本涉及相当分量的主题的书当中，竟然有纯然令人愉快的部分，就是杨潇自己旅行的部分。当然我喜欢一个人自己愉快，也令别人愉快，尤其是在不无灰暗的气氛当中。

杨潇好像的确是享受着这段旅程，尽量以当年的学生们的方式流连于山川与风俗之间。在这部分当中，我喜欢他有所见闻，思及当年旧事，脑中出现的沉思。作为一个旅行者，他携带的知识也令人受惠。我也喜欢读到他笔下的水光、声响、路况，等等，尤其是那些鸟叫声，比如其中一种充满喜感的鸟的叫声听着像是"要减肥"。我喜欢这些，我觉得，如果你会写这些，那你可真是个幸运的作者，迟早会得到偏爱。就连他不时地点评在路上吃到的东西如何，吐槽米粉之类，也让我这个认为写吃这件事根本莫名其妙的人觉得相当不赖。这对我来说真的很有趣。这种洗刷灰尘般的阅读快乐，总是来自文字背后的良善、自然、聪明、丰沛的人性。当然我早就知道杨潇有这样的人性，但是说真的，我没想到他有这么多。

最终，当年的旅行者们垂垂老矣，他们曾经挥动过的那只手已经垂下。杨潇拜访了他们中的一些在世者，讲述了他们的晚年故事。我读到的是，历史的谜语，即便单论长度，就已经远超一代人所可能拥有的破解时间，在这个意义上说，在不无困惑中了此一生是很难避免的。我的理解是，这个部分是一种真正的工作，那种孤独地站在船尾手持望远镜眺望过去的工作，试图看得更远更深，试图看清我们从何而来，试图读到更长的历史谜语的工作。而就非虚构作品来说，这整本书的质量也完全无愧于"工作"一词。在正常人不可能不对我们文明的危机怀有忧虑的今天，理所当然，我对此满怀敬意。

长久以来，杨潇的出色是一种自然而然、容易辨认的出色。他也拥有知识分子的那种令人嫉妒的魅力的部分。媒体的工作对他来说只是一个笼子，有一天笼子碎了，这只鸟正好冲天而起，也甦生一下。如今他写了这本书，也做了计划，既然喜欢徒步，就一直徒步，再把路上的见闻写成一本一本的书。我觉得这太好了。一件喜欢做的事会像原子发动机一样提供内心的能量，让你的人生是真正幸福的。也许在漫漫长路的这一头，知识分子可以这么想了：有了这样的事可做，就算天崩地裂，也没关系的。

序二

一次神游

易社强（John Israel）

杨潇被一种责任感所驱动：他希望帮助当代中国人更好地理解抗战那一代中国人的故事。为此，他重走了当年几百位师生从长沙到昆明、历时68天的长征之路。

当战争于1937年7月7日爆发时，那些为数极少的大学生正就读于中国三所卓越的高等学府：北平的北京大学和清华大学，天津的南开大学。战争中断了他们在城市的舒适生活，迫使他们做一个将改变他们一生的决定：是在日军占领下继续求学，还是南迁加入刚刚成立的、由三校合组的长沙临时大学。大多数人选择了后者。

到了1938年2月，战争逼近湖南，他们不得不再次迁徙，这一次他们将在昆明组成西南联合大学。长沙临大的大多数师生，包括全部女性，计划先乘火车到香港，再乘船到越南海防，转滇越铁路经河内到昆明；不过，244个男生和11位老师加入了长沙临时大学湘黔滇旅行团，他们要徒步前往昆明。他们的目标是向全国乃至全世界展示，在这战争年代，中国人历经艰险，仍可确保弦歌不辍。在他们出发八十年后，杨潇也做了一个了不起的决定：如果他想把那段历史经验传达给21世纪的读者，他就必须，一步步地，重走当年师生们的西迁之路。

2019年夏天，我收到杨潇的电子邮件，他告诉我他完成了这个计划；因为我写了《战争与革命中的西南联大》一书，所以他希望和我见面聊聊。结果我们在青岛一聊就是三天，成了朋友，他邀我给这本书作序，我很荣幸地应允了。

在启程之前，杨潇就阅读了关于那次长征的许多史料，但我们都认为，把自己沉浸在文献里只是理解历史的第一步。

早在1980年，我前往昆明继续我的西南联大研究之际，我就认识到，哪怕时间已经过去了四五十年，去亲眼看看那些历史事件的发生地，仍是对阅读史料的无价补充。虽然历史通常意味着在时间中旅行，但在空间中旅行也能对理解历史助益良多。当然，我说的不是从一个名胜到另一个名胜，更不是把自己塞进目光呆滞的旅行团中的那种旅行，我说的是，你与亲历者或者他们的后代交谈，你去往当年的现场，看看那里的草木山川和历史遗存，借助这些，你得以重新想象一段历史。

旅行的终极目的是什么？最显而易见的答案是：从此地到彼地。这个答案当然不能叫人满意。旅行最宝贵的价值在于更好地理解世界和自我。在旅行中，你会获得愉悦，强健体魄，但这些是附带的。试想，你参加了一个去法国的旅行团，参观了凯旋门、埃菲尔铁塔和卢浮宫，吃了法餐，尝了美酒，带了一整箱的法国纪念品回到中国，你在多大意义上真正旅行过了？如果你直接搭乘飞机从长沙前往昆明，你所经历的是旅行，还只是把自己的身体挪了个地儿？倘若你是从长沙自驾前往昆明，全程高速，只在服务区加油和上洗手间时离开车座呢？那又有何不同呢？

旅行的经历与时空息息相关。在许多方面，一个1938年的中国人在自己国土的旅行，要远远难过一个21世纪的中国人做环球旅行。虽然各国间存在语言、法律、风俗和社会惯例的差异，但通常情况下，今天的旅行者可以倚赖一个交通、商业和法律的全球化网络，指望至少最低程度的安全性与可预期性。在今日中国境内的旅行就更是如此了。

八十年前可是另外一个世界。你若想理解1938年从长沙徒步到昆明意味着什么，想象一下今天，从阿富汗徒步前往昆明。在这个意义上，杨潇的重走和当年长沙临大旅行团的跋涉，是非常不同的两件事情。就像古希腊哲学家赫拉克利特说的，"人不能两次踏入同一条河流"。

还有一个不同：杨潇是位独行者，而临大的学生们则是在一位中将率领下进行准军事化行军。当你加入一个团体，不管它是1938年的长沙临大旅行团还是2021年的欧洲观光团，你就自动接受了它的利弊。你省却了计划每一步的麻烦，也不必去费心了解相关的知识技能，但与此同时，庇佑于团队的羽翼之下，你也或多或少失去了时刻应对外部变化挑战的机会，而这正是旅行者应该培养的。

对临大的学生们来说，这种军事化的组织保证了最基本的安全和供给，以及踏入一段未知旅程之前的某种可预期性。当然，他们每一天走在路上（通常是三五成群的），还是会面对各种小的挑战。一天行军结束,大家重新聚到一起,有时还会遇到团长也解决不了的更大的麻烦。哪怕如此,这和独自一人在当年从长沙前往昆明也不可同日而语。

但无论如何,和杨潇一样,长沙临大步行团的师生是旅行者,而不是游客。旅行者的门槛更高。对游客来说,无非是预先支付一笔钱和一段时间。对旅行者来说,"投资"模式则大不相同。你所能获得的回报很大程度取决于你的付出。像杨潇这样老道的旅行者知道提前计划的重要性,它让你旅行的每一天都和所经地的民众、历史、文化还有其他各种在地知识关联着,而这会以几何倍数升华你的旅行。

旅行方式是重要的。对1938年的师生来说,旅行方式甚至是决定性的。那些搭乘轮船和火车前往云南的人当然也会有收获,但无法与徒步前往相提并论。

今日亦是如此。徒步看起来是速度与舒适的反义词,但旅行者在智识与精神上之所获,也不是拥有速度与舒适者所能想象的。

驱动力也是重要的。你为何开启你的旅程?这将决定你到底能收获多少。你能看见什么,你能收获什么,这取决于你是谁,以及你为什么旅行。当我说"看见"时,我不是指物理意义的"看见"——那很简单,睁着眼睛就行,我想说的是,如何聚焦以及如何解读你所看见的一切?像杨潇这样老道的旅行者的眼睛和心灵是敞开的,他们会在旅行中获得启程之前无法预料的多重体验。

当我们开始一次旅行时,我们常常考虑一些基本情况:速度、舒适和效率,但它们反而可能有碍于一场真正富有意义的旅行。

旅行家的收获也不是一锤子买卖。你很难一回到家就获得某种顿悟。1946年献身的那个闻一多和1938年徒步从长沙走到昆明的闻一多并非同一个人。但从长沙出发的68天的旅行变成了这个人不可分割的一部分，并最终汇入了他的自我演化。当我们回想自己的一生，我们会意识到，旅行是一段徐徐展开的经历，它会在往后的岁月不断制造回响。它是你长期的投资，源源不断地给你发放红利。

写作这本书的时候，杨潇致力于建立这么一道桥梁，让今日中国的年轻人可以体会他们在八十年前的同龄先辈。我的一些美国朋友也许会感到奇怪：中国人不是有近四千年的文牍传统吗，他们不是以其从这遗产中不断汲取教训著称吗？还有其他地方的人比中国人对自己的历史更敏感吗？

但别忘了，近代中国变动是如此剧烈，以至于1938年的中国对今天的一些年轻人来说不啻于另一个国度，而那些不算久远的先辈看起来好像就来自另一个星球。想想看，如果知青们的孩子都不太理解父辈经历了什么，又怎么期待他们能真正理解自己的祖辈呢？

1930年代的中国学生面临一系列令人心酸的问题，其中就包括了：大学教育到底因为什么才是值得的？大多数人会同意，大学学历的拥有者将有能力去角逐一份有更高回报的工作，这种回报既是职业技能上的，也是经济上的。但倘若这是全部答案，为什么还要南迁去长沙呢，更不必说再徒步前往昆明了。毕竟，在北平沦陷后，为"伪北大"和其他机关工作的名教授也不在少数。

不论在临大还是联大，学生们都明白高等教育不仅仅通往一个学位。它意味着把自己暴露于全新的、多元的思想中，参与开放的讨论,由此获得智识与为人的双重技能——所谓"作人",并最终成为一个见闻广博且有行动力的公民。当我们说到学术所得时,可能有几所机构可以与西南联大共享顶级荣誉,但说到那些更广泛领域的成就,西南联大是独一无二的。

中国的八年抗战可谓黑暗岁月,那盏学习的烛光未曾熄灭,从长沙徒步到昆明的一群人功不可没。他们为西南联大的建立及往后辉煌铺平了道路,也为这所大学在更久远历史上的重要性奠定了基石。

杨潇的这本书里有着不断变换的风景,读者可以跟着他的引领间接进入当年的旅程,并获得启发:危机年代的困厄与牺牲,在新时代仍有其意义。如你所知,一场危机可能带来创痕,而创痕或可在未来岁月帮助幸存者渡过难关。从这一角度说,一次穿越中国西南偏僻腹地的两个多月的长征,帮助了那一代受过良好教育的青年迎接日后的挑战,这挑战不只来自抗战,也来自内战和革命。而接受战时教育的过程,也是联大学生领会个人与民族存亡的重要一课。同样富有深意的是,这些联大学生的孙辈,有些后来成为知青,也习得了自立、灵活和坚韧的品质,并受用终身。

对中国的年轻人来说,杨潇开创性的工作还提供了关于生命与学习的多重洞察。他是一个满怀智识好奇心的城市人,但他的切身经历,也证明了独立旅行可以源源不断滋养一个人的生命。与此同时,他也从祖辈们的经历中获得启发,这种启发有助于人们去应对一个不确定的未来。

杨潇的徒步旅行令我产生极大共鸣还有一个原因:这就得回到我自己生命里的重要母题。1950年代,在我还是一个15

岁的纽约郊外青年时，我就开始利用暑假的时间参加环游美国与加拿大的自行车旅行，我很快就体会到了依靠肉身力量低速前进，不受汽车之类金属盔甲制约的乐趣，此后一生我都是骑行和徒步的爱好者，而与杨潇的相识则是一次重获青春的经历。我羡慕他的工作，想到没能和他一路同行就忍不住嫉妒和遗憾。

好在杨潇的著作终于出版了，我们至少可以在他这么一个聪明且富有洞察力的导游的陪伴下，开始一次神游。诸位，何其有幸！

目录

i 序一 代路而言 李海鹏
v 序二 一次神游 易社强（John Israel）
1 出发：公路徒步的意义

I 临时大学

13 第一章
　　长沙：和平的最后一瞥
25 第二章
　　长沙：我们都是丧家之犬
40 第三章
　　长沙：车夫、四十九标、甜酒冲蛋
56 第四章
　　在南岳：我见证了中国吸收欧洲成就最后的伟大日子
77 第五章
　　长沙：青年之路

94 第六章

　　长沙：听部长口吻似乎嫌搬得太早

109 第七章

　　长沙：临时大学如何万岁？

II 湘

129 第八章

　　长沙—益阳：不是水，想改河道？

143 第九章

　　益阳—军山铺：公路上的美眷

155 第十章

　　常德：生命似异实同

176 第十一章

　　常德—桃源：气圆滴气扁滴

185 第十二章

　　桃源—桃花源：陶渊明撒了个大谎

200 第十三章

　　桃花源—郑家驿—茶庵铺：临时大学大，还是军官学校大？

210 第十四章

　　茶庵铺—毛家溪—官庄：鸡既鸣兮我不留

219 第十五章

　　官庄—楠木铺—沅陵：雄心与现实感

234 第十六章

　　楠木铺—沅陵：土匪今晚就到

256 第十七章

　　沅陵：故都在雪里

270 第十八章

沅陵：这里黄昏实在令人心地柔弱

295 第十九章

沅陵—芷江：几个烧红的故事

310 第二十章

芷江—晃县：一个浪费惊人的世纪

III 黔

337 第二十一章

晃县—玉屏：重建一座小小的石头城

361 第二十二章

玉屏—青溪—镇远：铁厂、城墙和可爱的人民

378 第二十三章

在镇远：两种时间观

393 第二十四章

镇远—施秉—黄平：传说中的鹅翅膀

407 第二十五章

黄平—重安：公路的意志

423 第二十六章

重安—炉山—凯里：天上的师傅地上的师傅

435 第二十七章

凯里—贵定—贵阳：神秘的缘分

445 第二十八章

在贵阳：艺术或宗教的逃难

465 第二十九章

贵阳—安顺：最好的一位无言的朋友

484	第三十章
	安顺—镇宁—黄果树：景致太好了，不去看的是汉奸
494	第三十一章
	黄果树—关岭：被"近代化"的西南山水
505	第三十二章
	关岭—永宁：吃饭的人都走了
515	第三十三章
	永宁—晴隆：沿途最惊险的一幕
530	第三十四章
	晴隆—普安—盘县：不牢靠的记忆
551	第三十五章
	盘县—富源：人生百年，也只是转瞬间的事

IV 滇

569	第三十六章
	富源：我们到云南了！云南是富庶的地方呵！
586	第三十七章
	富源—曲靖—马龙：与风神同行
603	第三十八章
	马龙—马过河—杨林—大板桥：把你自己投入进去
620	第三十九章
	大板桥—昆明：诸位此时的神情不是还要向前走吗

641	尾声：那么，人生的意义究竟是什么呢?

出发：公路徒步的意义

一路向西—传奇的起点—寻路之年—最有前途一省—徐霞客和林则徐—我并不认识自己的国家—尚能走否—历史的失踪者—真正的中国灵魂—冷暖空气—农妇走过田埂

这个42升的登山包比我想的要小，塞进一件冲锋衣，一条速干裤，两套贴身换洗衣物，一件防晒衬衫和一双拖鞋，就只剩下一小半空间。拖鞋不是非带不可，但不知为什么，当我想象接下来的公路徒步旅行时，眼前总会出现暴雨倾盆、溪河涨水，我卷起裤管、换上拖鞋、小心翼翼穿越被淹道路的画面。

我计划从长沙一路向西，以徒步为主的方式横穿湘西、贵州，然后到达云南昆明。这是八十年前一支特殊行军团的路线——1937年7月7日卢沟桥事变爆发，平津沦陷，清华、北大、南开三校南下湖南组成长沙临时大学。1938年2月，临大师生分三路再迁云南，其中，由近300名男生和11位教授及助教（五位教授包括清华的闻一多、李继侗、袁复礼，北大的曾昭抡,南开的黄钰生)组成的"湘黔滇旅行团",历时68天,徒步1600公里,最终抵达昆明,与另两路师生会合,组成著名的西南联合大学。

如今西南联大早已成为不折不扣的传奇故事,人们熟知那些灿若星河的大师,熟知他们抱着讲义跑警报的轶事,甚至熟知他们的各种怪癖;同时人们也怀念着联大师生对学术自由的捍卫,怀念他们对知识和教养的尊重,怀念他们的理想主义——2018年1月上映的电影《无问西东》提醒着我们,八十年过去了,人们对传奇的热情并未消退,仍在借它找寻慰藉,或者浇胸中块垒。关于联大在昆明的八年(1938年4月—1946年7月),不论大众叙事,还是学术研究,都已汗牛充栋,这很好理解,因为这八年太重要了,也太长了,长到足够一所大学变成一座"民主堡垒"。比较起来,为什么要关心八十年前一次仅仅持续了两个月余的行军?

很简单,因为那是传奇的起点。旅行作家保罗·索鲁(Paul Theroux)曾经抱怨,为什么那么多书,从一开头就把读者放到异国他乡,却不负责带领他前往?How did you get there?没错,你是怎么抵达那儿的?当我面对"西南联大"这四个字时,问自己的正是这个问题:How did they get there?这所学校是如何在战乱中点滴成形的?迢迢长路,他们又是如何抵达昆明的?

每个人都对"路"有自己的记忆和情感,而抗战第一年正是中国人的"寻路之年"。平津沦陷后,大批国人尤其是知识分子南下,以林徽因和梁思成一家为例,他们从北平出发,把中国所有的铁路都走了一段,从天津起,一家老小上下舟车16次,进出旅店12次,"所为的是回到自己的后方"[1]。等到战火在长三角延烧,上海、南京相继陷落,汉口、长沙又成了"后方的前方",大批人口要向真正的大后方——西南的川滇黔三省撤退了。

西进从来不是坦途。长江水道有三峡天险,陆路方面,中国地势西高东低,路险难行,元初修筑的由湖广通达云南的"普安道"在很长时间内是沟通西南与中原最重要(有时是唯一畅通的)的驿路,当年朱元璋30万大军西征云南、徐霞客从贵阳西行游历(比湘黔滇旅行团的徒步恰好早了整整三百年)、林则徐两次入滇就职,走的都是这条路,更不必提往来的马帮、赴京赶考的学子和被贬谪边地的官员。甚至到了1938年,有时候为了抄近道,湘黔滇旅行团也要踩着坑坑洼洼的石头,走上一段驿路。不过在1938年,不论是林徽因梁思成,还是湘黔滇旅行团,和徐霞客们相比至少有一个优势:1937年3月,从南京到昆明的京滇公路已经全线打通。

京滇公路全线打通意味着国民政府"统一化"政策往前迈进一大步。中国大陆早年研究,多将"统一化"斥为蒋介石与半独立的西南军阀争夺权势,借追击红军之机修筑公路,将势力伸向西南腹地[2],但论者往往忽视了"统一化"对于国家认同及抗战所发挥的作用。1931年"九一八事变"之时,中国在政治上处于分裂状态,国民政府实际控制范围仅限于长江下游诸省,在"统一化"政策的推动下,西南地方军阀势力逐渐削弱,或与中央政府加强合作,1936年1月,蒋介石在一次演讲中说,"我亲自督率军队,不断'追剿',一面'剿匪',一面将向来不统一的川、滇、黔三省统一起来,奠定我们国家生命的根基,以为复兴民族最后之根据地"[3]。

1937年4月,国民政府行政院组织"京滇公路周览团"一行180人，包括政府官员、大学教授、商界代表、新闻记者等等，乘坐近20辆汽车，从南京出发，沿刚刚全线通车的京滇公路，一路向西，开中央考察团访问西南边疆地区之先河。50天的行程下来，京沪地区掀起了解西南的热潮，云南被舆论视作"最有前途之一省"，而周览团沿途不断发表演讲，播放电影广播，也增强了西南各省民众的国家认同，"中央政府在云南人的心目中已不是虚无飘渺的幻影了"。此后，蒋介石和云南省主席龙云的关系进入了"蜜月期"，云南尤其是昆明成为抗战稳固的大后方。[4]

1938年2月，湘黔滇旅行团就是沿着这样一条公路向昆明行进的。这次旅行是一大群久居平津的知识分子徒步穿过中国偏远贫穷的西南地区，美国学者易社强在《战争与革命中的西南联大》里说，"穿越内陆的想法吸引了渴望深入群众的民粹主义者，也吸引了准备以抗日的名义发动穷乡僻壤的群众的积极分子，还吸引了充满好奇心或热衷冒险和体能挑战的人"。[5] 在这条公路上，他们会不断遇到平津书斋里一辈子也不会遇到的人，会同时看到京滇公路周览团和红军长征留下的印迹，会与源源不断开往前线的部队和车队相向而行——这条公路（后与滇缅公路接通）也是战时运输最重要的动脉之一，最终他们会亲眼见证中国西南地区的（至少部分）真相，"……我在十五岁以前，受着古老家庭的束缚"，这是出发前闻一多摇着头说的话，"以后在清华读书，出国留学。回国后一直在各大城市教大学，过的是假洋鬼子的生活，和广大的山区农村隔绝了……虽然是一个中国人，而对于中国社会及人民生活，知道的很少，真是醉生梦死呀！国难当头，应该认识认识祖国了！"[6]

查询闻一多这句话的出处时，我恰好在重读约翰·斯坦贝克（John Steinbeck）的《横越美国》，1960年，这位美国作家以58岁之龄开始他的穿越美国自驾之旅："我住在纽约，或者偶尔在芝加哥或者旧金山蜻蜓点水式地稍作停留。我发现其实我并不认识自己的国家，身为一个书写美国故事的美国作家，事实上我写的全都是记忆中的美国，而记忆充其量只不过是个残缺不全、偏斜不正的储藏所。我已经许久未曾听过美国说的话……我对所有变化的知识都来自书本与报纸，但更重要的是，我已经有二十五年没有感觉过这个国家了。我已经许久未曾听说过美国说的话，没有闻过美国青草、树木以及下水道的味道，没有见过美国的山丘与流水，也没有看到过美国的颜色与光线的特色了。"把纽约、芝加哥、旧金山替换为北京、上海、深圳，把书本和报纸替换为微博和朋友圈，你会发现我们的处境并无不同。线上线下，我们都生活在一个个的小圈子里，从微博热搜、刷屏公号和抖音快手里观看一个支离破碎的奇观式的中国——是时候换一种观看方式，用脚丈量一下广袤真实的大地了。

回到1937年的夏天，与地理意义的公路同样重要的是中国最出色的两代知识分子的心灵之路。对于清华北大南开的教授那一代人，他们可以不必选择南下西进去大后方，他们可以留在故都或者避入租界（事实上一些人就是这么做的），或者干脆出国。对于学生这一代，他们面临的是读书还是救国这一更困难的选择，而当他们为自己的苦闷心灵寻找出路时，去重庆/昆明/成都，还是去延安也是一个难解之题。参加湘黔滇旅行团的近300名学生，实际上是两次回答后筛选下来的结果（他们都选择了前者），就像易社强说的，"在愤世嫉俗和悲观失望袭来之前,探寻真理就是奔赴昆明的理由"[7],但这不等于他们在当时没有纠结和困惑。我好奇,在传奇故事外,他们的日常生活是什么样的?他们的爱好和偏见是什么?他们如何理解和处理国家与自我的危机?他们的情感结构如何养成?在前往昆明的公路上,他们每天都在与西南各族民众接触,这又会与他们自己对"国家"与"人民"的理解(这种理解在1930年代北方风起云涌的学生运动中不断发生演变)产生怎样的共振,乃至彼此影响?等他们到了昆明,被刷新的认知,连同他们的日记,以及陆续出版的散文、诗歌和回忆,又是如何构成某种不乏神话色彩的"文本",进而注入西南联大这一精神共同体并绵延至今?

当然,对于出发,我还有更私人的原因。我热爱走路。走路,尤其是长距离的徒步,是我衡量自己也是挑战自己的一把尺子,对我来说,那个永远重要的问题不是"尚能饭否",而是"尚能走否"。多年记者生涯,我已习惯写不出稿时下楼暴走一通寻找答案,走路是我和自己相处的重要方式,走路时我能清晰地感到自己的身体放松下来,头脑也变得清明——哪怕在雾霾深锁的北京也是如此——我已经记不起多少次在行走中触摸到故事的内核,找到长文的结构。但是眼下,我36岁,迎来了第三个本命年,距离我辞掉工作、结束"职业生活"一年多了,我正陷入某种存在主义危机。原先的两个写作计划,一个被证明行不通,另一个因为近乡情怯迟迟无法推进。时间一点点过去,我越来越感到被奇怪的引力拖拽着漂移,生活像永远对不准的指针。我需要一次真正的长时间的行走来找回方向感和掌控感。这也是我的寻路之年,我迫不及待地要和八十年前那些最聪明的年轻人一同出发,激活曾经的简单、热忱与少年心气，同时，也冀望着有一些若隐若现的银线能牵起1938与2018这两个看起来并无关联的年头——譬如，在不确定的时代，什么才是好的生活？思想和行动是什么关系？人生的意义又到底为何？

查看旅行团成员名单，你会看到许多熟悉的名字，他们后来成为著名的学者、作家、工程师，成为两院院士，我好奇他们最终找到自己的桃花源了吗？我也好奇旅行团中"历史的失踪者"，比如清华政治学系大三学生施养成。他1939年在联大毕业后留校任教，1946年出版了《中国省行政制度》，钱端升、王赣愚为其作序，应该是颇有前途的年轻学者，后来他赴美留学，1957年回国，根据我查阅到的新华社电文，他和几个同学3月18日抵达广州，逗留数日后分头前往北京、上海。此时距反右运动开始不到三个月，我也再未查到施养成的下落，直到翻阅了清华十级毕业50周年纪念刊（1938—1988），级友简况里有语焉不详的交代：(回国后)在水电科学院水利史研究室任副研究员，1971年在河南南平该院五七干校受迫害含冤去世（时年55岁）。

所以，如果我们把视野再往后推一些，我还会好奇，他们的这次公路徒步经历，对他们之后人生的各种选择——譬如，走还是留，去国还是还乡——是否有过影响？对那些选择留下和回国的人来说，一波又一波的运动是否让他们想起这次与"真正的中国的灵魂"的接触？"真正的中国的灵魂"这一表达来自旅行团成员、清华历史系大四学生丁则良1943年写的一篇文章[8]，何炳棣在《读史阅世六十年》里专文回忆了这位杰出却早逝的同窗，"1949年秋冬之际接到他致我的最后一信，内中非常激动地说，英国费边式社会主义福利国家无光无热,就要建国的中共有光有热,他已急不能待,放弃论文,马上就要回国报效了"[9]。

清华大学外文系大三学生查良铮也在旅行团中,他更为人熟知的名字是穆旦。在我所就读的南开大学文学院小花园里,几年前立起了这位著名诗人的雕像,小花园也被命名为穆旦花园,听说,因为历史问题,雕像立得还颇费周折。2018年是穆旦诞辰百年,八十年前,20岁的查良铮在出发前购买了一本英文小词典,每日坚持背单词和例句,背完就把那几页书撕掉,等走到昆明,刚好把字典全部背完。直到打包之时,我还想着带一本英文小词典向他致敬,最终不得不因为减负舍弃,一同舍弃的还有吹风机、护膝和护腰——我揣摩着,这一路虽然漫长,大概不至于艰苦?

这里是4月初的湖南,冷暖空气仍在纠缠较量,前几天气温冲到了34度,一夜间又陡降到非穿毛衣才好——全省都处在这种不稳定的天气中(我又往包里塞了一件羽绒背心)。根据预报,贵州的天气倒是非常稳定:稳定的无休无止的阴雨绵绵,到达云南之前有可能一切都是湿漉漉的(再往包里放把雨伞和一个便携式干衣机),不要紧,反正我会在云南不限量供应的日头下把自己烤干。

我将要走的这条路,现在主要由319国道和320国道组成,它们大致和当年京滇公路湘黔滇段重合。人不可能踏上同一条公路,但公路之于现代国家的意义,在很大程度上并未改变,从这个意义上说,它的确是一个非常好的联结历史与现实的载体。"重走"一条八十年前的老路,不必奢望见到多少往日景象,但若要解答我对寻路之年的种种好奇,没有比公路更好的空间了。

我塞进登山包里的最后一样东西是北大教授张寄谦所编，厚厚的一本《中国教育史上的一次创举——西南联合大学湘黔滇旅行团记实》，这本书不算专著，但却是关于旅行团相对完整的史料汇集。书是时任西南联大北京校友会秘书长曾骥才送我的，我们恰好是同乡，出发前我去未名园拜访他，他领着我进储藏室取校友通讯，那是一间昏暗的屋子，很多东西都堆在箱子里，没来得及整理，包括曾骥才在内的校友会几位工作人员都已是八十多岁的老人，"做不动了！"塞进这本书后，42升的包已经鼓鼓囊囊，估摸着有三四十斤，背起来颇有点吃力。我背着这个大包去吃早餐，要了最喜欢的杂烩粉和生煎包，大约是惦记着沉重的肉身，吃起来也不如前几天香。

　　在车站与家人道别，坐上开往长沙的高铁。这一天是2018年4月7日，大片的青灰色和紫色在窗外飘过，紫的是紫云英花，青灰的是刚刚结籽的油菜田，素色衣服的农妇走在嫩绿的田埂之上，白鹭浅浅翱翔，水塘泛着天光，我的旅行就此开始。

注释

1　林徽因1937年10月致沈从文信，《林徽因书信集》，南昌：江西人民出版社，2016年，第31页。

2　《湖南公路史》，北京：人民交通出版社，1988年9月，第93—94页。

3　（日）石岛纪之：《国民党政府的"统一化"政策与抗日战争》，《民国档案与民国史学术讨论会论文集》，北京：档案出版社，1988年9月，第288页。

4　潘先林、张黎波：《连通中央与边陲：1937年京滇公路周览团述论》，《中国边疆史地研究》2012年第3期。

5　（美）易社强：《战争与革命中的西南联大》，台北：传记文学出版社股份有限公司,2010年4月,第33页。

6 刘兆吉:《闻一多先生二三事》,《回忆纪念闻一多》,武汉:武汉出版社,1999年9月,第179页。

7 (美)易社强:《战争与革命中的西南联大》,第428页。

8 丁则良:《曲靖之行》,《丁则良文集》,北京:清华大学出版社,2009年11月。

9 何炳棣:《读史阅世六十年》,桂林:广西师范大学出版社,2005年7月,第188页。

Ⅰ

臨時大學

第一章

长沙：和平的最后一瞥

> 不要动手打人—我要接吻你一百次—拔草也没有心思—沉在水里争一个把手—我害怕报应— 一个人的生活可以简化到什么限度—民治主义在日本的没落—家这么大带什么东西走最好—用冰箱防空袭—九江的观音—胡椒孔的乳罩

背着沉重的大包，我从地铁站出来，往一公里外的酒店走去。这是一条舒适的林荫道，走起来却有点心事重重：这是一公里，接下来每天我要背着这个家伙走上至少25个一公里，可能有时候要走上40个……路过一些共享单车时我开始琢磨，下一站益阳有没有共享单车？下下站常德有没有？要是实在走不动了，我要不要把背包放在车上驮着推着走？这算不算自欺？用手机搜索"益阳有没有共享单车"时，我看到一条新闻，一女子把共享单车放在奔驰车后备厢里从长沙运回益阳，媒体曝光了此事："一辆摩拜单车正以110公里的时速离开长沙……摩拜不是土特产，请不要带回老家啊！"

酒店在烈士公园附近，非常自豪地于各处提醒你，他们提供"一百项免费物品"，我看了下清单，里面包括卷发棒、微波炉和泡脚盆。我试着找前台要个针线包，结果直到出门还没送来，下楼时提醒酒店服务员，她想起来了，"我等一下放你房间撒，（反正）你现在出去也去发财了"。在长沙人的敬语里，出门大约等于发财？再好不过了。旁边是另一家快捷连锁酒店，门口贴着标语：做谦恭有礼的（中国）长沙人。我想起北大校长蒋梦麟1937年夏天第一次来到长沙，与清华校长梅贻琦、南开校长张伯苓筹建临时大学时，对湖南人的急脾气印象深刻，"公路车站上我们常常看到'不要开口骂人，不要动手打人'的标语"[1]。

打车去湘江对岸的中南大学，正是长沙的仲春，城中满是女贞花的香气，校园里的池塘也因为藻类生长泛出春水应有的样子。校园处处草木深，寻到院士楼，上楼，按门铃，屋里小狗狂吠，推开门时，95岁的赵新那把轮椅往前一溜，迎上前来。

我所拜访的这位老人是"中国语言学之父"赵元任的二女儿，1923年出生于麻省剑桥，当时赵元任任教于哈佛大学哲学系，两年后赵元任回国，与梁启超、王国维、陈寅恪并称清华国学院"四大导师"，三年后他参与筹备创立中央研究院，任语言组组长，此后几年辗转北平、华盛顿、上海，赵新那从小学习语言的"折腾"见证了那段漂泊岁月：幼儿园在清华，小学一二年级在北平孔德学校，三年级就到了华盛顿，"（学语言）我父亲主张'直接法'，就把我们往学校里一扔，就这么听来的"，就这么学会了英文，不到两年，又跟着父亲回国了，在上海继续读小学，中文又跟不上了，"我还记得那个入学考题，是'学生应有的态度'。'态度'两个字我不认识，但是考试谁能问呢？所以我就是就'学生应有的……'胡说一阵子的",赵新那笑。

1934年,赵元任一家随中研院历史语言研究所定居首都南京,其妻杨步伟回忆,史语所所长傅斯年给赵元任安排的研究室非常讲究,隔音地毯是北平定制的,照全房间的大小,一色儿灰白色,各种仪器也都是从外国订购的,因为他想这些以后是大家终生的事业,学者可以安心发展他们的专长了。学者的家属们也都做好了在南京永久居住的打算,纷纷筹划着盖房子,"真是一时之盛"。也是这一年,赵元任考察徽州方言,杨步伟跟着去皖南玩耍,经过胡适老家绩溪,有感于当地山清水秀,就给胡适写信说,你们有这种好风水的地方,难怪出了你这个人。胡适给她回信:"韵卿,我要接吻你一百次,谢谢你。"[2]

好景都不长久,中日局势一天天紧张起来,南京街头出现越来越多的抗战标语(赵元任没忘记记下一些标语的古怪文法,譬如"大家要提心吊胆的恢复民族固有的地位"),新街口还放了一个大炸弹的模型,提醒市民挖防空壕,多备食粮。1937年"七七事变"前几日,杨步伟接到蒋梦麟、胡适和梅贻琦的太太们联名发来的电报,说请留下蒋、胡、梅在南方多玩几日,杨起初觉得莫名其妙,后来又想其中必有说不出的缘故。后来蒋胡梅三人离开庐山(国民政府于1937年7月16日开始在庐山举行谈话会,邀请知识界著名人物分批前往共商国是),来到南京,在赵元任家对面的吴之椿家讨论是否应当北上,"适之主张急回北平以安人心,梦麟一面吃花生一面想理由,月涵(梅贻琦)则仰面看墙上的字画,不定可否",心直口快的杨步伟只好打开话匣子,说她无缘无故接到联名特电要她留住他们,绝不是一个玩笑,必是别人不方便打电报才借用三位太太之名，一定有不可回去的大理由。在座众人意见不一，四五个小时后，还是蒋梦麟站起来说，如此我们暂停两三天看情形如何再定行止好了。[3]

同样在庐山参加谈话会的南开大学校长张伯苓原计划搭乘津浦铁路列车回校，也是在南京被友人劝阻，决定多逗留一些时日。战争7月爆发，8月，国民政府开始高校内迁计划，临时大学第一区设在湖南长沙，以清华大学、北京大学、南开大学和中央研究院为核心，第二区设在陕西西安，以北平大学、北平师范大学、北洋工学院、北平研究院为核心。同月，长沙临时大学筹备委员会在南京成立，教育部任命蒋梦麟、梅贻琦、张伯苓、杨振声、胡适、顾毓琇、何廉、傅斯年、朱经农、皮宗石为筹备委员会委员。其中，蒋、胡来自北大，梅、顾来自清华，张、何来自南开，傅来自中研院，杨代表教育部，朱经农和皮宗石分别是湖南省教育厅厅长和湖南大学校长，代表地方。8月28日，教育部部长王世杰密谕梅贻琦，"指定张委员伯苓、梅委员贻琦、蒋委员梦麟为长沙临时大学筹备委员会常务委员。杨委员振声为长沙临时大学筹备委员会秘书主任"[4]。南迁已成定局，梅蒋张三位校长再回北方，要等到八年以后的1945年了。

清华大学中文系教授闻一多是"七七事变"后最早一批南下的学者。他面庞瘦削，两道浓黑的剑眉，一头长发整年不梳，这位曾经的新诗诗人、新文化运动干将，在清华讲授的却是《诗经》与《楚辞》，"专门在（故）纸堆里打滚"，但讲法"决不和那些腐儒一样"，如学生云，"诗经虽老，一经闻先生解过，就会肥白粉嫩地跳舞了"[5]。清华教授每服务满五年有一年休假，1937年夏天恰逢闻一多休假伊始，他计划回湖北老家安心读书。7月15日,他给先行回鄂省亲的妻子写信,说计划在三日内动身,"……耳边时来一阵炮声,飞机声,提醒你多少你不敢想的事,令你做文章没有心思,看书也没有心思,拔草也没有心思……反正时局在一个月内必见分晓,如果太平,一个月内我们必回来,否则发生大战,大家和天倒,一切都谈不到了"。同日,为应不测,清华提前发薪。7月19日,闻一多带着子女和女佣赵妈赴天津,走津浦铁路赴南京(平汉铁路已不通),再转武汉。在正阳门火车站,闻一多遇到了曾经的学生臧克家,臧问他:"闻先生那些书籍呢?"闻一多答:"只带了一点重要稿件。国家的土地一大片一大片的丢掉,几本破书算了什么?"后来臧克家在文章中写,"他很感慨。我很难过。在天津换车,人向车上挤,像沉在水里争一个把手"[6]。

闻一多的清华同事、地学系教授袁复礼也是这一年轮休。因为轰动全国的西北科考,"发现恐龙的袁先生"在清华相当有名,对学生他毫无架子,只是系务所累,他时常来不及备课,更来不及整理西北带回来的珍贵的采集品。[7] 这一年他准备去美国考察,"一切手续都办好了,他的几个箱子都已经托运了,"袁复礼的女儿袁刚告诉我,"七七事变以后,我父亲赶快跑到天津把箱子截回来,说我不去美国了"。七七事变这年袁刚4岁,刚刚有记忆,她还记着几个画面。画面一:天黑黑的,下雨,她躺在床上,听到爸妈起来了,在那儿叨叨:这是打雷还是打炮?画面二:日本飞机在清华园上空飞,大家都疏散到科学馆地下室,说是地下室,其实是半地下室,高高的有窗户,上面都用报纸条打了叉,据说这样被炸后不会爆裂,晚上不许开灯,大家都拿棉被铺在地上睡觉,袁刚挺开心,她可以在地上翻跟头了。

避难时袁刚已经不记得有父亲在了,都是母亲在管他们,"为什么呢,他得跟学校走啊,学校里有些该收拾的东西他也得整理",当时她的大弟弟一岁半,小弟弟一个月不到,全靠母亲和保姆两个人,事变后不久袁家搬到北平城内南横街祖宅,袁复礼离开北平之前给家人拍了张合影,后来袁刚母亲带孩子南下奔赴联大,途经越南,就是用这张照片办的集体护照。

7月28日夜里,日军炮击南开,留守学校的南开大学秘书长、哲教系教授黄钰生带领留守人员乘小船行驶到王顶堤一带的稻田中躲避。黄钰生毕业于清华,在芝加哥大学主修教育学时是学校的风流人物,年年夏令营都参加,连续两届演讲比赛第一。[8] 后来也到芝加哥留学的闻一多说他这位外形俊朗的湖北老乡"是个cynic(愤世嫉俗者)",其实,cynic形容闻一多自己可能更合适:他在美国换了三所学校,总是带着愤懑,"彼之贱视吾国人者一言难尽","我有五千年之历史与文化,我有何不若彼美人者?"[9] 当时的闻一多是一个坚定的国家主义者,后来著名的《七子之歌》就是在这样的思想背景下完成的。

回到国立清华大学后,闻一多钻进故书堆,不再关心政治,而曾经倜傥的黄钰生则被私立南开大学改造成了兢兢业业的老黄牛。7月29日一早,黄钰生带教职工三人,学生五人,冒险回校巡视,不料炮火又至,师生避入秀山堂地下室,一枚炮弹从屋顶直穿入地窖,幸未爆炸。躲过一劫的他们冒着炮火从思源堂后上船,出八里台,经吴家窑、马场道抵达南开大学位于租界的临时办事处,此时黄钰生浑身泥水,一脸烟尘,满头乱发,眼镜架只剩下一条腿拖在耳际,手中提着24串钥匙,其中一串是他自己家的,其余都是各院室的。[10] 日军的炮击夷平了南开大学,日本众议院议员山本实彦在《天津通信录》中记录了他的所见:"有一个词是归于死灰,我觉得完全可以形容这里。有名的图书馆是卢木斋捐款修建的,但是我看到在这个图书馆的屋外被弹出的珍本碎片,已经被风吹散了,我在想应该带回去吗?但是我害怕遭到报应,便将这些碎片拾起来,从破玻璃窗子投了进去。"[11]

7月30日,《中央日报》记者在南京专访南开大学校长张伯苓,张的那句名言就是这时广布天下的:"敌人此次轰炸南开,被毁者为南开之物质,而南开之精神,将因此挫折而愈益奋励"。南开被毁后,黄钰生写信给太太梅美德,告知家中什物已荡然无存,这位黄钰生在芝大的同学,出身于美国华侨家庭的女子回信:"论职守,校产毁,私产亦毁,于心无愧。若校产毁而私产存,就可耻了。现在你有我,我有你,还要什么?"[12] 8月中,黄钰生经海路赶赴南京,把那些钥匙——现在它们仅具象征意义了——交到张伯苓手中。

黄钰生在南开的前同事李继侗毕业于耶鲁大学,是中国第一位林学博士。这是一位与野地为友的学者,还在南开时,他就常在八里台河塘边捞取各种水草,拿回来做实验,后来去了清华,衣着"与当时清华园的洋气不甚协调"[13]。他当然毫不在乎,每年带学生野外考察,只许带极少的东西,极少的钱,除非万不得已,一律自己背行李标本,吃粗简干粮。他有个说法,每年总要过若干天最简单的生活,试试一个人最低生活究竟可以简化到什么限度。[14] 1937年夏天,李继侗正在淮河流域考察植树造林工作,抗战爆发后,他没回北平,辗转去了苏州,因为他的父亲退休在那儿。在苏州没待多久,他就动身去长沙了，李继侗之孙李应平告诉我，祖父去长沙是为了清华与湖南省正在合建的农业研究所和农学院，他当时还不知道要合组临时大学。

拿到麻省理工学院博士学位的北大化学系教授曾昭抡是湖南人，曾国藩的曾侄孙，总穿大褂，不修边幅。他热爱旅行和写作，1936年6月自筹经费率领"北大化学系赴日参观团"对日本科学考察，并应《大公报》之约写了《东行日记》，彼时他已经注意到了"民治主义在日本的没落"，他写到，日本一般民众对军部统制一切的现象似乎很满足，在京都、大阪等城市，从中国东北调回的日本侵略部队受到民众满街欢迎。1936年年底，他又赴绥远考察，在寒冷颠簸的火车厢里，读完了范长江于当年8月出版的《中国的西北角》，后来他专门写过一篇文章谈旅行文学，"最低限度可以做到的事，是自己对自己真实"[15]。1937年7月，曾昭抡受邀前往庐山，参加国是谈话会，随后沿江而下，到上海迎接留英归来的夫人俞大纲，住在虹口。8月12日半夜，朋友打电话来，说日本人马上就要登陆打仗，虹口是战争区，不能待下去，第二天曾昭抡就和夫人搭火车去了南京。[16]

曾昭抡抵达南京当天，"八一三事变"爆发，历时三个月、惨烈的淞沪会战由此拉开帷幕。也是8月13日这一天，杨步伟把抱病的赵元任和大女儿赵如兰送上了南京开往汉口的"太古号"客轮——因为船票紧张，杨步伟只能和三个小女儿留在南京，继续等票。赵元任走之前和妻子商量，家这么大，带什么东西走是好？想来想去，结论是钱买不到的东西最要紧。杨步伟把丈夫记了三十一年的日记，还有从相册上撕下的4000多张照片，包了七小包，第二天在邮局排了七小时的队，寄给赵元任在纽约的朋友Robert W. King，她不知道Robert的住址，只知道他是贝尔电话公司的高级职员，就用那个地址寄了出去——八十年后，赵新那之子黄家林给我看了好几本影集，照片来源都是他的外婆杨步伟寄出去的那七小包，它们顺利地抵达美国，逃过了中国此后一系列战争与动荡，完完整整地保留了一段历史。我尤其留意到赵元任和家人友人们在沃克街27号（27 Walker Street）那栋米黄色两层小楼——这栋房子离我2013年访美期间租住的公寓相隔只有数十米，在阳台上就能望见——楼前的几张合影，有一张是与胡适，他穿着黑色的大衣，左手提皮包，右手拿帽子，两腿笔直地站在雪地里，表情有点拘谨。那是我再熟悉不过的雪后初晴的波士顿，几乎可以嗅到空气里融雪剂的气味。

回忆往事时，赵新那会习惯性地闭上眼睛，我猜那是因为调动记忆需要格外的能量。有时你感觉她睡着了，可是她还一直在用那口漂亮的京片子缓缓说着。送走父亲没两天，空袭来了，飞机从赵新那头上飞过去，能看见日本飞机上的大红花，她特别记得妹妹把脑袋躲到冰箱里，屁股翘在外面。我好奇为什么孩子要躲在冰箱里，杨步伟的回忆录给出了部分答案：许多南京人的防空壕都盖在地面上，用结实木头压着，找不到木头就用冰箱横在中间。这种防空壕防不了炸弹，仅能防流弹而已。

从8月15日到17日，南京天天都有日机来袭。政府强制购买民众存储的汽油，杨步伟卖掉家中汽油，半送半卖剩下的米面，连同中研院发给赵元任的部分薪水等等，凑了900元，8月19日带着女儿们登上了去汉口的轮船。走前一天，胡适来了，说他的太太也许不久会到南京，到时可否借住？杨步伟说，自然没有问题,就把被单全部换了,床前桌上还插了一朵玫瑰花才走,几十年后杨步伟写回忆录,"至今闭眼还觉得家中还是那样的"[17]。

8月19日那天下午南京大雨,雨后有云,杨步伟她们的船人还没上齐,空袭警报就响了,船匆匆开出,驶往上游。赵新那那年14岁,"说起来都是逃难的人",她回忆起她们母女的船票一度被住在对门的吴之椿骗走,脸上挂着无奈又理解的笑。第二天中午船到九江,很多小贩挑着篮子上船来卖瓷器,"我母亲挑选了一个观音,白的,讲价钱讲到了一块钱,还没来得及给钱,响警报了,那个小贩,一个女孩子,挑着她的网篮就上岸跑了,所以我们拿了一个没给钱的观音。这个观音,跟着我父亲到夏威夷,到纽黑文,一直带着。传来传去一直跟到现在,现在还在我大姐女儿华盛顿的家里"。

船到汉口,转火车到长沙已是8月24日,一家重新团聚。湖南省教育厅厅长朱经农,用杨步伟的话说,"凡有熟人去,无有不帮忙的,找房子的事更是出尽全力"。朱经农此前已经给清华和中研院租了圣经学院,大部队未到,杨步伟和赵元任一家就暂住了几天,后来又转到警察厅长的楼上居住。不多久清华北大南开的教授们陆续抵达,大家在长沙又热闹起来了,赵元任家是聚餐地之一,有一天大家合买了一只火腿,正准备煮来吃,从南京来的新华银行经理徐振东来了,带来一个坏消息:赵元任杨步伟家的两栋房子都中弹烧了。晚上赵元任到半夜睡不着,说他那么多藏书没了,杨安慰他:旧的不去,新的不来,我们目前过到哪儿是哪儿,将来我一个钱不乱用,有钱先买你的书好了。把赵元任给说笑了。[18]

1937年盛夏的长沙,虽然本地报纸上满是沪上抗战与本地防空计划的消息,但本地居民还未充分感受到战争的冲击,从《力报》的记者专栏里可以瞥见这和平的最后一瞬,"在日间,人们多是躺在屋子间里,嘴里不住喘着'热啊热'……一到黄昏,赤铁般的阳光给暮色吞息了……晚饭后,成群结伴潮涌一般地从屋子间里走出来……摇着大团扇,嘴里含着古老的旱烟杆……","傍河岸马路的一旁,坐满着劳役进汗了整天的人儿……马路另旁,摆着一些卖香烟凉茶的、测字算命的摊……喊声、叫声、谈笑声、儿女的哭闹声、大人的咒骂声,拉杂成一片,冲破了湘江水面的沉寂"[19]。"长而且宽的中山路……百货店,洋货商,都把玻璃橱中,装满了夏季男女应用的花品,像一九三七年式的浴衣,各色的毛扇,精绘团的花伞,胡椒孔的乳罩,轻薄柔软的衣料,裸足着的皮鞋,巴黎的香水,脂粉……摆设得新奇生动,富丽堂皇,令人目眩,又加上利用各式各样的广告灯,收音机里的迷人节奏,更衬托得使人停步,留恋,心痒,进一步的使你身不由己想走到里面,选他几种,拿回家去,或者送到别的地方去,献给爱人。"[20]

注释

1　蒋梦麟:《西潮·新潮》,长沙:岳麓书社,2000年9月,第211页。
2　杨步伟:《杂记赵家》,沈阳:辽宁教育出版社,1998年3月,第91、97页。
3　杨步伟:《杂记赵家》,第102、105、106页。
4　《国立西南联合大学史料(总览卷)》,昆明:云南教育出版社,1998年10月,第54页。
5　佚名:《教授印象记》,《走近清华》,成都:四川人民出版社,2000年1月,第6页。
6　闻黎明、侯菊坤:《闻一多年谱长编·上》(修订版),上海:上海交通大学出版社，2014年12月，第441、442页。

7　佚名:《教授印象记》,《走近清华》,第58页。
8　《黄钰生自传》,《黄钰生文集》,天津:百花文艺出版社,2009年10月,第150页。
9　闻黎明、侯菊坤:《闻一多年谱长编·上》(修订版),第202、207页。
10　陈珍、邢公畹:《黄子坚先生》,《黄钰生文集》,天津:百花文艺出版社,2009年10月,第349页。
11　《抗战烽火中的南开大学》,开封:河南大学出版社,2015年9月,第134页。
12　黄燕生、黄明信、黄书琴:《黄钰生小传》,《黄钰生文集》,第425页。
13　曹宗巽:《怀念先师继侗先生》,《李继侗文集》,北京:科学出版社,1986年3月,第413页。
14　殷宏章:《怀念李继侗师》,《李继侗文集》,第410页。
15　曾昭抡:《谈游记文学》,见戴美政编《曾昭抡西部科考旅行记选》,社会科学文献出版社,2018年11月。
16　戴美政:《曾昭抡》,北京:群言出版社,2013年12月,第113、122、155页。
17　杨步伟:《杂记赵家》,第112页。
18　杨步伟:《杂记赵家》,第118、119页。
19　《老报刊中的长沙》,长沙:湖南人民出版社,2017年8月,第152页。
20　《民国文人笔下的长沙》,长沙:国防科技大学出版社,2012年,第544页。

第二章

长沙：我们都是丧家之犬

> 袁世凯时期的毛瑟枪—伦敦全是温布尔登网球—红烧黄河鲤鱼—人生最不易得的是闲暇—和陈寅恪散步谈明末事—车站墙壁上有上千纸条—热情和不热情都是罪过—送信的人最受欢迎—吃了肉当晚就能看见路了—十月的江南—死别者

从平津到长沙再到昆明，我有几位神交的朋友，我们素未谋面，但他们留下的日记或者回忆，让我得以用非常个人化的视角，进入那个震荡的大时代。最早认识的那位叫刘兆吉。他是我的南开前辈，哲教系大二学生，卢沟桥事变时，他正在天津西郊韩柳墅接受军训，参加军训的是天津各高校的大二男生，约五六百人，让我印象深刻的一个细节是，队部给学生发的枪，是袁世凯1895年小站练兵用的毛瑟枪，帝俄时代的产品。[1]

事变后不久，军训中止，学生返校返乡。刘兆吉老家在山东青州，他从学校赶到天津车站，"费尽力气挤到一张车票"。站台人头攒动，每个车门都有手持棍棒皮鞭的日本浪人把守，只准背麻袋的"苦力"上车，为他们走私白糖。眼看车就要开了,他还没能上车。这时一个戴着草帽的黑大汉向他走来,刘兆吉认出是军训时另一个班的班长,班长告诉他,是队长派他们去码头和车站看看,"有没有遭难的学生兵"。刘兆吉压着自己的感情,没让眼泪掉下来。车门上不去人,班长就把他举起来往窗户里推,最后他横躺在拥挤的乘客头上上了车,有人在骂,有孩子在哭,孩子的母亲伸手打了他一拳,他连声说对不起对不起。列车徐徐开动了,他仍旧躺在人头上,听见班长在外面喊,你的包袱太大,窗户塞不进去,随后给你打(寄)去,打不去俺存着……后来他还说了些什么听不见了。刘兆吉再也没听到这位班长的消息。[2]

差不多同一时间,在西苑军训的北平高校大二学生也宣布解散。古都人心惶惶,说南下交通已经中断,老家在浙江嘉善的清华化学系大二学生费自圻顾不得留在清华园的行李,直接赶到前门车站,买了去上海的车票。此时前门车站已充斥着荷枪实弹的日本兵,站名添加了日文,古城里也插上了太阳旗,"唉!这哪还是我山川壮丽的少年中国",他感叹。[3] 费自圻的浙江同乡,清华历史系大二学生翁同文是7月25日搭火车南下的,也没有时间整理衣服书籍,只带了个手提包,车过天津站,只见站房行李堆积如山,听闻都是旅客交运累积所致。[4]

三天后的7月28日,日军向北平南大门南苑发动总攻击,中国守军伤亡惨重,副军长佟麟阁和第132师师长赵登禹殉国,二十九军被迫撤出北平,北平沦陷。当日,清华外文系教授吴宓一早听到日机轰炸西苑,窗壁震动,他取出屉中银币300余元,把其中100元给了校仆吴延增,"谓若命尽今日,即以此为彼身家营生之资,以了结十二年居此之情事。吴延增悲泣,泪落不止",这一天吴宓在清华园和衣而卧,坐待天命。[5] 也是这一天，人在北平的一个英国人在日记里写："坐到凌晨两点，听着全球的政治宣传。日本荒唐的自相矛盾……伦敦全是温布尔登网球（公开赛），有关东方的消息都微不足道，除了最后通牒——也是非常彬彬有礼。"[6] 28日以后，清华教师及眷属纷纷入城，29日傍晚，政治系主任浦薛凤移居东城报房胡同，在报纸上读到了天津南开大学被毁的消息，想到清华园也可能有同样的命运，"不寒而栗"[7]。

按北京大学秘书长郑天挺的回忆，"七七事变"后，北大留下的学生都是经济上极为困难的，后经人建议，给学生每人发20元，资助其离校，到7月28日北大校内已无学生[8]。清华也有类似举措，但很快学生群起向学校借钱，一些住在北平的学生或家境宽裕者也要求补贴，用浦薛凤的话说，"声势汹汹……此实民族少年劣根性之表现"[9]，最后校方妥协，无论学生家在何处，境况何如，一律可领20元。中文系主任朱自清是负责借钱的教师之一，在8月9日的日记里，他只写了一句话："负责与从学校借钱的学生打交道"，次日又一句，"继续办理学生借款。两日内有八十八名学生，每人借款二十元"[10]。

到7月底，平汉和津浦铁路均已无法全线通行，想要离开北平南下的人只能设法赴天津乘坐海轮。平津铁路一度中断了一周多，8月8日重新通车，但每站必停，日兵持刺刀检查，150公里的旅程往往耗时12个小时以上。关于日军搜收钞票、侮辱女性、拘捕乘客的传闻也很多。浦薛凤记述，每天有数百学生前往天津，一开始并不检查，后来则拘留甚多，"人遂视赴津为畏途"[11]。清华历史系大三学生黄明信提前准备了一些话应对日军询问，他穿着长袍，打算说自己是琉璃厂书铺的学徒，结果出天津车站时，日本兵只问了他一个问题：你叫什么名字？根本没有准备这个问题的黄明信只好据实以告，日本兵手一挥，走吧。他才反应过来——他们在检查箱子的时候看到他的名片，已经知道他的名字，只要撒谎就会被拘留。[12] 与黄明信同行的是他的同学何炳棣，他们从天津出发，在烟台上岸，到同学林从敏家住了10天，继续南行。车过济南时，韩复榘的省政府给流亡大学生发每周每人2.5元的生活费，何炳棣偷偷跑到小馆子吃了碗片汤和一条一斤半重的红烧黄河鲤鱼。何与黄是在徐州分开的，何炳棣回老家省亲，黄明信和林从敏则前往长沙，等候临时大学开学。[13]

因为不用参加军训，清华机械系大一学生吴大昌7月初就已经回到了浙江新登的老家，"七七事变"的消息，他是从当地的《东南日报》上看到的。"当时还希望这件事情和平解决，"他告诉我，"这样子的话，那我们暑假以后还能回去上课。后来'八一三事变'之后就不抱这个希望了。"见到吴大昌是2018年5月28日。早晨8点多，北京理工大学校园外中关村南大街上班族行色匆匆，校园内就清净多了，暑气还未升腾起来，加上杨树投下的大片阴凉，让偶发的蝉鸣和装修声也不怎么扰人。这位北理工的退休教授1月份刚刚度过自己的百岁生日，他身体不错，读书看报、下楼散步全无问题，偶尔去个医院，医生还拿着他的身份证看半天，问一句："是您本人吗？"

吴大昌1936年考入清华，读高中的时候杭州正在修建钱塘江大桥，"那个时候，大家觉得在钱江上造一个桥是很难的事情，但是居然造起来了，那个工程对杭州人刺激蛮大的，我们就觉得工程很好，中国需要这样的工程，需要现代化，需要机械化"，这是吴大昌报机械系的原因，"那时候都强调科学救国、实业救国"。

虽然选了工科,他和同学也喜欢读一些人文的课外书,他记得当时最受欢迎的是翻译小说,"年轻人都好新鲜,想知道一些外国的情况"。吴大昌自己比较喜欢韦尔斯的《世界史纲》,梁思成翻译的,还有胡适写的《中国哲学史(大纲)》,高中毕业前就读完了上册,"那个下册一直都没有出来,胡适之太忙了,没有专心用在这(学术)上面,所以有人讲要把他关到监狱里面去,这个下册就能出来了"。到了清华,因为哲学系主任是冯友兰,又开始读他写的《中国哲学史》,"商务印书馆印的,字很大,五块钱一本",1937年在老家等消息的那个漫长暑假,吴大昌把这本50多万字的书读完了。

乱世读书是中国知识分子几乎发乎本能的世界观,更是他们解决内心危机的方法论。这一年9月胡适离开南京前往汉口,船行至九江,他假借商人口吻给留守北平的郑天挺写信,隐晦透露自己将赴任驻美大使,"拟自汉南行,到港搭船,往国外经营商业。明知时势不利,姑尽人事而已",又勉励尚在沦陷故都的北大同人潜心研究,"鄙意以为诸兄定能在此时埋头著述,完成年来未完之著作。人生最不易得的是闲暇,更不易得的是患难,——今诸兄兼有此两难,此真千载一时,不可不充分利用,用作学术上的埋头闭户著作……弟唯一希望诸兄能忍痛维持松公府[14]内的故纸堆,维持一点研究工作。将来居者之成绩,必远过于行者,可断言也"[15]。

但"埋头闭户"又何其难也,8月8日,日本军队进入北平城。浦薛凤记述,"日军纪律,外表尚好……但地点偏僻处,一入深夜,则有大问题。铁狮子胡同一带,闻常有昏暮敲门,或爬屋而入,强索妇女"。在日人的控制下,北平各大报纸名称仍旧,内容全非,只登同盟社(注:日本官方通讯社)电讯,其余消息只字不提。中山公园已改名北平公园,东交民巷时有日人放起气球,上书日军又得某地,占某城。[16]清华社会学系主任陈达亦记载,敌人每攻下一个大城市,就强迫北平中小学生结队庆祝胜利,"余心中懊丧、忧惧、愤慨……既不想做事,亦不能做事。觉得坐立不安,情绪万端而已"[17]。1937年夏天的北平,每一个知识分子都面临"流亡"与否的选择,选择并无标准答案,但时代裂变之际个人能动性的发挥,本身就是有趣的课题,此类文本在前人经验上不断积累,也不断给后人供给着思想资源。43岁的吴宓在日记里详尽记下了自己的纠结,不妨做部分引述(省却了同样困扰他的爱情部分):

> 7月14日……阅报,知战局危迫,大祸降临……一生之盛时佳期,今已全毕。……今后或自杀,或为僧,或抗节,或就义,无论若何结果,终留无穷之悔恨……
>
> 7月26日……晚饭后,与陈寅恪散步。谈明末事,与今比较。
>
> 7月29日……叶企孙力劝入城。陈寅恪亦谓"在此生命无忧,入城可免受辱"。宓以众教授如此行动,遂亦决入城。……宓忽如此舍弃可爱之清华园西客厅,一生美满舒适之环境与生活,从兹尽矣!……(入城后)双目尽赤。入室,即卧床,仰面大哭。
>
> 8月2日……《世界日报》载,清华将迁长沙。宓雅不欲往,但又不能不往。
>
> 8月9日……盖宓之意向,欲隐忍潜伏,居住北平……仍留恋此美丽光明之清华、燕京环境,故不思他去,不愿

迁移，不屑逃避。

9月2日……访钱稻孙君于受璧胡同九号本宅。知清华已改设校产保管委员会，预备交代（且将驻兵），并已通告教授等，自九月份起，不发薪金云云……似清华将在长沙筹备开学，校长欲诸教授往长沙集合云云。宓则决拟留平读书一年，即清华实行开学，亦拟不往。

9月3日……自经国难，宓益觉道味浓而世缘衰，不但欲望尽绝，淡泊无营，即爱国忧民之心，亦不敌守真乐道之意。隐居北平城中，而每日所读者，乃为宗教及道德哲学书籍，不及政治时局，非为全身远祸，实以本性如斯，行其所好所乐而已！

9月12日……陈福田电邀至清华同学会晤谈，述赴津接洽，清华校长命教授等即赴长沙，筹备在该地开学。每教授给予旅费140元，月薪一律60元。……清华教授同人，行止不一。宓可自决。但冯友兰等甚望宓能前往云云。

……夕，历与姑母、老姨太、颐述此事。姑母等莫不坚主宓应即南下。以为早到长沙，则见重于清华当局，职位固保。即不恋恋于清华，亦当在南京及他处活动，以求个人之发展，远胜困守此间也云云。……

终夜，大雨，雷电交作。久久不寐，思去留问题，甚为伤情，卒不欲行。

9月18日……宓独在天安门内外一带散步久久，恣意欣赏青天白云金瓦红墙绿树白石之丽景。值此秋爽，尤觉酣适。

9月22日……宓乘人力车至二道桥二号，访萧公权。出示近所作词十余阕，甚美，皆哀时伤乱之作。又述长沙系三校合办,员生到者现尚甚少云云。

　　10月1日……遇毛玉昆、钱稻孙来访。毛出示由津携来梅校长电,命诸教授均赴长沙。如赶十月内到达者,当给九月薪之七成。以后月薪未定。津发旅费办法仍照旧云云。……

　　10月6日……3—5访萧公权于二道桥宅。旋浦薛凤亦来,谈浦等日内南行之计。……今诸同事教授先后离去,环宓之亲友一致促行;宓虽欲留平,而苦无名义及理由,以告世俗之人。今似欲留而不可,故决不久南下,先事整理书物,以为行事预备。……宓虽欲苟安于此,亦不获如己意以直行。人生诚苦哉![18]

　　吴宓最终于1937年11月7日南下,他在日记中提到的清华同事浦薛凤是10月14日动身的,进入10月后,南下的教师越来越多,除了沦陷之北平气氛压抑,知识分子不愿为日人服务外,也和长沙临时大学的组织日渐有了头绪不无关系。9月中旬,郑天挺收到了胡适在九江轮写就、希望他"埋头著述"的信,但他感到,这么大的学校,在这战乱岁月,实在无法维持同人的生活。不久,北大派课业长樊际昌北上接各教授南下,樊到天津后住在租界不敢贸然来北平,郑天挺托人到天津与樊会晤,催长沙迅速汇款,10月底汇款到,郑即分送给各教授,并陆续南下[19]——经济因素也是一个不可忽视的条件,毕竟一路仅路费就耗资不菲,如吴宓日记所记,校长梅贻琦数次来电催促清华教授南下长沙,并告知如果10月内到达,9、10月工资一起发放,10月以后到达的,只从抵湘之月起算,"此一办法亦不尽合理",浦薛凤记载,"然许多人因此心动,决计南下"[20]。

设想一下，在1937年那个深秋，你终于决定离开已被日本人占领、飘扬着太阳旗的故都北平，为免暴露，你拒绝家人相送，由前门火车站登车前往天津，头等车厢中几乎全是高声谈笑的日语，你和同事彼此目视，默默无言。车抵天津东站，查票口外站立制服及便衣警探多人，东点西指加以扣留，你昂首阔步，目不斜视，走到马路上，知已脱离虎口。在天津你上了海轮，挤得水泄不通，厕所和垃圾桶上面都是人，船接近还未沦陷的青岛，你终于看到了自己国家的国旗，心头一阵畅快，但马上面临一个难题：是在青岛上岸，还是继续南行到上海上岸？青岛上岸的好处是，从这里可以转乘铁路南下，但风险是鲁南苏北一带轰炸较多，一旦铁路中断，被困山东，人生地不熟。上海上岸的好处是，前往长沙的路线较多，不必困死一线，实在不行租界还可以避难，但风险是长三角已是战区，没有什么是说得准的。你最后决定在青岛登陆，经胶济铁路到济南，转津浦铁路南下徐州，这一段路你遇到了四次空袭警报，每次警报一响就得停车，旅客自行下车，步行到铁路线二里之外躲避，同时火车头抛下车厢，寻找掩护（日机专寻车头轰炸）。到徐州后，转陇海线西行到郑州，在郑州车站，你看到了人山人海的难民，许多是女性，车站墙壁密密麻麻贴着上千张纸条，都是留言给失散亲人的。在郑州你又转平汉线，火车到深夜才发出，人太多了，许多人不得不从窗口爬入，到汉口再换粤汉线——这已经是你经过的第六条铁路线。为防空袭，车身涂满黄绿青灰泥土枝叶色的油漆，在一个东方微白的清晨，你终于抵达了长沙，此时，离你从北平出发已经过去了13天。这是清华大学教授浦薛凤、王化成等人的故事[21]，在战乱年代几乎可以称得上一路顺利了。倘若你因为维持学校工作，动身得晚了一点，1937年初冬才离开北平，你在青岛登陆，发现胶济铁路也中断了，只能乘海轮继续南下，此时的上海已过于危险，你继续南下直到香港上岸，又因粤汉铁路被轰炸，无法从广州北上，只能乘船溯西江至广西梧州，取道柳州转桂林，由公路入湘，经衡阳到达长沙，此时距你离开北平已经过去了一个月，而你抵达长沙后才知道，首都南京已于前一日沦陷了。这是北京大学教授郑天挺、罗常培等人的故事。[22]

1937年之前，中国历史上有三次大规模"南渡"。第一次是西晋末年永嘉之乱，晋元帝在建康（今南京）建立东晋，当时大批缙绅、士大夫及庶民百姓随之南下，史称"衣冠南渡"，这也是中原文明第一次大规模南迁。第二次是靖康之变，北宋为金所灭，宋高宗南下，在临安（今杭州）建立南宋，与金隔江而治。第三次也就是吴宓与陈寅恪谈论的明末南渡，清军入主中原后，明朝宗室及文武大臣逃亡南方，建立起若干短命政权。这三次南渡，直到王朝覆灭也没有等来北还中原之日，所以陈寅恪会在南迁后悲观地写下这样的诗句，"南渡自应思往事，北归端恐待来生"。

发生在1937年下半年的这次南迁，是慌乱、分散和自发的，但也为此后三校有组织地迁往昆明奠定了基础。南迁途中少不了各种情绪的撞击和"教育"。冯友兰和吴有训途经郑州时碰到了熊佛西，三人一起去吃黄河鲤鱼，因为不知道什么时候才能再回来了。熊佛西喜欢养狗，席间说起北平有许多人离开了，狗没法带，只好抛弃，而那些狗，虽然被抛弃了，可是仍守在门口，不肯他去。冯友兰说，"这就是所谓丧家之狗，我们都是丧家之狗"[23] 吴宓途经山东，在胶济线看到"土田肥美，屋宇崇整"，印证了他对这里的美好印象，"益信孔孟贤圣之生降此方,不为无因",可惜道旁已经开始挖掘战壕,"不日此区将罹惨劫,念之凄然"。[24] 林徽因在津浦线上看到许多兵车,她往大后方去,这些士兵则往前线去,她看到他们吃的穿的都如此糟糕,无法形容自己的感受,"'惭愧'两字我嫌它们过于单纯"。又想起自己和梁思成三个月前刚刚考察过的熟悉的晋北,"天这样冷……(就不说别的!!)战士们在怎样的一个情形下活着或死去!"她写信给沈从文,"所以一天到晚,我真不知想什么好,后方的热情是罪过,不热情的话不更罪过?二哥,你想,我们该怎样的活着才有法子安顿这一副还未死透的良心?"[25]

　　学生方面,接到长沙临时大学开学的通知,翁同文是在9月中旬,费自圻是在10月初。同在浙江的吴大昌只记得消息来得相当晚,"通常9月1日就开学了,那时候正是上海打得很厉害的时候,一点消息都没有。上海一打,大家知道这个事情一时完不了,但下面怎么发展,不知道。像蒋百里这些懂军事的人知道,沿海是守不住的,要守住洛阳襄阳衡阳一线以西,我们是不知道的。我们那个县城很小,也说日本要来了,但当时大家好像也不知道日本人来了要怎么办,县里动员大家挖防空洞防空壕,我记得自己就在想,日本人的坦克过来了,我们人工挖的一条沟,靠得住吗?"得知复课的消息也是从报纸上,就和几个浙江的老乡通信,相约在杭州碰头,一起去长沙,"那个时候的邮政比现在好,本市(通信)今天发明天到,现在没人重视(写信)了,把信都当广告当垃圾看了。那个时候很重视的,送信的人每天来,送信也好报纸也好,大家都欢迎他,很高兴的"。

　　刘兆吉就是在山东老家接到老师黄钰生的来信,得知临时大学将要开学而设法辗转南下的。黄钰生还在来信里叮嘱，如果经济有困难，可谋临时工作，以维持学业，这对刘兆吉不啻于天降喜讯[26]。"当时可以上大学的，可以说都是中产阶级以上，我父亲（的家庭）恰恰是山东偏僻的农村里最穷的。"刘兆吉之子、西南大学历史系退休教授刘重来告诉我，刘兆吉能上学和祖父有关，"第一次世界大战，法国和英国在山东招华工，招了14万，我的祖父就是华工。当时英国发布的'真诚无欺'的布告里就说了，工人每月领工资12元，家属养家费另给10元，工人走之前，还要给安家费20元，当时对那些穷人、农民来讲，简直觉得太好了"。

靠父亲当华工积攒的钱，刘兆吉从小学读到初中，这时这笔钱已经花得差不多了，家里做了一个决定，刘兆吉继续读书，他的哥哥辍学去药厂当学徒。刘兆吉每周背一袋玉米煎饼、一包咸菜去读书，一日三顿都吃这个，就着学校免费供应的开水。刘重来跟我回忆说，"我父亲讲，因为一点儿油水没有，到了晚上什么都看不见了，（走路）脑袋碰到树上都可以"。有一次刘兆吉的父亲去学校看他，买了点荤菜，"其实就是一大片桑叶上面托了三两片卤肉，我父亲几个月没吃过肉了，他说吃了那个肉之后，当天晚上就能看见路了"。完成初中学业，刘兆吉去了不收学费的山东第一师范，毕业后在济南教小学。但他一直有个大学梦，教了几年书有了点积蓄，就考入了南开大学，1935年入学时，他已经22岁，非常珍惜这个读书的机会，"所以抗战爆发他回到家里时非常丧气，后来接到黄钰生的信，感动得不得了"。刘重来说，因为父亲家太偏僻，信只发到附近村一个杂货店，有乡人上那里买东西，才辗转告诉他的，"喔！他才兴冲冲地跑到杂货店去拿那个信！"

刘重来用带着重庆口音的普通话转述着父亲当年对他描述过的兴奋。

不过，当时中国北方大片土地已经沦陷，政令不通，更可靠的传播工具是广播，据北大政治系学生张起钧回忆，沦陷区报纸已沦为敌伪御用工具，民情悲愤，精神痛苦，人人都偷听广播，以期知道一点真实可喜的消息。而听到复课消息的人，又通过口耳相传的方式把复课消息散播开来。[27] 10月16日，费自坼离开嘉善，循沪杭线前往杭州，当时沪杭铁路天天都有轰炸，不免担心危险，"但不能吃苦和自立，何言读书报国"。到达杭州后，费准备经浙赣线转南昌赴长沙，结果列车过嘉兴就遭遇警报，众人尖叫着下车向四野奔跑，10月的江南，稻谷已经收割，除了50米外有一照壁，平原毫无掩护。很快，躲避的乘客就聚集在这堵墙附近，堆成了远为显眼的人墙。这堵人墙不幸成了日机的目标，等费自坼在轰炸和扫射掀起的旋风尘土中回过神来，天空已经恢复了平静，他的周围满是弹痕累累的尸体和母亲寻找孩子的哭喊。他最终抵达长沙，但那天的经历成了他永远忘不了的梦魇。[28]

翁同文在从浙江赶赴湖南的路上也遇到了警报，但幸运地没有赶上空袭，车过金华车站时他看见许多口棺材，都是前两天被炸死的民众。许多年后，他回忆起1937年那个夏天，首先想到的是那些死别者。一个人叫孙世宝，小个子，双颊苹果红，西苑军训时站在他左边，死于由长江入川船上的空袭。一个人叫胡琛，从东吴大学转学而来，因中学同学许国璋的关系认识，死于重庆大隧道惨案。一个人叫蒋萧华，历史系高才生，有络腮胡，回到山西原籍后被人谋害而死。还有一个人是同级的女同学，翁同文忘记了她的名字，在山西参加游击队后

第二章 长沙：我们都是丧家之犬

战死。他也想起命运给人开的玩笑,1937年春假时,他参加北平各大学师生合组的平绥路旅行团,游览西北,在大同观云冈石窟,在包头吃黄河鲤鱼,同行者有两位云南籍贯的北师大同学,一直夸耀滇池的金线鱼如何好吃,如果去云南,必然请吃。不承想,一年之后,翁同文真的到了昆明,还和那两位转学的北师大学生成了西南联大同学,翁开玩笑提起请吃往事,两人只是笑笑,一再逗他们,再无反应。[29]

注释

1　刘兆吉:《"七七"事变前夕在张自忠将军部受军训》,《抗战烽火中的南开大学》,开封:河南大学出版社,2015年9月,第117页。

2　刘兆吉:《"七七"事变前夕在张自忠将军部受军训》。

3　费自圻:《生平最难忘的一段经历》,《学府纪闻·国立西南联合大学》,台北:南京出版有限公司1981年10月,第169页。

4　翁同文:《从入学时说起》,《学府纪闻·国立西南联合大学》,第73页。

5　《吴宓日记(1936—1938)》,北京:生活·读书·新知三联书店,1998年3月,第179页。

6　(英)约翰·哈芬登:《威廉·燕卜荪传·第一卷·在名流中间》,北京:外语教学与研究出版社,2016年4月,第509页。

7　《浦薛凤回忆录·中·太虚空里一游尘》,合肥:黄山书社,2009年6月,第14页。

8　郑天挺:《滇行记》,《联大岁月与边疆人文》,天津:南开大学出版社,2004年12月,第13页。

9　《浦薛凤回忆录·中·太虚空里一游尘》,第17、18页。

10　《朱自清全集》第9卷《日记编·日记·上》,南京:江苏教育出版社,1998年3月,第477页。

11　《浦薛凤回忆录·中·太虚空里一游尘》,第21页。

12　纪录片《西南联大八年记》第2集,采访黄明信。

13　何炳棣《读史阅世六十年》,桂林:广西师范大学出版社,2005年7月,第123页。

14　松公府乃北大图书馆所在地,1934年考入北大的任继愈在《松公府旧馆杂忆》一文中回忆:"院内古槐参天,每年夏季,浓荫匝地,蝉声悠长,寂若空谷,静若

15 《胡适全集》第24卷,合肥:安徽教育出版社,2003年9月,第343、344页。
16 《浦薛凤回忆录·中·太虚空里一游尘》,第25页。
17 陈达:《浪迹十年之联大琐记》,北京:商务印书馆,2013年10月,第8页。
18 《吴宓日记(1936—1938)》,北京:生活·读书·新知三联书店,1998年3月,第168—227页。
19 郑天挺:《南迁岁月——我在联大的八年》,《联大岁月与边疆人文》,天津:南开大学出版社,2004年12月,第4页。
20 《浦薛凤回忆录·中·太虚空里一游尘》,第24页。
21 《浦薛凤回忆录·中·太虚空里一游尘》。
22 郑天挺:《南迁岁月——我在联大的八年》,《联大岁月与边疆人文》,天津:南开大学出版社,2004年12月。
23 《冯友兰自述》,郑州:河南人民出版社,2004年5月,第99页。
24 《吴宓日记(1936—1938)》,第252页。
25 林徽因1937年10月致沈从文信,《林徽因书信集》,南昌:江西人民出版社,2016年,第32页。
26 刘兆吉:《怀念心理学家教育家黄钰生教授》,《刘兆吉诗文选》,重庆:西南师范大学出版社,2003年4月,第117页。
27 张起钧:《西南联大纪要》,《学府纪闻·国立西南联合大学》,第25页。
28 费自圻:《生平最难忘的一段经历》,《学府纪闻·国立西南联合大学》,第169页。
29 翁同文:《从入学时说起》,《学府纪闻·国立西南联合大学》,第73页。

第三章

长沙：车夫、四十九标、甜酒冲蛋

财主都没有这么豪华的—他起码不骂你—1936年长沙市指南—粉蒸肉扣在那里像半个篮球—文物局说不上话—久而不闻其臭—想念免费的油豆豉—阴阳不调假病条—三校偶发冲突的时刻—我现在只管玩

我的第二位朋友是清华大学经济系的蔡孝敏，这位老兄身材高大，司职校足球队守门员[1]，1937年10月4日中午，他和同学从天津辗转抵达长沙。久居华北，初到鱼米之乡，一切都让他感到新奇。下了火车，找好旅馆，二人就忙着去逛街。长沙的店铺，给他的感觉是很宽很深，有一家名叫"九如"的吃食铺更是深不见底，"一望无际的架橱内摆满各式各类食品，十分壮观令人目迷五味，馋涎欲滴"。

吃饭让他尤其不能忘怀。在一家馆子里，茶房伙计建议他们两人吃一份"中盘"肉丝炒面就够了，这让两个来自北方的大汉几乎感到侮辱，决定点两个"大盘"。"还有客人要来吗？"茶房仍然唠叨着。"就我们两个人，面点快来，吃完亦许要找补些别的东西，才能填饱肚皮哩！"蔡孝敏咆哮。等炒面端上来,他们傻眼了:一份"大盘"足有三人份那么多,筷子也特别长,比日用的要长一倍。为了给北方人挽回颜面,他们"拿出马拉松选手的精神",硬是把两盘面塞进了肚子。当日如何"捧腹"而去的细节,蔡孝敏已经忘了,但他记得,反正这天没吃晚饭,第二天也没吃早饭。[2]

北大政治系大四学生张起钧也在到长沙的第一顿饭里受到震撼。那天他要了一碗米饭,一碗豆腐汤,怀中掏出自带的一个咸鸭蛋,就算对付了。正在此时,一个拉洋车的把车往门前一放,坐在他旁边。除了也叫了米饭和豆腐汤外,还叫了一碗炒腊肉,一盘炒韭菜,"看得我目瞪口呆"。他感叹,在北方农村,财主都没有这么豪华的。[3]

不过长沙的人力车夫让许多初到者印象深刻,更主要的原因,是他们——用北大校长蒋梦麟的话——"在街上慢吞吞像散步",绝不肯像他们的北平同行一样拔腿飞奔,你要他们跑得快一点,反会被斥责:"你老下来拉吧——我倒要看看你老怎么个跑法。"[4] 有一次,北大外文系教授叶公超忍不住问,为何不能走快,车夫答:快则出汗。避免出汗是晴天的道理,到了雨天,车夫往往一手撑伞,一手拉车,脚穿钉鞋一步一步,更快不了了,"平津来者见之,均觉绝倒"[5]。

有人把人力车之慢归因于历史,"长沙的狭小是如此。从北门到南门也不过北平的从正阳门到地安门⋯⋯而且长沙街道之窄无比⋯⋯地下又是铺的石板,磊砢得很,人力车是万拉不快的。如今市区虽然扩大了,街道虽然展宽了,路面虽然改筑了,历史的印象一时不容易忘却"[6]。有人从中看出了"劳工神圣"的气概,"北平的过于和气,上海的过于狡猾,长沙的独有一种'岸然自尊'⋯⋯你要是催促车夫加速度,冬季他便说:'个样冷的天气,跑出一身汗来不合算。'夏天他又说:'天气个样热,何事能跑哪!'"[7] 还有人分析说,长沙车夫的这种"骄傲",仅仅是因为这里还不如南京、上海、汉口、北平发达,柏油马路、公共汽车或者电车还没有抢了车夫们的生意,"然而这种骄气毕竟也因为环城马路通畅而一步步减少了。你唤他,他起码会理你。你还了价,他起码不骂你"[8]。

开学前到达长沙的学生多住旅馆。吴大昌记得当时长沙的旅馆是管一日三餐的,"一桌八个人,碗比浙江的要大一倍,都是鱼啊肉啊实实在在的菜,筷子也大,调羹也大,一调羹汤倒下来差不多就半碗了,那时候觉得这个长沙人真实在,真富庶"。临时大学在长沙的三四个月,战争开始不久,通货膨胀不厉害,而且长沙本来的物价就比平津京沪汉要低,湖南又以其丰富物产持续供应着这座消费享乐气氛浓厚的省城——1936年出版的《长沙市指南》介绍了本地市民生活:每天早晨去茶馆洗面用点,"俨如嗜鸦片者,非此不足以过瘾,惟顾客以车夫菜贩为多,中下阶级亦复不少",茶资每壶3分至1角,点心以件数计算,每件铜元8枚至12枚。临近中午,面馆陆续开业,晚间生意最佳,"盖一般市民,都以晨茶过早,晚面消夜为无上妙品也",面资从6分至2到3角不等,客人进馆即吩咐伙计,"绒排"是面煮软一点,"带讯"则是硬一点,软硬适中谓之"二排",面多叫"重挑",面少叫"轻挑",汤多叫"宽汤",无汤叫"干",无葱曰"免青",不要酸菜曰"免酸",面少卤多曰"轻汤重盖"……

和抗战后期相比,张起钧把临大这一时期称为物质生活的"黄金时代","那时旅馆的通价,是一人一间房,灯水使用一切在内,还要大鱼大肉的开三餐饭(早上也是大鱼大肉,湖南人不吃稀饭的），一天的价钱是四角钱，这在平津是绝对办不到的"。又有一次，他们八个同学去一家名叫"泗海春"的餐馆吃饭，叫了一块钱的合菜，"菜是四大盘（湖南没有小盘），一个粉蒸肉，扣在那里像半个篮球，还没有垫菜，全是肉，一个红烧牛肉，足有两斤多，一个冬笋炒猪肝，光是猪肝恐怕就有一斤，再一大盘炒白菜，还有一大碗汤，八员大将白饭随你吃"[9]。

10月18日是学生报到的日子，这一天，临大常委会决定，战事区域（东三省、热河、河北、山西、绥远、察哈尔、上海县、大上海市、宝山县）的学生可以缓交学费。第二天，常委会又决定，由学校在本学期经常费项下节省五千元作为贷金，资助经济困难学生[10]，事实上相当于免费读书。"这真是奇妙的情势，"当时刚在南开大学电机工程系读完一年级的长沙人黄仁宇后来在回忆录里写，"战争把我的学校搬到我的家乡，我们一分钱都不用付。相反地，政府还负担我们的食宿。此外政府还发给我们一件棉大衣以御寒。"[11]

"提起这件黑色棉大衣，真是救命的宝贝，白天御寒，晚上当棉被，行军休息当褥子，一直不离身，直穿到毕业，早已胸前油光闪闪，光可鉴人，两肘棉花已现出且变为灰色的了，虽然如此，毕业以后尚有棉袍赠予小老弟传衣钵呢！"比黄仁宇高一级的南开电机工程系学生云镇回忆，"学生每人每月由学校领法币六元，除理发洗澡外就是包饭费，一日三餐，当时临大工学院借用湖南大学校舍，就设在岳麓书院附近，三角钱的客饭会给你炒一大盘肉丝。在宿舍每到开饭，工友叫一声'卡饭克咯！'大家即向饭厅集合用餐……"[12]

11月1日，长沙临时大学正式开学。校址租用韭菜园1号的圣经学院，这是整个长沙除了国货陈列馆外最讲究的建筑，其主体是一座坐北朝南的紫红色三层大楼，六组双柱构成高大门廊，坡顶上覆琉璃瓦[13]，一楼办公室，二楼文法学院，三楼理学院，底层有防空洞，主楼与宿舍、食堂合围出一个四方形的宽敞院落式广场，铺着整齐的草皮，草坪周围种植着茂盛的树木，每逢晴天——这在湖南的秋冬尤其珍贵，同学都喜欢坐卧在草皮上享受日光。[14]而每逢秋雨落下，"从似雾的雨丝中远望，那半红的枫树与大厦合看，竟颇有'烟雨楼台'的风味"[15]。

圣经学院现在是湖南省人民政府机关二院，当年的主楼得以保留，不过或许是因为琉璃顶不复存在，看上去不算气派。我沿韭菜园路从北往南骑车，这是一条二车道的老路，两旁的楝树与樟树伞盖已可握手，电线密密麻麻从头顶穿过，不知谁在电线杆和树干间拉了根绳子，晒着棉毛裤，对面一排小店，槟榔、鱼粉、"鸭霸王"、"秘制小甲鱼"，还有堂客在店门口慢悠悠地炸着红薯饼。我几乎立刻就喜欢上了这条街道。下了车，沿街溜达，那种"市井气"和记忆中临大师生提及的各种熟悉的小吃重合在一起，让我觉得自己离他们更近了一点。我记得他们都喜欢橘子，便宜多汁，学生常吃的零食有"大红袍"（花生）和凉薯，虽然也有人不喜欢后者的那股"生味"，人们提的最多的是甜酒冲蛋，在湖南湿冷的冬季，这一

湖南圣经学院

碗热气腾腾的宵夜很能够抚慰人心吧。

  碰到几位路边喝茶的大叔，向他们打听了几个老地名后，他们邀我坐下来聊天，又拿塑料软杯也给我沏了一杯热茶（杯子居然没有变形）。老长沙们一一指给我当年圣经学院周围的几个地标，小吴门火车站，现在成了大马路了，大致在毛泽东杨开慧纪念馆的位置；育婴堂，美国人开的，后来成了育才小学，刘少奇来长沙考察过的，60年代还有块碑，现在都没有了；韭菜园路以前也是石头路，再往前走有一个很大的坡，上坡后是浏城桥。为什么有个桥？因为那头要过护城河。现在河被填掉，桥也不在了，"当时拆浏城桥，开会的时候我是坚决反对，市政府硬把它给拆掉了，文物局都说不上话。现在要文物局盖了章才能拆了。长沙也是个千年古城呀"。说这话的老人家拄着拐杖，穿着卡其色马甲，说自己是文物局的退休员工。他的眼睛鼓着，又大又明亮。

  临大正式开课后，浦薛凤搬入圣经学院第三宿舍21号房间，他买了一张藤椅，一套茶杯具，还有热水壶、镜子等日用品，"恢复了二十多年前的学生生活"。同事好友多住同一层，"日夕相见，毫不寂寞"，隔壁就是生物系教授李继侗——当年两人曾同船赴美留学，如今又做回"同学"。浦薛凤南下时带了棋盘一副，两人时有对弈，或打桥牌，常来者还有数学系教授杨武之、土木系教授王明之和历史系的年轻教师邵循正，其中最年长的杨武之（时年41岁）对浦薛凤时时鼓励，浦还在笔记里记下了某一奇局。[16]

  闻一多是开学前一周到长沙的，他在湖北老家的年假本已开始，10月20日，收到梅贻琦快信，说中文系教授南下者不多，请他延缓休假一年，前往临大任课。闻一多接到信后，即

动身前往长沙。在《八年的回忆与感想》里,他这样描述开学前后教师的状态:

> 最初,师生们陆续由北平跑出,到长沙聚齐,住在圣经学校里,大家的情绪只是兴奋而已。记得教授们每天晚上吃完饭,大家聚在一间房子里,一边吃着茶,抽着烟,一边看着报纸,研究着地图,谈论着战事和各种问题。有时一个同事新从北方来到,大家更是兴奋的听他的逃难的故事和沿途的消息。
>
> 大体上说,那时教授们和一般人一样只有着战争刚爆发时的紧张和愤慨,没有人想到战争是否可以胜利。既然我们被迫得不能不打,只好打了再说。人们只对于保卫某据点的时间的久暂,意见有些出入,然而即使是最悲观的也没有考虑到战事如何结局的问题。

10月26日,人在长沙的闻一多给妻子去信,提到学校伙食不好:"一毛钱一顿的早饭,是几碗冷稀饭,午饭晚饭都是两毛一顿,名曰两菜一汤,实只水煮盐拌的冰冰冷的白菜萝卜之类,其中加几片肉就算一个荤"。又解释自己并非诉苦,"这样度着国难的日子于良心甚安。听说南开大学校长张伯苓先生还自己洗手巾袜子,我也在照办。讲到袜子,那双旧的,你为什么不给我补补再放进箱子里?我自己洗袜子是会的,补却不会"[17]。

吃完午饭,我骑车折回城北,打算去湖南省展览馆看看。那天是周日,赶上一个"春之韵"展销会,牛筋鞋枸杞酒黑发剂,每个展厅都有自己的气味,服装展厅最大,卖家很多是北方口音，对本地挑挑拣拣的阿姨堂客们有点不耐烦，"哎呀，你就买一件，太费劲儿了！"真是亘古不变的南北矛盾。展览馆北面，是湖南省人民体育场，展览馆与体育场之间，就是已无迹可寻的长沙临时大学男生宿舍。

更早之前，这里是清朝军队四十九标营房，1850年代，曾国藩曾在这里训练"湘勇"[18]，湖南人对近代中国的影响由此拉开帷幕[19]。到1937年，营房已非常陈旧，光线暗淡，中央警官学校让出部分给临时大学[20]，校方派人接收后即加以整修，增添学生们盥漱的设备[21]，男生陆续搬入，见面都互相调侃"入标了没有"[22]。一位大四学生回忆，因为人数较多，所以男生们洗脸甚至洗澡多在屋檐下或露天院子里[23]——这个不怎么重要的细节让我感到自己离他们又近了一点，1997年夏天，我考入湘南一所住校高中，那时男生就正是在水房的屋檐下用面盆冲凉，一盆水从头到脚浇下，再冲回没有电扇的宿舍，躺在竹板床上，借着蒸发带来的一丝凉意入睡。不过临大学生开学是在11月，据这位学生说，很快天气转凉，学生们就只能去外面的公共澡堂了。

四十九标几乎都是二层木屋，"走起路来地板与楼梯都是颤巍巍地乱抖"[24]，楼下光线欠佳，且比较潮湿，非有床不可，楼上干燥些，学生们就睡在地板上。张起钧说，卧房内一片通仓，只铺草席，大家席地而坐，互说国家大事和自己逃难经过，倒也怡然自乐。[25]清华经济系大三学生郁振镛则形容，几十个人挤在一处的宿舍，难免有异味，但"久而不闻其臭"[26]。不过睡在二楼也有缺点，湖南秋冬季多阴雨，老房子时有漏雨，好在长沙出产的菲菲伞和油布非常有名，南开政治系大四学生汤衍瑞说，遇到雨天，同学们在睡觉前先在被窝上盖好油布，再在枕头上张开一把菲菲伞，一夜睡到大天亮。[27]

清华经济系大四学生李为扬是扬州人，卢沟桥事变后他已经回到南方，抱着试一试的心情，他给家在北平的历史系同学白冲浩写信，"如果你能设法到清华园的话，只请你替我取一件东西，就是我床上那条俄国毯子，是我父亲的遗物"。没想到这封信竟送到了白冲浩手中，白设法越过日军岗哨，回到清华宿舍，又带着毯子千里南下，与李为扬重聚于长沙。[28]

"即如当初，虽深晓平津不是久居之地，但谁又曾想到，国破家亡的时节，会聚首在千里之外的长沙？"一位学生写道，"当临时大学开课的消息传出后，个人幽郁的心里，放了一线曙光，十月底以前都纷纷到了目的地。乱离之后，幸得重逢；大家相见，悲怆之中，又惊又喜，连忙握手互道问讯，争询问别后情景。闻得各人幸而无恙，都感到欣悦，闻得旧友不明下落，又都怀着隐忧。在百感交炽之中，各人心里，却都怀着一种痛惜的情绪：'往事不堪回首！'……现在最聪明的办法还只有'忘记过去的一切，努力创造将来'。"[29]

和四十九标比起来，湘江对岸临大工学院的条件似乎要好一些，图书和仪器都可以借用湖南大学的，宿舍和食堂甚至就在岳麓书院里头。"那不是有个'惟楚有才于斯为盛'的牌子吗，从那面一进去，就是食堂，"吴大昌回忆，"里面还有许多小房子，我们就住在里面的小房子里。"工学院离长沙城区较远，如果因事进城，返校时错过开饭时间，还可以到厨房要一碗米浆，就着免费供应的豆豉炒辣椒下饭[30]。吴大昌至今仍然对这些豆豉念念不忘，他说，后来学校搬到了昆明，条件越来越艰苦，有时候一整个学期吃不上肉，连续许多顿都吃盐水煮白萝卜，这时他就特别馋（当时他们并不怎么珍惜的）豆豉,"那全都是油啊!"

对于工学院的"优待",清华大学中文系主任朱自清日记也有所反映。10月4日抵达长沙当天,他就在日记里写下:"顾先生(顾毓琇,联大工学院院长)主张把工业学院放优先地位。他为学校租了房子,但仅能容工业学院之人迁入。"[31] 也是这一天,临时大学举行了第五次常委会议,梅贻琦蒋梦麟张伯苓三人全部出席[32],这次会议最重要的成果就是推定了各系的教授会主席,其中清华八人(中国文学系朱自清,历史社会系刘崇鋐,哲学心理教育系冯友兰,生物系李继侗,土木系施嘉炀,机械系李辑祥,电机系顾毓琇,经济系陈总),北大六人(外国语文系叶公超,物理系饶毓泰,算学系江泽涵〔未到之前推杨武之代〕,地质地理气象系孙云铸,政治系张佛泉,法律系戴修瓉),南开三人(化学系杨石先,化工系张子丹,商学系方显廷),已经很难还原在这么早的阶段,推举各院系负责人时的种种推敲与推让,但从结果看,可以说既尊重现实,也注意了平衡。以三校中规模最小的南开为例,南开经济研究所在1930年代早已声名鹊起,商学系主任便顺理成章留给了经研所主任方显廷;而清华与北大之间,则在已到达长沙的教员之间,注重平衡。临大政治系负责人是北大的张佛泉,当时清华政治系主任浦薛凤尚在北平,他对这一决定的理解是"分配席额时,似须为北大留地步"。但张佛泉后来坚辞不就,乃由浦薛凤先行抵湘的清华同事张奚若代之,等后来浦也到了长沙,"予因有人负责,减去若干麻烦",反而心中暗喜。[33]

"教授也不是很在意谁来当系主任,清华的教授治校是什么,说白了就是让他们来做行政工作,也不用付钱。"正在为祖父李继侗作传的李应平在电话那头笑道,他认为,三校都有许多人可以胜任系主任，除了平衡之外，还有两个考虑因素，其一是看谁和三校都有渊源，这样更容易协调好关系，其二与耶鲁大学在湖南设立的湘雅医学院和雅礼中学有关，"工学院在湖南大学这边，许多设备可以借用，理学院在韭菜园这边，没有太多设备，生物系的实验都是去湘雅医学院去做，所以（化学系和生物系主任分别）用杨石先和李继侗，一个因素就是他们都是耶鲁校友，更方便和湘雅把关系搞好"。

临大实行军事化管理，三校学生一律编组成队，要求全体住校，每天升旗、降旗，甚至睡觉的位置，都按队中编制的次序。不过，开学之际，长沙已陆续响过几次空袭警报，城中迁出者多，迁入者少，有一段时间房租下跌，许多临大学生纷纷在校外租房，甚至一些已经"入标"的学生也纷纷搬出。当时一篇文章说，一时间，住在四十九标里的只有三百来人，不及平日三分之一，"不愿受管理的同学自然多半是少爷，受不了睡地铺的苦，但也有一部分人却以为管理不够军事化，而且学校不供给膳食，标里吃饭并不便宜，与其不伦不类，还是佃个民房痛快"[34]。

外出租房浪潮如此之凶，临大校方不得不责成宿舍委员会、军训队、校医核实那些要求不住宿舍之学生的理由是否成立，并在11月18日的常委会上决定：凡原住四十九标学生，于领得贷金后借故迁出者，经查明后即取消其以后领受任何奖金或贷金之资格，并记大过一次。[35]

虽然学校有严格规定，但学生们总能想出种种办法来证明自己必须校外租房。当时，注册主任潘光旦的桌前总围着一大堆"特别情形"的同学，申请准许免住四十九标。起初有些人拿一张中医的"阴阳不调"之类的药方去申请，不被核准，说是非要西医不可,于是,"长沙市的公私立医院就挤满了假病人了,买卖最好的要推吉庆街的三湘医院,那医生只要察言观色,收下一块法币,就能断定你患肺结核或慢性肺炎,而且给你一张有四五颗戳子的证明书"[36]。蔡孝敏的记述也佐证了当时学生确实八仙过海。因为到长沙较早,他和几位同学在东站路合租了三间民房,开学后校方要求一律住校,大家不愿拆伙,尤其是,一位名叫铁作声的同学正与房东家小姐交往频密,更不愿意搬离。铁作声是穆斯林,他以不吃猪肉为理由申请免住宿舍并得到批准。蔡孝敏和另一个同学不是穆斯林,也想一同申请免住,学校翻遍档案,并无两人宗教信仰的记载,于是要求他们找师长、同学各二人来证明,同学好说,老师方面,他们最后还真的找到了两位清华教授——他们经常遇见他俩和铁作声在清真餐馆吃饭,想来他俩也应该是穆斯林吧。最后三人都获批可住校外,皆大欢喜。[37]

11月18日那次常委会,是为数不多的三校校长都出席的会议。南开政治系大四学生汤衍瑞回忆的一件"轶事"很可能就发生在这个日子前后。"在男同学搬进四十九标宿舍不久,有一天上午三位校务委员——北大校长蒋梦麟、清华校长梅贻琦、南开校长张伯苓,由杨(振声)秘书长陪同前来宿舍实地巡视。巡视完毕蒋委员认为宿舍过于陈旧,设备简陋,影响同学身心,不宜居住。张委员则认为际此大敌当前,国难方殷,政府在极度困难中,仍能顾及青年学子的学业,实属难能可贵,何况青年们正应接受锻炼,现在能有这样完善的宿舍应当满意了。梅委员因为从前是南开中学毕业的学生,是张委员的学生晚辈,所以未便表示意见。蒋委员听了张委员的意见后便接着说,'假若是我的孩子,我就不要他住在这宿舍里',

张委员很不高兴地说,'假若是我的孩子,我一定要他住在这宿舍里'。"[38] 按汤衍瑞的说法,自此之后张伯苓对临大的事很少过问,一切交由南开大学秘书长黄钰生,自己专心办理在重庆沙坪坝的南渝中学(后来的重庆南开中学)。

较早到达长沙的北大教授叶公超曾回忆三校在长沙合作之初"非常微妙"的情形,"北大一向是穷惯了,什么事不一定要有什么规模,只要有教员、有学生、有教室就可以上课。清华是有家当的学校,享受惯了'水木清华'的幽静与安定。南开则好像脱离了天津的地气,就得不到别的露润似的……"其时,张伯苓与梅贻琦尚未抵长,蒋梦麟便与三校教授出去游览山水,"关于……同床异梦的情况,大家都避免表露出来"。也有北大人在饭桌上说,假使张、梅两位校长不来,我们就拆伙好了,蒋梦麟回:"你们这种主张要不得……我们既然来了,不管有什么困难,一定要办起来……这样一点决心没有,还谈什么长期抗战?"[39] 不过几年后,这位北大校长在给胡适的信中也吐露了自己的情绪,"弟则欲求联大之成功,故不惜牺牲一切,但精神上之不痛快总觉难免,有时不免痛责兄与雪艇(王世杰)、孟真(傅斯年)之创联大之议。数月前在渝,孟真责我不管联大事。我说,不管者所以管也。我发恨时很想把你们三人,一人一棍打死"[40]。记录西南联合大学三校间摩擦的史料不多——但或许正是这类偶发时刻,以及人们各自的选择(放手、隐忍、承担等等),最终促成了联大往后的奇迹。

我想着四十九标嘎吱直响的木地板和发生在这里的种种故事,穿过展览馆气味各异的展厅,进了一个安静的大院,这里是湖南省科协的住宿区,居民应该文化水平较高,或许有人会知道，八十年前，曾经有一所大学在此艰难落脚，一群古灵精怪的男生就住在附近？可惜，人们最早的记忆也不过到1950年代，那是展览馆的苏式红砖建筑落成的年代，"按照北京展览馆建的，只是规模小一点"。

大院里很安静，我在树荫下乱转，碰到一位颇有风格的老人家。他穿着白球鞋，绿裤子，戴茶色墨镜，彩色丝巾裹头，问他四十九标，他大概以为我在问部队的事情，错进错出，说他还真的曾经在部队文工团工作，"我在文工团学舞蹈，音乐钢琴提琴都学，那个时候比较宽松，新民主主义社会还是比较自由，后来越搞越紧越搞越紧，连彭德怀他都不信了，连巴金他都不信了，不好讲了啊……"他叹了一口气，"领导让大家一窝蜂，你不听他不行，不听他就搞你，但心里听不听呢，那就天晓得。我呢，也听也不听"。我感了兴趣，想问问他自己经历过哪些事情，这位刚刚跳完拉丁舞回来的老爷子摆摆手，不说了，要走了，"我现在只管玩，什么时候玩死就算了"。

注释

1　蔡孝敏：《缅怀陈大师》，《陈岱孙纪念文集》，福州：福建人民出版社，1998年，第50页。
2　蔡孝敏：《临大联大旧人旧事》，《学府纪闻·国立西南联合大学》，第161页。
3　张起钧：《西南联大纪要》，《学府纪闻·国立西南联合大学》，第31页。
4　蒋梦麟：《西潮·新潮》，长沙：岳麓书社，2000年9月，第211页。
5　《浦薛凤回忆录·中·太虚空里一游尘》，合肥：黄山书社，2009年6月，第41页。
6　瞿宣颖：《湖南杂忆》，《民国文人笔下的长沙》，长沙：国防科技大学出版社，2012年，第272页。
7　老向：《湘垣半载记》，《民国文人笔下的长沙》，第462页。

8	严怪愚:《街车夫生活素描》,《民国文人笔下的长沙》,第175页。	
9	张起钧:《西南联大纪要》,《学府纪闻·国立西南联合大学》,第31页。	
10	《国立西南联合大学史料·会议记录卷》,昆明:云南教育出版社,1998年10月,第13、14页。	
11	《黄河青山:黄仁宇回忆录》,北京:生活·读书·新知三联书店,2001年6月,第4页。	
12	云镇:《津湘滇求学记》,《学府纪闻·国立西南联合大学》,第106页。	
13	刘昀:《孤帆远影:陈岱孙与清华大学》,北京:商务印书馆,2017年4月,第242页。	
14	汤衍瑞:《回忆西南联大前身——长沙临时大学的点滴》,《学府纪闻·国立西南联合大学》,第199页。	
15	豆三:《记长沙临时大学》,《宇宙风》1938年第54期。	
16	《浦薛凤回忆录·中·太虚空里一游尘》,第39、46、58页。	
17	致高孝贞,载《闻一多全集》第12卷《书信·日记·附录》,武汉:湖北人民出版社,1993年12月,第291页。	
18	林从敏:《记知友黄明信》,《中国藏学》,2016年第A2期。	
19	可参考(美)裴士锋:《湖南人与现代中国》,北京:社会科学文献出版社,2015年11月。	
20	《国立西南联合大学史料·会议记录卷》,昆明:云南教育出版社,1998年10月,第3页。	
21	汤衍瑞:《回忆西南联大前身——长沙临时大学的点滴》,《学府纪闻·国立西南联合大学》,第199页。	
22	王玉哲:《西行纪事》,《联大岁月与边疆人文》,天津:南开大学出版社,2004年12月,第184、185页。	
23	汤衍瑞:《回忆西南联大前身——长沙临时大学的点滴》,《学府纪闻·国立西南联合大学》,第199页。	
24	豆三:《记长沙临时大学》,《宇宙风》1938年第54期。	
25	张起钧:《西南联大纪要》,《学府纪闻·国立西南联合大学》,第31页。	
26	郁振镛:《长沙临时大学一段古》,《学府纪闻·国立西南联合大学》,第196页。	
27	汤衍瑞:《回忆西南联大前身——长沙临时大学的点滴》,《学府纪闻·国立西南联合大学》,第199页。	
28	李为扬:《多情重诺的白冲浩》,清华10级纪念刊(1934—1938—1988),第129页。	
29	豆三:《记长沙临时大学》,《宇宙风》1938年第54期。	
30	云镇:《津湘滇求学记》,《学府纪闻·国立西南联合大学》,第107页。	
31	《朱自清全集》第9卷《日记编·日记·上》,南京:江苏教育出版社,1998年3月,第488页。	
32	《国立西南联合大学史料·会议记录卷》,昆明:云南教育出版社,1998年10月,	

第8页。
33 《浦薛凤回忆录·中·太虚空里一游尘》，第40页。
34 陈一沛：《长沙临大见闻》，《在祖国的原野上》，战时青年社，1938年8月。
35 《国立西南联合大学史料·会议记录卷》，昆明：云南教育出版社，1998年10月，第23、24页。
36 陈一沛：《长沙临大见闻》，《在祖国的原野上》，战时青年社，1938年8月。
37 蔡孝敏：《临大联大旧人旧事》，《学府纪闻·国立西南联合大学》，第163页。
38 汤衍瑞：《回忆西南联大前身——长沙临时大学的点滴》，《学府纪闻·国立西南联合大学》，第201页。
39 叶公超：《孟邻先生的性格》，《筮吹弦诵情弥切：国立西南联合大学五十周年纪念文集》，北京：中国文史出版社，1988年10月，第17页。
40 1943年1月2日致胡适信，《胡适遗稿及秘藏书信39》，合肥：黄山书社，1994年12月。

第四章

在南岳：我见证了中国吸收欧洲成就最后的伟大日子

10岁起幻想的山中生活—理解了中世纪欧洲僧侣—红烧肘子常有—凭着记忆授课—人生简直是个谜呀—如何去体会当代敏感—保存文明火种至关重要的力量—救疗了我从前的空疏不学—此地有虎请勿夜行—祝您一烧就灵—回到宇宙洪流上去了—火锅里包罗了天下的珍馐

> 课堂上所讲一切题目的内容
> 都埋在丢在北方的图书馆里，
> 因此人们奇怪地迷惑了，
> 为找线索搜求着自己的记忆。
>
> ——摘自燕卜荪（William Empson）长诗
> 《南岳之秋——同北平来的流亡大学在一起》，王佐良译

11月3日上午9点一刻，一夜大雨后，一辆塞得满满如装沙丁鱼的长途汽车从长沙出发了。因为长沙圣经学院房舍不敷使用，校方决定文学院搬至圣经学院位于南岳衡山的分校。这辆汽车可容纳40名旅客，只坐了20个人，可大大小小的行李却至少在百件以上。乘客以文学院教授为主，有朱自清、闻一

多、陈梦家、叶公超、柳无忌、罗皑岚、金岳霖、冯友兰、吴俊升、罗廷光、周先庚等[1]，还包括前一年刚刚接受北大聘任的英国诗人燕卜荪。这个32岁的年轻人是在卢沟桥事变后，经西伯利亚大铁路来到北京并辗转南下长沙的，"人们穿过日军并不明确的封锁线到达那里，除了身上穿的衣服或者还有一些课堂讲义之外，别的一无所有"；英国人在一封信里写道，"那是份相当危险的工作，而且你肯定不能带上一个图书馆。想象一下，如果牛津和剑桥可以在上述情况下一同来到巴罗（Barrow），双方不会争吵得特别厉害，还能够联合在一起，这是个很有趣的设想"[2]。

出发前一天，闻一多给立鹤、立雕两儿写信，"鹤儿身体有进步否？雕儿读书用心否？我无时不在挂念。我明天搬到衡山上去。衡山又名南岳，所以那边有一镇市名曰南岳市。你们写信可以写'湖南南岳市临时大学文学院'。昨天这里有过一次警报，但敌机并未来。南岳离长沙一百余里，汽车行三四小时。那边绝无空袭的危险。你们都要听妈妈的话。千万千万"[3]。汽车在下摄司摆渡过湘江，经湘潭驶往南岳，车开得很快，柳无忌有点心悸，这位南开大学外文系主任在卢沟桥事变后南返沪上，等待孩子出生，8月13日，上海亦沦为战区，五星期后，"在炮火的洗礼中孩子出世了"。10月初，他接到南开校方来函，知临大开学在即，遂告别父母妻女，只身赴湘，路上遭遇翻车，幸好只受了轻伤。[4]

下午1点，车抵南岳，用过午餐后众人步行经南岳寺、图书馆、黄庭观、白龙潭，约一小时许达圣经学院分校[5]，大门两侧是白灰碎石墙，进门后石子路对着可容纳两百多人的大饭厅，饭厅左侧有数栋两层木楼，为学生宿舍，右侧是一排教室，前面有大块草坪，院内竹子最多，碗口粗细，枝叶扶疏，随风轻荡[6]。由此再往上三百四十四级台阶，方抵校址之巅的教员宿舍，这是一栋两层的石砌洋房，楼上有房十间，又有一大阳台，"下望溪谷，仰视群山，四周尽是松树花草，堪称胜地"[7]。

教授们先抽签决定单双房间，再定房间号数，朱自清"幸而……得一单间"[8]，燕卜荪与金岳霖同屋，柳无忌抽到了双人房，又和南开同事罗皑岚抽得楼上201号，房间朝北，"高山数头，松树千枝，亭亭直立，颇觉幽爽"[9]。陈梦家、赵萝蕤夫妇同行，未住教员宿舍，而是搬进了附近山中一家旷姓老秀才家——后来钱穆曾回忆，因为赵萝蕤身体不好，所以每到一处陈梦家都以找住处为第一要务[10]——在黄狗的汪汪叫声中，老先生一家人引宾入室，堂屋的黄泥地"平滑胜如水门汀"，中间一张光亮画桌，两边两套太师椅，墙北床下一只书案，上面是主人为他们备好的文房四宝。卧室朝南，"亮得像终朝有太阳和月亮"，卧具亦精致，书案上摆着红漆古玩，主人又在窗纸上画了一点兰菊——这是赵萝蕤10岁时就开始在作文里幻想的山中茅屋生活。过去几个月，这对年轻夫妇东奔西跑，上船下船，上车下车，"无处不是人"，"拼命走，挤人，快吃包子又上车，挨饿二十四小时，又落车"，突然结束流离生活，到了这样一个"理想的家"，"那种幸福非同小可"。早晨楮树的小鸟喳喳叫着，屋后的山泉潺潺响着，"我们玩够了前后的山泉，才把我们一大堆的七折八扣书放入古玩架"，然后一人一把毛竹椅，各自看淮南子、吕氏春秋、老庄、墨管。山泉水太好了，既可灌溉岩下菜地，又可洗衣捣被，"枯树的瘦骨头刚刚晒衣服，老天的文明真有不可测的深奥"[11]。

初抵山中，又尚未开课，这段日子是放松闲适的。柳无忌午后散步，斜走小径，野草树叶，少数已经变色，他想象着来日红叶满山，夹在青翠松柏之间，不觉徘徊观望良久。采了红叶五张，准备寄给人在上海的妻子，"如此满山的花树草，可惜不能与她同赏"。凤尾草遍地都是，让他想起南开八里台已被炮火毁掉的家，"那盆辛勤培养的草不知哪里去了！"下午五时下山寄信，与友人同游白龙潭，白龙潭离圣经学院大门不远，数块巨大的青石叠成几十米高的悬崖，溪水从上面跌落，把石头冲得光泽滑润，"眺望久之"。晚上开始磨墨习字，准备将来购帖临摹，适应山中生活，"始恍然得悟中古世纪欧洲僧侣所恭正缮录之书卷，及其所费之无穷岁月"[12]。

也不是没有烦心事，教授们所住的洋楼，原是圣经学校洋教员避暑之用，冬季从来无人住过，山中风大，木制窗门在风雨里啪啪直响，打一下，楼板就震动一下，天花板的泥土随之往下掉一块，闻一多听着这声音一夜未眠，写信给妻子叮嘱把皮袄和丝绵短袄一并寄来御寒。[13] 随着11月21日晚衡山降下第一场雪[14]，御寒愈加成为问题，校舍内没有壁炉或者烟囱，人们只能在铁架子上烧木炭来取暖，这其实相当危险，至少有四名学生曾经一氧化碳中毒（好在都复苏了），燕卜荪时常担心自己会窒息而死，而当他穿起中式棉袍后，大衣的重量又迫使他不得不慢了下来，这件事甚至让他认为自己对中国人的心态有了部分洞察：

"裹在棉服中、双手揣在袖子里的生活必须以我看来的低调进行；你的目标就是保持被动；于是为人熟知的神秘的东方式平静便出现了。而有关将欲望减少的智慧便特别明显了；

你少吃，少睡，少做事。"[15]

饮食一开始也是问题，"真是出生以来没有尝过的"。闻一多写信给妻子抱怨，"饭里满是沙，肉是臭的，蔬菜大半是奇奇怪怪的树根草叶一类的东西。一桌八个人共吃四个荷包蛋……"[16] 11月6日起学院改在山下开饭，每餐均须上下台阶三百四十四级，三餐共六次，饭后奔波让原本就体质欠佳的清华大学中文系教授浦江清得了胃病，多年未愈。[17]

不过教授们很快组织起来，由北京大学外语系教授叶公超牵头，改包饭为自己管账，又更换了厨师，伙食迅速改善，等吴宓、钱穆等人到达南岳时，已经可以在"面食团"和"米食团"中选择入伙，陕西人吴宓加入了面食团，每月20元，掌勺的是文学院代理院长冯友兰从清华带来的河南厨役，"不但有馒头，且肴馔丰美。红烧肘子常有，炒菜亦好"[18]。工作几个钟头，到吃饭的时候，大家聚在饭厅，谈笑风生。有一次菜太咸，冯友兰说：菜咸有好处，可以使人不致多吃。闻一多便用汉人注经的口气说："咸者，闲也。所以防闲人多吃也。"[19]

大家也会不时下到山下的南岳市聚餐宴会，燕卜荪第一次参加这样的聚会时去晚了，"宴会开场对于一个饥肠辘辘的人来说真是难过……四盘（凉）菜都非常精巧，味道非凡，不过却实在不是可以大嚼的东西……"好在热菜源源不断地上来，在某个时刻，他感觉自己饱了，于是希望接下来会按照西方的习惯上些点心或者奶酪什么的，但"数不清的各种东西断断续续地继续上来"，西芹炒蛋后是一只鸡，接下来是"一种非常美妙的汤，他们说那是用一种水母做的，但是这东西却长到了山上"，叶公超夸赞说"这可是很难得的东西"。后来，又上来了熬白菜。"这就更好了"，叶公超说，于是大家又专注于熬白菜了。"这让我完全迷惑了,"燕卜荪后来在自己的笔记里写道,"因为我能够理解对上菜先后顺序的不在意,但是他显然是说在宴会的这个阶段大白菜会更好。"最终,英国诗人认定,这饭菜上得实在缺乏结构感。[20]

从11月12日起,文学院学生陆续由长沙抵达南岳,来衡山的学生以外语系和中文系为主,历史系留在韭菜园,因此陈寅恪、姚从吾等教授便继续留在长沙授课[21]。北大中文系大二学生向长清是湖南人,却也是第一次上衡山,抵达时日头已偏西,山腰背阳处出现了一层紫雾,远远传来一阵阵爆炸声,让这些刚从前线撤下来的学子一阵慌乱,问了乡人才知道是在炸山。"每个人都怀抱着无穷的希望,心想着国家交给自己的一分责任而感到夸张的自豪。读书啊,沉静下自己来读书啊!因之,忽忙地吃过了一顿颇晏的午餐,只在山门边略站一站,就随着两三个伴侣到校舍的周围,察看房屋有多少间,教室和图书馆的光线亮不亮,惦记着各人应该有一个小小的地盘,那上面够摆一本书,一块古旧的砚台。"年轻人精力旺盛,延续他们从华北带来的传统,向长清和同学们开始唱歌了,"山间的居民许会惊讶于今夜骚然地打破多少年山间的寂静罢?每一只喉咙把悲壮的歌曲唱得千山响遍,直到夜深仍有零乱的影子在山径中独步"。第二天又醒得非常早,为了看日出。乡下的狗跟在后面乱叫,年轻人回过头来,"以更猛烈的声音答报那无知畜生的狂吠,这颇使他觉得狼狈,往往丧气地夹着尾巴回到原来的地方趴下"[22]。

11月16日早晨,离开学还有两天,清华外语系大四学生傅幼侠一人走出校门,往白龙潭方向游玩,还没到刻石的地方,便听到有人呼喊,他看见北大历史系大四学生、小个子高亚伟慌张跑来,说有同学掉下潭去。傅幼侠转身跑回校内叫人救助,他自己也顺小道爬向潭底,快到时发现草石中有两条蛇[23]。从白龙潭悬崖失足跌下的是北大中文系学生何与钧,两小时后伤重不治[24]。何与钧是广东人,不久前从沦陷的北平逃出,在廊坊被拉下火车来,趁日军一时疏忽,拔脚就跑,日军在后开枪,没有击中,侥幸逃脱,不料刚到南岳就以这样的方式死去[25]。本来,从长沙动身时,学生们就带了一种悲凉的心境,广播里说日军已经攻下了大场,越过了苏州河,"每当一个坏的消息传进紧张的神经中时,就使心蒙上了一层沮丧",如今,身边的同学被装进漆黑的棺材,寄放在一个寂静的屋子里,"谁相信……这美丽的,安静的地方也会成人可怕的归宿地?因之……益使人感到人生的易变和无常,而镇日忘情于山间的每一个角落了"[26]。

然而终究是开学了。刚上课时,教授19人,学生80余人,闻一多继续开《诗经》与《楚辞》,冯友兰开"中国哲学史"、柳无忌开"英国戏剧"与"英国文学史",但没有课本,没有参考书,最初连黑板都没有,学院图书馆资料也奇缺,叶公超通知学生们,如果随身带有书来,可以让与图书馆,傅幼侠有一册《十九世纪诗人》拿给了图书馆,付了他12元,比买时价钱还高[27]。教授们不得不凭着他们头脑里的记忆授课,英国人燕卜荪也不例外。他开了两门课,"英国诗"和"莎士比亚",在一个阴沉沉的下午,好奇的学生们纷纷去围观这位剑桥诗人的第一堂课,听课者如此之多,来自山东大学外文系的借读生赵瑞蕻不得不挤在茅草屋的角落里,和另一个同学合坐一把椅子,"上课铃摇了,一根红通通的鼻子,带着外面的雨意,突然闯进半掩的门里了","修长的个子,头发是乱蓬蓬的","一身灰棕色的西装","我们的诗人一进门,便开口急急忙忙地说话;一说话,便抓了粉笔往黑板上急急忙忙地不停地写字。然后擦了又写,又抬头望着天花板,'喔,喔……'地嚷着,弄得大家在肃穆的氛围里迸出欢笑的火花"。燕卜荪的一口牛津腔又快又不清楚,完全听懂的人不多,"在那一点钟里,与其说去上课,不如说大家来欣赏这位现代派英国名诗人的丰采与谈吐……我到现在还记得起来,北大同学的老练与谛听诗人的说话时的严肃味儿,清华同学年轻的热狂劲儿,南开同学幽默的微笑声。那时,大家以无限悲愤的心情辞别了清华园、沙滩红楼和八里台,流亡南迁,再加上从其他大学来的同学们,相继都相聚在衡山,来受剑桥诗人的诗的洗礼……"[28]

"莎士比亚"课上第一本读的是《奥赛罗》,大家都没有书,燕卜荪就凭借他的记忆,整段整段背出来,写在黑板上,给大家念,再一一加以讲解。在"英国诗"课上,最初几天,乔叟和斯宾塞的一些诗篇也是他一字不漏地默写出来的,"真使人想起当年秦始皇帝焚书坑儒以后,天下无书,大部分全靠那些白发皓首的大儒将经书整部整篇背诵出来那种传奇一般的神异的故事"[29]。关于记忆的故事如今已经成为西南联大传奇的一部分,而实际情况是,燕卜荪记得足够多的诗歌,可是记不住散文,"一位好心人借给我一本炫目的1850年版的《莎士比亚全集》(Complete Shakespeare),这让我可以安全地上一门课。这本书中还有一张散开的扉页,上面竟然有斯威夫特和蒲柏的签名,这在这座圣山上显得颇为令人激动"。

当然,英国人从没有夸大过自己的任何成就,相反,他后来说,"这件事对于中国的讲师们来说并不会像对于大多数人那样恐怖,因为他们有着熟记标准文本的长期传统。我因为可以凭借记忆打出这门课程所需的所有英语诗歌而给人们很好的印象,然而,这事之所以受到赞赏是因为我是一个外国人,若是中国人那就没有什么稀罕的了"。与此同时,他也相信,被迫凭借记忆重建一部文学作品有一个显著好处:"它迫使你考虑究竟什么是重要的东西,或者如果你想一想就已经知道了的东西,或者如果可能的话你自己想要知道些什么东西。"[30]

在燕卜荪的学生里,有一位外表沉静,总是笑眯眯,还有一对可爱的浅浅酒窝的小伙子[31],叫查良铮,是清华外语系大三学生,毕业于南开中学。早在1933年,只有16岁的查良铮就开始在《南开高中生》发表散文和诗歌,曾署名穆旦,并很快成为这本学生刊物的"台柱子"之一,刊物另一位撰稿人董庶是查良铮的同班同学,两人志趣相投,结下终生友谊[32]。1935年,穆旦考入清华,在中学毕业录里谈起自己如何对"读书"发生真正的兴趣,"随着阅读一些小说而觉到一部分书的'有意思'……由此我便看起书来,由小说的范围扩展到一切软性的书籍——如流行的一般杂志等等。这些书里面与我以更进一层的趣味,使我知道了自身以外的许多事情。我渐渐欣赏起这些事物来了,脑中开始生出了各种幻想,各种幻想的综合在我心中也曾起了很大的欲望,可这反而使我苦恼起来。一切美丽的幻想都是不能兑现的东西,人生简直是个谜呀!我开始追索着,这时,好像书中已隐含这一类问题的解答了。……从我自身的经验来说,在烦闷苦恼的时候拿下一本书倒可以静静地看下去,完全娱快的时候反而不行了……生活安适的人们,大概对于书的需要并不那么迫切吧"[33]。1936年,穆旦开始在《清华周刊》发表诗作,到了南岳,穆旦与考入北大中文系的董庶再度成为同学,董庶学中国古典文学,但热爱新诗,赵瑞蕻记得他们常在一起谈心,"可以说是形影不离"[34]。

"中国的战时现实使得这些年轻人有时欢乐、鼓舞,有时又忧愤、苦闷,"穆旦的同学王佐良后来回忆,"一个出现在中国校园中的英国现代诗人本身就是任何书本所不能代替的影响。其结果是,在燕卜荪课堂上听讲的以及后来听这些听讲者的课的人当中,出现了一种新的文学风尚。英国浪漫主义受到了冷落(有些人甚至拒绝去听讲授司各特的作品的课程),艾略特和奥登成了新的奇异的神明,有些人还写起现代派的诗来"[35]。燕卜荪的讲授让"正苦于缺乏学习的榜样"的学生们"慢慢学会了如何去体会当代敏感"[36]。1937年11月,应该是在南岳,穆旦写下了《野兽》,这首诗后来被他列为第一部诗集《探险队》(1945年出版,诗集扉页上写着"献给友人董庶")的开篇之作,赵瑞蕻认为这是穆旦最好的作品之一——

> 黑夜里叫出了野性的呼喊,
> 是谁,谁噬咬它受了创伤?
> 在坚实的肉里那些深深的
> 血的沟渠,血的沟渠灌溉了
> 翻白的花,在青铜样的皮上!
> 是多大的奇迹,从紫色的血泊中
> 它抖身,它站立,它跃起,
> 风在鞭挞它痛楚的喘息。
> 然而,那是一团猛烈的火焰,
> 是对死亡蕴积的野性的凶残,
> 在狂暴的原野和荆棘的山谷里,
> 像一阵怒涛绞着无边的海浪,

它拧起全身的力。

在暗黑中，随着一声凄厉的号叫，

它是以如星的锐利的眼睛，

射出那可怕的复仇的光芒。

（1937年11月）

不只是穆旦，燕卜荪还影响了一代中国诗人与翻译家，李赋宁、王佐良、许国璋、杜运燮、袁可嘉等等都是他的学生。许国璋回忆，"今人提起西南联大，无不想到昆明。然联大的开始，实在长沙，而文学院的开始，实在长沙之南的南岳……接触最多，作业最频，是英国人燕卜荪……开三年级英语，用商务版三卷本《当代英美散文选集》，又讲莎士比亚，两学期各讲四个剧。学生作文文法有误，或不改，或改而不评；行文不贯，改，偶或加评；文不达，而有思想，助其达；文字华丽，作老生之谈，指出其空泛；文达而无新解，不评，也不给好分；文达而有新解，小误不足病"。和王佐良一样，许国璋也曾翻译老师的《南岳之秋》，让他最感亲切的是这几句："空路，铁路，公路，／我到南岳，苔深处，来住……四人居室，两位教授将就，／谈心，论道，不缺朋友。……原有的图书馆已经放弃，／蕴涵的，讲台上一一剖析"[37]。

在后来的回忆里，燕卜荪把自己的成功归于他的学生和同事："我想我们通过这种方式所取得的结果异乎寻常地好。无疑，主要原因是学生的水平都非常高：我见证了中国吸收欧洲成就的努力最后的伟大日子，那时一个受过良好教育的中国人相当于一个受过最好教育的欧洲人。我的同事们彼此之间总是用三四种语言混合着谈话，没有丝毫做作，只是为了方便,若是记得我在听着时,就多用些英语;当然,对于中国文学的全面了解是被看作理所当然的事了。"[38]

与燕卜荪同屋的是毕业于美国哥伦比亚大学的清华哲学系教授金岳霖,他们非常喜欢在学院的阳台上一起坐着,交换有关维特根斯坦的轶闻趣事。因为资料缺乏、空间有限,也因为与世隔绝——柳无忌就形容"山居如世外桃源,报来不易",有一回,他与罗廷光去中研院朋友处阅报及听广播消息,"有客自长沙来,乃群集询问之",等他回到圣经学院去朱自清房间,诸人又来打听他们所听到的消息[39]——反而让这群流亡的教授之间建立了一种团结合作的感情,并把自己的工作看作是保存文明火种至关重要的力量,从而激发出更大的创造力。

在南岳,朱自清有时会整天泡在山脚的南岳市图书馆,为他的《沉思翰藻说》搜集材料[40];柳无忌编订了英国戏剧讲义;钱穆为后来写《国史大纲》摘录了笔记;金岳霖完成了他个人最满意的一部著作《论道》[41];陈梦家住在风景如画的"楷庐",温读从前所不能整读的书籍,除了写成文字学讲义外,还完成了《先秦的天道性命》一书,后来他在昆明给胡适写信:"这五年的苦读,救疗了我从前的空疏不学……亦因了解古代而了解我们的祖先,使我有信心虽在国家危机万伏之时,不悲观,不动摇,在别人叹气空想之中,切切实实从事于学问。"[42]汤用彤完成了他的《汉魏两晋南北朝佛教史》,"惟今值国变,戎马生郊。乃以其一部勉付梓人。非谓考证之学可济时艰。然敝帚自珍,愿以多年研究所得作一结束。惟冀他日国势昌隆,海内乂安,学者由读此编,而于中国佛教史继续述作"[43]。冯友兰完成了《新理学》,并在钱穆的建议下补充修订,

"（南岳）所见胜迹，多与哲学史有关者。怀昔贤之高风，对当世之巨变，心中感发，不能自已。又以山居，除授课外无杂事，每日皆写数千字。积二月余之力，遂成此书。数年积思，得有寄托，亦一快也"[44]。

在以后的岁月里，燕卜荪总是把这座山看作是他理想的学术社区所在，冯友兰也说，"我们在南岳底时间，虽不过三个多月，但是我觉得在这个短时期，中国的大学教育，有了最高底表现。那个文学院的学术空气，我敢说比三校的任何时期都浓厚。教授学生，真是打成一片。有个北大同学说，在南岳一个月所学底比在北平一个学期还多。我现在还想，那一段的生活，是又严肃，又快活"[45]。

2018年12月中旬，在两波寒流间短暂的晴天里，我来到了南岳。上一次登衡山还是十来年前，为了领略它闻名南中国的雾凇，印象最深的却是被冰雪封住的道路，穿了山民卖的草鞋还是不断打滑，最后从祝融峰下来时不知多少次一屁股坐在地上。擅长健行的钱穆在南岳期间"以游山为首务"，或结伴同游，或一人独游，祝融峰登顶不止一次，又曾结队游方广寺，"乃王船山旧隐处，宿一宵，尤流连不忍舍"。还有一次，清晨独自登山，"在路上积雪中见虎迹，至今追思，心有余悸"[46]。1937年的衡山确实还有野生华南虎，向长清也曾在山径中发现一串深深的虎爪痕迹，古寺僧房里的僧众告诉他们，山中老虎已被山神降伏，都学会了吃斋，但这说法解决不了"异乡人的焦虑"，有一次他和三四个同伴去探访另一古刹，就忽然在草地上发现一块木牌，上书"此地有虎，请勿夜行，行时请结伴而过"，学生们进退两难，只好继续那光荣的北方传统，一路高声歌唱，吓退不知在哪里潜伏的大虫。[47]

如今南岳最热闹的地方是山脚下的大庙——柳无忌日记中的南岳寺，他曾在这里见到一位军官焚香礼拜，"大概是祈求大帝保佑他出征安全"——庙前的西街基本上全是香行和命理馆，夹着几家饭馆和客栈，一家香行的广告是"祝您一烧就灵"。因为不是初一十五，游人不多，离开大庙，就回到了一个舒适的小城，很多安静的老式小区，从黄庭观方向的公路往上走，没几步就看到了建于1932年的南岳图书馆，一栋两层砖木结构的四合院建筑，在周围高大林木掩映下有几分幽静。

离开图书馆就算是正式进山了，一路上松杉深沉，毛竹翠绿，枫树和银杏在阳光下放射出几乎耀眼的红色与金黄，偶见几户民居，但更多的是军事禁区——之前在网上查询，说是南岳圣经学院旧址也被某军事机关占据，但某处高墙之下有个豁口可以钻进去，不知那个豁口还在否？走到黄庭观，一座依山势陡然抬高的三进建筑，传说中道教上清派祖师魏华存羽化飞仙之处，脱下笨重的抓绒，不觉已经一身大汗，想当年，陈梦家和赵萝蕤一路上行，看到茅屋和丑猪，感觉"像是下了村一样。待到见了黄庭观，十数级宽阔的石阶，几个穷道士，才像有点名山的样子"。

牌坊背面"道无长存"四字很得我心，金岳霖曾在这山中一边给学生开课谈"哲学中的时与空"[48]，一边写《论道》，似乎没有比这更适合的场景了，他后来回忆，"甚至写了相当一部分的时候，我才下决心把'间'和'时'分开来提。现在用'时间'两个字表示分割了的时间，用'时'一个字表示'洪流'的'流'……例如1982年，它一来就置当不移，不属于它的挤也挤不进去，属于它的逃也逃不出来。可是，好些重大的事情，可以安排在这一年里，使它们得到历史上的确切的位置。……那本书的重点仍然是时流。这表示在那几句话:'能之即出即入,谓之几。''能之会出会入,谓之数。''几与数谓之时。'这就使我回到无极而太极中的宇宙洪流上去了"[49]。

过黄庭观百来米,上山路右侧,摇摇欲坠的大石头驮着另一个大石头,名曰"飞仙石",岩壁垂下来千里光的黄色小花,我在这里听到了哗哗水声,再往前,左侧林木深处冒出的一汪溪水在几块巨石间汇成清澈的浅潭,离开马路,跳上巨石,隔着水泥栏杆往外看,下面是一个不高不矮的悬崖,浅潭的水就从这悬崖跌落,正是枯水季,与其说形成了瀑布,不如说给悬崖覆上了滑溜溜的水膜。栏杆外侧的石头上刻着"白龙潭"三字,这便是柳无忌"眺望久之"的所在了,燕卜荪也常常在这大青石上徘徊,不停地抽烟、看书[50]。我趴在栏杆上看了会儿风景,才留意到白龙潭三个大字旁边还有一行竖刻小字:"注意此地已跌死十二人",刻字人没有留下时间,不知这十二人是否包括那位北大学生的亡魂?

白龙潭斜对面就是圣经学院旧址的正门,现在是某军事机关,哨兵无论如何不许我进去,看一眼也不行,"除非领导打电话"。后来我听《西南联大》纪录片总导演徐蓓说,因为是军管区,他们也没有拍成。只好继续往上,走了十来分钟吧,崭新的柏油公路右边出现了一座两层石砌洋房,虽然房子已全然破败——屋顶为茅草和藤蔓植物所穿,玻璃窗荡然无存,里头横梁斜躺,但我还是立刻就认出了,这就是临大文学院教授们当年所居的,三百四十四级台阶之上的"停云楼"。只是非常可惜,它和我之间仍然隔着一道上面种满碎玻璃的围墙,铁门锁着,网上传说的豁口遍寻不见,只能爬到路边的土丘上,隔墙近观了。

在南岳时，临大文学院副教授容肇祖曾根据第一批抵达的教师名字，赋七绝三首。其一：冯阑雅趣竟如何（冯友兰）？闻一由来未见多（闻一多）。性缓佩弦犹可急（朱自清，字佩弦），愿公超上莫蹉跎（叶公超）。其二：鼎沈洛水是耶非（沈有鼎）？秉璧犹能完璧归（郑秉璧）。养士三千江上浦（浦江清），无忌何时破赵围（柳无忌）。其三：从容先着祖生鞭（容肇祖），未达元希扫房烟（吴达元）。晓梦醒来身在楚（孙晓梦），皑岚依旧听鸣泉（罗皑岚）。而冯友兰又续成二绝。其一：久旱苍生望岳霖（金岳霖），谁能济世与寿民（刘寿民）。汉家重见王业治（杨业治），堂前燕子亦卜孙（燕卜荪）。其二：卜得先甲与先庚（周先庚），大家有喜报俊升（吴俊升）。功在朝廷光史册（罗廷光），停云千古留大名（停云楼，教授宿舍名）。[51]

停云楼确实留名于此，甚至从路旁经过的两位穿花棉袄的农妇，也知道这是"原来蒋介石手里的教学楼"，公路上偶有几个行人，车辆极少，多数时间只听得见鸟鸣，我近乎贪婪地辨认着周围的一切：柳无忌住过的201房是离我最近的那间吗？北边几株红皮松树，离他的窗户可真近啊，那是后来长的，还是他当年描述过的"亭亭直立"？二楼正对山下的方向似乎是一牌楼，但又是红砖所砌，不知道是后来加盖的，还是金岳霖与燕卜荪谈论维特根斯坦的阳台？屋顶还可看见一根烟囱，这似乎与没有取暖设备的记载不符？但谁知道呢，也许是后来装上去的，变换的时代在它身上刻下了太多印记，看看一楼外墙下面那些没洗干净的红色标语就知道了。也是在这里，闻一多听着风声雨声一夜无眠，姗姗来迟的吴宓赶上了连续的晴天，对住宿条件很是满意，"每人一木架床，一长漆桌，一椅，煤油灯，室甚轩敞，居之甚舒适，诚佳美之讲学读书地也"。住进停云楼第二天，他就在楼顶东观日出，感受云气涌动，浮山如岛，"是故由高山即可得日出之全景，不必到东海也。宓一生极少与自然山水近接，故恒溺惑于人事，局囿于道德。即如Wordsworth（华兹华斯）之久居Lake Districts（英国湖区）……皆有助成其文章与修养工夫，亦皆宓所未得尝受"[52]。

我有点不甘心，又上行一段，想从停云楼北面的谷地绕过去，在松林里踩着厚而松软的松针走了半天，到了一大片坟地，再往下就是密密的灌木丛，无路可走了。再折回来，倒意外地看到了通往白龙村的岔道，大约是离圣经学院最近的一个村子，十几二十栋红砖或者白水泥房，静静地卧在染了点棕红的绿色山坳里，陈梦家和赵萝蕤的"楮庐"是否就在这里呢？我没有看到老房子，也没有遇到旷姓老人，一位正在家门口晒谷坪上打扫卫生的大叔帮我喝退了村口的几条恶犬。他告诉我，圣经学院的豁口前两年还在，是新近堵上的，更早之前，他小时候还经常去玩，不过他并不知道长沙临时大学，只知道停云楼曾被用作国民政府的指挥所，指挥了后来著名的长衡会战——那是1944年了，这座"圣山"到那时才落入日本人手中。他又说，去年还是前年，湖南师大的党委书记还过来想要圣经学院的房子，没要到，说这里是制高点，有军事目的。他一边跟我说话，一边把露出来的棉毛裤塞回腰带，他说的最多的三个字是"没有用"：党委书记来要房子没有用，把房子保护起来没有用，文物保护单位没有用，你进去看了也没有用。

告别这位超然的大叔，我沿原路下山，一个年轻的女孩带着她的母亲和小孩，在山路两边厚厚的松针里挑挑拣拣，找一些干的松枝做柴火，按天气预报，后天开始降温降雨，再放晴就要等到2019年了。

临大文学院的师生们告别南岳是在1938年寒假前,他们得到通知,先返长沙,再迁昆明。柳无忌是1月21日离开的,头一天又下雪了,他睡到9点才起,"考试结束,教务已毕","无课一身轻",晚上整理物件,家书很多,他不打算带了,通通付之一炬,"等信时何等心焦,看信时何等高兴,烧信时又作何感想?"午后,他雇的轿子和挑夫到了,朱自清和浦江清送他到校门口,时近旧历新年,文学院离校者已有一半以上,"回首二月前此间人才云集之盛况,不觉凄然"[53]。

陈梦家赵萝蕤一家也要告别可爱的楂庐了,为了纪念宾主融洽,他们决定各来一次别宴。客人先请,赵萝蕤与母亲一起杀了只鸡清炖,做了几个荷包蛋,又炒了几色青菜,请旷家来吃,大约是江浙人做菜太过清淡,又或者母女厨艺不精,大家都没有吃饱。来日主人回请,规模可大大不同了,炖了一天的红烧肉"烂如泥","鲜美令人陶醉",还有大大的火锅,里头煮着肉丸、肚片、火腿、腊肉、鸡蛋……总之"包罗了天下一切的珍馐","这才是热烈、沸烫,这才够朋友"。老秀才又送给陈梦家一幅岣嵝碑,送给赵萝蕤他玩弄了十五年的实心衡岳竹杖,客人们想要回礼,却发现行李中没有什么拿得出手的东西,只找出一瓶爽身粉和一双丝袜送给老秀才的太太,这让他们在告别时"加倍的害羞"。

和迎接他们到来时一样,旷氏照例全家出动,在打稻台上送客人们下山,"在这座矮胖胖秃秃的山上只住了一个半月,却格外使人难忘。正如人一肚皮的世故,却有一点童心,满脸上的雀斑,却有两汪秋水,一街的电灯和汽车,却有头上的亮月,我们喜欢热闹,但是难忘记清静","再回头看看站在半山腰大岩石上的楷庐和楷树，正如同老天赐我一对明眸，让我在人挤人的倾轧中得有亮光，但到一天却须把这副眼睛交还给楷庐。下山的路虽只是短短，但是对于黑的恐怖却无限的长！"[54]

注释

1. 柳无忌：《南岳日记》，《柳无忌散文选·古稀话旧》，北京：中国友谊出版公司，1984年9月，第88页。
2. （英）约翰·哈芬登：《威廉·燕卜荪传·第一卷·在名流中间》，北京：外语教学与研究出版社，2016年4月，第530页。
3. 致闻立雕、闻立鹤，《闻一多全集》第12卷《书信·日记·附录》，武汉：湖北人民出版社，1993年12月，第297页。
4. 柳无忌：《南岳日记》，《柳无忌散文选·古稀话旧》，第88页。
5. 柳无忌：《南岳日记》，《柳无忌散文选·古稀话旧》，第89页。
6. 傅幼侠：《衡山负笈》，《学府纪闻·国立西南联合大学》，台北：南京出版有限公司1981年10月，第83页。
7. 柳无忌：《南岳日记》，《柳无忌散文选·古稀话旧》，第89页。
8. 《朱自清全集》第9卷《日记编·日记·上》，南京：江苏教育出版社，1998年3月，第495页。
9. 柳无忌：《南岳日记》，《柳无忌散文选·古稀话旧》，第89页。
10. 钱穆：《八十忆双亲·师友杂忆》，北京：生活·读书·新知三联书店，1998年9月，第207页。
11. 赵萝蕤：《楷庐记》，《读书生活散札》，南京：南京师范大学出版社，2009年11月，第6页。
12. 柳无忌：《南岳日记》，《柳无忌散文选·古稀话旧》，第90页。
13. 致高孝贞，《闻一多全集》第12卷《书信·日记·附录》，第298页。
14. 《朱自清全集》第9卷《日记编·日记·上》，南京：江苏教育出版社，1998年3月，第498页。
15. （英）约翰·哈芬登：《威廉·燕卜荪传·第一卷·在名流中间》，第536页。
16. 致高孝贞，《闻一多全集》第12卷《书信·日记·附录》，第298页。
17. 浦汉明：《浦江清先生年谱》，《浦江清文史杂文集》，北京：清华大学出版社，1993年4月，第268页。

18	《吴宓日记（1936—1938）》，北京：生活·读书·新知三联书店，1998年3月，第270、271页。
19	《冯友兰自述》，郑州：河南人民出版社，2004年5月，第101页。
20	（英）约翰·哈芬登：《威廉·燕卜荪传·第一卷·在名流中间》，第534页。
21	王玉哲：《西行纪事》，《联大岁月与边疆人文》，天津：南开大学出版社，2004年12月，第185页。
22	向薏（注：向长清笔名）：《在南岳》，《大公报》（香港版）1940年2月19日。
23	傅幼侠：《衡山负笈》，《学府纪闻·国立西南联合大学》，第83页。
24	《朱自清全集》第9卷《日记编·日记·上》，第497页。
25	魏东明：《这里也不是桃源——南岳通信》，《大公报》（汉口版）1937年12月22日。
26	向薏：《在南岳》，《大公报》（香港版）1940年2月19日。
27	傅幼侠：《衡山负笈》，《学府纪闻·国立西南联合大学》，第83页。
28	赵瑞蕻：《怀念英国现代派诗人燕卜荪先生》，《离乱弦歌忆旧游》，上海：文汇出版社，2000年5月，第26、27页。
29	赵瑞蕻：《怀念英国现代派诗人燕卜荪先生》，《离乱弦歌忆旧游》，第27页。
30	（英）约翰·哈芬登：《威廉·燕卜荪传·第一卷·在名流中间》，第537、538、539页。
31	赵瑞蕻：《南岳山中，蒙自湖畔——怀念穆旦，纪念他逝世二十周年》，《离乱弦歌忆旧游》，上海：文汇出版社，2000年5月，第125页。
32	穆旦年谱，《穆旦诗文集2》，北京：人民文学出版社，2006年4月，第348页。
33	穆旦：《谈"读书"》，载1935年《南开中学学生毕业录》，《穆旦诗文集2》，北京：人民文学出版社，2006年4月，第43页。
34	赵瑞蕻：《南岳山中，蒙自湖畔——怀念穆旦，纪念他逝世二十周年》，《离乱弦歌忆旧游》，第132页。
35	王佐良：《怀燕卜荪先生》，《外国文学》1980年第1期。
36	穆旦：由来与归宿，转引自易彬《北平长沙昆明——迁徙中的穆旦》，《汉语言文学研究》2012年第2期。
37	许国璋：《回忆学生时代》，《许国璋文集 2》，北京：商务印书馆，1999年1月，第7、8页。
38	（英）约翰·哈芬登：《威廉·燕卜荪传·第一卷·在名流中间》，第538页。
39	柳无忌：《南岳日记》，《柳无忌散文选·古稀话旧》，第100页。
40	《朱自清全集》第9卷《日记编·日记·上》，第496页。
41	《金岳霖回忆录》，北京：北京大学出版社，2011年8月。
42	陈梦家致胡适信，1938年10月30日，《胡适论学往来书信选·下》，石家庄：河北人民出版社，1998年8月，第769、770页。
43	汤用彤：《汉魏两晋南北朝佛教史》跋，北京：商务印书馆，2017年12月。
44	冯友兰：《新理学》，自述，《冯友兰文集 第4卷》，长春：长春出版社，2008年1月。
45	冯友兰：《回念朱佩弦先生与闻一多先生》，《三松堂全集 第14卷》，郑州：河南

	人民出版社，2000年12月，第165页。
46	钱穆：《八十忆双亲·师友杂忆》，第200页。
47	向薏：《在南岳》，《大公报》（香港版）1940年2月19日。
48	许国璋：《回忆学生时代》，《许国璋文集2》，第7页。
49	《金岳霖回忆录》，北京：北京大学出版社，2011年8月。
50	赵瑞蕻：《怀念英国现代派诗人燕卜荪先生》，《离乱弦歌忆旧游》，第25页。
51	柳无忌：《南岳日记》，《柳无忌散文选·古稀话旧》，第100、101页。
52	《吴宓日记（1936—1938）》，第271页。
53	柳无忌：《南岳日记》，《柳无忌散文选·古稀话旧》，第106页。
54	赵萝蕤：《楷庐记》，《读书生活散札》，南京：南京师范大学出版社，2009年11月。

第五章

长沙：青年之路

> 旧日沙龙—三百架飞机总该有吧—炸弹像闪闪发光的银片—四十年来仍未想出答案—不要把所有知识阶级放在一个地窖子里—狼狈迁都从史书变成了现实—无线电里的北平之音—钱穆力辩冯友兰—许多歌曲和许多主义

11月24日，吴宓抵达长沙的第五天。每年的这个日子，他总有"奇特重要之遭遇"，这一天上午，他邀好友游岳麓山。乘人力车到湘江码头换乘轮渡，过江要穿过水陆洲（橘子洲），本须乘舟两次，因为深秋水浅，露出更多沙洲，坐了三次轮渡才到湘江西岸。他们步行过湖南大学，登岳麓山，到爱晚亭小坐，"山谷中，绿树参天，日光照灼，更以到处红叶，实为美境"，一直走到黄兴墓和蔡锷墓才停。[1]

尽管当初百般不愿意，但看起来吴宓已经迅速习惯了长沙的生活，非常喜欢这里的牛肉粉和甜酒冲蛋。长沙临时大学开学已逾三周，学生总数达到了1452人，教员148人[2]。虽然住宿条件不算好，但一派静心学习之氛围，浦薛凤所授政治学概论一课，约有120人选修，因为教室不够大，一开始还有站着听课的,上课秩序极佳,"皆屏息做札记,大有我清华风气"³。之前响起过几次空袭警报,但敌机并未真正到来,上海已然沦陷,但长三角战事继续,长沙看起来仍是后方。林徽因和梁思成也住在圣经学院附近。好些年前我采访过他们的女儿梁再冰,她告诉我,刚到长沙时大家斗志都很高,甚至带着点兴奋,父母晚上常去找那些旧日的"星期六朋友"聚餐聊天——还在北平时,梁家所在的北总布胡同3号就是京城著名的知识分子沙龙,常客多是清华北大教授——吃完饭后大家就坐在床上聊天,"聊国家大事,分析到底怎么打,能不能打赢,聊完就唱歌,唱得最多的是《大刀进行曲》"。

天气晴好的日子,临大师生喜欢渡江游览岳麓山,山中最受欢迎的饭店叫孔恒兴,店主女儿颇有姿色,善于招待,很快,"孔家店"的名号就在临大师生中传开了。浦薛凤有一次和朋友去"孔家店"用膳,饭店客满,等了很久也没有座位,忽然来了一位女子,招呼他们入内室用餐,进了屋子才发现是新婚饰样,而招呼他们的女子就是当日要结婚的新娘,于是他们在八仙桌上对坐进膳,由新娘亲自侍奉,"足证湖南女子,较外面开通"。又有一次,在空军供职的清华校友周思信来长沙,浦薛凤邀他同游岳麓,晚上吃饭时谈起空军状况,浦薛凤说,在庐山谈话会时听闻空军有五百精锐飞机,恐怕不是事实,但三百架总该有吧?周思信沉默了很久,摇头否定。⁴

参观完黄兴墓与蔡锷墓后,吴宓和朋友饮茶休息,再慢悠悠回城。中午,朋友请他在三兴街的李合盛牛肉馆吃饭,这是长沙颇具盛名的一家清真餐馆,创办于光绪十一年(1885),以"汤清、味鲜、肉烂不碎"的清煨牛肉最有名,1936年的《长沙市指南》对它做了特别推荐,称这里的麻辣子鸡"冠绝长市"。吴宓入馆坐,即得诗一首,示以在座朋友。吃完饭是下午1点半,正准备下楼,听到远处传来轰击之声,"楼壁微震,街众奔喧",他下楼往北走到中山北路,发现警察已禁止行动,但"街中人民拥挤奔窜",走到湖南商药局门口,被警察叫入局内躲避,警报停了才让出来。一路拥堵不堪,民众皆往小吴门涌去,等他回到圣经学院已经是下午4点半。[5]

这是日机对长沙的第一次轰炸,轰炸地点是位于小吴门的长沙火车东站,离圣经学院不远。浦薛凤在对面宿舍和李继侗、邵循正诸友刚打完桥牌,还在回味牌局,忽然接连两声巨响,好像就在楼下。他意识到是空袭,和朋友们夺门而出,出门时看到窗外火车站所在处两道黑烟冲天而起,奔到楼下,听到低空传来轰炸机的轧轧声,他起初想往主楼地下室跑,但感觉飞机已经到了头顶,就转头进了阅报室隔壁饭厅,躲在桌下,屏息以待,转眼看见对面窗外一架飞机,飞得非常之低。他还在奇怪为何空袭前没有警报,飞机已经掠过楼顶,紧急警报声呜呜响了起来[6]。

炸弹落下的地方离林徽因和梁思成的临时住宅只有十来米,"没人知道我们怎么没有被炸成碎片",她在给费慰梅一家的信中写。空袭时她和梁思成各抓起一个孩子就往楼梯跑,还没来得及下楼就被冲击波抛向空中,又摔到地上。门窗、屋顶、天花板全都塌了下来,劈头盖脸砸向他们。幸运的是墙壁没有塌,他们逃到黑烟滚滚的街上,往圣经学院的地下室跑时,一架轰炸机开始俯冲,"我们停了下来,心想这一回是躲不掉了,我们宁愿靠拢一点,省得留下几个活着的人去承受那悲剧"。再一次幸运地,这颗炸弹没有爆炸,落在他们正在跑去的街道那头,"我们所有的东西——现在已经不多了——

都是从玻璃碴中捡回来的。眼下我们在朋友那里到处借住"[7]。

时隔多年,我仍然记得梁再冰对空袭的描述:"炸弹掉下来的时候,并不是我们想象的那样,它像是飘下来的,看着好像闪闪发光的银片。"这天一共来了4架敌机,在火车站一带投弹6枚,死伤民众300余人。一到长沙就加入红十字会的杨步伟在空袭后赶到车站救人,听到一群啼哭的人说,车站旁边一个礼堂办喜事被炸了,"新郎未死,而新娘只存了一条腿,还穿着红绣花鞋哩"[8]。那些银片在空中飘舞的时候,蔡孝敏刚吃完午餐,在浏城桥(就是五十多年后文物局阻拦无效被拆掉的那个)雇了一辆人力车去四十九标,经过车站附近,忽然眼前白光刺目,耳膜发痛,整个人被旋风卷下车来。等他意识恢复平静,街上到处都是断肢断腿的人在呻吟。一位老太太疾言厉色指着他大叫:"全是你们把炸弹带来的!"原来是把穿着黄色学生制服的他当成了士兵。[9]

空袭过后,浦薛凤来到楼前操场,看到一些人抬着头指指点点。他也依方向而望,一个房间的四块玻璃碎了,再细看,是自己的房间。上楼察看,屋里满是玻璃碎碴,不由得庆幸,幸亏空袭时在对门邵循正的宿舍玩牌,而邵循正,这位研究蒙古史的学者后来感慨:所谓命,所谓福气,恐不能不信,本来物质无保障之时,一切只有听凭信仰命定哲学。

那天空袭的日机躲过了防空哨,因此警报没有提前响起,事后临大同人议论纷纷,有的说是因为赶上湖南省主席新旧交替(张治中接替何键,空袭发生于张上任之前三天),所以各机关还处在不负责不管事的状态,有的说是汉奸报告张治中上任消息,日机专门前来轰炸向他示威[10]。无论如何,蔡孝敏却因为警报未响躲过一劫——平日警报响起,在校外租房的他都去火车站的公共防空洞躲避,结果那天防空洞被击中,所有入内躲避者,无一活命。四十年后,蔡感叹,"本人幸逃劫数,应该感谢谁?四十年来,仍未想出答案"[11]。

11月24日以后,连续四天都有空袭警报,临大和中研院众人皆往圣经学院地下室躲避,师生在防空洞里互道寒暄,又述情意,让吴宓想起了《左传》中的"大隧之中,其乐也融融"[12],不过有这种温馨之感很可能是因为吴宓南下不久,一切尚在新鲜之中,比他早到一个月的浦薛凤只觉得惶惶不安,"初到长沙本有相当安全感觉,经此十一月廿四无警报而遭轰炸之后,顿觉吾国社会与一般生活宛如离根脱地,不复巩固"[13]。杨步伟记述,大家在地下室躲炸弹时,赵元任还对蒋梦麟说这个办法不好,万一一个炸弹下来,学术界要人全完了,一个不留,又改编了英文谚语说"不要把所有知识阶级放在一个地窖子里(Don't put all eggheads in one basement)"。蒋梦麟摇头说真没有办法,只这一个地方结实一点,若真的再来炸,只得又撤散到别处去。"一连避了三次,大家都公举蒋先到云南去一趟和省长龙云接头。"[14]——这是我所见最早迁滇动议的记载。不过校方对再迁一事一度模棱两可,当时又传闻有迁滇和迁桂两种方案,梅贻琦造访广西桂林一事也被反复传播,相关者则守口如瓶,并且为别人掩护,总之,11月24日后因心理影响不能安心工作,许多人都是如此。[15]

浦薛凤刚到长沙时,城中几乎看不见汽车,到上海陷落,南京吃紧,首都驶来的京字号汽车越来越多,而街头谈话的,也逐渐变成江浙一带口音。尤其是,政府虽迁往重庆,但许多机构实际迁来汉口长沙,许多老友本在京沪多年未见的,往往在街上、在饭馆、在山中不期而遇。让浦薛凤印象最深的有两点。其一是迁徙之狼狈。他听说许多人都只有半日或一两天准备时间,不得不在慌乱中登船或登车。公务员还算有登船或者登车机会,老百姓简直无路可走。其二是裁员之众多。如铁道部,原有800余人,先裁到300余人,迁汉口后仅剩八九十人。"予今而能深切了解从前读史时所云狼狈迁都之窘状,及小说上所谓大批难民扶老携幼之长途流离。"有时他晚饭后收听各地无线电放送,了解战事消息,又往往拨到北平的电台,听到里头的京剧唱腔,"身在四面楚歌之湘垣,耳在早已沦异域之故都。处腥血扑鼻炸声雷动之环境中,忽而静聆丝竹管弦,与夫名伶之金喉婉转,真不知人生竟可有此等矛盾!"[16]

前线战事不利,后方伤兵也渐渐多了起来,长沙的各商号、旅馆一度几乎完全被伤兵占用,少数幸免的也谨慎地收起了招牌。街头巷尾,伤兵三五成群,以铁棒为威吓武器,一日数十起滋事案件,"就是省政府门口,也常常拥集了新到的伤兵,示威咆哮"。新任省主席张治中后来回忆,"长沙确实成了一个'伤兵世界'"[17]。浦薛凤坐在人力车上就能看到拦路要钱的伤兵,还有人告诉他,晚上最好减少外出。但另一方面,伤兵未得到适当收容和治疗,一些人甚至饥寒交迫,到处遭受冷遇和敌视。一个右腿被打掉一边的三等兵,从汉口来到长沙,没有及时换药,疼痛难忍,掏出五块钱请一位副官帮他买药,副官说,五块钱不够,叫他再拿出三元,伤兵的全部财产只有九块几角钱,但为了止痛,他愿意花这八块钱。副官拿走了这八块钱后就再没回来。等了两天,问遍收容所,只有冷漠的回应。最后,这位伤兵从他的包袱里拿出一双很好的袜子和一双漂亮的绒鞋穿上,然后把刀子埋进了自己的喉管[18]。社会矛盾就这样一步步激化,及至张治中11月底履新湖南,头一件大事就是处理伤兵问题。

12月13日南京陷落是又一个转折点。消息传来那天傍晚，临大学生会在圣经学院大操场召开大会。学生会主席洪同上台主持会议，刚说了一句"我们的首都沦陷了！"就泣不成声。全场同学受到感染，都慷慨激昂。这时有人呼起口号："现在不是埋头读书的时候！""放下笔杆，扛起枪杆，上前线去。"一人领呼，众人跟呼，会议成了一个上前线的誓师大会。这一天以后，校园里弥漫着一片请缨杀敌的气氛，一批批学生组织起来，参军，上前线，每次欢送的气氛都很热烈[19]。成绩拔尖的北大化学系大三学生孔令晟向导师钱思亮提出退学申请，钱思亮用了三个晚上，陪着他在圣经学院的操场上绕圈长谈，认为以他的天资，一定会在学术上有所造诣，还答应负责他的全部生活费用。但孔令晟还是坚决要参军，因为"国家亡了，什么都没有了"。钱思亮无法说服学生，便说，一战时，他在美国留学，1917年美国参战，同班所有美国同学都报名参战了，他也深受感动，如果孔坚持要参军，他不能也不应该阻止，但随时欢迎回到学校来[20]。

洪同和学生会的同学整天拉起欢送大旗，送同学走上前线。一天，在送走又一批同学后，他们回到办公室，有人说，为什么尽是送人从军，自己却踟蹰不前，没有表示？于是大家一致同意也加入这一行列，到军中去[21]。当时临大学生要求上前线，有几个"热门"去处，除了延安以外，一是山西战场，之前的忻口战役打得惨烈，中国军队歼敌一万多人，轰动全国；一是中央军系统尤其是胡宗南的第一军，胡的部队刚刚参加了淞沪会战，声誉卓著，更重要的是，不少学生受到《大公报》记者范长江《中国的西北角》连载报道的影响，对胡普遍有崇拜心理[22]。洪同最后选择加入从上海撤退到武汉整部的胡宗南第一军，组成"第一军随军服务团"，临大同学有三十多人参加，包括和吴大昌同级的清华学生、中共地下党员熊汇荃。熊汇荃更为人熟知的名字是熊向晖，他后来成为中共打入国民党内部的红色传奇，不过那是后话了。

  南开大学学生黄仁宇也决定终止学业去参军，父亲和他长谈了一次，说如果一定要从军，也应该先去念军校，取得正式的军官职位，大规模的战争将是延长的战事，必须想到远期的后果。他和父亲达成了协议，"我的父亲多么深谋远虑，不幸的是，他活得不够久，看不到他的许多预言成真"[23]。两个月内，临时大学至少有295人提出保留学籍申请，领取了参加抗战工作的介绍信，而未办手续就径往前线者更难以计数。校方也对学生们的从军要求给予积极支持。12月29日，常委会决议将"国防服务介绍委员会"和"国防技术服务委员会"合并为"国防工作介绍委员会"，几天后，又决议："凡学生至国防机关服务者，无论由学校介绍或个人行动，在离校前皆须至注册组登记以便保留学籍"。对于志愿从军的教职员，也规定"其所服务机关不能担任薪水时，本校得按在校服务薪水支给之"[24]。

  1938年2月中旬，临大西迁昆明前夕，机械系主任教授庄前鼎对学生说："昆明暂无实习工厂和实验室，要学专业可介绍去交辎学校，主要学汽车和坦克的构造、修理和驾驶，六个月一期，期满即可分配工作，直接参加抗战。"于是，该系大三、大四学生，除五人外，均去了陆军交通辎重学校，与他们同赴这所学校的还有电机系的几名同学[25]。在机械系读大二的吴大昌也想报名，"那时候的口号叫'保卫大武汉'，日本已经占领南京了,武汉能不能保卫得住?大家感觉到蛮勉强的,免不了学校还要迁。在这种情况下,我们同学当中,当时比较活跃的,比较进步的,就到延安去,或者到阎锡山那里去。还有去参加一些技术兵种的,土木系的参加工兵,机械系的参加交辎学校,搞汽车运输,电机系的去搞通讯"。结果交辎学校只要高年级的,不要大二学生,"好像也没地方去了,那就安心读书了。我们当时的思想水平也就是这样"。

因为工学院位于远离城区的岳麓山下,吴大昌并未经历过轰炸,但也亲历了日机的扫射,大约是元旦前后,"当时从水陆洲到岳麓书院有条路,我们正在路上走的时候,日本飞机来了,我们就赶紧躲在地里面,(机关枪扫射)子弹就落在我们前面,50米吧,打得这个土飞起来,我们一看见子弹在前面就放心了,它从我们后面飞过来,我们就安全了"。吴大昌对我描述,战争时期人的感官会日渐迟钝,"战争当中的变化常常有,而且是很激烈的变化,你多听几次以后也就麻木了"。1940年他大学毕业后去重庆附近工作,就在长江旁边的山头上看见陪都被连续轰炸,"炸得东西飞起来",他有一个联大的同学,毕业后去成都工作,途经重庆,约了几个同学一起聚聚,"挺高兴的,大家一起吃了顿早餐,回不去了,他住的旅馆被炸了,所有的东西都没有了,连换的衣服都没有了。我们几个同学给他凑点东西,到成都去报到"。

我问吴大昌,当年想过去延安吗?他笑笑,"当时我们对于现代化,是从中学到大学都是很热情的,对于革命化,对于社会改革,好像没有那么大的热情……那时说抗战必胜,建国必成。实业救国、工业救国、教育救国、科学救国……这种思想听得很多,革命救国呢?(思想)就跟不上了……"

但对北大哲学系大二学生、中共地下党员张干胜（张生力）来说，南京失守后，他已经"坐立不安，无心读书"，一心要往延安去了。他邀集四个同学组成奔赴前线小分队，因无路费，向教授募捐，"朱自清先生家庭负担较重，仍独捐5元"[26]。在一个诗歌朗诵会上，朱自清曾朗诵冯友兰在南岳所作的《诗二首》，"洛阳文物一尘灰，汴水纷华又草莱。非只怀公伤往迹，亲知南渡事堪哀"。他的声音低沉颤动，一字一字地慢慢引长调念出来，一位在场者回忆说，"全体师生都感到凄怆"[27]。

12月14日下午出发前，南岳临大文学院为张干胜等人开了一个欢送会，张干胜在会上说："我们不是茫茫然而来，也不是茫茫然而去，我们是要奔赴坚决抗战的地方去。"五个人离开南岳坐火车到达长沙后，即去找八路军驻湘通讯处写介绍信去延安，通讯处把张干胜留在长沙协助办报，其他四位同学通过沿途地下党组织联系护送往延安[28]。不知是否在同一个欢送会中，学生们邀请北大中文系教授钱穆和清华中文系教授冯友兰赴会演讲，冯友兰对赴延安学生倍加赞许，钱穆则力劝在校诸生安心读书，"谓青年为国栋梁，乃指此后言，非指当前言……今日国家困难万状……国家需才担任艰巨，标准当更提高。目前前线有人，不待在学青年去参加。况延安亦仍在后方，非前线。诸生去此取彼，其意何在"。会后冯友兰找到钱穆，说他劝学生安心读书是对的，但不应该责备去延安的学生。钱穆说，如果嘉许去延安的行为，何以劝说其他学生安心读书？"有此两条路，摆在前面，此是则彼非，彼是则此非。"两人力辩，不欢而散。[29]

"七七事变"之前，中共地下党员在北大有43人，清华42

人,北平沦陷后,中共北平市委指示党员及民先队员等南下保定、太原、济南三地集中,只有极少数人去了长沙,临时大学中,北大地下党员只有6人,清华11人[30]。"到长沙临时大学后,我的工作很难进行。"接到指示南下长沙组织学生运动的清华经济学系大三学生赵儒洵(赵石)后来回忆,"原来积极参加抗日救亡运动的同学多数都已奔赴抗日前线,一些到长沙复学的同学又都认为国共合作、全民抗战的目标已经实现,颇有'抗日军兴、救亡事息'的意味。加上三校刚刚合并,同学大多素不相识,居住十分分散,使工作难于开展"。直到八路军驻湘代表徐特立到临大做了几次时事报告,学生会的筹备工作速度才快起来,"终于在长沙临时大学组织了一个在共产党领导下的进步的学生会"[31]。

徐特立是1937年12月9日从延安经汉口来到长沙的。他一共去临时大学演讲了三次,第一次是12月12日[32],也就是他抵达长沙三天之后,足见中共对临大的重视。徐演讲的具体内容已无从得知,政治立场不同的各方对此回忆截然相反。1949年后留在上海工作的马伯煌说徐特立的演讲主要涉及民众动员问题,很受欢迎,"掌声时常打断他的讲话……刚刚讲完,就被同学们围上了,想要问这问那。主持会议的人因为徐老先生很忙,总算冲破重围,让老先生走了"[33]。马在临大的同学、后来去了台湾的张起钧则称徐特立本来要在临大连讲12场,"但因为……不受联大学生欢迎,只讲了三次便讲不下去了……"[34]。在临大中文系借读并参加了湘黔滇旅行团的季镇淮提供了较多细节,"徐老身穿灰色棉袄,腰束皮带,髭须稀疏灰白,面色谦和,娓娓而谈,曾大拍桌子拉长声音,尖锐地斥责临大再谋南迁当局为'唯心派'!"[35]还有一位学生当时在文章里提及,

徐特立在临大曾经鼓吹过游击战。³⁶

徐特立当然知道"当局害怕学生和我接近",1938年1月16日他给博古写信,谈到自己的演讲策略,"只抓住大的政治问题,如南京失陷后中国往哪儿去?徐州退却后中国的前途如何?……这类大问题,群众迫切的要求解答。能够正确的解答,就大大的提高了党的信用,他们以为共产党是政治的预言家"³⁷。

抗战八年,"共赴国难"是主流,但国共之间的斗争从未停止,其中"争夺青年"就是影响最为深远的暗涌之一。从1937年底到1938年初,也就是南京失陷到徐州失守(1938年5月19日)的这段时间,正是对人才争夺最为激烈的时期。国民政府既要防止青年误入敌伪,也要与共产党抢夺青年,另一方面也要为日后重建家园培养和储备人才³⁸,这一时间段里大批青年知识分子的去留,既是1935年以来北方学生运动左右之争的延续,也是国共争夺青年的起点,最终结果将影响抗战后中国的走向。

抗战初期,中共不再面临国民党的"围剿",军事问题暂时成为次要问题,党和根据地的建设则成为头等大事,延安文化落后,需要大量干部和人才,中共大量公开或半公开地动员和组织知识青年去延安,徐特立就在演讲中号召"有志青年到延安去"³⁹,毛泽东一再指示"革命青年,来者不拒",要求抗大招生广告从延安一直贴到西安,每根电线杆一张⁴⁰。与此同时,随着抗日民族统一战线的建立和国民政府放松关于延安的消息封锁,国统区的报纸开始更充分地报道延安,熊向晖曾回忆,1937年12月20日《大公报》刊登的一篇寄自延安的"陕北通讯",标题是《毛泽东谈抗战前途》,文章把延安形容为"直接抗战的地区",对临大学生影响颇大。"一切的人,都为了抗战而紧张地工作着,毛氏的紧张与忙碌,当然更不能例外。他最近仍未改深夜办公,有时甚至于竟夜工作,早晨迟起的作风。"文章写道:"在上午11时,记者邀约往访,那是他一天中比较最有暇的时间……我们谈到政治问题,又讲到华北抗战的前途,他说,'虽然太原失守了,但八路军在晋察冀边区及晋西北绥东一带,已经据有华北游击战的基点,正在发动广泛的游击战……不要说敌人占了太原及晋北的几个城市,就是敌人吞了山西全省,我们仍坚持干下去,绝不南退。'"[41]

1938年1月11日,《新华日报》在汉口正式创刊,这是中共在国统区公开发行的机关报,为国统区读者提供了新鲜的另一种选择。在长沙,《抗战日报》于1月28日创刊,田汉任主编,每一篇社论都由徐特立过目修改[42]。该报每天四版,要容纳的文章一万五六千字,基本靠外界投稿,负责编务工作的廖沫沙"夜以继日都是伏在写字台上",好在投稿者非常踊跃(虽然没有稿费),还有自动到报馆帮忙的,其中一位就是黄仁宇,他一边准备投考军校,一边跑外勤新闻,一直工作到1939年初《抗战日报》迁往湘西的沅陵[43]。1938年2月,埃德加·斯诺的《红星照耀中国》在国统区以《西行漫记》之名出版,更是影响了一代青年,延安逐渐成为世人心中的"革命圣地"与"抗战希望"之所在,是自由、民主的"新世界"。[44]

在《抗战日报》工作时,也有人建议黄仁宇去延安,他有一些朋友和同学就读于那里的抗日军政大学("抗大"),所以多多少少对那里的情况有所了解,"他们显然唱很多歌……还有一大堆的'主义'……如果把钱花在买烟草上,就是享乐主义。如果说了个不该说的笑话,就是犬儒主义。和女生在外头散个步，就是浪漫主义。一马当先是机会主义。看不相干的小说是逃避主义，拒绝讨论私事或敏感的事，当然就是个人主义或孤立主义"。不过，黄仁宇放弃延安主要是因为他们教的是游击战，不合他的志愿。他想要像拿破仑一样领导阵地战[45]。但是，在1938年，许多其他向后方逃难的流亡学生，无学可求，无工可做，在国破家亡的痛苦煎熬中，急于寻找抗日救国出路，延安就是他们的答案。1937年10月，左翼作家茅盾第一次来到长沙，他的印象是"战争的烽火似乎尚未照亮这里的死水塘"，等他1938年1月再来，发现长沙已经"有了触目的变化，大街两侧的墙上贴上了抗日标语和宣传画，打着小旗的女学生募捐队不仅在街上走，而且挨户拜访长沙的深宅大院，书摊上摆着《毛泽东传》《朱德传》这一类的小册子，而且销路很好"[46]。1938年是抗战中奔向延安人数最多的时期，1938年初，八路军驻湘办事处设立"抗大""陕公"招生委员会，短短三个月时间，"先后共输送600多名进步青年去延安"[47]。而1938年5月至8月间，从武汉、西安等地八路军办事处介绍到延安的革命青年达2288人。[48]

除了已有的十七位地下党员，中共在长沙临时大学期间又发展了九位新党员[49]。其中一位是清华化学系大三学生宋延平，他后来改名宋平，去了延安，成为周恩来的秘书。与宋延平同一时期入党的一位清华土木工程系大二女生，名叫陈舜瑶，后来成了宋平的妻子。陈舜瑶是吴大昌的同学，"学习挺好，大家挺佩服她，但（当时）不知道她思想比较进步"。2017年4月，宋平在北京西城区一座不显眼的四合院里，和妻子一起度过他的百岁生日，一本时政类刊物报道了这位中共党内资格最老、退休时间最久的常委，"他深居简出，平日里看书读报看电视，品茗散步，写书法，一个心愿是在不兴师动众的情况下上街吃一次小馆"[50]。2019年7月31日，陈舜瑶在北京去世，享年102岁。

按照通行的说法，整个抗战期间，奔赴延安的知识青年超过了4万人（任弼时1943年12月在中共中央书记处会议上的发言），而据考查，实际数目应该远在4万以上[51]，得青年者得天下，中国共产党成为这场"争夺青年"大战的赢家，最终也赢得了天下。至于那些奔赴延安的知识青年的不同命运，那是另一个故事了。

注释

1　《吴宓日记（1936—1938）》，第260页。
2　黄珊琦：《关于〈长沙临时大学筹备委员会工作报告书〉的解读》，清华大学校史馆官网。
3　《浦薛凤回忆录·中·太虚空里一游尘》，第40页。
4　《浦薛凤回忆录·中·太虚空里一游尘》，第42、44页。
5　《吴宓日记（1936—1938）》，第260、261页。
6　《浦薛凤回忆录·中·太虚空里一游尘》，第47页。
7　林徽因1937年11月24日致费慰梅信，《林徽因书信集》，南昌：江西人民出版社，2016年，第81页。
8　杨步伟：《杂记赵家》，沈阳：辽宁教育出版社，1998年3月，第122页。
9　蔡孝敏：《临大联大旧人旧事》，《学府纪闻·国立西南联合大学》，第165页。
10　《浦薛凤回忆录·中·太虚空里一游尘》，第48页。
11　蔡孝敏：《临大联大旧人旧事》。
12　《吴宓日记（1936—1938）》，第263页。
13　《浦薛凤回忆录·中·太虚空里一游尘》，第48页。
14　杨步伟：《杂记赵家》，第121页。
15　《浦薛凤回忆录·中·太虚空里一游尘》，第54页。
16　《浦薛凤回忆录·中·太虚空里一游尘》，第45、46页。
17　《张治中回忆录》，北京：华文出版社，2007年2月，第89页。

18	周立波:《三至长沙》,原载1938年10月15日汉口《新华日报》。
19	杨者圣:《在胡宗南身边的十二年:情报英雄熊向晖》,上海:上海人民出版社,2007年8月,第7页。
20	转引自杨者圣:《在胡宗南身边的十二年》,第14—15页。
21	洪同:《清华、清华人与我》,《春风化雨·百名校友忆清华》,北京:清华大学出版社,2011年4月,第81页。
22	杨者圣:《在胡宗南身边的十二年》,第8页。
23	《黄河青山:黄仁宇回忆录》,第5页。
24	转引自闻黎明:《关于西南联合大学战时从军运动的考察,《抗日战争研究》,2010年第3期。
25	李方训:《纪念抗战胜利五十周年,不忘西南联大从军壮士》,西南联合大学北京校友会编《西南联大北京校友会简讯》第18期。
26	张生力:《长沙临大轶事钩沉》,《湖南党史》,1995年第3期。
27	转引自易彬:《北平长沙昆明 —— 迁徙中的穆旦》,《汉语言文学研究》2012年第2期。
28	张生力:《长沙临大轶事钩沉》,《湖南党史》,1995年第3期。
29	钱穆:《八十忆双亲·师友杂忆》,第201页。
30	王效挺、黄文一:《长沙临时大学、西南联合大学、北京大学南系地下党组织沿革及党员名录》,《高等教育论坛》,1989年第1、2期。另一说为18人,据张生力《临大、湖大抗战文化活动》,《长沙文化城 抗战初期长沙抗日救亡文化运动实录》,长沙:湖南出版社,1995年7月,第353页。
31	赵石:《我的清华革命岁月》,《校友文稿资料选编》第15辑,清华校友总会编,2010年7月。
32	李龙如:《抗战初期徐特立在湘的讲演活动》,《徐特立研究:长沙师范专科学校学报》,2005年第3期。
33	马伯煌:《徒步三千,流亡万里》,《北大老照片》,北京:中国对外经贸易出版社,1998年5月。
34	张起钧:《西南联大纪要》,《学府纪闻·国立西南联合大学》,第13页,
35	季镇淮:《闻一多先生事略》,《闻朱年谱》,北京:清华大学出版社,1986年8月,第76页。
36	《三月来的长沙临大》,《宇宙风》1938年第65期
37	徐特立关于湖南群众运动工作情形致秦邦宪信,1938年1月16日,《中国抗日战争军事史料丛书·八路军新四军驻各地办事机构4》,北京:解放军出版社,2016年12月,第473页。
38	广少奎:《重振与衰变:南京国民政府教育部研究》,济南:山东教育出版社,2008年11月,第44—45页。
39	王锋:《抗战时期知识青年奔赴延安现象》,《二十一世纪》双月刊,2009年8月号。
40	裴毅然:《延安一代士林的构成和局限》,《社会科学(上海)》,2013年第3期。

41	杨者圣：《在胡宗南身边的十二年》，第9页。	
42	黄英博：《抗日战争初期徐特立同志在长沙》，《湖南文史资料选辑 第18辑》，第13页。	
43	廖沫沙：《略记抗战日报》，《民国文人笔下的长沙》，长沙：国防科技大学出版社，2012年10月。	
44	汪效驷，李飞：《知识青年奔赴延安：一项战时交通社会史的考察（1937—1945）》，《安徽师范大学学报（人文社会科学版）》，2017年第6期。	
45	《黄河青山：黄仁宇回忆录》，第6页。	
46	茅盾：《烽火两天的日子》，《新文学史料》1938年第4期。	
47	汪效驷，李飞：《知识青年奔赴延安：一项战时交通社会史的考察（1937—1945）》，《安徽师范大学学报（人文社会科学版）》，2017年第6期。	
48	朱书清：《抗战时期青年奔延安述论》，《西南民族学院学报（哲学社会科学版）》，1998年第A5期。	
49	张生力：《长沙临大轶事钩沉》，《湖南党史》，1995年第3期。	
50	宋春丹：《百岁宋平》，《中国新闻周刊》，2017年4月22日总第801期。	
51	崔应忠：《政党、动员与青年：以抗战时期青年奔赴延安为个案考察》，湖南师范大学2011年度硕士论文。	

第六章

长沙：听部长口吻似乎嫌搬得太早

南岳风雨不息—败北主义与乐观主义—昆明湖不在颐和园—我辈做事不必聚在一处—躲在被窝里听别人升旗—最后一课—历史是没有怜悯的—彷徨派多极了—湘江里可以容纳几十万人—两个云南人—弄护照不像样子—学生的把戏教授们是看破了—败军之将

从1937年年底到1938年新年，长沙临时大学笼罩在一片悲观氛围之中。在南岳分校，学校将迁往桂林的消息传开后，学生情绪低落[1]，而衡山从12月20日起连续一周风雨不息重阴浓雾[2]更加深了这种情绪。12月24日的平安夜也异常冷清，只有英人燕卜荪晚餐时哼了几首圣诞歌曲，聊作点缀[3]。12月26日，消息又变了，闻一多这一天给父母写信报告，说因为桂林房屋不够用，迁桂之议已经作罢，但又有（文学院）迁回长沙之说，正在磋商中。他提到，这里的上课情形已不比寻常，教员请假往往一走就是几星期，又听闻学校经费并不困难，而且能继续上课，给教员发薪应该也不成问题，唯一的担心就是时局更加恶化，学校被迫根本解散[4]。12月27日下午，南岳第一次响起了空袭警报，南开大学外文系教授柳无忌看到天气阴沉，不相信敌机会来,但还是和同事们去白龙潭走了一趟,算是躲避。后来果然无事,返校时已暮色朦胧,"大家都有一印象,以为临大命运即告终,我们都有作'鸟兽散'之可能"[5]。

在长沙,原本学生们还到处买书(并对长沙书业之不振表示失望),少数教科书被抢也似的一售而空,渐渐地,有书也不想买了,已经买了的也开始想要转让出手。在阅报栏,看报的人表情日复一日地凝重——上海陷落后,有同学敢打赌三个月后苏州仍在我军手中;无锡武进陷落,最悲观的人仍相信打到首都南京还要个把月;到中国军队退出南京的消息见诸报端,每个人的心里都起了大变化,往昔不愿意承认的事情竟然要来临了,"临时大学在某一段时期内,确是因幻灭而动摇,甚至说一度有岌岌不可终日之势……大家似乎眼睁睁看着长沙就要被轰炸甚至占领……而临大似乎并不久就要无善后地解散了。即是教授们自己被问及时也只如此云:'我想这学期总该是还能维持吧',毫无自信的样子"[6]。

这是1937年的岁末,杭州和济南先后沦陷,日军分路进逼广州和武汉,湖南处在一个正慢慢收紧的口袋之中,再度迁校越来越成为现实的选择。但在这件事上,临大校方面临的压力非比寻常——幻灭、悲观是真实的,然而热血、勇毅也是真实的,就像北大政治系大四学生张起钧所描述的舆情,南京陷落后,更有一股悲愤激昂的气氛,谁也不许有低潮、低调的表示,"现在要迁校,舆论不认为你是为百年大计着想,却认为是动摇军心的'败北主义',谁敢公然讲搬家……"[7]舆论里那句反对西迁的话,"昆明湖不在颐和园,大观楼哪如排云殿",要么是长沙国民日报的社论,要么被贴在临大校门内走廊的大字报上,很可能兼而有之[8]。1938年元旦这一天的长沙

《大公报》在头版刊发了湖南省主席张治中的《革命乐观主义》给读者打气,四版一篇专栏《与其逃,何若守:我的新年偶感》更要求将"逃命心理"完全毁灭:"近来,常有人问我,问我是不是打算下乡,可是我感谢这些关切我的人,我只是淡然地答复他,我是没有逃到其他的地方的想念的。我们要避免无谓的牺牲,但是,到了不可免的牺牲的时候,我想,我们可千万不能逃避,更况,距无谓的牺牲的时候,还差得很远呢!所以许多人的逃云南,逃四川,我都觉得他们卑怯,我鄙夷他们,我以为国之将亡,他们要负很大的责任。"

临大校方在这种压力之下迟迟无法做最后决定,12月29日,朱自清在日记中记道,"教育部长告诉北京大学校长说,总司令不愿让大学迁来迁去",他还提到临大常委会拟在发生严重情况时,步行迁往湖南西部小城芷江的预案,但校方"对那里的情况也了解不多"[9]。浦薛凤则对在迁校一事上唱高调者非常不满,"有人认为到紧要关头还可以步行,须知吾可步行,而敌兵亦可步行,须知人非飞鸟走兽……况公路有伤兵,湘西有土匪,风霜雨露,徒步艰难,以步行为计划,非大话即面子!"浦力主早迁,"梦麟先生初未决定,后来亦认清事情之严重,暗中亦持此见解"[10]。但当时的情形,不仅校方不敢公开表示,连教育部也不敢定夺[11],学校商议的结果是,由蒋梦麟飞汉口,与新任教育部长陈立夫相商。[12]

蒋梦麟是1月7日飞汉口的,1月10日朱自清在与杨振声通电话中得知,教育部长已同意迁移计划,但非最后决定。最后拍板的是蒋介石,按浦薛凤的记述,1月11日,迁滇计划蒙政府许可,"消息传播,乃觉心定"[13]。也是这一天,柳无忌在日记里写,"知临大二教授在教育部做了大官,学校前途稍有希望"。

"做了大官"的两位临大教授是清华工学院院长顾毓琇和北大心理系教授吴俊升。1938年元旦国民政府在汉口改组，孔祥熙任行政院长，陈立夫取代王世杰任教育部长，顾毓琇出任政务次长，吴俊升出任高等教育司长。在后来的回忆里，陈立夫谈到了为何邀请顾、吴，"顾次长与北方教育界有渊源……吴司长则因出身东南大学而执教北方，与南北两方大学都有关系"[14]。有分析认为，在沦陷区学校纷纷内迁的战时背景下，陈立夫的确比学者出身的王世杰更擅长处理协调各方关系，这一点在后来为事实所证明：抗战八年，陈立夫对主管财政的孔祥熙据理力争，为教育部筹措到了大量经费，给包括西南联大在内的战区几十万流亡学生争取到了贷金支持。[15]

接受教育部任命后，顾毓琇前往武昌磨石街邀请闻一多出山，去正在组建的战时教育问题研究委员会工作。闻一多是1月2日请假离开南岳，经长沙回到武汉的。离开南岳次日，他给人在浠水老家的父母写信，"临大全校现又有迁云南昆明之议，并拟自购汽车十辆以供运输之用。男恐西迁之后路途遥远一时不能回家，故决定立即回家一看……"由此可知临大校方在迁校方案最后定夺之前，除了步行预案，还有购车西迁之计划。[16]

在武昌，闻一多以不愿做官婉拒了顾毓琇的邀请，后来顾又请他和一些清华校友去汉口的扬子江饭店吃饭，闻一多被包围游说了一整个晚上，还是没答应[17]。大约在1月下旬，闻一多致信妻子，"此次不就教育部事，恐又与你的意见（相左），我们男人的事业心重，往往如此，你得原谅"。1月26日，闻一多又致信顾毓琇，感谢了他的邀请，并坦陈不愿意放弃学术事业，"但我辈做事，亦不必聚在一处，苟各自努力，认清方向，迈进不已,要当殊途同归也"[18]。

随着东部大批国土的沦陷,越来越多学生,尤其是人数众多的江浙学生成了无家可归者,更断了经济来源。江浙流亡学生会在组织中,以期解决生活问题,男生发起志愿军训团,女生发起棉衣运动,但这些都不足以解决普遍的烦恼情绪。有人记述当时学生的各种反应,"'中国必亡——君不见埃及、罗马……历史是没有怜悯的。'说完话搓搓手,好像在学术上有了重要发明,这是一类;喝酒,竭力不谈国事,也不念书,拿甜蜜的琐屑回忆来弥补新来的巨大创伤,那是一类;浑浑噩噩,跟着别人恐怖、愤怒、高兴,这又是一类;大多数同学则一方面抱住讲义,可是不太'爱'着讲义,一方面对战局略有关心,可是并不'非常'关心!一方面做梦太平日子的到来,可以按部就班地飞黄腾达,同时却又愿意舍身报国,死而无怨……他们无可奈何,犹豫、矛盾,而苦闷了,有点儿可怜……"[19]

校方忙着为去向奔走,似已无暇顾及学生的"军事管理",进入1月后,教官雷澍滋对早操和升旗仅仅是点名了事,而不再书面警告缺勤者。1月6日这一天,集合号吹过了,操场上还不到10个学生,干脆连名也不点了,就这样升起旗来[20]。不过那些躲在被窝里听别人升旗的同学也不得不在各种不确定中准备着期末大考(亦有个别老师干脆宣布停考),"虽然较往年草率一点……但考试总还是考试,这两个字究竟足以震动大多数学生的心"[21]。

1月13日这一天,清华化学系大二学生董奋在图书馆里泡了一天,但一点看书的心思都没有。之前的微积分考试弄错了单位,他感觉要挂科了,重修不如找工作,可是宣传之类的工作不喜欢，理科方面的工作又不够格，招考兵工学校未被录取，想自学充电吧，刚学了两天无线电字码，就老想着下一个半月的苦功，赶紧学会了也去当通讯兵，但也知道"基本功差，狗嘴中何以能生出象牙"？"我们一点不知道我们该怎样走对。"他在日记里写，"有二条路，即'读书'与'救国'……一般昏昏噩噩的呢，他们和我一样，这一类的差不多很难确定主见的，在听某一人说话以后，觉着救国对，然而当与另一个人辩论以后，立刻改变了主见，于是觉着读书对了……他们整日在彷徨着。彷徨派多极了"[22]。

1月18日上午，湖南省主席张治中来到临大演讲——就在圣经学院充作图书馆的礼堂，把书架和书桌靠墙一拢，中间腾出地方，同学们都站着听讲[23]。张治中反对临大迁校，他警告不要"搬来搬去做着变相的难民"，"要生便要痛痛快快地生，要死便要轰轰烈烈地死"，说他预备把湖南高中以上的学校都停办，连教师带学生召集五万人，全送到乡下，使这一般的知识分子领导起全湘的人民来，"试问：在一个国家存亡危急之秋，我们口口声声喊全民的动员，而我们还把这些青年关在学校里不让他们去致力国家，这是不是合理的？"[24] "贵校蒋梦麟先生到我那里跟我商量迁校到云南的问题，我说汽车也没有，船也没有，最好要到那里去，就用两条腿，这也是一种教育……我告诉你们一个笑话，我有一个朋友，他太太在牛头洲住，他见了我说：'主席，你得给我保险的。'我说：'那倒可以，你家出了门不就是湘江吗，湘江里面我想是可以容好几十万人的'，结果我的朋友大骂我而散……无论如何，我不赞成贵校搬家。"[25]

尽管张治中的演讲在校内掀起了一些波澜，但1月19日的临大常委会第42次会议还是做了正式决定,"本校商承教育当局迁往昆明",并于22日发布了关于迁校的布告:"凡学生志愿专心求学而成绩及格者,得按规定手续,请求许可证,随往新址,笃志学问。迁移时本校各予川资津贴二十元。来迁移新址后,学宿各费暂行免收,惟膳食须行自筹。其有志服务,不去昆明而欲至国防机关工作者,本校当竭力介绍,以成其志,并按本校规定办法,为之保留学籍。"[26]

"二十元,仅一半的路费,谁干!"看到布告的董奋在这一天的日记里写,还有大约是同样嫌少或者干脆反对迁校的学生在学校贴出的布告旁注以"放屁"二字,后来学校再公布迁滇详则就都用黑油漆框架隔开了[27]。有人在布告栏贴出了粤汉铁路历来轰炸的记录,被人在旁边批着:怕死之徒!很快又有人回批:到昆明去就是怕死![28]

选择迁往昆明,因为云南避敌最远,也因为云南有滇越铁路通往国外,无论是图书器材运输,还是与外部文化教育界的沟通,都较方便,在确定迁校过程中,北京大学经济系教授秦瓒起了重要作用,秦的父亲担任过云南学台,他从小随父亲在云南生活,熟知当地情况,1月上旬,临大派秦瓒与南开化学系教授杨石先、清华土木系教授王明之赴昆明考察,秦瓒发挥了他地方人脉上的优势。[29]关于云南省主席龙云在临大迁滇上的态度,说法不一,有说他一开始就抱欢迎态度的,也有说他最早态度并不积极,担心临大迁入给云南带入不稳定因素。云南教育厅厅长龚自知极力劝说龙云,说这样一所著名大学来滇,可以提高云南的教育水平,也可以借此提升龙云本人的声望和云南的影响。无论如何,最终结果是龙云自始至终都对西南联大非常支持,湘黔滇旅行团出发后第三天，他就以省主席名义发出训令，指示"沿途经过各县县长妥为护送"[30]。

另一个在迁校上发挥重要作用的临大职员是教官雷澍滋，雷是云南人，常年往返于云南与京沪间，对交通颇为了解——今天的人们大约不容易想象，在过去很长一段时间里，云南都属极难抵达之地，甚至直到民国时期，北平还有一句俗语，管很痛苦的事情叫"受云南大罪"[31]。1938年1月刊的《旅行杂志》刊登了一篇介绍昆明的文章，上来就说，"昆明这个名字，在喜欢游历的外国人印象中还不怎样陌生……也许比我们国人还要认识得多些"，这是因为在京滇公路修通之前，从沿海去云南最方便快捷的方式是乘坐1910年开通的滇越铁路，这就意味着，要去云南，得先出一趟国，途经法属越南，"要领取过境护照，出入须得严密检查，言语不通，动辄吃亏难辩，风俗歧异，人情阻隔的种种障碍，云南便如受了封锁，孤悬一隅……"[32]

在雷澍滋的建议下，临大西迁初定分陆海两路，海路是从长沙经粤汉铁路到广州，转香港，乘海轮到法属越南的海防，再乘滇越铁路北上昆明；陆路则是从长沙一路往西，沿着京滇公路横穿湘西、贵州，直抵云南。

1月23日，看起来一切尘埃落定，当天下午4点，校方已经召开全体教职工大会，由梅贻琦报告迁滇办法了，到25日，情况又发生了微妙的变化。校方接到汉口教育部来函，关于迁滇之事尚有异议。蒋梦麟也推迟了赴滇行程[33]。当晚6点，浦薛凤回到韭菜园1号时，发现同事们都在议论，传闻教育部不许此时迁校。又听说清华大学秘书长、临大事务组主任沈履（后任西南联大总务长）从汉口寄来快信，浦薛凤找到潘光旦和陈岱孙,读到了这封快信的原文,大意是"听部长口吻似乎嫌搬得太早","两次长尤力主学生应步行。成群结队,弄护照,过安南,不甚像样"[34]。看起来,陈立夫仍然担心迁校带来的舆论压力,而包括顾毓琇在内的教育次长还觉得,大批学生用先出国、再借道外国殖民地的办法迁往自己国家的领土,多少有点令人难堪。

第二天上午,浦薛凤见到了梅贻琦,梅说迁滇应该不会有变更,但最好等等看。而临大校务会议推梅贻琦于星期五(28日)飞汉口,携带呈文正式接洽迁滇一事,因为上次蒋梦麟去,仅仅是口头谈话。值得注意的是,1月25日和27日长沙临大的两次常委会议,都没有出席者的名字,只有列席的杨振声。翻阅史料,我没有找到蒋梦麟和梅贻琦两位校长在那几天的去向,也无法确定梅贻琦是否飞了汉口正式接洽,但27日的常委会议决结果,无疑可视作校方对外界压力的一种回应:规定迁滇学生须步行,只有女生和体弱之男生可以例外。这也是"旅行团"最早之由来。27日会议议决结果如下:

1、本校迁移昆明时规定学生步行沿途做调查、采集等工作,且借以多习各地风土民情,务使迁移之举本身即是教育。惟女生及体弱经医生证明不能步行者得乘车舟。

2、步行学生其沿途食宿之费概由学校担任,其经学校允

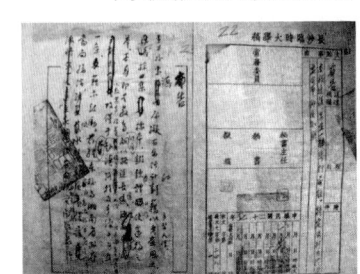

长沙临时大学男生徒步迁滇布告

许乘舟车者学校仍予以川资津贴二十元。

3、步行时概适用行军组织。

4、步行学生到昆明后,所缴报告成绩特佳者,学校予以奖励。

5、行李运输,交交通委员会详拟办法再交本会核决。[35]

后来常委会又确定了步行团的预算总额为1.69万元,据旅行团辅导团负责人黄钰生后来接受《云南日报》采访时所言,步行团最后花费了国币两万元之多,和乘车船比起来反而更不经济,"但沿途之收获,则绝非车船旅行所能得"[36]。后人论及湘黔滇旅行团,多言其艰苦而精神可嘉,或曰步行乃节约之举,但往往忽略了主事者妥协、调试、化被动为主动的政治智慧,在"学术人"与"政治人"两种身份之间灵活切换而不失底线,这是民国时期那些最杰出的校长一以贯之的本领。[37]

至此,再度迁校大局已定。按照董奋的记录,校方公布两路迁校办法是农历大年初一(1月31日),布告同时通知学生准备体检,根据体检结果领赴滇许可证,许可证分甲乙两种,甲种给予步行学生,乙种给予其他赴滇学生。虽然临大学生会召开新闻发布会反对迁校,同时发起学生签名,并一度获得了据说半数学生支持,但与此同时,填写云南入学申请的学生也超过了三分之二[38]。2月7日,梅贻琦在给顾毓琇的信中写道,有关学生反对迁往云南的事,是由少数不愿意离开湖南(其原因相当复杂)的学生煽动而起,听闻他们在上月末企图开会未果,后又集三百数十人的署名,已以学生会的名义向汉口当局拍电报,今早又推举两位代表送至汉口……临大学生总数包括南岳分校在内也不过一千数十人而已,其中八成希望去云南。关于迁往云南之事,总之没有必要改变,对于学生的请求，只要教育部、临大当局态度坚决就没有什么问题。[39]

"学生的把戏教授们是看破了。"董奋有些自嘲地在日记里写。许多学生先是签名反对迁校，很快又报名下学期在云南上课，"同学们连我自己都连在一块，'能不去为最好，去也就只好跟的去'"。"我最先签名不愿意搬家，我今天一早就检查身体去。""颓废的中国的小资产阶级习气，竟然一点不会去掉？！"[40]

在迁校最终成为定局的过程中，还有两件事值得一提。其一是临大学生会的角色。按照清华经济学系大三学生赵儒洵（赵石）的说法，学生会由中共领导[41]，当时部分地下党员认为西迁是"国民党当局逃跑主义的表现"，主张抵制。而中共长江局青委研究的结果是，党不应该阻挠临大迁校，理由有三。第一，中共在校内影响有限，力量不足以阻止迁校，抵制的结果只能是党的力量退出学校；第二，那些不想继续学习、投笔从戎的人大都已经离开，还在学校的学生大部分希望有一个安心读书的地方，如果党抵制内迁，就会脱离广大同学；第三，党在云南地区组织力量很薄弱，一部分地下党员随校内迁，对党在全国开展工作有积极意义。于是时任长江局青委书记、后来成为著名理论家的于光远，在1938年1、2月间从汉口专门南下长沙，住在临大学生宿舍里，顺利说服了反对迁校者，并且对校内的党员和民先队员何人随校西迁，何人留湘开展工作做出部署，"一个人一个人地落实"[42]。

另一件事是临大校方邀请武汉卫戍总司令部总司令、国民党军队著名将领陈诚来湘演讲。一位在场学生记述，陈诚将军眼睛炯炯有神，态度谦虚，好几次自称"败军之将"，赢得了同学们的好感[43]，"我常常对部属说，'忠于职守'，这句话的意思就是要大家在一个目标之下，一定范围之内，尽到自己的本分"。他对这群学子说，"诸位读过西洋史，知道纪元前三世纪罗马人攻入希腊城时，希腊的大科学家亚基美得，一面沉着地在实验室继续做'比重'的实验，一面愤怒地大骂罗马军的野蛮。我们就要有亚氏这一种死守不屈的精神。我认为教育在抗战期中有着很大的任务，尤其在安定后方一点，具有直接的效用。……日本人曾经批评中国的军事将领，不学无术，妄自尊大。这其实不仅军人为然……把自己同人家比一比，处在同样的地位，担任同样的职务，是不是同样的知识能力？提起这个问题，真要愧死……中国过去的社会，充满着腐败毒素……我们要在这一次民族的解放斗争中，除尽社会的腐败，培育新鲜活泼的种子。古人说，'学校为风俗之原，士习敦则民风亦厚矣'……"[44]。

陈诚的演讲打动了不少人。"我这里得说，"参加了湘黔滇旅行团的穆旦后来回忆，"以后会有很多同学愿随学校赴云南者，陈诚将军是给了很大的影响的。"[45] 以当时的中国的现实条件看，因为人口众多，抗战初期并不存在缺乏兵源的问题，而大学生人数只占国民人数的万分之一，确实没有必要立即面向数量极少的大学生征兵。因此政府基于抗战长期化的判断，为了将知识青年培养成将来的建国栋梁，暂时免除其兵役，维持一直以来的教育，积极推动高等院校向大后方迁移[46]。教授们的看法也大都与政府相同，认为应该努力研究，以待将来建国之用，"何况学生受了训，不见得比大兵打得更好，因为那时的中国军队确乎打得不坏"[47]。

到1939年3月，蒋介石在第三次全国教育大会上阐述了"战时如平时"的理念，终结了抗战爆发一年多来关于"战时教育"的争论,"我们决不能说所有教育都可以遗世独立于国家需要之外……但我们也不能因为战时,所有一切的学制课程和教育法令都可以搁在一边,因为在战时了,我们就把现代青年,无条件的都从课室、实验室、研究室里赶出来,送到另一个境遇里,无选择、无目的地去做应急的工作。……我们这一战,一方面是争取民族生存,一方面就要于此时期中改造我们的民族,复兴我们的国家,所以我们教育上的着眼点,不仅在战时,还应当看到战后,我们要估计到我们的国家要成为一个现代的国家,那么我们国民的智识能力应该提高到怎样的水准。我们要建设我们的国家成为一个现代的国家。……这些问题都要由教育界来解决"[48]。

注释

1　《朱自清全集》第9卷《日记编·日记·上》,第502页。
2　《吴宓日记(1936—1938)》,北京:生活·读书·新知三联书店,1998年3月,第275页。
3　柳无忌:《南岳日记》,《柳无忌散文选·古稀话旧》,北京:中国友谊出版公司,1984年9月,第104页。
4　致父母亲,《闻一多全集》第12卷《书信·日记·附录》,第307页。
5　柳无忌:《南岳日记》,第105页。
6　《三月来的长沙临大》,《宇宙风》1938年第65期。
7　张起钧:《西南联大纪要》,《学府纪闻·国立西南联合大学》,第13页。
8　高小文:《行年二十步行三千》,齐潞生来信,张寄谦编《中国教育史上的一次创举——西南联合大学湘黔滇旅行团实》,北京:北京大学出版社,1999年12月,第233、330页。
9　《朱自清全集》第9卷《日记编·日记·上》,第503页。
10　《浦薛凤回忆录·中·太虚空里一游尘》,第61页。
11　张起钧:《西南联大纪要》,《学府纪闻·国立西南联合大学》,第13页。
12　《浦薛凤回忆录·中·太虚空里一游尘》,第61页。

13　王玉哲：《西行纪事》,《联大岁月与边疆人文》,天津：南开大学出版社,2004年12月,第186页。

14　陈立夫：《战时教育行政回忆录》,台北：商务印书馆,1976年。

15　广少奎：《重振与衰变：南京国民政府教育部研究》,济南：山东教育出版社,2008年11月,第45、142、143页。

16　致父母亲,《闻一多全集》第12卷《书信・日记・附录》,第310页。

17　闻黎明、侯菊坤：《闻一多年谱长编・上》(修订版),上海：上海交通大学出版社,2014年12月,第456页。

18　致顾毓琇,《闻一多全集》第12卷《书信・日记・附录》,第311、312页。

19　陈一沛：《长沙临时大学见闻》,《在祖国的原野上》,战时青年社,1938年8月。

20　《董奋日记》,张寄谦编《中国教育史上的一次创举——西南联合大学湘黔滇旅行团记实》,北京：北京大学出版社,1999年12月,第353页（下简称董奋日记）。

21　《三月来的长沙临大》,《宇宙风》1938年第65期。

22　董奋日记。

23　郁振铺：《长沙临时大学一段古》,《学府纪闻・国立西南联合大学》,第193页。

24　张治中：《我们究竟怎么样？二十七年一月十八日对长沙临时大学学生演词》,收入龙美光编《八千里路云和月——长沙临时大学播迁记》,昆明：云南人民出版社,2018年,第38页。

25　董奋日记。

26　《国立西南联合大学史料1 总览卷》,昆明：云南教育出版社,1998年10月,第62—63页。

27　董奋日记。

28　《三月来的长沙临大》,《宇宙风》1938年第65期。

29　张起钧：《西南联大纪要》,《学府纪闻・国立西南联合大学》,第13页。

30　《档案中的西南联大》,昆明：云南民族出版社,2016年11月。

31　张起钧：《西南联大纪要》,《学府纪闻・国立西南联合大学》,第13页。

32　李启愚《昆明风光》,《旅行杂志》1938年1月刊。

33　《郑天挺西南联大日记》,北京：中华书局,2018年1月。

34　《浦薛凤回忆录・中・太虚空里一游尘》,第62页。

35　《国立西南联合大学史料・会议记录卷》,昆明：云南教育出版社,1998年10月,第37、38页。

36　《三千里长征竣事——联大旅行团抵滇小记》,1938年4月28日《云南日报》第4版。

37　以梅贻琦为例,可参考刘超《学府与政府——清华大学与国民政府的冲突及合作（1928—1935）》,天津：天津人民出版社,2015年3月。

38　董奋日记。

39　"西南联大建校书简",《清华校友通讯》新105期（1988年10月）收录,转引自楠原俊代：《日中战时期和知识分子研究——又一次长征・通往西南联合大学之路》中文译本,暂未出版。

40　董奋日记。
41　赵石:《我的清华革命岁月》,《校友文稿资料选编》第15辑,清华校友总会编,2010年7月。
42　《青少年于光远》,上海:华东师范大学出版社,2003年12月,第340—342页。
43　转引自楠原俊代:《日中战时期和知识分子研究——又一次长征·通往西南联合大学之路》中文译本,暂未出版。
44　陈诚:《第一期抗战之检讨与对青年之企望(民国二十六年十二月对长沙临时大学讲演)》,收入龙美光编《八千里路云和月——长沙临时大学播迁记》,第27页。
45　查良铮:《抗战以来的西南联大》,《教育杂志》,1942年。
46　楠原俊代《日中战时期和知识分子研究——又一次长征·通往西南联合大学之路》中文译本,暂未出版。
47　闻一多:《八年的回忆与感想》,《联大八年》,北京:新星出版社,2010年6月。
48　1939年3月,第三次全国教育大会蒋介石特别致词。

第七章

长沙：临时大学如何万岁？

步行乎海道乎—桂林山水的诱惑—骆驼在天上走—十七箱标本—四十岁的人何以这样心软—上街就是流浪—教育厅长赠猪两只—房地产语文—政府拆迁一顿乱卖—被中断的现代化—这就是肉感嘛—那不是放杀生—大火烧了五天五夜

到达长沙第二天下午，我在中山路看到了让蔡孝敏"目迷五味，馋涎欲滴"的九如斋。在1936年《长沙市指南》里，有九如的整版广告，"糖果饼干齐备，倘蒙各界光顾，特别竭诚欢迎，价码确实便宜"。可惜它现在成了破落而警惕的老字号，我在里头拍了几张贴在墙壁上的老照片，引起服务员的不满，"你想干吗？""只是想了解一下你们的历史。""你到那个网上去查！"正是久违的国营气质。有点替他们难过，当年"特别竭诚欢迎"，何其"深不见底"啊。

我在长沙只停留了短短两天，但为它留下的笔墨比此后任何一座城镇都多，部分原因是如今知道"长沙临大"的人委实有限，而对它的遗忘在联大还未结束之际就开始了，1940年，一位参加了湘黔滇旅行团的学生就在报刊上提醒人们，虽然长沙临大"已经是历史的名词",但大家有必要记住,西南联大的前身并不是清华、北大和南开,"而是大家已不注意了的长沙临时大学"[1]。部分原因是长沙临大的"临时性","临时"二字意味着随时失去(想想西安临时大学和后来的西北联合大学),总让我想到一个人在最终接受命运前可悲又可敬的挣扎。

在长沙临大常委会第48次会议的内部记录上,最早出现了"湘黔滇旅行团"的字眼。会议2月4日上午10时举行,出席者梅贻琦、黄钰生(代张伯苓),列席者杨振声[2]。同日,校方贴出布告,提及湖南省政府"允派高级将官并由地方政府负责保护,沿途指导。本校教职员另组辅导团与学生同行",同时要求"全体赴滇学生,除女生只注射伤寒预防针外,须受体格检验……其体格健好者由学校组为步行队,公布之。至女生及体弱者,仍以乘舟车为便",此后,校方又贴出了步行路线的布告,"湘黔滇旅行团"的名字第一次公开。[3] 原本许多人建议叫"步行团",但校方认为"旅行团"比较符合实情,虽然后方交通工具极度缺乏,在有舟车可以乘用时,仍尽量避免步行[4]。有后人猜测,把步行迁校称作"旅行","似乎是想淡化途中的艰险,有意给'小长征'增加一层相对轻松的色彩"[5]。

相关布告贴出之后,临大同学之间互相打招呼的方式从"去不去昆明"变成了"是步行还是走海路",4日那天晚上,长沙电闪雷鸣,还下了冰雹,"乒乓之声,不绝于耳。而同学皆于雷电雹雨之下,暗问旁人'步行乎?海道乎?'"[6]

2月7日,体检开始,董奋体检结果为A,拿甲种许可证,须参加旅行团,他也乐于报名,原因是看到初定方案里有300多公里(从常德到芷江)乘船的旅行。南开电机系大三学生杨启元和恽肇强的想法类似，借步行游山玩水，旅行锻炼，不过加入旅行团后，恽肇强记得闻一多说了一句："你们是天之骄子，应看一看老百姓的生活。"蔡孝敏把参加旅行团视作"可遇不可求之良机"，"（海线）与普通旅行性质相同，日后机会正多；而陆路乃用自己双足，亲践云贵高原，既可实际观察我国西南风土人情，又可饱览沿途风光名胜。何况沿途'衣食住'均由学校安排，团员仅须每天迈开大步，'行'完规定里程，即可功德圆满"。

学校负责全程费用，解决了经济困难的学生求学的后顾之忧。临大外语系大一借读生余树声同屋有一同学叫杨春芳，清华土木系大一学生，"七七事变"后由石家庄搭乘最末一班火车南下，身上原本带了些河北省银行发行的钞票，一过黄河就不能用了，到长沙已是身无分文。自从听说学校要搬迁昆明，杨就在宿舍中说，我们步行去，余树声觉得，千里迢迢怎么可能？没想到这个想法居然成了现实。[7]

大多数教员走的是海路，也有部分教授受广西省主席李宗仁邀请，借道广西桂林，再从镇南关（今友谊关）入越南，擅于健行的北大中文系教授钱穆据说已经被推为旅行团队长，赶上广西方面派来接诸教授的车，他向往桂林至阳朔的山水，就辞去了队长一职，改步行为乘车[8]。朱自清直到2月2日还在日记里写"计划步行"，最后也决定乘车经桂林去昆明。闻一多1月30日致信妻子，说马上要去照相，以备护照之用——此时他还计划走海路，两天之后的2月1日，他致信弟弟闻家骥，说决定改步行，因"一则可得经验，二则可以省钱"。到了2月11日，他致信父母，又说"复虑身体不支，故决定采第三线……借此得一游桂省山水"，而2月16日，他致信父亲，说乘汽车经桂林赴滇，费用过巨，仍改偕学生步行[9]——看起来是最后一刻才加入旅行团。

最终参加旅行团的有十一位教师，校方由此组成辅导团，以南开大学秘书长、教授黄钰生为主席，其余成员为清华大学中文系教授闻一多、教员许维遹、助教李嘉言，清华大学生物系教授李继侗，助教吴征镒、毛应斗、郭海峰（后二人属农研所），北京大学化学系教授曾昭抡，清华大学地学系教授袁复礼、助教王钟山。27岁的王钟山1936年从清华地学系毕业后曾在河北老家的中学教书，1938年寒假南下投奔临大，住车站附近的小旅馆，虽然长沙物价低廉，但他盘缠有限，又遭盗窃，遂经校长梅贻琦批准，以袁复礼临时助教身份加入旅行团，解了生活困窘之急。[10]

五位教授中，黄钰生开学后一直作为南开大学校长张伯苓的代表出席常委会，又是教育学、心理学教授，曾昭抡酷爱旅行，亦组织过不止一次远行考察，黄、曾二人分别成为南开与北大的最佳代表。李继侗专业生物，袁复礼专业地质，两人都有丰富的户外经验。还在清华之时，李继侗的足迹就踏遍了北平附近山区[11]。到了长沙，又接受实业部邀请，经湘西前往贵州调查林业，浦薛凤一度以为他会借此脱身，一去不返，毕竟，当时谋得其他生路便离校而去的教员也大有人在。不过李

辅导团（杨嘉实提供）

继侗还是在一个月后返校[12]，出发前，李继侗致书家人，"抗战连连失利，国家存亡未卜，倘若国破，则以身殉"[13]。

袁复礼的野外考察经验就更为可观，从1927年到1932年，他作为中方代表之一，与斯文·赫定（Sven Hedin）等谈判、合作组织了著名的中国瑞典西北科学考查团，整整五年时间都在内蒙古、新疆一带风餐露宿。"我就记得他说在沙漠里见过海市蜃楼，骆驼在天上走。"袁刚告诉我。她说，父亲不太讲以前的事情，考查团穿越巴丹吉林沙漠数度遇险，她还是看书上知道的。如今了解西北科考的人很少了，媒体也不怎么提，但在当年，这是轰动全国乃至国际的大事儿。西北科考发现了白云鄂博大铁矿、居延汉简，考察了罗布泊，沿途测绘了许多地图，还带回大批恐龙化石及古生物标本，因其杰出发现，1934年，袁复礼获得瑞典皇家科学院授予的"北极星"奖章。

不过，1938年2月从长沙出发西迁时，袁复礼的心情大概不会特别愉快：离开北平前，他曾将西北科考采集的17箱标本南运，不幸全部遗失。临大学生回忆，袁复礼曾利用上课间歇，沿铁路线一站一站往前寻找[14]，均无下落。"斯文·赫定知道了，以自己的名义给当时的德国和日本驻中国的人，让他们帮忙在沦陷区查找……没找到……"袁刚说，"（丢）箱子在我们家是大事儿呀，我们从小就知道。因为他丢了箱子，工作就没法儿往下做了。反正小的时候，动不动就会有人来说到丢箱子的事情。一说这事儿他就挺伤心、挺无奈的。"

和黄曾李袁四位教授比较起来，额上几条深深皱纹颇显苍老（其实还不到40岁）的闻一多不像是能走路的，好友杨振声听说闻一多加入旅行团后说，"一多加入旅行团，应该带一具棺材走"[15]。中文系一些学生去劝他改走海路，闻一多答他们：我不是给你们讲《楚辞》吗？屈原所以能做出那些爱国爱民的诗篇，和他大半生都过流放生活，熟悉民间疾苦是分不开的。我们过去都在大城市生活，对于民间情况，很不熟悉。现在抗战了，提倡文章入伍，文章下乡。我们不能入伍，就下乡看看罢。我们读屈原的书，就要走屈原的路呀！[16]

出发前，闻一多给妻子写了一封长信。此时他已经接近一个月没有收到家中音信，闻一多猜测妻子是因为他未接受汉口做官邀请而一直在生气，他在信中袒露了自己的脆弱甚至"任性"，因而格外有情感力量，同时，它也能帮助我们更好地进入那个知识分子纷纷告别家庭、奔赴大后方的历史语境：

> ……出门以前，曾经跟你说过许多话，你难道还没有了解我的苦衷吗？出这样的远门，谁情愿，尤其在这种时候？一个男人在外边奔走，千辛万苦，不外是名与利。名也许是我个人的事，但名是我已经有了的，并且在家里反正有书可读，所以在家里并不妨害我得名。这回出来唯一目的，当然为的是利。讲到利，却不是我个人的事，而是为你我，和你我的儿女。何况所谓利，也并不是什么分外的利，只是求将来得一温饱，和儿女的教育费而已。这道理很简单，如果你还不了解我，那也太不近人情了！这里清华北大南开三个学校的教职员，不下数百人，谁不抛开妻子跟着学校跑？……你或者怪了我没有就汉口的事，但是我一生不愿做官，也实在不是做官的人，你不应勉强一个人做他不能做不愿做的事。……儿女们又小，他们不懂，我有苦向谁诉去？那天动身的时候，他们都睡着了，我想如果不叫醒他们，说我走了，恐怕第二天他们起来，不看

见我，心里失望，所以我把他们一个个叫醒，跟他说我走了，叫他再睡。但是叫到小弟，话没有说完，喉咙管硬了，说不出来，所以大妹我没有叫，实在是不能叫。本来还想嘱咐赵妈几句，索性也不说了。我到母亲那里去的时候，不记得说了些什么话，我难过极了。出了一生的门，现在更不是小孩子，然而一上轿子，我就哭了。母亲这大年纪，披着衣裳坐在床边，父亲和驷弟半夜三更送我出大门，那时你不知道是在睡觉呢还是生气。现在这样久了，自己没有一封信来，也没有叫鹤雕随便画几个字来。我也常想到，四十岁的人，何以这样心软。但是出门的人盼望家信，你能说是过分吗？到昆明须四十余日，那么这四十余日中是无法接到你的信的。如果你马上就发信到昆明，那样我一到昆明，就可以看到你的信。不然，你就当我已经死了，以后也永远不必写信来。[17]

进入1938年2月，韭菜园1号已是一派离别气氛，走海路的师生陆续离开，2月1日，董奋闻着校园里大巴留下的汽油味，心里一片惆怅。临大确定迁滇后，红十字会来接收圣经学校部分房间，先行搬来的药品已经占据了几间屋子，有的箱子破了，漂白粉撒了一地，散发出呛人的气味，"我想，当圣经学校全体充满了药味的时候，也就是我们徘徊于昆明湖（滇池）畔的时候"。长沙的天气仍然阴冷得要命，在图书馆待一会儿就把腿冻麻了，如果不躲进被窝，就只能上街，而"上街就是流浪"，"不论哪一个，心中的隐痛就是'流浪'，真的'哪年哪月才能够回到我那可爱的故乡'！真的'哪年哪月才能够收回我庄严的课堂'？真的，'什么时候才能欢聚在一堂'？""流浪来，又要集团的流浪走，哪一个回想起了八里台、清华园、沙滩红楼，不翘首北望。"[18] 2月8日，天气难得放晴，郑天挺绕着圣经学院中央的操场走了十几圈，自从他12月中旬抵达以来，每天都要走上5圈，约2500步，"虽雨中亦张盖缓行。今日天无片云，尤流连不忍舍"。次日，他又在日记中写，国难以来，知识分子都喜欢读遗民诗文，"余主读中兴名臣集，激烈正气之外，兼可振发信心"[19]。

2月14日是湘黔滇旅行团编队的日子。参加旅行团的近300名男生，文学院、法商学院、理学院、工学院各占四分之一。团里大四学生超过三成，他们大多已修完学分，希望学校在寒假后就发给毕业证书，在长沙就地毕业，是外语系主任叶公超力劝他们一起到云南去[20]——绝大多数人听了他的话，大半年后长沙文夕大火会证明叶的先见之明。

学生被分成两个大队，由临大军事教官邹镇华、卓超分任大队长，每大队下分三中队，每中队分三小队，共十八小队，刘兆吉被分在第一大队一中队一分队，董奋被分在第二大队三中队七分队，吴大昌和查良铮、蔡孝敏被分在第二大队一中队一分队，吴大昌一开始只认识同属清华工学院的洪朝生等几个人，后来在路上慢慢彼此熟了，八十年后还能记起小分队里绝大多数人，"王乃樑是小队长，四年级，北大地质系的，学地质的在野外生活能力强，个子高高的，走路不错，做事也公道。蔡孝敏和白祥麟走路也很快，（这两个人）不太熟，这个团解散后再也没见过，但是68天，天天在一起还是有印象，走路的姿势都还回忆得起来。查良铮撕（字典）我没有看见，一边走路一边念字典我是看见的，念的声音不大，这个形象（脑海里）还有，步行的时候大家几乎都知道这个事。何广慈是土木系，当时有个叔父在"七七"事变时是当旅长的（何基沣），但我们当时并不知道。许安民是机械系的，年纪比较大，可能是1913年生，刚好他头有一点秃，又是近视，显得老一点。他上学的时候已经有儿子了，因为有儿子他才能上学，他父亲是山东的地主，只有他一个儿子，不让他离开家，后来就在家里待到结婚，生出来是儿子，他父亲才允许他去上学"。

旅行团团长是湖南省主席张治中专门指派的陆军中将黄师岳，这位50多岁的安徽人在东北军多年，身材魁梧，和蔼可亲[21]；参谋长是临大军事教官毛鸿，一个讲话带着湖南口音、表情严肃的陆军中校，总是牵着他那头漂亮的德国狼犬[22]。虽然反对临大迁校，张治中还是给予旅行团慷慨支持，提供了行军用具如水壶、干粮袋、草鞋、裹腿等数百份，猪五只，教育厅长朱经农也赠猪两只——旅行团配有两辆装运行李和物资的卡车，还有专门的厨师和医护人员[23]。编队当天黄师岳发表了鼓舞性的讲话，称这次迁校是为保存国粹，保存文化，并且把学生们的徒步之旅比作继张骞通西域、唐三藏取经、郑和下西洋之后第四次文化大迁徙。对于这种高调，学生们反应不一，董奋只觉得头疼得要命，趁机离队溜走，"这种调子我不知是赞美我们，还是嘲笑我们……"[24]。最后黄师岳又叮嘱一番徒步旅行的经验，说走路要打绑腿，走完要用冷水洗脚，在吃早饭前喝开水一杯，可一天不渴[25]。

2月19日上午10点，临大常委会举行了第56次、也是在长沙的倒数第二次会议，主要议决事项是捐助寒苦学生。这之后的2月23日，是学校在长沙的最后一次常委会，彼时蒋梦麟作为筹备主任先行抵滇，黄钰生随旅行团离开，出席者只有留下善后的梅贻琦一人（杨振声列席），那次的会议决定，不随学校赴昆明的职员留至2月底解职，同时加发3月份全薪，而临大租用的圣经学校，仍按契约付完一整年的租金，学校迁移后，借给省政府使用[26]。2月19日是新生活运动四周年的日子，下午5时，旅行团全员集合于圣经学校大操场的草坪上，张治中的代表陶履谦训话，说前清知识分子未闻有失业者，及至教育制度改变后学生毕业即失业，这种现象最大原因是如今的知识分子集中都市不肯下乡云云[27]。训话后，团长黄师岳带领大家呼口号，先是喊中华民国万岁，再喊长沙临时大学万岁，北京大学算学系大三学生栾汝书注意到，从周围同学的表情看，大家对"临时"和"万岁"如何结合起来感到不能理解[28]。喊完口号，旅行团整队离开韭菜园1号，沿两旁高悬着国旗的中山路向西前往湘江码头[29]。

我沿韭菜园路北上，再向西拐入中山路，试图在同样的空间里体会八十年前那群知识分子的心境。这条路最东端是一个修建中的楼盘，路边墙体广告用空洞的辞藻强调着中山路的繁华历史："源于1930年的华灯璀璨"啊，"时光藏品"啊，"倾城耀世"啊，新时代的语文把旧时光也弄得味同嚼蜡。远远看见前方"中山包子铺"五个大字，字体倒有民国气味，过去买了两个包子，问老板："这家店有蛮长时间历史了吧？"湘中口音的老板手指比画出一个V字："两年！"

中山路并不宽，两边商业还算繁荣，街头不少小摊，卖削好的荸荠和菠萝，或者浙江风味的梅干菜扣肉饼，男的烤饼，女的擀面，一边忙活一边看路口有没有城管过来，烤完了，还得入乡随俗刷上一层芝麻辣椒油才够味。对面角落一排二层临街老屋已经拆得差不多了，废墟之中，还有一家服装店在坚持甩卖，店门口毛笔写了16个大字："政府拆迁，全场洗货，机会难得，一顿乱卖"。另一个角落里，聚着趴活儿的摩的司机，一个老的被几个小年轻开玩笑弄得有点急，大喊"你不砍死我，我就砍死你"。

在1930年代，中山路是长沙美食的三大商圈之一，在这里可以吃到长沙夜宵中最常见的臭豆腐、饺饵、麻油猪血、糖油粑粑、汤粉、碱面，还可以喝到咖啡、白兰地和德国黑啤[30]，这些吃食，和桐油、爆竹、草纸以及潮湿郁蒸之气混合在一起，形成了老长沙街市的特殊气味[31]。从郑天挺、吴宓等人留下的日记看，临大教师是中山路的常客，清溪阁的卤子面，邲香居的馄饨，九如的面包，柳德芳的玫瑰汤圆，又一村饭店的川菜（长沙当时唯一一家川菜），西餐的后起之秀易宏发咖啡馆也在这里——参加了旅行团的清华农科所助教毛应斗曾在易宏发请吴宓吃饭，刚吃了一汤一菜，空袭警报来了，"毛君甚惶惧，奔避馆中前后各处"，吴宓则重现了他在清华园和爆炸声而眠的淡定表现，祷告后安坐店中，与邻座南京来的军官闲聊。[32]

中山路上最有名的餐馆是长沙四大名厨之一柳三和开设的三和酒家，临大教师亦会来此宴请，清华政治系教授陈之迈的婚礼就曾在此举行，这里的素烧方、三层套鸭、七星酸肉、口蘑干丝、白汁菜心、生炒羊肚丝等等，"均为他家所不及也"[33]。据说，文夕大火时，这些美食还意外地"救"了临近好几家店铺——大火前一日，放火队员进驻三和，柳感到搬走无望，所余山珍海味与其付之一炬，不如亲自下厨供放火队员一饱口福，结果这些士兵放量痛饮，半夜城南火起他们还在睡梦之中，等到酒醒准备放火，又接到停止放火迅速灭火的紧急命令。[34]

再往前就是蓝色外墙的银宫电影院，1935年3月正式开业的，是当时湖南设备最好的电影院，虽然未见师生相关记载（倒是徐特立当年在这里发表了若干次演讲），大约也会是他们周末消遣的一个去处吧？现在的银宫，入口处是个烤肉馆，里头成了一个羽毛球馆，人们就在徐特立讲授"游击战"的那个大厅里拉吊劈杀。球馆前台兼做手机修理，一个小伙子一边鼓捣电池，一边告诉我，电影院已经是十几年前的事情了，这里之前是个溜冰场，再之前也是一个羽毛球馆，"老板都换了好几拨了，现在什么生意都不好做啊"。

银宫电影院挨着重新修复的国货陈列馆，19根高大的罗马柱撑起1930年代湖南最气派的建筑，过了下班时间，不得其门而入，隔着玻璃能看见里头售卖黄金珠宝，但看着零落冷清。八十年前，长沙临时大学租用了这里的图书馆，又在其后的三和酒家租了阅览室一间供师生使用。三校匆匆南迁，绝大部分图书留在平津（只有清华提前运出了500余箱图书期刊），缺书严重，不得不反过来向学生购买。而最大的困难在于战争爆发后邮路的不稳定。卢沟桥事变后各国寄往北平的书刊需经保管委员会转寄长沙，但南北多阻，丢失在所难免，图书馆未收到书刊也不便付款，其结果是，到了1938年下半年，清华大学图书馆发出了60多个订购书单，外国书商全部置之不理。[35]

再向前是中山亭环岛，一侧的长沙市青少年宫是当年的民众俱乐部，那里见证了中国被中断的现代化进程——1936年，粤汉铁路全线通车，经湖南省提议，湘鄂粤赣四省商定举办特产联合展览会，1937年3月7日先在广州开幕，顺次至长沙、武汉、南昌各举办展览三星期。5月10日，展销会来到长沙,地点就在民众俱乐部内,从上午一直营业到晚上10点,"倾城士女欢喜若狂",当天就有3万人次涌入会场,因担心出事,一度限制观众入场。7月1日,展销会移师武汉,一周后,卢沟桥事变,展销会停办[36],中国也被拖入战争泥沼。

旅行团到达湘江边时已近黄昏,租船手续还没办完,所有的人都散开去吃晚饭,晚饭回来情况仍然混乱,船没来齐,今晚没法出发了。有些学生睡在江边,有的睡在船里,舟小人多,拥挤不堪,蔡孝敏开玩笑说,"这就是肉感嘛!"全船哄堂大笑[37]。天黑以后,北大外语系大四学生林振述看见水陆洲上来往客人火把连着火把,对岸的岳麓山在天边投下黑色的轮廓,云麓宫上闪耀的灯光连着繁星。卖宵夜的老人挑着担子,记得每一个熟客的口味,卖完了当日的饺子和馄饨,找个地方坐下来,听码头的卖歌女唱她的"想郎歌",对不相识的路人感叹时间过得真快。有年轻人问他,"年老人,你呢?"他回答,"是你们的一面镜子呀!"[38]

我走到中山路的尽头,也到了湘江边。夕阳斜照得江面有点晃眼,江水拍打着石岸,有人在垂钓,还有几个人直接拿着网兜在捞着什么,看看他们的收获,有鱼,主要是泥鳅,相当肥大,一个白裤子绿鞋子的东北人对着手机发语音微信:"……来的人在这里放的七八个王八,估计都上岸了。"跟一个在岸边散步的长沙大爷聊了会儿,才知道这里是一些佛教徒的放生地点,上午放生,下午就有人来捞现成的。"个大(这么大)的一只甲鱼!四五斤重的鲤鱼!"他比画着那些被放生的动物,"还有鲫鱼、豺鱼、鳝鱼、泥鳅……河里都是沙子卵石,冇得(没有)泥巴,(泥鳅)一碰那就上岸了咯!这里就捞,那不是放杀生?放生的人我弥陀佛我弥陀佛,我心里就讲,你我弥陀佛,放杀生了撒!"说还有放生青蛙的,四五十袋青蛙就往江里倒,"你要放你去岳麓山去放咯!你放到河里,放到就往边上游,别个(别人)捞起就是一盘菜!"

太阳又沉下去一些,对面的岳麓山慢慢变成了剪影,我坐在石阶上,继续看江水拍岸。1938年4月10日,在临大师生离开长沙一个月后,27架敌机空袭岳麓山下的湖南大学,学生、居民、游人死伤百余人,湖大图书馆全毁。8月17日,长沙遭受到第七次也是最惨重的一次空袭,死伤平民800余人。到了10月,这座享乐之城已经没有了高射炮的防御,因为没有防御,所以也不再有扫过天空的探照灯,夜晚一片漆黑死寂。在这座不设防的城市,空袭仍在继续,一个留在长沙的美国人在日记里写:湘江现在是一只沸腾的大锅,里面是扭曲的铁板、尸体、垃圾和倾覆的船只[39]。10月21日广州沦陷,10月25日武汉沦陷,11月11日湖南北大门岳阳沦陷,在惊慌失措与错误情报中,焦土政策被提前启动,从11月13日凌晨起,大火在长沙烧了五天五夜,摧毁了这座古城绝大部分建筑,上千人葬身火海,两千年文脉中断。临大学生搬走后的四十九标被改做了伤兵医院,一些无法逃离大火的重伤员绝望地把枪放倒,用脚拉动扳机,结束自己的生命;中山路靠江边的粮仓,烧了10天还在冒烟——头一年湖南粮食大丰收,全省粮食产量达到战前最好水平;大火把大批逃难的民众驱赶到了湘江东岸的若干个渡口,中山路码头一定也包括在内,过江的木船和划子有限,许多人掉入江中,有的船因为超载还未开动就已经下沉……中央社记者刘尊棋是第一位采访大火现场的人,17日凌晨,他在已焚毁的天心阁废墟上登高凭眺,"但见昨日如锦如织的湘垣,已成今日的帮贝(庞贝)"[40]。

晚上6点33分,太阳射出最后一丝光线,掉下去了,天暗得飞快,江水泛出最后一点光亮,捞鱼的人纷纷收工,我听到一个人抱怨,"妈的,一个甲鱼也没看到"。另一个人,来自河南信阳的打工者,看样子三四十岁吧,带着七八岁的孩子,在收工前,指着太阳落下去的方向,用作诗的语气,对孩子说:"这是我的太阳。不是你的太阳。你的太阳是八九点钟的。"

注释

1. 冯绳武:《西南联大的前身和现况》,《陇铎月刊》1940年第六、七期,龙美光编《绝徼移栽桢干质——西南联大问学拉杂谭》,昆明:云南人民出版社,2018年,第94页。
2. 《国立西南联合大学史料·会议记录卷》,昆明:云南教育出版社,1998年10月,第38页。
3. 《国立西南联合大学史料·总览卷》,昆明:云南教育出版社,1998年10月,第63、64页。
4. 蔡孝敏:《旧来行处好追寻——湘黔滇步行杂忆》,张寄谦编《中国教育史上的一次创举——西南联合大学湘黔滇旅行团记实》,北京:北京大学出版社,1999年12月,第214页。
5. 闻黎明:《长沙临时大学湘黔滇"小长征"述论》,《抗日战争研究》,2005年第1期。
6. 董奋日记。
7. 张寄谦编:《中国教育史上的一次创举——西南联合大学湘黔滇旅行团记实》,第214页、321页、323页、339页。
8. 钱穆:《八十忆双亲·师友杂忆》,第202页。
9. 《闻一多全集》第12卷《书信·日记·附录》,第313—319页。
10. 王钟山:《我对长沙临时大学湘黔滇步行团的回忆》,《西南大学记忆》2011年第4期。
11. 殷宏章:《怀念李继侗师》,《李继侗文集》,北京:科学出版社,1986年3月,第410页。

12	《浦薛凤回忆录·中·太虚空里一游尘》，第49页。
13	原载《传记文学》第六十二卷第六期，转引自刘绍唐主编《民国人物小传·第19册》，2017年，第134页。
14	高文泰：《学习袁老师的献身精神》，《桃李满天下·纪念袁复礼教授百年诞辰》，武汉：中国地质大学出版社，1993年12月，第22页。
15	致高孝贞，《闻一多全集》第12卷《书信·日记·附录》，第326页。
16	陈登亿：《回忆闻一多师在湘黔滇路上》，《闻一多纪念文集》，北京：生活·读书·新知三联书店，1980年8月，第275页。
17	致高孝贞，《闻一多全集》第12卷《书信·日记·附录》，第316、317页。
18	董奋日记。
19	《郑天挺西南联大日记》，北京：中华书局，2018年1月，第18页。
20	陈传方：《记忆力惊人的叶公超先生》，《回忆叶公超》，上海：学林出版社，1993年8月，第74页。
21	蔡孝敏：《归来行处好追寻——湘黔滇步行杂记》，张寄谦编《中国教育史上的一次创举——西南联合大学湘黔滇旅行团记实》，第214页。
22	易社强：《从长沙到昆明：西南联大的长征是历史也是神话》，张寄谦编《中国教育史上的一次创举——西南联合大学湘黔滇旅行团记实》，第497页。
23	致父亲，《闻一多全集》第12卷《书信·日记·附录》，第318页。
24	董奋日记。
25	《见闻》1938年第三、四、五期，收入龙美光编《八千里路云和月——长沙临时大学播迁记》，第56页。
26	《国立西南联合大学史料·会议记录卷》，第44、45页。
27	金五：《从长沙徒步到昆明的日记》，《见闻》1938年第三、四、五期，收入龙美光编《八千里路云和月——长沙临时大学播迁记》，第59页。
28	栾汝书：《参加湘黔滇旅行团的点滴体会》，张寄谦编《中国教育史上的一次创举——西南联合大学湘黔滇旅行团记实》，第269页。
29	钱能欣：《西南三千五百里》，张寄谦编《中国教育史上的一次创举——西南联合大学湘黔滇旅行团记实》，第144页。（下简称钱能欣《西南三千五百里》，出处明显时不再重复标注）
30	任大猛：《民国长沙城·夜宵的故事》，2014年6月27日，《长沙晚报》。
31	瞿宣颖：《湖南杂忆》，《民国文人笔下的长沙》，第272页。
32	《吴宓日记（1936—1938）》，第262页。
33	邹欠白：《长沙市指南》（1936年）。
34	陈先枢：《湘城访古》，北京：中国戏剧出版社，2005年2月，第146页。
35	《图书馆工作报告》，1940年3月，《清华大学史料选编·第3卷上·抗日战争时期的清华大学1937—1946》，北京：清华大学出版社，1994年4月，第52—53页。
36	任大猛：《又一村，那些旧时的新鲜时尚》，2016年7月24日《长沙晚报》。
37	蔡孝敏：《归来行处好追寻——湘黔滇步行杂记》，张寄谦编《中国教育史上的一

	次创举——西南联合大学湘黔滇旅行团记实》,第214页。
38	林蒲(林振述):《湘黔滇三千里徒步旅行日记二则》,张寄谦编《中国教育史上的一次创举——西南联合大学湘黔滇旅行团记实》,第122页。(下简称林蒲《湘黔滇三千里徒步旅行日记二则》)
39	何爱德:《出处之道》,《外国人笔下的长沙》,长沙:湖南人民出版社,2017年8月。
40	王娅妮泰:《长沙文夕大火》,北京:商务印书馆,2016年10月,第81、83、87页。

Ⅱ

湘

2018年4月7日,从长沙出发前一天下午,我沿中山路一直走到湘江边上,当年的码头已不见踪影,临近黄昏,江边有人垂钓,还有几个人拿网兜捞鱼和泥鳅,问了才知道,早些时候有人在这里放生。八十年前,湘黔滇旅行团应该就是在这里,乘坐两艘汽船拖着的九条民船,正式出发。

南岳圣经学院旧址最高处,曾是长沙临大文学院教授所住的"停云楼","停云楼",金岳霖与燕卜荪曾在阳台上谈论维特根斯坦。住进来第二天,吴宓就在楼顶东观日出,感受云气涌动,浮山如岛。

接近湘西重镇沅陵县，马底驿丑陋的正街背后，藏着元代的驿道和两栋好看的木结构老宅。在其中一栋老宅的天井里，万新文老人拿出了他家的族谱，光绪年间流传下来的纸张已发黄发霉，我们坐下来聊天，他给我讲了一个惊心动魄的普通故事。

过了官庄镇，我沿沅水的一级支流怡溪前进，一路都是这样的景致，可惜因为挖沙者多，弄浑了一溪碧水。比湘黔滇旅行团早几个月到这里的林徽因给沈从文写信，"昨晚里住在官庄的。沿途景物又秀丽又雄壮时就使我们想到你二哥对这些苍翠的，天排布的深浅山头，碧绿的水和其间稍稍带点天真的人为的点缀……如果不是在这战期中时时心里负着一种悲伤哀愁的话，这旅行真是不知几世修来"。

在楠木铺做了一夜噩梦,第二天早晨不到7点我就迫不及待出发了。田野和远处的高速公路都笼罩在白色的大雾里,久居华北,习惯了霾天,这种纯天然无添加的雾的气味都快忘了。

2018年4月17日,五里山附近,趟水过河的村民。我在溪边歇脚,水很清畅,有的河段流速减缓,甚至泛出高原河流才有的那种碧绿和乳白交织的色彩。我从手机里找出湘黔滇旅行团当年的日记,开始读他们在五里山"遇匪"的故事,想象那一夜的风声、狗吠和游动着的火把。

2018年4月21日,新晃县城内的舞水。新晃是湖南最西部的县城,八十年前,湘黔滇旅行团在这里的舞水旁举行了一次篝火晚会,闻一多对学生讲起了古代神话,也有人讲起海外的艳遇,还有到蒙古沙漠的冒险经历。

离开新晃县城将近一个小时,终于走进了杨式德日记里说的风光秀丽的舞水valley(溪谷)。舞水是沅水上游最主要的支流,旧时船只可以由汉口、常德上溯至贵州镇远、施秉甚至黄平旧州,端赖此河。

第八章

长沙—益阳：不是水，想改河道？

> 前路茫茫能无怅惘—秋日犁田灌水—先生们天天吃肉—主的旨意—再搞这个就砍头了—桃花江的幻想—洞庭湖这小蛮子—鱼挤鱼—西式石库门面鳞次栉比—老爷冤枉—米粉重温之旅—不存在的古城—丧家之犬—看破放下自在随缘念佛—请不要破坏我们的水电

次日晚上7点，船终于开了。两艘汽船，拖着九条民船，用毛绳连结成两组[1]，载着三百多各怀心事的师生。这一天是1938年2月20日，一个长沙学生在日记里写："大丈夫志在天下，然余临寝亦未尝不潸然泪下。余母如何度此寂寥之三年乎？"[2]

开船不久天就黑了，船上灯光昏暗，无甚活动余地，北大经济系大三学生余道南想早点就寝，但睡不着。有人谈论国事，有人诉说流亡之苦，加上机声水声，就更加难以入眠。他的父亲原本在南京工作，首都沦陷，寓所被炸，只能回湖南老家退职闲居，家境并不宽裕，而他自己结婚已有年余，妻子怀着身孕，家中老弱无人照顾，"于今离家前行，前路茫茫，能无怅惘？"想着想着，夜深了，他感到非常困乏才睡去。[3]

在1930年代的湖南，无论客运货运，水路仍然是统治性的交通方式。从长沙沿湘江而下，到临资口溯资水而上到甘溪港，再下行入洞庭湖（资水在甘溪港分为两支，一支往东在临资口入湘江，一支往北注入洞庭湖），溯沅水而上，到常德，进湘西，这是湘黔滇旅行团计划的路线，也是西南水运通达中东部最重要的线路之一。整个湖南的帆船和竹排都会汇聚到临资口，再从这里入洞庭、下汉口、去上海。这里是由江入湖、江湖切换之地，熟知掌故的人说，当年这里寺庙香火缭绕，晚间客栈排房灯火相映，三教九流，七十二行镇上一门都不少，民谣有云，"船到临资口，有风都不走"[4]。

江湖已逝，长沙到常德的水路客运也不复存在，哪怕是火车，在一轮轮提速以后，也不容易再找到那种每站都停、和"沿途"有真正关联的慢车。我在长沙火车站等候从这里始发开往成都东的K502次列车，"益阳的去5车厢！常德的去6车厢！"工作人员在站台上喊。

列车往北驶过浏阳河和捞刀河，我想着1939年9月起三次长沙会战，中国军队以这些东西走向的湘江支流为堑，阻挡日军前进的情形。车厢里飘荡着戴佩妮的歌曲与槟榔的气味，又甜又辣。邻座乘客嚼的那袋槟榔特意标注了"木糖醇"字眼，好像有一个贴心的声音在说，"让我们更健康地损害你的口腔"。不久，列车离开京广线，转向西行驶，对我的旅行地图来说，从此都是填补空白了。远处是弯曲的河汊和大片的紫云英，还有刚刚犁好、尚未插秧的稻田。三次长沙会战，日军每次进攻都在9月，因为秋收后稻田里没有水，便于机械化部队通行。中国军队于是发动民众，秋日犁田灌水，拖住日军铁骑。

音乐忽然停止了，这时我才意识到，车厢里真安静啊，下午3点，大家都在闭目养神。我从背包里掏出那本厚书，开始读北大外文系大四学生林振述1938年春发表在《大公报》副刊上，描绘那次旅行的纪实散文《湘江上》。

夜雾重重下，船头坐着我们的艄公。约摸六十开外人。胖胖身材，稀疏的山羊胡，锐利的鹰眼……他是二十几左右就来江中打发着日子的……出过长江，仿佛也在外国人的船上充当过二等小头目，在太平洋上显过身手。洞庭湖畔，扮过强人，红白刀子进出中，替世界完结了好些生命……但如今年老了。十年前听一位堂兄的劝告，结束放荡生涯，用历年积下的一点积蓄，买进一艘大船，娶妻，生子女，在水上成家立业。……像虎子离山，他的性子变得驯顺了……凡事按规矩，满面慈容，从不与人计较。

在他船上，有他的老婆，弟弟，一位朴实的中年水手，一个退伍兵……一位基督徒……参加过护法时代有名的棉田堡战役，参加过北伐，参加过"喜峰口"，参加

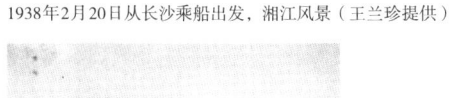

1938年2月20日从长沙乘船出发，湘江风景（王兰珍提供）

过"一二八"。"八一三"事变时,他在大场,正面对着敌人,七八昼夜,没有进过一口水,没有睡觉。后来伤了腿,退出战壕,在后方医院,去了一条腿。他说他的活着,是"天捡来的"……本来他可以坐着,按月领抚恤金,但他不愿为着自己,而拖累国家,找老艄公要了这份无需足履的工作……[5]

船队离开了夜的长沙。湘江由南到北,倒立躺着,像白色的带子。老艄公告诉林振述和他的同学,因为要搭载他们,他的船被码头扣了二十多天,才领到两块钱伙食费。"你为什么不逃走呢?"学生问他。"我们没法子想啥,不是水,想改河道?"他说,过路要路钱,船只要纳税,"先生们,这个码头不封扣我们,那个码头便封扣我们,我们没得法子哈!……先生们天天吃肉,我们放几把盐巴度日咧!"

夜半,下弦月在满天繁星中升了起来,寒风嗖嗖地从江上吹来,带着汽船烟囱冒出来的煤灰。北大政治系学生钱能欣和同学用木板和包铺盖的油布搭成人字形的帐篷,吸一口气,把全身藏进被窝,头也不敢伸出来。他想起三年前和同学带着营帐、食具、画板、小洋号、纸牌和绸制的国旗上莫干山宿营,遇大风大雨。那时是年轻人作乐的自找苦吃,如今却是真切地品味这流亡的困苦了[6]。入睡前,林振述听到老艄公在给弟弟指点天上的星宿和水中的航路。江上浮着冷雾,高高土岸上,柳林里飞出几只乌鸦。半醒半睡间,是船头的分水声,和中年水手传布主的旨意的低平音调,"我们恍惚都受到了祝福"。

到临资口是第二天上午9点,船队驶入资水。这是一个无云的晴天，天空淡蓝，让清华土木工程系大二学生杨式德想起了北方的家乡。杨式德1917年4月9日出生于河北省行唐县，从小早熟聪颖，在著名的保定育德中学读高中时参加了共青团组织的学生活动，因此被捕入狱。"我一个叔叔跟我讲，是（育德）中学校长保他出来的，"杨式德之子杨嘉实告诉我，"他是独子嘛，爷爷辈儿的都说，你不能再搞这个，再搞这个就砍头了……（他）就专心念书了。"

1936年杨式德高中毕业，会考全省第一，当时各大学自主招生，杨式德在唐山铁道学院（现西南交大）、北洋大学（现天津大学）等几所高校的招生考试中都拿到了新生第一，在清华大学招生考试中名列第11名（几千人投考，录取新生294人，颇有趣味的是，这年英文作文考题为"Dog's Fight"）。为了节省学费，杨式德舍清华取唐院，不过只上了一个多月，就因为当地日本浪人猖獗，选择离开，转向清华报到，学号3411，和同年入学的吴大昌（学号3404）等成为清华第12级学生。杨嘉实记得父亲跟他提过，刚到清华时不知如何使用坐式抽水马桶，以及，在体育馆上游泳课时被体育老师推入池中——清华重视体育，要求毕业生至少能在泳池游上一个来回[7]。眼下，杨式德登上船顶眺望，看见湘江微黄，资江深绿，两江相汇处参差着一条明显的界线，这让他感到很奇异。帆船很多，拉缆的人沿岸走，大都穿着草鞋，头裹白布。已是河沼地带，老艄公给学生们指点各处河道的变迁，说应该还田于水。洞庭湖快要到了，这让艄公感到快乐，他说，他要让他们看看"这小湖子的蛮劲"，船夫们都知道，起了风浪的八百里洞庭可不是好惹的[8]。下午1点，船队在一个叫白马寺的地方歇脚午饭，岸上年轻的村姑摇着船，向学生们划来，售卖茶叶鸡蛋，同时暗送着秋波,杨式德对她们驾船技巧印象深刻,"用手一变,把桨画一个曲线,小船的方向便变了"。钱能欣则喜欢她们天真活泼的微笑,并且对临近的桃花江产生了浪漫的联想,"如果时间不限制我们,一定随她们去桃花江——这个似乎充满着神秘的地名,对于我们,也许永远是一个闭了眼迷迷蒙蒙追求的仙境了"[9]。

至此,我一路神交最多的几位朋友——清华的蔡孝敏、林振述和杨式德,北大的钱能欣和余道南,南开的刘兆吉——都已出场,从长沙往后,每到一地,我都不时要借用他们的眼睛来看看现实的世界,或者拿自己的困惑去对标他们的烦恼。在讨论为何需要阅读时,美国作家弗兰岑(Jonathan Franzen)精准描述过那种"好想独处,好想读点书"的感受,这一类人总是时不时要从现实世界的社交中抽离出来,与他们"从小就习惯的、来源于阅读的想象社群重新建立联系"。独行在湘黔滇道上,这几位学子的日记和回忆,连同当时所有在路上留下文字的人们,一起构成了属于我的社群,你明知现实已经面目全非,但想象力与乡愁让旅行趣味不曾稍减。

第二天,船队继续在河沼地带行驶,离洞庭湖越来越近,可见大片沙洲。中午到了甘溪港,本应顺流而下入湖,却得知前方水浅,不得不转向上游先去益阳,再徒步去常德。民国时期,因为长江泥沙和围垦加剧,洞庭湖水面日渐缩小,《益世报》驻湘记者李震一当年报道淤积问题,"内河港汊,河深水富,任载重的轮船,畅行无虞。而船过南湖洲、青草湖、围堤湖,这些号称水阔的湖面,舟师却要处处以篙竿去试探水位。河水入湖,河身却深于湖面,这是洞庭湖的危险"[10]。

行程的改变让杨式德有些失望,因为他"极欲瞻仰一下伟大的洞庭湖"。船沿资水上行，河水愈发清亮，整条江呈现出一种透明的浅绿色，风吹起来，碧浪滔滔。从南京开上来的船只，贴着"大将军八面威风，二将军镇守乾坤"的字样[11]。下午5点，他们抵达投宿地，距益阳城东5里的清水潭。舍舟登陆的时候，林振述听到艄公响亮的话追了上来，就好像落下东西在他船上似的，"没看那湖蛮子，没可惜呀？下次来？"只能留待日后了，1938年、1939年间，为了阻挡日军舰队前进，中国军队在洞庭湖设下水雷的天罗地网，有七年左右的时间水道断绝。[12]

　　下午6点，K502抵达益阳，我穿过推销宾馆的人群（"美团4.9分咧！"），坐上20路公交车晃晃悠悠进城，路过一处小山，黄色土坡上暴出深色岩体，红字标注着"益阳地幔柱，科马提岩"，查手机才知道这是施工时挖出的古火山口，火山喷发时地幔由此处溢出地表——地球10亿年前的内心活动就这么暴露在你眼前。到酒店办好入住，又匆匆出来，街区颇旧，巨大的黑色铸管堆在空地上，孩童们嬉戏其间，天黑前我赶到资江边，看到了林振述描绘过的"碧色的水映照着笔立的塔的倒影"，塔叫斗魁塔，有七层，与对岸江北的三台塔遥遥相望，建于乾隆年间，说是镇水之用，而两座"站岗"的宝塔，还能使上行的船只排筏感到益阳古城的"威武"——如今站岗的更像是江对岸几座30多层的在建楼盘，和它们比起来，宝塔简直袖珍，以致我一开始居然视而不见。

　　坐在江边的石头上，和一个同时甩出三根钓竿的小哥闲聊。他30岁，开了十一年货车，常德、益阳来回跑，甘蔗、稻谷、莲藕，有什么就拉什么。先是开农用车，载重两吨，能拉十多吨，后来开大货，载重15吨，拉30吨是起码的，没办法，运价低,稻谷60块钱拉一吨,按载重拉15吨才900块钱,往返一趟油钱加过路费就花光了,不超载赚不了钱。也跑过长途,往湘南、广东方向,拉鱼罐车,5米长1.2米高的水箱,装一万斤,里头鱼挤鱼,得不停注纯氧,停10分钟鱼就开始翻肚白。有一次他拉鱼去衡阳,"就赶时间,就跑得快不咯",到S61高速251公里的地方——他对这个数字记得清清楚楚——四个后轮爆了两个,当时时速110公里,路基下面是水塘,七八米高,他想着宁肯在路上翻车也不能掉下去,拉方向盘拉得整个人都斜了过来,滑了100多米,把路旁100多米的护栏全部扫飞,最后硬是吊住了没摔下去。

"开车不是什么好事情。"他盯着钓竿,水面半天没有反应。还有一次在永州道县,全是山路,急弯陡坡,拉过去还没事,把货卸了,出来时赶上大雪,路面结冰,上坡时开始滑车,刹车停不住,一边是几百米的悬崖,一边是山体,慢慢打方向盘控制滑车方向,最后滑到山体一侧排水沟里卡住了,脑子里还在后怕:要是控制不住,就只能跳车了。他有两个孩子,大的已经上幼儿园。跑大货越来越赚不到钱,两年前不开车了,跟着父母做水果批发,上半年生意不行,就等着下半年了。天黑了下来,身后沿江绿化带广场舞的节拍轻微震动着耳膜,远处资江三桥变幻着霓虹,在江面倒映出好几个椭圆形来,更远处的清水潭大桥则是一条流线型黄色光带,桥头能看见三台塔,塔附近的尼姑庵不知是否还在?当年傍晚,杨式德看到庵门口立着一个穿着黑色衣裳的尼姑,面容俊俏清爽,颇为动人。

晚饭过后,学生们抓紧时间结队去逛益阳城,从清水潭到城区繁华的头堡、二堡、三堡,绵延着一条15里长的临水长街[13]。清朝中后期海禁渐开，各国商船沿江从上海到汉口，再穿过洞庭湖，通过资水把湘中地区纳入全球化版图。百余年繁荣水运集聚的大量财富在此沉淀，不仅修起大片青瓦高墙民居和九宫十八庙，也将麻石——一种带各色麻点的花岗岩铺遍了大街小巷。《益阳县志》载："街道以石铺之，民国十三年（1924）一律展宽，人力车往来乃无摩击之状。"街道两旁的房屋大多上下两层，木墙青瓦，房屋深者九进，浅者亦三四进，"二堡大码头一带，西式石库门面鳞次栉比"，"门面壮丽不减省城坡子街也"。因为铺面密集，廊檐前后相接，加上麻石温润滤水，当时人们描述，落雨上街，走完15里长街，可以不打伞，不穿油鞋。[14]

学生们由东向西沿着这麻石街走过，能听到人力车经过时，两边建筑的店门吱吱回响。楼上临街的窗户开着，菜油灯下，年轻的女人，埋头绣着枕衣。算命者挂着拐杖，拐进了小巷。巡夜的两人排列，拿着雪亮的大刀，浩浩荡荡冲散了零星的行人。临街还有数十家赌馆，因为旅行团的到来，当地政府下令禁赌，有些赌徒不习惯，给抓住，连声叫："老爷，冤枉！冤枉！"押解的人嘴里衔着半截哈德门香烟，吞吐着云雾："怕什么，关一会儿，没半杯茶久，就放出来，怕什么？"[15]

第二天我起得很早，想尝一尝益阳的米粉——在不那么重要的层面，这一趟徒步，也是一个久居北方，吃了太多煎饼果子和鸡蛋灌饼的南方人的米粉重温之旅。我没做任何攻略，就是想考察街头的平均水准。随便进了一家"馋嘴小吃"，要了杯5元的擂茶，用花生、白芝麻、生姜、茶叶等等，加上各种草药，用钵擂成粉末，开水冲泡，喝着更像一种甜品，给朋友发照片，笑称"湘北鲜芋仙"；又要了份12元的墨鱼肉丝粉，浇头煮得太久了，纠缠在一起，泛出不怎么诱人的粉红色，卖相和味道都令人失望。

我想去看看当年的老城，问了三个人，有三个说法，好像每个人都有他心目中的"老益阳"。拦了辆出租车，"去最老最老的那个！"司机："那就去益阳古城咯！"一脚油门到了资江北岸，再沿江走一段，"就是这里咯！"我隔着车窗看到一个石碑，上面隶书写着"益阳古城"四个字，旁边几棵不怎么高大的棕榈树，远处墙上刷着标语："适量运动，心理平衡"。

就是这里了？司机指着一块绿色路牌"鲁肃巷"，说，"那里是名人广场，你去拍个照撒！"我走过去，在那个并不存在的鲁肃巷里，发现了并不存在的古城：一小段城门遗址而已。上面介绍："……城墙建于乾隆三十年（1765），成于嘉庆……南北城墙均用作防洪大堤，东门石门保存较好"，语焉不详，但至少告诉了我这里是古城的东入口，当年学生们从清水潭往西，就是从这里踩着麻石入城的吧。司机说，前面还能看到一些老房子和麻石巷。于是我们继续向前开。一路往西，一路都在拆迁，15里麻石街自然不在了，连取而代之的资江东路都被拆得差不多了。

"这是北门巷。"司机指着一片废墟告诉我。

"这里是南岳宫。"废墟中立着一座完好的黄色建筑。

"这个应该是益阳最……以前是一个寺庙，后来搞成放电影的了。"绿色的琉璃瓦还在，但其余部分已经非常破败，门口贴着"剧场整体出租，灯光音响齐全……"，那是文昌阁。

司机说旧城改造是为了建沿江风光带，"因为我们益阳比较落后嘛……主要就是我们益阳80年代当时那个领导，哎呀，改革开放的意识还是差一点……东风二汽本来是要搬到我们益阳来的。那个领导就说，你一下子要来几万人，我的房子，我的大米，我的鸡蛋，都要涨价，哪来的这么多东西给你们吃呀。后来人家就到湖北十堰去了咯……我们益阳领导不想要不咯？老百姓那种时候自己都没饭吃，有什么想法咯？所以反过头来，像现在我们经济发展这么慢，才慢慢地说起这个事咯。"

下车的地方异常安静。那里似乎曾是老城最繁华的路段，路两旁密密麻麻的二层建筑，都已人去楼空。几个男人在一大片废墟上弄预制板里的铁条，"没办法啊，没得工作呀"。一个老太婆坐在挺好看的两层木楼门口，我想进去看看，她伸出五个指头，"你掏个五块钱子，买东西恰（吃）"。

往前走一会儿就进了这座空城。街两旁都是两层的木屋，一楼是那种老式门板，二楼有走廊，走廊栏杆上还有雕花，当年学生们看到的就是这种房子吧，"临街的窗户开着，菜油灯下，年轻的女人，埋头绣着枕衣"。第二天整队出发时，他们又一次经过了这古城的街道。那天落着细雨，行军的脚步声掀起了沿街的户户窗子，对话就此开始。"呀，大队人马。""昨夜开一夜呢。""他们是哪一军的老总？""不是咧，他们是学生子。""唷，学生子？学生子会走路？""他们要走到云南省咧。""到云南，几百里路？""几百里？三千多呢。要你磨破足皮？""唷！不得了！不得了！"[16]

我趴在门缝或窗户往里头看，天花板塌在沙发上，还有倒在地上破了的泡菜坛子。一间屋子墙壁贴着老报纸，能辨认出是奥运特刊，大标题："栾菊杰：我很享受，我很甩"。应该是2008年的报纸,当时这位1984年洛杉矶奥运击剑冠军,以50岁"高龄"代表加拿大出战北京奥运。但"很甩"是什么意思?另一间屋子外面的水泥地上,生锈的晾衣铁丝还连接着泡桐树和窗台。两株小泡桐花还立在门口,像看门狗一样,让我想起冯友兰说的那句"我们都是丧家之狗"。

空城里贴着不少标语,标语旁边几乎都有"反标语"。"棚户区改造,为民、惠民、靠民"旁边是"杜绝侵占或破坏,文化是国家的财产";"棚户区改造,我有责,我支持,我参与,我受益",落款"大码头棚改分指",旁边有张A4纸打印的告示,"严禁在古城区域非法拆除房屋、破坏文物等违法行为,情节严重的将移交公安机关依法追究相关责任",落款"明清古城"。一条走廊里高高挂着一件长衫和一条内裤,往里走一点,醒目的红底黄字:"早签协议早搬家,早日实现安居梦",一间屋子里有尚未完全撕去的海报,海报上立着西方三圣,左边写着十个字:"看破放下自在随缘念佛"。

玉陵坡等几条古巷没有拆迁,在这里我看到了铺在地面上的长条麻石,衬着青苔和石缝里的七星莲,确实温润。也是在这里,我终于又见到了人影,一个男孩在给他的女朋友拍照。几年后这里也会变成我们熟悉的老街景点吧,卖一模一样的小吃和纪念品,放一模一样的音乐,游客们摆出一模一样的手势自拍。我在只有一线天的古巷里穿行,很有些阴凉,最后一条巷子的出口外面,写满宣传标语的墙上远远露出"富强"二字。我想起几年前在美国时,每次经过哈佛COOP书店,总看到汉学家夏伟(Orville Schell)的新书(*Wealth and Power: China's Long March to the Twenty-first Century*)摆在入口处,封面上两个大大的汉字"富强"格外醒目——从19世纪40年代到改革开放40周年的此刻,"富强"真是困扰中国人百年的一个梦啊。

走出古巷,我看到了墙上的"益阳市资江风貌带项目概况","力争通过3—5年时间,把资江风貌带打造成为……国内外知名的城市滨江风貌带"。一条马路之隔是一栋被拆空的五层白色水泥楼,外墙用粉笔写着温和甚至有点书生气的抗议:"告各位朋友:这里住了人,请不要破坏我们的水电!!!打烂水管,用这样的手段停拆迁户的水太不应该!!!"本来是想追怀一下当年学生足迹的,没想到赶上一场拆迁的尾声。在北上广这样的城市,旧城改造已是完成时,但在许多地方,它还是进行时——此后的旅行,我会一再意识到这一点。中国的时间远非均质,道理上明白是一回事,亲眼看到却是另一回事。

坐7路车晃晃悠悠回酒店,在资江一桥桥头,我看到一个被公交车轮谋杀的矿泉水瓶,和它喷出的水迹,像吐着火舌的火炬,心里猛地一惊。

注释

1　杨式德:《湘黔滇旅行日记》,张寄谦编《中国教育史上的一次创举——西南联合大学湘黔滇旅行团记实》,第425页。(下简称杨式德日记,出处明显时不再重复标注)

2　转引自(美)易社强《战争与革命中的西南联大》,第36页。

3　余道南:《三校西迁日记》,张寄谦编《中国教育史上的一次创举——西南联合大学湘黔滇旅行团记实》,第369页。(下简称余道南日记,出处明显时不再重复标注)

4　铁庭:《临资口凭吊》,http://www.sohu.com/a/148303087_205698

5	林蒲:《湘黔滇三千里徒步旅行日记二则》。
6	钱能欣:《西南三千五百里》。
7	杨嘉实:《回忆我的父亲杨式德》,《家在清华》,济南:山东画报出版社,2008年4月,第285页。
8	林蒲:《湘黔滇三千里徒步旅行日记二则》。
9	钱能欣:《西南三千五百里》。
10	李震一:《湖南的西北角》,宇宙书局,1947年9月。
11	林蒲:《湘黔滇三千里徒步旅行日记二则》。
12	李震一:《湖南的西北角》,宇宙书局,1947年9月。
13	林蒲:《湘黔滇三千里徒步旅行日记二则》。
14	周立志编著:《史说益阳》,广州:暨南大学出版社,2011年10月,第130页。
15	林蒲:《湘黔滇三千里徒步旅行日记二则》。
16	林蒲:《湘黔滇三千里徒步旅行日记二则》。

第九章

益阳—军山铺：公路上的美眷

清畅的河流—商女不知亡国恨—我们兴趣的指针并不正向昆明—压迫愈急进步愈快—天涯饭店—时髦的女士醒醒吧—神风购物特攻队—拉练是个好词—散伙的采风组—微酣一种—中国人的家当—最好不过草鞋

上午11点40分，我从酒店退房，徒步出发。桃花仑西路上满是"中国黄金""中国珠宝"（门口喇叭大声吆喝着奇怪的优惠："购满6888，送电热水壶一个"）。摩的很多，看到我背着大包，总要"嘀"一下，我一路摆手拒绝，上了资江一桥。

老远就闻到香樟树的气味，引桥很长，两侧樟树生长极茂，遮天蔽日如在洞中，米粒大小的白花落得满地都是，这是南方老桥的妙处。

走出洞，资江在眼前伸展开来。此处江面宽阔，水流和缓，当年两岸码头密密麻麻排列，形同梳篦[1]，眼下只有几叶扁舟。向下游清水潭那头望去，光秃秃的岸衬着光秃秃的楼，远处还有光秃秃的桥，倒显得这一江碧水是什么人工力量灌进来的。夹在湘江和沅水中间,资江好像一直没有太大存在感,曾有民国文人为它抱不平,认为资江在风景上可与阳朔的漓江并为双绝,"以水而论,湖应圆媚,江应清畅,与湖搭配的山应该肉多骨少,这样的山水搭配,其理想境界是西湖,其理想旅行时期是春夏;与江搭配的山则应该是骨多肉少,这样的山水搭配,其理想境界是阳朔与资江,其理想旅行季节则是冬和秋季;环绕江南的水,都是泥底及灰色的波,这样的江可也算是江么?华北平原上的山,多是土堆而又黄褐,这样的山可也算是山么?……谈山论水,若不适西南,不临资水,这遗憾应该不属于资江,而属于谈论者本身……"[2]

去西南、去"上游"寻找真正"清畅"的河流确实是我此行目的之一。我在湘江边长到18岁。小时候弄不清上游下游的含义,于是跟着大人,在两三公里的江段上分出上下游来。"下游"是沉默的一大片墨绿色,满布挖沙船留下的深坑,"上游"则总是与阳光有关,那是我们夏天去的地方,有一片巨大的沙滩,枯水的时候它甚至会越过江心,直逼航道。在将热而未热的日子,我们就会背着家长,和几个玩伴去上游玩水。因为不会游泳,只敢趴在浅水区瞎扑腾,更多的时候我半躺在布满碎石的浅滩上晒太阳,上游的水很清,在阳光晃动的波纹中淌过棕色黄色白色的石子儿,后来我学到了"潺潺"这个词,脑海里立刻浮现出这个画面,可以毫不夸张地说,"上游"奠定了我对河流的审美。

益阳的这座老桥建于1974年,是本地横跨资江的第一座大桥。当年京滇公路周览团从长沙前往常德,中午经停益阳,大小车辆还需依次乘船渡河,团员就抓紧这个时间用膳,午餐有资江鱼,"鲜肥可口"[3],欢迎人群中有一小队妇女,白帽白鞋,浅蓝衣服,团员们一开始以为是护士训练班的学生,后来打听,才知是妓女,有人遂感慨:"人说商女不知亡国恨,妓女受过训练以后,这话也许就会打破。"[4]

过了资江,我沿迎春南路一路向北。这条路连接城区和319国道,很自然地成了汽配装修一条街,这种街道通常不招人喜欢,但想到自己是一个在路上的人,那些油漆家装照明PVC吊顶瓷砖石材卫浴陶瓷通通与我无关,背包就是我全部家当,便感到格外轻松愉快。天气晴好,气温22度,非常适合徒步,接近中午1点,我进入了319国道,一条双向二车道的柏油路,全是大货车的声音和气味,左眉喷着内涵段子的广告。马路右侧,白底红字的里程碑显示1257——我距离始发点厦门的公里数,在沅陵之前,我都将沿着这条公路前进。

319国道大致沿着老湘黔公路向西延伸。1938年2月23日是湘黔滇旅行团正式开始徒步的日子,这一天下着小雨,校方配备的油纸伞派上了用场,在清水潭吃过早饭后,每人领取一份干粮作午餐,然后整队准备出发。团部宣布当天的宿营点是军山铺,行程为15公里时,不少学生流露出了"英雄无用武之地"的不满足感。[5]

旅行在细雨中开始了。钱能欣想象着这条路的尽头,便是他们的目的地昆明,"可是我们的兴趣的指针并不是正向昆明的;在公路两旁,深深地隐藏着而期待我们的两条腿去开发的,才是我们的希望"[6]。1934年,钱能欣从杭州师范毕业后,相信中日必有一战,决定报考中央航空学校,以备将来参加空军,半年内报考两次,均因视力不合格而未被录取。1936年,他考进北京大学学习政治,他认为,将来做一个政治家,这对改造中国政治,特别是中国的对外政策也许可以做些贡献。[7]

第九章 益阳—军山铺:公路上的美眷

毕业于清华大学的《大公报》记者戚长诚在队伍准备开拔时加入了他们。此前几天，他从汉口南下长沙，奉报社命考察湘黔农村，因为"南京沦陷以后蒋委员长曾告国人：今后的抗战，是由城市转移到农村，农村的重要，可想而知"。戚长诚注意到旅行团队伍齐整，精神振作。"过去的大学生……常常被人指摘散漫，"他在专栏《抗战中的西南》写道，"今日这种军事化纪律化的精神……最大原因还是由于敌人的侵逼所促成……敌人的压迫日急，国人的团结、振作与进步也随之愈快。"[8]

不过，等旅行团离开县城走上城外公路，队伍就开始越拉越长，终至不成队形，三五里后，队伍已是神龙见首不见尾。[9] 杨式德落在最后面，南方乡野的景致让他感到有趣，不过他觉得最好看还是公路。路面由红土（泥结石）造成，土的胶性很大，上面铺着石子下雨也还能走。"通过山坡时，两旁峭壁直立，切得很整齐，也是红色。经过风化以后，两壁匀匀的铺上了一层红土，胶在一起，也分不出是土是石了。红的路，红的墙，配上绿的树木，再加上广漠的池沼，美丽极了。"[10] 对于步行在这条路上的愉快，穆旦用诗歌表达得更为精妙：

> 我们终于离开了渔网似的城市，
> 那以窒息的、干燥的、空虚的格子
> 不断地捞我们到绝望去的城市呵！
> 而今天，这片自由阔大的原野
> 从茫茫的天边把我们拥抱了，
> 我们简直可以在浓郁的绿海上浮游。

> 我们泳进了蓝色的海，橙黄的海，棕赤的海……
> ……
> 我们起伏在波动又波动的油绿的田野，
> 一条柔软的红色带子投进了另外一条
> 系着另外一片祖国土地的宽长道路，
> 圈圈风景把我们缓缓地簸进又簸出，
> 而我们总是以同一的进行的节奏，
> 把脚掌拍打着松软赤红的泥土。
> ……[11]

气温升高了，我保持着4公里左右的时速前进。离开城郊的路段，往来车辆少了很多，老人们坐在路边打牌，陕西来的货车吆喝着延安的红富士，"又脆又甜，十元三斤"。山东来的一辆"阿弥陀佛来度众生"的面包车和三辆小货车，停在一处拆迁废墟前面的空地上，我好奇它们和拆迁如何发生关系，可惜绕了两圈，也没见着人影。小货车车身贴满了粗糙的佛教画像和断句不怎么讲究的宣传文字，"爱国不卖国，爱党听党话，爱人民有求必应，爱教学好佛法佛法觉悟人生度众生……"我想起几个月前在山西大同博物馆看到的那些同样是民间画师所作的明清水陆画，这算是同题作文惨败了吧。

中午1点半，在国道边的一家"天涯饭店"，我要了份笋子炒腊肉，又来了听冰可乐。米饭随便盛，是最难吃的那种早稻陈米，空心，轻，完全没有米香。老板一家人围着里屋一张桌子搓麻将，小孩子孤零零在邻桌反复涂写一张撕开的烟盒，还真是咫尺天涯。

继续出发没多久就进入了农村路段，标志是国道两边石材加工模具批发二手摩托车收购的店铺被田地取代，马路对面一个男人像看怪物一样看着我，走了好远还一直在扭头。用手机查了一下，从出发到这里大约9公里——城市触角沿着国道向前延伸的长度。不过这里的农村看不到水稻，大部分田地都用来种植供应高尔夫球场或者高速公路绿化带用的草皮了，在地里拔杂草的农妇分不清什么果岭草、百慕大草或者马尼拉草，但她们的账算得很清：这块田要是种水稻，一年能卖三千，现在种草皮，一年能卖五六千，还轻松许多。往前走，是成片的木材园，门口停着一辆宝马，空气中满是被拦腰砍断的樟树的香味。再往前，出现了一些名叫"发粑粑"的门面，问当地人，是一种益阳小吃，类似糍粑。草皮、木材、发粑粑，我意识到，城市的触角一直都在。

也是在这条路上，八十年前，城市的触角以另一种方式延伸：戚长诚看到许多军用或公用的小汽车里，都坐着"如花美眷"，在公路上往来驰骋。他询问才知道，许多京沪撤退下的有权有势有钱者那时还避居长沙，但因为长沙也开始有了空袭，便把他们的妻子送到更后方一些的常德躲避，常德的生活远不如长沙丰富，这些阔太太们就时常坐着便利的车子，挂上"军用"或"某机关用"的牌子，去长沙购物。"时髦的女士们醒醒吧！"戚长诚在专栏里呼喊。[12]

湘黔公路上的美眷让我想起苏联的"神风购物特攻队"。话说中亚的一个加盟共和国，总书记夫人想拥有一套精美的日本茶具，虽然总书记作为政治局委员拥有私人飞机，但那只能用于紧急时刻飞往莫斯科，不可能飞往日本购物，并且党的纪律很严格，连派助理去日本购物也不可能。天才的总书记想到了一个办法：宣布自己的飞机需要维修。根据党的规定，维修之后的飞机必须测试飞行2.4万公里，才可以再次成为政治局委员座机。于是总书记、总书记太太，以及他们的亲朋好友，就利用这2.4万公里的里程去远东及日本好好玩了一通，他们不只带回了不同款式的日本茶具，还带回了塞满飞机的电子产品、手工制品，和几千罐日本螃蟹罐头。[13]

我继续匀速前进，感到背包在变重，只好隔一阵子就调节一下背负系统，把承重一点点从肩部往臀部转移。国道边可以看到很多卖猪肉的小推车，一根横梁上几根大铁钩，开膛破肚地挂着。在一个路口的小推车旁，我找老两口要了个板凳，坐下来歇脚。"你这是要搞拉练不咯？"老伯问我。这是今天碰到的第三个问我在做什么的人，之前两个我回答"徒步"，他们都露出了困惑的表情。但"拉练"是个好词啊，之前怎么没想到呢。"对，对，拉练，锻炼身体。"我回答。老伯露出了满意的微笑。"就一个人？"他的老伴一边剥莴笋一边问。"是啊。太累了，没人肯跟我走。"她表示理解地点点头，说，前几天有个和尚从这里经过，也是一个人，一步三叩头，说要去峨眉山呢。

小卖铺后面是个铁铺，卖各种刀具和我刚刚见过的大铁钩，铁匠在我们旁边用水磨石磨刀。他眯着眼睛看了我半天，得出结论："你不是搞拉练，是搞旅游咧。"

"你也可以这么说。"

"看看世界咯！"他自言自语。铁匠是个有点酷的人，语速很快，说的方言我总是跟不上，每到这时，他就做无语状，"往前走六公里就是汉寿，汉寿话好听，我们这里的话最难听（懂）"。

已到益阳与常德交界处，这里是湘方言向西南官话的过渡区，几乎每走几里口音都不一样。按照临大校方对学生的要求，"多习民情，考察风土"，旅行团成立了包括摄影组、地质组、采风组在内的各种小组，刘兆吉报名参加了民间歌谣组，并被任命为组长。还在中学读书时刘兆吉就特别喜欢民间歌谣，因为它们浅显有韵，逼真动人。这次深入西南腹地的步行机会绝佳，为此刘兆吉还邀请闻一多作为歌谣采风的指导，闻一多亦欣然答应。[14]

语言不通是采风的头号难题，为了弄清楚四五句短歌，就得花上许多时间和气力，这往往意味着额外的早出晚归。"我父亲曾经跟我说过，"刘兆吉之子刘重来告诉我，"那个时候绝大多数大学生都是家庭比较好，像他这么苦过来的极少极少，结果他们倒是报名了采风组，一开始行军，一个个累得都不得了，哪还有心思去采风，这是第一个。第二个，你经常会遭到那种拒绝，有些人根本不知道你们是干什么的，他们又是穿黄军装，农民一看到以为军人就害怕，态度很生硬的，他们哪里受得了这种委屈，所以没走两天，这个采风组就没有办法（继续）了。我父亲为什么继续干下去，一个是他是组长，组长不能跑，第二是他自己去找闻一多当指导教师，闻一多也答应了，这一下连人都没有了，他觉得太对不起闻一多先生了，所以他就一个人坚持下来了。"

在行军中，旅行团一早一晚开两顿饭，刘兆吉为了采集歌谣，往往比别人晚到宿营地——有他老师黄钰生的回忆为证，"一路上，我是个常川的落伍者。太阳已西……好几次我在中途遇到刘君，和老老少少的人们，在一起谈话——一边谈一边写。这样健步的刘君时常被我赶上"[15]。有时刘兆吉饿得饥肠辘辘，头昏眼花，后来想了一个办法，每天开过早饭后，行军锅里尚有一层锅巴，他就悄悄揭下一大块，卷起来塞进茶缸，饿了就撕一块吃，特别管饱。[16]

下午4点多，我已经走了差不多15公里，身体正进入一种运动后的微醺，那是一种适量出汗后的爽快，也有多巴胺带来的愉悦。往前是无穷尽的行道梧桐组成的荫凉路段，虽然梧桐落下的毛球害得我不时打喷嚏，但走起来颇为惬意。芭蕉、鱼塘、稻田，偶有拉竹子的农用车经过，没车的时候周围一下安静下来，你才意识到国道的底噪其实是各种鸟鸣，并同时体会到了资江边开大货的小哥对我说的，"两边的树长得蛮高，出太阳的时候，跟隧道一样"。

就在这319隧道边，有一间老房子，把它整个堂屋都对着国道敞开了：四把老式的木椅，椅背摩得发亮，三个老式木箱，非常厚重的那种，一个贴墙而立的折腿圆桌，一个晾衣架，九个泡菜坛子，简陋的方桌上放着一大袋复合化肥，三面墙都贴着党和国家领导人的海报，最中间的位置有个木龛，上面是一位老先生的黑白遗像，左边有另一张黑白照片，是个年轻男人，还没有来得及裱起来——好些年前《中国国家地理》拍过一组"中国人的家当"的肖像，请全国各地的家庭把他们家里最重要的东西搬到门口一起合影，我曾经对着那些照片仔细观看，玩味许久——堂屋门口坐着一位穿着粉红袜子的老太太，我向她讨了一把竹椅坐下来，想略做攀谈，不知是她太警惕还是心情不好，所有递过去的话都没有回应。

徒步超过20公里时，微醺消失了，取而代之的是各处的疼痛，在左脚大脚趾、肩膀、右脚脚掌、腰、右腿髋关节间轮番发作。夕阳从正前方照过来，柏油路面涂上了一层油彩，好像发生了某种卷曲。最后一两公里，尾骨也开始痛了，后来想起可能是腰椎发出的警告，好在那时我已经进入军山铺镇。此地属常德市汉寿县，八十年前旅行团抵达时这里还是一个跨在山坡上的乡村，沿公路有几家杂货铺，几家客店。背后是蛇形的山，前面是层层水田。上田的水不绝地流注下田，水声潺潺，日光下，一丛丛深绿的茶树夹着满山的菜花[17]。戚长诚问一位小饭铺的老板，据说最近因为公路来往车辆繁多，所以生意相当发达。前两天云南军队经过时在此驻扎，纪律极好，好几家的子弟受感化而随他们前往从军，"可知中国人心未死"，戚总结。[18]

在军山铺，旅行团先行坐车抵达的"经理员"（每周由每大队轮流派遣九人担任[19]）已经找好了当晚借宿的民居，问老乡借来了稻草铺床，但因为是初次行军，不免一阵忙乱，团长黄师岳指挥各部队员，辅导委员黄钰生照料给养，事务之繁细超出了戚长诚的预料。有十一位学生把脚磨破，也纷纷来找两位黄团长想办法[20]，吴大昌记得校医当时教大家把针烧红消毒，从水泡中间穿过去，再留一点线头在水泡上，避免再起。清华大学化学系大四学生黄培云后来回忆，出发前，老师告诉他们不要穿皮鞋，也不要穿胶鞋，最好是布鞋，可上路之后，才知道最好是草鞋，穿一双，腰里别一双，草鞋穿一天就烂了，就可以再换。反正到处有卖，几个铜板一双[21]。头几天徒步，脚板起泡的学生很多，每天都有不少人要"穿针引线"，吴大昌回忆起这一段，叹口气，笑了起来："同学互相帮助，自己有时候下不了手啊！"

6点半，我终于到达军山铺镇中心，一个丁字路口，路旁的垃圾桶在焚烧，冒出冲天高的黑烟。镇东边有一个"中特文武学校"，不知道是不是当年的万友武校，每一个稍有年岁的湖南人都知道"汉寿军山铺",也都是最早的(比脑白金早不少)重复一万遍洗脑式广告"学武术到万友"的受害者。随便找家小旅馆,100元一晚,在四层,还算干净,卸下背包的那一瞬间,颈椎像压紧的弹簧一样松开,整个人原地雀跃了好几下。查了一下,距离桃花仑西路25.6公里,刨开吃饭和休息的时间,用了6个小时。这一天我走了四万多步,"319隧道"的照片不出意料地霸占了朋友圈的封面,有人跟我开玩笑,可以在里头发广告了。

下楼吃了个炒米粉就天黑了。上楼写日记,洗漱,准备就寝,洗手间里有一只大壁虎,我想把它赶出窗户,但它一动不动,我笨拙地拿一张纸想包住它,它断了尾巴一下子窜入蹲式便池,这让我非常难过,又一次想起了自己第一次做龙虾,那只大龙虾在水池里就非常不安分,我担心把它投入沸水里一定会蹦起来,结果真到了那一刻,它却一动不动接受了自己的命运。睡前看了场排球比赛,睡得很差,腿疼,在成串的梦里,壁虎、龙虾、扣球手你来我往。

注释

1　周立志编著:《史说益阳》,广州:暨南大学出版社,2011年10月。
2　苏仲湘:《江风滩水下资江》,《旅行杂志》1949年2月号。
3　胡士铨:《京滇周览团随征记(二)》,《旅行杂志》1937年7月刊。
4　向昊:《京滇公路周览纪略》,《道路月刊》1937年第54卷第2期。
5　高小文:《行年二十步行三千》,张寄谦编,《中国教育史上的一次创举——西南联合大学湘黔滇旅行团记实》,第233页。
6　钱能欣:《西南三千五百里》。
7　王莉萍:《钱能欣忆西南联大步行团"长征":这一路三千五百里》,2005年8月15

	日《科学时报》。
8	长诚:《抗战中的西南（一、二）》,《大公报》汉口版1938年3月8日、13日。
9	高小文:《行年二十步行三千》。
10	杨式德日记。
11	穆旦《原野上走路——三千里步行之二》,原载《大公报》重庆版1940年10月25日,《穆旦诗文集1》,北京：人民文学出版社,2006年4月,第207页。
12	长诚:《抗战中的西南（十）》,《大公报》汉口版1938年5月1日。
13	（美）大卫·雷姆尼克著、林晓钦译:《列宁的坟墓》,八旗文化,2014年。
14	刘兆吉:《恩师辛劳永放光辉——记64年前在闻一多师指导下采编〈西南采风录〉今日再版有感》,《刘兆吉诗文集》,重庆：西南师范大学出版社,2003年4月,第179页。
15	黄钰生序,刘兆吉:《西南采风录》,商务印书馆,1946年12月。
16	刘重来、邹鸣鸣:《三千五百里采风记——记著名心理学家刘兆吉》,张寄谦编《中国教育史上的一次创举——西南联合大学湘黔滇旅行团记实》,第198页。
17	钱能欣:《西南三千五百里》。
18	长诚:《抗战中的西南（二）》,《大公报》汉口版1938年3月13日。
19	《三千里长征竣事——联大旅行团抵滇小记》,1938年4月28日《云南日报》第4版。
20	长诚:《抗战中的西南（二）》,《大公报》汉口版1938年3月13日。
21	《黄培云口述自传》,长沙：湖南教育出版社,2011年1月,第36页。

第十章

常德：生命似异实同

> 没有落下过一架飞机的机场—所谓烂摊子—低饱和度的印度—水为什么会这样绿呢—放在那里感觉就是穷嘛—人有一个缺陷—手机的功能太多了—夜宿孤峰顶—铲除鸦片改种桐油—四年没有尝着西瓜味了—戴水獭皮帽子的朋友—永久永久魂魄都在—纽约有常德米粉吗—碉堡上开发票

徒步第二天，早晨起来浑身疼痛，又感到恶心，到楼下超市买了豆奶和面包，吃完感觉好了些，这是一周以来第一次早餐没吃米粉。背上那个42升的背包摇摇晃晃，人的身体真是神秘，昨天没想到可以负重走那么远，今天没想到休息后直接崩盘。在"尚能走否"的沮丧自问里，我决定跳过太子庙与石门桥，坐车先到常德再说。

不知是不是第一天行军下来需要适应，湘黔滇旅行团从军山铺出发的时间是早晨8点40分，以旅行团标准（通常是7点[1]），算是相当之晚了。黄师岳团长召集学生们讲话，说昨天队伍太不整齐，散走是非常危险的，并规定以后行进用二路纵队在公路两旁走，每走一小时小休息10分钟，到适当地点大休息40分钟，以便喝茶，简单吃点午饭——所谓"打尖"[2]。军山铺的老百姓送旅行团离开时放了鞭炮,虽然这听起来怪怪的(又不是送瘟神),但人们的确喜欢这群师生——头晚帮他们预备稻草,烧开水,极尽地主之谊,又向他们探询抗战胜利的消息,高高兴兴学唱抗战歌曲。[3]

公路在山窝中起伏蜿蜒,两旁栽着枝条参差的油桐,昨晚的大雨把草木洗得青翠可爱[4]。在离军山铺二十余里的崔家寺,戚长诚看见一个十二三岁的孩子卧地呻吟,经过一番问话,才知道他是由芷江被征发的壮丁,因为年龄不足(才13岁),扛不起步枪,由部队遣散回籍。孩子拿出一张准"长假"的护照(以便沿途军警放行),说他家里有兄弟两人,哥哥16岁,因为抽鸦片,才征到他的身上。如今步行回家,不料伤足卧倒。戚长诚断定他是因为发育未成,骤受过度劳苦所伤,给了他几个零钱,劝他回家好好读书,又不免产生疑问:沿路明明看见许多二三十岁游手好闲的壮丁,抽壮丁怎么会抽到13岁的孩子?[5]

当天旅行团宿太子庙民居,傍晚,杨式德独自在稻田洗足,到车站看报。晚上,他所在第四分队丢了一个提灯,队中各处寻找,找到凌晨,终于在老板娘的箱内找到了。太子庙经商者较多,戚长诚与一个小饭铺的老板攀谈,老板说,"军队在此经过驻扎……他们为国辛劳,我们当然要好好的招待,预备稻草、房屋、烧茶、煮饭,盼望赶紧打退日本。只是近来地丁太重……汉寿县已经抽过四次壮丁,第五次又快开始了,可是并没见到抽去多少人,只是抽去现钱来赎兵役"。

由太子庙往西,地势渐低,过石门桥后,更展开沅水下游一望无际的冲积平原。这里少见稻田,多种花生与蔬菜,一畦一畦的黄花,环绕着几间茅屋,让戚长诚想起了沉沦敌手的北国[6]。他应该不知道,这大片农田已经被国民政府征用,将用于秘密修建常德机场(对外称建广场),为芷江修建的空军基地提供加油中转服务。1938年3月,常德桃源汉寿三县一共出动了超过1.2万民工,自带工具和伙食,全凭人力在半年内建好了一条长1350米、宽50米的飞机跑道。10月,武汉失守,日军随时可能南下湖南,一片混乱中,长沙燃起大火,而常德也不得不把刚刚修好的机场即刻破坏——地方政府再次征集民工,在那条一架飞机都没有降落过(另说降落过两架)的跑道上挖出45条深2米、宽5米、长50米的深沟[7]——这只是典型的战时交通冰山一角,倘若回顾抗战时期中国的交通史,你会看到数不清的修好再破坏、破坏再修好的荒诞故事。在湖南,省政府具体规定了各地破路的步骤和标准,即所谓"准备破坏、预行破坏、彻底破坏、加强破坏",从1939年夏初开始,湖南全省动员开始第一次全面毁路,一年余毁坏省内公路1200公里,占原有公路1/3,1944年为阻止日军打通大陆交通线的进攻,又发动民众毁掉省内公路1200公里,毁路过程中,越是重要干线,原来的修筑质量越高,毁坏就越要求彻底。湘省公路,以长沙至常德段最受人称道,毁路时全线被挖断,桥梁涵洞全部炸毁,许多路段干脆翻了个底朝天,种上作物,变路为田[8]。1949年后湖南全省通车公路仅有1300余公里,按我们从小熟知的叙事,的确是一个"烂摊子",可谁记得这烂摊子背后的故事呢?

在卖黑芝麻糊的吆喝声中,我上了一辆私人运营的中巴,票价10元,常德男科医院的广告占据了车身和椅背,离开军山铺后一派农村风光,稻田和饲养青蛙的蛙田(叫"青蛙料")交织出现,到太子庙,全车乘客被转到另一私人中巴上,继续开往常德，也是满车的常德男科医院。太子庙现在是汉寿县政府所在地，一个热闹混乱的开发区，像调低了饱和度的印度，我头枕着男科二字昏昏欲睡。

醒来时中巴正经过一条青黄色的河流，我又一次闻见了樟树的香味，路旁的广告"欢迎您上山抓土鸡"，看看手机地图，这里是一个叫毛家滩的回族维吾尔族乡，突然想起近十年前在新疆采访时认识的一位同龄维吾尔族朋友亚森。他是阿克苏人，到过新疆的所有地市，但从没去过内地，我问他想去内地哪里看看，他说最想去湖南，理由是看到电视上说，那里有一个维吾尔族村。

临近中午，男科中巴抵达沅水南岸的汽车总站，和八十年前一样，我也得过河去北岸的常德城区。学生们是乘小划子分批渡江的，沅水比资江水量要大，水是同样的绿而清，杨式德再一次发出了天问："水为什么会这样绿呢。"钱能欣也非常喜欢这一江碧水，"同伴李君真忍不住要跳下水去，来一个二百米自由式，北方是没有这样美丽的水的。湘资沅澧这四条水的沿岸，不知道产生了多少英雄美人……我们也还记得幼时读《江湖奇侠传》，常德和岳阳同是江湖奇人的出没之所。"

我惦记着沅水自然是因为沈从文，他无数次描绘过这条湘西的河流与它的大小支流，"我的想象是在这条河水上扩大的。我把过去生活加以温习，或对未来生活有何安排时，必依赖这一条河水"[9]。坐出租车过桥时我把头贴在车窗上望沅水，江面宽阔，水是淡绿色的。的哥是个开朗的小伙子，我问他常德哪里还有比较老的房子，他说东门去年还有那种木房子，今年都拆了，他对我想去看老房子表示不解："那个老房子没什么，跟大山里的房子一样。哈哈哈哈。"

"但是那个老房子有历史嘛。"

"那个虽然是以前的历史,但放在那里感觉就是穷嘛,哈哈哈哈。"

我住进一家可以俯瞰江景的酒店,这一天阳光强烈,屋外有二十七八度,但屋里还是冷飕飕的,这正是湖南奇怪的春天,不过也可能是因为我病了。午睡了一小时,起来毫无胃口,逼自己啃了几口面包,下楼去江边。酒店恰好对着码头,左拐就是常德诗墙——投资过亿,以沿江防洪大堤为载体的一项吉尼斯世界纪录。

在这绵延4公里的诗墙上,我读到了布莱希特的《将军,你的坦克是一辆坚固的车》,"将军,你的坦克是一辆坚固的车。它能摧毁一座森林,碾碎成百的人。但是它有一个缺陷:它需要一个驾驶员。……将军,人是很有用的。他会飞,他会杀人。但是他有一个缺陷:他会思想"。还有拜伦的《我的心灵是阴沉的》,"告诉你,歌手呵,我必须哭泣,不然,这沉重的心就要爆裂;因为它曾经为忧伤所哺育,又在失眠的静寂里痛得久长;如今它就要受到最痛的一击,使它立刻碎裂——或者皈依歌唱"。译者分别是西南联大外语系教授冯至和外语系学生穆旦。

作为湘黔滇旅行团的成员,穆旦来过常德,在县立中学住了两天,很可能和其他学生一样,在学校清洗自己过去三天徒步弄脏的衣服,再沿着繁华的中山路去武陵澡堂洗澡[10]。关于这次68天的旅行,他只留下过两首诗,其中一首叫《出发》,不难读出抗战初期的那种炽烈:

澄碧的沅江滔滔地注进了祖国的心脏,

第十章 常德:生命似异实同

浓密的桐树,马尾松,丰富的丘陵地带,
欢呼着又沉默着,奔跑在江水两旁。

千里迢遥,春风吹拂,流过了一个城脚,
在桃李纷飞的城外,它摄了一个影:
黄昏,幽暗寒冷,一群站在海岛上的鲁滨逊
失去了一切,又把茫然的眼睛望着远方,

凶险的海浪澎湃,映红着往日的灰烬。
(哟!如果有Guitar,悄悄弹出我们的感情!)
一扬手,就这样走了,我们是年青的一群。
沅江水滔滔地流去了,注进幽暗的夜,
一条抖动的银链振鸣着大地的欢欣。

在清水潭,我看见一个老船夫撑过了急流,笑……
在军山铺,孩子们坐在阴暗的高门槛上
晒着太阳,从来不想起他们的命运……
在太子庙,枯瘦的黄牛翻起泥土和粪香,
背上飞过双蝴蝶躲进了开花的菜田……
在石门桥,在桃源,在郑家驿,在毛家溪……
我们宿营地里住着广大的中国的人民,
在一个节日里,他们流着汗挣扎,繁殖!

我们有不同的梦,浓雾似地覆在沅江上,
而每日每夜,沅江是一条明亮的道路,
不尽的滔滔的感情,伸在土地里扎根!

> 哟，痛苦的黎明！让我们起来，让我们走过
> 浓密的桐树，马尾松，丰富的丘陵地带，
> 欢呼着又沉默着，奔跑在江水的两旁。[11]

  太阳晒得我有点头晕，沅江的水面好像也开始虚焦。下午两点多，我按照之前的电话约定，去拜访常德方志办。常德市委大院的门口正在动土挖路，院里头倒是幽静，方志办和党史办挂一块牌子，在一个老式五层楼的三楼，隔壁是妇女协会。一个胖小伙子和一个瘦小伙子很客气地接待了我，说他们上午接到我电话后就一直在查市志和抗战资料，看有没有关于湘黔滇旅行团的记载，可惜目前还没有什么收获。胖小伙子告诉我，常德是国统区，很多资料都毁于战火。不一会儿女科长进来了，给我拿来更多资料，又让我坐在瘦小伙子的座位上慢慢翻，看有没有有用的。她得知我接下来要去桃源县，又打电话介绍当地一位"很厉害"的人给我认识，我们在电话里约好在下一站桃源见面，对方听说我南开毕业，又提到了穆旦，我有点不好意思，为着自己平白无故占了他的光，也为着他晚年在南开外国语学院的遭遇。

  翻资料的时候，来了一个工作人员，好像是纪委的，客客气气地把一个U盘插入每个人的电脑运行一番，查是否有人泄密。大家有说有笑，看来都习以为常。我想确认旅行团当年入住的常德县立中学现在何处，按照县志，县立中学就是现在的常德二中，可按照学生日记对行军路线的描述，他们投宿的更像是现在的常德一中。女科长帮忙打了几个电话，确认了旅行团住的是二中，还找到了一位修校史的王老师，说他知道更多旅行团的情形。

隔天，我去常德二中拜访王老师。二中位于沅水南岸的德山，背靠孤峰岭。一场暴雨刚过，山道草木青翠，始建于初唐的乾明寺笼罩在烟云之中。我默念着"常德德山山有德，长沙沙水水无沙"这首湖南尽人皆知的民谣，转到二中门口，校门前立着出入管理规定，第一条是"禁止学生携带手机进入校园"。王老师在校督导办工作，是一个慢条斯理的人，他告诉我，禁带手机是这个学期的新规，毕竟，"手机的功能太多了"。

我们绕过被雨水灌满的荷花池，沿校史墙而上，二中前身是建于1883年的德山书院，书院匾额大大地写着：高山仰止，斯文在兹。接近高处的教学区，两株伞盖巨大的古樟非常醒目，其中一棵树龄二百五十四年。八十年前，湘黔滇旅行团从现在大门东边的"葫芦口"旧门进入学校后，也会一眼就看到这遮天蔽日的大树吧。王老师说，他听老人讲，这个院子里原来有几十棵古樟，现在只剩七八棵了，但仍然是常德最多，后面的孤峰岭一棵古树都没有，大炼钢铁时砍光了。

我们穿过教学区，来到紧邻孤峰岭的操场，他指着篮球场背后被雨淋湿后发黑的石壁，说那里就是湘黔滇旅行团整队的地方。我见过那张整队的老照片，百来名穿着军装，戴着军帽，斜挎着背包的学生列队站着，他们前面是倒扣在一起的数百座椅，身后是一排老式二层房屋，而在房屋的一角，有石阶扶摇而上，2009年，王老师在《中国教育报》刊登的老照片上看到了这个石阶，从而确认了旅行团所处的具体位置，现在这张照片被学校贴在办公楼的走廊里，作为校史的一部分。我好奇他如何跟学生们讲述这段历史，他有点不好意思地笑了："北大南开清华这么有名的学校也落过我们这个地方，说明一个是这个学校有一定的文化底蕴，另一个，当年的校长杨筠如还是有一定名气的。"

如今已经没有多少人听过杨筠如这个名字，杨是清华国学院第一届学生，王国维的高足，以第一名的成绩毕业后，先后任教于中山大学、青岛大学、厦门大学、四川大学，在经史研究上有其建树。抗战爆发后杨筠如返回家乡常德，就任县立中学校长，迎来湘黔滇旅行团，与青岛大学时的老同事闻一多重逢，不知两人如何叙旧。1938年2月26日，闻一多在常德给父亲写信，提及杨筠如是旧同事，"颇蒙款待"[12]，可惜除此以外并无更多记录。同样，也很难知晓为何杨筠如在短短几年里换了那么多学校——县立中学后，杨还曾任教于湖南大学，1946年去世，时年44岁。在得知杨筠如的死讯后，原清华大学教授、卢沟桥事变后举家返湘任教于湖南大学的杨树达在回忆录里提到，杨筠如近年沉迷麻将，研究荒废，"社会无学术环境，诱道之者皆恶事，致令优秀之士不能有大成就而死，个人与社会当分负其责也"[13]。

王老师1996年调到二中，老二层楼两年后拆除，当时已

杨式德等（有可能是在常德）

是危房，他记得有一次下大雨，学生还撤出来了。雨后篮球场有层薄薄的积水，光可鉴人，上面是孤峰岭的郁郁葱葱，从前石阶还在时，可以拾级而上，一直走到峰顶的孤峰塔。想象一下一条大江的拐弯处有一座形似拳头的孤峰，峰顶上一座宝塔，夕照之下，峰塔倒影落在波光粼粼的江面，这曾是常德人习惯的风景。可惜这座建于明万历年间的宝塔命运多舛，三次被毁，最近一次是1969年，拆了的青砖都用来盖二中的防空洞了——我路过了那个防空洞，洞口已被水泥封死，但巨大的塔砖仍清晰可辨。1988年，常德各界集资第三次重建宝塔，到了2018年，第四轮重建，据说是为了旅游开发，塔身被脚手架层层包裹，要不是人提醒，我还以为是座煞风景的在建写字楼。

  1938年2月26日傍晚，常德县立中学为旅行团开了一个欢迎会，并邀请几位教授发表演讲。袁复礼教授讲旅行回忆，说他在中国旅行已十七年了，他主张记日记，并要科学地记载，并鼓励同学们沿途多多考察，如山的高度、地名、地质构造、化石搜集、气候的记载都是有用的[14]。发表演讲的还有李继侗教授。他讲的是湘黔一带的农植情形，说现今贵州省政府铲除烟（鸦片）田，改种桐油的计划不适宜，因为现在中国桐油出口量虽占第一，但国际贸易不稳定，恐怕来日价格跌落，对中国不利[15]。李继侗的担心或许不无道理，但中国在抗战中获得的第一笔来自美国的援助恰是因为桐油——1938年底，美国宣布向中国提供2500万元的商业贷款（《中美桐油借款合约》），中国以土特产桐油作为偿还，时人在报章发表评论，"我们所植的油桐，似乎每一株桐树，要抵过一枝机关枪，一个桐果要抵过一个手榴弹，一粒桐子，要抵过一颗子弹……"[16]

第二天，旅行团决定在常德休息一日，部分原因是，当天全团第二次注射伤寒和霍乱疫苗，许多人起了反应，不便步行。此时常德尚处战时的"变态繁荣"中，外来人口骤增带来了洋货与书店的兴旺，大小书铺里挤满了人，"随走随入，很少间断，抗战丛书销售最广"[17]，物价随之上涨，吴大昌买了一双质量比较好的"布草鞋"，花了二角五分，而通常一双草鞋只卖一角。街头两旁三五成群聚集着农夫，挑着一担担的大米往城里兜售，米粒颗颗饱满，大如豆芽，还有个头不输美国新奇士的橙子和粗大如竿的甘蔗，孩子们则喜欢吃槟榔，红的纸、绿的纸，包着半个槟榔壳和一片槟榔肉[18]。戚长诚还注意到，常德的金店很多，询问一位店铺老板，对方答："因为当地的木材商人，在过去曾经赚过好钱，他们不愿存在银行里，大多购买金条金器储存起来，或者埋在地下……"[19]

店老板说的"好钱"是清末民初以来沅水流域繁荣的木材贸易。川黔两省山地众多，不仅盛产松杉，也盛产檀楠等珍贵木材，林农伐木后将其堆积在山上，待到山洪暴发，将木材滚下溪水扎成木筏，顺流下放，到河面较宽的地方，扎成中小型木排，等到了下游的桃源、常德，再联结为大木排，有的木排如此之大，上面还盖有房屋，客厅卧室厕所一应俱全。从常德往下，转运汉口乃至江浙，每发排一次获利往往几倍[20]，常德也随之成为四省通衢——1911年5月，著名地质学家丁文江从欧洲留学归来，借道滇越铁路先抵昆明，然后沿驿道一路往东，调查滇黔二省地质矿产，行到贵州镇远，换乘水路，坐小火轮顺流而下经常德去汉口，走的正与湘黔滇旅行团同一路线，只是方向相反。在船上，丁文江遇到了一位江苏同乡前辈，是位老进士，在刑部守了十几年，才放了云南普洱府知府。那是个苦缺,做了三年,没攒下什么钱,这年告老还乡,到了常德,第一件事就是叫人买西瓜。他对丁文江说:"我四年没有尝着西瓜味了。一到湖南境内,我就想吃它,无奈因为大水,沿途买不出瓜来。常德是个大码头,一定要多买几个来吃一顿。"等到买了瓜,又生又小,一股子淡水气,但他还是一口气吃了两个,还觉得不过瘾。后来到了汉口,买到了好瓜,他一天吃好几个,路上就得了病,到家没有几天,就死了。[21]

到常德第二天,我的身体恢复了一点,上午叫了个顺风车,去桃源县枫树乡,桃源有四个回族维吾尔族自治乡,枫树乡是最大的那个,也是新疆以外最大的维吾尔族社群。头一天晚上,我重温了《湘行散记》中的几篇文章,1934年,沈从文母亲病危,他由北平南下,在常德稍事休整,打算前往桃源包只小船沿沅水而上前往家乡凤凰,旅行就从常德前往桃源的那辆新式黄色公共汽车上开始。

> 车从很平坦的大堤公路上奔驰而去,我身边还坐定了一个懂人情有趣味的老朋友。这老友正特意从武陵县伴我过桃源县。他也可以说是一个"渔人",因为他的头上,戴的是一顶价值四十八元的水獭皮帽子,这顶帽子经过沿路地方时,却很能引起一些年青娘儿们注意的。这老友是武陵地域中心春申君墓旁杰云旅馆的主人。……但照他自己说,使他迷路的那点年龄业已过去了,如今一切已满不在乎,白脸长眉毛的女孩子再不使他心跳,水獭皮帽子也并不需要娘儿们眼睛放光了。他今年还只三十五岁。十年前,在这一带地方凡有他撒野机会时,他从不放过那点机

会。现在既已规规矩矩做了一个大旅馆的大老板,童心业已失去,就再也不胡闹了。当他二十五岁左右时,大约就有过一百个女人净白的胸膛被他亲近过。我坐在这样一个朋友的身边,想起国内无数中学生,在国文班上很认真地读陶靖节《桃花源记》情形,真觉得十分好笑。同这样一个朋友坐了汽车到桃源去,似乎太幽默了。

朋友还是个爱玩字画也爱说野话的人。从汽车眺望平堤远处,薄雾里错落有致的平田、房子、树木,皆如敷了一层蓝灰,一切极爽心悦目。汽车在大堤上跑去,又极平稳舒服。

朋友口中糅合了雅兴与俗趣,带点儿惊讶嚷道:"这野杂种的景致,简直是画!"

"自然是画!可是是谁的画?"我说。"牯子大哥,你以为是谁的画?"我意思正想考问一下,看看我那朋友对于中国画一方面的知识。

他笑了。"沈石田这狗×养的,强盗一样大胆的手笔!"说时还用手比划着,"这里一笔,那边一扫,再来磨磨蹭蹭,十来下,成了。"

我自然不能同意这种赞美,……似乎被他看明白了,他就说:"看,牯子老弟你看,这点山头,这点树,那一片林梢,那一抹轻雾,真只有王麓台那野狗干的画得出。因为他自己活到八九十岁,就真像只老狗。"

这位热情快乐的牯子大哥是专程来送沈从文上船的,在《一位戴水獭皮帽子的朋友》(也是《湘行散记》第一篇)里,这是一个极富生气的人物,"那向湘西上行过川黔考察方言歌谣的先生们，到武陵时最好就是到这个旅馆来下榻。我还不曾遇见过什么学者，比这个朋友更能明白中国格言谚语的用处。他说话全是活的，即便是浑话野话，也莫不各有出处，言之成章。而且妙趣百出，庄谐杂陈。他那言语比喻丰富处，真像是大河流水……"不知道一路采风的刘兆吉有没有见过这位牿子大哥？无论如何，刘在常德采集到的一首民谣倒也颇为生动："倒唱歌，顺唱歌，河里的石头滚上坡。爹娶亲，我打锣，打到家家门前过；家家睡摇窝。舅舅摇家婆。"

我的车已到桃源县境内的陬市镇，国道有点拥堵，私人中巴鸣着喇叭横冲直撞，司机冲着窗外用普通话骂了一句傻逼，我立刻想起了那位戴水獭皮帽子的朋友，问司机，让他教我一句骂人的常德土话，结果这位以前跑大货的60后大哥居然害羞起来，憋了半天没骂出来，只是自嘲："我们常德人讲礼貌，不骂人……"

陬市镇往南五六公里就是枫树维吾尔族回族自治乡，这里的民居看起来没有任何特别，两三层小楼外墙抹着水泥，家境好一些的贴着白色黄色的瓷砖。临近中午，街道上没什么人，我转悠半天，看到一位浇花的妇女，一问，果然是维吾尔族人，"新疆一帮人搬过来的撒！"她的样貌和汉族人没有区别，我问村里有没有会维语的，她指着不远处一个刚从小楼里走出来的老太太，"她一百了咧。""她一百岁了啊？""不是，是说她礼拜了咧。"

老太太1938年生人，今年正好80岁。"我是回族，我们是新疆搬来底，陆（六）百年了。"她用手比画。

"您会讲维语吗？"

"会一句，"她说一口桃源话，"就是代表回族人的喊你，我喊你也是么（这）句话，你喊我也是么句话。"

我跟着她笨拙地学了半天，把老太太逗乐了。村子里很安静，不知道哪儿的鸟叫声真大。我又问她礼拜怎么做。

"要信真主，做好事。"

"那平常要做什么好事呀？"

"就是要行善撒。好比你在这里就喊你进去喝茶，你喝不喝擂茶？哈哈哈。"

我还没吃午饭，还真有点饿，就毫不犹豫地答应了。老太太领着我进了他们家，一栋二层水泥房子，给我泡了一碗热腾腾的擂茶，又拿出来好几本书和杂志，还有她参加常德市伊斯兰教协会妇女培训班的笔记，第二页用歪歪扭扭的字写着斋戒对于人体的益处，"可以增进人体的健康，节制各种欲望和嗜好……能使人产生恻隐心、同情感……"

老太太去做礼拜是近些年的事，年轻的时候忙着养育六个子女，"不得空，忙天忙地"。不过她记得自己七八岁的时候，母亲就在家里读了"三十本经书"，"我妈妈偷偷底，在屋里礼拜，人家不晓得啊。她信的时间长得很，90多岁才去世"。

现在不用偷偷信了，还经常来一些访问的人，拍电视的人。我们聊了会儿天，她高高兴兴带我进里屋，从衣柜里翻出一抽屉的头巾，大的小的都有，她选了一条灰白色的戴上，又掏出一面镜子，确定把头发都藏了进去，"我戴着这个盖头拍了好多像。主要是开会戴，古尔邦节时也戴"。

我好奇每周五礼拜时会讲些什么，"讲就是要行善。讲人活在世界上的时间太短了，死的时间太长了，人升天哒，永久永久魂魄都在，所以要做好事"。老太太说。我愣了一下，不是为"要行善"的道德劝诫，而是为"死的时间太长了"这种表述方式。纳博科夫在回忆录《说吧，记忆》以类似描述开头："摇篮在深渊上方摇着，而常识告诉我们，我们的生存只不过是两个永恒的黑暗之间瞬息即逝的一线光明。"

下午，我在清真寺里见到了阿訇，一个侃侃而谈的西北小伙子。清真寺里有湖南维吾尔族始祖翦八士与妻子的合墓，墓碑前面还有个石碑，上刻"威震南方"四个大字，据说是朱元璋御笔。按照翦氏族谱的说法，湖南维吾尔族的远祖哈勒是高昌回纥人，在13世纪蒙古的西征中归顺成吉思汗，因为骁勇善战被元太祖封为折冲将军，其后代在元朝世袭为官。14世纪中叶，明朝兴起，哈勒将军的后代哈勒八十加入反元大军，跟随明朝将领李文忠、徐达、常遇春等征战，屡立战功，被朱元璋赐姓"翦"，寓意为剪除敌对势力，更名"八十"为"八士"，这是1371年的事。第二年，朱元璋将翦八士调至南方，镇守湘西，一方面是让他参与几年后平定云贵的征战，另一方面也是担心他心系西域，重投蒙古。1388年，明朝平定云贵七年后，翦八士死在军中，奉旨葬于常德，八士后代的一支，遂选择在常德桃源一带定居。[22]

将近六百年之后的1945年年初，翦氏家族一位杰出的历史学家翦伯赞，在重庆《新华日报》发表了一篇名为《我的氏姓，我的故乡》的文章，考据了翦姓的由来，并且用略带悲情的笔触，叙述了祖上的命运："13世纪初鞑靼人的世界征服，正像一阵狂风暴雨，横扫世界而过，许多弱小种族的人民，便像沙砾一样，被这历史上的暴风雨卷上天空，又落到他们自己想不到的地方。我的远祖哈勒就在这暴风雨的时代中，不自主地离开了他的故乡，徙向中国的内地。……谁知到14世纪中叶,历史上又再刮起一阵狂风,把鞑靼征服者扫出了中原。在这一历史的风暴中,我的始祖八士遂又像沙砾被卷到湖南……"

这篇文章针对的是蒋介石《中国之命运》一书,"猛烈抨击(《中国之命运》)所谓中国没有少数民族、中国的少数民族只是汉族的宗族的谬论"——这句话被印在枫树乡的翦伯赞故居博物馆里,作为翦伯赞"民族观"的体现。这篇文章影响了后来中国的民族识别——直到1940年代,桃源的翦姓都还只认为自己是回族,毕业于西南联大的南开大学历史系教授杨志玖就记得,当时联大有一位来自湖南常德的同学名叫翦万松,称自己为回族[23],到了1950年代初,由于翦伯赞的个人影响力,他将祖先追溯到西域的论述被官方确定下来,湖南的翦姓被识别为维吾尔族。[24]

接近下午3点,我从枫树乡出来,空气里有山雨欲来的气息,路旁含笑开得让人心安,竟完全留意不到226省道上的车声。回到常德市区后,我去了阿訇说的德国小镇,建筑仿得有模有样,只是保安和清洁工比游客还多,有一家还没有开业的酒吧给自己取名Full house(客满),挨着它的另一家酒吧叫Marx House,这个名字提醒着我,20世纪好像真的已经过去了。接下来的两个小时,我都在老城区溜达,因为河道湖泊众多,常德是个挺温润安逸的城市,矮城墙遗址旁边老西门剧场的灯柱广告简直叫人微笑了:"纽约?那里有常德米粉吗?"已经很难想象仅仅在七十多年前的1941年和1942年,这座城市还曾遭遇过大规模细菌战的袭击。那是湘黔滇旅行团离开后三年多的事了,常德短暂的战时繁荣已告终结,而它扼守湘黔、湘川公路,为国民党军队战区尤其是长沙提供大量补给的战略位置令日军恼火，1941年11月4日，日本轰炸机在常德上空空投了大量含有鼠疫病菌的麦粒、谷子、破棉絮、烂布条等杂物，一场黑死病在常德蔓延开来，有名有姓的死者达到7643人，我查阅细菌战遇难者资料时偶然发现了当年杰云旅馆的七个人，其中那位被记录为"曾秦川"的42岁死者[25]，很可能就是沈从文的那位"牯子大哥"。

我在常德停留了三天，每次想到这件事就非常难过。在《一位戴水獭皮帽子的朋友》的结尾，牯子大哥在风雪里送他的牯子老弟上了船，又叮嘱着，"回来时仍住到我的旅馆里，让我再照料你上车吧"，又嚷着"一路复兴，一路复兴"，像豹子一样一跃就上了岸。没错，人的生存确实是两个永恒的黑暗之间瞬息即逝的一丝光明。在沈从文写于1981年（这一年他已经79岁）的《湘行散记》序里，他说，"内中写的尽管只是沅水流域各个水码头及一只小船上纤夫水手等等琐细平凡人事得失哀乐，其实对于他们的过去和当前，都怀着不易形诸笔墨的沉痛和隐忧，预感到他们明天的命运——即这么一种平凡卑微生活，也不容易维持下去，终将受一种来自外部另一方面的巨大势能所摧毁。生命似异实同，结束于无可奈何情形中"[26]。

查完资料后，史志办申请了公务用车，陪我去市里转转。第一站是1943年常德会战阵亡将士纪念碑，青天白日的牌坊上，刻着蒋中正为死守常德，血战16昼夜的74军将士的题字："天地正气"，背面是何应钦的"万古军表"，右侧横匾是白崇禧所题"旗常炳耀"，左侧则是陈诚的"碧血丹心"——据说在"文革"期间，是有人把这些题字给包住了，又在上面写满了当时的口号，纪念碑才逃过一劫，不过连史志办的工作人员也不知道是谁做的。胖小伙子觉得，当时的高层知道下面在保护这些，但他们默许了。他相信大家在心底里对这段历史抱有尊敬。我觉得他有点乐观，但并没有和他辩论。

我们又去了文理学院，去看那里留下的一个碉堡——在常德会战之前，中国军队用美国提供的高标号水泥，在城区修建了数十座碉堡，厚度达到了50—80厘米，后来在守城巷战中发挥了重要作用。碉堡外面被密集子弹咬出的坑坑洼洼现在仍然清晰可辨，和城区遗留下来的碉堡不同，校园里的碉堡上没有"开发票"的小广告。我们隔着保护栏想象当年的情形，那也不过是想象罢了。不远处，大学生在马路上练习交谊舞，大约是害羞吧，都是男生和男生，女生和女生在结伴练习。女科长舒展一下身子，说感觉又回到了青春时代。飞机从蓝天上划过，他们说，今天天气好，没有雾霾。"常德也有雾霾？"我问。"In China！"胖小伙子说。

他们最近有个大项目，他们决定把常德会战也弄进去。我随口说了句常德会战和这个关系不大吧，胖小伙子的反应很强烈："怎么会？1943年早就是抗日民族统一战线了！"我们还不熟，很多交流还只能停留在语义层面，我不知道他的反应是价值层面的（"现在一些年轻人不了解情况，知道一些之后就认为以前学的都是骗人的，就又到另一个虚无主义极端去了"），还是技术层面的，也许兼而有之，但说到底，我总觉得，那是他的某种骄傲。我尊敬这种骄傲，因了这骄傲，我们总归能学会点儿什么，留下点儿什么。

注释

1. 《三千里长征竣事——联大旅行团抵滇小记》，1938年4月28日《云南日报》第4版。
2. 杨式德日记。
3. 长诚：《抗战中的西南（三）》，《大公报》汉口版1938年3月14日。
4. 钱能欣：《西南三千五百里》。
5. 长诚：《抗战中的西南（三）》，《大公报》汉口版1938年3月14日。
6. 长诚：《抗战中的西南（三）》，《大公报》汉口版1938年3月14日。
7. 《常德抗日事典》，常德市史志办提供，第245页；还可参见岳其霖：《解放前常德水陆交通情况》，《常德县文史资料》第4辑，第17页。
8. 李占才、张劲：《超载：抗战与交通》，桂林：广西师范大学出版社，1996年12月，第142、143页。
9. 沈从文：《我的写作与水的关系》，《沈从文自述》，郑州：河南人民出版社，2006年6月，第99页。
10. 杨式德日记。
11. 穆旦：《出发——三千里步行之一》，原载于《大公报》重庆版1940年10月21日，《穆旦诗文集1》，北京：人民文学出版社，2006年4月，第205页。
12. 致父亲，《闻一多全集》第12卷《书信·日记·附录》，第321页。
13. 转引自何广棪：《经史学家杨筠如事迹系年（二）》，《古籍整理研究学刊》，2010年第3期。
14. 杨式德日记。
15. 杨式德日记。
16. 转引自赵国壮：《资源调查与对日战争：20世纪三四十年代西南地区桐油业调查资料研究》，《近代史学刊》，2017年第1期。
17. 赵悦霖：《自长沙到昆明》，《再生》杂志1938年第10期，龙美光编《八千里路云和月——长沙临时大学播迁记》，第102页。
18. 钱能欣：《西南三千五百里》。
19. 长诚：《抗战中的西南（五）》，《大公报》汉口版1938年3月21日。
20. 岳其霖：《解放前常德水陆交通情况》，《常德县文史资料》第4辑，第17页。
21. 丁文江：《漫游散记》，昆明：云南人民出版社，2008年9月，第22页。
22. 佟春霞：《客观文化、主观认同与民族意识——来自湖南维吾尔族的调查与分析》，北京：中央民族大学出版社，2011年6月，第15、16页。
23. 杨志玖：《关于元代族史的几个问题》，《陋室文存》，北京：中华书局，2002年9月。
24. 佟春霞：《客观文化、主观认同与民族意识——来自湖南维吾尔族的调查与分析》，北京：中央民族大学出版社，2011年6月，第18页。
25. 陈致远：《日军常德细菌战致死城区居民人数的研究》，《民国档案》2006年第2期。

26　沈从文:《湘行散记》序,《沈从文全集·第16卷·文论》,太原:北岳文艺出版社,2002年,第387页。

第十一章

常德—桃源：气圆滴气扁滴

清代的考棚—BBS 年代—百度这个词条是我写的—买椟还珠—被发明的传统—湖南人为什么爱嚼槟榔—下岗潮的意外遗产—消防队救火不收钱—海螺的声响—长安少年多去延安—我们步步走入苏区了

我在一个风雨交加的傍晚到了桃源县城，但回想起来却并不真切。我的确到了那里，有携程订单和我拍的一张满是污渍的酒店地毯为证，可是我一点都记不起那里的模样了，当我在冷雨里沿着主街找一家茶馆时，头脑里的时间是1938年，黄昏，电光下，人们来来往往，街头巷口不少异乡口音，"大多是避难来此的'雅士'，可是，所谓'桃源'，已非是世人心目中的'世外'的了"[1]。而当我穿过一个停车场，进入了那个昏暗的、满是烟味和瓜子壳的茶馆时，我又一下子跳到了，谁知道呢，也许是1998年吧？

我要见的正是那位"很厉害"的人。他披着黑夹克，说话有点结巴，三颗门牙被虫蛀掉了大半，一见面就告诉我，清代时，这里是桃源县的考棚，宋教仁在这里参加过科举，中了秀才。到了民国，这里建了一个体育场，抗战时又建了一个七七事变纪念牌坊。1949年12月，刚刚成立两个多月的桃源县八区人民政府遭土匪袭击，书记、区长、宣传部部长等16人遇害，一些人就被葬在这里。后来，纪念牌坊拆了。再后来，转轨了，政府开始鼓励私营客运，这里就成了社会车辆的停车场。

有意思，就好像那些来来往往各式各样的灵魂都降了下来，落在我们脏兮兮的"雅座包厢"里，分享我们的两壶茶和一大盘瓜子。他叫彭亮，1981年出生，1996年初中毕业后去长沙读粮食中专，直到现在一吃饭就知道用的是什么米，当然了，他说自己业务还不够精，更厉害的人不用煮，抓起闻一下就行。毕业后他先是北漂，后来粤漂，是最早上网的那一批人——他上网的时候，搜狐的域名还是模仿雅虎的sohoo。中国互联网早期是各种BBS的天下，那时候没有垄断，也基本没有监管，非常混乱，也非常开放，他从小喜欢读杂书，上网后整天灌水发帖，对各种问题发表看法，2004年他干脆自己弄了一个桃源热线，在里头认识了不少喜欢历史的网友，气氛颇似当年天涯社区的煮酒论史，不过三年后因为合伙人出了问题，服务器没续费，就给关了。后来博客、微博、微信渐次崛起，老式的BBS像稀有物种一样慢慢退缩到了互联网的边缘地带，他也慢慢回到一个"不求发表，自己把感兴趣的问题弄清楚就行了"的个人世界，好像只有他的微信名"采菱公子"还残留着那个时代的影子。

他现在是桃源县史志办外聘的专家，在县委大院里有一间办公室，因为曾经常年泡在网上，他的信息检索能力极强，我甚至怀疑当地史志办把所有琐碎的案头工作都甩给了他。他最近在搜集有关桃源的各种诗文,穆旦的《三千里步行》也被囊括在内。因为研究过桃源的维吾尔族,他把桃源翦姓的百度百科也承包了,"所有的人物介绍都是当年我一个字一个字打进去的",前一阵,有一个枫树乡的老人家老跟他争论历史问题,动不动就让他百度去,他回:"百度这个词条都是我写的!"说起来不无得意。

我们从翦伯赞聊到移民,从移民聊到族谱,又从族谱聊到中原文明中心观,我俩发现对方头脑里都有一幅地图,并且分辨率还不低。他六岁时就在他父亲的地图册上涂鸦,画"三峡省",那是80年代中国政府决定筹建但后来夭折了的一个省份,我是小学上课时不听讲,在课本上画长江水系,从沱沱河、当曲和楚玛尔河一路画到大江入海。我的长江流到他的三峡省时,北有嘉陵江注入,我们沿嘉陵江而上,聊到合川,聊到钓鱼城,聊到投石机,聊到阿拉伯人的武器,聊到元代对世界的征服,再聊回元代对南方的开发——从桃源以下直到沅陵,一系列以"驿"为名的乡镇,就是元代通往西南最主要驿道留下的痕迹。八十年前的湘黔滇旅行团和八十年后的我仍然沿着这条驿道的大致线路在前进。

我很久没有经历这样单纯交换知识、漫无边际的谈话了,这更像学生时代的事儿。多数时候,我羞于抛出或者接住那些知识,在这几年的流行语境里,这些知识要么"无用",就是说,没人会为之付费,要么只有"使用价值",主要功能是让被包装之物显得有一点文化。大概是包装别人包装久了(借用一个前同事的话,就像在妓院里弹钢琴弹久了),自己也没了底气,不和那个被包装的虚浮之物捆绑出场,就自觉是炫耀或者空谈——在买椟还珠的楚人地界想起这个命题还真有点命中注定——霍布斯鲍姆在《传统的发明》里写:"那些表面看来或者声称是古老的'传统',其起源的时间往往是相当晚近的,而且有时是被发明出来的。"人们的记忆如此短暂,谁又能保证若干年后,买椟还珠不会作为一个"善于营销"的正面词汇被植入更年轻一代的头脑呢?

我们讨论的另一个起源非常晚近的传统与槟榔有关——从长沙到常德,从火车到公交,我一路都在接受这种刺激性气味的洗礼。槟榔最早流行于两广福建一带,清代实行海禁,乾隆规定外国商人只能在广州交易,通达岭南的水陆码头湘潭由此成为中国对外贸易的中转站,外国货物在广州上岸后,先汇集到湘潭,再分运至内地,来自广东的嚼槟榔习俗随着各种进口货很快在湘潭蔚然成风。鸦片战争后,中国门户渐开,长沙开埠后湘潭失去交通枢纽位置,日渐衰落,与此同时,在广东福建等沿海地区,槟榔被烟酒等现代消费品取代,嚼槟榔的习俗除了在台湾得以保留,就是退缩到了湖南中部湘潭这块飞地[2],到1930年代,造访湘潭的外地人,已经以一种新鲜之眼光来描绘这种习俗:"湘人喜食辣椒,湘潭尤嗜槟榔。槟榔系以粤产草果子之皮,久浸于石灰水中,外壳加以五香糖质等,然后以烟熏干,其色漆黑,人皆喜食之。故途中所遇之人,莫不口中嚼嚼有物,其渣吐地,触目皆是。其实槟榔之味,咸辣无比,不易进口,但据有嗜癖者称:无此物则牙痒多痰,食物且难消化云。"[3]

但从那时一直到1990年代中期——按照彭亮的说法,湘潭地区之外的湖南人还没有养成对槟榔的依赖,1996年彭亮初到长沙读书时,省城街头有一些散卖湿槟榔的店铺,但不成风气,到1997、1998年,卖槟榔的慢慢开始多了起来,到后来几年呈爆发之势席卷全省。他对此的解释是，1990年代中后期国企改制，大批工人下岗，湘潭作为国企重镇，有许多四五十岁无事可干的中年人离开家乡去省城摆摊谋生，槟榔由此走向长沙并开始辐射全省——彭亮的描述与我的记忆颇为一致：2000年离开湖南去大学读书之前，我对槟榔并无深刻印象，但是一两年后，寒暑假回老家时，发现槟榔已和香烟一样，成了男人们的随身物品，甚至见面时也要像散烟一样散一袋槟榔，槟榔的味道嚼起来很重很冲，符合湖南人对"霸蛮"性格的自我想象，最后潇洒地啪一口吐掉大约也颇有男子气概，俨然已成新的身份认同。我从未喜欢过槟榔，甚至闻起来就有点头晕，但这并不妨碍我在开学时把它们作为（我并不知道的）湖南特产带到北方，分享给室友（他们并不喜欢）。

彭亮的眼睛有亮光，说话时总给人一种含着火柴棍的感觉，黑夹克里头穿着一件写着I believe的白T恤。他说，和湘潭槟榔有同样经历的还有常德津市米粉，也是90年代后期，也是下岗潮，也是四五十岁的外出打工者，汤头更鲜更重的常德米粉在世纪末攻陷了长沙，取代了老长沙米粉，并大有走向全国的趋势。彭亮告诉我，常德米粉店那句最经典的问话"气圆滴气扁滴"（吃圆的粉还是吃扁的粉），从发音到语法都是常德话，但它是一句在常德听不到的常德话，因为对常德人来说，米粉的默认形态是圆的，也有扁的，但常德人叫它米面。长沙人不识米面，常德人去那里开米粉店，只好发明这句话，来解决称呼的冲突，帮助长沙人选择。

我在常德住了三天，因为之前劳累带来的肠胃问题，只能望粉兴叹。为了避免重蹈覆辙，我开始琢磨新的断舍离。洗漱用品进一步精简，连洗衣皂也被对半切开，衣服只保留两套换洗，拖鞋墨镜驱蚊药防晒霜护腰带通通不带了，唯一的一本书也不带了，和那个死沉死沉可以击碎车窗的多功能手电筒——原本我还想着借它走夜路来着——一起塞进家人快递来的小行李箱，快递到下一站。这么一来我倒更接近湘黔滇旅行团了，只不过后勤补给从随行的汽车变成了顺丰快递。收拾完东西出门买药，回来时看到本地电视台一直在用滚动字幕宣传防火："遇到火灾立刻拨打110，消防队救火不收钱"。

　　湘黔滇旅行团从常德去桃源走的是水路，1938年2月28日那天早晨，沅江上起了大雾，偶尔一阵冷风刮得人牙齿打战。三只大船逆流而上没多久，陆地上传来海螺的声响，是空袭警报。船上的人都怔住了，怎么办呢？北大外语系大四学生林振述和团长黄师岳同船，后者立即吩咐船马上停驶，命令众人"绝对肃静"。雾很大，天上什么也看不见。半小时后，警报解除。阳光起来了，还带着毛毛雨，船开始移动，人们也重新活跃起来，团长不自禁地卸下一声叹息，学生们模仿他，也都来了一声愉快的叹息。[4]

　　阳光的照耀下，沅江像一条绿的绸缎，杨式德第三次发

常德行船至桃源（杨嘉实提供）

出天问：我不知道水为什么这样绿。他还从江里淘了一碗水上来，非常清洁。这一天水面很平静，他看到北岸有五六个碉堡，之前刚到常德时看到南岸也有，"这当然是'剿共'时期的建筑了"[5]。头一天，他向团部借了第59期《宇宙风》杂志，从下午看到晚上。那期杂志刊有作家姚苁发自西安的游记：

> ……随着中日战争发生，沿海一带"文化没有了"，于是大家都到内地格外是西安去"建筑西北文化城"。因而西安"繁荣"起来……最近"到西北去"的人，除平汉线、津浦线、陇海线、京沪线的自动"移民"外，非长安的"少年"特别多。因为在西安有东北大学和西北临时大学，在延安有抗日大学和陕北公学。国内外新闻记者到陕北考察的也不少。不消说，此外还有所谓街头流浪的文艺家、思想者及剧人。今后的"秦风"将大大地经过世变了吧？
>
> ……"长安少年"多到延安去……公共汽车仅通至三原为止，而且汽车路是有名的不好走。只消下雨一天便要晒干三天。朋友和我谈起，大家决定到距离三原不远的云阳镇去看看。那是第八路军行就职典礼的地方，听说刘伯承君在那儿招学生班呢，该有什么可看的东西吧。
>
> 三原……街道是石路和土路，邮政局、书店和食铺共在一条街上。满眼是驴车和枣子担，妇女多留发、小足、穿黑裙。待看到街头太阳光下的旱烟管和青布夹袄或棉背心时，不由身上微凉，感到西北的深秋了……出了三原城外，情景有些不同，特别是墙上的标语有"团结御侮""改善人民生活"的字样，在郊野的破庙或颓垣上更

大书"减免田租""拥护民族统一战线"等。据说,西安只绯色,三原已是绛色了,不消说,云阳镇是硃色的。我们步步走入"苏区"了,太阳光照在茫然的郊野,田里飘拂着枯燥的棉花和高粱,那脱尽叶子的大枣树,枝头累累是醇酣肥圆的枣子……守城的兵士很温和的盘问了一圈——这便是"红军",改编后的红军的制服和帽子都和其他军队一样了,但走进云阳镇内时,却时而看到未脱换的红星徽的帽子。

……今天恰巧是九一八,红纸条布告在城隍庙空地上开群众大会并演话剧呢……群众席上有梭镖队、闪闪灼灼的红缨、布袄、大笠帽;军队和学生席上,每当高喊口号一句便纷纷挥动手中的写着如"誓死不做亡国奴"的纸旗;小学生唱救亡歌是动人心魄了,他们年纪只在十岁至十五岁之间。午刻的太阳晒在这热烈的会场上,无汗而焦燥,主席台上顿足的演讲辞,教听众的鼓掌声如放了爆竹。

……午后和朋友参观招待所,这是特地为内地青年来此而设的吧。在一个叫"聚昌"号的棉花栈内,厅堂有孙蔚如君写的联对。但是,所谓"招待所"者,那是空无所有的,一块泥地,其间有五六个人正在黝暗的光线中谈话——据说中有南京初被赦放的政治犯四人。他们用门板靠着户限,上盖被条,大概这便是唯一的卧榻了吧?这在习惯"少爷小姐"生活如我辈者,未免吓了一跳。[6]

晚上11点多,在那个黝黯的,曾经是考棚、操场、坟地的茶馆里,小个儿的蟑螂开始爬上桌来。是时候结束这场夜谈了。气温好像又降了几度,回到我住的"和谐宾馆",才注意到这个挺大的,有电脑和麻将桌的房间好像一切都破败了,墙皮大片剥落,电源插座没电,床头的灯源开关整体塌陷下去,而麻将桌下的地毯上面满布泥巴烟眼毛发痰迹,要等到我冲个澡出来,才能闻到地毯散发出来的经久的烟尘气。街上的汽车好像就在耳边鸣叫。我戴上耳塞,把自己和它们通通隔绝开来。不知道为什么,这一觉居然睡得非常之沉。

注释

1　钱能欣:《西南三千五百里》。
2　叶鹤洲:《湖南人为什么爱嚼槟榔》,大象公会。
3　陈赓雅:《赣皖湘鄂视察记》,申报月刊社,1936年。
4　林蒲:《桃源行》,《大公报》香港版1939年6月7日。
5　杨式德日记。
6　姚苡:《从西安到云阳》,《宇宙风》,1938年,第59期。

第十二章

桃源—桃花源：陶渊明撒了个大谎

> 这地图不灵—留声机送出撩人的歌喉—你们坐船坐车的先生们—不要靠酒肉牌赌套近乎—出了家就不认家了—吃肥大的萝卜—闻一多走得特别带劲—桃花源里的操心人—年轻时不懂遗民—逼仄又怯懦的理性—山鸟似欲啼往事—心灵与官能间必有一种大变化

沅水两岸一片绿色，草木一直长到水边，湘黔滇旅行团的船队继续逆流而上，经过惊鹚洲、艟舫洲两个岛屿，团长黄师岳拿着军用的测地仪和指南针，在十万分之一的地图上，配合手表秒针的转动，测量地形的远近高低，再用红铅笔标出误差。"这不灵呀，一颗沙，一粒米位的差池，便要几十万人来填补的……这地图一点也不灵呀！"他皱起眉头，添上缺失的岛屿，斩去过长的山嘴，抱怨同胞们做事不认真。[1]

黄师岳这一年48岁，他是安徽桐城人，曾任小学国文教员，民国建立后赴东北从军，1920年入东北讲武堂，毕业后在东北军从排长当到旅长，转战黄河南北，带领的部队军纪良好，为人称颂[2]。"九一八"事变后东北军被迫入关，大量缩编遣散，张学良嫡系奉命守西北与红军对峙，黄师岳则赋闲下来，住在北大沙滩附近，经常去北大旁听课程，因此思想颇能跟上时代潮流——这是在常德被我打包寄走的那本《中国教育史上的一次创举》序言里，编者张寄谦教授特别提起的。1936年1月黄师岳授衔中将，是年年底西安事变，张学良被软禁，东北军解体，黄师岳调至湖南，任高级参议[3]，临大请求湖南省主席张治中派遣高级将官沿途指导，张就找到了黄师岳，黄也极愿承担。

前往桃源的船上，黄师岳跟学生们讲起了他的军旅生涯，从他十七岁带兵打仗起，讲到护法战争、靖国战争、中原大战、"江西围剿"，又讲到新武器的发明和进步，飞机怎样使平面战改为立体战，怎样因它扩大了战争的地域，他曾怎样一度追踪苏联人（1929年黄师岳曾调任大兴安岭驻防，抗击中东铁路事件引起的苏军入侵）到大草原，一师人只有十七个弟兄回来。就着弯弯曲曲的沅江，他又分析了湖南复杂山岳河沼带来的地理优势，以及"湘勇"质地的优良，"日本人，要灭中国，除非湖南人死尽！"[4]

他还称赞领袖蒋中正的才略，关闭了西北战场，把主要的炮火引向上海，使敌军沿长江西进——在说服学生迁校上发挥了重要作用的陈诚晚年在回忆录里也提及关闭西北战场，避免日军由北而南攻击的重要性："中国境内用兵，由北而南者无不胜，由南而北者除明之灭元、国民革命军之北伐外，胜利的纪录绝鲜。日寇于据有冀察后，如抄袭元清故事，挥兵南下，以偏师出洛阳，塞潼关之口，以主力趋武汉，关长江之门，则中国东西纵剖为二，西北方面进不能出，东南方面退不能入，此时我们的持久抗战，恐怕就要困难多了。太平天国之乱时，曾国藩在危难中，仍分兵回师武汉，可见争取武汉为兵家当务之急。今日阀估计错误,急其所当缓,遂予我以从容撤退的机会,否则能够退到四川的,恐怕只有少数能飞的要人,则中枢早已解体,尚何有于长期抗战?"[5]

那么,如何长期抗战呢?黄师岳说,我们用乡村包围城市,用政治来启发灌输民族命脉,日本人将有来路无去路,葬身异国田园,肥沃我们的土地。"是的,在这战争的过程中,地图诚然是重要的呀!"他又回过头来批评起这"焦头烂额的地图","这怎么成呢?一花,一草,一树,一木,稻梗的高矮,豌豆荚的大小、肥瘦,天气晴雨,风的方向,都和军事分不开的呀!"这位军人长长叹了口气,呷一口茶,对学生们说:"你们年青人,要处处留意呀!一路来,所见所思,牢牢记心里,让果实好好的结,你们要负起家国的重任,一切事情,到手里的,要提得起,放得下,别泄气呀!"[6]

下午一时,船队离桃源尚有八里,因为水浅不能上行,旅行团弃舟登陆,步行前往桃源县城。太阳和暖,田地里紫云英不少,蚕豆开出黑白的花朵,杨式德注意到一种叶子带红色的油菜,乡民告诉他此菜味道较苦,想来就是两湖人民最爱的红菜薹吧。抵达桃源后,旅行团自由活动,学生们乘着小划子,在落日的千万道金光中划过沅水,去逛县城。市面相当热闹,卖桃源石的不少,杨式德买了一个粉红色的戒指,花了二角钱[7]。街上许多外地人,摩登旗袍,高跟鞋踩着石子路咯咯咯地,一边发出抱怨:"这鬼子路!"伤愈的士兵,跟跄地走下码头,等船去常德,重新编队上前线。新裱了招牌的商店里,留声机送出撩人的歌喉:"桃花江上美人窝……"去茶馆吃盘炒花生和豆腐干,老板娘的问话吓了学生们一跳:"你们坐船坐车的先生们,今天走走路,散散心,是休息的罢?"[8]

旅行团抵达桃源时，刚好赶上湖南省民众训练第一期。和前任湖南省主席何键不同，张治中向来主张发动民力，之前在长沙临大演讲反对迁校时，他就声称要让大小知识分子下乡。"这一次发动民众运动的真意义，不仅是抗日自卫，"在一次与学生的谈话里他说，"而且是对于旧社会旧农村的一个改革的运动……"[9] 1937年12月20日，南京沦陷一周后，湖南省民训干部训练班在长沙开学，张治中亲任主任，省政府调集中学以上教职员203人，专科及大学生801人，高中生近4000人集中培训，1938年1月起分派各地宣传、组织、培训民众抗日，同时创立了通讯刊物《战时民训》，方便各地民训成员交流经验。[10]

翻阅这本刊物，可以看到当年受过现代教育、占国家人口极少数的精英阶层，对普罗大众的重新思考。如他们所言，中国的乡村和城市，向来有很大的隔阂，一个"还停在18世纪的封建社会"，一个"接近了洋人，多少受一点金融资本社会的熏陶"。回到乡村的大中学生，虽然乡音不改，已不习惯乡亲们毫无时间观念，对农村妇女们宣传抗日，张口便是"帝国主义"、"全民抗战"，弄得对方面面相觑。下到地里，想要对正在挖土的农夫做谈话式的宣传，却被对方反问："先生们，几时亡国呀？"他们痛心疾首地反思，中国的士大夫，一向对于民众非漠视即藐视，"这回亘古未有的民族抗战发生，沉积着的严重错误，整个的暴露了出来！中国人不认识中国人！"

有经验者告诫下乡的知识青年，要记着老祖宗的经验，"不失农时"，要从保卫乡土出发解释抗战，告诉他们卫乡必先卫国，"不可空谈救国"；还要注意解释最近几个月的两个流行词：焦土战与游击战，避免让老百姓产生恐惧心理；要留意农民中的优秀分子,以后敌人占领此地,他们"便是将来的陈胜吴广","会自发起来杀敌"。下乡尤其要注意细节,官腔让人反感,洋装让人反感,"男女授受不亲"也会让人反感,"不要使乡下佬看得不顺眼"。对了,还要注意发展几大盟友,首先要加强与乡保长的联络,但不要靠酒肉牌赌套近乎,二与族群长辈联络,切忌打官腔,三要与当地士绅联络,他们最能影响本地舆论,"要注意从对方及其家族利益出发,不可讲大道理"。时刻记住抗敌救国才是民训中心,至于知识分子同样关注的取缔私塾、破除迷信、改良医术等等,哪怕心里介怀,均非当前要务。[11]

《战时民训》上偶尔也刊载一些纪实随笔,和那时许多报章一样,讲的都是人们在逃难时的"寻路"故事。1937年暮春时节,作家席征庸曾前往镇江金山寺游览,在那里遇到了一位出家的军官,"高大而结实的身材,年纪不过三十来岁,穿了一套崭新的灰色僧服",席征庸和朋友同这位僧人聊天,得知他毕业于军校,因为骁勇善战,两年内就升为营长,在江西一次惨烈的战役——想来应是对苏区的"围剿"——之中,全营都牺牲了,他的左臂也负了伤,伤好后他被调为团副,团长是他的同学,总是给他穿小鞋,最后两人大打出手,他愤而辞职,觉得人生了无意义,便来金山寺出家。

"听说你家中还有父母妻子,你丢得下吗?"席的朋友问他。

"唉,出家了就不认家了。"谈话就此结束,他摇摇摆摆走下石阶。

几个月后,战争全面爆发,沿海城市接连沦陷,席征庸也到了内地,1938年某一天,他在车站送人时,被一个浓眉大眼、全副武装的青年军官叫住，正是去年见到的青年僧人。席征庸在惊喜中紧紧握住他的双手，问他为何还俗。原因"简单极了"，成队的敌机从他头顶飞过，一批批战士从他眼前奔赴前线，他断了参禅的念头，在镇江沦陷之前离开了金山寺，投奔军队里另一个同学。当天早晨随部队刚刚抵达，晚上即要开走。

"（下次）见的时候，不知道你又变成什么模样。"席征庸说。

"也许是一个伤兵，也许就永诀了。哈哈。"年轻的军官豪放地笑。两人握手，再次道别。[12]

1938年2月28日下午，湘黔滇旅行团分批借住农家，林振述投宿的这户是读书人，厅堂正中挂一幅吕洞宾像，小八仙桌上放着三脚尖的铜香炉，还有几本掉皮的佛书，一部《陶靖节集》——主人早已归隐田园。但战争开始了。这位在清闲日子中浸淫于"妙道虚玄，不可思议"的老人家，开始天天读报，为抗战的壮士写诗，领头救国捐，把第二个儿子送上战场，又赶忙为第三个儿子办戎装。听说学生们要步行上云南，他殷勤地招待，叫儿媳妇打热水泡茶扫地，请他们吃肥大的萝卜。学生们卸下冷水壶、腰带、雨伞和干粮袋，坐在土堆上、石磨旁，看远方的树慢慢消失在黄昏里。

老人家非常健谈。他明白因为之前当局不放心民众的力量，不施教养，事后发动困难不小，"税收的繁重，压得老百姓喘不过气来，抽召壮丁的不公平，使大伙儿弃田走荒山"，但他觉得这都是暂时的，一切的一切，都要从抗战中强壮起来。"学大地的包容、能耐罢，你们还年青，性急什么呢？……我们要拿定的，是跟鬼子干到底呀，伸手捉蛇，半途松不得！"他挥动着文弱的手臂。[13]

离开桃源县那天上午，我去彭亮的办公室坐了半天，聊桃源的民国遗存，聊八十年前的世道人心，然后一起下楼吃饭。正下着小雨，县委大院门口，有个老太太在很大声地骂着什么，我好像听到"历史唯物主义"几个字，想过去问问，犹豫了一下，还是走了。

下午叫了个顺风车去离此地不远的桃花源，也是下一站落脚地。过了沅水大桥就进了山区，山间有梯田和孤屋，偶尔转过弯来看到一片开阔的谷底，大约是沅水的一条支流漫延在一大片田野里，烟雨中青绿与水墨交织，可惜几秒钟一闪而过。拼车的姑娘说，他们天天走这条路都看不厌，一年四季都有不同的景色。又说，沅水上开过游轮，沿着桃源一直往上游走。"那不就是沈从文湘行散记走的那条路？""原来设想也是这样。结果好像是游客太少了，最后也就没有开了。"

桃花源在桃源以南，杨式德觉得，从桃源县城到桃花源是徒步最快乐的一天，不独是他，他还看见闻一多与他中文系的同事许骏斋两位先生，穿着毛衣和破了的布鞋，大踏步地走得特别起劲。他觉得闻先生的高兴是有理由的，桃源洞一带，树多水多，阴凉得很，景色比岳麓山还要好。[14]

师生从公路左侧进入桃花源景区，过牌楼，沿曲径上山，路旁有小溪，溪边尽植桃花，恰是花期，嫣红一片，微风掠过，落英缤纷。沿路古树丛杂，到半山，有平地筑精舍，四围种竹，风动竹鸣，窸窣有声。舍内楹联甚多，涂鸦满壁，有人题王维《竹里馆》："独坐幽篁里，弹琴复长啸。深林人不知，明月来相照。"[15] 也有不少大白话，比如竹身上刻着的留言，大约是那些按照《桃花源记》来寻找洞天福地的人，一棵："陶渊明,撒了谎!",一棵:"陶渊明,撒了个大谎!",一棵:"陶渊明,那小子,撒了个天大的谎!"[16] 再往上,林深草密,泉声淅沥,一直走到山顶,见"水源亭",旁边有个小洞,曰"秦人古洞",数米深而已,出洞有一台地,潭水清澈[17]。1943年常德会战期间,桃源沦陷,据当地人说,日军沿江而上,一直走到距秦人古洞不足百步的马路旁边一所茅舍,才决定撤军,这处福地由此"得以保全了它的贞操"[18]。

我到达时,桃花源重新开发了一轮,景区面积扩大了不少,从客栈楼上望下去,一片崭新的灰瓦白墙,和远处吸饱了春水的河流。下午4点,雨停了,我沿着那条被改名为"秦溪"的小河散步,沿岸林木繁茂,空气清冽,隔几步就有一株塑料桃花,也挂着水珠,故意用App识别,大数据告诉我它叫垂丝海棠。因为惦记在车上看到的美景,我往景区外足足走了三公里,但再也没找到那片绿野——我出发以来所见最佳景致,或许正因为错过才觉得格外迷人吧。

折回来时在路边一家小超市买晚餐。又下起雨来,便坐下来和大妈聊天。她家原先是对面山上村里的,修高速公路征地搬迁,一亩地补4万元,路旁五六家超市餐馆宾馆,都是他们组的村民开的。她一大家子8个人,补偿款48万,加上老家还有一个房子,赔了50万,一个儿子盖一个楼房,刚好把钱花完。正是晚饭时间,几家餐馆门可罗雀。她抱怨做生意的压力太大,"你开餐馆每天要想着要不要买菜,你开超市要想着货要不要齐全,生意又不怎么样,你要那么多本钱,你要守住这个店子。各方面都好大的压力呀,他们开馆子的也是的。空调啊,被子啊,床铺啊,都是花钱的东西。无形之中带来的好大的压力呀,他们都觉得好累呀。买了菜又怕不来客人,怕菜烂掉了，你不买吧，他说不定又来两个，因为你已经投入这么多本的啦，还是想把生意搞好不咯？……我们原来是种田的，喔，原来那个日子好实在呀。我们老家伙在屋里带孙子，他们（儿子儿媳妇）在外面打工。现在他们都在屋里做生意，做生意钱也没有弄到，现在的日子不好过，好多年轻人就又跑出去打工去了"。当天晚上，我在日记里写下这样一个标题："桃花源里一个渴望实在生活的妇人"。

早晨起来，雨云低回，花180元买票进入这个据说再现了《桃花源记》的新景点。伶牙俐齿的导游跟十几个团客说，这个景点去年9月才对外开放，要走旅游地产路线，今年5月1日会把门票降到128元。此时离五一还有十几天，"多余的钱您就当作扶贫了"——接下来一路往西，"扶贫"二字还会以不同的方式在我的旅行中铮铮作响。

我跟着这个团上了穿梭巴士，又上了秦溪的游览船，船顶铺着真稻草，船眉插着假桃花。昨天下雨带来的浑黄山水还没有退去，两岸种了很多桃树，过了花期，于是在上面嵌上终年不败的假花。船开动了。"缘溪行，忘路之远近。忽逢桃花林，夹岸数百步"，桃花是假的，油菜花是假的，溪中的小岛也许是真的，但岛上的草木也是假的，吊脚楼是假的，屋檐下晾晒的古衣是假的，上面挂的腊肉也是假的，可能只有沿岸的竹子，和开发者相信桃花源就在这里的心是真的。

下船，前往秦人谷，也是按陶渊明的名篇设计，"初极狭，才通人"的假山洞里全是游客留下的槟榔味，秦人谷倒是"豁然开朗"，且"屋舍俨然"，不过屋舍都是度假酒店或者会议中心，很难说是避世还是入世。再往前，阡陌间甚至有"往来种作，男女衣着，悉如外人"，我向其中一位吹笛子的黑皮肤"秦人"打听,他们都是来自云南普洱的佤族。这位小哥有点没精打采,说他们自己种点辣椒,还种大米,给游客体验,又说吃不惯油腻的湖南菜,并且,这里"也没有什么香料"。我看到了他们种的稻田,上面镶着一排大大的红字:"中国人的饭碗任何时候都要牢牢端在自己手里"。

从秦溪到秦人谷,我一直在加快脚步,穿过新景点,才得以进入从前的老景区,标志是长着青苔的老式台阶,没有防滑纹,没有扶手,清清楚楚告诉你:欢迎回到真实世界。台阶之上是关着门的傩神庙,湘西一带苗族民众在傩戏中唱其神之出路,常以桃源县之桃源洞为出发点,中间经过新店驿、界亭驿、马底驿、辰阳驿一路往西——这是苗族祖先的迁徙之路,而这条路线恰好又与国民政府修筑的湘黔公路走向一致[19],自然也是旅行团行进的路线。

参加旅行团之前,北大政治系大二学生钱能欣对西南了解有限,在决定迁校后,临大校方把装有西南地区的图书资料的箱子打开,供有兴趣的师生参考,临行前,钱能欣看了能找到的所有资料,结果发现关于中国西南地区的记录多是外国人做的——最出名的那位叫鸟居龙藏,日本人类学家,早在1902年就沿着同一路线调查了中国的苗族和彝族,在选择线路时,他展现了自己对中国地理的熟悉:"沅水上游各支流,在汉代称为'五溪',因有苗族等少数民族聚居于此,而称作'五溪蛮'。这些,都出自……统治者的苦心,那位有名的伏波将军所出没过的壶头山,就座落在这一带地方。因为,溯沅江而上进行苗族调查,是最有兴味的了。"[20] 受此刺激,"写一本中国人自己的西南实录"成为钱能欣的愿望[21],他后来出版的《西南三千五百里》(1939年6月,商务印书馆)成为旅行团的第一本著作。

桃花源老景区的一些建筑年久失修了，比如玄亭，踩着吱呀吱呀的木楼梯上到无人看管、落满灰尘的二楼，再推开吱呀吱呀的窗户，一片青翠中能看见远处的沅水。没了秦谷迎来送往的殷勤，反而有种老派景区带来的安逸感。谁知道呢，也许只是因为自己年岁渐长，开始厌恶变幻莫测无休无止的"新"了吧。桃花源给自己贴的标签是"中国人心灵的故乡"，在这里的碑廊读读历代文人留下的诗文，便知桃花源实在是中国人经久不息的梦与寄托，就像沈从文说的，"千余年来读书人对于桃源的印象，既不怎么改变，所以每当国体衰弱发生变乱时，想做遗民的必多，这文章也就增加了许多人的幻想，增加了许多人的酒量"[22]。

在更年轻的时候你不会思考"遗民"这个词，你甚至根本看不见它们，因为你就是变化和浪潮的一部分。四年前我从哈佛访学归来，北京落地转飞广州，带着时差晕乎乎地开了两天当时所在杂志的改版会议——在美国的一年，纸媒的世界已狼烟四起。记得在改版招聘启事上，我们还希望在这个变革年代"有一张安静写作的书桌"，然而形势比人强，几个月后，我自己也转投时尚媒体担任管理职务，扎进"火热的生活"，把自己忙成一只陀螺。我停止了超过1500字的写作，并一度享受那种事无巨细的忙碌。编辑部楼下有个小红绿灯，现在想起来，无数次穿过时总是在接电话或者语音回复微信，就好像多线程忙碌是进入新世界的门票——混合了真挚、自恋与自我感动的全民创业（或者以创业的劲儿打工）热潮自有其引力。

我记得有一天傍晚，接到我妈电话，说外婆不行了，她没问我要不要回去,哪怕这种时候,家里人还是习惯性地害怕给在外打拼的孩子添麻烦。我说我回,我回。挂了电话,订好第二天一早的机票,开始布置和汇报离京后的工作安排,然后默默流会儿眼泪,继续在大样上编辑那永远不可能改得更好的稿件。我已经忘了为什么不买当晚的机票,正如我也忘了自己为什么曾有这么逼仄又怯懦的理性(却呈现出一个"职业"的模样)。现在那种生活离我很远了,有时想起来,觉得隔着块毛玻璃,影影绰绰的,有时又觉得,那个自我并没有回来,而是永远留在了那里,像电影《土拨鼠之日》里一样在某个时空里循环往复。就像更早之前,我和几个同事加好友在大理洱海边的才村租了一栋民房,每年都结伴去玩一两次,那时大家都不太忙,不太稳定,都还有少年气,那是我们小小的乌托邦和桃花源。那个自我同样没有回来,变成了遗民,他说起"有路可退"时可真是天真得叫人心碎哪。

如今我已经接受了生活就意味变化,但总忍不住偶尔回去看看,看看那些凝固的自己,仿佛这样就可以对抗时间不动声色的残忍。站在吱呀吱呀的玄亭望着沅江,仿佛有个身影在艰难跋涉,多少年来这里都是放逐者的故乡,他们告别过去,又怀抱过去,沿江而上。"山鸟似欲啼往事,桃花依旧笑春风"是桃花源欢迎他们的对联,闻一多和同行的清华大学中文系讲师许维遹、助教李嘉言吟诵着这句对联,沉吟良久,三人均不能说出上联出处,笑曰,应是山野高人所作。27岁的李嘉言说,若得名家集句,不如换成"山僧不解数甲子"为好,意境、文义都更贴切些,闻和许点头称是。[23]

按照北大中文系大二学生陈登亿的回忆,桃花源的山清水秀让这群久处城市的人感到心旷神怡,闻一多"这里看看,那里瞧瞧,时常发出欢乐的笑声",不过,在去了附近几个农民的家后,他的脸色就变了,这几家都是佃户,春节过后就没有粮食吃了,小孩子失学在家,面黄肌瘦围着他们要东西吃,他们还亲眼目睹了抓壮丁的话剧,是被绳索捆绑而去的。闻一多对学生说,《桃花源记》当然是乌托邦,但来农村之前,总还是认为农村生活简易,风俗淳朴,以前很想过田园生活,做田园诗人,现在看来,也是乌托邦的幻想。[24]

"这一次抗战的最大结果:为社会,是替理想与实际造了一条沟渠;为个人,是在纯朴的心灵与敏活的官能开造了一条桥梁,轰雷掣电的给予了将来负大任的人们一个动心忍性的大锻炼。"抗战一周年之际,军事专家蒋百里在汉口《大公报》发表文章说。蒋百里以《国防论》闻名于世,而早在他发表国防论之前十余年,他就曾预言中日必有一战,中国的国防应以洛阳、襄阳、衡阳为据点,这三地以及连线的以东地区,我国应利用空间换取时间,消耗和疲惫敌人,此线以西,资源丰富,幅员辽阔,足以成为支撑持久抗战的大后方。[25]

"五四运动以后已经有'到民间'的一个口号,但是实际上能有几个?"蒋百里继续写道,"可是抗战以来,沿海各学堂的教授学生,事实上不能不向内地走……于是给青年的知识阶级一种实际经验,而这一种经验又在一种悲愤兴奋状态之下体验着……这正是孟子所谓'动心忍性',增益其所不能了……与此相平行的,就是腹地大民众,可以说,世界上最落后的民众,如今都受了最新式文明的洗礼。我们到外国考察,费了很多的金钱,讨了很大的情面,才看得到一回飞机操练同防空演习。如今几千万民众,都自身冒了生命的危险,经验着,学习着。……我们要每一个受过空袭的都市造一个纪念坟,以代替当年'航空救国'的广告。……这不过就空袭一端而言，其实这几千年在朴素的生活下留存的元气，率然的受了最新文明的刺激，心灵与官能间必有一种大变化。而这种变化的将来发达到如何地位，凭我现在的智识还不能判断。不过，照已往的历史来看，总是急激的向着光明方向走，是无可疑的。"[26]

注释

1 林蒲《桃源行》，《大公报》香港版1939年6月7日。
2 《民国军人志》，北京：中国广播电视出版社，1992年10月，第506页。
3 转引自闻黎明、侯菊坤《闻一多年谱长编·上》（修订版），上海：上海交通大学出版社，2014年12月，第459页。
4 林蒲《桃源行》，《大公报》香港版1939年6月7日。
5 《陈诚先生回忆录 抗日战争》，"国史馆"，2005年3月。
6 林蒲《桃源行》，《大公报》香港版1939年6月7日。
7 杨式德日记。
8 林蒲《桃源行（续）》，《大公报》香港版1939年6月8日。
9 《张治中回忆录》，北京：华文出版社，2007年2月，第97页。
10 张敏《张治中与湖南抗日民训》，《档案时空》，2015年第1期。
11 参阅《战时民训》1938年第1到10期。
12 席征庸《还俗》，《战时民训》1938年第3期。
13 林蒲《桃源行》，《大公报》香港版1939年6月7日。
14 杨式德日记。
15 余道南日记。
16 林蒲《桃源行（续）》，《大公报》香港版1939年6月8日。
17 余道南日记。
18 李震一《湖南的西北角》，宇宙书局，1947年9月。
19 《湖南公路史 近代公路》，北京：人民交通出版社，1988年9月，第3页。
20 王晓梅：《国际视野中的贵州人类学 日本学者西南少数民族研究述评》，贵阳：贵州大学出版社，2017年5月，第34页。
21 王莉萍：《钱能欣忆西南联大步行团"长征"：这一路三千五百里》，《科学时报》2005年8月15日。

22　沈从文:《桃源与沅州》,《湘行散记,》《沈从文全集·第11卷·散文》,太原:北岳文艺出版社,2002年,第233页。

23　李之禹:《李嘉言与闻一多先生》,《李嘉言纪念文集》,开封:河南大学出版社2015年5月,第479页。

24　陈登亿:《回忆闻一多师在湘黔滇路上》,《闻一多纪念文集》,北京:生活·读书·新知三联书店,1980年8月,第277页。

25　转引自纪录片《大后方》第一集《就是不要同他讲和》。

26　蒋百里:《抗战一年之前因与后果》,《大公报》汉口版1938年8月28日、9月4日、9月25日。

第十三章
桃花源—郑家驿—荼庵铺：
临时大学大，还是军官学校大？

为什么一个人走—巾帼从军绝不逊男—黑暴霸—帝国如何避免一盘散沙—长亭外古道边—屋顶掉下一条蛇—唯一的玩具了—自来水甘甜—怎能以宰猪为业—朦胧中像有神明的手打过来—未下葬的棺材最可怕

下午2点，我离开桃花源，没走多远右脚大脚趾就开始疼，脱下袜子检查，左侧趾缝红肿，怀疑是甲沟炎，一种麻烦的小毛病。有点懊恼，西南三千里这才刚刚开始呢，胡思乱想了一番炎症恶化了该怎么办走不了路该怎么办，可瞎想无用，先走着看吧。路边白瓷砖两层小楼里，一场宴请还没结束，红色氢气球灯笼扯着十几条红条幅在微风中抖动，祝福一对夫妇喜得千金。

走上319国道时脚趾疼痛减轻，心头一喜，也能听到远处的鸟鸣声了，也能闻到雨后的泥土味了。一路还有零零星星的油菜花，这给了我一种印象，的确是在往寒气较晚散去的山里去了。

路过一个村组，方方正正的灰色二层小楼，朝向国道的立面都刷满了广告。空调、清酒、花炮,这是劝人花钱的,邮政理财产品和义乌商城是劝人挣钱的,"首付5万携手,义乌成就百万富翁",但最多的广告是治病的,各式各样的男科医院和妇科医院,触目惊心的疾病名称,让我想起八十年前清华化学系大二学生董奋在离开长沙前去逛天心阁,看了不少文雅对联和各式古物,但拾阶而下时,沿级木牌不是补肾丸就是调经丸,"俗!煞风景!"他在日记里挖苦道,"好像湖南人个个都是痨病底子,而女的个个月经不调。"[1]

3点多钟,看到了出发后的第一个药店,买了管鱼石脂软膏,气味刺鼻,老板叮嘱我多擦,一天擦个五六回也没关系,我们聊了一会儿,我又一次被问起了"为什么要一个人走"。这是我一路被问得最多的问题:你一个人走哇?为什么一个人走哇?为什么不找几个伴热闹一点撒?"热闹"真是个神奇的中文词汇,在英文里你都找不到完全对应的字眼,可能是因为总是独自出发,我发现自己常常低估中国人对"热闹"的需求,又常常高估他们对"孤独"的承受力。路过冷冷清清的黄土坡市场,门口巨大的一堆垃圾,几个男人在里头翻检着什么。昨天这里有集市,垃圾堆就是热闹的余烬。

嗖的一声,一辆大货从身边擦过,这里的国道不宽,大货车却突然多了起来,也有从桃源发出的中巴经过,每次都要用喇叭唤我上车。两边很多水田,都犁好地等着插秧了,泥巴、水,和着天光,有光滑的曲线,像是调好颜料的画板。白鹭慢悠悠拍着翅膀,潇洒地低空翱翔,大喜鹊飞得就不太从容了,总是一顿一顿往下俯冲,像没折好的纸飞机。经过一户两层楼的人家,房子比别家古旧些,有烟熏色,门口挂着好几副对联,其中一副:巾帼从军绝不逊男,裙钗出塞定能安国,横批：明珠入掌。半天之内看到接连两户农村人家为生女儿庆祝，还挺高兴的。这地方也有个好听的名字：澄溪坪。

走了两个多小时，大脚趾又疼了起来，但身体其他部分运动得还远远不够，这时就不太容易保持行走的平衡。在一棵垂下许多串羽状果实的枫杨下面，我看到一块大石头，红字写着"麦家河抗战飞机场旧址"。拐上岔路往里走，两边是水田和旱田，别处的紫云英大多败了，这里仍在大片盛放。不知从什么时候开始，周围的宣传语从扶贫攻坚变成了扫黑除恶，在一处水田附近的墙上我还看到了"黑暴霸"这样的词组，与"黄赌毒"对应，听着很像《变形金刚》里头的大反派。

二十多分钟以后，我看到一块崭新石碑，上面金字介绍："1945年7月，桃源县政府奉国民革命军陆军第十八军司令部命令，组织沙坪、澄溪、隆平、安平等乡14000余名民夫在麦家河修建了东西长约1600米、南北宽约600米、占地面积1400余亩的飞机场，工程不到一月完工。机场建成后，曾先后四次起降援华美军军用飞机。1945年8月，日本侵略军投降，机场被弃置，后逐渐开挖成农田。"机场自然已无踪影，在据说是以前跑道的位置，有一条水泥乡道通向远方，旁边黄花已谢，饱满的油菜籽连成积雨云一样的青色。

和当时整个湖南的情况一样，抗战期间桃源县境内公路也是屡建屡毁。麦家河作为沅水上溯湘西前最后一块较大的临江平地，水陆联运便利，成为重要中转站。1943年底常德会战开始后，不断有受伤的中国军人从沅水转运到麦家河，一部分伤兵就地进行治疗，一部分转运到前方郑家驿的野战医院。因为医疗条件所限，许多伤兵伤重不治，就埋在附近沟中，据说至今当地人仍常挖出一堆一堆的白骨。[2]

我抱着试试看的心理进了村,打听还有没有人记得些往事,还真找到一位1934年出生的杨姓老人。在他家泥巴地面的阴暗后屋,老人告诉我,这里起降飞机不是四次,是两次,"我当时还小,只有泡把岁(十来岁)。落了两架飞机,不蛮差,白色的,美国的飞机哦。"我问他,你怎么知道是美国飞机?"有美国人撒!十几个人是有的。穿黄色军服,戴墨镜。个子大!美国人个子大!进了村,在外面搭着窝棚(帐篷)。带的糖,还有给(小孩)的玩具。糖有黑的、黄的,是软糖。玩具(我们)拿了到处跑。"自然,后来在资料上,我也读到,随着美国大兵到来的,还有暗娼,日夜守候在村里的茅草房里。而这些戴墨镜的大兵离开时,把他们剩下的肉罐头和罐装奶粉留给了当地人,有的家里的婴儿,吃了两三年这些罐装奶粉。[3]

从飞机场出来,感觉远山又近了一些。一时忘了已是下午,我慢吞吞朝国道走了十来分钟,看表已经5点多钟,阴天确实容易让人失掉时间感。碰到一位开车回郑家驿的大叔,好心送了我一程,听说我来访古,又隆重推荐郑家驿人散步常去的丰隆寺,说那里有株八百年的银杏。从镇上往返要一小时,想想发痛的脚趾头,只好作罢。

郑家驿的名字揭示了它的历史。对于中国这样幅员广袤的帝国来说,一个必须面对的潜在问题是如何不变成一盘散沙。自秦以降,如何建筑起一个纵横境内的水陆交通网络,既能便于驿卒、官员、军队、邮差迅速而经济地移动,又能方便平民百姓的出行,一直是个不小的挑战[4]。唐宋以前,中央王朝主要是通过"五尺道""灵关道"等,依托四川的资源来控制云贵。唐宋以后,江浙和湖广地区经济崛起,中国经济重心南移,至元代时,"湖广熟,天下足"之谚已流传四海,而此前被视为"天府之国"的巴蜀之地,在元与南宋的战争中首当其冲,人口剧减,依托四川已无力支撑对西南边疆的治理。在这样的背景下,至元二十八年(1291),元朝新开辟了由云南直达湖广的"普安道",由中原地区进入云南,不再绕道四川或广西,而是取直道从湖广过贵州至云南,缩短了千余公里路程,这一变迁过程深刻地影响了西南地区与中央王朝的互动关系[5]。郑家驿正是这"普安道"中的一站,一直到1980年代这里的老街尚存,仍保有人们心目中的"长亭外,古道边,芳草碧连天"的驿站意象。[6]

可惜我着急赶路,没在郑家驿停留,也没去探访据说还在的新安古桥,直接上了一辆开往茶庵铺的中巴。湘黔滇旅行团留宿郑家驿这一晚,电闪雷鸣,暴雨倾盆。早晨起来雨停了,起床号刚刚吹过,学生们已经传闻纷纷,说是昨晚四分队的住房,从屋顶上掉下来了一条蛇[7]。再往前就是土匪出没的地界,早饭后,团长黄师岳集合训话,以后行军,大家要整齐队伍,不许争先或落后,他还说,团部已经给土匪头目写过信了,他们是讲面子的,然而仍然有危险。[8]

旅行团出发时又开始小雨,烟雨蒙蒙中群峰忽隐忽现,宛如米芾的山水画卷[9],路边柳条的嫩芽,仿佛是夜里吸饱了水分,显得比昨天长大许多[10],路旁茶店刺丛边,小孩子躺在白猪的肚皮上,猫和狗也在一起睡觉[11]。二十五里至杨溪桥,稍事休息,从这里翻过山去就是安化县,属雪峰山余脉,山势渐趋高峻[12]。12时过将军山,师生们看到一个小屋子里挤满了人,在看花鼓戏,台上一男一女,脸上涂满了红的白的[13],台下的妇女们看到表演接吻的动作,赶忙伸手蒙住眼睛。[14]

我在中巴车上的邻座是个可爱的小男孩,一直在和自己玩一个叫幻影忍者的小玩具,"现在这是我唯一的玩具了。"他可怜巴巴地说。男孩今年上小学四年级,三年级前家里给他买了许多乐高,后来成绩下滑,从最高全年级第7名到了80多名,乐高不让玩了,周末还得补习英语和语文。他给我看补课老师批改的英文作业,我发现他的老师把big和small弄反了,他说,他不知道英语老师水平怎么样,但感觉语文老师水平不行,"每道题都拿作业帮(一个题库App)拍了以后才知道答案"。

和许多大人不同,男孩对我背着个大包走路一点儿也不觉得奇怪,"我以前也在茶庵铺见过徒步的叔叔"。他在桃源念小学,说自己"已经快走遍桃源了",这是今年他第一次回茶庵铺,也是他第一次一个人坐车回家。

车过杨溪桥时我看到一座漂亮的石头老桥,应该也是古驿道的一部分吧。之后公路两边都开始有了山,还有连片的茶园。从杨溪桥到茶庵铺一直在上坡,看来很快就要进入真正的山区,大概是雪峰山余脉之余脉了。下午6点半抵达茶庵铺,海拔113米,找到本地最好的"龙凤商务宾馆",不开发票100元一晚,酒店的自来水很甘甜,我泡了杯宾馆赠送的"桃源野茶",脱下袜子,让仍然发痛的脚趾透透气。茶也鲜甜,山区赠予的第一个小小礼物。

夜幕很快降临,下楼到对面的小饭馆,炒了盘番茄炒蛋和芹菜香干,一共20块。吃完在街上溜达,小镇两三百米内就有至少四家母婴用品专卖店,"奶粉"二字在夜幕中闪闪发光。几个年轻妈妈和小孩在家居用品店门口伴着凤凰传奇的音乐在跳舞,舞姿奇特,好像是传说中的僵尸舞。镇东头一条溪流自南往北流去,有一个溯溪而上的电鱼者,两个捕捞网兜伸出去，各戴一灯，电鱼者头顶又一道强光，黑暗中射出十几米半径的扇形，这扇形在溪里寻寻觅觅，像夜间出来觅食的爬行动物。

不知何故，旅行团没有选择在茶庵铺或者附近的新店驿停留，而是又往西行进了几公里到一个叫毛家溪的村子宿营。之前一天，黄埔军校第13期的行军团刚刚离开这里。他们是1937年8月下旬离开首都南京的，先上庐山牯岭，随后撤到武汉，在那里，第12期学员完成毕业典礼后即奔赴抗日前线，军校只剩下第13期学员，1938年新年过后，军校南下长沙，随即步行走川湘公路前往四川[15]，在沅陵之前都与湘黔滇旅行团路线重合。旅行团到了毛家溪后，戚长诚注意到当地的老百姓纷纷来问：是临时大学大，还是军官学校大？在给《大公报》的通讯里，他感叹说："一个区长，乡长，甚至于保甲长的威权，真不亚于一方的土皇帝。老百姓的心目中，也只有官职大小，财产贫富……"[16]

林振述所在的小队被安排住在山坪的农人家里，主人备了火盆清茶，欢迎远方来客。主人在一家三兄弟中排行第二，弟弟在外带兵打仗，哥哥应过童生试，后来学习骑射，打猎时摔坏腿脚。看到来了一群学生，哥哥拄着拐杖出来了，让学生们评评理，七十二行，为什么自己的二儿子非要学宰猪："穿黄衣裳的，你们是做官读书讲理的啰！………君子是'见其生不忍见其死，闻其声不忍食其肉'的……等着罢，头上三尺有神明，人不收拾你，天公老爷有眼睛，他会来收拾你的！"

他卷起裤腿，露出溃烂的小腿，说自己就是打猎杀生遭了天谴。那是三十年前了，他还只有三十岁，花了三十两银子,从一个将军手里买了把好弓,"弓名叫做'乌号',那是延溪边给乌鸦震折的柘树枝,用来射马马翻,射人人中……那一天,我骑着马,带那把弓,追着一匹野兔,手儿刚挽个满弓,就朦胧中像有神明的手打过来似的,我翻落马了,兔子不见了。……我的足也烂了,算算看,三十个年了……不好过呀!整整三十个年头!"他喘喘气,掉眼泪。

"大哥,老总们累了,你……"主人想让他停下来。他像没听到似的继续讲,"溪边鱼,路边鸟,网了打了还不是打折自己的阴德?我们别的不学,偏偏学宰猪?……穿黄衣裳的官儿呀!评评理罢,看是哪一个儿子不听老子的教导?"他嘎嘎地哭了。"好罢!不相信?今天吃牛肉,明天上阵打仗,子弹就穿通喉咙子!"说的是他的大儿子,和川军打仗时死了。"枪没有眼睛?天老爷有眼睛的……"主人连劝带迫叫他离开屋子,隔着墙和雨声,还能听到他的声音:"……评评理呀!小子,你管起哥哥来了?……"[17]

人走了,学生们分头扫砖铺草准备睡觉,小队长、北大历史系大四学生余文豪在挪动马灯时,发现屋子的长案桌旁,停着一口漆黑的、龙头挂着"福"字的棺材。大家有点害怕,有人抱怨宿营官,又让小队长去敲敲棺材,看看是实的还是空的。"我看今晚还是不吹灯睡罢?"队长半征询地问。"不吹灯?管屁事!"抱怨者坐起来:"百年妖千年僵尸!我们知道这口棺材有几年了?……不是玩的!"

"僵尸大概是有的,"林振述的同学,北京大学外语系大四学生辛毓庄接话说,"人死鬼魂不脱躯壳,不入地狱,就是僵尸。"他讲了自己家乡的一个故事:说是新娘出嫁那天,坐上红轿子过吕滨山,六月天爬山岭,新娘子叫头昏,轿夫找到一所古墓地停轿纳凉,又赶着抬到新郎家。洞房花烛夜,新夫妇刚下帐围,新郎的头颅就像离枝的柚子般滚下来不见了。男家控儿媳妇谋杀亲夫,女家反控是诬赖。府爷拍案召问轿夫。轿夫们一路叙述来说起停轿吕滨山纳凉那回事。府爷沉沉脸,叫人备红朱笔,一桶狗血,发掘那所古墓。墓门开了,壁间一颗人头骨叠一颗人头骨。挖到棺材地,棺盖自动开了,几尺长的指甲含着腥红的血迹伸出来……府爷口中念念有辞地来一段易经,红朱笔蘸狗血掷去,僵尸倒下了,棺材里还剩下半边新郎头。"僵尸是有的,"辛毓庄总结,"未葬的棺木,更可怕。这口棺材,我看有点靠不住!"

等他说完,大家各凭着回忆,也都来了一段鬼故事——像是用休克疗法壮胆——就各自睡去或者假装睡去了。门外是沙沙雨声,山下有狗叫声,林振述也不知是梦境还是现实,听到有指甲抓木板声,又有拐杖点屋瓦声,接着像有谁开大门拖马车,拖出马车,冒雨过山路过溪过石桥,马车远去了。一只灰色的猫,从厅头冲出,一溜烟踏过人头,消失在雨声中。[18]

注释

1 董奋日记。
2 秋歌:《风雨麦家河》。
3 秋歌:《风雨麦家河》。
4 (加)卜正民(Timothy Brook),《哈佛中国史·挣扎的帝国·元与明》,北京:中信出版社,2016年10月。
5 杨志强:《"苗疆":"国家化"过程中的中国西南少数民族社会》,2018年1月5日《中国民族报》。

6 田桃源:《郑家驿新安桥》。
7 林蒲:《湘西行2》,《大公报》香港版1940年4月27日。
8 杨式德日记。
9 余道南日记。
10 钱能欣:《西南三千五百里》。
11 林蒲:《湘西行2》,《大公报》香港版1940年4月27日。
12 余道南日记。
13 钱能欣:《西南三千五百里》。
14 林蒲:《湘西行2》,《大公报》香港版1940年4月27日。
15 黄超群:《黄埔军校西迁琐忆》,《黄埔》2006年第6期。
16 长诚:《抗战中的西南(六)》,《大公报》汉口版1938年3月29日。
17 林蒲:《湘西行3、4》,《大公报》香港版1940年4月29日,5月1日。
18 林蒲:《湘西行4、5》,《大公报》香港版1940年5月1日,5月3日。

第十四章

茶庵铺—毛家溪—官庄：鸡既鸣兮我不留

> 沅水里的野生鱼—每个人都只知道他的河流—前面多绿林朋友要当心—城市里没节目效果—做棺材的老师傅—采访山大王—失踪的日记—我不会生房子呀—想来想去还是读书好—和猪儿们比邻而睡—湘黔线上第一家咖啡馆

早晨起来，自来水依然甘甜，烧了壶开水泡茶，到街上去吃早餐。空气清凉，地面是湿的，大概下了夜雨。随便找家早点铺子，结果吃到出发以来最难吃的一顿米粉。汤头是大锅里排骨熬的，倒不差，但牛肉和肉末码子都泡在极辣的红油里，牛肉嚼起来全是渣，像在啃朽木，也是因为肉质太差才需要辣来掩盖吧，滑落到了北京街头酸辣粉的平均水平。

回屋喝茶，擦药，充电，退房时碰到开车送鱼来的渔民，半夜刚在沅江里打的新鲜鱼。现在是禁渔期，显然是偷渔，我想尝试一次江中夜捕，去跟渔民搭话，人家敷衍几句急匆匆往下一家饭店去了。住的酒店兼饭店要了条挺大的野生鲶鱼，20多一斤，前台姑娘说，江里的鲶鱼没有土腥味儿，他们最家常的做法不放辣椒，放生姜和花椒（她强调不是四川花椒，是本地花椒，有一点麻但主要是香），两面煎，然后清水炖，吃鱼的原味。

在一家面包店买了两个甜甜圈作路上干粮，后来证明太英明了，一直到接近沅陵界才又看到商店。第一站是离这里不远的毛家溪，想去看看名字好听的沅水一级支流夷望溪。国道笔直地往前延伸，左前方的白色烟云中出现了高大的山脉，那是远景；中景是长满竹子的矮丘，近景是齐整的茶田，此时刚抽出嫩芽，燕子在上面忽高忽低飞着。走了两三里，问几个老人，前面是不是夷望溪？他们坚决否定，说要回去茶庵铺那边才有，又说这边的溪叫莫忘溪。我给这名字逗笑了，继续往前，又问了几个老人，还是坚决否认，但也说前面确实有条河。后来我发现夷望溪、莫忘溪，还有那条无名河其实都是夷望溪，而毛家溪是夷望溪的一条支流，但假如你一辈子只生活在一个地方——就像前工业社会的绝大多数人一样，当然只承认自家门前的河流。

八十年前，湘黔滇旅行团在毛家溪留宿，林振述所在的小队与那口棺材共度一夜，宿营官后来告诉他，他们的小队长余文豪虽强装镇静，其实那晚吓得不轻[1]。第二天清晨天气阴沉，杨式德头晚听说潘光旦、庄前鼎两先生坐汽车自长沙来了，早饭后集合时，果然见到他们了，两位先生穿草鞋，像要步行的样子[2]。钱能欣起来喝了口溪水，觉得精神振作，村里的父老们告诉他们说："前面多绿林朋友，你们要当心些呵！"[3]

我心里想着这段往事接近了毛家溪，离开国道顺着溪水往山坳里头走，一只小黄狗站在高处的老屋外摇着尾巴狂吠。不知为啥，爱叫的狗都是圆脸。屋里出来一个大叔，说了半天我听不大懂的话，大意是年年涨水把田地都冲垮了，政府也不来管，要找记者反映一下云云。毛家溪在前面注入了夷望溪，而夷望溪则让人失望，水量不大，发黄，和想象中一条清澈开阔的湘西溪河差别很大。

中午时分，气温上升很快，冲锋衣有点穿不住了。在山坳入口处的国道边，我看到路边一个废弃的屋子，名曰"交道商店"，用老式字体写着"近者悦远者来，交以道接以礼"。颇稀罕地拍这墙上的对联时，感到背后有人的目光，回头看到两个推着单车爬坡的小伙子。他们黑黑瘦瘦，车后座驮着脏脏的背包，上面插着写满字的旧红旗，说自己是斗鱼（一个直播App）主播，从贵州铜仁过来，已经骑了10天，准备一直骑到武汉去参加一年一度的斗鱼嘉年华。走在前面的那个小伙子89年的，以前在铜仁开出租车，一年前开始全职做直播，挣的钱"刚刚够用"，后面的小伙子是90后，手机绑在车前把手，下面接着充电宝，我们说话的时候他也在直播。

两人都喜欢旅行和徒步，没事就往湖南这边跑，还学会了吃槟榔，"做任何一件事情我们都在直播，除了上厕所和睡觉"。最多的还是户外直播，这也是他们直播室的主题，"带着他们到处去看风景啊，观光啊"，90后指指手机屏幕，那头是观看直播的据说几十万网友 —— 旧红旗上写的就是网友的id。这次他们一共带了十五六个充电宝，两万毫安的，一天用一两个，平时野外露营，充电宝电用光了就找个宾馆，充电，洗澡，有时也去老乡家借宿。这次骑行去参加主播大会，也是斗鱼那边觉得"有效果"，他们打算骑二十多天，时间充裕，边走边玩，"到早了也没什么意思，到城市里要开房，要吃饭，又没什么好玩的，又没节目效果"。

我加了89年小伙子的微信，他叫黑狗，微信签名前一半叫"屌丝终有逆袭日"。按日程,他们今天的终点站是桃花源,"他们说风景还可以,记得关注一下我们,(直播室id)三人行必有我食。注意安全啊!"我们彼此祝福一番各自上路。

离开毛家溪往前走不多久就真正进了山区,两旁已无田地,丘陵压到路边,越走山越高,钱能欣当年描述这一段路,"两旁峭壁矗立,眼界顿时小了,概见上面是天,下面是道,左右前后都是山,丛丛密密的树林,绿荫深处,曲径岖峋,这里自然便是强人出没之地了",如今峭壁未见有多少,松树、杉树和竹子组成的密林确实满山满谷,鸟叫声也很密,车很少,更看不见什么人了,倒真像是有绿林朋友出现的背景。当我这么瞎想时,一个骑电动摩托的妇人无声地从我后面超过,衣服背后印着英文:"Don't bother me!"(别烦我!)紧接着又过去一个男的,骑摩托车,穿蓝色工作服,背后印着广告:"老公洗漂机(赠品)",头脑里的故事立刻从剿匪片变成了家庭情景喜剧。

走几百米才能看见一户人家,可供耕种的土地有限,多数就在自家门口的小块空地上种点菜,松土,施肥,所见基本都是女性在忙碌。越过山岭往下走时,总算看到一个忙碌的男人,在自家门前棚里加工棺材。他今年55岁,做这一行二三十年了,除了棺材不做任何东西。他教我看杉木的年龄,越红的年龄越大,木质就越好。做一副棺材需要八天左右,他一个人搞定,包括上漆。棺材成本两千,卖四千,主要是附近乡邻买,一副做好的棺材七八百斤,要16个人抬。"师傅老一点的会看,"我和他闲聊时,他的妻子过来插话说,"是男还是女啊,是年纪老一点的还是年轻一点的,是快还是慢啊,一做他就知道,这个棺材会摆多久,是摆一个月还是一放就放十多年啊"。我起了一身鸡皮疙瘩,问他,你会看吗?他不好意思地摇摇头。"有的师傅(会),"他的妻子继续说,"做好了棺材,说不用做那个(木)脚了,随便放在那里,就知道很快了。"

告别他们,继续前进,下坡想着他们说就在这条路上见过"鬼","晚上看不清楚,就是看到一个人影,二十多米吧,不远也不近",这时,一队鄂C的湖北大运蓝色卡车,全是空车,嘶吼着颠簸着高速驶过,抹平了我的鸡皮疙瘩,他们一定是这条路上最唯物主义的存在了。

往前再走几公里,经过一些颇有古意的青瓦木墙民居,以及许多批判赌博的宣传标语,就到了太平铺,一条溪水横穿国道,桥这头是常德市桃源县,桥那头就是怀化市沅陵县了。即将正式进入湘西,远处景致,除了"布局恰到好处的小小房子"被更密集的二层楼取代,其余皆与沈从文当年经过时差别不多,"是太平铺过河时入目的光景。溪流萦回,水清而浅,在大石细沙间漱流。群峰竞秀,积翠凝蓝,在细雨中或阳光下看来,颜色真无可形容"[4]。八十年前,旅行团需要渡过溪水才能进入沅陵境内,那时太平铺只有十几户人家,学生们在一家宿店小憩,店门上贴着一副红纸对联,上联是"日之夕矣君何往",下联是"鸡既鸣兮我不留",屋里暗黑无光,阴气逼人,门窗板壁也都熏得黑黑的,老板娘坐着,一脚架在板凳上,头发打着髻,插着一束野花,瞪目看着这群穿黄衣、打绑腿的年轻人。[5]

我在桥头很是流连了一番,已过下午4点,走到前面的官庄还要4个小时,小卖部的老板告诉我,桥头有私人中巴直达官庄,过了桥刚好赶上发车,只剩下副驾驶一个位置,司机话很密,一直问我对于大城市人喜欢房车的看法,每次我回答以后,他都要说一个"错"字,然后开始阐述自己的看法。

下午4点45分,到了官庄,这是沅陵的东大门,入沅陵已是湘西地界,20世纪上半叶这里是著名的"匪区",与旅行团同行的《大公报》记者戚长诚形容,师生们赤手空拳,没有一个人不提心吊胆,尤其是降落大雨,道路泥泞,一层层的山峰,多罩在云雾里,愈发增加恐怖[6]。清华历史系大四学生丁则良后来回忆,当旅行团在湘西行进的时候,外间报上就载有临大师生遇匪的传说,大家都替他们担心。其实团部方面曾派过几个同学,拿着团长的名片,去采访一个山里的"大王"。据那几位同学说,山里的景色幽美极了,丛林茂竹,还有鸟飞不到的峭壁和潺潺流泻的瀑布,到了"大王"的住所,竹篱掩映,鸡犬相闻,给人一种宁静的感觉,据说"大王"不在,他的夫人很和气地说:"没有什么,尽管走好了。"[7] 不过采访"大王"的这段回忆并未得到其他日记佐证——本来,团部设有日记参谋专做全程记录,丁则良与北大历史系大四学生高亚伟、南开经济系大三学生杨桂和一同负责,沿途访问各县,搜集资料,到昆明后,整理出了约20万字的旅行日记,经蒋梦麟带至香港,欲交商务印书馆出版,不料赶上太平洋战争爆发,香港沦陷,只此一份的珍贵原稿已不知流落何处。[8]

旅行团原打算宿在官庄,最后却去了五里外的张山冲,"冲"者,山水冲积的平地,那里只有七八户人家,满目荒凉[9]。眼瞧着像是三代人没有住过似的矮小昏黑的屋子,后面还紧邻猪圈,有人不干了,"这哪里是房子呢?"抱怨宿营官"这样饭桶"。连续三晚被骂了,宿营官抱歉又委屈,"哥儿们!问问大队长看!这一带房子全是一样。我们今晚预备住宿官庄的。官庄给入川的军校学生占据了!张山冲的房子,哪一间是好的，问问大队长看！……我宿营官到哪个地方，哪一次不是就地分配的。又是集中住宿，又是挨骂，我肩上没有带房子走，我不会生房子呀！哥儿们将就点！晚上我也一块儿睡的！"他头额露出粗筋，比着健壮的大手。[10]

林振述从来没见宿营官这样急过。宿营官是北方人，"一二·九"运动之前是闭门读书的地地道道的好学生，"一二·一六"那天，他不知怎么被刺刀砍着鼻子了，抬棺游行示威时又被抓入狱了，在狱中他秘密传递小册子，写慷慨的"我们在明朝"诗篇，出狱后，他上课少了，开始参加大小集会。七七事变，他去卢沟桥劳军，又协助北平军警当局缉获汉奸。北平沦陷，他化装到天津，托人给留在北方的亲友捎信，说除非河北省是中国的土地，否则，"誓不履新土"。搭船到济南，由陇海路转豫北、济南抗日，与日军前哨部队擦身而过，差点丢了性命。后来在报纸上看到临大开学的消息，"想来想去，还是读书好！"又南下长沙，身上的东西都丢光了，只剩下一本字典。[11]

抱怨归抱怨，也只能去溪边洗个脚，用树枝点火在屋里把湿衣服烤干，再和猪儿们比邻而睡了。一天走了50里，终究是累了，很快就鼾声四起，并且盖过了猪圈里边偶尔响起的哼哼声。[12]许多年后，吴大昌已经不记得类似的困难了，棺材边当然也睡过，但是"人一多就好像什么也不怕了"，至于其他条件，有没有蛇啊、跳蚤啊，有没有铺稻草啊，有没有临着猪圈啊，通通没印象了，"走一天了，躺下就睡着了，很少聊天，聊几句就睡着了。因为有相当大的劳动量，就是保证睡眠好"。他笑得眼睛眯成了一条缝。

官庄海拔222米，空气凉飕飕的，镇中心有一条河床很深流速很快的河流，让我想起了川西的康定和马尔康。去车站附近的小馆子晚饭，那里有怀旧的灰蓝色天花板与晃晃悠悠的吊扇，我要了份"红烧肉大碗饭"，16元，红烧肉更像贵州的做法，是干的，和完整的大红辣椒、青蒜、草果炒在一起，很香——车站附近也不一定就是美食荒漠嘛，就像八十年前，官庄车站附近也有不少小食店，甚至还开起了湘黔线上第一家咖啡馆，门口写着 Café and Bar，供应牛奶咖啡，也供应各种炒饭。[13]

吃完饭到处转转，看到镇派出所门口的宣传栏用自豪的口吻介绍官庄，上来就说这里有两家上市公司。在一个美团站点，我和一位同年的外卖小哥聊了半天，他在外地漂了十二年，回到家乡搞汽车美容，副业做做外卖。他载我去了三公里外其中一家上市公司，有一百多年历史的沃溪金矿。矿区核心区有铁将军把门，但还是可以看到各种各样的池子，里头飘出带有刺激性的酸味，小哥指着其中一个池子，用漫不经心的口吻说，里头全都是氰化物。

他说，以前村民喜欢来这边偷金矿石，回去用自己的土法去炼，所以这里的安保非常严格，每周往外运一次货都武装押送。厂区之外有生活区，甚至还有自己的公交车，是我熟悉的那种厂矿飞地。晚上7点多，天是墨蓝色的，被办公楼金黄色的灯光一照，天上地下反差就更大了，人们在办公楼前跳着广场舞，给我一种特别不真实的感觉，就像流动的戏台子马上就要收工拆掉。

晚上10点，宾馆附近的卡拉OK持续传来走调的男高音，我躺在床上下载了斗鱼App，点进"三人行必有我食"的直播间，白天遇到的两位铜仁男孩在不知哪里的野外点了一堆篝火,黑狗正在煮饭,90后摘了帽子对着镜头喊麦,随时感谢网友打赏的各种礼物,"有钱的捧个钱场,没钱的捧个人场",又和一个叫东哥的人连线,聊各种荤段子,讲话嗓门比白天见面大了许多,还自动代入东北口音,仿佛与白天那个叮嘱我注意安全的贵州男生是两个人。这也是"节目效果"的需要吧,我想。

注释

1. 林蒲:《湘西行8》,《大公报》香港版1940年5月7日。
2. 杨式德日记。
3. 钱能欣:《西南三千五百里》。
4. 沈从文:《沅陵的人》,《湘西》,《沈从文全集·第11卷·散文》,太原:北岳文艺出版社,2002年,第348页。
5. 钱能欣:《西南三千五百里》。
6. 长诚:《抗战中的西南(七)》,《大公报》汉口版1938年4月6日。
7. 丁则良:《湘黔滇徒步旅行的回忆》,《丁则良文集》,北京:清华大学出版社,2009年11月,第406页。
8. 丁则良:《湘黔滇徒步旅行的回忆》,《丁则良文集》,第406页。
9. 钱能欣:《西南三千五百里》。
10. 林蒲:《湘西行6》,《大公报》香港版1940年5月4日。
11. 林蒲:《湘西行1》,《大公报》香港版1940年4月26日。
12. 林蒲:《湘西行9》,《大公报》香港版1940年5月8日。
13. 林冰:《西南公路——湘黔段》,《旅行杂志》1938年11月刊。

第十五章
官庄 — 楠木铺 — 沅陵：雄心与现实感

> 他们的青年时代—数字焦虑症—你是记者吗—清水刮岸与跑马圈水—竹竿是蛇的舅舅—长金子的石头—魔道世界—塑料凶猛—又是天涯饭店—野生樱桃快要熟了—如果 45 岁没有赚到大钱—江湖气一点

昨晚告别之前，美团小哥给我推荐了一家本地米粉店，结果夜里馋得抓耳挠心，好像总是这样，夜越深越馋早餐，甭管是米粉、生煎、煎饼果子还是豆浆油条，总之是求而不得最好吃。不过官庄这家早点铺确实非常可口，肉丝木耳粉6元，豆浆配油条5元，干干净净清清爽爽——在大数据作用有限的小地方，美团小哥可能比美团更靠谱。

吃完早饭回酒店，一边等衣服烘干一边看穆旦的纪录片，临近中午才退房。从酒店出来时，一直在想旅行团那一代年轻学子和他们的老师们，他们有幸学贯中西，成为中国历史上最杰出的两代学人，却不幸被卷入一系列的战争与革命——出生于1918年的穆旦有感于三十岁诞辰："……多么快已踏过了清晨的无罪的门槛，……一个没有年岁的人站入青春的影子，重新发现自己,在毁灭的火焰之中。……在过去和未来两大黑暗间,以不断熄灭的现在,举起了泥土,思想和荣耀,你和我,和这可憎的一切的分野。……"[1] 出生于1900年的清华大学经济系教授陈岱孙曾经回忆,"清华园的校舍为敌军所侵占,公私财物全被毁掠。我的家当然是在劫难逃。这本来是一件意中事。我虽然在一闪念间,想到我所搜集的关于预算制度的资料和一些手稿的命运,却从此逐渐有了现实感。战事不是短期可以解决的,而战后的岁月是否允许我重圆以前的旧梦,完全是个不可知之数。这也许是一种锐气消磨的表现,或者是人到中年的一种觉悟。但无论如何,应该认为到1937年抗战军兴就宣告了我青年时代的终结"[2]。

我想着他们的青年时代,又想着自己的青年时代,我理应感到庆幸,但实际并非如此——我在想,他们如何把那些"在劫难逃"变成礼物,从而获得真正的雄心和现实感?在镇上买了三个面包做干粮,我就上了路。这一天,按照湘黔滇旅行团的行程,要一直走到40公里外的五里山,但那里并没有可以落脚之处,所以我的目标是26公里外的楠木铺,这段路程中唯一有住宿的地方。在朋友的眼里,我已经是一个挺勤奋和自律的人了,可是当我回忆起自己的青年时代,还是忍不住要自问:时间都去哪儿了?这不是一个36岁的人对既往岁月泛泛的遗憾或悔恨,而是想要更精确地回忆:我把那些日子都花到什么地方去了?我是否在电视节目、体育比赛,或是在那些被发明出来便利我们的生活、却也无时无刻不在琢磨着占用我们时间的各种终端上面浪费了太多的时间?而时代因素之外,又是什么造就了我们与那两代人的巨大差距?更多时候,我们连这么问的雄心都不够,而人折损起来,却是飞快。直到今年年初，我才真正有了那种时不我待的感受：真正宝贵的，其实是时间啊。也许我最终还是应该庆幸：虽然姗姗来迟，"那件事情"终究还是落于肩头，终于在第三个本命年再次出发了。

一出官庄就进山了，长上坡连急拐弯，急拐弯后又是长上坡，路边小溪清澈，一路鸟叫虫鸣。下午1点左右，手机的4G信号变成了E，长沙出发以来的第一次。下坡时小溪长大了些，山岩下有一汪静水，里面满是蝌蚪，虎头虎脑地游着。再往前一些，繁忙的杭瑞高速出现了，临近高速公路的路段，4G信号也恢复了。这一路段国道在山腰与高速公路并行，我在某个拐角俯瞰高速，这是4月中旬一个普通的礼拜一下午，高速上五分钟内驶过34辆大货车，10辆小货车，6辆大客车，17辆小汽车，还有一辆救护车。往下走是一个开阔的谷地，所谓"冲"吧，国道从村庄中穿过，没什么车，一只灰色蝴蝶在马路中间蹦蹦跳跳，农民在路旁晾晒衣服，两根松木打桩，中间架上一根竹竿。老屋的门口，小朋友坐在小椅子上吃棒棒糖，看到我举起手机，他居然起身摆了个pose。不知道是不是错觉，好像听到了蛙叫（它们这时候应该还是蝌蚪啊）。阳光很好，天和地的开阔感让我想起了云南，有种提前到达的兴奋。高速公路踩着高架桥，直接去了"冲"的另一头，和我们隔着一大片刚刚犁完、开始插秧的水田，水田中有只红尾巴的漂亮鸟儿。

昨天一直在怀疑微信运动为什么只有两万多步，因为一点儿也不觉得比前天少，但前天轻轻松松就是三万多步。是因为去看了制作棺材？路过了那个闹鬼的路段？还是在翻山时穿越了某个吞吃时间的小型黑洞？我在瞎想里又陷入了某种对数字的焦灼,其实刚刚也在强迫症似的不断查看,怎么半天了才从5000到7000步?上一份工作与新媒体有关,微信日更10条,一两个月下来,点开一篇微信文章就下意识地拉到左下角看阅读数——那种时候用理智告诉自己阅读数不是一切是没用的,就吭哧吭哧先追着时代跑一阵儿再说吧——辞职后花了将近一年时间才克服这该死的毛病。

走到开阔谷地的尾巴,又和高速公路重逢了,这一次是从它的下头穿过去,一直伴随国道蜿蜒前进的溪流汇入了沅水另一条一级支流怡溪。怡溪水量不小,新桥下游一百多米的地方能看见被冲垮的石头老桥,水介于黄绿之间。过桥时对岸的马家坪村传出杀猪的惨叫声。过了桥,小卖部里一个端着碗筷的男人冲我喊:"你是记者吗?"——我穿着明黄色的冲锋衣,看起来确实有点显眼,出发前想过把自己混迹于沿途村民之中,可是一来没有其他颜色的轻便外套,二来也不是去暗访,待到军山铺老伯帮我找到"拉练的"这个身份后,就更加心安理得,老老实实扮演一个完全不了解农村的天真的(这很容易)外地人了。

这是毛家溪后第二个等待记者的人。我否认了记者身份,不想用它毁掉那些家长里短的自然交流。具体到这个情境,是不希望带给他们任何虚假希望。他对我的回答有点失望,但还是希望"借你们的手机在网上公布一下"。抱怨的仍然是溪水问题,说这条怡溪河,一路都是挖沙的,"破坏生态环境,把河连底都起了,一直起到河床地下的矮底"。"什么是矮底啊?""自然生长的,生成什么样就是什么样。"他的老婆插话说。"就是老底。"他继续解释,"是石块,河床都没有了,鱼啊什么的就什么都没有了。"

"本来（上游）还有沙石来源可以继续下来（补充），现在上面有电站水坝，上面的沙石就不可能下来啊。河里头沙石都没有啦，什么都没有啦。"男人用了个土话来形容，听上去是"×脚的"，我不知道具体的字眼，他也写不出来，但我居然听懂了，就是"踩空"的意思，"现在就是一条山沟啊，洗啊洗的一条山沟"。一发大水，就把两岸的田地都冲走了，他让我看对岸垮掉的堤，"今后再恢复都恢复不起来了"。

男人告诉我，这里不允许打渔，但是"挖沙随便挖"，"大河里的挖沙都禁止了，现在就向我们农村发展"，"挖沙投资大，地方都打通了嘛，村（委会）里都拿了好处啦……整个村都受影响啊，七八百多人，这条河下去……你走国道上来的吧？从这里下去还有好远，几十里路，还有好几个村组"。

他又说，太平铺有一个女的，摘茶回家，掉到河里挖沙留下的坑里淹死了。我后来才想起，太平铺，不就是棺材匠说的路上遇鬼的地方吗？

几天后，我在湘黔边境的一个小旅馆里给多年从事环保工作的汪永晨打电话，她告诉我，带泥沙的水与河岸是互补的关系，怡溪这种情况，是典型的清水"刮岸"问题。听我说村民有意见，她有点意外也有点高兴，觉得民众的环保意识提高了，"老百姓很少对挖沙有意见，以前听到的更多的是专家的质疑，现在听到了老百姓的声音，这就是发生在他们家门口的事情"。

我们又聊起西南地区的水电开发，我问汪永晨，记得在我从业之初，也就是十多年前，环保NGO的声音，尤其是反建坝的声音是很响的，为什么这些年慢慢地就听不到了？她的解释是，早年NGO和媒体结合得很紧，那时媒体环境相对好一些，加上2003年来自中央领导的鼓励，NGO很容易就发声。现在媒体和NGO的生存环境都不比往日，后者更多地是钻到某个专门的领域去做事，当然，"还有一个原因，现在除了怒江，（西南地区）新的坝基本上能建的都建了，跑马圈水，被几大能源集团瓜分了"。

告别这对夫妇，我沿着怡溪往上游走，在被风吹起的晾干的裤子前面，立着宣传牌：空谈误国，实干兴邦。对岸是密密的竹林，繁茂到快要落到河里头，这边有几株芭蕉，也长得很高很盛，一派亚热带河谷风光了。河中有一座铺着木板的悬拉桥，我举着手机在上面摇摇晃晃拍了段视频，回到陆地上，一条青色小蛇就在半米之外游了过去。久居北方，已经不习惯在野外和蛇不期而遇了，一瞬间觉得极不真实，就像是谁家的宠物跑了出来。

湘黔滇旅行团抵达湘西之际，赶上农历惊蛰，蛇虫出洞，他们一人配了根竹竿，方便徒步，也可驱蛇——我从小就听大人们讲竹竿能驱蛇，因为竹竿是蛇的舅舅之类的话，大约也只是因为竹竿在湖南唾手可得，而从前湖南野地里的蛇确实太多了。小时候金环蛇银环蛇五步蛇溜达的蛇休息的蛇蜕皮的蛇都见了个遍，最玄乎的一次，那会儿家住平房，隔壁邻居在房头水沟旁发现了条银环蛇，捉住卖给餐馆，没几天，我们几个小朋友在他家玩儿，晚上出来时，一个女孩发现门口单车车撑边有个奇怪的影子，叫来大人，手电一照，是条小银环蛇。若不是当晚被我们发现，这位邻居第二天早晨上班骑车，必然被咬。大家都说小蛇是来寻仇的。

很长一段路319国道都沿着河谷前进，太阳猛烈，风景甚好，左边是切过茂林修竹的怡溪，一些地方露出白色的浅滩，右边是滴着泉水的青色岩壁，上面长满碰碰香、水竹叶和黄槿，当然还有吸饱了水分软塌塌的青苔。国道上偶尔驶来一辆红色三轮车，前轮特小的那种，像小小飞碟从远处滑行降落。下午3点，经过一个河滩，水边停着一辆小车和一台推土机，还有一男一女一老。前几天下大雨，怡溪涨水，他们正在等河水落下去，好挖沙作业。年轻的男人声称这年头沙子一方卖四五十块，也就够个生活，"没赚头"，所以，不管什么地方，"只要挖沙的，都是在挖金"。那他也挖金吗？当然，他非常得意地告诉我——一个不了解农村的天真的外地人，"现在河里没有金了，翻了四五次了。对，（把挖土机）开到河里挖，发了水就把它（河床）打平了嘛！"

他圆脸，白色条纹衫，挺着啤酒肚，裤管挽起来，一边跟我说话一边给挖土机的履带抹油，不知道是不是太阳晒的，他的皮肤和机油一个颜色。看到我对淘金好奇，又到处给我找"长金的石头"，意思是，只要河里有这种石头，河沙里就能淘到金子。找了会儿找到了，很普通的石头，一面有火烧过的黑迹，"你用刷子刷都刷不掉，那个黑色就是形成山河以来岩浆喷发（造成）的，火山喷发从地里带上来金子，山里头叫矿金，河里头叫沙金。我们是祖祖辈辈传下来淘金的"。矿金现在归国营企业，"前几年（私人）也能开，现在因为爆破材料管得严了，开不了了"。淘沙金的还是很多，"这个河道，我们是本地人，开一点河沙，国家要搞建设不咯，我们自己也可以赚一点钱不咯"。

我还没问附近村民的抗议，老人就接过话头，"我们老百姓就住在这里的，用河里的沙子赚点小钱，有什么关系？"年轻男人又跟我讲解怎么从沙里淘金，筛盘下面放金毡，用水泵从上面冲下来，沙子轻，漏下去，留下来的就是比较重的金子。他吹嘘说最多一天挖了300克，老人骂他"讲屁话"，他回过头用方言跟老人吵嘴。

往前走又看到好几处挖沙的，大约是上游水小，已迫不及待纷纷开工了，许多挖土机留下了许多坑，坑里头的静水蓝幽幽的。一座吊桥桥头停着个丢弃的青色婴儿推车，看着诡异。四个中年男人骑摩托车一字形飞驰而过，胸前写着凤凰骑士，其中一个人冲我比了个大拇指，我比了个大拇指回去。经过几户人家，马路边供着土地公公的神龛，老屋子门口摆着几把椅子，没人，墙壁上挂着把梳子和一个有花朵图案的老式梳妆镜。又经过一家，房前有块平地，有个破旧的篮球架，还有个乒乓球桌，石磨上头晒着青蒜。门口两副很接地气的对联，泡鱼炖肉迎新春，杀鸡修鸭过大年，横批鸡鸭鱼肉。旁边小门还有一副，有吃有穿要会想，能做能赚要健康，横批平安就好。"要会想"在湘普里的意思是想得开，好像现在不太用了，少年时代非常熟悉的三个字，是被"富强"抛下的人们的自救办法，也是1990年代我父母那一代下岗工人撑下去最重要的人生观。

接近下午4点，太阳越来越烈，幸好戴了魔术头巾，从头到脖子罩个严实。有一秒钟在想着什么时候太阳能不直射脸部呢，马上意识到，我要一路向西啊。4点整，经过荔枝溪村，319国道从这里撇下怡溪和杭瑞高速，开始翻山。在村里小卖部买了瓶椰汁，搬个小板凳就着饮料啃面包。对面是邮政便民服务点，除了邮政业务，还代收话费电费有线费等等，几乎是村里唯一的公共活动场所。离楠木铺还有13公里，差不多天黑前能勉强走到。我问老板娘还有没有中巴过去，她说得看运气，现在客人少了，车的班次也少多了。她建议我去前面的天涯饭店（嘿，又一家叫天涯的）投宿，说楠木铺之前没有其他住店的了。

从官庄出来这天早晨，黄师岳团长在公路上对学生们训话，说此去路途远，山势险，同胞穷，绿林朋友多。"绿林朋友！"他挥着手势，"我们昨晚上派人去接洽了，大概他们会让路给诸位通过的。不过，假如碰到意外，闻到枪声响，大家马上就地卧倒下来！不要乱跑，不要分散！……"[3] 离开官庄后果然房屋稀少，三四里路内外没有人烟，前面的队伍转过山头就不见了，团部选择打尖的地方，正是荔枝溪。

地上有人烟，远远地驴背上来了个袈裟装束的和尚。

和尚睃睃锋利的眼神，过去了。

"这家伙袈裟下穿的怎样是一身二尺八（军服）呢？"人们指着远去的驴脚印咻咻说。

人们回过头来。二尺八上袈裟装束的驴背上的和尚也回过头来了。

"诸位长官早！……我们出家人云伴云游……今天来到湖南地界，要参诸位化缘化缘！"

我们几个人站起来，摇摇头表示不懂他的话。

"化缘也不懂？化缘——"他的手摸摸口袋，"参长官们捐一点钱！……长官，出门人路途远呢，捐一点钱，老僧点佛灯，佛前替长官们说好话！……长官，路途远呢！一路福星高照！官星高照！"

我们依旧是默默地不说一句话。

"长官！钱呀！……捐一点钱懂不懂？"他等得不烦耐了，眼睛带几分威吓地不瞧人望远处，本能地抓抓油渍的长袖子。

"钱？我们没有！"绰号绍兴师爷的，斜斜眼，作不起的样子，狡猾地溜溜眼珠子。

"哈！哈！"和尚沉吟一会儿苦笑着，"我们化缘化有，不化没有。"他的嘴唇使劲咬一咬，转过身去，"……魔道世界！……没有？……路还远着呢，走罢！……阿弥陀佛！"⁴

啃完面包，我抬脚随国道一起进了山。八十年后这里还是不见人烟，偶尔经过一个老屋，也是房门紧闭。些微有些瘆人。此地海拔240米，还在往上。下午4点19分，手机信号彻底消失了。左边山坡冒出的汩汩泉水，在柏油路面上漫开。半山腰上有一些坟头，上面插着竹子——这样的景致八十年前就有，并被旅行团的学生们记录下来。山间树林杂有黄花，不绝的流水声伴着不绝的鸟鸣也和八十年前一样，只可惜，当时他们都担心着绿林朋友，忐忑着两旁的千仞峭壁，没有心情欣赏风景。看着山路越来越高，越来越险，一个学生叹着气说："越来越不像话了。"⁵

一路我看见好几块"严禁倾倒垃圾，违者罚款500元起"的木牌，不过右侧清澈小溪里仍是塑料凶猛，尤其是化肥袋子、饮料瓶和包装纸。在某处，溪水冲刷过的青石板跌落到半米深的水潭里，水潭青绿诱人，底有白沙，让人幻想夏日戏水纳凉的场景，结果也在洄水区翻滚着十几个八宝粥易拉罐，而不远处水泥砌的垃圾箱却是空的。

今天是接连下雨之后第一个大晴天,这种时候容易山体滑坡,前面一个路段,已有碎石落在路基上。我看了看头上的岩壁,不由加快了脚步。4点38分,手机信号突然回来了,不到20分钟的与世隔绝。

接近山口的位置是一个叫马鞍铺的村子,墙上有售卖枪支炸药的联系电话,还有村里的宣传标语:青春风华正茂,参军无限光荣。我在这里看到了老板娘说的天涯饭店,犹豫了一下,还是决定继续往前走,4点50分,太阳还是挺大的。古人讲未晚先投宿,是为了安全,而且从前驿站与驿站间往往恰好一天脚程,一旦"破"站就不容易找到住宿的地方,现在不用太考虑这些了,虽然在这客栈留宿一晚,独享星空与鸟鸣大概很有乐趣。

公路经过的海拔最高处有340米,然后就是漫长的下坡,夕阳打在脸上,火辣辣的,好在有村民用管子从山上引下来的泉水,用魔术头巾浸湿了贴在脸上降温。前面有片房前空地,一个小哥穿着人字拖在晒太阳,他招呼我歇息一下,我说天黑前得赶到楠木铺,他说不要去那里,前几天刚去了,连吃饭的地方都没有,只能吃碗粉,又说从这里往下走十几分钟就有一个老三饭店,能吃饭能住宿,还有热水澡洗。也好。就歇歇脚吧。他搬来一把椅子,我们坐着晒太阳聊天。

"我自己也背包。"他说,"前两天刚跑溆浦啊吉首啊怀化啊回来,找食材。"

"你自己开饭店做大厨?"

"那个,石头的石!"

"嗨,我以为你找山珍呢。"

"这边吃的东西也多,这边的野生樱桃快成熟了,你要是不着急应该在这里等几天。我前几天上山看到那个樱桃已经开始红了。"

他是马鞍铺本地人,在湛江做石材生意,本来该回广东了,在家多待几天等野樱桃熟。这是个讲话慢悠悠的小伙子,谈吐比他27岁的年纪成熟不少,他说经常去县城,去山里找石头,"和你一样,背着个包,看着别人家想去坐一下,但又不知道人家愿意不,所以我看到你走路也有这种心情,赶快找个椅子叫你坐一下"。

没多久,国道上来了辆大货,山东车牌,司机停了车,犹豫了一下,过来问小哥,"我问一下,常德能过去吗?""没问题。""我看着没有车呢,有点怕,呵呵。""不怕。没事的。"司机高高兴兴开着超载的车走了。小哥说,十年前修了高速公路后,这一段国道就慢慢冷清下来,汽修的换胎的洗车的住宿的吃饭的都没了。难怪一路走来如此寂静。小哥之前在马鞍铺搞汽修,"现在(这些)绝迹了,没得搞了。之前你还能在路边做点小生意。现在年轻人出去打工了,老人家舍不得花钱,开个超市都没有人来"。高速公路在马鞍铺村这种地方没有出口,下一个出口在马底驿镇,上一个出口在官庄镇,绝大多数车子都是一甩而过,天涯饭店和老三饭店之所以还能活下来,只是恰好因为高速在附近有个停靠点,"以前有经常跑(国道)的司机在那里吃过饭,觉得好吃,快到停靠点时就打电话让这边做好,这里送上去,他就拿到车上吃。高速路(服务站)的菜,又贵又难吃"。

他其实也有三四年没回村里了,这次回来,发现山里的兔子和野鸡少了不少,野鸡之前能看到一群群的,现在偶尔才能听到一两只在叫。"因为这边挨着辰州矿业，那边的工人没事时就过来打兔子，野鸡，用笼子装着母的，来引诱公的。画眉鸟也少了，回来就听到过两次。"

他的父母都在广东，湛江的厂子是他和几个人合伙开的，为了找石材，他每年也有不少时间在路上，我调侃说他是"石头猎手"，他说，一边玩一边赚点钱吧。"好多人不会理解你在乡村里走的那种感觉呢，都只会问，你一个月赚多少钱呀？我说，你赚多少钱？王健林赚多少钱？还是要多出去游一游啊。"

虽然才27岁，他已经想着45岁以后的事情了。"要是45岁以后还没赚到钱，也没有太大的追求了……就回来搞一个客栈，"他指着马路对面那套木墙老屋，说也就卖一万多，"三四万（买）两套拼成一套，够住了吧。搞一块院子，前面种点菜，再在附近的河里面捡点石板回来，切割一下，弄个葡萄架，弄个秋千，不就得了嘛。不用人多。在网上挂出来，你愿意过来玩就过来玩，我也热情接待，要是没人来我就自己住咯……回家里最起码空气比较新鲜，不像在城市里天天想着，油价又涨了啊。"

"那要是45岁前赚到了大钱就不回来了？"我说。

"我更加要回来！我就买一座山下来做客栈，一片山种板栗，一片山种茶，还有樱桃啊，猕猴桃啊，好多野生水果，普通话不知道怎么说。人家来了我们这个村，冬天泡温泉，夏天泡冰泉，春天泡冰泉也可以，刺激的，你像有些树叶也可以吃啊，茶叶不用种太多，做精品……你现在没有一定的实力，不管是村里的县里的还是市里的领导，人家不会理你。其实是很有前景的规划。吃的山珍，住的农家乐，回去还能带一点土特产，多好啊。"

不知不觉就聊了四五十分钟，太阳落到了山的后面，起风了，一下子凉了下来，进而有点冷了。起身告别了有梦想的小哥，继续下坡。一个像从山野怪谈里走出来的男人歪着头一直看着我。走了十几分钟，果真到了老三饭店，结果被告知，生意不好，他们已经不做住宿了——怪谁呢，我忘记小哥已经三四年没回过老家这回事了！

下午6点15分，天色暗了，离目的地还有八公里之多，吃了个"未晚不投宿"的亏，硬着头皮往前走，看能不能搭到车吧。这段国道上车非常少，好容易来辆越野，拼命招手，人家根本不减速。天越来越暗。我又一次从下面穿过了杭瑞高速。高速路上车来车往，可那是另一个世界。又走了不知多久，到了下一个村子，看到一辆私家车，闯进人家，屋子里黑乎乎的，一个男人在切腊肉。这是你家车吗？他点点头。能不能送我到楠木铺，我可以付钱。他顿了一下，继续切肉。切了两片，问我出多少钱。我说，我不了解行情，你出个价吧。他继续切肉，这回切了好几片。我说行不行啊，不行我就不耽误时间了。他好像没听到，又切了几片。终于起身，抹了抹油腻的手，问我出多少。我坚持让他喊价。他又顿了一下，说：一百。我转身就走，不再搭理他的"80嘛"。到前头又找了一个村民，40元成交。我坐在车里，心里对自己说，下次要凶一点，江湖气一点，用湘普跟他们嚷嚷！

几分钟就到了楠木铺，全乡唯一的住处是紧挨车站的招待所，50元一间，我对这个价格其实没有任何意见，但决定假装凶一点，试图挑剔热水的毛病，以此还价，结果被老板娘两句话就打发了——谁让她家是镇上唯一的住处呢。灰溜溜地取了钥匙,是那种插凹槽的金属卡,问Wi-Fi,"你去楼道里就看到了!"楼道里伸手不见五指,借手机灯光看到墙上一堆乱七八糟的用户名和密码,估计是偷附近人家的。屋里的桌子衣架地板上全是灰,床铺看上去还干净,但被子一角露出了脏兮兮的棉芯,放好背包下来吃饭——本乡唯一可以住宿的地方也是唯一可以吃饭的地方,很难吃,吃的时候一堆人在盯着你看,上街走一圈也是如此,有点喘不过气来。

注释

1 穆旦:《诞辰有感》,原载《大公报》天津版1947年6月29日,《穆旦诗文集1》,北京:人民文学出版社,2006年4月,第230页。
2 陈岱孙:《我的青年时代》,《陈岱孙遗稿和文稿拾零》,北京:北京大学出版社,2005年9月。
3 林蒲:《湘西行9》,《大公报》香港版1940年5月8日。
4 林蒲:《湘西行9、10》,《大公报》香港版1940年5月8日、5月9日。
5 杨式德日记。

第十六章
楠木铺—沅陵：土匪今晚就到

> 总工程师的头发白了—穿越湘黔公路的红军—吃到了野樱桃——一条河流的命值多少钱—听到枪声大家千万别起床—白糖的没有只有红糖的—我们湖南人很义气的—鱼都被呛死了—那个热不可耐的夏天——一个惊心动魄的故事—老来文章难值钱—先生们前世修得好—小学生仍在念四书

在楠木铺脏兮兮的招待所里，我醒得很早，仍然是喘不上气的感觉，这次是因为沉重的被子，做了一晚上鬼压身的梦。到楼下吃了个猪脚米粉，也不抱任何希望，果然，汤是酱油调的。我们的媒体上流传着太多乡野美味的故事，可那是需要特地"寻访"的，多数时候，你离开城市撞上的只是因陋就简。7点就迫不及待地出发，道路和田野都笼罩在白色的大雾里，被霾拖累那么久，这种纯天然无添加的雾的气味都快忘了。整个楠木铺好像洗刷了一遍，逼仄脏乱都没了，往前走一点，竟有点天上街市的感觉，穿着黄色工作服的环卫工人在雾中时隐时现。

乡口有条小溪，看河长责任制公示牌知道它叫楠溪，估计是怡溪的支流，清浅得很，桥下河床里全是差不多大的黄色石子儿，非常好看，不知道和旅行团当年发现的黄铁矿有没有关系[1]。再一次从杭瑞高速底下穿过，过了桥洞就是一个很陡的上坡，爬完坡两个急转弯，形成一个拉长的字母Z，杨式德就是在这里画下了公路的side view（侧视图）。

从官庄到沅陵山势险峻，"忽而上山，忽而下山，至尽头处，又绝处逢生……"当时的一位乘客形容这一路段，"转弯次数之多，尤为余生平所仅见，头昏脑涨，且山中瘴气甚恶，令人作呕，余幸带来八卦丹，万金油，以此治之，继又用毛巾将头包紧……"他还建议说，如果要走这段路，最好准备一点柔软之物垫在座椅上，不然，"震动颇剧，如无此物，必使臀部痛苦不堪也"[2]。

湘黔公路常（德）沅（陵）段的修筑者是湖南公路局总工程师周凤九，一个"工业救国"的笃信者。当他为修建这段公路前往湘西时，住在沅陵城内的许多外国人说：由常德到沅陵修筑汽车路么？五十年后大概可以通车。周凤九亲自选线，顺山势布线，绕行升坡，五个月就完成了土路[3]，1935年9月常沅段竣工通车，1936年6月1日，湘黔公路全线通车——连通西南的生命线终于在战争前一年贯通。周凤九出席了6月1日在沅陵举行的通车典礼，《大公报》记者注意到他"辛劳过度头发发白"，次年京滇公路周览团过境，"认湖南公路成绩特佳，誉为全国公路之模范"[4]。抗战爆发后，周凤九先赴任湖北公路局，又赴四川主持修筑川滇西路（乐昌—西昌—祥云），他的家人则由长沙避难重庆，1942年，他的小儿子周光召考入重庆南开中学，后来又考入清华大学——其时抗战已经结束，受到美国在日本投下的两颗原子弹震撼，周光召决定学习物理[5]，最终成为新中国的"两弹一星"元勋，并在1980年代成为中国科学院院长。

　　我沿公路继续往上，路边溪水潺潺，空气中有股清香，应该是来自开花的针叶林。一只黑狗（又是圆脸）冲我叫个不停，它的旁边是满载黑色砂石喘着粗气爬坡的老式卡车。爬完又一个大坡后，我来到了一个制高点，这里林木茂密，鸟鸣啾啾，名曰芙蓉关，八十年前旅行团经过这里时，杨式德与北大好友王鸿图同行，还感叹了一番这关口的险要。如今公路左侧有一块"芙蓉关红军长征纪念碑"——1935年10月，中央红军在长征后抵达陕北，而贺龙等率领的红二、六军团仍留在湘西北的桑植、大庸等地，因为长期反"围剿"的消耗，湘鄂川黔边根据地经济给养和粮食供应都非常困难[6]。是年11月19日，红二、六军团开始向南突围，目标是人口和物产都更加丰富的湘中地区，以期补充实力后西征[7]，为此他们需要强渡澧沅二水，并在沅陵县境内穿越两个月前刚通车的湘黔公路常沅段，而穿越公路危机重重——国民政府急修这条公路，目的之一就是便于调动军队在湘西山区"剿匪"。

　　沿着湘黔公路追击红军的是二十八军军长刘健绪，红军开始向南突围后三天的11月22日，二十八军已经抵达常德，当天宿营太子庙，距离沅陵东大门官庄只有不到150公里。二十八军一位连长在多年后回忆，红军因为南下神速才得以跳脱他们的"围剿"，"设若稍事犹豫，迟误三天，二十八军……可以封锁湘黔公路全线"，到时哪怕红军勉强突围，也会付出非常惨重的代价[8]。利用这三天的时间差，红二、六军团渡过沅水，兵分三路，右路贺龙率领，中路任弼时率领，左路萧克、王震率领，短暂控制了湘黔公路约150里的公路地段，烧毁桥梁，砍倒电杆（切断当地政府与外界联系），一路打土豪，开粮仓，宣传革命[9]。占领楠木铺的是任弼时的中路军，他们攻克芙蓉关后，在这里短暂休整，继续南下抵达湘中安化、溆浦等地 —— 1986年10月，在长征胜利五十周年的一系列纪念活动中，当地政府修建了这座水泥纪念碑。

也许还有一个细节值得一说。在南下突围中，萧克、王震率领的左路军占领的正是沅陵东大门、湘黔公路要塞官庄，红军活捉了"铲共义勇队"副总队长黄穆柏、界亭乡乡长罗植棠、界亭保保长杜国兴、里仁乡乡长吴锡山、里仁保保长熊性初、税务所长赵国伍，半夜后由红军一位政治部主任审问后，将罗植棠、吴锡山、熊性初、赵国伍四人处决，界亭保保长杜国兴则因为有一位乞讨者替他求情逃过一劫 —— 这位乞讨者曾在界亭驿偷别人的粽子，被抓到后，黄穆柏手下的人要把他沉水，杜国兴上前劝解，替他赔钱了事。[10]

在当年，红军离开后，地方政府的归来往往意味着报复，以及对红军标语的铲除 —— 湘黔滇旅行团一路会不断看到双方为空间的争夺留下的痕迹。不过，从1936年到1938年，中国的政治形势已经大为不同，阶级矛盾隐退到了民族存亡问题之后，易社强认为，没有证据表明，旅行团中有许多人意识到在他们徒步穿过内陆之时，中国正开始发生剧变。但清华经济系大二学生高廷章或许是个例外，"他从沉默的贫民当中发现一种预警：除非蒋介石政府为他们办实事，否则共产党会取得胜利"。[11]

过了纪念碑是条很长的下坡，公路左边山体上"种"着防滑坡的水泥网格，网格里长了些黄腌菜，一排一排竖立着，像草原上警觉瞭望的獴。这段国道仍然非常冷清，一位姑娘把车停在路边，跳到右侧护栏上摘刺槐花。大清早赶路的感觉很不错，太阳从背后晒过来，有丝丝暖意，但一点儿不热；不知道是不是头晚露水的压制，路上的灰尘少了很多，人的精神也好，对"尚能走否"的回答是"特别能走"。下完坡又来到一片冲地，国道边有一株网兜罩住的两米来高的树，上面结满了红色黄色半透明的小果子，一开始还想着是不是枸杞，问了旁边农妇才知道，那就是野生樱桃，还有十来天成熟，罩起来防止小青鸟来啄。

农妇在国道旁家门口的柚子树下洗白菜，用的是山里引下来的泉水，白菜旁边还有一个塑料盆，里头装着还没洗的丹参，也是山里挖的。她让我摘几颗野樱桃尝尝，个头儿比超市常见的樱桃小不少，还没全熟，酸酸甜甜。她指指屋后的山：到处都是，还有泡把天（十来天）就可以吃了。又给我指山腰上别人种的野生板栗林（不是杂交板栗，她强调），在一大片杉树林之上有一小朵青色的云，那就是了。她今年64岁，务农，以前水稻种两季，现在只种一季，"忙不过来，姑娘小伙子都出去了，留下我们这些老人家"，我问一季稻是不是好吃些，她说要看种子。至于什么种子好吃，"还不是信天碰！"她笑。

国道上车多了一点，本地车辆为主，路旁的行道树是三个时期政府意志叠加的结果：最早种乌桕，附近还残留了一棵，后来改种刺槐，沿途所见最多，正开着白色小花，现在又要种桂花树了。走不多久，又开始爬坡。山腰林间，我出发以来第一次听到了布谷鸟的叫声，一条碧玉色的溪河流淌在谷底，查地图才知也叫怡溪，是它的西源，之前在官庄遇见的、被挖沙车弄得发黄的是它的东源。河水随着山势甩出潇洒的大转弯，农民就在其间高高低低的田地上劳作，几乎一步一景,这是高速公路上的人们所看不见的,因为他们又开始钻隧道了。

虽然战火弄丢了湘黔滇旅行团20万字的"官方"旅行日记,但后来执笔人之一的丁则良还是凭回忆写了一篇文章,而当他回想往事时,最难忘记的除了匪患,就是湘西的风景。"……我们每天早晨出发,都好像开始进入一个新的境界,到了晚上,大家谈起,总觉得今天所见,大概是不能再好了。殊不知第二天所看到的一切,竟又有不同的情调。湘西的山是有名的,愈到沅江上游,愈为险峻……天气在随时变化,雾里看山和夕阳里看山就有不同的感觉。而雨中、冷风中、月光中看那未经雕琢的大自然,更有无穷的滋味。更妙在我们自己也在行进中,有时第一大队已攀登上一个峭拔的悬崖,回头下望只见第二大队的人们小得像蚂蚁一样,正从隔江的山头上向下行进。前山一呼,后山响应,夹杂着风声、水声、车声,真交织成一幅绝美的图画。"[12]

可惜很快我又看到了忙碌的挖沙车,和铲斗下浑浊的河水。沿河而上,几乎一两公里就有一处挖沙点,隆隆作业声在这绿野中不断响起。这个国家巨大的建材需求和它对"富强"的追逐驱动着这一切,与之相比,一条河流的生命有多重要呢?也许唯一能与之对抗的就是河流强大的自净功能了,只要离开挖沙点一公里左右甚至更短,河水就恢复了清澈,甚至澄碧。

湘黔滇旅行团从芙蓉关下山时已天色渐晚,这一天他们足足走了40公里,原本计划一直走到前方大站马底驿的,由于中央军校一千多人已经住在那里,只能宿在驿前几里的五里山和黄虎坪[13]。钱能欣所在的小队住五里山,傍晚,学生们在溪中涉水，一钩新月从林间升起。天黑后，他们把铺盖扛到一间小屋子里，老妪引他们到内房，里头家具一应俱全，可都积着尘土，显然是长久不住人了，房门口贴着一张黄纸符。钱能欣疑心这间房出过怪事，问老妪，忸怩不答，只说："我的儿子两年前出门做生意，可是有了钱不想回家，抛了娘和媳妇儿；媳妇儿也是怨家……去年回娘家去，也渺无音信，留着我一个人独守空屋。"学生们后来从邻居打听到，老妪的儿媳去年就死了，不知受了什么冤屈，吊死在卧房里，所以时常闹鬼。[14]

林振述所在小队分到的房间也很古怪地没有人住，他们把干稻草铺到地上，小队长刚躺下身来，就给中队长叫去开紧急会议了。在空屋里能看见外面的山尖，山风吹着竹林沙沙作响。小队长回来时脸色阴沉，说旅行团从常德走沅水而上的行李船被抢了，三百多个绿林朋友正追随旅行团而来。"计算路程，就在今晚——"队长吞了一半话："请地方武力请不到，放哨查岗哨，我们自己不带家伙，没有什么用处。……所以，团部决定，今晚大家点着灯睡，有什么动静，由团长大队长出头接洽。闻到枪声，大家千万别起床！"

大家眼对眼望了一会儿，就各自忙开了，往鞋子里藏五元中央票，撕开大衣缝藏钢笔，藏近视眼镜，有人从左手无名指脱下金戒指，头疼了："订婚戒指呀，藏哪里？"还有替从广东走海路同学带的银表链，也不知道藏在哪里，"我说是不带罢，偏怕广州香港多扒手！"一片忙乱中，外号绍兴师爷的同学冷冷说了句，"我说，哥儿们，别瞎忙费脑根。等枪口对你心眼比着看，怕你不从鞋底壁缝一五一十照样拿出来"。话没错，大家慢慢静下来了。静待命运吧。满天繁星的光亮照进了这空屋。[15]

　　同样住五里山的杨式德原本这一天心里就不安，听到消息更加心惊，大家纷纷讨论是该原地不动，还是应该立刻前往马底驿寻求中央军校步行团的保护[16]。戚长诚和另一部分临大学生宿在黄虎坪，在担心中又听到住五里山的同学跑来报信，说是附近居民未睡，全都跑到山上或山下，"看他们可疑的行动，或者马上就要动手"。众人愈发惊恐了。戚长诚想起来，初到时曾经问过黄虎坪的这三五家住户，他们也不经商，也不务农，虽然生活很苦，但还有衣有食有住，"这时想起来，他们也定是匪帮无疑了"[17]。

　　因为徒步之余还要采集歌谣，一天下来刘兆吉的衣衫被汗水湿透，夜风一吹，浑身发冷。他见一间小屋里堆着喂牲口的干草，便一头扎进去。干草堆里暖和一些，刘兆吉很快就睡着了，不过只睡了一会儿就被冻醒，醒来时发现小屋里还坐着一个人，纹丝不动，他大气不敢出，死死盯着这个黑影。不一会儿，这个黑影掏出火抽起烟来，火光一亮，刘兆吉发现，原来是闻一多先生。闻一多本来先进小屋，还没睡着刘兆吉就钻了进来，闻一多看不清是谁，也没敢吱声，但一直睡不着觉，索性坐起来抽烟，两人这才相认，彼此都虚惊一场，遂以"坐以待弹"自嘲危险处境，聊起天来。[18]

　　半夜1点钟左右，狗叫声自远而近，加上潺潺水声与山谷的回音，更使人不寒而栗。大家纷纷小声议论，说是匪徒一定来夜袭了。有的主张赶紧逃到山上隐蔽起来，有的认为往外跑反而危险，不如听天由命[19]。林振述也听到了狗叫声，成群的狗叫声，"来了，会怎样呢？除了搜刮钱财，还害人割命吗！除掠夺，还会带去做肉票？……"

"喂！喂！"绍兴师爷闪进门来，"来了！芙蓉关上火把接火把！里多长！……来了！来了……"他颤着牙齿，急急躺下，钻进被子蒙住头。[20]

一位德国传教士曾经回忆他在湘西被土匪绑票的时刻，当时他身处一个三十人左右的旅行团队中，正翻越一座荒凉的高山："……我看见许多人在厚厚的草丛中不停地弯腰、鞠躬。在我有时间弄懂这一动作的含义前，他们带着一声野蛮的尖叫声朝我冲了过来，他们的矛与剑正对着我。一场打劫立即开始了。有人扯下了我的领带，夺下了我的领口饰钮，很显然他认为那钮扣是黄金做成的。另有二三个土匪不停地搜查我的上衣口袋，看看是否有值钱的东西或武器。他们不理解我们传教士们在旅途中是不带任何武器的。我的行李和我的外套一样，都不见了。那匪首的太太立即戴上了我的帽子。其他的旅客们也失去了他们所有的随身物品。土匪们只给我那年轻随从一些必需的衣服。虽然我向匪首出示了我的名片，说明我们只是传教士，只是尽力为人民和国家做些事情。我听到尖刻的回答是'我们也做善事'。"[21]

在恐怖的气氛里，整个旅行团捱到了天明，不知何故，土匪最后没有来，林振述感到"冥冥中仿佛有巨人伸出援救的手，在那无际的海，四合的深山中，我们渡过去了"。睁开红肿的眼圈，又是漫天浓雾，吃过早饭，大家哑然无声地继续出发，鸟儿在雾里唱着歌，山上偶尔传来伐木声。[22]

戚长诚一夜未眠，两脚的水泡又破了，走不了路，在公路旁一家小杂货铺，他问老板有没有轿夫。老板一面回答有，一面拿出一盒油炸麻花来，反问他要几个。戚长诚说，是两个人抬着的轿子，不是这个。杂货铺老板回答，白糖的没有，只有红糖的。原来这位湖南农民听不懂国语。戚长诚又好气又好笑，好在最后旅行团借给他一辆自行车，以车代步，得以跟大部队同行。[23]

自行车应该是学校配给团长黄师岳的代步工具，但他很少使用，总是让给脚上起泡或者身体不适的同学。绝大多数时候这位笑眯眯的长辈都与学生们一起走路，边走边聊，没多久，团长就和每一位学生都相熟了。许多人惊讶于他的记忆力，只要聊过一次天的人，事隔多日，他一见必能叫出名字，并且还记得你的年龄、籍贯、系别、年级以及家乡情况，这让学生们感到他非常平易可亲。南开电机系大一学生高小文忍不住问他："团长！您的记性怎么这么好？"他笑答："这是带兵多年，磨练出来的……要带好一支队伍，首先要了解每一个士兵，能和他们同甘共苦……弟兄们才肯和你生死与共。我在当排、连长的时候就悟出了这个道理，后来直到作到师长也没敢忘记。"[24]

到达五里山之前我路过了牧马溪村，村子位于陡坡之上，许多屋子就建在离地几米高的山崖凹进去的平面上，由几条斜斜石阶下到国道——同时也是村中的主路。老人拄着拐杖从二楼缓缓走过，小车拉着猪去卖，猪儿安静地站在货车后面，全然不知自己的命运。几个妇人坐在小板凳上吃饭聊天，其中一个热情地招呼我，问我吃饭没有，要不要她把剩饭炒一炒吃一点，又让我坐下来休息。坐下来聊天才知道她是村妇女主任，她告诉我牧马溪这好听名字的来历，一种说法是，从前人们从上游放排下来，在这里码放木材，所以叫木码溪；后来因为马底驿是大驿，水草肥美，又改名牧马溪。

我问她村里还有没有老人记得1949年以前的事，她说她公公对村子里被抢还有印象,但被谁抢也说不上来,"可能是土匪吧,我们湘西就是土匪",她带着点自嘲说。

看得出这位妇女主任急于扭转这种印象,"湖南打工的人到广东一般都不要我们湘西的,说我们是土匪,但是我们湖南人很义气的!"她说起十年前的南方冰灾,高速公路和国道都堵得动弹不得,那会儿还有人去抢车,到了今年,"1月13—15号,冰冻,从吉首到长沙(的高速)在我们这里冻了三天三夜",她组织村民给司机和乘客献爱心,免费送热豆浆和煮鸡蛋,鸡蛋一人一个,送出去了300多个,还被好几家媒体报道了,她掏出手机找当时存下来的新闻视频,"我们马底驿这个地方比全国都做得好!"

她对本乡本土颇感自豪,说从芙蓉关红军纪念碑(她们叫贺龙纪念碑)一直到马底驿,一路风景都很美,是"十里画廊"——如果排除掉那些挖沙点,此言不虚,离开牧马溪村没多久,我就又经过了一个风景绝美的河流大转弯,碧水,白滩,青石,在黄的绿的油菜花田里劳作的紫衣农妇,突然飞起来的黑背的鹧。一个农夫背着背篓,卷起裤管,蹚水过河,他走得很慢,很小心,因为背篓里有个孩子。

在五里山村,我碰到了又一个抱怨挖沙的男人,"鱼都被呛死了!"他说。如今的五里山离杭瑞高速的入口不到一公里,不再有荒野气息,国道上的车子明显多了起来,我穿过村子,找到怡溪畔一片安静的石头滩,脱了袜子,让太阳晒晒仍然红肿疼痛的脚趾。这里的水已经非常接近我心目中"清畅"的标准,下游一点,有的河段流速减缓,甚至泛出高原湖泊才有的那种碧绿和乳白交织的色彩。我从手机里找出旅行团当年的日记,开始读他们在五里山虚惊一场的故事,想象那一夜的风声、狗吠和游动着的火把，没有变化的大概只有这条溪流和对面几个山尖了吧——也不好讲，高速公路就从这山里头钻进钻出。

一位老大爷和一条黑狗到了对岸。老人卷起裤脚，小心翼翼地涉水过河，最深处不过刚刚到他的膝盖，但狗儿在溪流中间就很是踟蹰了一会儿，最后下定决心纵身一跃，立刻被激流冲下去好几米远，它拼命刨水，游到了爪子可以触底的地方，也过了河，甩甩身上的水，跟老人走了，留我继续坐在大石头上晒太阳，我惬意地几乎舍不得离开。

前面不远就是马底驿了，抵达辰州（沅陵）前最后一个大站。嘉靖三年（公元1524），明代三大才子之一的杨慎因言获罪，两次廷杖后谪戍云南永昌卫（今保山），这一年杨37岁，乘船由通县出京，沿大运河南下，一路被仇家陷害，直到山东临清才得以摆脱。随后他继续南下，沿长江西上至江陵（今荆州），转洞庭入沅湘，经过马底驿时，曾作诗，"戴月冲寒行路难，霜花凋尽绿云鬟。五更鼓角催行急，一枕乡思梦未残"，凌晨4点多就要在这边地出发赶路了，天气又冷，鸡声茅店月，人迹板桥霜，很难不怀念那温柔的故乡吧。尤其是，从界亭驿到马底驿，一路"皆溪涧凑流，无舟楫，夏雨涨时，东西旅绝"，"地复多蛮……洞居血食……名为洞人，时出肆掠"[25]。

前往云南山高路远，清代中叶以后，湘黔驿道各站都设有轿夫若干，以利迎送过往官吏，包括马底驿在内的几个湘西驿站设有马45匹，排夫75名，比长沙、衡州等中枢大驿还要多[26]。嘉庆二十四年，也就是公元1819年，一位35岁的年轻官员，也是沿着这条元代开通的官道前往云南主持乡试的。他6月29日从北京出发，7月30日抵达湖北荆州，那年夏天"热不可耐",长江突发大水,官道尽没,不得已改为舟行,8月5日到了常德,次日前往桃源,当地邑令建议他日夜兼程赶路,因为缅甸向朝廷进贡的大象也正由这条道路自西向东行进,前方的驿站恐怕不够住的,于是他当日赶了60公里路,宿在郑家驿。8月9日,他照旧凌晨4点多就出发,天刚亮时经过荔枝溪和马鞍铺之间的马鞍塘(大约就是我手机信号全无的那个路段),在此地遇到了缅甸贡象的队伍——这支浩浩荡荡的队伍一直到三天后甚至都还没全部通过沅陵,这般盛景之下,或许不会有人想到,帝国其实已经走到了衰败的边缘。当晚,年轻的官员投宿马底驿,在日记里写道:"驿在马鞍山之麓,故以命名。是日山路陡甚。"二十年后的1839年,这位名叫林则徐的官员因为虎门销烟而为世人所知。[27]次年,鸦片战争爆发。

如今马底驿正街充斥着国道上常见的丑陋建筑,而高速公路出口又带来大量车辆与灰尘,一辆加长的豫U大卡车经过时,感觉整条街道都被填满了,你生怕它转弯时失控像泥石流一样把小镇整个儿带走。不过,转到那些难看的建筑背后窄窄的老街上,一切就都安静了下来。这里至少还有两座木结构老宅,其中一家的房子有200多年了,前后三进,保留着完整的天井、马头墙,还有精美的雕花门窗,虽然门窗上蒙着油尘和蛛网。

"以前全部是老房子,都拆完了,这家明年也要拆了,要修新房子了。"一个村民告诉我。"都是私人的,也不可惜。政府部门不重视,靠老百姓自己保护不行,老百姓自己都要住新的,住舒服的。"他掏出手机给我看四五年前拍的照片,老屋,飞檐,吊脚阁,还有街中鹅卵石铺就的小路——那正是元朝初年所修通往云南的驿道的一部分,"以前全部是石头(路),

两三年前直接在石板路上打的水泥路"。

七百多年前的古驿道如今还保留了很短一小段,在老街另一栋老屋门口,老屋大门紧闭,门口堆着几块木板,窗外有一伸向街心的木柜台,想来当年是沿街经商的铺面,上面却挂着红底白字的警示:施工现场,闲人免进。我试着叩门,门开了,面前是一位穿着黑色毛呢夹克、头发花白的老人,老人姓万,他愿意让我这好奇的不速之客进去瞧一瞧。

一进门就是神龛,上面摆着万氏祖先之位,最上面是"崇德笃信"四个大字,神龛下面一张旧桌子,电饭煲,油盐酱醋酒码得整整齐齐,桌中间倒扣三个小酒杯。"我祖祖辈辈都在上面,这是个意思,晓得不?"老人说。

看到我对神龛感兴趣,他又说:"我还有家谱嘞!"说罢就去取,搬来一个四脚木龛,上有"万氏族谱"四个字,木龛年头久了,仍能看出一点红漆色。打开木龛,取出放在最上面的几本小人书(《真假美猴王》《萍踪侠影》《血疑》等等),就是厚厚几大本绢纸的族谱,封面标明了重印时间:光绪甲辰年岁,也就是公元1904年。

老人叫万新文,祖上从常德迁到沅陵,又从沅陵迁来马底驿,最早来到马底驿的先人叫万暹——老人给我翻到世系那一本,光绪年间流传下来的纸张已发黄发霉,还有水浸过的痕迹——万暹出生于康熙四十三年(1704年),活了47岁;万暹的长子万胜桢,雍正五年(1727年)生,嘉庆七年(1802年)去世,跨越漫长的乾隆年间,活了75岁。翻过来一页,万暹次子叫万胜祥,也活了62岁,万胜祥的长子叫万华,乾隆二十九年生(1764年),林则徐到访马底驿时,万华56岁,说不定还见过那位匆匆赶路的年轻官员呢。

迁到马底驿第11代，万家出了一位读书人：万新文的曾祖父（他管他叫老公公）万文灼，家谱形容他"才思敏捷，下笔千言"，不过，不知是科举失败还是其他原因，总之他成了一位代笔，"帮别人考秀才，考起一个人，三十石谷，就吃这个"。万新文告诉我，他听说曾祖父以前就光看书，"啥也不做，啥也不管"，万新文的祖父只有六岁时，万文灼就离开了马底驿，族人说他去云南还是贵州安家了，族谱上也只有万文灼的生年，没有卒年，"我现在还搞不清，我还想找到他"。

万新文的父亲叫万泽臻，民国九年（1920年）出生，这一年出生的人还有张爱玲、汪曾祺、唐德刚，湘黔滇旅行团里也有一位万泽臻的同龄人——清华大学电机系大二学生洪朝生，他是吴大昌最好的朋友，后来成了中科院院士，研究低温物理。回忆起三千里步行，洪朝生说自己在长沙时，缺乏勇气投身抗战前方，有些懊恼地只好决定随校迁滇继续学习。对于西南联大研究，他觉得应该"把话说透些"，比如说联大的人才培养，"解放后我们重用了西南联大培养出的一批科技人才，但却没有采纳其培养人才的经验。在文史学术方面情况就更糟了"[28]。

万泽臻读过几年私塾，晚年还写诗，但年轻时是个做木材生意的商人。从怡溪放排到沅水，下洞庭，上汉口，再沿长江而下到江苏，泰兴的老板说，你这个木头我全部都要，翻三倍的价钱，一下子就发了财。"人呀就是个运气，"万新文回忆父亲往事时说，"我们这儿有一句古话，人找钱是找不到的，人找钱是吃亏的，要钱找人，要它找起你（才行）。这就是个运气问题。"

钱拿到手时，万泽臻人还在江苏，拿了钱当天就要回湖南，一起做生意的人劝他不要急，玩两天再走，他不听，非走不可，"两麻布袋子的钱装起"。刚走半小时，三十几杆枪找过来了，点名要沅陵老板，就是万泽臻。沅陵老板坐船走了，追不上了，那些没走的人倒霉了，"吊起打，整死过去了"。那是1946年，万泽臻26岁，做生意发了财，从穷人变成了地主。回到马底驿，他怕地方上土匪抢，就留田留山，山上种杉木，"土匪能抢走一棵树，抢不走一座山呀。留了三十几座青山，今年斩这座，明年斩那座，三十几年后又长起来了"。这是万泽臻对未来生活的设想。三年后，解放了，万家成了"剥削阶级"，抄家，没收，这些事情万新文不愿意多说，"像我们这种，家庭出身不好，现在党的政策相当好，我又何必讲些什么呢？"

我试着检索万家人的名字，无论是地方志还是民国报章，都没有留下他们的只言片语，他们不是重要的人，也许经历过些惊心动魄的事儿，可是那个年代的人谁没经历过点什么呢，大江大海大概也就这样了吧。在一个媒体采风团留下的文字里，万新文是在别人口中出现的："沅陵同行告诉我们，老人曾当过民办老师，写得一手好字，可惜中年丧妻，老年丧子，如今靠政府的五保户补助生活，但老人坚韧、乐观，最难得的是有颗感恩的心，看书是他最大的爱好，为邻里写春联、能帮到别人是他最乐意做的事。"

万新文1941年出生，今年77岁，已经是万家在马底驿的第14代了。三十多岁时他的妻子去世，1990年，女儿得白喉死了，1991年，在水电八局开车的儿子翻车死了，"一个90年，一个91年，只隔了七个月零三天"。大概因为太久了，他说起这些事情已经看不出任何情感波澜。我吸了口气，问他族谱以后如何打算，他说要传下去，"这个东西不是我这会儿才有的"，但现在"暂时我还是保存起，博物馆也不需要这个"，以后，"想找一个姓万的家族，有文化的，又负责的，（帮我）保管，这是几百年的家伙！"

他天天读书读杂志读报纸，做了好几本读书笔记，密密麻麻的，念给我听："人也只有摆脱了外界的奴役，自己主宰自己，才能永葆心灵的愉悦……"念完这段又给我念下一句，"你看陆游的这句对联也写得相当好，白发无情侵老境，青灯有味似儿时"，是他从《特别文摘》里抄的。他家里有许多报纸，都是附近学校里党员订阅的，没人看，都给他拿回来了，"我连报纸都是党报党刊。"他很得意。我问他，"学校里那些人都不学习啊？""学个卵！"他偷偷笑。

乡政府请他写过地方志，他也给我翻出来了，旧信纸上的原稿也是密密麻麻："马底驿……自古就是滇黔古驿道的一部分，延续至今，在当时，古驿道上来往的商贾络绎不绝，因此马底驿也成为远近闻名的经济中心……纵观老街，屋舍俨然，错落有致，整齐排列，解放前的繁华景象现差不多已消失殆尽，原来各家各户的商肆铺店尚有极少陈迹存在，街道用鹅卵石镶嵌而成，图案古朴，巴掌般大的鹅卵石呈人字形嵌列，三四米宽，约200米长……道旁，一色的前商后住两层旧房，多为木结构，两旁的屋子紧紧挨着，上家的西壁就是下家的东壁……楼宇间建有土质隔火墙，以防失火祸及邻家，墙体顶覆青瓦，青砖白壁，飞檐翘角，犹存古风。"印出来时，"解放前的繁华景象现差不多已消失殆尽，原来各家各户的商肆铺店尚有极少陈迹存在"这一句被删了。

老人自己做过一首诗，他念给我听，又逐字逐句解释：

"'生途坎壈人世里',坎壈就是困顿,因为我出身剥削家庭哪,1950年开始,'宿昔蹉跎岁月中',宿昔就是很早以前,家庭出身不好,把时间浪费了。'古稀老去无多日',我现在七十七啦,'惟望清静过几年'。'当今党政恤孤寡',把我们养起的!'炼体伴书修心身',锻炼一下身体,以书为伴。'适当运动促健康,书笔并举益智神',我有时写一下字,利于自己脑壳。'世间万事都增价',现在捡烂货的、做小工的、卖小菜的都是钱,都挣得到钱,是不咯?'老来文章难值钱',你现在年纪大了搞不到啦,不是不值钱,是难值钱,你真正那个还是值钱!'大幸老遇新时代,没齿不忘党深恩',我现在是享党的福,我的诗就叫老遇新时代,党恩福终身,哈哈。"老人读到"世间万事都增价,老来文章难值钱"时,我听到自己的嗓子一下子哑了。

在马底驿,旅行团团长黄师岳的脚板也起了水泡,他托人雇了一老一小两个轿夫,又叫上了林振述,跟着区里派来的领路人离开大路抄小径。把后的轿夫,面色黄肿,眼窝深凹;前头的轿夫则是个粗眉大眼、充满精力的小伙子。

"官长,这里直下白屋坪,整整少走一泡里路脚!"年青轿夫的提议被接受了。

"哪样是'一泡里路脚'?"团长问。

"一泡里路嘛一泡里路,一泡里路嘛十里路!"他从肩膀两边一边伸出五个手指头,脚下跨过一堆牛屎,便紧接着,"天上鹞子飞。"

"地下牛屎堆!"黄肿的脸机械地被挤出答话。

"'天上鹞子飞'是什么意思?"

"那是报路嘛。你不报，后头晓不得怎样走啥！'左边一个缺'！"

"升官把印接！"

……

"卜！卜！卜！"清晰的青山冈方面枪口对我们发了三发的步枪。团长杌陧着，但故作镇定地落轿来："林队员站住！"

我们站住了。山头松林里三只黑色的影子里更换着位置。领路的爬上一个小土丘，摘下头顶毡帽往空中高高地扔了三下，接三下。山上朝天开了一发枪。

"走！朋友们问路条，有我们没有事！"领路的说。

团长步行。轿夫加快步伐疾走着。走到快近白屋坪的平洋大路，大家才停下休息。

"他们蛮横得很！"领路的到现在才悄悄地说实话，"前几天出事就在那点。昨天区上接到公事说你们要经过，派关系人去接洽，他们答应了，说诸位是大学里的先生，他们倒很体贴讲情面！"

"吞到喉头的饭不能不下咽。那一路人，还不是迫出来的！"年青轿夫同情地说。

领路人显出不豫的颜色："诸位官长一路顺风，不远送了！"从团长手里接过五元赏钱，他从来路回头走了，又连再地回转头，对年青轿夫扫射强霸的眼球。

等到下山和大部队会合后，两个轿夫才说起官府压迫的情形：什么都得纳捐，连他们这种卖肩力的小买卖也得捐。"水有源头树有根，先生们前生修得好——坐轿命！"年老轿夫说，"我们是生骨大头菜，没别的，就是种坏！"[29]

午后整个旅行团都走小路，爬山头，白云在头顶飞舞，路过一个叫南岳庙的小村，小学里老先生还在教四书[30]。盘山而上到了马连洞，山深林密[31]，凉风从巨大的古榕根须间穿过来，学生们纷纷解开腰带，想要在这里好好休息一下，年轻轿夫却神色不安地催促大家赶路，到高处再休息。团长审视一下这山沟，命令大家继续赶路。山路又陡又窄，有时要靠粗粗的树藤当渡绳，三百多人摩肩接踵，默默攀爬，腐叶的气味很重。到了最高处，年轻轿夫才指着沟底说，"瞧那片白白的"，在那荫凉的榕树下，有一堆绿林朋友留下的白骨。[32]

当晚旅行团宿在距沅陵县城20里的凉水井，居停主人姓周，宅院大得足够住下三百多师生，据说是周佛海故居。因为山路崎岖，运送行李的汽车晚上10点才到，周宅距公路还有两里路[33]，夜色茫茫，因为担心惊动当地土匪，团部禁用手电[34]，学生们从车上往住处搬运铺盖，在田野中摸黑前进，雨后路滑，田埂太窄，扑通扑通滑下去好几个人，包括杨式德，好在没有受伤。这是怎样的一天啊，"满身大汗……咬紧牙关，拼出残余的一点精力，终于走到了目的地，打开被包，倒头便睡"[35]。

注释

1. 余道南日记.
2. 陈志雄:《湘黔滇旅行记》,《旅行杂志》1938年11月刊。
3. 大公报:《湘黔公路通车:沿线视察记》1936年6月10日。
4. 《交通人物:周凤九》,《世界交通月刊》,1947年第2期。
5. 凤凰周刊:《"十万分之一"的科学元勋——周光召》,2002年第15期。
6. 《红军长征在怀化》,北京:中共党史资料出版社,1987年1月。
7. 张必禄:《红二、六军团长征过沅陵》,中共沅陵县委党史资料征集研究办公室编,《辰州烽火》,第135页。
8. 石玉湘:《为红军北上抗日"送行"》,《辰州烽火》,第203页。
9. 张必禄:《红二、六军团长征过沅陵》,《辰州烽火》,第135页。
10. 《红军在官庄》,《辰州烽火》,第189页。
11. (美)易社强:《战争与革命中的西南联大》,第62页。
12. 丁则良:《湘黔滇徒步旅行的回忆》,《丁则良文集》,北京:清华大学出版社,2009年11月,第406页。
13. 余道南日记。
14. 钱能欣:《西南三千五百里》。
15. 林蒲:《湘西行10、11》,《大公报》香港版1940年5月9日、5月10日。
16. 杨式德日记。
17. 长诚:《抗战中的西南(七)》,《大公报》汉口版1938年4月6日。
18. 刘重来、邹鸣鸣:《三千五百里采风记——记著名心理学家刘兆吉》,张寄谦编,《中国教育史上的一次创举——西南联合大学湘黔滇旅行团记实》,第198页。
19. 长诚:《抗战中的西南(七)》,《大公报》汉口版1938年4月6日。
20. 林蒲:《湘西行11》,《大公报》香港版1940年5月10日。
21. 《洋票与绑匪:外国人眼中的民国社会》,上海:上海古籍出版社,1998年12月,第402页。
22. 林蒲:《湘西行11》,《大公报》香港版1940年5月10日。
23. 长诚:《抗战中的西南(七)》,《大公报》汉口版1938年4月6日。
24. 高小文:《行年二十步行三千》,张寄谦编《中国教育史上的一次创举——西南联合大学湘黔滇旅行团记实》,第233页。
25. 杨慎:《滇程记》,明万历三十三年。
26. 尹红群:《湖南传统商路》,长沙:湖南师范大学出版社,2010年12月。
27. 林则徐:《己卯日记》,《林则徐全集·第9册·日记卷》,福州:海峡文艺出版社,2002年1月,第88页。
28. 洪朝生来信,张寄谦编:《中国教育史上的一次创举——西南联合大学湘黔滇旅行团记实》,第303页。
29. 林蒲:《湘西行12、13》,《大公报》香港版1940年5月11日、5月13日。

30　杨式德日记。

31　钱能欣:《西南三千五百里》。

32　林蒲:《湘西行14》,《大公报》香港版1940年5月14日。

33　余道南日记。

34　吴征镒《"长征"日记——由长沙到昆明》,张寄谦编,《中国教育史上的一次创举——西南联合大学湘黔滇旅行团记实》,第343页。(以下简称吴征镒日记)

35　余道南日记、杨式德日记。

第十七章

沅陵：故都在雪里

木炭车与酒精车—青山大道—放蛊与赶尸—沅水像是风暴里的海峡—来到了女儿国—沈从文请闻一多吃狗肉—文艺和理想只是偶然的遭遇—保靖的皮蛋龙山的大头菜安江的柚子家作的卤鸡—疑心翠翠就在这里——一场席卷南中国的暴风雪—事非经过不知容易—怀念带你上景山

看完族谱和老街，告别了"老来文章难值钱"的万家主人，沿河边回到马底驿正街，已是下午2点多，白花花的太阳烤得地面蒸腾起来，随便在一家小店吃了碗不过不失的排骨粉，就去马底驿车站询问去沅陵的班车。车站是一栋贴着白瓷砖的三层建筑，里头板报上写着，"马底驿车站历史悠久，民国时就是加木炭停靠站"——1937年京滇公路周览团中就有一辆木炭车和一辆植物油代柴油车跟随队伍走完全程，不知抵达沅陵前是否在此补充燃料？抗战爆发后，汽油短缺，许多汽车"油改炭"，当年《文汇报》总主笔徐铸成在回忆录里写过，"当时，一般公路车用木炭作燃料，独邮车用酒精，行驶有定时，亦卖票搭客，取费较昂"[1]。

马底驿车站每天都有发往上海、深圳、温州和晋江的长途班车，看来是一个劳务输出重镇。开往沅陵的中巴50分钟一趟，里程40公里，票价15元。向角落里打牌的司机打听，得知全程走高速，居然有点失望。接近下午3点，上了车，阳光很烈，车厢闷热，迟缓了半天才想起可以开窗，风吹了进来，不知道为什么那一瞬间有罪恶感，好像不应享受这一丝清凉似的。中巴在镇上兜了一圈，又折返回来，从前面的入口上了杭瑞高速。

这一段高速应该叫青山大道——目之所及只有青山，暮春时分，各种绿色，尤其爆炸式的新绿，非常耀眼。偶尔在较高路段才能看到远处高高低低的村庄，沿着高高低低的国道一字排开。第一个隧道恰叫青山岗隧道，当年林振述和团长的小分队与绿林朋友交换信号，得以放行的地方。中巴车开得挺快，车里的警报系统一直在提醒，"您已接近超速，请减速慢行！"

我晒着太阳闻着飘进车窗的槐花香昏昏欲睡。高速公路不停钻洞，把最好的风景一一省略，也只好睡觉了。一觉醒来已下高速，马上到沅陵了。这个湘西重镇的郊外有非常宽阔而萧条的马路，路边广告牌高高立着汪涵的头像："上网本该如此。"

到酒店办好入住，稍微歇息一下，去快递点取行李，在乡野里徒步若干天，回到城市里只觉得丰盛，蛋糕店丰盛，卤味店丰盛，水果店那简直了，杨梅和橘子个个色泽诱人，一点儿都不饿却想大吃一顿。野樱桃也上市了，25元一斤，满街都是扁担挑着的小摊，我尝了一颗，软塌塌的，甜和酸都不到位，"这是野的吗？"随口问了一句，那位大姐立刻不高兴了，她深吸了口气，好像在消化我的冒犯，然后反问："那不是野的是啥呢！那不是野的是啥呢！"往前没走几步，看到两位算命老先生在辰州大道人寿保险门口（真是位置绝佳）和两个警察激烈地争吵，我听不太懂，好像是说这里不能摆摊，但算命先生不愿意撤，总之两位老先生的音量和气势（我听到他们还引用了国家主席的什么话）压倒了警察，最后警察摇摇头，撤了。继续往前走，一个穿着斑马纹衣服的微胖女子推着小车，上面写着装修楼房漏水几个字，但主要是卖老鼠药，小车上的喇叭循环播放狠话："不怕你老鼠多，就怕你没有老鼠，老鼠闻到死光光。老鼠吃到死光光，老鼠就死在旁边。老鼠死得快。老鼠死得多，老鼠走过当场死。1分零6秒，120都救不了。"一直走到路口，她继续直行，我穿过斑马线，拐进另一条街，迎面走来一个年轻壮汉，牵着只猴子找沿街商铺挨个讨钱，理直气壮的样子，铺主们也见怪不怪，摆摆手把他赶走——这一连串的画面和声音让我感到奇妙，我知道它们在激起我的某种刻板印象，我需要和它保持距离，于是试着把它们一锅烩地进行某种转化，心里默念了一句：壮哉我大湘西！

八十年前沈从文也遇到过类似刻板印象——更不加掩饰的那种，途经沅陵、前往西南大后方的经济学者高叔康在《中央日报》文艺副刊的一篇文章声称湘西"匪就是民，民就是匪"[2]，在这类舆论的刺激下，沈从文专门写了一本名为《湘西》的小书，向外地读者介绍自己的家乡，他在引子里写道：

> 战事一延长，不知不觉间增加了许多人地理知识。……有些地方，或因为敌我两军用炮火血肉争夺，或因为个人需从那里过身，都必然重新加以注意。例如丰台、台儿庄、富阳、嘉善、南京或长沙，这里或那里，我

们好像全部都十分熟习。……所以当前一个北方人,一个长江下游人,一个广东人(假定他是读书的),从不到过湖南,如今拟由长沙,经湘西,过贵州,入云南,人到长沙前后,自然从一般记载和传说,对湘西有如下几种片断印象或想象:

一、湘西是个苗区,同时又是个匪区。妇人多会放蛊,男子特别欢喜杀人。

二、公路极坏,地极险,人极蛮……

三、……有人会"赶尸"。若眼福好,必有机会见到一群死尸在公路上行走,汽车近身时,还知道避让路旁,完全同活人一样!

四、地方文化水准极低,土地极贫瘠,人民蛮悍而又十分愚蠢。

这种想法似乎十分可笑,可是有许多人就那么心怀不安与好奇经过湘西。经过后一定还有人相信传说,不大相信眼睛。这从许多过路人和新闻记者的游记或通信就可看出。[3]

湘西原本有一个封闭自足的政治经济环境,1934年,贺龙率领的红军占据桑植、大庸一带,并一度包围沅陵城,在红军和它的"追剿"者的双重冲击下,陈渠珍地方自治政权走向了崩解。湘西纳入国家"统一化"的进程,标志便是湘黔公路的修筑,但与此同时,几千名长期服务于陈渠珍的湘西士兵被遣散回家,政府又未为这帮人安排生计,许多人就此沦为土匪,时任省主席何键及其派驻湘西的军官对当地也缺乏同情,1935年,湘西陷入混乱[4],局面在1937年龙云飞领导的苗民起义时达到高潮——值得一提的是,是时恰逢京滇周览团离湘赴黔,《大公报》在"京滇周览团已入黔境"的大标题下又加了一个不无讽刺的小标题:"何键昨亲送至晃县 湘西苗民发生暴动"[5]。湘西乱局令何键被迫下台,由更忠于南京的张治中取而代之——就是反对迁校,痛骂临大学生"过着不生不死的生活"的那位。到任以后,张反思之前"清剿收编"只是治标,清明政治才是匪患的治本之策,决定设沅陵行署,请陈渠珍出山,因为,"治理一个……信仰与感情非常发达的地区,首先是一个人的问题……是一个诚意的问题"[6]。

从旅行团宿营的凉水井到沅陵只有20里,风雨第二天并未止息,旅行团冒雨出发,上午11时抵达沅陵汽车站。车站在沅水南岸,沅水风浪很大,小划子在江心飘荡,四周山色阴暗,这让钱能欣觉得像是身处暴风雨中的海峡[7]。余道南注意到码头上成群的中青年妇女用背篓从船上车上驮运各种货物,"即如三四百斤重的盐包抬起来也健步如飞……"询问客栈主人,说是当地一般妇女多从事体力劳动,在家也不穿红戴绿,"无论城乡凡男人们能干的活她们也都能干,即使是重劳力如码头搬运她们也能把男工们逐渐排挤出去。至于一般男人们,有的衣冠楚楚,终日无所事事,有的则在家烧饭、带孩子"[8]。

"一切事几乎都由女子来办,如《镜花缘》一书上的女儿国现象了。"沈从文在《湘西》里如是形容。他还由此针对时局发了几句议论,"女权运动者在中国二十年来的运动,到如今在社会上露面时,还是得用'夫人'名义来号召,并不以为可羞。而且大家都集中在大都市,过着一种腐败生活。比较起这种女劳动者把流汗和吃饭打成一片的情形,不由得我们不对这种人充满尊敬与同情"。那么,本地男子都去了哪里呢?

"男子大部分都当兵去了。因兵役法的缺陷，和执行兵役法的中间层保甲制度人选不完善，逃避兵役的也多，这些壮丁抛下他的耕牛，向山中走，就去当匪。匪多的原因，外来官吏苛索实为主因。"⁹

这一周轮到杨式德值周，主要工作是负责采购第二大队的食品和用品，大部队从凉水井步行出发后，他和北大中文系大二学生王鸿图登上行李车先行，不一会儿就到了沅陵。安排好住处，下午1点，又和清华化学系大四学生陈四箴一起过沅水，到县城里买本队的食材。寒风夹着雨点吹着江水，浪有二尺高，他们坐的小划子在江中左右摇荡，这让他感到非常不安。沅陵的食材不贵，米一斗五角六分，猪肉一元四斤，牛肉和鱼肉都是一斤二角¹⁰。考虑到中午"打尖"吃的多是随身携带的干粮和咸菜（有时也有煮鸡蛋），每天的晚餐就成了大家补充体力的主餐，旅行团每人每日伙食费原本是2角，黄钰生将其提高到4角，南开化学系大二学生、后来成为中科院院士的申泮文回忆说，旅行团行军路线经过的多为贫困地区，"但至少无论大小地方，总会有养猪的，旅行团有钱，就可以买到猪肉，让团员每晚都能吃到猪肉和下水（内脏）。旅行团伙食班煮的红烧肉最享盛名，色香味俱佳，参加过旅行团的人大概都终身难忘……"¹¹

沅陵大雪，舟渡（杨嘉实提供）

旅行团抵达沅陵第二天,天气更坏了,雨水变成冰粒,砸得屋顶砰砰直响,余道南住在一间还未竣工的客栈小楼里,一早被这响声惊醒,气温很低,他只能穿上学校发的棉大衣御寒[12]。钱能欣住的小旅舍也好不了多少,冰粒夹着雪花从瓦缝间落进屋里,他和同学生了火,围坐着取暖闲谈,忽然听到了庄严抑扬的合唱声,"旗正飘飘,马正啸啸……"原来临近房间住着国立艺专的学生。国立艺专由西迁的杭州艺专和北平艺专合并而成,"自从故都和西子湖,我们的两个南北大艺术城沦陷后,北平艺专和杭州艺专从火线下挣扎了出来,敌人摧残了我们的艺术城,破坏了我们的象牙塔,可是毁灭不了我们的三千年来的文化种子"。他在当天日记里写道,"我们抗战的第一个收获,便是我们的文化种子散播各地,本来无人问津的穷乡僻壤,山谷乡村,今日却遍地是春了"[13]。

这一天是1938年3月7日,沈从文设宴款待旅行团的老友,地点在他的大哥沈云麓新盖的,唤作"芸庐"的新房里。雪大天寒,众人用毯子围住双腿,以酒暖身,"老友相会在穷乡僻壤,自有一番热闹"。四十多年后,沈从文回忆起这次聚会时说:"我请一多吃狗肉,他高兴得不得了,直呼:'好吃!好吃!'"[14]

沈从文是1月中旬回到湘西的。1937年8月12日,淞沪会战爆发前夜,他和部分北大清华教授接到教育部密令离开北平,南下南京,"于三天后,挤上了一条英国客船向武汉集中。我既买不到票,更挤不上船,亏得南开大学林同济先生,不顾一切,勉强推我上了跳板"[15]。9月4日,到达武汉,同行的高校人员转车去长沙,组织临时大学,沈从文和几个朋友暂留武昌,借武汉大学图书馆继续他与杨振声在北平的中小学语文教科书编写工作，后来加入他们的还有萧乾，后者原本在天津《大公报》编文艺副刊，战事起后被报社遣散失业，经香港辗转流浪到武汉，被杨振声收留，以临时雇员身份加入编写组，每月50元零用钱，由杨振声自掏腰包。萧乾后来在《逃难记》里回忆说，从平津沦陷区里来的知识分子陆续汇聚到武汉，"汉口的交通路就宛如北京的金鱼胡同，不时地会碰上熟人。对许多知识分子，那时的武汉成为一个大十字路口。有的从这里去了延安，有的在这里加入了国民党"[16]。

10月中旬，沈从文去了一趟长沙，与朱自清、杨振声商谈编写教科书的事，拜会曾经的"湘西王"、时任水利委员的老上司陈渠珍，当然，少不了也要和人在长沙的老友梁思成夫妇、张奚若、金岳霖相聚，同登"天心阁"[17]。在这之前，林徽因曾经写信告诉沈从文他们一家南下及在长沙生活的情形，"我是女人，当然立刻变成纯净的'糟糠'的典型，租到两间屋子烹调，课子，洗衣，铺床，每日如在走马灯中过去。中间来几次空袭警报，生活也就饱满到万分……文艺，理想，都像在北海五龙亭看虹那么样，是过去中一种偶然的遭遇，现实只有一堆矛盾的现实抓在手里"[18]。

10月29日，沈从文从长沙给人在沅陵的大哥沈云麓写信，请大哥在沅陵接待梁思成一家。"梁思成林徽因二先生带了孩子、老太太，不久也许从沅陵向上行，到昆明作事。他们作的是古代建筑研究调查，听我说辰州龙兴寺值得一看，所以如其可能，他们或者会来沅陵住十天半月。"他让大哥设法托关系让他们好好看看龙兴寺这座大庙，又询问家中房子是不是空着，"我相信他们若住在我们的房子大楼上，看看你种的花，吃吃你作的拿手好菜（只是辣子得少放些），住十天或半个月，上路一定好得多"。第二天回了武昌,11月1日又去信大哥,请他帮梁思成夫妇询问,"由沅陵上昆明坐长途车要多少钱,多少日子,如果买的票是由长沙到昆明的,又是否可以在沅陵停一两天再上车?务望你询问一下,快信见告"。同时还给大哥汇去20元,事无巨细地嘱咐:"请为购廿斤猪肉作暴腌肉,切成条熏,熏得越快越好。作好后,就将肉一半付邮,寄至长沙韭菜园圣经学校交梁思成、杨今甫同收。余留下他们过路时带走。若思成等过路太匆忙,不能住,就望为购二三元溆浦大开刀橘,送他们解渴。另外还预备点可以在路上吃的菜,譬如保靖的皮蛋,龙山的大头菜,安江的柚子,家作的卤鸡。"[19]

沈从文在长沙时,这里虽有过警报,但并未发生真正的空袭,1937年11月24日的空袭改变了这座城市的一切,梁思成林徽因租的房子在这次空袭中变成一堆瓦砾,此前林徽因给沈从文写信时还提及在长沙过冬的可能性,也许是空袭迫使他们下定了西去昆明的决心,12月8日早晨,梁林一家乘坐汽车沿湘黔公路出发,第二天中午到了沅陵,林徽因在那里给沈从文写信:

> 昨晚里住在官庄的。沿途景物又秀丽又雄壮时就使我们想到你二哥对这些苍翠的天,排布的深浅山头,碧绿的水和其间稍稍带点天真的人为的点缀,如何的亲切爱好,感到一种愉快。天气是好到不能更好,我说如果不是在这战期中时时心里负着一种悲伤哀愁的话,这旅行真是不知几世修来。
>
> 昨晚有人说或许这带有匪,倒弄得我们心有点慌慌的,但在小旅店里灯火荧荧如豆,外边微风撼树,不由

得不有一种特别情绪,其实我们很平安的到达很安静的地带。

今天来到沅陵,风景愈来愈妙,有时颇疑心有翠翠这种的人物在![20]

这是"匪区"印象之外的另一个湘西:富有诗意的边地。它由沈从文在1930年代的一系列书写——尤其是《边城》与《湘行散记》——建构而成,哪怕时至今日,只需比较一下"湘西"与"鄂西""黔西"或者"川西"在文化内涵上的差别,你就能体会文学在塑造风景中的力量。旅行团中不乏沈从文的忠实读者,北大外文系大四学生林振述就是其中一位。他1912年出生于福建,中小学念书时爱好新文艺,被沈从文"笔端所带的感情吸引","图书馆借得到的,书局买得到的,无不尽量借,尽量买,直到无可再借,无钱再买了,还是把已买的书看了又看。大约因为自己来自农村,让沈先生在其作品中所表达的那份浓郁的乡土气息熏陶同化了。所以他的作品有形无形中对我起了镜子的作用,因为有它,才正确地了解自己"。后来在西南联大,林振述成了沈从文的学生,也是昆明文林街20号沈从文家的常客,"什么事,和沈先生谈起来,真像一句老话所说,如沐春风,只要具有生机的,莫不有欣欣向荣的机会"[21]。

沅陵迎接梁林一家的是"不能再好"的天气,迎接湘黔滇旅行团的则是长达一周的暴雨雪,3月8日中午,杨式德与同学及厨役一同过江买菜,一路全是积雪,清澈的沅江被冲进河里的泥土染了黄色。想到过桃源的时候天气还很热,他很是费解。

这一次初春的寒潮很可能席卷了整个南中国，同一时间，英国作家奥登与衣修伍德坐火车从广州北上，去报道发生在中国的战争——对他们来说，武汉如同一年前的马德里一样，是抵御法西斯势力、保卫自由世界的理想堡垒。两人3月7日抵达汉口，当他们蹒跚着走出车站时，发现迎接他们的是一场暴风雪，"通往渡口的人行道和铺石台阶结了冰，走着溜滑溜滑的……扬子江翻滚的浊浪与狂风暴雪竞相肆虐，我们仿佛已来到了真正的世界末日之境"[22]。而同样人在汉口的战地摄影师罗伯特·卡帕则用镜头记录下了这场突如其来的大降温：也是3月7日，无忧无虑的孩子们在临时首都一片空地上打起了雪仗。[23]

杨式德和同学买了六斗米，米店雇了一位老妇人背过河去，老人说她61岁了，杨式德问她背得动不，她说能背，"但是看她的步子有些笨重，路又滑。我实在不忍让她作这种劳苦的工作，但又想到她是贫穷的，一角钱的劳力费也许对她的帮助不小……正想着，一个三十岁上下的男子走来了，叫了声妈，替她背到宿营地了"。

余道南约了同学去游银壶山和伏波宫，下午，忽然天黑如墨，豆大的冰雹倾泻而下，他们只好匆匆回到住处。晚饭时，杨式德拿出白天在城里买的松花蛋，和着酱油吃，觉得味道很好，饭后去校医处注射预防霍乱伤寒的第三针疫苗，同学们纷纷传说从沅江溯水而上的运行李民船被土匪劫去了，因为从常德走水路到沅陵通常八天可到，今天已经是第九天。杨式德很担心，因为清华大学中文系助教李嘉言先生也在船上，而且他自己的箱子里还有帮同学带的材料力学教材。

闻一多在沅陵给父母修书一封，报告离开常德后的情形：

"每日六时起床（实则无床可起），时天未甚亮，草草盥漱，即进早餐，在不能下咽之状况下必须吞干饭两碗，因在晚七时晚餐时间前，终日无饭吃，仅中途约正午前后打尖一次而已……六日来惟今日至沅陵有旅馆可住，前五日皆在农舍地上铺稻草过宿，往往与鸡鸭犬豕同堂而卧"，好在头几日的疲乏过后，步行渐成习惯，"以男等体力，在平时实不堪想象，然而竟能完成，今而后乃知'事非经过不知易'矣"[24]。在沅陵的雪夜，刘兆吉和在旅行团中结识的诗友、北大中文系大二学生向长清一同拜访了闻一多，向他提出了到达昆明后请他指导组织诗社的想法——这便是西南联大著名的南湖诗社的缘起。闻一多说，这些年他"改行"教了古书，不做新诗了，又说他与新诗并未绝缘，有时读读青年人写的诗，觉得比自己的旧作《红烛》《死水》还要好。天气很冷，闻一多用被子盖着膝盖，对年轻人侃侃而谈，刘兆吉做了详细的笔记，可惜日记本在"文革"中被抄走了。[25]

7日这一天，余道南曾听说贵阳有多辆运货车来沅陵，旅行团计划搭乘其放空的车辆入黔，团部已去电与贵州当局商量，到了9日，贵阳来车一事又没了消息。这天早晨大雪纷纷，10点多才微露日光，下午两三点，天又阴了。坐在江边的楼上，远眺对岸的山峰，余道南有点心焦，到底什么时候才能成行呢？他想起杜甫的诗句，"千家山郭静朝晖，日日江楼坐翠微"，只是沅陵满布松杉的青翠山峰在雪后已是银针素叶，一片琉璃世界，"祖国何处没有美丽富饶的河山，回顾我们虽然数千里徒步跋涉，总算还有个求学机会，这样一想，又觉得羁旅颓丧之气全都消除了"[26]。

雪后的群山让林振述想起的是沦陷的北平：

"雪盖沅陵,雪盖伏波宫。天低垂着,天沉重地压着山,压着水。水从奇峰峭壁中拔出,流过回互的溪涧,流过江,摇撼如叶的帆船……

银壶山上伏波宫,那短墙垣围着的三级楼,上升,上升,'聚观海岳',迎面打入眼来的对岸万千人家,打入记忆里的,那层层高上的雪瓦,不是古城宫阙?穷千里目,怀念带你上景山,雪枝下,那该是北海圆顶的白塔了。大漠风吹冻一池托船水,那弯弯的船坞呀,留着昨夜游人兴阑的倦姿……笔直红色宫墙,挥界御河……"

就像他说的,"故都在雪里"[27]。

注释

1 《民国记事 徐铸成回忆录》,南宁:广西人民出版社,2015年6月。
2 重庆:《中央日报》,西行杂记,1938年9月25日—10月30日。
3 沈从文:《湘西》引子,《沈从文全集·第11卷·散文》,太原:北岳文艺出版社,2002年,第333页。
4 金介甫:《沈从文笔下的中国社会与文化》,上海:华东师范大学出版社,1994年7月。
5 《大公报》天津版1937年4月20日。
6 《张治中回忆录》,北京:华文出版社,2007年2月,第95—96页。
7 钱能欣:《西南三千五百里》。
8 余道南日记。
9 沈从文:《湘西》引子,《沈从文全集·第11卷·散文》,第333页。
10 杨式德日记。
11 申泮文:《长沙临时大学湘黔滇旅行团的故事》,《联大岁月与边疆人文》,天津:南开大学出版社,2004年12月,第197页。
12 余道南日记。
13 钱能欣:《西南三千五百里》。
14 闻黎明、侯菊坤:《闻一多年谱长编·上》(修订版),上海:上海交通大学出版

	社，2014年12月，第462页。
15	沈从文：《湘行散记》序，《沈从文全集·第16卷·文论》，第387页。
16	萧乾：《逃难记》，《萧乾文集·5·散文卷》，杭州：浙江文艺出版社，1998年，第253页。
17	转引自张新颖：《沈从文的前半生》，上海：上海三联书店，2018年2月。
18	林徽因1937年10月致沈从文信，《林徽因书信集》，南昌：江西人民出版社，2016年，第32、33页。
19	致沈云麓，《沈从文全集·第18卷·书信1927—1948》，第257、259页。
20	林徽因1937年12月9日致沈从文信，《林徽因书信集》，南昌：江西人民出版社，2016年，第38页。
21	林蒲：《沈从文先生散记》，《我所认识的沈从文》，长沙：岳麓书社，1986年7月，第169页。
22	（英）奥登、衣修伍德：《战地行纪》，上海：上海译文出版社，2012年11月。
23	《珍藏卡帕：罗伯特·卡帕终极收藏》，北京：中国摄影出版社，2011年6月。
24	致父母亲，《闻一多全集》第12卷《书信·日记·附录》，第322页。
25	刘兆吉：《南湖诗社始末》，《刘兆吉诗文选》，重庆：西南师范大学出版社，2003年4月，第62页。
26	余道南日记。
27	林蒲：《湘西行15》，《大公报》香港版1940年5月15日。

第十八章
沅陵：这里黄昏实在令人心地柔弱

他叫大先生—政治学中可有"打人"一科—中共欢迎十个作家去延安—我没有故乡—这样的大雪也只有吃酒了—战争让一切文学名词失去意义—人和船都去了一层皮—组织村民游泳比赛的张学良—眼前佛国—当官觉得不长久—笋子蕨菜全都上市

  一个外来人，在那山城中石板作成的一道长街上，会为一个矮小，瘦弱，眼睛又不明，听觉又不聪，走路时匆匆忙忙，说话时结结巴巴，那么一个平常人引起好奇心。说不定他那时正在大街头为人排难解纷，说不定他的行为正需要旁人排难解纷！他那样子就古怪，神气也古怪。一切象个乡下人，象个官能为嗜好与毒物所毁坏，心灵又十分平凡的人。可是应当找机会去同他熟一点，谈谈天。应当想办法更熟一点，跟他向家里走（他的家在一个山上。那房子是沅陵住户地位最好，花木最多的）……他需要的不是同情……他需要人信托，因为他那种古典的做人的态度，值得信托。同时他的性情充满了一种天真的爱好……他的视觉同听觉都毁坏了，心和脑可极健全。……他的名字叫作"大先生",或"大大",一个古怪到家的称呼。商人、妓女、屠户、教会中的牧师和医生,都这样称呼他。到沅陵去的人,应当认识认识这位大先生。[1]

这是沈从文在《湘西》中描绘的一位"大先生"——他的大哥沈云麓。沈从文不但把他写进了纪实作品,还把他写进了短篇小说《芸庐纪事》[2]——大先生每天满街走动,沅陵无人不识,但也会突然消失,这时人们便知道,他离开本地,到另一个什么码头忙去了。无非是上行或下行。由沅水往上,回四百里外的老家凤凰县,参加亲友婚丧典礼,回来必带些土特产;由沅水往下,从常德玩到长沙,兴致好一路下到上海,甚至去北平,带回来的东西就更多了,"北平的蜜饯,烟台的苹果,广东的荔枝干,做酒席用的海味作料,牛奶粉,番茄酱,糊墙的法国金彩花纸,沙发上的锦缎垫褥,以及一些图书杂志……一切作为竟似乎完全出于同一动机,即天真烂漫的童心,要接近自己的人为之惊奇,在惊奇中得到一点快乐,大先生也就非常快乐,忘了车舟的劳苦和金钱花费"[3]。

所有旅行中,大先生最得意的一次,是1932年从上海跑到了青岛,见到了自己正在青岛大学教书的那个作家弟弟,看到了青岛漂亮的西式别墅,"回转到家里时,却从一大堆记忆印象中摸掏出一个楼房的印象来。三个月后就自己打样,自己监工,且小部分还是自己动手调灰垒石,在原有小楼房旁边空地上,造成了座半中半西的楼房"[4]。——这便是"芸庐"的由来了。

在沅陵时,林徽因和梁思成带着再冰和从诫两个孩子去芸庐拜访沈云麓,芸庐在小山上,"非常别致有雅趣",她当天给沈从文写信,"原来你一家子都是敏感的有精致爱好的"。

沈云麓人极热情,"待我们太好,我们真欢喜极了……有半天工夫在那楼上廊子上坐着谈天,而我真感到有无限亲切。沅陵的风景,沅陵的城市,同沅陵的人物,在我们心里是一片很完整的记忆,我愿意再回到沅陵一次,无论什么时候,最好当然是打完仗!"[5]

1938年的沅陵沐浴在战时繁荣之中,"各种各式的商店都有主顾陆续进出,各种货物都堆积如山,从河下帆船运载新来的货物,还不断的在起卸。事事都表示这个地方因受战事刺激,人口向内迁徙,物资流动,需要增加后,货物的吸收和分散,都完全在一种不可形容匆忙中进行……"新任省主席张治中推行的民众训练也伸展到了这里,不单是一般男子,"和尚、尼姑、道士以及普通人家的妇女",也要遵照省令,开始集训,连本土的娼妓也不例外,穿着蓝布衣服整队做救护集训,颇引来一些看热闹的人。[6]

在小说中,满街乱转的大先生卷入了一场纷争:北方来的大学生和本地商贩发生了冲突,他去拉架,讽刺青年学生不该打人,"你们学政治,政治学中可有'打人'一科?什么人教?张奚若?钱端升?"学生又气又恼,连他也要打,手里带的一本小书马上就要朝他头上砸去,好在一位军官出现,扣住了那书,好言相劝,化解了冲突。还书给学生时,军官瞅了一眼那书的灰布封面,印着四个银字:湘行散记——当然是沈从文虚构出来的情节,但却也是他1938年1月回到沅陵后真真切切感受到的张力。

南京沦陷后不久,教科书编写工作暂停,1937年12月下旬,沈从文离开武昌,又一次来到长沙。还在武昌时就有熟人相告,中共方面欢迎十个作家去延安,可得写作上一切便利,

"我是其中之一,此外有巴金、茅盾、曹禺、老舍、萧乾等等。所以十二月过长沙时,一个大雪天,就和曹禺等特意过当时八路军特派员办事处,拜访徐特立老先生,问问情形。徐老先生明白告我们,'能去的当然欢迎,若有固定工作或别的原因去不了的,就留下做点后方团结工作,也很重要'"[7]。

"风向什么方向吹?实需要一种抉择。"1949年3月,面对即将到来的新社会,沈从文这样回顾当初的选择:"当时本有两条路可走,西南或西北。出于过去生命所积蓄,所积聚,形成的愿望和能力,能向西北农村走,对我自然是一个大转机。因为多少年以来,即有一种看法,他人出国留学,我倒想看看东北和西北土地人事,从寥廓、朴素、简单、荒寒、陌生背景中,可以体验出更多不同的变化和生长。手中一支笔,也正好为一些新的课题而重用。西南都市我比较熟习,实在学不了什么。上海南京武汉都住过,早已感觉厌倦。且深深明白都市人事不易适应,为改造自己也唯有向陌生处一方走。但在习惯上和家中人生活关系上,我终于随同北方师友,向西南跑了。"[8]

和沈从文一起去沅陵,并同住芸庐的还有萧乾等人。"沈云六(麓)大哥的家宅是坐落半山的一幢杏黄色小楼。"这是萧乾的回忆,"我们这位主人非常近视,又十分风趣。战争年月,一下子接待十口子逃难者,那份慷慨豪爽实在令人难忘"。萧乾在沅陵也吃了狗肉,这还间接导致他生平唯一一次醉酒,"那也是我第一遭吃狗肉。几杯之后,我同桌上的一位青年辩论起来。一个说吃的是狗肉,另一个说是'犬'肉。辩得十分认真,以至双方都面红耳赤"[9]。

离乡十多年,再次回到湘西长住,此时的沈从文"已近于一个受欢迎的远客",所以,"说话多些也无什么忌讳",又赶上沅陵行署成立，负责人正是他的老上司陈渠珍，"我哥哥因此把这些同乡文武大老，都请到家中，让我谈谈从南京、武昌和长沙听来的种种。谈了约两小时，结论就是：'家乡人责任重大艰巨，务必要识大体，顾大局，尽全力支持这个有关国家存亡的战事，内部绝对不宜再乱。还得尽可能想方设法使得这个大后方及早安定下来，把外来公私机关、工厂和流离失所的难民，分别安排到各县合适地方去。所有较好较大建筑，如成千上万庙宇和祠堂，都应当为他们开放，借此才可望把外来人心目中的'匪区'印象除去。还能团结所有湘西十三县的社会贤达和知识分子，共同努力把地方搞好……'"[10]

这是有着本地人与外地人双重身份的沈从文思考的大问题，在"长沙临时大学、中央军校向川滇迁移过境……政治学校、商学院、艺专、湖南大学，以及三十余公私中学，及无数国家机关单位陆续向上疏散"的时刻，如何处理"情绪隔离状态发生的问题"，如何将"家乡人的自尊自信心，和外来者的同情与理解，能作成一种新的调和或混合"[11]。这也是一个在路上再造故乡的问题，1938年新年到来之际，上海、南京、杭州等大城市已纷纷沦陷，中国丢掉了东部大片国土，1月刊的《旅行杂志》发起了一次"我的故乡"征文，一位祖籍蓝田、出生于长安的作者宣布"我没有故乡"，在一片感时伤怀的氛围中显得颇为不同："战争能改变地界，也能改变血族。战争把原有的秩序打破了，让人们之间产生一种新的联系。人不要抱着死守故乡的观念，人能充实自己，即使离开故乡也能保住故乡，人没有进步，即使死守着故乡，故乡也保不住了！我希望故乡的人去游览他乡，我希望他乡的人来把故乡领赏。"[12]

"抗战建国"并非只是国民政府的纲领，也是许多知识分子的热望——民国成立之初的热情已经消退,后五四一代的青年被悲观主义和愤世嫉俗笼罩,这时候战争来了,它是一场灾难,但或许也是一揽子解决所有问题、让中国获得新生的契机,由此,不仅要靠前方,也要靠后方发动民众,街头话剧、漫画、战时文学、大众报纸蓬勃发展——研究战时文化的学者洪长泰认为,抗战改变了中国大众文化的根本属性,它不再是大城市商业主义的产物,而是变成了针对广大农村的宣传工具,而等到抗战结束后,国统区大众文化取得的进展为中共所用,让他们在宣传上率先赢得了内战。[13]

3月10日,天气很冷,沅陵街头很多从乡村背木炭来卖的男女。杨式德和清华化学系大三同学张一中、北大中文系大二同学王鸿图到临江的小楼上吃酒,要了冬酒半斤,一个炒鸡子,二角,一个春笋炒香干,一角,慢慢地喝着。杨式德在当天日记中写道:

"从前读郁达夫的书,见他们常常在酒楼上吃酒,总以为是无聊的事,不期我们今日也正在作着这种事情呵!"

我向他们笑了。

"这样的大雪,也只有吃酒了。"鸿图说。

晚饭后,在房里坐着,鸿图带了一个黄色大柚子来,口味很甜。唐云寿同学是湖南人,他说这是洪江柚子……一边吃,一边谈,谈到哲学问题,他两个对哲学都有兴趣。我是门外汉,不过大家有同感就是:中华民族现在缺乏一种灵魂Soul,一种生气Vitality,这需要一种伟大的哲学把他建立起来的,好像马克思他们的哲学对于苏联一样,建立这样的哲学是当今中国哲学家最有意义的任务。[14]

这是杨式德日记中我印象最深的场景之一。部分原因是,那个年代的学理工的年轻人也愿意思考这种哲学问题。你自然可以说这是近代以来"体用之辩"的延续,可以说是因为抗日救亡的大背景,甚至可以说1930年代左翼思潮本来就在全世界风起云涌——比较起来,"当代"简直琐碎得一地鸡毛,可是,不要说1930年代,哪怕和二十年前相比,我们对一个更好的世界的乡愁还剩多少?或者,我们还有想象那个世界的能力吗?和许多人一样,杨式德从长沙出发起就每天记日记,不同之处在于,这本日记得以保存至今。那是一个横格硬皮本,六寸宽七八寸长,深紫色,封面和封底都没有字,在1976年1月杨式德去世后,和他许多本其他时期的日记、从美国带回来的英文书、后来添置的俄文书,以及他保留下来的联大校徽、学生证、同学们互赠的小照片等等,一起沉睡在他的书柜里。他从未对子女们说过湘黔滇旅行团,他的儿子杨嘉实只记得父亲隐约提过年轻时走过很长的路,提起西南联大的次数也屈指可数,多半是说起某个故人时,"第一次听到西南联大时很奇怪,哟我爸怎么还在这么一个学校待过?这是一个什么学校?"

父亲去世不到一年后"文革"结束,下乡的知识青年杨嘉实得以回到北京,并于1977年考上了清华大学力学系,他是在翻找父亲留下的参考书时发现这本日记的,"有个手写的标题,湘黔滇旅行日记,我看了几页,当时也没人当回事"。1986年他中断在清华读博选择出国,再回来已经是1998年,这一年西南联大校友会举行60周年校庆,向海内外校友征集资料,杨嘉实在美国给姐姐打电话,说有这本日记,让她去找找,"找不找得到我都没把握,但是很幸运都还在"。

后来杨嘉实把这本日记的原件捐给了清华大学，又把父亲的其他日记带到了美国。湘黔滇旅行日记他读过很多次，读到父亲与同学在沅陵下雪天吃酒时非常惊讶，"因为他一生是烟酒不沾的，非常自律，没想到他年轻时还喝酒"。但主要的感慨还是，父亲比自己同龄时成熟多了，"一个是战乱，比较早熟，再一个，以前受到的教育也比较系统。像我们10岁以后基本上就是'文革'了，什么东西都没读过没学过，传统文化这一块有很大欠缺，你看北大校长读错字，就是和我同一辈的人，很正常，有很多盲区"。

湘黔滇旅行团的许多人都试图在路上理解中国。刘兆吉沿途采集的一些民谣令他感到不适，比如这首，"斯文滔滔讨人厌，庄稼粗汉爱死人。郎是庄稼老粗汉，不是白脸假斯文"，又比如这首，"要想老婆快杀敌，东京姑娘更美丽；装扮起来如仙女，人人看见心喜悦。同胞快穿武装衣，各执刀枪杀前锋。努力杀到东京去，抢个回来做夫人"。他对指导老师闻一多说，原始啊野蛮啊，结果被闻一多批了一通，说他还是孔夫子那一套。刘兆吉不服气，当天行军结束后，看见几个同学在喝茶，就凑过去抱怨：今天真是触了霉头了，被闻胡子给臭骂一顿。那几个同学没人接话，他奇怪了，往黑漆漆的屋里面定睛一看，发现闻一多端端正正地坐在里头，把他给吓坏了，赶紧道歉，说自己说错话了。闻一多回他：你刚刚说错了什么？我没听见啊，你再说一遍？

这个故事刘兆吉后来当笑话给儿子刘重来讲过好多次，笑归笑，他也提起，后来在《西南采风录》的序言里，闻一多对他的不服气给了正式回应："你说这是原始，是野蛮。对了，如今我们需要的正是它。我们文明得太久了，如今人家逼得我们没有路走，我们该拿出人性中最后最神圣的一张牌来，让我们那在人性的幽暗角落里蛰伏了数千年的兽性跳出来反噬他一口。"[15]

在"尚武"这一点上，沈从文和闻一多两位老友多少有点殊途同归。"一些由行武出身的军人，常识且异常丰富；个人的浪漫情绪与历史的宗教情绪结合为一，便成游侠者精神，领导得人，就可成为卫国守土的模范军人。"这是沈从文在《湘西》里的说法。"对军事冒险他则抱有一种比较肯定的态度。"《沈从文传》的作者金介甫解读说，"也许现实中的湘西城镇亦是如此。人们在边远地区平定暴乱，在荒山野岭开荒务农中建起了自己的生活。因此，在古堡垒废墟中的当地苗疆本身，具有一种太平的，甚至田园牧歌式的气质。尚武主义在边镇环境中有其自己的目标……这就是沈从文视野中的怀旧情绪。这种情绪在1938年变得尤为强烈。'世外桃源'甚至可以在尚武主义中找到。"[16]而在现实生活中，沈从文把这种怀旧的希望投射在自己三弟沈荃身上。

沈荃毕业于黄埔军校，曾参加北伐战争，在朱德的第三军教导团当排长。抗战爆发后任128师382旅746团团长，1937年11月率部投入浙江嘉善阻击战，与杭州湾登陆的日军血战七昼夜，128师全是湘西子弟，牺牲超过四分之三，746团1500名官兵更只剩120余人，沈荃负伤，回家乡休养[17]。

林徽因梁思成拜访沈云麓时，沈荃已回到沅陵，就住在芸庐，他的伤已愈合，可以拄拐杖走路了，后来住进芸庐的萧乾也见过沈荃，形容他是位"英俊潇洒、谈吐文雅的军人"[18]。沈从文以三弟为原型创作了短篇小说《动静》，而《动静》可以看作《芸庐纪事》的续集——故事正开始于年轻团长在"芸庐"

安静的养伤日子。在沈从文笔下,这位从前线下来的年轻男子,"身材虽十分壮美,脸色却白白的,显得血色不足,两只手搁在短短的皮大衣口袋中,完全如一大少爷",这"大少爷"正嘱咐那养马人,每天应给马两个鸡蛋吃,这句话被旁边走过的两个参加救亡运动的初中生听到了,不免嗤之以鼻,他们原本就对这栋房子的布置和主人的从容生活不满,认为这是"资产阶级的房子",住着一个"废物"官僚——毕竟他们已经读了许多救亡小册子,以为从小册子里取得了对战争的一切理解,"自己业已觉悟,所以要领导群众,教育群众,重造历史"。

团长静静地休养了两个多月,无意中被一个医生透露了消息,原来他是从东线负伤下来的军人!屋子的清静被打破了,每天都有三五个学生来慰问、拜访,或者请他签名,请他演讲,"怀了一种崇敬之念和好奇心,乐于认识这个民族英雄",听他说说前线打仗的故事,或者提一些与战争有关的问题,请他答复。那两个曾经对他嗤之以鼻的学生也带着愧悔之情来过了。

医生要军官说说对于这些年轻人的意见,军官就说:"小朋友都很可爱。生气勃勃,又有志气……我听他们说,实在不想再读书了,要从军去。我劝他们要从军先去受正式军校训练,都不去,倒想将来参加游击战。照读书人说法,这是浪漫情绪的扩张。能做诗的人,不能作一个很好的下级军官。这种年龄一定是这么打算……"

……

一个学生和一个军人,对于战争的认识,当然不会一致。从不离开学校的青年学生,很容易把"战争"二字看成一个极其抽象的名词。这名词包含了美丽同恐怖、荣誉或悲壮,血与泪,爱与毒,百事综合组成一章动人伟大的诗歌。至于一个身经百战的军人呢,战争不过一种"事实"而已,完全是一种十分困难而又极其简单的事实。面对这种事实时,只是"生"和"死",别无他事可言。……一个军人对于战争的态度,就是服从命令,保卫土地。无退却命令,炮火虽猛,必依然守定防线不动。死亡临头,沉默死去,腐烂完事。受伤来不及救济,自己又无力爬回后方,也还是躺在湿湿的泥土凹坑中,让血液从伤口流尽,沉默死去,腐烂完事。若幸而脱出,或受伤退下,伤愈后别无他事可作,还要再作准备,继续上前,直到战争结束或自己生命被战争所结束时为止。在生和死的边际上,虽有无数动人的壮烈惨痛场面,可是一切文学名词完全失去其意义,英雄主义更不能生根。凡使后方年轻人感动的记载,在前方就决不会有谁感动。大家所知道的只有一件事,忍受。为国家前途,忍受。为个人出路,忍受。[19]

等到学生们把好奇心稍稍失去后,对这个年轻军人的看法又一次发生了变化,主要是觉得他是个十分单纯的家伙,除了战争,谈什么都不大懂,并且他居然认为青年学生热心想参加游击战是浪漫情绪的表现,这太伤害人的自尊心了。于是慢慢地,大家就抛下了这个"民族英雄",继续忙自己的宣传,山上的房子又恢复了安静。

不久,养好伤的军人又要上前线了,学生们商量着开个送行大会,但省里电报催得急,团长带领补充进来的将士提前动身了。在河滩上他们遇到了两个学生,得知军队提前开拔的消息,两人愣住了,商量一阵,一个回学校去通知其他同学,另一个去党部报告,走到一半,看时间来不及了,到杂货铺买了两挂鞭炮,跑回河边,大船已经拔了锚,很快就离岸转头了。

  忽然几只船上士兵唱起歌来了,说话声音便听不分明了。学生感动而兴奋,把两手拿着鞭爆,高高举起,一人在那空旷河滩上,一面跑一面尖声喊,"中国万岁,武装同志万岁!"忽然发现前面一点修船处有一堆火,忙奔跑过去把鞭爆点燃,再沿河追去。鞭爆毕毕剥剥响了一阵。又零落响了几声,便完事了。船上兵士们也齐声呐喊了几声。

  橹歌起了,几只船浮在平潭水面,都转了头,在橹歌吆喝中乘流而下,向下水税关边去了。年青学生独自在河滩上看看四周,一切似乎很安静。竖立在河边大码头的大幅抗战宣传画,正有三个船夫,在画下一面吸旱烟,一面欣赏画意。吊脚楼边有只花狗,追逐一只白母鸡,狗身后又有个包布套头的妇人,手持竹篙想打狗。河边几个担水的,还是照样把裤管卷得高高的,沉默的挑水进城……

  那学生心里想,"这不成!这不成!"一种悲壮和静穆情绪揉合在心中,眼中已充满了热泪,忘了用手去拭它。[20]

这当然是小说,可是里头的情感却是真切的,1943年,沈从文在《大公报》的一篇文章里回顾了真实的送别:"一个阴云沉沉的下午,当我眼看到几只帆船顺流而下,我那兄弟和一群小军官站在船头默默的向我挥手时,我独自在河滩上,不知不觉眼睛已被热泪浸湿。因为四年前一点杞忧,无不陆续成为事实,四年前一点梦想,又差不多全在这一群军官行为上得到证明。一面是受过去所束缚的事实,在在令人痛苦,一面却是某种向上理想,好好移植到年青生命中,似乎还能发芽生根……"[21]

我在沅陵的第二天,早晨起了很浓的白雾,这雾驻在沅水河谷里,不入市区半步,把对岸送去了另一个世界。雾散已近9点,我步行经过沅水大桥,江水绿中带黄,质地浓郁,像是加了过多奶沫的咖啡,水流得也极缓,完全没法想象当年旅行团坐在小划子里,顶着两米高风浪飘摇过江的情形。桥那头是沅水南岸的凤凰山,沈从文在为外地人所写的《湘西》里说,虽然赶尸啊、辰州符啊之类的传说不可靠,但在好奇心失望后,可从自然风物的秀美上得到补偿。从沅水南岸看北岸县城,"房屋接瓦连椽,较高处露出雉堞,沿山围绕,丛树点缀其间,风光入眼,实不俗气",而由北岸望南岸,"河边小山间,竹园、树木、庙宇、高塔、民居,仿佛各个都位置在最适当处。山后较远处群峰罗列,如屏如障,烟云变幻,颜色积翠堆蓝"。[22]

南岸仿佛变化不大,凤凰山郁郁葱葱,庙宇飞檐犹在,只是山顶多了一些电线塔。沿"少帅石板路"而上——1938年10月起,张学良在此度过了幽禁的14个月——我又看到一些插着竹子的坟头,询问一位大叔,他说这是本地几百年的传统了,寓意后代兴旺发达。站在山腰上看北岸的沅陵县城,和沈从文当年的描述已无任何关联:山头消失了,接瓦连椽的不俗气的房屋也没有了,只是一大片半新不老的难看建筑。大叔告诉我,1990年代中期下游的五强溪水电站开始蓄水后,沅陵老城就整个被淹了(我想起刚刚在城里看到一家"移民餐馆"),现在看到的新县城,是把以前的山头都削平建设起来的。他说以前的沅水只有现在的一半宽,水相当清,"站在上面可以见底",也相当急,"要不是修这个水库,从这上面一直到五强溪。好多险滩,相当危险的"。

1938年下半年,湘黔滇旅行团离开沅陵仅仅数月,武汉战事吃紧,大批人财物从汉口、长沙经洞庭湖往沅陵疏散,《扫荡报》记者程晓华回到岳阳老家,带上一家老小雇船先撤往洞庭湖西岸,又沿沅江前往常德,在常德,他们找不到继续上行的船只——从常德至沅陵的江段满布险滩,只适合在湖区和内河航行的"下河船"必须在常德换成"上河船",但疏散的人太多了,从常德到沅陵的船都是满载,常沅公路也是军运忙碌,轮不到他们。找船几天一无所获后,他们只能出高价求船老大冒险继续上行,船老大因为自己的家人也急于上行避难,最后勉强答应,条件是一旦遇到危险就放弃。等他们逆流而上出发后,才发现沅水上一片白帆,不少长沙甚至汉口来的下河船都在冒险往上走——平日里,连这种想法都不应该有的。[23]

接近山顶,对着不但没有险滩、且几乎静止的沅江,我稍微表达了两句站着说话不腰疼的遗憾,大叔不置可否,只是说,沅陵是国家级贫困县,"交通不行,没有通火车嘛,就是一条高速"。是啊,几百年来沅陵都是湖南交通重镇,可驿运和水运的时代过去了,甚至国道的时代也过去了。

山顶是凤凰寺,当年张学良就住在寺内送子殿,如今这里被辟为少帅纪念馆,一张幽禁行程图画出了张学良在西安事变后的"旅行":西安—南京—浙江奉化—安徽黄山—江西萍乡—湖南郴州—湖南沅陵—贵州修文—贵阳—贵州开阳—贵州桐梓—重庆—台湾新竹。到沅陵后，当时的县长为张学良建了一座天桥，从卧室可以直通望江楼，方便他观看龙舟。除了龙舟与风景，当时集结于沅陵码头，准备顺流而下往前线抗日的船只想必也历历在目吧，不过，张学良到沅陵时，武汉行将沦陷，他看到更多的应该是从下游疏散上来的大批民众。其中就有程晓华一家。离开岳阳一个多月以后，他们终于在一个傍晚抵达了沅陵，船是到了沅陵，但用船老大的话说，"人去一层皮，船去一层皮"。这条下河船，船头被石矶碰裂开了缝，船底有四五个冒水处，竹篙撑断了四五根，布帆被扯得七零八落，人呢，凡是曾经撑篙或下水参与拉纤的人，没有一个不是一身伤痕。[24]

张学良到沅陵次月，湖南省政府也迁来了沅陵，随之而来的还有湖南广播电台、《抗战日报》和雅礼中学等大批学校。雅礼中学初中部有一位学生叫厉以宁，他在沅陵前后工作生活了七年，直到1951年夏天坐船去长沙参加高考，被北京大学经济系录取[25]。整个抗战期间，沅陵是内迁的重要中转站，也是湖南的"大后方"。1942年到1945年间，穆旦的堂弟查良镛也曾两次在附近一个农场生活，第一次是为准备联考，他考上了西南联大，因为没有路费学费，只能放弃，上了免学费的中央政治学校；第二次是他从中央政治学校退学后，回到湘西的农场里种油桐、读书、翻译，谋划着战争结束后自己的前途。这里的汉人苗人无一不会唱歌，冬天的夜里，他与他们围着从地里挖出来的大树根烤火，一面从火堆里捡起烤熟的红薯吃，一面听他们你歌我和地唱着，再用铅笔一首首记录下来。湘西给他的印象如此之深，以致后来在他创作的武侠小说里，无数次出现与湘西有关的地名或者情节，《射雕英雄传》里一灯大师、瑛姑隐居的地方在湘西,郭靖、黄蓉"过常德、经桃源、下沅陵",一路寻找的铁掌山也在湘西,而《连城诀》里的狄云干脆就是沅陵南郊的麻溪铺乡下人,他说,"我的小说中……最好的男主角是很忠厚、老实、朴素,受了委屈也不怪人家,武功不是很好,对人很体贴的狄云"[26]。

张学良在凤凰山的行动还算自由,虽然走到哪里都有便衣随行。他经常打网球,也常下到江边钓鱼,有一次被国立艺专的学生发现了,有人写信给亲友,把张学良将军在沅陵的消息当作新闻来传播,结果这些信件都被邮检所查获[27]。夏天时张学良还会下河游泳,用汽车内胎做救生圈,他甚至还组织过山脚下村民的游泳比赛——派人买回许多大西瓜,埋在河沙里凉起来,比赛那天,发给参加竞赛的人吃[28]。这位被软禁的将军惦记着抗战前线,但他被允许做的事情太有限了,于是便有了那首《自我遗憾作》,如今还留在送子殿的墙壁上,连同他用过的桌椅和睡过的枣色木床:"万里碧空孤影远,故人行程路漫漫。少年鬓发渐渐老,唯有春风今又还。"

下午我去了沅陵县史志办,收获有限,工作人员说,档案局的楼被推掉重建后,原始资料就被打包封存起来了,他们去年也想做一个项目,回顾沅陵在抗战期间作为湖南省临时省会的历史,因为查不了资料没做成。不过即使能查原始档案,他们现在也没时间做,都在忙着扶贫攻坚呢,这是所有政府部门此刻的核心工作——史志办也不例外——后来一路往西,我发现沿途所有县市都不例外,某县一位史志办工作人员非常认真地告诉我,大家都得下乡,而且得待够时间,"来办公室上班是要被通报批评的!"

出县政府大院是下午4点,太阳还是很大,晃得人有点眩不开眼。政府门口的小广场上有树荫和一头铜铸"孺子牛",一群五六十岁的男人聚在这里,两人对弈象棋,六人围观,自动分成两方,吃了对方好子时拍手齐声欢呼,用唱的:"大海航行靠舵手,万物生长靠太阳!"

县政府大院位于一个面向沅江的斜坡上,往下有一片因为地势原因没有被淹的老房子,空气中飘浮着农家肥的气味,一条四脚蛇机警地溜进了小径旁边的菜地。我辗转许久,终于在最下头几乎临近江边的地方找到了《抗战日报》旧址——1938年11月该报由长沙迁来沅陵,廖沫沙和周立波分任正副总编辑,携家眷分住左右厢房,同时还在屋前又租了一栋房子开设"新路"有声影院,门票收入作为报社积累费用[29]。黄仁宇没有来沅陵,他留在长沙,其后考入成都的中央陆军军官学校,即黄埔军校第十六期,并在战后去了美国,"不论我父亲是否喜欢,我必须接受下列事实:世界已经进入一个新时代,选择的自由比血缘关系更为重要"[30]。

《抗战日报》旧址现在的房主是一位77岁的老太太,我进屋时她正在屋后的菜地里摘萝卜苗,他们一家是水库移民,1990年代买下这栋房子,当时花了万把块钱。前几年翻修房子,把糊在正屋墙壁上面的老报纸一层层剥下来,没想到是当年的《抗战日报》,引发一时轰动,还上了新闻,但房屋也由此成了文物,不能加盖楼层——老太太说到这里一肚子怨气,她有三个儿子一个女儿,一层楼早就住不下了。

离老太太家不远就是始建于唐贞观年间的龙兴讲寺——当年林徽因梁思成研究古建筑想要拜访的大庙。梁林没有留下他们参观的记录,而旅行团的学生前来拜访时,有老和尚洗手焚香,从积尘的经阁上取下"千佛袈裟",告诉他们:"年代古老了，灵异咧！是唐朝李太后亲手绣的。"[31] 八十年过去了，那块董其昌题写的"眼前佛国"匾额还在，只是佛国已无佛像，听工作人员讲——她也是听老人说的——"文革"初期"破四旧"，铜制佛像被拿去炼了钢铁，陶制佛像由于里头有信众供奉的茶叶，传说可以治病，被红卫兵打破哄抢。这个细节让我觉得有点荒诞：一个"迷信的无神论者"究竟是什么样的形象呢？

从龙兴讲寺出来，沿江边公路往市中心方向走，右手边水面以下是从前的老街，现在是绵延颇长的"五强溪国家湿地公园"，这是沅水变成库区后形成的，有时候你不能不反过来佩服大自然适应人类的能力。接近龙舟广场时我看到了白墙青瓦的两栋老屋，路边石碑介绍说是四十七军军部旧址，"1950年1月，中国人民解放军第四十七军奉命挺进湘西剿匪，军部设于旧址内"。一位老人在屋前劈柴，准备烧火煮饭，他是这两栋老屋的看护人，就住在二楼，"楼上舒服，楼下不舒服"，水位上涨后，原本位于山腰高处的老屋一下子到了河边的低处，"四道八处的水都往这儿流，湿气太重！"

他跟我讲起了老屋的历史，1949年以前，这房子对面是县党部，房子的主人家里有钱，"有两个老婆，这是帮二房修的，里面是他晒东西做糕点生意的地方，他是土财主啊，老一辈人说他们家有金碗金筷金杯"，但土财主家里没有当官的，"觉得不长久"，就在县党部买了个官，还搞起了电台……"（后来）房子没收了，充公了。有些老人就讲，四十七军在这里办过政治部，就是搞宣传咯，（介绍）说这里是军部，其实军部在下面"。后来财主家变成了法院，法院又给了总工会，老城被淹，他所在的装卸搬运公司没有房子，总工会就把这两栋房子给了他们，现在搬运公司也搬走了，留下他一个人看房子，拿退休工资，"一个月两千多，吃饭够了"。

老人听长辈说过沅陵城当年的繁华，"城门也有，城墙也有，还很雄伟，因为中央四大银行都到我们沅陵县，还有全国的逃难同胞都到我们这里，因为走不出去（不好疏散）把我们的城墙都拆掉了"，他问我去过龙兴讲寺没有，说里头（虎溪书院内的一个元墓陈列展）有个木乃伊是元朝人，"那个也不容易哎。元明清几个朝代了。这个人还保持完好。最不体面的就是，他们把他的衣服全部剥掉了"。

1949年春天，沈荃，那位两上前线抵抗日本人的军官，在上海目睹旧政权的衰亡，感到心灰意冷，不愿南下广州，而是携妻带子回到了家乡凤凰。在这之前的1946年、1947年左右，沈荃的表侄黄永玉去过一次南京，见到了在国防部工作的三表叔。虽然已是中将，但沈荃的生活过得很清苦，心情也沉重，"看样子气数尽了！完了！内战我当然不打。和你二表叔跟田君健合作写抗战史[32]也成为笑话，谈何容易？……看来要解甲归田了……"[33]

1949年8月，国民政府湖南省主席程潜通电和平起义，中国人民解放军随后进军湘西，陈渠珍也选择了和平起义，沈荃跟随老上司一道参加了起义，凤凰县于11月7日解放。五个月后，凤凰县人民政府正式成立，并设立凤凰常备队，沈荃任指挥员，这是一个没有实权的职务，常备队的主要任务是配合解放军四十七军一三九师四一七团，在凤凰县各地剿匪和轮流受训。不到一年，龙云飞父子的反叛引发了对起义人员的重新审查，1950年12月18日，凤凰常备队在一天之内被解放军包围缴械，同一时间，全国范围的"镇压反革命运动"开始。[34]

1951年2月9日，沈荃人在狱中写出数千字的《反省书》，"我以为我是进步军人，不入帮会"，在第四部分"我过去的罪恶"中，他写道，"……不过我带兵十多年，除了作战，从不杀人、抢人、强奸"。11月28日，沈荃被判处死刑[35]。1983年沈荃得到平反，被确定为起义人员，妻子罗兰被增补为县政协委员。

黄永玉还回忆了"大先生"沈云麓（也就是他的大表叔，他管他叫沈大满）后来的情形，"他做过许多可能自己也忘记了的好事。送一些年轻人到远远的'那边去'。那边有多远？去干些什么？他觉得'好'就成。那些年轻人都成了'老干部'了，也想起他。'他'这个人活得很抽象，睡觉，三餐饭，发点小脾气，提点文化上根本不必提的'建议'，算是个'县文物委员'。人要报答他也无从报答起，因为他什么都不需要"。

> 他没有孩子，也没有产业，"文化大革命"给年轻造反派提夹着在大街上狂跑，七十多八十的人了，居然没有死，还活了好些年。照样地吃大碗饭，照样地发脾气。拄了根拐杖上街，穿起风衣，还精神抖擞地翻起了衣领子……死了，没留下什么痕迹，外号叫做"沈瞎子"。[36]

芸庐主人走后，芸庐成了沅陵一中的教师宿舍，1990年代，因为修建一中宿舍楼，芸庐被拆掉了——当年也不是没有过争议，有人为此四处奔走，甚至一位县长也力主保存，但最终还是拆掉了。2015年，有记者找到一位1980年代在里面住过四年的语文老师赵儒贵,赵儒贵回忆,芸庐被拆前是一栋二层12间的米黄色小洋楼,四周砌着围墙,南面是院门,门上满身大圆钉,配有一双铁环。门外有块一丈见方的平台,边缘修有供人小憩的石凳,站在石凳上可以眺望沅江里的帆船。[37]

八十年前,沈从文曾经坐在这里给还在北平的张兆和写信,那是1938年4月3日,送走湘黔滇旅行团的老友将近一个月了,远处沅江春水微浊,大小木筏乘流而下。收音机里传来肖邦的曲子。

> 家中紫荆已开花。铁脚海棠已开花。笋子蕨菜全都上市,蒜苗也上市。河鱼上浮,渔船开始活动,吃鱼极便利。
>
> 院前老树吐芽,嫩绿而细碎。常有不知名雀鸟,成群结队来树上跳跳闹闹。雀鸟声音颜色都很美丽。小园角芭蕉树叶如一面新展开的旗子,明绿照眼。虽细雨连日,橘树中画眉鸟犹整日歌唱不休。杨柳叶已如人眉毛。全个调子够得上"清疏"两字。人不到南方,对于这两个字的意义不易明白。家中房子是土黄色,屋瓦是黑色,栏杆新近油漆成朱红色,在廊下望去,美秀少见。耳中只闻许多鸟雀声音,令人感动异常。黄鸟声尤其动人。[38]

随着大批教育机关向大后方撤退,编撰教科书办事处也决定迁往昆明,沈从文一行人计划4月13日由沅陵动身。4月12日他给张兆和又接连写了两封信。

小院子已绿成一片。老树也绿了，终日有八哥在树上叫，黄昏前尚叫个不止。居常天明以前落雨，白天不落雨。便在雨中，也有雀鸟叫……这时节你一定以为我们业已上路。殊不知还是坐在廊下听鸟声。

　　……我希望到八九月你们当真便可来这里住。小虎到这里来，必十分快乐，因为鸟雀之多，不可形容。小龙来时一定只想上城，屋后不远即可上城……在河边可看人打鱼。河边虽不如青岛海边好看，并且不如海边干净，可是船只极多，木筏也好……负柴担草妇人过渡时，尤其好看。半渡时两岸如画，四围是山，房子俨然全在山上。……走近北门时，高石墙如城，藤萝缭绕，上不少阶石才到大门，进门青翠扑人……在廊下看山，新绿照眼，无法形容。鸟声之多而巧，也无可形容。

　　……明天这时节，我一定住在一个小小旅馆里，地方比这里小得多，可是风景却美丽得多。住的地方是黔湘边境，说不定入夜即可听狼嗥，听豹子吼。

　　……这里黄昏实在令人心地柔弱。对河一带，半山一条白烟，太美丽了也就十分愁人……听到杜鹃叫了，第一次听它，似在隔河。声音悲得很。无怪乎古人说杜鹃悲啼，神话中有杜鹃泣血故事。几个北来朋友还是一生第一次听到它。声音单纯而反复，常在黄昏夜半啼，也怪。[39]

4月13日，沈从文起得很早，4点钟又开始给张兆和写信。天还没亮，在芸庐隐约可见一些山树的轮廓和一片白雾，不知谁家的丧事，敲打了一夜的锣鼓。他们计划5点半过江，还得叫城门，叫渡船，然后乘车沿着京滇公路一路往西，正式踏上前往昆明的旅程。

鸡叫得较促，夫役来了，过二十分钟我就在渡船边上了。小虎这时节也许已经醒了，你小房中灯已亮。小龙也许正在叫姆妈，翻了个身。这纸上应当有杜鹃声，鼓角声，鸡声，以及楼下大哥大嫂安排物什话语声。同时且应当有另外一种声音，宝贝。

吻两个孩子。[40]

注释

1　沈从文：《沅陵的人》，《湘西》，《沈从文全集·第11卷·散文》，太原：北岳文艺出版社，2002年。

2　"把你当个主角，将来必有许多人读来发笑"——沈从文1942年5月致沈云麓信，《沈从文全集·第18卷·书信1927—1948》，太原：北岳文艺出版社，2002年，第402页。

3　沈从文：《芸庐纪事》，《沈从文全集·第10卷·小说》，太原：北岳文艺出版社，2002年，第208页。

4　沈从文：《芸庐纪事》。

5　林徽因1937年12月9日致沈从文信，《林徽因书信集》，南昌：江西人民出版社，2016年，第38页。

6　沈从文：《芸庐纪事》。

7　沈从文：《湘行散记》序，《沈从文全集·第16卷·文论》，太原：北岳文艺出版社，2002年，第391页。

8　沈从文：《关于西南漆器及其他》，《沈从文全集·第27卷·集外文存》，太原：北岳文艺出版社，2002年，第28页。

9　萧乾：《逃难记》，《萧乾文集·5·散文卷》，杭州：浙江文艺出版社，1998年。

10　沈从文：《湘行散记》序，《沈从文全集·第16卷·文论》，第392页。

11　沈从文：《湖南的西北角》序言，《沈从文全集·第16卷·文论》，第355页。

12　阎重楼：《我没有故乡》，《旅行杂志》1938年1月刊。

13　Chang-tai Hung（洪长泰）：*War and popular culture*，University of California Press，1994年6月。

14　杨式德日记。

15　闻一多序，刘兆吉《西南采风录》，商务印书馆，1946年12月。

16　（美）金介甫：《沈从文笔下的中国社会与文化》，上海：华东师范大学出版社，1994年7月。

17　凌宇：《摘星人·沈从文传》，长沙：湖南文艺出版社，2018年5月，第356页。关于128师湘西子弟的描写，亦可参见沈从文《一个传奇的本事》，《沈从文全集·第12卷·散文》，第227页。

18　萧乾：《逃难记》，《萧乾文集·5·散文卷》，杭州：浙江文艺出版社，1998年。

19　沈从文：《动静》，《沈从文全集·第10卷·小说》，太原：北岳文艺出版社，2002年，第250页。

20　沈从文：《动静》。

21　沈从文：《长河题记》，《沈从文全集·第10卷·小说》，第6页。

22　沈从文：《沅陵的人》，《湘西》，《沈从文全集·第11卷·散文》，第353页。

23　程晓华：《常沅十八滩》，国防书店，1941年11月。

24　程晓华：《常沅十八滩》。

25　厉以宁代序：《我的湘西情》，何重义《湘西风景之旅》，北京：新世界出版社，2004年8月。

26　傅国涌：《金庸传》，北京：北京十月文艺出版社，2003年7月。

27　丁文第：《张学良离开永兴去沅陵》，《沅陵文史资料·第2辑·张学良在凤凰山》，1986年11月。

28　杨绍泉：《我忆张学良将军》，《沅陵文史资料·第2辑·张学良在凤凰山》，1986年11月。

29　周举仁：《在沅陵复刊的抗战日报》，《沅陵文史 第3辑》，1988年10月。

30　《黄河青山：黄仁宇回忆录》，北京：生活·读书·新知三联书店，2001年6月，第61页。

31　林蒲：《湘西行16》，《大公报》香港版1940年5月16日。

32　田君健，1906年出生，湖南凤凰人，省立第二师范毕业，抗战期间曾任第77师副师长，参与第三次长沙会战、长衡会战等，1945年升师长，1947年在山东死于国共内战。参见《湖南历代人名词典》，长沙：湖南出版社，1993年12月，第498页。

33　黄永玉：《这些忧郁的碎屑》，北京：生活·读书·新知三联书店，2003年9月，第56页。

34　李辉：《破碎的将军梦——记沈从文和弟弟沈荃》，《纸上苍凉》，上海：复旦大学出版社，2010年8月，第65页。

35　李辉：《破碎的将军梦——记沈从文和弟弟沈荃》。

36　黄永玉：《这些忧郁的碎屑》，第62、63页。

37　《在风景优美的地方相遇沈从文大哥 倍感亲切》，《潇湘晨报》2015年7月4日。

38 致张兆和,《沈从文全集·第18卷·书信1927—1948》,第300页。
39 致张兆和,《沈从文全集·第18卷·书信1927—1948》,第303页。
40 致张兆和,《沈从文全集·第18卷·书信1927—1948》,第310页。

第十九章
沅陵—芷江：几个烧红的故事

迟到的小分队—死里逃生—要什么样的奇迹才能遇上—不放辣椒的面我们不卖—亲妈饭店—在湘西小城感受流量年代—每次空袭后都要枪毙汉奸—找些无愧于心的工作—作为传奇的空中谒陵—飞行员夹克成了时髦—那些好人都去了哪里

雪困沅陵整整一周后，旅行团才等到押运行李走水路的小分队[1]，小分队同伴说，快到沅陵时，遇到几个挑行李的船夫，说是前面十余里有土匪，抢了他们的船，叫他们各拿各的行李走路。学生们命令小分队的船夫赶紧往回开，找一条交叉的支流躲避，谁知船夫认为"盗亦有道"——大约是觉得土匪不会抢这群丘九的东西——坚持要往前继续赶路，自己也好多做些生意。最后学生们允诺加倍给付船钱，才开到一处岔口隐避起来，一躲就是三天，既无消息，又缺粮食，只得冒险前进，好在那股土匪已经转向桃源山中去了。[2]

可能是希望追回因雪耽搁的日程，也可能是担心沿途遇匪想快速通过，团部决定由沅陵乘汽车前往湘黔交界的晃县。经与地方公路局磋商，沅陵车站拨给旅行团8辆卡车，条件是提前付款[3]。从3月12日起，旅行团分批次乘车开拔。

因为烤火过多，林振述在沅陵生了病，喉咙肿痛，浑身无力，一位自称"敌病将军天下刘半仙"的本地郎中，一边攻击西医，一边给他开了几粒"祖传"药丸，他没敢吃。第二天早早出发，他想着在车上吹吹雪风没准会好一点，没想到人多车少，"二三十个人货包似的塞满每个向天开敞的车厢的空，你伸手撞到别人的嘴巴，别人翘脚碰到你的肚子"，雪天路滑，卡车每上一个小坡都要喘粗气，冒黑烟，快到中途的辰溪县时他看到路上不少拿着枪的行人，模样像是打猎的，有人说了句，"这一带地面不大干净"，又引起他还在疼痛的大脑关于土匪的联想。[4]

比湘黔滇旅行团晚走大半年的国立艺专，就是从沅陵乘车前往晃县途中遇匪的。"车由高山直驰而下，道旁见荷短枪者二人，向我们的车子望望，他们相互的笑着，大家都不以为意，"一位学生记载当时的情形，"车忽转弯过了一桥，见路旁一小河，有百数十余人在喧嚷争吵，欢笑鼓舞。李（朴园）先生还说：'你们看这里许多人多热闹！'语尚未了，听见枪声数起，勒令停车。瞬时大家都把头埋向车厢内，连呼吸都不敢大声……我偷偷向车前河边窥看，见匪数十持枪渡河而来；约十分钟后，车前来了三匪，皆短小装束，黑布缠头，腰缠子弹袋，双手持枪，向我们车前冲来，扬言问道：'有枪没有？'……"确认师生无人带枪后，土匪命他们全部下车，"我手上的皮手套，同口袋中所有的钱，于糊糊涂涂中，都没有了。如此被洗劫了三次。最后一个土匪又来向我要钱，我说，'都被抢光了，不信你搜吧！'他摸摸我的口袋里没有，很不好意思的说：'把你棉袍脱下吧！'……"

土匪把车队洗劫一空后，气喘吁吁的正规军才赶到，所幸没有学生受伤，也没有女生被土匪劫走，乘车继续出发，"车子轻了许多，所以驶得有点儿快……也没有再嬉笑了……就这样一直开到晃县。坐在旅馆里，李先生还说：'怎么不倒霉呢？十三号动的身，车上又坐的十三个人'"[5]。

戚长诚恰好也是13日出发，一早天气阴得可怕，开车前又下起雪来，车行山中，雪更大了，他听着小他几岁的临大学子在车厢里谈论国事，谈论领袖，谈论污吏，感慨于这群学子还未切身领会到社会的黑暗，又喜欢他们未经世故的纯洁与热诚，"希望在驱退敌人以后，也把社会上一切的黑暗扫荡无余，使他们不要再染上旧社会的恶影……"

突发的震动中断了大家的谈话，车停了，众人爬下车，发现一只后轮出了故障，而看着汽车倾倒的方向，离路边的深渊不过三寸，"无异从死里逃回来"。出事的地方叫火烧坳，离辰溪县尚有二十多里。故障无法修理，同车二十多人，在雪地里等了三四个钟头，不见援兵，爬到山巅瞭望，只有起伏的白色荒山，不得已，只好带上随身行李，步行向辰溪前进。[6]

旅行团不止一辆汽车出了毛病，助教王钟山所乘的汽车在行驶中电线走火，幸而司机用榔头打断电线，否则火烧到油箱，后果不堪设想[7]。林振述所乘的卡车运气稍好，坏在离辰溪县城较近的地方，步行几公里就进了城，还来得及由分队的辛大哥陪着他，到处找大夫看病。无意中发现中央医院第二派出队医务处，喜出望外，挂号排队。轮到他，交上履历表，和那位白大褂双目相对，才发现是他在福建读中学时的老同学。两人几乎是同时叫出对方名字。林振述觉得难以置信——中学有三四十个同学，学医的只有这一个瘦猴戴云程，要什么样的奇迹，才能让他们在大迁徙的战乱年代，在湘西一个偏僻的小县城撞上呢？

开完药，等老同学下班，相约一起吃晚饭，在一家小店要了三碗宽面，老戴吩咐老板，一碗不放辣椒，说辣椒对老林喉咙不好，话音刚落，店老板搁下叉面过水的铁叉子，大声说："长官，我们没得面卖，别家请去！"

"怎样？那边不是面！"辛大哥指着面锅说。

"面倒有咧，不放辣椒的面，我们不卖撒！"老板气愤地转向大街，又喃喃自语："有不放辣椒的面食！"

全街只有这一家饭店，三人忍住笑，说了一番好话，一连吃了几碗湖南人引以为豪的辣椒面。饭后，老戴带他们上了城东一个小阁子，这里平日做风水，现已改成了"民众博物馆"，放了一些商务印书馆的动植物标本和挂图。已过办公时间，因为医生是中央派来的，三人被客气地迎了上去。就在这可以俯瞰沅水的阁楼上，小城的灯火渐次亮了，三人谈起眼前的景物与将来的打算。

"我的将来？"老戴半笑着说，"我是整天和呼天喊地的病人在一起的，没有选择的余裕了。"前些日子，他和卫生派出队去乾城、凤凰等湘西苗区给人义诊，"苗人都跑光了，跑入山去了，不相信我们。后来找到保甲长，找他们回来，替他们打预防针，都被拒绝的。我们不要钱替接生，当地的巫婆就散布谣言，说我们乘机放蛊下毒，约定日子取人命……"但是他不悲观，觉得等卫生派出制度全面推行开来，会让老百姓对他们有信心的。

他是从首都南京撤下来的，几个月前淞沪会战时，他们在南京天天忙不过来，"火车载来一车一车伤兵，我们一个医生,管了好几百个,这边开刀施手术,那边换药,人手少,真没有办法!"他停一停,想起什么似的,"老林!我们的军队又勇敢,生命力又强!躺在病床上像上战场似的,开刀施手术,从不呻吟叫唤。……在南京,一天一辆大汽车载来二十几位伤兵,中间一个翻开来,你说怎样啦?鼻子没有、嘴唇没有、牙齿没有,整个脸部只剩下一个耳朵、一个眼睛,我想是死了,奇怪,还会呼吸,眼睛坚决地瞪着你!我们给他涂了三天药,还没有断气,后来送走了,就不知道下落了!……"一直谈到深夜,老同学才分手,各自上路,再相见不知何时了。[8]

依葫芦画瓢,我也打算乘车经芷江去晃县——现在叫新晃,虽然同属一市,但沅陵到这两个地方都没有直达车,只能先去怀化转车。南行不久,就告别了杭瑞高速——再见面要等到云南了——转223省道,高山在苍翠中露出嶙峋的石骨,过辰溪县时又一次跨越沅水,并沿着它的支流麻阳河行驶了一段,当年沈荃被枪决的那片河畔就在辰溪。人在北京的沈从文是一年多以后才知道这个消息的。"我们一直关注爸爸的反应,"他的次子沈虎雏回忆,"沉默,彻底的沉默。"[9]"他不提,我们也不敢提,"这是黄永玉的回忆,"眼见他捏着三个烧红的故事,哼也不哼一声。"[10]

在怀化车站叫到一辆去芷江的顺风车,沿320国道折向西南,公路左侧出现一青碧河流,这便是沅水上游最主要的支流舞水了,旧时船只可以由汉口、常德上溯至贵州镇远、施秉甚至黄平旧州,端赖此河。这一路不少民居的门楣上都有黄色图腾,不知为何物。接近芷江的路段,停着很多小车,把整条国道的速度都降了下来,路边一家破破烂烂的小店,名曰"亲妈饭店",没驶多远,又一家"大亲妈饭店","鸭子打包"的招牌显眼，往前开，再一家"亲妈饭店"。真是个不见外的城市。

到芷江已是下午6点多，空气湿漉漉的，路上很安静，客栈对面就是舞水，一排樟树开着细碎的小花，房间里都能闻到香气。"沅有芷兮澧有兰"，到了芷江好像就该闻到香气才对。趁天色还没暗下来去看横跨舞水的龙津桥。这座始建于明万历十九年（1591）的风雨桥从诞生起就是湘黔古道上的要塞，京滇公路也从桥上经过，抗战时为方便卡车通行，还拆除了桥上的木制楼阁。当年日军多次轰炸该桥，16座青石桥墩屹立不倒，本地人传说，是桥下有一对犀牛护佑。[11]

如今桥面重建了楼阁，确切地说是七座层层叠叠侗家风格的凉亭，亭廊相接，风雨无忧。只是桥下的舞水因下游水坝阻隔，已异常温顺安宁，不再会有当年春洪爆发后，"浪翻波滚，至龙津浪起桥跌，浪落桥升，从河心远望，如龙蜓水上"[12]的景致。桥上有观景台，店铺行人热闹，倒有几分清代县志形容的"百物杂陈，往来云集"之感，一家小吃铺子的招牌是"吃传统发糕，旧社会味道"，一时语境错乱。从龙津桥过河，再从芷江三桥回到东岸，天渐渐黑了，龙津桥亮起一道道金光，把静止的江面涂上一层油彩。沿亲水步道散步，这里有其他城市少见的供市民涂写的白色留言板，而且是长长一排。我在这里第一次知道了蔡徐坤——几乎每一块留言板都会出现这个名字，频次甚至压倒了TFBOYS，那会儿选秀节目《偶像练习生》刚结束不久，祖籍怀化的蔡徐坤C位出道，有粉丝在白板上写："第一次追星，躲过了鹿晗，躲过了易烊千玺，却迷上了蔡徐坤，就像罂粟花一样会上瘾"——早在2018年4月，湘西一座县城的留言板就预言了接下来一年多中国娱乐圈的最大流量。

除了粉丝表白和互撕（比如，把盖世英雄改成盖世垃圾），最多的留言关乎爱情，"山有木兮木有枝，心悦君兮君不知"，"我不是在等你，我只是在等爱你的心死"，"我会变好变漂亮，然后笑着拒绝你"，"要好好学习，掉掉七情六欲"，有更激愤的，"你妈的××，不喜欢老子，祝你终生不举"，也有讥讽的，"祝天下情侣终成兄妹——来自次元界的祝福"。到了芷江不能不吃据说是加入本地芷草调味爆炒出来的芷江鸭，上大众点评搜索了当地排名第一的店，端上来全是鸭脖子鸭屁股鸭架子，几乎无肉可吃，倒再一次证明了，在流量的年代，"大众"未必靠谱。第二天，我才从本地人口中得知，最地道的芷江鸭在"亲妈饭店"，就是我之前看到的引发国道拥堵的那家小破店，其他都是山寨。"亲妈"确乎只有一个。

旅行团大部分成员只是过境芷江，未在此停留，杨式德所在的小分队除外。头一天中午，他们的车坏在辰溪，就地投宿。第二天上午，车开出20公里，两个轮胎漏气，只好下车步行，一直走到下午，才上了修好胎的车，当晚只能宿在芷江。接近芷江时，杨式德看到了新修的机场，还看到了里头的飞机[13]。这是县城东门外一公里处一块相对平整的土地，杨式德经过时，从湘西11县征集来的19000名民工正用人力推着三四十吨重的石碾子去平整544987平米的土地，在此之前，他们需要挖走777888立方米的土石方，而为了开挖土石方，光需要迁走的坟墓数量就有24000座[14]，最终芷江机场成为盟军在远东的第二大军用机场。

如今舞水西岸正在规划新区，但芷江时间比益阳时间又稍微滞后一些，我在江西街散步时，还能看到一些没被拆掉或者保护起来的黑瓦木结构老屋，还有类似石库门一样的建筑，包括修复一新的天后宫。一个坐在二层老屋门口的老太太告诉我,她家的房子有两百多年历史了,以前是三层,下游水坝抬高了舞水水位,沿河路面随之砌高,原来的一层就到了地下,没了。往前走几步,某个漆成红色的门洞外有一块牌子,告诉你这曾经是民国军粮第二十四转运站、中国航空公司无线电台、民国陆军第73军第15师、民国陆军第86军121师、民国陆军第37师的旧址——对芷江来说这并不稀奇,抗战八年,驻扎过芷江的军事机构有220个。[15]

芷江的重要性使它成为日本轰炸的重点目标之一,1938年11月8日下午,18架日机第一次空袭芷江。六天后,驻县宪兵司令部处死了为日本人提供军事情报、指示轰炸目标的汉奸施起瑶[16]。一位流亡学生记录了当年空袭与处决汉奸的情形,"……三天两头都有日本飞机凌空……每次轰炸时都有汉奸打信号枪配合指示目标,或用白布、白粉放置在目标附近,引导敌机来轰炸……所以每次敌机轰炸后一两天内,都要枪毙几个打信号枪的汉奸和在轰炸时趁火打劫的匪徒。我所住的小旅馆位于大街的交叉口,每次枪毙人都从门口经过。军号声就像招魂牌一样,不由你不出门来看。……那时的法律似乎很严,汉奸抓住就枪决不说,其他方面执法也很严格,我曾看见枪决一名贪污了十元零四角的宪兵上士……"

"中国古老的传统对将死的人都比较宽容……所以当时看死刑犯游街时,常出现经过布店门口站住不走,要一块红布披在身上。经过酒店也站下,要一碗白酒当场饮干,有的犯人在街上破口大骂,或唱两声戏,这也都允许。因为有这些名目演出,所以夹道看行刑的人很多,有些就跟在后面,一直走到刑场,当做一种消遣!"[17]

第二天一早，我去参观有名的芷江受降纪念馆和飞虎队纪念馆，1938年那个早春途经这里的旅行团成员肯定不会想到，七年之后中国政府会在这座湘西小城接受日本的投降。大约因为芷江机场，受降馆有许多篇幅留给了当时的中国空军，除了你能想到的各种军事设备装备，我还对一种"软性"藏品印象深刻：飞虎队轰炸日占区使用的空投传单。传单中，有提醒沦陷区民众援助（迫降跳伞的）盟国飞行员的，"他们是你们的友人"，有警告通敌分子的，"种豆得豆，种瓜得瓜"，还有呼吁沦陷区民众远离交通线、工厂和矿山的——这些地方将是盟军轰炸的重点，"铁路工人们，趁早走开！"漫画为主，也有文章，"中国的工友们……我们知道，在日寇的统治下，生活是够艰难的，也许你们眼看着自己的孩子啼饥号寒，迫得要替中国的敌人工作，也许敌寇用武力强迫你们替他们做工。我们明白你们不是甘心帮助他们。你们的问题是苦难的，我们对你们很同情。可是我们也有一个难题。我们必须把日寇所用的一切设备毁掉，但我们却不想伤害中国人的生命。所以，我们给你们这个好意的劝告，请你们远远离开这些设备，保全你们的性命。马上离开吧。在别的地方找些无愧于心的工作。时间已经没有多少了"。

飞虎队的崛起已是抗战中后期，而中国空军最为人称道（或许也最神秘）的空投之一，则发生在抗战初期。那是1938年5月7日国耻纪念日[18]，空军第3大队第25中队队长汤卜生受命驾驶飞机，孤身闯入沦陷的首都南京，在中山陵上空拜谒"国父"。按照汤卜生发表于《中国的空军》的文章描述，下午2点，他从汉口机场起飞，沿途天气不太好，他只能绕道爬升到阴云上方，向东飞行。到铜陵县后钻下云层，再次绕道抵达南京上空。"同我们一向的向南京的飞行一样,伟大的白色建筑物——总理陵,先映入我们的眼中……城市的一大部分是被蹂躏不堪,绮丽的玄武湖是完全荒芜了!……陵园差不多没有什么变动,还是那么净洁庄严,衬着烧毁了的陵园新村,更觉得是巍然峙立了!……我环飞一周,看到大校场机场有敌机起来欢迎我,我在陵墓上空摇摇两翼,致我的最高敬礼,就飞进云中了……"[19]

后世叙述者为这个简洁的故事添加了更多细节,或者说想象:环飞一周变成了围绕牌坊、祭坛和灵堂旋转三周;振翅致哀后还抛下了一束白玉兰寄托哀思;而南京城内百姓看到带有青天白日徽的中国战鹰出现在天空,不禁热泪盈眶。到最后,仿佛嫌这个故事还不够动人和传奇,在有的版本里,汤卜生违抗命令飞京谒陵,受命行动变成了个人英雄之举。在对历史不断地添枝加叶中,连谒陵日期也从5月7日变成了3月12日——"国父"孙中山的祭日——在芷江飞虎队纪念馆,对汤卜生的介绍就是这么写的。

想象归想象,有学者根据蒋介石日记和钱大钧(航空委员会主任)日记考证,汤卜生飞往南京,主要任务是向当时来南京慰问日军的秩父宫亲王,也就是裕仁天皇的弟弟空投一封信函,谒陵则是为这项秘密行动加入的障眼法。至于空中投函的内容,是予以警告抑或对日密谈,在没有新史料发现之前,尚难下定论。[20]

因为汤卜生写过《五七飞京谒陵记》,我对他产生了好奇。检索旧刊,发现他是《中国的空军》杂志特约撰稿人,发表过不少文章。在《我的自传》中,他说自己出生三个月就失去了母亲,以致连出生年份都搞不清楚,虽然缺乏母爱,但逼迫自己从小就勇往直前，拥有"支配自己的能力"。他是湖北黄梅县人，去武昌上了小学，又跨入了省立第一中学的大门，如果他按部就班走下去，大约会考上大学，说不定会去到平津，按他"不平则鸣"的性格大概会参加"一二·九"运动和更多的学潮，甚至会走向西北？如果没有，抗战爆发后南下西迁，其间大概也避免不了继续苦闷地思考"读书"还是"救国"，毕竟，他比参加湘黔滇旅行团的学生大不了几岁。但从小的家庭条件让他迫切想要早点生活独立，赶上中央航校招生，顺利考入，成为航校第三期学员[21]，同期同学中有一位叫做沈崇诲的江苏人，出身大户人家，毕业于清华大学土木工程系，最终也选择投笔从戎——在这"寻路"的大时代，两人算是殊途同归了。

航校学习时，汤卜生不止一次摔过飞机，为此曾被禁飞，他知道成长经历使得自己勇猛有余，但耐性很差，也知道这种"原始性"现在还在，虽然已经学会"用高级的理智压抑自己"，"已是渐渐绅士化，军人化了"，但骨子里的刚猛不会改变[22]。抗战爆发后，他被安排在空军的驱逐队，也就是说主要任务是防守，防止敌机的空袭，"这个防字对于我们年青人是多伤脑筋的一个字！？我们要的是占位，进袭，射击——然而我们的任务，却只好叫我们不得不忍住耐性，在机场中守候着敌人的光临！在机场中数着钟点过那简单极了的无聊的生活"[23]。

当然，飞行员的长官深谙他们的脾性，也会给驱逐队安排轰炸任务作为调剂，比如1938年5月10日，汤卜生的部队就进驻了广东，预备轰炸停靠在南海的日本舰队。"海面是一平如镜，而敌航空母舰先逃了，我们来意至诚，岂愿就这样白手空回？在我们的右方有敌舰四艘，我计算一下，最少也值五千万元以上，虽然不够一艘航空母舰的上算，但是比较我们的几颗大炸弹，依然是太够本了！……垂直俯冲，炸弹没有脱离飞机以前，飞机就是炸弹，脱离飞机以后，炸弹就代替了飞机。"第一次轰炸后，敌舰一重伤两轻伤。第二次起飞，"我们又带了那尊贵的礼物，预备做到'人情做到底'的那句俗话，又到了敌舰的上空"，此时，重伤的那艘敌舰不见了，两艘轻伤的歪斜地停着，只有一艘在兜圈子行驶，希望轰炸机无法瞄准，同时开炮还击。"白色的小炮烟低低的在我们之下，黑色的高射炮烟远远的在我们之上，我们几架飞机游弋其间，真是乐趣无穷，壮丽以极。纵然有一两颗炮弹爆发的稍近点，也只感觉着炮弹爆发声实还不小而已……我们预先规定，谁不幸被袭，如其落海被俘或淹死，我们为什么不向舰船碰它个底朝天呢？所以我们仍是英勇的航进……敌人……毁两巡洋舰，另两驱逐舰重伤，并白送三只'水鹞'！……回到机场，×××将军说，'好！去休息一会。'我们微笑的爬上行军床。"[24]

  中国空军的胜利往往最能激发民众的抗战热情，空战消息总是报贩的吆喝重点，"飞机头"很快流行起来，飞行员的短皮衣和颜色风镜成了时髦，连女士旗袍也有专门用飞机图案做的。与之相伴的则是大众文化对飞行员生活的想象，或者，用汤卜生的话说，"残酷的误解"——"六尺以上的身躯，身体黑黯而结实，服装一定是新奇的最少也带点飘飘然的样子，如果他是穿西装，一定是硬挺匕大翻领的上身，加上一条壁直的大脚长裤子——不然怎么能跳舞呢？！"对了，"跳舞滑冰打弹子当然是拿手好戏，书大概不读，在沙发旁边的收音机上面堆的书尽是些画报……","每个飞行人都有汽车,至少会驾驶 —— 会开飞机还能不会开汽车?每月的收入,大概不能少过七八百块[25]","结婚生小孩飞行员大概未必想到,不过'女朋友'每人至少三五个,都是年青漂亮,戴黑眼镜飞机头的,如果他们结了婚 —— 家里有太太,他的太太一定不懂什么叫家务,从通花的大圆吊帐中钻出,跳下了弹簧床之后,梳洗完了,自然是上冠生园或良友去早餐……"[26]

汤卜生写《一个飞行员的自述》,是为了告诉读者他们真实的生活,可是说真的,我读了这种种误解,居然有点希望他们真有如此布尔乔亚乃至纵情享乐的生活 —— 人生苦短啊,对这些中国第一代飞行员来说,尤其如此。这种心情,和我在受降纪念馆里看到1945年8月15日这一天全国欢腾的照片时的感受有一点相似(那种发自内心喜悦的表情我总也看不够)。在胜利之城芷江,街道两旁挂满青天白日满地红旗(纪念馆小心翼翼地称之为"彩旗"),各色汽车拥堵,到处都是红红绿绿的标语,不少采用"日本投降了,天下太平矣"的简单白话,采访受降的中国记者,来自重庆、贵阳、昆明和湘西各县,四分之一是以前东三省和平津的报人,一位《大公报》记者形容说,"大家都从心里笑出来"[27],饱经战火而未倒的龙津桥两头搭起青松扎成的牌坊,西岸牌楼上写着"和平桥梁",东岸牌楼写着"正义大道",每个字都是斗大,桥两边的栏杆上均点缀着比人还高大的红色"V"字[28],县城东门门楼书写着"庆祝受降签字典礼",两边对联让人尤为感叹:"庆五千年未有之胜利,开亿万世永久之和平"。这是属于中国的欣快时刻。

就像历史上所有欣快时刻一样,它是那么短暂,随后就伴随着苦涩,可我仍然眼巴巴地望着那些照片、那些笑容,只想投入进去，而不想用惯常的后见之明口吻说一句：这些欢呼的人不会知道，和平仅仅持续了两年不到，内战就爆发了。阿列克谢耶维奇在《二手时间》中写过一位49岁的音乐家，她对后共产主义的俄罗斯感到迷茫，"现在我就经常在想：那些人都去哪儿了？我在90年代的街头上见到的那些好人，如今都在何处？他们怎么样了，都离开了吗？"你可以说这追问是天真，但它也是最深沉的悲痛：那些好人都去了哪里？

外面的雨很大，我在受降纪念馆和飞虎队纪念馆一直待到下午，飞虎队馆冷冷清清，受降馆游客很多，在解放区受降展板前，一位湖南口音的老者问旁边的年轻人："国民党没有打（日本人）吧？"

"国民党也打了。"看起来像是他儿子的年轻人说。

"国民党打不过撒。"老人用这句判断终结了谈话。

注释

1　　杨式德日记。
2　　长诚：《抗战中的西南（十）》，《大公报》汉口版1938年5月1日。
3　　长诚：《抗战中的西南（十一）》，《大公报》汉口版1938年5月14日。
4　　林蒲：《湘西行24、29》，《大公报》香港版1940年5月25日、6月1日。
5　　黄守堡：《迁校途中——遇匪追记》，《大公报》香港版1939年11月14日、11月16日。
6　　长诚：《抗战中的西南（十一）》，《大公报》汉口版1938年5月14日。
7　　王钟山：《我对长沙临时大学湘黔滇步行团的回忆》，《西南大学记忆》2011年第4期。
8　　林蒲：《湘西行26、27、28》，《大公报》香港版1940年5月29日、5月30日、5月31日。
9　　沈虎雏：《沈从文的从武朋友》，《新文学史料》2012年第1期。
10　黄永玉：《这些忧郁的碎屑》，北京：生活·读书·新知三联书店，2003年9月，第69页。

11　蒋国经、蔡新萍:《神奇的芷江侗乡龙津风雨桥》,《档案时空》2013年第1期。

12　蒋国经、蔡新萍:《神奇的芷江侗乡龙津风雨桥》。

13　杨式德日记。

14　芷江侗族自治县人大组织编写《历史·芷江·芷江保卫战》,北京:中国民族摄影艺术出版社,2010年8月。

15　《胜利荣光,芷江受降》,哈尔滨:北方文艺出版社,2015年7月。

16　大事记,《芷江县志》,北京:生活·读书·新知三联书店,1993年12月,第13页。

17　霍本田:《逃亡流浪,流浪逃亡:抗日战争时期大后方生活纪实》,西安:太白文艺出版社,2008年9月。

18　1915年日本对袁世凯政府提出21条,以该日为最后通牒日,也有以5月9日袁政府接受这一天为国耻日的。

19　卜生:《五七飞京谒陵记》,《中国的空军》1938年第11期。

20　详见胡耀:《虚构的谒陵:1938年国军战机空中拜谒中山陵事件之内幕》,《澎湃新闻》私家历史2017年8月20日。

21　汤卜生:《我的自传》,《中国的空军》1939年第26期。

22　汤卜生:《我的自传》。

23　卜生:《一日三袭南海记》,《中国的空军》1938年第12期。

24　卜生:《一日三袭南海记》。

25　作为参考,抗战前夕,著名作家如郁达夫、巴金、田汉、茅盾等,每月收入为400元左右,大学教授与此接近或稍高,而在1930年代的上海,中学教师月薪50—140元,报社主笔200—400元,编辑40—100元,新式商店普通职员20—40元,据陈明远《文化人的经济生活》,上海:文汇出版社,2005年2月,第127、164页。

26　卜生:《航空生活的感想:一个飞行员的自述》,《中国的空军》,1938年第10期。

27　顾建平:《芷江观光》,《半月文选》1945年第4卷第3期。

28　《胜利荣光,芷江受降》,哈尔滨:北方文艺出版社,2015年7月。

第二十章

芷江—晃县：一个浪费惊人的世纪

积雪浮云端—舞水上的日光浴—穷人莫还富人钱—拿姐妹们的名册给官长—浪潮后的渣滓—吃了一顿海参大餐—骂了县领导—文质彬彬的军人—林徽因的药方—在中国做人同在中国坐车子一样—啊弟弟不要伤心—在离人群极远的空中—打牌与合唱—历史沉淀在楼板下

雨停了，我从飞虎队纪念馆回到芷江县城，在大十字下车，八十年前街道格局仍在，东南西北四街名字仍旧，两边原本没剩下什么老建筑，现在又用侗家风格的青色瓷砖重新铺就，还有统一的飞檐。正好在手机上读一篇"波将金村庄"（Potemkin Village）的推送 —— 一位奥地利摄影师花了三年时间去全球拍摄那些人造虚假建筑，比如位于上海的欧洲风情小镇、位于美国的模拟中东城市状况的军事训练基地 —— 身处一大堆簇新的侗家建筑之中，你会想，如果说过去是另一个国度，那怀想过去，到底是寻找自己还是模拟他者呢？

但"过去"飞檐之下的招牌还是非常当下的：一家卫浴小店名曰"本科专卖店"；一家美食广场门前空地写着：停车挡路，直接放气；一家连锁蛋糕店叫"功夫糕手"，结果我在这里吃到了非常可口的面包。在芷江汽车站，开往新晃的中巴马上发车，售票员说，车子只开到中间的新店坪。"那我想继续去新晃怎么办呢？""那你可以包这个。"她指着中巴车，认真地给我出主意。就在我犹豫着要不要认真询个价时，久久没有回应的顺风车有人接单了。

从芷江到新晃有沪昆高速，这一路段限速60公里，看博物馆是个体力活，到车上我才感到脖子发僵，肩胛缝两个痛点拉扯着背疼开始发作。之前每天徒步二三十公里时反而一点事儿没有。窗外风景倒是足以安慰旅人。雨后的乡野，远山是灰蓝的，梯田是饱满的，云朵是水墨色的，中间时不时露出幼蓝的天空——"幼蓝"是我生造的词，用来形容阴天偶发的那种柔和、吹弹可破的新生蓝。八十年前，也是在这一段路，雪停了，戚长诚看到山坡上的丛林恢复了青翠，远山积雪映出银光。"唐诗'终南阴岭秀，积雪浮云端'，没想到在这里体验到了。"[1] 行进在这条路上的国立艺专学生也被这风景迷住了，"崇山峻岭，伸手就能抓一把云雾……"，一直到遭遇土匪被劫之前，有江南来的学生还在兴奋地叫喊："啊！我看到中国画了！我看到中国画了！"[2]

我预订的酒店在320国道旁，要了背街的房间，窗外就是舞水，清澈，带点深邃的琥珀色，穿蓝T恤的渔夫把一叶小舟摇到江中心，在那里撒下渔网。湘黔滇旅行团的大部队1938年3月15日前到达晃县（新晃旧称），杨式德所在小分队因为沿途耽误，16日中午才抵达。这一天天气晴好，看到先行到此的同学在舞水河畔洗衣服和日光浴，便也加入进来。他脱去上衣，只穿短裤，在河边用手巾洗浴，洗完澡又洗了几件衣服，晒在草上，很容易就干了。太阳不烈，靠岸的浅滩遍布卵石，

第二十章 芷江—晃县：一个浪费惊人的世纪

许多同学和衣而卧，少数不怕冷的同学还跳到河里游泳[3]，比如清华土木工程系大二学生何广慈，他在旅行团中年纪最幼，大家都叫他"小孩"，他也总是笑容满面，爱哼中外歌曲，"对于调剂旅行团枯燥生活，厥功至伟"[4]。也有出麻烦的，北大中文系大三学生何善周，在沅陵时就感冒发烧，到了晃县，病情加重，高烧40度，人陷入昏迷状态，在闻一多的坚持下，旅行团派了内科主任袁医师，买票乘车护送何善周去贵阳，经过治疗，半个月后才痊愈。[5]

舞水在新晃画了一个巨大的"几"字，县城位于正中间，我从"几"字的右弯钩处往城中散步。城里河段的水位用橡皮坝垫高了，据说是为准备端午节划龙舟，坝下水浅，有一点腥味，但起码它在流动。和芷江一样，沿河也开发出了一条亲水走廊，不过这里没有市民留言板，只有无穷尽的侗族山歌，绝大部分表达的是男女之情，"你姐是个唱歌精，唱得枯木又转青，唱得聋子也得听，唱得雨天都转晴"，"想哥想到日落西，龙汤泡饭妹难吃，要是得哥在一起，生吃魔芋不剥皮"。

八十年前刘兆吉在晃县只采集到了一首歌谣，"正月阳春二月天，风吹麻叶嫩嫣嫣；只见情姐打猪叶，不见情姐用猪钱。一呀呀多喊喊，难舍又难分"。事实上，整本《西南采风录》绝大部分歌谣都来自贵州。在湘西，刘兆吉遇到的问题之一是言语不通，很多歌是村妇野老以土语吟咏，听着悦耳，但记不下来，未受过教育的人也没法解释他们唱的歌词。另一个麻烦是"假道学"。在沅陵一所小学，刘兆吉通过一位四十来岁的教书先生收集小学生所唱歌谣，结果拿到手的全是《义勇军进行曲》之类全国流行的歌曲，刘兆吉对他解释，民歌童谣虽然是农人的土歌，也是很有价值的民间文学，不要担心它粗俗等等。但这位教书先生"带着刁滑的样子"继续打官腔,"此地人民很纯朴,没有这种淫词。本乡人民富于国家观念……自抗战以来,无论学生农民男女老幼,都会唱抗日歌曲,这就是本地的山歌童谣……"[6]

新晃给我的第一印象很好,向人问路无不热情指点,甚至主动带路,又或者聊上几句,就赶紧起身进屋给我搬小板凳坐,连拍照时都有人主动攀谈,告诉我在哪里可以拍到最好的景色。"一个初到晃县的人,爱热闹必觉得太不热闹,爱孤僻又必觉得不够孤僻。"沈从文在《湘西》里写,"小小的红色山头一个接连一个,一条河水弯弯曲曲的流去,山水相互环抱,气象格局小而美,读过历史的必以为传说中的古夜郎国,一定是在这里……晃县的市场在龙溪口。公路通车以前,烟贩、油商、木商等客人,收买水银坐庄人,都在龙溪口作生意。地方被称为'小洪江',由于繁荣的原因和洪江大同小异"[7]。

龙溪口位于那个"几"字的左上角外侧,因龙溪在此注入舞水得名。我打车从城里来到这里时天刚擦黑,但小镇已安静如深夜。这儿的建筑看起来都经过修缮,但又没有因修缮而消弭了时间的刻痕,一条青石板路领你向小镇深处,"春和元"的牌子颇明显,清末民初的老店铺了,门边的石刻介绍告诉你,1936年4月(其实是1月初),向西突围的红二、六方面军来到晃县境内,曾在此开会,贺龙、任弼时就在"春和瑞"(与"春和元"是分家兄弟)楼上住了七天。1月4日,红军在龙溪口万寿宫召开民众大会,宣传中共政策,并把没收的庆元丰油号的两船布匹、数桶铜板,发给当地贫民[8]。两年之后,红军留下的痕迹还没有完全消除,林振述就在观音阁同一幢钟的内外壁,看到对同一制度的"打倒"和"拥护"[9]。我在地方党史办所编的《红二、六军团过晃县》里读到了一些红军当年的标语:"不拉伕,不扰民!""华华(哗哗)打倒土豪的苛捐杂税!""穷人莫还富人钱!"

往小镇里走,发黑的墙壁,漆红木门,门边依次摆着石板、垃圾桶和一辆蒙尘的三轮车,昏黄的灯光下,和门口的"清匪反霸展览馆"构成某种古怪的互文。走近看介绍,说这里是本善公司旧址,始建于清末,民国时期由毕业于黄埔一期、官至旅长、后来返湘的张本清租用经商,解放前夕,张本清被枪杀于几十米外的斌星街口——本善公司是做什么生意的?纠纷又是因何而起?介绍语焉不详。不远处,一个门洞簇新的白底黑字"斌星街"提醒你,这就是命案现场。我穿过门洞和紧邻门洞的二层老宅,宅子大门紧锁,一楼外面码着许多木柴,在街口玩耍的两个小孩神秘地告诉我:他们家里有两口棺材。回过头看那个门洞,这一侧写着"平安门",心头一凛。

龙溪口市场形成于明末清初,最初是湘黔边境民众赶集之地,因为交通便利,规模日渐增大,抗战前夕,全县各类商铺已达到424家,一份本地工商业史料记载了当年激烈的商战:1936年"西安事变"时,晃县商界认为形势危急,内战一触即发,商品行情普遍看涨,遂囤积居奇,交易减少,导致物价上涨,但鸿记庄商店经理曾师周却认为外侮日亟,国难当头,内战是绝对打不起来的,他把赌注压在上面,将库存棉布八百多匹,趁高价卖给对时局持相反看法的佘良州。不久,西安事变平息,物价大幅回落,鸿记庄斩获巨利。到了1942年,新加坡被日军占领,万金油、八卦丹等商品来源被切断,这些商品行情看涨,但彭吉昌商店老板却认为,既然太平洋战事爆发，美国已经参战，美国货必会源源不断而来，货价不致上涨，反而要留好足够资金，于是将库存的5000打万金油、八卦丹全部卖给张光裕百货店，三万多元整笔存入银行。结果后来物价飞涨，万金油八卦丹提价十倍以上，彭吉昌业务自此每况愈下。[10]

难得的是，这份工商业史料还记载了1930年代晃县妓院的兴起，虽然它严词批判妓院"导致社会道德败坏"，但也承认这"从一个侧面反映了商业的活跃"，因为商人是妓院的主要客户。到1938年，晃县娼妓行业达到最盛，计有妓院17家，妓女人数达到180人左右[11]——这一年3月14日，林振述所在的小队到达晃县，在车站附近住下后，先上街理发，给他理发的伙计以前当过兵，林振述问他理发好还是当兵好，理发师一边落刀剪发一边答："开心嘛，当兵开心。头发这东西倒狡（猾）呢，哪点有砍头容易！"听得林振述全身发寒。他又想起，离开常德半个多月了，还没洗过澡，就问理发师哪里有浴室，理发师告诉他，得去三里地以外的龙溪口。

    沿山顺溪边去，走完三里路，天黑下来了。是上灯的时候，上等浴室招牌边，开着红灯……入门处有红缎的门帘。屋子正中茶几旁放两把铺线毡的凉竹椅。茶几上矮矮蹲一把锡壶，发着阴郁的幽光。我们进门来，女主人便有礼的请坐，献茶，高声喊：

    "翠凤！长官们来咧！"

    "不必客气，老板娘，你们有空地方吗？"

    "有！有！楼上楼底，上顶的房间。翠凤！翠英！官长们来了！"

翠凤来了。粉装脸，时式的旗袍裹着身。给我们送前门烟，又在我们的憨面上刮眼风。我们心里暗想：这是怎么回事呢？

"官长们是远道来的罢？"女主人看出我们的行径不对同，吹火引点上水烟筒，笑声问，又吃嘴道："官长叫熟人呢？还是——翠凤！拿姊妹们的名册给官长！"她叫翠凤拿过名册："官长，还是按名点看看呢？"

我们莫明其妙地翻着蝶儿凤儿的名册，对老板娘说："我们来洗澡的！"

"洗澡？"她高声笑着，上下楼闪动看热闹的脸影："官长，你们走错门了！"她起身亲自打开缎门帘，指指边门说："浴室在那点！"

乡下佬，阿木林的笑声中，我们顺她所指的踏进浴室。

"长官，你不懂我们本地的规矩！"浴室主人听笑声轻轻地下一句按语。

室中充满煤气。我们刚入门时，青色烟遮着眼线，高低看不清眼前的情形。慢慢习惯了，显现出的是多吓人的景象呵：卧的是烟鬼，站着的是赌棍。手足断血色，消瘦的面幅剩下一张皮张罗高耸的颧骨，眼色深沉而失神。他们，打开个人的历史：那个爬过惠州城，这个参加过"武昌起义"。但为什么像浪潮后的渣滓，全沦落下来了呢？

"官长，全是这口洋烟害人！"

"你们怎样不戒去呢？"

"断洋烟？"他们木鸡似的裂着嘴皮，"说说倒容易……一天缺不得！烟瘾到来，不吸一两口，脚酸手软，口里冒白沫！气喘不过来，你就躺下死了罢！死了倒干净！……"

"你们为什么起初要学吹烟？"

"哎！我们是出炉铁，该打没话说。当年青力壮的时候，革命革过了。队伍扎下来，整天没事干。吹一两口洋烟乐畅乐畅，算哪样！吹吹，天天吹一两口，就吹上瘾了！戒，戒不掉！……我们有哪样话好说撒！"

以前拿着革命对日人的手，现在屈拗来换浴盆的皂子水，替客人擦背捶腰。过去的有如想象里的灿烂的世界，模糊遥远了，遥远了！[12]

旅行团抵达晃县时还赶上了"集墟"——赶集，学生们爱凑热闹，也跟着四乡来的挑着担背着篮的男男女女，挤过舞水上的浮桥，到了龙溪口。龙溪口狭窄的街道上，挤满了货摊[13]，不知道他们有没有品尝"大脑壳"的绿豆粉或者是陈胡子的面？身材肥胖、脑袋奇大的胡家禧师傅做的绿豆粉，清香鲜嫩，入口即溶，在湘黔边界颇有名气。而留着络腮胡的陈炳森的面馆就开在斌星街口，汤头用鸡骨猪骨熬制，香浓可口。旅行团中江浙人不少，不知战时流亡来湘的上海人许金生卖的汤圆——素馅儿选用玫瑰香料、白砂糖、金钱橘、芝麻和花生粉末调拌——可否稍解乡愁？[14] 可以确证的是，旅行团的确在晃县吃上了一顿意外的大餐，当日负责采购的清华化学系大四学生刘维勤和清华生物系大四学生林从敏——或许你还记得，1937年夏天就是他和何炳棣、黄明信一道从天津乘海轮南下山东——在县城一家很小的老式杂货铺看到两大罐干海参，从罐头上的灰尘看，它们已经搁在那里很长时间了，也许是几年,也许是几十年,但当地人不认识这种美味,刘林二人花了几元钱就让全团品尝了一次海参宴席。[15]

从斌星街口拐进去,是窄窄的福寿街,曲曲折折又通到万寿街,两条街连起来,就是当年的老街,随处可以见到某某油号,某某盐店,或者某某商行,这些晚清民国时期的宅子有着高大的门墙,灰色墙面满布水渍和青苔,据说从高空看下来是方方正正一枚印章的形状,类似北方的四合院,在湘黔边境一带叫"窨子屋"。老街上还盖了些三四层的筒子楼,应该是上世纪五六十年代的产物,有凸出的阳台,因为用的是灰砖,路灯隔着蛛网照下来,不同年代的两种灰色居然毫不违和。我还看到了当年被红军没收布匹和铜板的庆元丰油号旧址,大约是因此伤了元气,后来一卖了事。

第二天,我去拜访史志办主任胡爱国时,才知道2006年新晃侗族自治县成立50周年时,这些老房子险遭灭顶之灾。"50周年要大搞嘛,"他告诉我,"准备把龙溪口老建筑全部拆了,修仿古建筑,说要修新如旧,当时他们请我去开会,我在会上骂……说你这(修新如旧)是屁话,我跟我们县领导也讲了这个话,历史文物是不可再生的,哪怕里面有一块砖你也要保留它,你要拆了重来就是有罪……我就骂,如果你敢搞,我就(把这件事)搞大,国家文物局我有熟人嘛,我就讲,你们敢搞!我就敢搞!"

天气闷热,胡爱国在办公室里光着膀子。他祖籍山东,爷爷当年带父亲闯关东,死在日本人手里,父亲后来投奔抗日联军,又加入了四野,新中国成立后作为南下干部被分配到这个湘西小城。"我是在这里出生的,但血液还是山东人的血液。"他说。胡爱国总结湘西人的特点:内秀、自卑,形容湘西文化是"湖湘文化的亚文化的亚文化",但他不喜欢这种自卑,"中华文明是多中心的,黄河文明并不是唯一的源头,你也是中华文化百花园里的一朵奇葩,你开你的牡丹花,我开我的杜鹃花,毛主席讲百花齐放……族谱里都是写外来的,都是山西来的江西来的,放屁!你族谱本身就是接受了外来文化的结果,千百年来养成了这种文化自卑……"

他1981年起在县史志办工作,从那时起就经常跑北京,拜访各种与湘西有关的名人,1985年他去了沈从文家,在崇文门附近,当时沈从文刚从一次脑梗中恢复过来。胡爱国觉得这位湘西走出的大家从未完全摆脱过自卑心理,理由是,他去北京见过那么多人,就两个人不肯录音不肯拍照,沈从文是其中之一。"后来我当着他的面讲了一句话:你还没有离开湘西文化的那个根。张兆和就在边上。其实说的是他还是自卑,但是他以为我是赞扬他呢。"

我向他问起旅行团在晃县举行的一次篝火晚会,他对着地图很快就给我找到了晚会举行的那片河滩,离我住的酒店不远。下午晚些时候,我回酒店洗了把脸,休息一会儿,出门沿320国道往西走,走到"几"字右弯钩处,下一个土坡,"提醒基坑"的警告随处可见。天越来越闷,好像又在憋一场大雨。往下是一片杂草地,杂草和河水之间的泥地,像某种风干爬行动物的皮。往桥下走走,这张皮皴裂了,上面长出野生菠菜,河边停着两只黑色的无人小船。这就是当年旅行团举行篝火晚会的地方了。大桥底下有高高低低的土堆,杂草挺深,前脚还担心有蛇呢,钻过大桥就换了天地,人工草坪出现了,健身步道出现了,左边是芭蕉和灯芯草,右边是海桐和六月雪。下午6点半,渔民准备下网。横扫整个河床的下网方式让我想起《三体》里的巴拿马运河计划。他们说，现在鱼少，上下游都是电站，鱼上不来。此处舞水流速明显放缓，连旁边的警告牌都改称它为"湖"了——"湖水清清，勿抛杂物"，"湖深危险，禁止游泳"——从命名开始让人们接受一个新的世界？

八十年前那个傍晚，闻一多对学生讲起了古代神话[16]，他说，从古代近代歌谣看，桃花象征男女间事，又传说桃源曾有一石，状如女人阴部，在古代，桃源的女人或许是很风流的……[17] 当时，湘黔公路老晃城大桥正在建设当中，不少修桥工人在附近席地而宿，闻一多引经据典，从神话传说讲到保家卫国，修桥的民工们也被吸引过来[18]。还有人讲起海外的艳遇，或说到蒙古沙漠的经历，林振述投宿的旅馆老板也去参加了，回来的时候，抱着心爱的茶壶，啜啜茶，哭丧着脸说："官长们烧成山成山的柴草开哪样乐会？前些日子溪边飘来好多冻死的尸身，没得人掩埋！"[19]

这位小老板起初对这群学生没有好脸色，抱怨他们浪费，用水太多，"欢迎诸位长官，我们四天没有买卖做，不接客。县政府命令我们，一个客人都不许留！让出房子给长官们住……我们怎能不恼！"聊多了，彼此熟络起来，给他们讲晃县的历史，"这地面小是小，来历可有点咧！往时先，运东川铜，个旧锡，驴马脚夫上落，晃州到平彝十八站，站站五六十里。里数长，贵州人不讲理，十里当五里撒！路远人马多！……我们这小店，月月不多不少，总得挣上百两银子！……本来吗，晃州小是小，水路上去不是一样可以到镇远。……船到镇远，再上就要不得啦！再上有诸葛洞通不过！（注：诸葛洞在镇远和施秉中间，大船过不去）当然有天要通的！现在是世乱，以后太平日子，诸葛孔明来了，洞要开的……要开,太平日子洞要开"。

还带他们去赶集,帮他们砍价买鸡,告诉他们这里人听不懂"多少钱",要问"好多钱",给他们偷偷指哪些是已经汉化的苗人,"穿我们汉人的衣服,自己不认账咧",在龙溪口的小十字,又给他们指,说那边隔着一道水沟便出了省界,是贵州街。学生们听了兴奋地大叫:"那头一直去就是贵州省了?""不是,只有那条小街是从贵州玉屏县飞来的,叫做飞来地。四围是晃县境。住那点的人,要纳两省的租税呢!……"[20]

虽然湘黔边界的"飞地"和"插花地"在抗战前就通过划界解决[21],但当地人对此仍然记忆犹新,在龙溪口的那个晚上,我没费太多力气就找到了当年的贵州街,住在街上的一位妇人恰好还是贵州玉屏嫁过来的("我们玉屏最好最好了!"),她很早就听老人讲过,以前这里属贵州管辖,湖南那边有人犯了法惹了事,就躲到这条街上来,湖南当局就管不着了。

湘黔滇旅行团抵达之时,晃县最混乱可怕的时日已经结束,学生们听说,当年老晃城就是毁于匪乱,才搬到龙溪口对岸新址的。余道南所在分队住大同旅社,"房屋宽敞,较之沅陵舒适得多"[22]。胡爱国告诉我,这家旅社以前叫临阳公栈,位于龙溪口,抗战爆发后,经湘黔公路过境的旅客数量大增,临阳公栈就搬到了下面的国道边上,改名大同旅社,老板是邵东人,附近还有一个世界旅社,老板是常德人,"这批人最早接受了孙中山的民族革命思想,孙中山讲世界大同,所以一个叫世界旅社,一个叫大同旅社"。

学生们到来之前三个月,1937年12月上旬的一个傍晚,梁思成林徽因一家也抵达了晃县[23],从沅陵开往贵阳的客车无法再西进——中央航校西迁昆明,所有的车子都被派去运送学员了。林徽因在途中得了急性气管炎,气管炎又迅速恶化为肺炎[24],直到晚年,梁从诫还记得那个雨雪交加的晚上,父亲怎样抱着他和姐姐,搀着高烧四十度的母亲,在那只有一条满是泥泞街道的小县城里,到处寻找客店[25]。晃县是湘黔道上重要的中转站,所有客店都人满为患,就在走投无路的时候,梁思成听到了大同旅社里传来有人拉小提琴的悦耳声音,"这演奏者一定来自北京或上海",他想,同时贸然地敲开了他们的门。

房间里挤着八个小伙子,他们全都来自广东,是中央航空学校的学员,也在等车前往昆明。梁思成说明来意后,这群年轻人把他们迎进屋去,并且给病倒的林徽因辟出休息的空间,这样,林徽因就在"那个用薄板同那些可爱的年轻广东飞行学员、可憎的当地下等妓女、骂骂咧咧的赌棍、操着山东方言的军官和从各个省份来并具有不同气质的司机们隔开的小屋子里",躺了两个星期,而"那些司机准是和那个旅馆的妓女赌博和喝酒来着,以便第二天在危险的路途上开车好有足够的精力"[26]。

中央航校1932年成立于杭州笕桥,前后16期毕业生,为林徽因腾出住处的八个人是航校第7期学员。将近八十年后,梁再冰仍然记得他们的样子,"虽然是军人,但是文质彬彬的"[27]。拉小提琴的、来自梁启超故乡广东新会的是刚满20岁的黄栋权;在香港念完高中,追随哥哥报考航校,父亲不允就偷偷离家前往杭州的,是陈桂民;身材高大,踢足球踢得很好的是叶鹏飞;八人之中年纪最长(也不过26岁),也最沉稳的是从澳门回来的林耀……梁林夫妇在大同旅社开始了与这八位年轻人的亲密友谊,这种友谊一直延续到昆明。梁思成林徽因把他们当成弟弟一样爱着,而八个弟弟也把梁家当成自己的家[28]。1938年航校7期学员毕业,毕业典礼在巫家坝机场举行,由于他们中间没有任何一位有亲属在昆明,梁思成和林徽因被邀请作为"名誉家长"出席,梁思成还致了词。讲话后,这些年轻的毕业生驾驶着"老道格拉斯"进行了飞行表演。[29]

  按胡爱国的指点,我找到了当年大同旅社所在地,就在新晃大桥的西头,现在是带雕花长廊的仿古建筑,紧闭的门上挂着"城市管理局一线工作人员休息室"的牌子,附近停着许多赣C的红色大卡车,屁股侧后方都写着四个字:挣钱机器。长廊里有许多老人坐着聊天,我向一位看上去年纪比较大、眼神又不浑浊的老人打听,他确认了旧址,又说自己和大同旅社老板的儿子是小学同学,"他们是两兄弟,成绩差,解放后,(家里)被打垮了,就没读书了。人现在好像还在"。他今年八十多岁,还记得当年出入旅社的大多是难民,从怀化、芷江上来,什么人都有,"过去有那个,妓女,哪个要玩就进去咯",还有伤兵,就住在上面的伤兵医院,"有的跛脚,有的瞎眼,抢老百姓家养的鸡去烤,政府奈不何,管不到"。伤兵还在当地找女人,这也引起了不少纠纷,有的女人跟兵走了,男人就去烧伤兵的屋子,"哎,讲不出名堂。战争时候就很混乱"。

  当年困在晃县的一百来个等车者中,有一位女医生,曾在日本的一所美国教会医院受过训练,又专门研究过中草药,她给林徽因开了一些根据西医理论处方、但在当地能够买到的中药[30],每天白天,梁思成就去三里外的龙溪口抓药。2009年我采访梁再冰,当时80岁的她还记得药方,"每天一对猪肺,再买一百个苦杏仁塞在猪肺里面,然后熬汤,加上蜂蜜一块吃,就这样两个礼拜后,我母亲就完全退烧了"。

林徽因病渐好,梁思成因此有更多时间陪两个孩子,他教他们怎样看地图,带他们到舞水边散步,用石头打水漂儿给他们看[31]。两星期后,梁家登上了一辆十六座的小公共汽车前往昆明,车里塞进了27名乘客,没有窗户,没有点火器,喘着气、颤抖着前进,连爬过一段平路都很困难,更何况沿途的山路。最后,汽车停在贵州某处荒凉的山顶,没汽油了。全家人拉着孩子们冻僵的小手,在天黑下来的时候沿着山路徒步前进,他们又一次遇上了奇迹,在峭壁的一旁找到了几所房子并被允许进去过夜[32]。

离开晃县,又穿越整个贵州,梁家最后到达昆明已经是1938年1月,从长沙出发算起,他们在路上花了整整39天。"关于这些破车意外的抛锚、臭烘烘的小客栈等等的一个又一个小插曲,"林徽因在给费慰梅的信中写道,"间或面对壮丽的风景,使人比任何时候都更加心疼。玉带般的山涧、秋山的红叶和发白的茅草,飘动着的白云、古老的铁索桥、渡船,以及地道的像安顺那样的中国小城,这些我真想仔细地一桩桩地告诉你……"[33] 这次旅途中的重病对林徽因的健康造成了严重损害,埋下了几年后她肺病再次复发的祸根[34]。1938年春天,她给人还在湘西的沈从文写信:"现在多半的人都最惦挂着我的身体。一个机构多方面受过损伤的身体实在用不着惦挂,我看黔滇间公路上所用的车辆颇感到一点同情,在中国做人同在中国坐车子一样,都要承受那种待遇,磨到焦头烂额,照样有人把你拉过来推过去爬着长长的山坡。你若使懂事多了,挣扎一下,也就不见得不会喘着气爬山过岭,到了你最后的一个时候。"[35]

  写这封信前一天，林徽因在昆明又见到了她的几个飞行员弟弟，"我几乎要哭起来，这些青年叫我一百分的感激同情……天天早上那些热血的人在我们上空练习速度、驱逐和格斗，底下芸芸众生吃喝得仍然有些讲究……现在昆明人才济济，哪一方面人都有。云南的权贵，香港的服装，南京的风度，大中华民国的洋钱，把生活描画得十三分对不起那些在天上冒险的青年，其他更不用说。现在我们所认识的穷愁朋友已来了许多，同感者自然甚多"[36]。

  抗战之初，中国空军可用的飞机不到300架，消耗一架是一架，日本则超过2000架，并且可以不断生产。1937年在上海、在杭州，1938年在武汉，中国空军尚能一战——事实上他们极其英勇，这从中央航校门口石碑上的字就能看出："我们的身体、飞机和炸弹当与敌人兵舰阵地同归于尽"。全世界没有第二个航校会这么写，但许多航校生就是这么做的，毕业于清华的沈崇诲是其中一个，1937年淞沪抗战，他在飞机故障、自己又负伤的情况下选择驾机撞向日舰"出云号"。[37]

  到了1940年，随着日本最先进的零式战斗机投入战场，日本空军完全拿走了制空权，1941年成都913空战中国惨败，在飞虎队援华之前，再无招架能力。对于航校的学生来说，这几乎是一开始就注定的悲剧：他们一批批地毕业，一批批地冲上天空，然后一批批地留在了那里。有人做了统计，当时的中国飞行员从航校毕业到牺牲，平均生命只有六个月的时间[38]。从1939年开始，陈桂民、叶鹏飞、黄栋权……他们的遗物一个一个寄到了"荣誉家长"梁思成和林徽因手中，每接到一次包裹，林徽因都要哭一场[39]。1941年，林徽因的胞弟林恒，航校第10期学员，也牺牲在成都上空。三年之后，林徽因写下了那首《哭三弟恒》。这一年，她在晃县结识的最后一位"弟弟"林耀，也牺牲于衡阳保卫战中：

> 弟弟，我没有适合时代的语言
> 来哀悼你的死；
> 它是时代向你的要求，
> 简单的，你给了。
> 这冷酷简单的壮烈是时代的诗
> 这沉默的光荣是你。
> ……啊，弟弟不要伤心，
> 你已做到你们所能做的，
> 别说是谁误了你，是时代无法衡量，
> 中国还要上前，黑夜在等天亮。
> ……
> 啊，你别难过，难过了我给不出安慰。
> 我曾每日那样想过了几回：
> 你已给了你所有的，同你去的弟兄
> 也是一样，献出你们的生命；
> 已有的年轻一切；将来还有的机会，
> 可能的壮年工作，老年的智慧；
> 可能的情爱，家庭，儿女，及那所有
> 生的权利，喜悦；及生的纠纷！
> 你们给的真多，都为了谁？你相信
> 今后中国多少人的幸福要在
> 你的前头，比自己要紧；那不朽

中国的历史，还需要在世上永久。
你相信，你也做了，最后一切你交出。
我既完全明白，为何我还为着你哭？
只因你是个孩子却没有留什么给自己，
小时我盼着你的幸福，战时你的安全，
今天你没有儿女牵挂需要抚恤同安慰，
而万千国人像已忘掉，你死是为了谁！[40]

汤卜生，那位空中谒陵的飞行员，在《一个飞行员的自述》里说，他们每个人都存有一个遗嘱，因为既然在战争期间当了飞行员，就不可能有什么可以预期的计划，如果有什么计划，"那就是为国牺牲吧"。也是在那篇文章里，他谈起飞行员的痛苦和喜悦，"我们与环境作生命的挣扎时，我们是孤单的辽远的在离人群极远的空中，我们的痛苦和喜悦，只有我们孤单的享受，同时在痛苦的事向我们围攻时，却更残酷得不容许我们去思索和回忆任何一件往事，哪怕是正在以每秒钟八十公尺的速度向一个无可避免的山峰中碰的前一刹那！我们永远只有现实！求如何以处置现实！等到我们安全的回到机场，和人们谈到一个几乎失去了生命的经过，是没有人可以体验到当时的情形的！因为，生命是这样的东西：已经失去了，没有人能知道他！没有失去，没有（人）会感到它！"[41] 这篇文章发表后不久，1938年8月18日，在衡阳上空的空战中，汤卜生也牺牲了。

在为费慰梅所作《梁思成与林徽因》写的前言里，史景迁说，"仅仅让我们远远地对二十世纪的中国历史做一番鸟瞰，就不难发现，这是一个浪费惊人的世纪：浪费掉了机遇，浪费掉了资源，也浪费掉了生命。在外侮入侵和占领的困难与内政如此的无道交织在一起的时候，怎么可能会有目标明确的国家建设？"[42] 有人会觉得，梁思成和林徽因的故事从一开始大概就是上述悲观看法的证明——从长沙到沅陵再到晃县，又岂止是梁林，沈从文、沈荃、航校的年轻人们等等等等，不一样在这无尽的消耗中浪费了他们的生命？可就像史景迁说的，一旦了解了更多他们的故事，那些亲切又感人的细节，你就会清晰地感受到他们迸发出的生命之光。

不逛街也不参观时，旅行团学生们最大的娱乐活动是打桥牌，白天打，晚上打，床上打，草地上打——吴大昌告诉我，有人走得特别快，就是为了给打牌多争取一点儿时间。有时也唱歌，那会儿的学生都喜欢合唱，无论学生运动还是徒步行军，唱歌都是最好的激发士气的方式，"我们那时候是高高兴兴地唱歌，步行时唱，晚上也唱"。晚年接受采访的黄钰生回忆说，"我们一路上唱着游击队员之歌、我们都是神枪手，还唱聂耳的歌。我们吃得很好，睡不可能好，有时牛舔我们的脖子，就在牛厩的旁边睡了"[43]。在晃县舞水边，他们唱的是"一二三——四！暖和的太阳，太——阳！……"唱着唱着就改编歌词，愉快放荡起来，"……秋香，有谁爱你呢？……""有我呀！""……前进，前进！"[44]

一天，他们在舞水边闲谈，从松花江谈到昆明湖又谈到西子湖，都是沦陷的土地，谈得气愤时个个摩拳擦掌。就在这时，渡口上忽然围了一群人在争吵。大公报记者戚长诚与几个同伴走近，发现是一艘民船拉着两千多斤水银，顺流而下要往常德去。县政府的人说是有资敌的嫌疑，扣船不放行，而经运商人却说是运到常德制药。同伴中的一位教授——很可能是曾昭抡，当年他入麻省理工学院学化学时，一战刚刚结束两年，学院体制与教学尚未完全脱离战时轨道，因此他也接受了军事化学教育[45]——见双方争持不下，遂从中调解："最好是由县政府出面打电话给常德县政府，请其就地调查真伪，一面电请省政府批示，在省府回示未到之前，水银暂且留在晃县，不要起运"。双方这才不再坚持。事后教授告诉戚长诚，水银确是制造炸药的重要原料，像这样大批资敌，虽然不易，但是配普通西药，却也用不了这许多。照他的推断，或许是商人运到下江去，打算抬价谋利[46]。

因为这次意外事件，他们知道了晃县酒店塘一带水银矿产极富，戚长诚便约曾昭抡和袁复礼两先生次日去参观矿场。酒店塘在县城西南二十余里，去之前，戚长诚就听晃县较有文化的民众说，酒店塘的水银矿，一向是由军阀包办，甚至是包而不办，最近湖南的政治虽然比五六年前进步，但水银矿却仍由一位旅长承办。戚长诚半信半疑，和袁曾两先生步行两个多小时抵达，听矿区某君介绍说，晃县的水银矿从去年秋天起已由裕湘公司接办，裕湘公司是十二个人合股组成，资本三万多元，工人四百多人，每月给湖南建设厅矿租四百元。因为接办才半年，所以盈利不多，但出产已大大增加，好的时候每月能产四千斤左右。不过"商办"很可能也只是名义上的，戚长诚很快就从矿区经理告诫工人的布告里得知，裕湘公司总经理，就是暂编陆军第十二旅旅长李雁宾。

三位参观者获准进到矿洞，往下走了一里多，洞里很暗，油灯如豆，还常常被一缕缕白色的水蒸气熄灭。越往里走越闷热，工人全部赤身裸体地干活，挖矿、运输、排水，一切都是人力，工资极低，每日每人最高一吊四百文（约合一角七分五），公司另给每人每日菜钱二百文。这个矿仍采用人工敲碎矿石再放入锅炉中烧的土法提炼水银，效率很低，毒性也大，油水工人个个染病，轻者牙床腐烂、神经衰弱，重者五脏失效、骨节麻痹、肺结核等等。两位教授看了忧心忡忡，通过戚长诚在《大公报》的专栏呼吁，用更先进的化学蒸馏法，既可以减少疾病，又可增加出产。[47]

1939年5月，湖南省建设厅在晃县成立省汞业管理处，加大采矿力度，也是这一年，张本清联合晃县著名匪首姚大榜（电视连续剧《乌龙山剿匪记》田大榜的原型）击败了酒店塘汞矿的原本经营者，但也因为分配不均，矛盾日深[48]。1941年5月，湖南省汞业管理处并入国民政府资源委员会汞业管理处[49]。有人说，资源委员会在某种程度成为中国计划经济的先声[50]，不过这是后话了。抗战胜利后的1946年，资源委员会在各地招商承办，将酒店塘汞矿转让给张本清的本善公司承办[51]，厂房、设备全数归张[52]——这在当时是否进一步激化了张姚矛盾，已无迹可寻，但毕业于黄埔一期的张本清，自负自恃，孤傲不群，对地方不公之事好打抱不平，而晃县帮派竞争盘根错节，张本清开在龙溪口的本善公司，占用了江西帮的部分地基，并且将其房檐削去一角[53]，加上本善公司大量收购桐油等产品，生意兴隆，又通过经营龙溪口码头大肆征收码头税，夺了各商号之财，早已树敌无数。最终江西帮和芷江的杨永清联手，假姚大榜之手枪杀了张本清[54]。时任晃县警察局长的杨世明回顾了1949年2月14日凶杀之日及后续处理情形：

> 是日上午11时左右，我正在局里办公，忽听得舞阳河两岸市街人声鼎沸，嘈杂喧哗……忽有巡警来报……走

到龙溪口正街进巷子之处,见张本清被击毙横倒在正街中心,人众畏事不敢围观。顷刻消息传遍全县,人皆惊动……我见死者身着长袍,右手插在怀里,就命人将手拔出,带出左轮手枪一支,显系死者发现凶手,不及取枪自卫……

杨永清帮会集团杀张本清后……放出谣言,说张本清被刺是"地方除霸"……我几次面见县长唐振之……请其支持警察局对张案的侦破。唐抱着消极态度……他说:"杨、张二人势如水火……两者死其一,社会即可维持现有局面……"

……此时各地解放消息频频传来,湘西帮头杨永清在芷江酝酿"应变计划",大封"官爵"。晃县姚大榜、胡楚藩、姚子杰以及其他小头目等纷赴芷江,请讨封赠……刺杀张本清的人犯各有他图,都已走离县境,远散各地。

我……遂写密报一件,详陈张案内情及凶犯尚未归案的原因,派人专程送往长沙省政府,递交邓介松转呈省主席程潜。不旬收到程潜亲署的回信,其中主要答复只两句话:"如君明哲,当能酌情善自处理。"当时省方当局正在酝酿全省和平起义的大计,自无心受理地方局部问题。[55]

那个时代似乎已经很久远了,财富聚敛起来,又消散于无形,但有时候,历史会沉淀在某个角落里——2002年,有人在龙溪口买下一栋1949年前的老房子,翻修二楼楼板时,在楼板夹层发现了不少水银,装在瓶子里去称,有两斤之多。而装修楼下房间时,又发现地板下面是个盐窖,很大一块,外面看起来是黑的,锤开一看,里面都是白花花的岩盐。[56]

注释

1. 长诚:《抗战中的西南(十)》,《大公报》汉口版1938年5月1日。
2. 唐冠芳、张玫白:《忆迁黔途中二三事》,《烽火艺程:国立艺术专科学校校友回忆录》,杭州:中国美术学院出版社,1998年,第136页。
3. 杨式德日记。
4. 蔡孝敏:《旧来行处好追寻——湘黔滇步行杂忆》,张寄谦编《中国教育史上的一次创举——西南联合大学湘黔滇旅行团记实》,第214页。
5. 何善周:《千古英烈 万世师表——纪念闻一多师八十诞辰》,《闻一多纪念文集》,北京:生活·读书·新知三联书店,1980年8月,第254页。
6. 《西南采风录》自序,刘兆吉:《西南采风录》,商务印书馆,1946年12月。
7. 沈从文:《沅水上游几个县分》,《湘西》,《沈从文全集·第11卷·散文》,太原:北岳文艺出版社,2002年,第382页。
8. 中共新晃侗族自治县委党史办编:《红二、六军团过晃县》,1991年1月。
9. 林蒲:《湘西行33》,《大公报》香港版1940年6月6日。
10. 《新晃侗族自治县工商史料辑》,1982年12月。
11. 《新晃侗族自治县工商史料辑》。
12. 林蒲《湘西行30、31》,《大公报》香港版1940年6月3日、6月4日。
13. 钱能欣日记。
14. 李飞斌、张朝玉:《晃县地方风味小吃杂谈》,《新晃文史·第4辑》,1991年5月。
15. (美)易社强:《从长沙到昆明:西南联大的长征是历史也是神话》,张寄谦编《中国教育史上的一次创举——西南联合大学湘黔滇旅行团记实》,第497页。
16. 吴征镒日记。
17. 金五:《从长沙徒步到昆明的日记》,《见闻》1938年9—10月,龙美光编《八千里路云和月——长沙临时大学播迁记》,第76页。
18. 彭宏高:《文军长征在晃县》,来源:县史志编纂委员会,载红网新晃站。
19. 林蒲:《湘西行36》,《大公报》香港版1940年6月10日。
20. 林蒲:《湘西行32、33、34》,《大公报》香港版1940年6月5日、6月6日、6月7日。
21. 详见:罗英《我对湘黔划界的追忆》,《新晃文史·第4辑》,1991年5月。
22. 余道南日记。
23. 梁从诫:《倏忽人间四月天》,《不重合的圈:梁从诫文化随笔》,天津:百花文艺出版社,2003年1月,第40页。
24. 致费慰梅、费正清,《林徽因书信集》,南昌:江西人民出版社,2016年,第90页。
25. 梁从诫:《悼中国空军抗日英烈——忆一批与我们家情同手足的飞行员朋友》,《瞭望》,1995年第31期。
26. 费慰梅:《梁思成与林徽因:一对探索中国建筑史的伴侣》,北京:中国文联出版公司,1997年9月,第127页。
27. 张钊维导演纪录片《冲天》。

28	费慰梅:《梁思成与林徽因:一对探索中国建筑史的伴侣》。
29	梁从诫:《悼中国空军抗日英烈 ——忆一批与我们家情同手足的飞行员朋友》。
30	费慰梅:《梁思成与林徽因:一对探索中国建筑史的伴侣》。
31	费慰梅:《梁思成与林徽因:一对探索中国建筑史的伴侣》。
32	致费慰梅、费正清,《林徽因书信集》,第90页。
33	致费慰梅、费正清,《林徽因书信集》,第91页。
34	梁从诫:《倏忽人间四月天》,《不重合的圈:梁从诫文化随笔,第40页。
35	致沈从文,《林徽因书信集》,第40页。
36	致沈从文,《林徽因书信集》,第42页。
37	纪录片《冲天》。
38	纪录片《冲天》。
39	梁从诫:《悼中国空军抗日英烈 ——忆一批与我们家情同手足的飞行员朋友》。
40	《哭三弟恒》,《林徽因精选集》,济南:齐鲁书社,2016年7月,第87页。
41	卜生:《航空生活的感想:一个飞行员的自述》,《中国的空军》,1938年第10期。
42	(美)史景迁:前言,载费慰梅《梁思成与林徽因:一对探索中国建筑史的伴侣》。
43	伊斯雷尔(易社强)访问黄子坚,1980年3月22日,西南联大博物馆提供。
44	林蒲:《湘西行36》,《大公报》香港版1940年6月10日。
45	戴美政:《曾昭抡》,北京:群言出版社,2013年12月,第49页。
46	长诚:《抗战中的西南(十二)》,《大公报》汉口版1938年6月5日。
47	长诚:《抗战中的西南(十二)》,《大公报》汉口版1938年6月5日。
48	《湖南社会大观》,上海:上海书店出版社,2000年1月,第245页。
49	《湖南省志第九卷·工业矿产志·冶金工业》,长沙:湖南出版社,1991年11月。
50	详见:程麟荪《中国计划经济的起源与资源委员会》,《二十一世纪》。
51	朱汉国、杨群主编:《中华民国史·第三册·志二》,成都:四川人民出版社,2006年1月,第92页。
52	《新晃侗族自治县志》,北京:生活·读书·新知三联书店,1993年5月,第429页。
53	《湖南近现代社会事件史料选编》,长沙:湖南师范大学出版社,2013年4月,第1143页。
54	《湖南社会大观》,第246页。
55	《湖南近现代社会事件史料选编》,第1143页。
56	刘建勇、马金辉:《龙溪口:乱和繁华,都随时光去了》,《潇湘晨报》2009年1月4日。

Ⅲ

黔

流经青溪的舞水,右侧白色残壁处是湘黔滇旅行团第一大队入住的万寿宫。青溪曾是贵州最小的县城,如今已降格为镇远县下的一个镇。当年这里建起了中国历史上第一个近代钢铁工厂,比张之洞办的汉阳铁厂还要早三年,不过这段堪称悲壮的往事已经很少有人知道了。

当年的万寿宫如今成了菜地。八十年前,学生们留宿于此,寝室在观音殿,神桌上有签筒,有人随意抽了一枝,是上上,不过签上面注明"上油十斤",又抽,中吉,上油六斤。他干脆把签全倒出来,共有五十枝,仅有两枝下下,两枝中下,只有这四枝签不用上油。

在镇远与施秉交界处,我第一次在路边见到了将军箭与指路碑。据说是乡民为小孩冲煞所立,不止在贵州,西南偏僻地区都大量存在。不知旅行团的学生们沿途看见这些会作何感想?是斥为封建迷信,还是与彷徨歧路的心境多少发生一点共振?无论如何,行路之年,它们至少为旅人提供了明确的方向。

2018年4月26日,终于到达慕名已久的鹅翅膀桥——中国修建时间最早的公路立交桥。老桥已于2006年停止使用,车辆从旁边的新桥走。鹅翅膀以下,老湘黔公路曲折通往远处山间的镇雄关。抗战时期,军用卡车排队沿这条路翻山过桥,源源不断往湖南运送补给,而此时这里空寂无人,鸟叫、虫鸣、岩壁上泉水滴答,声声入耳。

鹅翅膀

2018年4月28日,黄平至重安途中,经过五里墩村。按学生日记记载,老湘黔公路海拔最高处就在附近,因为没有标牌,我只能根据地势和手机App来推断最高点。数字在1120米上下跳动,已是一派山巅气象,水田和旱地交织着,一层一层落向左边的大峡谷。

黄平附近山谷中的苗族夫妇。老太太听不懂汉话,也不太会说,说得最多的词就是"害羞"。我想给老屋拍照,她连连摆手,"泥土巴巴,害羞!害羞!"老爷子会一点汉话,很大方地允许我给他们拍一张合影,老太太双手蒙住脸,"害羞!害羞!"还是答应了,郑重其事摘下蓝色头巾。

5

6

重安的早晨是从水边开始的。河里有许多鱼儿冒头呼气，年轻的女孩在江边墩拖把，水波把倒映在水里的金凤山晃得失去了形状。归来的渔船歇在岸边，农夫挑着担子高高低低走过吊桥，临水的一排水泥砌吊脚楼飘起炊烟，上游清亮的江水，流到镇上，经过生活的点染，就变了一种颜色，像落上灰尘的深青色旧桌布。

2018年4月29日，从重安前往炉山途中经过大风洞。往里头走是个不规则的穹顶大厅，深处流出一条浑浊小溪，溪边有小型白色钙华，如莲花座一层层扩散开来，最上方是一观音铜像。出洞时我怀疑自己看到了杨式德说的那块县长凿洞的摩崖石碑，年久磨损，难于辨认，我往上爬想看得清楚些，结果摔了一跤。

7

8

安顺城外的华严洞正在扩建。湘黔滇旅行团的学生们曾到访这里,他们走后不到一年,1939年1月22日,80箱来自故宫博物馆、曾赴英参展的国宝,包括王羲之三帖、吴镇《双松图》、边文进《三友百禽图》、宋徽宗《溪山秋色图》、晁补之《老子骑牛图》等等,经南京、汉口、长沙、贵阳,辗转避难于此。

2018年5月5日,离黄果树继续西行,左为关索岭,右为鸡公背。湘黔滇旅行团一路所经大山,以关索岭最为难爬——部分原因是他们抄了近路,一条刻在陡坡上的之字形小道。远处是2009年建成的著名的坝陵河大桥。不过,大桥是为往来汽车准备的,作为徒步者,我只能老老实实走到谷底再翻山去对面的关岭。

前往永宁的公路上有无穷无尽的上坡和转弯,行路者偶尔会陷入轻微的恍惚,唯有仰赖惯性——是一开始设定了方向与目的地,调动身体与精神上路之后形成的那种惯性。八十年前行走在这条路上的学子们或许早有类似体验,"吃过早餐之后,就只盘算着那天的途程。出发之后眼看着路旁那矮小的路碑的号码增加或者减少,心里面也渐渐地加多了喜悦,像是快完成了每天的任务"。

2018年5月7日,永宁与晴隆之间的盘江大峡谷与盘江抗战铁桥。当年旅行团在这里乘舟飞渡急流,"双篙一点江岸,小舟立即随波逐流进入一片旋涡之中",看得岸上人心惊,"啊、啊"之声不断。八十年后,汹涌的北盘江已成静流,因为阶梯式开发,西南地区已经很难看到一条奔流的大河了。

11

12

湘黔滇旅行团过盘江时，铁桥正在修建，建成后此桥成为第二次世界大战远东战区西南国际大通道的交通命脉，1941年6月8日被日军飞机炸毁，近一年后才抢修完毕。老桥晃晃悠悠，已不承担任何交通功能，桥墩下有几个人在钓鱼，我在桥东岸的碉楼边坐着发了会儿呆。

抗战时期著名的二十四道拐如今是晴隆的头号名片景点，虽然史迪威先生从未来过这里，但这并不妨碍晴隆在山谷里打造出一座"史迪威小镇"。按规划，晴隆还要在盘江桥到二十四道拐间推出CS真人秀游戏，主推军事创意文化，建设CS体验主题公园。

13

14

过普安后风光平淡,我走烦了,从手机里翻出《徐霞客游记》,写他过普安,"连逾二岭脊",听到水声潺潺,"忽见一洞悬北崖之下……深仅数寸,而阔约二丈……征询问洞名于土人,对曰:观音洞"。此刻是2018年5月9日中午12点40分,公路在谷地中平滑地伸向远方,几十米外,七八个人聚在崖壁下好似洞口的地方,我加快脚步走近了,那里立着一块牌子:观音洞。冥冥中某种东西把我带到这儿,又让我一分不差地在这里读到这段。

前往盘县途中的一段小路。当年旅行团学生抄小路有个指路方法,就是看着电线杆子走,不过这招有时不灵。盘县地处贵州最西部,在这里,余道南吃到了破酥包,觉得味道鲜美,回到住处时雷声隆隆一阵急雨,几分钟后雨停风止,空气清爽,略有凉意,这样的气候让他感到云南已经不远了。

15

16

第二十一章
晃县 — 玉屏：重建一座小小的石头城

> 折耳根开始出现了—秀气的河谷—巨大的脏兮兮的电吹风—湘黔交界处—戴着口罩防放蛊—县长的布告—麦克卢汉的预言—查禁的故事—不抗日可不可以呢—每个角落都充斥着鸦片烟味—欢迎无家可归的孤魂—花花豹子在城墙上叫—深更半夜来敲门的伤兵

离开新晃这天上午，依旧闷热，云朵很厚，预报中的大雨迟迟落不下来。我9点多退房从酒店出发，跨过舞水，经过不复存在的大同旅社，在城西的"原中山老粉店"吃到了出发以来最可口的一顿米粉，汤头鲜而清淡，小青辣椒有股生野劲儿，脆萝卜脆爽清甜，一解几天以来芷江鸭、大碗饭和炒粉带来的油腻。粉店不大，生意极好，手脚麻利的老板娘记得每个人点了什么。自选佐料里出现了凉拌折耳根，提醒你贵州不远了。

吃完早饭，心满意足地折回国道，继续西行。我惦记着杨式德在日记里写的，"在舞水的valley（溪谷）里向西走着"，"野草中以羊齿植物最多，树木则多茶油树"，好像出城就步入一条绿色河谷似的，全然忘了国道早已在每座城市的郊外繁殖出无尽的汽修站和补给点，它们带来的噪音、灰尘（有的地方有拇指盖儿厚）和机油污染蔓延长达两三公里。

灰头土脸走了半小时才算真正出城，湘黔铁路一直相伴行进，一列从昆明开往哈尔滨西的绿皮火车驶过，与之同行的是国道上一辆从汞矿开往县城中山路的员工班车，往前走不远，果然看到路牌，指向"酒店塘化工小区"——这座曾昭抡与袁复礼两先生探访过的湖南汞矿鼻祖见证了明朝的灭亡，清末首次公司化开采，西南的军阀混战，抗战时期的官办和战后的招商（间接引发了一起命案），以及新中国的技术改造，直到1981年才因为资源枯竭而宣布闭坑。[1]

接近上午11点，车明显少了，国道的底噪——啾啾鸟鸣可以听到了。一只乌鸦在汽车行将驶过之际玩了个惊险的低空穿越。两边的行道树还是刺槐，出发时湖南开得正艳，快进入贵州时已有败落之象。隔不多久就有火车驶过，带着悠长的汽笛声，有的人家夹在铁路与国道之间，用水泥围栏砌出个小院子，孩子在里头无忧无虑跑来跑去的样子真叫人羡慕。一丛茼蒿开着热烈的黄花，几株芫荽，白色带点粉红的小花长在其中。好长时间我一直以为"芫荽菜"写作"盐熏菜"，晃县当年开在斌星街口的陈胡子面馆，除了骨汤鲜美，还佐以生姜、胡椒、香葱、油泼辣子等香料，到了冬天还会加上芫荽作为时令调味。这一路的芫荽不少，有水的地方能长出一大丛来，气味浓烈。

又走了20分钟，总算进了杨式德说的valley，平滑如镜的舞水在国道右侧出现，河对岸是连绵的喀斯特小山，山脚下老屋有着拉长的灰瓦屋顶，加上岸边几株竹子和青色积雨的天空，确实是秀气的风景。有一点凉风，头顶的积雨云迅速变幻着色彩，不知这场大雨何时降下。继续沿河上行，对岸山体一直逼到水边，岩壁如削，但转过一个弯，台地和梯田又在对岸出现了，电线上缠绕着可爱的藤蔓植物。中午12点45分，进了路边一家"活鱼馆"，却点了香椿炒蛋之类的全素，老板似有不满。坐在临河走廊等上菜时，暴雨突如其来，两三分钟就达到顶峰，铁皮屋檐噼里啪啦直响，舞水河面激起密密的白点，一只白粉蝶在雨中挣扎着飞着，居然一直没被击倒。雨很快就停了，河面吹来凉爽的风。炒菜味道中规中矩，米饭按人头收费——还在湖南边境，但已不是"米饭管够"的湖南规矩了。

雨后的国道有清新的气味，行道树下的路面是干的，可刚刚的雨下得明明很大啊。过路大货凶狠，在没有积水的地方也能给你轧出水花来。继续沿舞水前进，1点45分经过了露水溪渡口，顺台阶下到河边洗手，一个男孩在凉亭里听音乐，他在等吃饭的船公回来，红色的铁皮小船泊在岸边，上面写着"铜仁"二字，一块钱过一次河，男孩告诉我，对面（北岸）就是贵州了。对面也有人在等船，矮矮的梯田正往河里哗哗排水。

下午来了一阵太阳雨，芭蕉叶、白菜叶、莴笋叶上都亮晶晶的，怪好看，可闷得人不舒服。好在不久又起风了，一块提醒人们安全生产的生锈铁牌摇摇欲坠。走出鱼市镇就告别了舞水，马路对面一棵仍然开着花的刺槐树叶间翩翩飞着几十只白粉蝶。一辆大货带来一阵含沙的狂风，但有的大车带来的是焚风，尤其当它开得特别缓慢时，就像有人拿了一个脏兮兮的大电吹风给你从头到脚吹了一通。我见人就问贵州还有多远，都说挺远的，也许他们是希望我搭乘他们的摩托车，但此时真想念典型山中徒步故事里头那些总说"没得好远"的可爱老乡啊。

3点钟,天又一次阴下来,这会儿可以确定一场真正的大雨就要降下了。出发前设想的挽起裤腿蹚水的情形终于要在湘黔边界出现了吗?等等,我好像在常德就把拖鞋作为减负品给寄走了……不管了,上到旁边的铁路桥,放下背包,坐下来休息。桥上风大,吹着十分惬意,能听到一种有趣的鸟叫,就像一个急促的嗓音跟你说:别急别急别急。这是一片谷地,铁路便沿着这狭长谷地通向前面贵州的大山里,又一列绿皮火车呜呜呜着西行时,我居然生出了某种西出阳关的苍茫之感。

正德三年(1508),王阳明谪守龙场驿,由此道进入贵州时正是阳春三月,想必是心情低落,他没有为春天留下只言片语,把笔墨都给了愿与他结伴同行前往"瘴蛮"之地的一位新友,"山城寥落闭黄昏,灯火人家隔水村。清世独便吾职易,穷途还赖此心存。蛮烟瘴雾承相往,翠壁丹崖好共论。畎亩投闲终有日,小臣何以答君恩"[2]。十六年后,谪戍云南的杨慎熬过了湘西的冷霜,离开晃县进入玉屏时大约也是春天了吧,可春色只令他感慨韶光荒废,"野鸡坪边饶杂花,幽兰石竹交山茶。可怜春色浩无主,徒使骚人恼鬓华"[3]。

"东来荆楚行将尽,西去黔滇路转长",那些西去边地者留下的文字,像永不消失的电波,时移世易仍可与人发生情感共振。可是我也知道,很多时候你需要跳出来审视这种情感。某一个不太冷的冬天,我在维也纳街头闲逛,想要看看多瑙河,结果从老城一直往东走了快一个小时,才来到这条著名大河的岸边。河很宽,水是灰色的,对岸有方方正正了无趣味的建筑,再往东就是一望无际的平原了——至少印象里是如此,当我想起多瑙河东岸时，脑袋里回想着的是某位欧洲人（忘记是谁了）说的，过了多瑙河，就是亚洲了。这里的"亚洲"，并非真正的亚洲，而是蛮荒、嗜血、无法理解，总而言之是不够"文明"的指代。虽然茨威格说，"凡是在维也纳生活和工作的人都感受到自己摆脱了偏狭和成见。再也没有一个地方能比在那里更容易当一名欧洲人"，但摆脱了偏狭的欧洲人仍然需要一个"亚洲"来成为欧洲人，因为人们总是需要他者来发现自我。同时，最好还有一个明确的界限，来隔开我们和他们。于是"亚洲"不断扩张，从远东到中亚，从俄罗斯的干草原到小亚细亚，再到巴尔干，到多瑙河东岸，最后一路直抵冷战时期的东柏林——好像是西德总理阿登纳的话吧，柏林墙以东就是专制的亚洲云云，听起来就是蛮夷论的西方版本。这么一想，此刻休息的铁路桥，倒可比作查理检查站了——检查的不是你的证件，而是你的心灵。

离开晃县前，湘黔滇旅行团闹了一次不大不小的矛盾。因为由常德走水路到沅陵的大件行李船比预计时间晚了三天抵达，直到大部队已经走到晃县，那些行李仍未跟上。大多数学生的意见是等行李全部抵达再从晃县出发，但团长黄师岳并未表态。第二天，《大公报》记者戚长诚告诉学生，临大当局原本和贵州公路局签订契约，要了一批汽车，但由于经济原因和李继侗教授的激烈反对而作罢，已经在五里山受过匪情惊吓的学生们认为，是吝啬的首长关心几个钱胜过关心他们的安全，他们成了牺牲品，因而决定以后不再步行了。李继侗试图对学生解释，贵州当局已经无法从各项军事任务中抽调汽车给旅行团使用，因此除了步行入黔别无他法。但包括戚长诚在内的几个学生带头人拒绝接受。他们抗议说，行李未到，在无衣可换的情况下大家还能坚持多久呢?团长黄师岳向他们保证,行李最晚将在三天内追上大部队[4]。3月17日一早,旅行团总算在细雨中,由保安队护送[5]陆续开拔。

不知是否和带头"闹事"有关,戚长诚应该是在进入贵州前后离开了旅行团——他在报上连载的《抗战中的西南》到晃县戛然而止,而他再一次发稿,身份已经是《大公报》驻贵阳记者。根据学生们后来的回忆,他也确实在旅行团越来越不受欢迎——人们觉得他自作聪明,爱管闲事。[6]

晃县距离玉屏34公里,上午10点多,旅行团行至距离晃县16公里的鲇鱼铺,此地已属贵州,市镇东边一个牌子写着"湘黔交界处",杨式德在这里买了碗白薯吃,前半日他在路上见到袁复礼,"穿西服、皮鞋,手里提着斧头随时打击山石",休息时,又看到了闻一多,"戴礼帽,穿中式浅色长衣,腰束黑带,斜插着大烟袋,下面绑着腿,拿着手杖,充满了仆仆风尘的意味"[7]。不少学生在省界合影留念,在黄培云担任小队长的第一大队第二中队第五分队老照片里,你能看到那块竖起的"湘黔交界处"牌子,一棵大树和一座不高的牌楼,但最引人注意的,是好几个学生胸口挂着面具。张寄谦所编一书为这张照片作注说,"为了防御传闻苗民放蛊的伤害,少数小分队员戴上了外科面具"。易社强的书则解释,有人戴上面具,据说这样能预防疟疾。无论是哪种说法,在1930年代,一般人的印象里,贵州不只是一个贫穷的省份,更是一个充斥着瘴气、疟疾和蛊毒的神秘所在。1937年,甚至《中国红十字会月刊》这样的杂志都会煞有介事地说起放蛊,"放蛊的人……每年至少要放一次,要不然自己就得死去的。'蛊'就是许多最毒性的虫,相聚在一起互咬着,剩下了最后一只虫,毒大无比，人若受有这样一点毒，就会咬穿脏腑，中毒而死，苗妇还有一种特殊的'放蛊'法，就是不放在食物里，而放在空气里，它可以在一定的时间内处人以死，这种毒害，大都是客乡人到了苗区旋归故里以后，约时不归，而出此的"[8]。

贵州苗寨可怕的名声，让诗人出身的省民政厅厅长曹经沅不得不在《大公报》撰文解释："我们要晓得今日苗寨生活，很吻合古代社会，譬如苗民中有春天跳场的风俗，但我们古代周礼有'孟春月男女会合于野'的记载，苗民中有放蛊的行为，但我们西汉的时候，有巫蛊之祸……这些风俗的好坏虽为另一问题，我们由此更可证明苗寨同胞，并不是何种异族，同我们古代的风俗，确是一样，所以一切的荒谬传说，我们应当竭力纠正的……我们既晓得苗寨同胞在生理上，并没有特殊的变态，和我们一样的……至于现在苗寨的情形，又是怎样呢，据本人调查的结果，还是痛苦不堪，在他们生活上说：不吃盐粑是常事，几个月见不着滋养料，一天工作下来，得不着一饱，在卫生上说：有终年不洗澡，污秽不堪，身上没衣服穿，夜间盖'秧被'，在迷信上说：他们生命一切，掌握在鬼师手里，有病无医药，真是可怜得很！他们本身是这样的困苦，还有所谓'官家'，'土豪'时常压榨他们……本人觉得今后县政是要负这个责任的。"[9]

过了鲇鱼铺即为贵州省境，余道南注意到湘黔公路湖南段路面平整，一入贵州就坎坷不平，路旁不少煤矿，"煤层裸露，随处可见，只可惜货弃于地，无人开采"[10]。沿途不时有武装保安人员巡逻，他听说是贵州省主席吴鼎昌下令安排的，以保护旅行团安全，"黔省自地方军阀倒台之后，改由文人执政，一切比较开明。但愿吴氏在位期间，能为贵州全省人民多做些好事"[11]。1926年,银行家吴鼎昌出资5万元,与留日老同学胡政之、张季鸾一道,创办新记《大公报》,以"不党、不卖、不私、不盲"为办报理念,开启了中国新闻史上的传奇;抗战期间,吴主政贵州八年,使黔省在社会经济、文化教育等各方面都有了长足进步,而同样重要的是,贵州进一步纳入"中央化"进程,作为西南大后方日益安定巩固,为长期抗战贡献莫大。[12]

风越来越大,已经很凉快了,我背起包继续向贵州进发。国道起起伏伏,有时路两旁都是岩壁,穿堂风迎面而来。天光美妙,尤其是结合远处斑斓的山色。只有接近地平线的一小块儿天空是闪亮的,其余部分是每一秒都在变幻的阴沉沉的蓝。越接近贵州,颜色好像就越丰富,《中国国家地理》杂志曾经把贵州称作"彩色省",那么贵州的自我定位呢?答案很快揭晓,前方短暂平行的沪昆高速上出现了绿底白字的提醒:欢迎来到公园省贵州。不过国道上还没有贵州的欢迎语,倒是走着走着,一回头,看到背后有一个"欢迎您进入湖南省级贫困县新晃侗族自治县"的牌子,牌子下头有一叶废弃的、积着雨水的小舟。

风又大又凉,远处的天光被压得越来越小,所有的植物都在抖动。雨点落了下来,很稀疏,但颗粒很大,砸得人有点疼。下午3点半,终于进入了鲇鱼铺。杨慎当年经过这里时记述,这里"山产石墨,道皆黝泥"[13]。鲇鱼铺现在叫大龙镇,路边煤块仍然很多,油光发亮堆在路边,一栋旧旧的"黔东招待所"立在被煤染黑的路边。不远处有一幅鼓励二胎的宣传语:一对夫妻生两孩,老有负担分半开。前方1730公里的路牌开外,终于看到了"欢迎进入320国道贵州段"的字样。修车铺几个男人告诉我,他们是贵州人,国道两边都属于贵州,而公路在进入贵州段前仍属湖南。他们一直问我怎么不坐车,始终无法理解这样一件事情:有人放着车不坐非要走路。最后他们压低音量得出结论,我一定来做某种调查的。

人们很容易把走在路上,尤其是公路上的人想象为怪人或者苦行者,却不明白他们有可能多么快乐。就拿我自己说吧,仅仅几个月前,我还在平遥国际电影节稠密的雾霾里一边看露天电影,一边苦苦思索一个文字工作者该在影像时代做点儿什么(这个问题可能比空气更毒);仅仅几天前我还在担心发炎的脚趾,仅仅几个小时前我还被闷热的天气憋得满头是汗,而现在,我的思维和脚步一样轻快,过往堆积的暮气和忧思一扫而空,"尚能走否"?我简直是个少年呀!20世纪初的一位历史学家曾经这样描述徒步带给人的轻快:"我有两位医生——我的左腿和右腿。当身心失常——我的身心住得如此近,以致一方总是捕捉到另一方的忧郁,我便知道我必须招来我的医生……我的思想起初像暴徒,但黄昏我带它们回家,它们嬉戏蹦跳如快乐的小童军。"[14]

下午3点50分,我走到了国道湖南段结束的地方,正式进入了贵州。浓重的乌云压着头顶。我在路边小店买了瓶水,决定在屋檐下等车。过了两分钟,去玉屏的过路车到了,招呼它停下,跳上车去。车被各种蔬菜篮子占满,仅能立足而已。4点05分,大雨倾盆而下。瓢泼大雨里,模模糊糊看到窗外一条宣传语,一个女儿一片天什么的。

湘黔滇旅行团到达玉屏县是下午4时,这是一座城墙完备的小小石头城,旅行团由东门入城,县立中心小学的童子军列队欢迎,还有民众代表向他们敬礼,街上也贴出了欢迎标语,每家还挂出国旗来。欢迎民众里有一对郑氏姐妹,偶然发现旅行团里有一个姓郑的同学——应该是北大历史系大四学生郑逢源,家长便特地邀到家里吃饭认亲,还连夜制作玉箫一对送作纪念[15]。杨式德听说县长也前来欢迎,不过他没有看见。但许多学生都看到了县政府贴在十字街上的布告,有人还拍了照——南开电机系大一学生高小文现在还保留着照片——左下角是县长名字,照片此处有点模糊,根据能找到的材料,他叫刘开彝。

> 查临时大学近由长沙迁昆明,各大学生徒步前往。今日(十六)可抵本县住宿,本县无宽大旅店,兹指定城厢内外商民住宅,概为各大学生住宿之所。凡县内商民际此国难严重,对此振兴民族领导者——各大学生,务须爱护借重,将房屋腾让,打扫清洁,欢迎入内暂住,并予以种种之便利。特此布告,仰望商民一体遵照为要。此布

这是旅行团从长沙出发以来,第一次受到这样规格的欢迎。刚从长沙出发那几天,到达宿营地,须与当地接洽,黄师岳用"国立长沙临时大学湘黔滇旅行团团长"名义出面,效果不佳,处理事务极不顺利,后来他改用"陆军中将黄师岳"出面,竟然一呼百应有求必应——足见国人对"头衔"之在乎及畏惧军人之心理[16]。考虑到这一经历,不难理解许多学生都曾带着感动之情回忆这一纸布告。

因为对布告印象深刻,到达玉屏第二天,我前往玉屏县档案局,希望查阅原件和相关资料。玉屏县政府大楼在舞阳河——舞水在贵州的名字——以北的新城,楼下的保安很不

好意思地让我登记姓名,"走一个程序,走一个程序。"在档案局办公室,我出示了介绍信,对他们的接待表示感谢。"档案放在那里,就是要给人用的呀!"之前接电话的女工作人员说。不一会儿,又来了位县新闻中心的年轻人,热情地跟我打招呼,说在网上看了我的文章,对我重走这条路很感兴趣。说他以前也喜欢徒步,以前在镇上教书时几乎每两个月都要出去走走,后来县委宣传部缺人就调过来了,他说他有点儿后悔,又说,西南联大了不起啊,当时比较自由。我没有给出明确的回应,因为无法判断他的用意。他背着双肩包,甚至还有点学生模样,看着一点儿也不像一个宣传部官员。我们聊了会儿西南联大,我把话题从自由转向了多元,他说,可以和我们玉屏县的人文精神四句三个字结合起来,"善包容"。我问他,其他三句话是什么啊?他不好意思地笑:第一句话是讲政治,还有两句是重感情,敢担当。

虽然多少知道一些西南联大的故事,但他没有听过湘黔滇旅行团,得知闻一多也是旅行团成员时,他很惊讶,自我解嘲说,"虽然我们这里没有什么大牛,但是我们这里有很多大牛经过呀"。途经玉屏的名人确实不少,虽然迟至元朝玉屏才设立驿站(当时称"站赤"[17],元朝也是在贵州开展驿运的第一个王朝),但到了明洪武二十四年(1391),对全线进行修治拓宽后,由玉屏入黔、宽2米、卵石路面的驿道已成"黔楚通衢"。1819年8月20日,天气晴朗,林则徐从鲇鱼铺入贵州界,住在玉屏城内,当时玉屏闹旱灾已有月余,"田禾槁者十之七八",当天天气也非常炎热,"向闻云贵夏不葛,冬不裘,恐未尽然"[18]。

和这位新闻中心的年轻人一起来的还有一位他的同事,

更加年轻,他的爷爷是丰都人,当年跟着修建湘黔铁路的大军来到黔东,就此扎根。他在新闻中心做新媒体,经常要写一些与玉屏历史相关的稿子,但从未听过这些路过的名人,他谦虚地总结,"现在我又有了自己是外地人的感觉了"。

负责提档的是两位中年妇女,其中一位烫着头发,穿着拖鞋,她抱着故纸堆来回走动的场景让我有点穿越。"都是幸存下来的。"她对着发黄的民国档案感叹了一句。考虑到布告由县长发布,又和教育相关,我把主要精力放在民国县政府、民政科、教育科三大卷宗,同时也翻看了县(国民)党部的部分资料。

拿到这些泛黄的、发卷的、缺角的旧文书时有点兴奋,是那种需要花几分钟才能跳脱出来的对形式感的兴奋——按照流行操作,我立刻可以写出一篇"触摸历史"之类的新媒体文章,麦克卢汉早就预言过,"形式即内容"。等这股兴奋感落了下去,才是艰难的辨认和寻找工作。虽然还没有看到布告原件,但我找到了当年县长签字的不少公函,他叫刘汉彝,不叫刘开彝,湖北应山人,字写得不好不坏。翻阅玉屏县在1938年的各式公函,绝大部分是"转发"贵州省政府训令,关于禁毒,关于赈灾,关于抗战,关于对中共的防范——民国时期,县长由直接治理百姓的"治事之官"逐渐蜕变为承转公文的"治官之官",与此同时,基层政治运作也由"无为"趋向"有为",以加强对社会各种资源的汲取和控制。[19]

引起我格外兴趣的是玉屏县党部"查禁"的卷宗。1937年9月,国民党中央宣传部制定了"检查书店发售违禁出版品办法",通过各省党部向各县发出训令。战时新闻邮电审查各国皆有,大原则乃是避免资敌,但我好奇的是原则之下的执行细节：究竟是什么书籍报刊因为什么具体缘故遭到了查禁？

好在，训令后面附上了"每周取缔刊物一览表"：西安的《文化周刊》，查禁原因是"袒护共党，言论反动"；上海的《知识往来》，"意识左倾，系共党主持之刊物"；上海的《哲学与生活》，"主张联合战线，攻击政府"；北平的《国民革命自治理论》，"汉奸反动刊物"；三联书店出版的《救亡歌曲集》，"内容左倾，鼓动阶级斗争"；小册子《对东北集团应有之认识及前途》，"内容荒谬"；王明的《论反帝统一战线问题》，"以派系私利为前提对本党攻击污蔑不遗余力"；《西安半月记及西安事变回忆录》，"自称根据纽约时报所载文字翻译而成，经查内容谬误颇多……"

翻了一个上午，没有找到那份布告，烫头发的大姐建议我到"抢救室"看看。跟着她上楼，经过除尘、去酸、有害生物防治等几个办公室后，到了一个比较大的房间，两个戴着口罩的小伙子正对着电脑和扫描仪一页一页电子化这些旧档案。中午，新闻中心的两个年轻人客气地给我送来盒饭，我们在民国的尘埃里边吃边聊。扶贫攻坚也是他们现在最忙的事儿，上面要求他们每个月有20天住在村里，我好奇宣传部如何帮人致富，"我们是文军扶贫"，他解释，主要是下乡放微电影、推介创业先进典型等等，"发掘村民内生动力"。国家定下了2020年告别贫困的大目标，一个月后（2018年5月）县里就要迎来"国考"，他们比较头疼的是"幸福感"这个指标，"非常主观的东西，有些家庭生活水平上来了，可他们未必觉得幸福……所以我们文军要重点影响他们的价值观……"

1938年3月旅行团经过玉屏时，国民党贵州省党部的喉舌报纸《贵州晨报》正处在挣扎之中，除了开阳、遵义等六个县,这份党报在贵州其他县市销量都不超过十余份,有的县甚至销量为零,省党部4月份向各县发出训令,除了嘉奖表现好的六县之外,要求其他县在5月底之前,将指定数目"努力推销足额,以广宣传"。到了6月,省里的训令又来了。这次遇到的新情况,是各县为了推销党报,推行半价订报,甚至赠阅,而战时纸价上涨,晨报社入不敷出,同时之前允许各县党部用省里的补助费扣抵订报费,但报费昂而补助少,报社欠款无法及时收回。于是训令取消了抵扣办法,同时规定每县最多只有三个半价订报名额,超出名额也只按一般订户九折优待,"须知党报为党的喉舌,凡属党员,均有维护之责,各该部应视推销党报为自身主要宣传工作,不得将晨报视为另一机关,请求补偿……"

在影响民众价值观上,玉屏县党部当年10月印制的"抗日救国问答"可谓苦口婆心。"我们为什么要抗日?""日本要灭亡我国家。我们已忍无可忍,让无可让,非抗它(日本)不能生活了……""不抗日可不可以呢?""不可。不抗日就是要当亡国奴。不仅自己当亡国奴,子子孙孙都要当亡国奴的。""什么叫亡国奴呢?""亡国奴就是任人欺侮,任人劫夺,任人宰杀。祖宗的坟墓不能保,田园庄宅不能保,金银财宝都不能保。生活真是连猪狗都不如!"……"怎样才算有钱出钱呢?""就是把自己所有的钱钞,首饰也好,废铜烂铁也好,粮食也好,货品也好……只要是国家需要的,都毫不吝啬……甚至于自动地拿出来贡献给国家。""怎样才算有力的出力呢?""国家打仗的时候,需要军火,更需要货物,需要粮食,我们作工人的应该不怕危险,努力工作,多多生产。我们农人要比平时更加努力耕种,多多生产粮食。我们商人应该维持市面，照常营业，且不可高抬物价……""怎样才算有心的用心呢？""……要用尽我们的心思，想出种种方法，来维护社会的秩序，制止汉奸的活动……帮助我们的国军作战……"

我在"抢救室"里对着电脑翻了一下午已经电子化的档案，非常遗憾，始终没有找到那纸布告，县方志办的姚主任说，玉屏自古以来军事归湖广总督管，但农村又归贵州管辖，是兵家必争之地，"你打过来，我打过去，资料就毁坏了很多"，而另一个特殊之处是，建国前，玉屏县最后一任县长杨鸿垚（"就是末代皇帝"，他说），走的时候放了一把火，好多东西都被烧掉了。

湘黔滇旅行团在玉屏住县署和旁边的孔庙，杨式德和同学就睡在供奉七十二贤的厢房里。县署后院有一株深红色的海棠正在盛放[20]。毕业于北大政治系的县长刘汉彝在这里备好茶点，为旅行团举行了欢迎会，并致词，以读书救国相勉励，黄师岳团长则致词感谢该县的关切和爱护[21]，曾昭抡还为现场的小学生发表了演讲[22]，可惜内容已无从得知。

饭后学生们在城内闲逛，这座小小的石头城，城周三里余，内多田地，街道用大石块砌成，非常难行[23]，房屋也低矮破旧，街上不见一家商店，只有十九家箫笛作坊[24]。玉屏箫是曾经拿过1915年巴拿马万国博览会金奖的有名特产，成对卖，一雌一雄（音调高者为雌），装一匣内，箫上匣上皆刻有诗句，字迹很好[25]。有懂音乐的同学试吹，据说非同凡品，一时间购买者踊跃，几乎人手一支[26]，预备"吹散倭奴子弟军"[27]。还有不少人买了手杖，质轻，可以在上面刻字，高小文请店主人在手杖上刻下了"行年二十，步行三千，道经玉屏，购此为念"[28]。

他应当是受到了南开大学教授黄钰生的启发。在旅行之初比较艰苦的时候，黄钰生经常说自己"行年四十，步行三千"，将来到了昆明要刻一图章纪念，以此鼓励这些比他年轻得多的学生。结果他自己却经常乘坐汽车（很多时候确实是为旅行团整体谋划所需），不常随团步行，于是有淘气学生用纸壳写了一个"行年四十，步行三千"的纸牌子，挂在参谋长毛鸿带的一只狼狗脖子上。当时学校风气自由，黄钰生也不以为忤。[29]

旅行团许多人都记得玉屏的布告和箫笛，同样让他们印象深刻的还有这里的鸦片。吴大昌告诉我，"当时在江浙一带，没有公开抽（大）烟的，禁烟禁得很厉害。湖南也禁烟的，但一进到贵州，那个变化太突然了。这个反差印象很深……在路边你就能看到他躺在那里吸鸦片，就好像我们现在老人晒太阳一样。当时的房间都很浅的，走在路上都可以看到。他是在那里享受，但是我们看起来就是病人"。

1858年，清政府与列强在上海签订《通商章程善后条约》，标志着鸦片贸易合法化，贵州开始大面积种植罂粟，因为气候、土壤适宜，"黔土"很快行销全国，贵州渐成鸦片输出大省。1919年，贵州军阀开放烟禁，周西成当政时甚至对不种烟

贵州的罂粟田（杨嘉实提供）

农人收"懒捐",罂粟种植一步步扩大,"产烟之处,约占全省三分之二"[30]。至民国中期,"种烟如同稼禾,连阡越陌",吸鸦片的人越来越多。当局虽有禁烟之举,但为增加财政收入,或明禁暗纵,或时禁时开,"湘黔道上,每个角落都充斥着鸦片烟味",一位当时的旅行者说。[31]

下午4点20分,我搭乘的中巴驶入玉屏城区,这里马路干燥,可也是乌云压顶。想来这雨云也是一路缓缓西行。4点25分,刚下中巴,大雨就从湖南追过来了。我在路边小店吃了碗羊肉粉,等雨变小,这感觉挺妙:一日几番晴雨,数次暴雨将至,而每次都刚好躲过了。订的酒店不远,入住时前台抱怨了一番携程,说它们给了客人低价,却要求酒店提供高价发票。

傍晚出来转悠,想起虽然以前坐火车路过,但这是我第一次真正"到达"贵州。可能因为城市名字好听,而那布告又给了我斯文在兹的良好印象,玉屏给我的第一照面有点失望:满脸横肉的摩托车手狂按着喇叭闯红灯,冲破横过中山路的人群,好像违反交规的是别人。中山路位于城北,是现在320国道和当年湘黔公路的一部分,1930年代修筑湘黔公路玉屏段时,原计划穿过城中心的鼓楼,从这座石头城的东西门进出,因为东街居民不愿意拆迁房屋,联名上书请求改道,遂改走城北[32]。我穿过中山路,继续往北,上北门大桥时已华灯初上。大桥正在整修,兜转回来,沿河滨路溜达,在那里碰到了一位退休的公检法("公检法是一家!"他说)干部。

1952年他就在附近读书,那时玉屏的城墙还在,河滨路还叫团结路,是北门外一条小街,旁边是老百姓种的地,下面是码头。"(拆城墙)不是一次性的,是慢慢地,慢慢地,搞建设。这个东西,又不是一个人当县长,他来执政他是一种办法,他来执政他是一种办法,"他指着前面一处工地,"现在这里要搞建设了,这一截又没得了。这一片破破房子(原来)都还在嘛,刚拆了20天!"又给我指一个孤零零的城门洞和很短的一段残墙(夜色中看着更像一堆高高的土坯),说这里就是北门了,"这个留着啦,这个不准他拆了。这个上面还要修凉亭,终于要留下来了"。

我顺着他的指点进了北门,去一个不复存在的石头城找不复存在的县署。老人说,县署解放后改成了县招待所,现在叫玉屏宾馆。这是一家老气的三星级酒店,但位置非常中心,大概算县署唯一的痕迹了。穿过宾馆大堂,绕到一侧的小礼堂巷,走到尽头,梧桐树下,是已经改成"茶花泉数字影院"的小礼堂,虽然外墙灰砖崭新,但前面六根红漆立柱暴露了它的年头,这便是毗邻县署的文庙大成殿旧址了。当年学生们就住在这里,在神佛脚下打地铺而眠。

"解放以后县里面开会都在那里!跳舞啊,搞大型活动也在那里!"在石头城不复存在的西门,一个打小在钟鼓楼边长大的老玉屏人说起小礼堂,"老革命死了也在那里停丧!停三天!现在不行了,全部送到殡仪馆!"这位微胖的大妈坐在自家小卖部外面纳凉,讲起话来有不自知的幽默感。我一开始攀谈的对象是她的丈夫,一个满头银发的大叔,他说玉屏原来有四个牌坊,修得相当漂亮,她听到了,接过话头,"'文革'全部打烂啦!全变成田啦!田又变成房子啦!"

他俩给我搬了个凳子,邀我坐坐,告诉我,玉屏还有一些老街坊,我刚刚路过的钟鼓楼往东走就都是老户。那正是旅行团进城的方向。杨式德所记,"在城外整队入城后,有一队小童子军举手欢迎"。钟鼓楼是县城中心,后来被完全拆掉了,县志所记,"建于明代永乐年间,后曾三毁三建,最后一次拆毁于1972年,重修于1987年"。往北走,有许多大排档,都是拆迁户开的,中医院就是以前的关帝庙,钱能欣所记,"城内关帝庙门前有左右二石,形如波浪,色紫如玉,相传是帝君上马石"。大妈说,她小时候关帝庙的房子还在,只是里面是空的,好多人到那时都还想去寺庙。而我们现在所坐的地方,就是石头城的西南角,门口这条窄路对面就是南城墙,杨式德所记,"南面的山很大,高千余米"。大妈小时候,1950年代,城墙附近的野兽还很多,"豹子、豺狗都看得见,58年、59年那时候,花花豹子,在城墙上叫,叫起像娃娃,夹起走路。那时候才几岁,妈呀!跑也跑不快。晚上住在鼓楼这边,豺狗到窗子底下来叫"。大叔老家在湘黔交界处的大龙——就是当年的鲇鱼铺,他甚至在那里见过一次老虎,"1959年,过粮食关的时候,我们去山里采野果子,我们地方喊焦菊娘,小红果,甜的,就看到一个老虎睡在那里,瞟了一眼,我喊我妈看,她拉起我扭头就走"。

在这样一个夜晚,他们的讲述和我阅读的日记、史料交织在一起,再稍稍用一点想象力,那些被拆毁的老房子就一排排立了起来,那些早已被"下脚"(填作地基)的石头也一块块破土而出,城门、城墙像拔节的竹笋一样快速长高,消失的野生动物(县志说,县境内的虎豹在1962年绝迹)都重回人间,带来瘆人又动人的吼叫。北岛在《我的北京》里写,"我要用文字重建一座城市,重建我的北京……在我的城市里,时间倒流,枯木逢春,消失的气味儿、声音和光线被召回,被拆除的四合院、胡同和寺庙恢复原貌,瓦顶排浪般涌向低低的天际线，鸽哨响彻深深的蓝天，孩子们熟知四季的变化，居民胸有方向感。我打开城门，欢迎四海漂泊的游子，欢迎无家可归的孤魂。"这段话多年前读了就不曾忘记，但"机缘"真是说不清道不明，从长沙出发15天了，走到玉屏才第一次体会到"重建"一座城池的趣味。

但好像也不完全一样。我未必要用"重建"来否定如今的城市，或者说，我把"重建"交给某只神秘的手，就好像这趟旅行，和以往若干次作为记者出差最大的不同，就是没有什么是"必须做"的——没有什么料必须挖到，没有什么人一定要他/她张口，没有什么逻辑链必须建立——如果你把旅行当作对历史的科考（有时我仍然如此，那是记者的惯性，对"真实"的态度），你需要穷尽所有可能，但假如你换一种看法呢？假如你把它当作一次偶然性的堆积呢？就放松地走路，放松地聊天吧。更何况，你听到的故事也不总是厚古薄今，就比如，诗人陈常枫1945年1月在《贵州日报》发表的《玉屏素描》："也许在月儿明亮的晚上，你很有兴致的吹弄着你的名箫，你会想到它的产地应该是一个风雅的地方吧……住在这儿三个月了，我很少听到这古乐的乐音……玉屏，这个僻小的角落，只空有这诗意的名称，在城圈子里面，是稀疏的人家，冷落的街道……"但是他重点要说的不是风物，而是玉屏一带乡村的妇女买卖，"在开明的今日，在全世界尊重女权的时代……一个上了四十岁的女人，往往会经过她的父母与丈夫们辗转卖过几次了，她们被人当作一件活的货物……我曾经听到过三个中年妇人们的谈话，那正是一个赶场的日子，她们正负了柴枝走在公路上，互相讲述着她们当年被嫁出的身价，极平常而毫无异样地只是感叹着由生活高涨而波起的价格,一个女人都要值到几千上万了,而她是从前为八十元钱嫁出去的……"[33]

得知我从北京来以后,大叔说他在北京当了十年兵。1972年去的,那年他21岁,驻东城区,隔墙就是苏联大使馆。1976年参加了唐山大地震救援,在那边待了一个月多,回来后就接到任务开始修纪念堂。他们连去了一个打桩排,都是日本进口的机器,又去了一个运输连,负责把土挖出来,他是搞焊接的,去之前部队发函调查家庭成分,上查三代,"历史要清楚",他当时就是党员,带了个兵,那个兵技术不行,靠他一个人跑前跑后焊接,师部还派了个高级工程师专门跟着他跑,焊接完后检查,"生怕出事……"大妈又插话说,"我们也乱讲不得,防止你是敌特呢!"说完我们都哈哈大笑。

参与修建纪念堂的奖状他们现在还保留着,挂在小店的墙上,"××同志,……你出色地完成了党和人民交给的光荣任务,被评为先进生产者。望再接再厉,乘胜前进。……一九七七年五月十四日"。有收古物的人要来买,出价两万,他们不肯卖。大叔回过两次北京,1996年和2012年,两次都是参加的旅游团。最近的那一次,他们团里早起看升旗,凌晨3点多钟就在广场上等着了,他累了,想在地上坐一下休息,站岗的兵不允许,团里有人对当兵的说,你还不允许,纪念堂就是他修的!

晚上9点多,我告别了大妈大叔,往已不复存在的东门走去,过钟鼓楼后我发现东门街——正式名称叫解放路——还有不少黑瓦木结构的老房子,有的还贴着春联,只是大多数都房门紧闭,上面画着"已签"二字。第二天下午,我回到东门,询问一间老屋的主人,他告诉我,这条街的房子马上就要拆掉，要搞侗乡街，那些"已签"的，是谈妥了条件的。他家还没签，因为他找开发商要两个门面，但开发商只肯给一个——在拒绝湘黔公路由此通过后八十多年，东门街终于迎来了它的拆迁时刻。

我问这位出生于1952年的店主，如果最后谈不妥，担不担心强拆？他看起来颇有信心地说，不签字他不敢拆的，强制还得了？！他的信心部分源于他保留了父亲1948年买下这座房屋的纸质证明。这份手书的房屋买卖合同上盖满了印花税和土地税的章，"……原土字人×××今因需款正用，愿售祖遗东街向南店屋，由中堂凭中直进右边一间半，其基地东抵卖主，南抵街心，西北抵××土四之内，寸土片瓦柱板砖石一概不留……×××先生名下为业……时值卖开法币一亿另五百八十元……一切税款均由买主负担，此系两相情愿并无压迫……"他一边念一边跟我解释，"这个是有字据的，他寸土不留，就是我父亲名下了……你不留下来不行啊。这是一个根据，防止后代扯皮呢……防止别人霸占呢"。

购下这栋位于东门口的房屋之前，他家就在这里租房做生意，卖各种杂货。也许八十年前，他的父母就站在欢迎湘黔滇旅行团的人群里呢，这只能假以想象了，不过他已去世的母亲确实跟他"摆"过一些以前的事儿。也是在1938年，旅行团走后几个月，国民政府军政部第三十五后方医院迁到玉屏，院址就在东门外的教场坝。伤兵源源不断从前线转来后方，到芷江、新晃、玉屏，母亲告诉他，到处住的是，还说，很多伤兵死了就葬在东门外的偏僻地方，河沟里都是，惹来不少豺狗，到处都是狗叫声。又说，伤兵晚上还来他们家喝酒，"深更半夜来敲门呀"。我想起那些在夜里游荡的伤兵，又想起人死之前会感到口渴，不禁感到有点发冷。伤兵医院在玉屏驻了五年，后来抗战胜利了，和平没有两年，内战又开始了，国民党败了，1949年11月7日，解放军从东门进城，先是三三两两地进来，他们家"门都不敢开"，附近的鸡鸭市场是粮仓，国民党走之前一把火烧了，到北门出城，架了浮桥过河，"往对河那边跑了，解放军一枪都没有放！"

注释

1　《湖南省志第九卷·工业矿产志·冶金工业》，长沙：湖南出版社，1991年11月。
2　王阳明：《平溪馆次王文济韵》。
3　杨慎：《野鸡坪》。
4　（美）易社强：《从长沙到昆明：西南联大的长征是历史也是神话》，张寄谦编《中国教育史上的一次创举——西南联合大学湘黔滇旅行团记实》，第497页。
5　吴征镒日记。
6　（美）易社强：《从长沙到昆明：西南联大的长征是历史也是神话》。
7　杨式德日记。
8　《放麻疯与放蛊》，《中国红十字会月刊》，1937年，第26期。
9　《黔民厅长曹经沅谈 苗寨同化问题 苗民环境恶劣生活困苦 需要政治力量扶助诱导》，《大公报》天津版，1936年6月1日—6月4日。
10　余道南日记。
11　余道南日记。
12　可参见：《吴鼎昌与贵州》，贵阳：贵州人民出版社，2010年11月。
13　杨慎：《滇程记》，明万历三十三年。
14　转引自（美）丽贝卡·索尔尼：《浪游之歌：走路的历史》，北京：新星出版社，2013年1月，第134页。
15　刘重德：《跋山涉水赴联大，读书写诗为中华》，张寄谦编《中国教育史上的一次创举——西南联合大学湘黔滇旅行团记实》，第273页。
16　蔡孝敏：《旧来行处好追寻——湘黔滇步行杂忆》，张寄谦编《中国教育史上的一次创举——西南联合大学湘黔滇旅行团记实》，第214页。
17　乌云高娃：《站赤——元代驿站交通网新样态》，《意林文汇》，2017年第8期。
18　林则徐：《己卯日记》，《林则徐全集·第9册·日记卷》，福州：海峡文艺出版社，

	2002年10月,第88页。
19	可参见:王奇生《民国时期县长的群体构成与人士嬗递——以1927年至1949年长江流域省份为中心》,《历史研究》,1999年第2期。
20	杨式德日记。
21	余道南日记。
22	吴征镒日记。
23	杨式德日记。
24	余道南日记。
25	杨式德日记。
26	余道南日记。
27	赵悦霖:《自长沙到昆明》,《再生》杂志1938年第10期,龙美光编《八千里路云和月——长沙临时大学播迁记》,第106页。
28	高小文:《行年二十步行三千》,张寄谦编《中国教育史上的一次创举——西南联合大学湘黔滇旅行团记实》,第233页。
29	李鹗鼎电话,张寄谦编:《中国教育史上的一次创举——西南联合大学湘黔滇旅行团记实》,第302页。
30	罗运炎:《中国鸦片问题》,兴华报社,协和书局,国民拒毒会,1929年10月。
31	蒋苏:《从洪江到贵阳》,贵阳《中央日报》1938年1月,《抗战期间黔境印象》,贵阳:贵州人民出版社,2008年1月,第487页。
32	谢光汶:《湘黔公路玉屏段的修建》,《玉屏文史资料·第4辑》。
33	陈常枫:《玉屏素描》,《贵州日报》1945年1月,《抗战期间黔境印象》,贵阳:贵州人民出版社,2008年1月,第551页。

第二十二章
玉屏—青溪—镇远：铁厂、城墙和可爱的人民

1898年平安夜奇景—不会吹洋烟人家笑话你—十五年前的物价—城墙在你脚下呢—钱可通神—工业史上的失败者—我们无法让诸位分红—两支下下签—酒是天使—讲人性是不是好—挽回颓势的几次努力

那晚的天空像水晶般清澈，潺潺的河水中闪烁着一轮明月的倒影，在北岸的是古老的、被破坏的城市，四处矗立着像鬼魅一般的墓碑，深灰色的城墙围成三角形，三角形的顶点是北边的城门，它位在山顶上，紧紧地关闭着，不让任何邪恶的魔鬼进来，城垛上映着皎洁的月光。在南岸枞木点缀的棕色草坡山林间，可以看到一座现代化的英国工厂高大的烟囱和熟悉的外形轮廓。

这是1898年的平安夜，一位英国旅行者在贵州青溪所见到的情景。他是一位驻印度的年轻军官，厌恶了"炎热气候下那种穷极无聊的感觉"，利用四个月的长假来中国冒险并学习中文。许多年后，那晚的一幕仍然深深印在他的脑海里，"在

这里,中国的正中央,离海岸五百哩,距伦敦一万五千哩的地方,全国境内只有五十几哩的铁路,以及……那条惟一和外界有来往的水路。在这种情况下,一些乐观的英、法代理商在这里设立了一家公司,装置好机器,开采这一带蕴藏丰富而且质地优良的沙金、铁矿、煤矿"[1]。

青溪是我的下一站。从玉屏开往贵阳的5639次慢车经停那里,不过网上购票没有青溪站,我只能多买一站到镇远,票价5元。早晨8点09分,绿皮火车缓缓开出,没多久就开始钻隧道,舞阳河在右侧茂盛的植被里隐现——英国军官所说的,当年唯一连通外界的水路。1937年湘黔公路通车,从县城南部绕过,水路被公路抢了生意,青溪市面日渐萧条,当地头面人物为挽回颓势,先后倡议修建三条公路与湘黔公路相连,其中一条直通河边万寿宫下的渡口,靠船渡进入北岸的县城中心[2]。这也是后来湘黔滇旅行团走的路线。

旅行团离开玉屏是1938年3月18日,学生们早晨6点起床时,天还黑着,吃完早饭去县署集合,行升旗礼,县长及各界人士参加。县长刘汉彝被问起鸦片种植一事,他告诉师生,黔东这一带从今年起就会绝对禁种了[3]。礼毕已过8点,旅行团出发前往青溪。

公路两旁的确看不到烟苗,山地上种着茶油树,田地以麦苗最多,也有油菜和蚕豆[4]。这一天阴有多云,气温适合徒步。学生们走得兴致起来,顺着马帮留下的痕迹抄起小路。离开公路大约四里路,翻过一道关口,半山半水之间,绿黝黝的一大片,全是烟苗,有的已经开了花,红的蓝的白的,有青年一边除草施肥,一边唱:"洋烟开花挨朵朵,不会吹烟正在学;哪天哪日学会了,自搬石头自打脚!"

学生上去问他:"那你为哪样要学呢?"

"不会吹洋烟,人家笑话你!"

"自搬石头自打脚呢?"

"唱歌是唱歌,学还是得学!"

"官厅不是禁种了吗?"

"禁倒是禁了!靠公路边留给你们外边人看的……冬月间传话叫禁种,我们撒下麦子。哦!这下又叫种了!拔去三五寸来高的麦苗,抢滚下种呵这些!不种不得了!不种受罚咧……我们贵州这地土呀,长得就是洋烟!麦子哪能这样肯长!"[5]

绿皮火车几乎是空的,1号车厢加上我只有三个人。空气里有股尿骚味,还掺入了老式火车难以描述的异味,来自永远不可能打扫干净油津津的地板、座椅和小桌板。列车广播报站也没有青溪,向列车员询问,她肯定地说会停,但提醒我们得挪到中间车厢去,因为青溪站太小,1号车厢"下不到站台去"。

青溪站确实很小,只有一座尖顶的两层水泥小楼,在大樟树的荫翳下。"青溪站"三个仿宋字瘦瘦的,褪色的暗红增加了它的年代感。并没有下雨,但台阶上青苔和落枝让人有湿漉漉的感觉,勾起童年记忆里关于南方的某些恒久影像。背着包下台阶,走错了出口,在一片菜地里七绕八绕,也出了站。这个当年贵州最小的县早已降格为镇远的一个镇,一条马路横贯东西,倒是非常安静整洁。家家门口都有一小块空地,水龙头边码着扫把和撮箕,户户有花,还有人用大花盆种蔬菜。没有车来车往,也没有制造垃圾和噪音的集市与摊贩。一家小卖部在门口的推车上售卖早餐,水煮粉2元起,火腿饼1元,肉饼1元,物价好像还是十五年前,虽然没有买东西,摊主——一个好心的姑娘还是很爽快地让我借用了他们家的洗手间。

旅行团抵达青溪是当天下午3点,那时它就是一座狭长的城池,"瘦瘦城垣由平地隐现上山冈……像一个人永远在矜持着的样子。店铺的陈旧货物,用箩箩盛起玻璃箱子罩着的,一头搁屋里,一半伸出街面引顾客的眼睛。狭长的石子路,挤得更瘦更黑了。摊子上的豆腐干,皮面留着黑色的苍蝇屎,默默在长霉……"[6]

我沿着主街往东走,在一家川菜馆门口看到两三个上了年纪的妇人聊天,便凑近询问青溪的城门和城墙还在不在。她们七嘴八舌,说这里就是东门,"文革"时拆掉了,西门几十年前被大风吹倒了,北门就是火车站的位置,只有南门和南城墙还在,"他带你去看看嘛!"其中一个老太太指着一个穿黑夹克的男人说,后者正准备推摩托车出门,听到有人要看城墙,停下摩托,手一挥叫我跟他走。

川菜馆是黑夹克家开的,文化街1号,当年正城门的位置,他还听父亲讲门上挂过人头,"文革"拆完城门,下面留了些"土墩墩",他们家就在上面盖房子了。湘黔滇旅行团应该就是从这里进城的,"开春来,天常阴雨地常滑,赶路人脚顶要草鞋,草鞋店的生意旺,草鞋店老板娘的话头也旺,收完铺子,看看天还不挂黑,就摆下龙门阵,在背后数数熟识或不熟识的人的背脊骨"[7],一个学生记述。

我跟着黑夹克穿过主街,走上一块狭长的菜地,两边种着莴笋、香葱和苋菜,中间一溜儿踩出来的土路,旁边下面是青溪中学崭新的操场,远处传来学生朗读课文的声音。城墙在哪儿呢?黑夹克说,你已经站在上面了呀。探出头往下看看,可不是吗，不规则的青石砌成两米多高的墙体，已经成了学校天然的围墙。

从东城墙走到南城墙上，城墙外就是舞阳河——好像是第一次亲眼见识了，地方志上常说的，城墙（兼有的）防洪作用。河宽不足百米，但看着很深，岸边停着两只瘦瘦的乌篷船，水边开着金银花。我觉得水很清，黑夹克摇头说不行，他1971年生人，看着不过三十多岁，"这个水，以前和玻璃一样，多深都能看见底，腿放下去，鱼就来吸你的腿"。

河流南岸是连绵山丘，东南方向的山顶有一座尖形建筑，是明末清初修建的文笔塔，八十年前，钱能欣也注意到了它，他的感觉是，这"代表文化的文笔，对于这个冷清的城郭，更觉惨然"[8]。一百二十年前，那位年轻的英国军官，应该也是在这里看到了鬼魅一般的英国工厂的轮廓。那是一座占地60亩的现代化钢铁厂，三个高大的烟囱，32件大型机械，总重量超过1780吨，全套在英国采购，连同各种型号的耐火砖块，先运到上海，再沿南京、汉口、常德而上，节节转运，到了舞水，滩高水险，又需按件起驳[9]，船小无法保证运力，还屡屡失事，一旦翻船又要组织打捞，如是花了两年时间才把全部设备运抵青溪[10]。

这是中国历史上第一个近代钢铁工厂，比张之洞办的汉阳铁厂还要早三年[11]，也是洋务运动后期中国迈向现代化的一次悲壮尝试。青溪铁厂的筹建始于光绪十一年（1885），具有改革思想的贵州巡抚潘霨的一次上奏："各省机器局及大小轮船，每岁所用煤铁以亿万计，现又创立海军，制造铁船、铁路，在在需用"，而煤铁，"此二项为黔产大宗，开采易见成效。如能合用，则可运销各省，源源接济，亦免重价购自外洋之失……"此后潘霨和他举贤不避亲的胞弟潘露奔走数年,在社会集资不顺、也没有中央政府财政支持的情况下,凭着四处筹来的一点股款和东挪西借的少量官款支持[12],终于在1890年7月17日(农历六月初一)炼出了青溪铁厂的第一炉铁,第一批出炉的铁锭上,人们打下了"天字一号"的烙印。[13]

此时的青溪铁厂,拥有从上海聘请的英法工程师五人,近千名冶炼固定工,还有一批技师和大批零工,正式出铁三天后,潘霨颇为乐观地上奏,称随着工厂运转起来,"总可有盈无绌"。如果一切顺利,铁厂每日能出铁25吨,如此发展下去,青溪大概有机会成为贵州的"工业强县"吧。不过四十多年以后,湘黔滇旅行团到达这里时,却感觉这里比玉屏还要荒凉冷落,烟害甚至更加严重。进城时,余道南看到城门旁挂有"青溪县戒烟所"的招牌,另一旁又贴有"青溪民与恒土膏店"的广告,"一个禁鸦片,一个又卖鸦片,令人啼笑皆非"[14]。

土膏店就在路旁,门口贴着"英雄闻香而下马,豪杰知味且停车"的对联,只有一个小窗,门是出入随手关带的,里头黑黝黝,有一张柜台,零乱地堆着笔墨、算盘和账簿,一位管账人托着下巴打量着进进出出的人。柜台斜对过,放着一张大木床,占了半间屋,上面侧身卧着烟客,"他们聚精会神,灵巧地挖烟膏,签子尖火焰上打湿,又拿到指甲背转动着,煮够了一泡,手指掏口沫湿润烟身,借火子装上烟枪斗,头往后微微挺平了前曲的胸部,舒舒气,就半瞌着眼睛,'嗞嗞'的抽起烟来"。床边的矮凳上坐着没钱买膏的烟客,"伸长指甲上下来回抓头痒……恰如看别人啃猪脚骨,自己站旁边流口涎的饿狗"。

学生们的到访令管账人有点不安,问清他们并无恶意后,放松下来,"我说,诸位先生是高等人,还不是为着我们老百姓的好!"便开了话匣子,"不瞒先生们说……'吹烟要吹贵州烟'……我们这点的洋烟,黄来黄纠纠,黑来黑黝黝!分量重,十两烟膏,煮得到八两!……官厅不准种,那是诳人的!不种,他们的税收呀、钱呀从哪点出口?人还不是等钱用!……从前烟是招待品,比方你先生上哪家去,哪家排灯灯呀,亮镫镫的,吃茶一样,你家请就是!……不吹烟见不了人!嫁女子还不是几台几台的抬着烟具当嫁装!……哪家洋烟多哪家有钱,像区长保长呀,有几套烟灯,一天还不是开到亮不得闲!"

进门左手边有个小屋,更加阴暗,里面的床上躺着一个人形,是店老板,店员们管他叫"大少爷"。大少爷人形在幽暗角落里发出声音:"进来坐坐嘛。"学生们进去了,看到一个四肢消瘦像脱过水一样的人,只有瞪着的眼睛证明他还活着。在旁边替他装烟服侍的人讪笑:"吹吹洋烟算哪回事!"从漆篮里拿起银针挑一块蜜枣给这个人形。

"钱可通神!"人形半炫耀,半感叹,"亲生子不如近身钱,比方这烟馆罢,没有应酬费、活动费,哪能站得住脚!禁烟委员会就在我们的门口。土膏公卖呀!加税呀!都是些嘴边的口头话!要站得住,就得有银钱!嗯,嗯!钱可通神!"[15]

黑夹克有事先走了,走前说中午要请我吃饭,我客气两句,没当真。继续在城墙上走。南城墙种着几棵柚子树,这时节开着白瓣黄蕊的小花儿,清香扑鼻。学生们出来做课间操了,一人举个红色团扇,配合热闹的民族音乐,在操场上蛇行编队跑着。一个黑衣男,左手插袋,右手拿着麦克风走来走去,不断用夹生普通话指挥:"有些班级,没有在自己的圈圈里头，跑得七零八落！"想到黑夹克跟我说以前这里是遛马场，有点可乐。

再往前是南城门，半月形的城门洞，铁门上了锁，里头是青溪小学，我在这里碰到了一群城墙参观者，是黔东南州从杭州城市规划设计院请来的专家，说有可能要做城墙修复。地方土地部门的一位官员和一位文史研究员全程陪同。研究员头发快掉光了，讲起本地历史非常自豪，说这城墙始建于明洪武二十三年（1390），"比贵州还要早"。我跟着专家们又把城墙看了一遍，学会了观察残破处的墙体内部，那是一种黄白混合的颜色，有的地方像是烧过，专家摸一摸，说黏合青石用的是糯米浆，时间一长就变成碳酸钙，特别坚固。

"以前老一辈的人太聪明了！"陪同的官员感叹。他是一个戴眼镜、胖胖的年轻人，指着青溪中学操场三层的"知行亭"给专家们介绍，虽然亭子是新的，但全是用他们侗族传统工艺建的，没用一颗钉子。我问起复建城墙的事儿，他说，看看能不能找一些专项基金，先请专家来看看残存的部分。说起当年对城墙的破坏也是痛心疾首，"几百年风雨都经过来了，受不了那十年……"城墙里头，上课的音乐铃声响了，伴着循循善诱的女声："上课时间到了，希望同学们能在这节课里有所收获。"

那位官员得知我一会儿要去河对面，便邀我同行，小车明显已经坐不下了，但他还是坚持要捎上我，"没关系！顺路！"而他对我唯一的了解是，这是一个凑巧路过青溪的背包客。我推脱半天，最后实在没办法，只好把他拉到一边，小声说，他们都是州里请来的专家，千万以他们为重，不然回头你对领导不好交代。他这才放弃，一个劲儿对我说，不好意思啊。我微笑着目送他们的小车离开，为刚才我俩这场对话感到不可思议。

运行一个多月后，青溪铁厂遇到了大麻烦。先是煤质差，造成"炉塞"，被迫停产，后来觅得好煤，但山路崎岖，运费昂贵，潘露与英法矿师苦心筹度，想要利用舞水水路，设分厂降低成本，但"黔中大府畏难不允办"。[16] 而潘霨确实也有他的难处：从一开始青溪铁厂就资金奇缺，股款不敷，陆续挪用公款，清廷"责令自行筹款，不准报销"，而省内绅商又不愿意继续集股，在这样的困局中，最终潘露"忧死"（亦有说是吞金自尽）。失去主事人，青溪铁厂雪上加霜，潘霨被"同僚诟病，家人亦非笑"，不久便因铁厂失败去职[17]，成为中国近代工业史上的一个失败者，《清史稿》也未给这位曾经的巡抚列传。[18]

潘霨去职后，铁厂接办不顺，于1893年完全停产。1898年，上海盐道陈明远连同英法商人，提出设"贵州青溪、八寨矿物商局"，开采青溪铁矿及铜仁等地汞矿，并在湖南洪江设炼铁分厂，获总理衙门批准[19]——那位英国旅行者就是在此时看到了半死不活的青溪铁厂，之后发生的事情他不是很清楚，因为他很快沿舞水而上，去了镇远，在那里，有礼炮和几百名围在两岸看外国人的好奇民众迎接着他[20]。实际上陈明远对铁厂兴趣寥寥，更吸引他和英法商人的是铜仁山里的汞矿，他们还专门为此成立了英法水银公司。1900年以后，在全国收回路矿权利运动的压力下，清政府先后取消了"矿物商局"和英法水银公司，青溪铁厂彻底宣告失败[21]。1901年，一项名为"英法在中国（贵州省）流沙采矿权"的会议在伦敦召开，《金融时报》（*Financial Times*）以大篇幅报道这次会议。后来，理事主席对焦虑的股东说:"我们无法让诸位分红,因为我们一直没有生产出任何东西,所以没有红利。我们在伦敦努力不懈,分秒必争,目前我们除了全力开发贵州省的沙金之外,也开发其他所有的矿产……贵州省比英格兰和威尔士的面积加起来还大一万平方哩!"这位乐观的理事主席接着说,"我们的律师已请求当地政府赔偿加诸于我们身上的费用……"二十年后,在1921年的《中国年鉴》里,有关这家公司的记载如下:"由于与中国当局(请注意这时已是民国政府)协调困难,工厂的发展相当有限。"[22]

时过境迁,这位英国军官回顾他的中国之行时,想到那些不远万里从英国运来的昂贵机器设备,躺在舞水河畔倾圮的西式建筑物里生锈,又想到是谁提供资金、资金可能是怎么得来的时候,他"同情的不是这家公司,而是可怜的、被误导了的贵州人民——虽然他们既文明又好客……这项工程就像其他类似的工程一样,事前都没有经过周严的计划——于是那些发号施令的人,便可以在英国舒舒服服地坐在椅子里,敦促英国政府向满清施压,好再向这些无辜的百姓榨取更多的钱,来赔偿公司在这个事业上的损失……以这种手法来从事国际性业务导致了中国人不信任、仇视外国人。尤其是英国人,被中国人视为披着羊皮的狼——这种恨意,在1900年的动乱中达到了最高峰……"[23]

按照当地人的说法,1919年、1920年间,贵州省政府派要员到青溪,协同地方将铁厂财产变卖了绝大部分,所获价款拨交镇远县修建模范监狱。1926年、1927年间,省府再次派员,协同地方将剩余部分如火砖等卖给了青溪几家富商、地主修了窨子房[24]。1938年春天湘黔滇旅行团抵达时,中国第一个近代钢铁工厂只剩下了河畔的三根烟囱[25]，而铁厂停办后，当地的土法炼铁又兴旺起来，到1938年，有小铁厂18户之多，年产铁400吨[26]，加在一起不足青溪铁厂产能的5%，这还不算出铁质量的巨大差距。看到这种数字，你只能苦笑：铁厂、城墙、人民，历史就像一台折腾牌的大搅拌器，我们都只是在里头浮浮沉沉。

在青溪，旅行团第一大队住在舞阳河南岸的万寿宫。访问完烟民的学生们，离开土膏馆，乘渡船回住处，"耳边总是不断地响着他们固执的话语"。黄昏时，天在闪电，雨点落了下来。过河人和牲口都上了船，渡船的小孩子用竹篙敲一下渡头石，就急急离岸了，因为用力过猛，船在雨里摇晃了几下。坐船人骂了几声，看没事，就弯下腰去，用瓢去舀船底的积水，"泼到江面发出劈劈的击水声"[27]。他们的寝室在观音殿，神桌上有签筒，有人随意抽了一枝，正是上上，不过签上面注明"上油十斤"，又抽，中吉，上油六斤。他干脆把签全倒出来，共有五十枝，仅有两枝下下，两枝中下，这四枝签是不用上油的。[28]

我继续往东走了几百米，上青溪大桥，远远看到南岸临水高处万寿宫留下的断壁残垣。过了桥，绕过几个公鸡打鸣的村宅，下到水边。这里水很深，呈现出一种有点瘆人的深绿，很多小鱼在浮游。古渡口不再被需要了，但样子还在，北岸停着几只小船。万寿宫房顶全没，只有临河的一整面墙还完整，这让它更像一个二维的布景板。墙上可见"毛主席万岁！人民"几个大字，"人民"后面大约也是万岁吧，看不清了。我向上攀到宫门口，门前一块空地，肥沃的黑土里种着玉米苗。"毛主席万岁"下面应该就是正门，被水泥砌死了，四级台阶上去,仔细辨认还能看到门两边的阴文石刻楹联——发祥洪都膏流舞水,勋留南屏泽沛西江——水运鼎盛年代对青溪的祝福。

按县志所记,万寿宫建于清光绪四年(1878),"布局严谨,精致典雅"——如今只能在墙角残存下来的植物雕纹上体会了。我顺着菜地再往上爬,来到万寿宫的一侧,透过长着艾草的墙眼窥探,腐朽垮掉的横梁歪歪斜斜,有两进结构尚完整,但不得其门而入。再绕到后面,发现隔着一道残墙,还有一块开阔地,被附近人家开垦成菜地,一股泥土的潮湿气扑面而来,但好像就连这菜地也荒废一些时日了,只有一株柚子树在里头孤独地开着花儿。

我从万寿宫后折回公路,意外地又碰到了在政府工作的胖小哥,他告诉我,黑夹克正在找我,要请我吃饭。往回还没走到街上就看到黑夹克骑着摩托车奔来,说菜已经准备好,就等我了。惊讶和恭敬都不如从命。回到川菜馆,一盆巨大的干锅鸭子在火舌下嗞嗞作响。黑夹克姓江,我叫他江哥。江哥拉了一位发小作陪,我叫他孙哥。江哥倒上白酒,端起酒杯敬我:"代表青溪欢迎你!"又说,"我呢,是爱喝酒,喜欢结交朋友。"

"酒是天使。"孙哥附和说。

"一杯白酒下肚去,两朵桃花上脸来。这是首老诗,我也不晓得哪个写的。"江哥说。他每天都要喝,只喝白酒,一顿最少四杯。

一杯下肚,他问我:"你看我好大年纪?"忘记了他之前跟我说过,他是71年的。

不一会儿他的电话响了。他对着那头矢口否认:"没有喝！没有喝！"

干锅鸭子味道很好，里头加了木姜子，又在上面放了几把芫荽菜，别有风味。江哥边吃边跟我讲青溪八景，火红的花岗岩，紫色的雾，一步三拱的桥，"最神奇的是，那里有个仙人桥，叫夜雨撒金桥，再热的天，天干火旱，必有水分到那个马路上"。

"青溪以前人才辈出！"他感叹说，"北大清华的，出国留学的，多得很！解放前十年，解放后十年。现在不行了！"

"我父亲也列入了史志，他进入史志是因为学习好，在镇远一中都是前一二名的。他的同学，姓黄，和他争一二名的，后来去俄罗斯当了专家，写的回忆录里写了我父亲的名字。这也是讲命运，他没得这个命。"他父亲1936年出生，抗战时读的小学，那时候教授、老师"都往贵阳方向跑"，有人经过青溪就留在这里教书了，教他父亲的老师是复旦的，"所以他学习好，是因为老师好"。我后来在《镇远文史资料》上看到，说自从1941年青溪并于镇远，降格为镇后，青溪的头面人物认为，要想摆脱青溪之于镇远的附庸地位，就必须要提高本地的文化教育，于是当年开始筹办青溪中学，对了，为建学校还拆了铁厂的烟囱，中国第一个近代铁厂最后一批砖石也算用对了地方。1942年春季，青溪中学开始招生[29]——这是这座矜持的瘦瘦的小城为挽回颓势做出的第二次努力，江哥的父亲间接地成了受益者。

讲父亲故事时江哥有点跳跃，有些看起来清楚的时间点他弄不清，但他自有判断方法，比如他父亲肯定不是解放后读的书，"因为解放后不时兴用板子打人了，他是用板子打的"，所以现在的教育方法，他有点怀疑，"讲人性是不是好？你讲人性,学生懒,你不讲人性,他讲你违反宪法,违反法律!"我听得笑了起来,他认真地强调:"我家父亲读的书,可以倒背如流,那是板子打出来的咧!"

他父亲读到初中,因为家庭条件不好,辍学回家了,后来当了挺长时间的民办教师。"以前的小学生可以当一个中学生,以前的初中生可以当一个大学生。现在初中生,简单的应用文都写不起!倒是有一点会,玩手机比我们厉害!"

接下来的历史更跳跃了,他父亲突然成了武汉铁四院的员工,"他有文化,懂测量,修了镇远水坝、涵洞,测量铁路线路……"他讲不清这其中由来,我是后来才想起来,中国1970年开始修建湘黔铁路,沿途除了动用大量民兵团,还征召了大批知识青年参与建设。1972年,也就是江哥出生第二年,湘黔铁路通车,不少知识青年进入铁路系统工作,他父亲大约就是那时候加入的吧。"但我父亲是个直人,性情刚烈得很,眼睛里揉不得沙子,得罪人了被人整了……材料一写,送到镇远,(说他)有反革命倾向,完了嘛,就完了。"

电话又响了,他对那头说,"陪北京来的朋友嘛!不喝了,不喝了"。

他没有多说父亲被人整后的遭遇,只是讲他后来当了厨师,"爱喝酒,性格不好,暴躁,有点愤世嫉俗的味道,总觉得有点屈才,每天拿酒麻痹自己……他心里解不脱,所以他命短,六十几岁就死了"。父亲下葬那天,他想父亲想得厉害,当天晚上把酒喝了,一个人摸到深山老林父亲的坟上,睡着了,半夜酒醒了,又觉得害怕,怕鬼,摸黑从山上跑下来。

"文革"结束后,铁四院给他父亲来函,恢复他工作,补偿他损失。"不敢领,被整怕了。武汉设计院(说可以)解决两个小孩的工作，我两个姐想去，不让去……，"他说起来又责怪又心疼，"晚年一副战战兢兢唯唯诺诺的样子。"

我问起复建城墙的事，他说去年政府就来找过他们，说这里的房子可能要拆迁。如果是真的话，这算是青溪为挽回颓势做出的又一番努力吗？虽然它更像是兜了个大圈回到原点。"我说，政府搞建设，我支持，"江哥顿一顿，又笑，"你要反抗也反抗不了嘛。"

吃完饭，江哥非要留我住下来，说晚上烧狗肉吃，第二天再带我好好转转，"外面的人来这里，是人家看得起！……全世界七十多亿人，能见一面，不是缘分是什么？"我很感激这萍水相逢的缘分，也喜欢江哥的豪气（不知怎么，"袍哥"二字不断出现在我的脑海里），但日程很紧，我也订好了镇远今晚的客栈，但说到底，还是因为我是一个疏离的人。交谈和善意是温暖的，但留宿的邀请则开始让我感受到压力。热爱旅行、热爱徒步也许就和我天性疏离有关——"赶路"可以合法化一切别离，这样你就不必一直和人打交道，不必彻夜长谈，更不必把自己交付出去。这是在路上的自由。

婉拒江哥后他有一点不高兴，说起吃饭前骑摩托去找我，"都找到文笔塔去了，十里路，找不到。我没得文化，你们来这里，我高兴，你们每次来，我都高兴！"告辞时我想和他合个影，他大约气还没消，摆摆手拒绝了，跨上他的摩托车，给人送液化气罐去了。

下午2点，我出了青溪城，向鸡鸣关行进。半小时后，一处景色优美的石滩映入眼帘，那里叫对门老村，舞阳河在这里暂时告别国道，向山坳里拐了个大弯。在这里它是一条完完全全自由的河流，河中间因为水流较急，翻滚的泡沫拉出一条细细的白线，江对面是连绵的喀斯特峰林。鸟叫声很响，仔细听有六七种，可惜都叫不出名字。我在石滩上玩耍了半天，后面草丛里停着一辆被砸烂的汽车，大约时日太久，车里头长出了野草。几番自我拯救，青溪终究是破败了，但破败中还存着某些令人感动的东西。

注释

1　（英）文格德（A.W.S. Wingate）：《一个骑士在中国》，香港：麦田出版，1996年。
2　赵德舜：《青溪见闻》，《镇远文史资料·第1辑》，1986年8月。
3　索一：《吹洋烟》，《大公报》香港版，1941年6月25日。
4　杨式德日记。
5　索一：《吹洋烟》。
6　索一：《吹洋烟》。
7　索一：《吹洋烟》。
8　钱能欣：《西南三千五百里》。
9　杨德桑：《青溪铁厂史略》，《贵州文史丛刊》，1988年第4期。
10　朱荫贵：《论贵州青溪铁厂的失败原因》，《贵州社会科学》，2015年第9期。
11　刘学洙：《黔疆初开》，贵阳：贵州人民出版社，2013年4月，第108页。
12　朱荫贵：《论贵州青溪铁厂的失败原因》。
13　范同寿：《潘霨和他的青溪铁厂》，《贵阳文史》，2013年。
14　余道南日记。
15　索一：《吹洋烟》。
16　杨开宇、廖惟一：《洋务运动中第一个钢铁企业——贵州青溪铁厂始末》，《贵州师范大学学报（社会科学版）》，1982年第4期。
17　杨开宇、廖惟一：《洋务运动中第一个钢铁企业——贵州青溪铁厂始末》。
18　范同寿：《潘霨和他的青溪铁厂》。
19　《青溪铁厂兴衰纪略》，《镇远文史资料·第1辑》，1986年8月。
20　（英）文格德：《一个骑士在中国》。
21　杨开宇、廖惟一：《洋务运动中第一个钢铁企业——贵州青溪铁厂始末》。
22　（英）文格德：《一个骑士在中国》。
23　（英）文格德：《一个骑士在中国》。

24　《青溪铁厂兴衰纪略》，《镇远文史资料·第1辑》，1986年8月。
25　钱能欣：《西南三千五百里》。
26　杨德燊：《青溪铁厂史略》。
27　索一：《吹洋烟》。
28　德瞻：《贵州步行记》，《宇宙风》，1938年，第75期。
29　赵德舜：《青溪见闻》，《镇远文史资料·第1辑》，1986年8月。

第二十三章

在镇远：两种时间观

攻打大理国—穿草鞋的牛—抢着买豆腐脑—未晚先投宿—你们对党国的贡献是很大的—红军过后尽开颜—1930年代的时髦—这些都是涉密的—姜太公在此 本家猪牛真是不卖—河滩有什么好看—写给学子的万里云程—过去是唯一清晰稳定可见的东西

由青溪去镇远，旅行团决定走小道，因其比公路近了50里路。小道沿舞阳河蜿蜒上下，比想象的窄，让杨式德觉得简直是羊肠小径[1]，又因为此路在湘黔公路开通前是本地唯一官道，几百年来被官员学子、商人马帮以及发配西南的流放者踩踏太多，石块太过光滑，不巧这一天又下着牛毛细雨，"脚上由另一个地方带来的泥浆，沾染到这石块上来……增加其油头粉面程度，更显其泞滑得可怕了"[2]。

小道由青溪以西的鸡鸣关上山，随山势起伏，五里一岗[3]，多数时候路是挂在半山腰上的，旁边就是直削而下的峭壁，底下是湍急的河水。这时，在玉屏买的手杖便派上了用场，没有手杖的，也要折下一根粗树枝，用它试探前路，真有把握了，才踏上脚去。眼睛也得始终聚精会神看着脚下，平时行路唱歌的同学,也没工夫拉嗓子了,连走山路常听见的口哨声也没有了,只有雨点打在油纸伞上的声音。[4]

如果你还记得郑家驿,大概也会记得这条由湖广经贵州通往云南的官道。此道在唐宋尚不存在,南宋末年,忽必烈大军分三路攻打大理国,只能绕行川西高原,"下西蕃诸城,抵雪山,山径盘屈,舍骑徒步",再南下中甸、丽江,进逼洱海之滨。为了加强对西南边疆的控制,蒙古攻下大理数月后便开始在云贵筑路,到元世祖忽必烈末年终于开通了横穿贵州的普安道,从昆明经贵阳直达镇远,东接沅州(芷江)辰州(沅陵)的"常行站道",再一路北上大都,这条驿路比之前几条路线捷近,沿途又产健马,遂成为出滇入滇首选通衢,此后从明清直到近代,一直是云南与内地往来客流量最大的通道[5]。1819年那个炎热的夏天,林则徐也是踩着这条光滑的石子路由青溪到镇远的,当天他在日记里写,"是日路甚险要,上接千仞,下临重渊。闻雨后水发,尤不可行"[6]。

路是如此之滑,连旅行团师生们遇到的几头牛的蹄上都套着草鞋。杨式德也穿了草鞋,但还是"滑了不知多少次,都险些跌倒……经过两个山头,每次都是遍身大汗,腿软头晕,疲倦极了"[7]。那些没穿草鞋穿胶鞋的学生就更惨了,每次滑倒一身泥水爬起来,看到路旁野草那"凝翠的微笑",都感觉是"被人捉弄","有不可言说的滋味荡漾在心头"。有人回忆起这段人仰马翻的行军,"在我脑幕中放映的,是跟那些飘摆身体,在游绳走索的人物一样的情形"。幸运的是,没有人掉下山涧。[8]

元代修筑的驿道也间接导致了它的最终灭亡。明洪武十四年(1381),朱元璋兵分两路征讨元朝在云南的残余势力,傅友德的30万大军正是沿湘黔滇官道一路向西,乘兵势修治驿路,"水深则构桥梁,水浅则垒石以成大路"[9],并在沿途设立卫所,驻兵维护交通,平溪(玉屏)、清浪(青溪)、镇远……的城墙渐次耸立起来,而此时贵州尚未建省,所以,青溪城池比贵州更为古老并不奇怪,沿线大抵如此。明永乐十一年(1413),为了更好地控制边陲重地云南,贵州建省,来自东部尤其是江南的移民随着军屯、民屯纷至沓来。时至今日,你向一些住在云南的汉族询问他们的祖先来自哪里,还经常会听到"来自南京柳树湾的高石坎"的答案,如今的南京已没有这两个地名,但它们在明初的确存在,当年参与征讨云南的大军很可能就是在这两个地方整编成军的[10]。正如近现代史上殖民主义与现代化有着令人尴尬的复杂关系,当年的军事征讨、汉化与文明进步往往也难以切分,这一过程开启了西南"中央化"的第一波进程,而第二波进程,就是500多年后的抗战西迁。

  旅行团从早晨走到下午,翻越了七八座山岭[11],这一天的休息点在蕉溪,疲惫不堪的学生在这里奇迹般发现一两家售卖豆腐脑的店铺,一窝蜂抢着去买,店家一开始卖两个铜板一盘,后来涨到四个铜板还是供不应求,晚到的学生——很可能就包括杨式德,他和王鸿图掉队了,山中云雾弥漫,看不见同学,险些走错了路[12]——只能空着肚子继续前进。过了蕉溪,山势有所缓和,天气也转好了,"远峰是给那一层棉絮似的白云拥抱,黛色的树枝常常就给那被丢弃了的闲云飘织起来……常常隔了一座山,水花开出来的声音,还悠悠地传将过来"[13],下午5点半,旅行团抵达镇远以东十余里的两路口,在这里小道与公路重新相会。这是最疲劳的一天,杨式德在民房住下后,洗了脚,在台阶上坐着写日记,又开始下雨,他看见曾昭抡先生跛着脚到了,也不打伞。[14]

　　一年多之前的1937年4月,京滇公路周览团抵达镇远时已近黄昏。与周览团同行的《旅行杂志》特派员胡士铨看到公路两旁的欢迎队伍早已等候在此,"苗民尤众,芦声入竹林,上飘五色丝绣,迎风招展,节奏悠扬……"[15] 在周览团抵达前一个月,镇远就开始了声势浩大的准备工作。时任专员华洸调集大批少数民族男女来到府城,要求他们备好节日服装、首饰、器乐,自理食宿,又将办公室等都粉刷或者裱糊一新,增添历代名人字画等等。在周览团到达前三天,各县应调人员全部集结镇远,塞满了所有的旅社、客栈、祠堂和寺庙,芦笙、牛角等器乐声彻夜不断。等到周览团的车队终于在1937年4月19日傍晚驶入镇远时,锣鼓声、口号声、器乐声和四起的鞭炮声,混成一片,响彻云霄。[16] 不过,更吸引胡士铨的似乎是落日的风景,"暮色仓皇,夕阳衔山,虽沛困顿,为之一苏,奋勇下车步行,且睨且进,终以晚霞齐收,未尽领略为恨"[17]。

　　除了绝壁临街,有时觉得身在井底,镇远给我的第一印象和国内那些过度开发的古镇没有什么区别。差不多的银器店,差不多的特产,差不多的文艺范儿,墙壁上差不多的留言。在无数一模一样的小饭店里吃一模一样的红酸汤牛肉粉和苗家甜酒灰碱粑,邻座是几位来自湖北的大妈,她们有着爽朗的笑声,声称"要尝遍这里的美食"——看起来她们才是这年头古镇游客的主体,从镇远到凤凰,从阳朔到丽江,我很好奇,是那些标准化文艺了十多年的小店跟着她们的口味翻开新的审美?还是大妈们入乡随俗追随十多年前的年轻人重返二十岁?

祝圣桥上游人最多，大概因为这里能看上下游的江景，又有青龙洞建筑群为背景——悬挂在石崖上，檐角上翘的大小牌楼确实好看，旅行团留下来的日记也多有描绘——杨式德写，"楼阁依岩石而建，曲折幽静"，余道南写，"庙宇数座，高悬峭壁，远望若仙山楼阁"。从长沙出发以来，我一直留意寻找八十年前的痕迹，虽然所剩无几，但每见一处，总兴奋异常，好像时空小门短暂洞开，先人后人的目光甚至笔触得以交汇，再稍假想象力，重建城池的愉快和成就感就翩然而至。可是在镇远，面对他们描述过的楼宇，内心居然毫无波澜。大约是因为从名胜到名胜，至少在表面上，八十年的历史没有在上面投射出任何痕迹（亭台楼榭甚至愈加新了）？还是，寻找、重建总需伴随某种努力，最后变成某种记忆的私藏，如果得来全不费工夫，又展现在所有人眼前，那么不免就要"贬值"？又或者，想象力的展开是需要留白的（"未晚先投宿"），这一切都太完整，更准确地说，太规整了，已经被旅游业编组到一个典型的"景点"里头，那么"过去"也随之僵化成为一张小小的门票了？

我是后来在《京滇周览团随征记》中读到周览团以青龙洞、中元洞及藏经阁为住处和聚餐之所后才对这组建筑重新发生兴趣的，你很难不去想象这群高官商贾、教授记者与诸神比邻而眠的情形，也很难不好奇如何在溶洞中设百人宴（会破坏钟乳石吗）、菜品如何（会有红酸汤吗）以及垃圾如何处理（那时有环保概念吗），可惜相关资料付之阙如，只有胡士铨的一句描述："虽在边陲偏僻之境，设备井然，以汽灯代电灯，光明大放"，而他随之又表达了遗憾，"然念及洋货畅销内地，不觉悚然矣"[18]。

周览团抵达第二天上午,镇远在民众体育馆举行欢迎大会,专员致欢迎辞后,由团长褚民谊致答谢辞,他说,"我们这次出来,是代表国民政府林森主席和蒋委员长来看望你们的,因为你们大家都辛苦了。你们既出了钱,又出了力,才得把这条公路全部修通。这是你们的成绩。现在,从东海之滨,到云贵高原,都联结在一起了。你们对'党国'的贡献是很大的,也是很光荣的……"在苗民表演跳舞之前,褚民谊走下主席台,站在一张大方桌上,表演了太极拳和羽毛毽,以示答谢。[19]

青龙洞与中元洞相连,胡士铨早饭后在其间散步,"洞中石如云垂花簇",到了中元洞口,"奇石林林,下垂为鸟兽草木之形,奇态诡状……阴风自洞口开来,灯光炫晃,翳乎欲灭,幻境翕习"。从洞口下来便是祝圣桥了[20],湘黔古驿道的必经之路,林则徐在湘西所遇到的缅甸贡象,便曾从这座桥通过,所以桥中三层魁星楼上曾有一副楹联:"扫净五溪烟,汉使浮槎撑斗出;辟开重驿路,缅人骑象过桥来"。

1937年胡士铨从这里经过时,有桥无楼,因为魁星楼"二十四年(1935年)毁……"[21]。关于这段历史,我在镇远博物馆看到了另一种表述。那是几张红色大展板,大标题"中央红军奔镇远,首克地级'大城市'","1934年底,中央红军湘江浴血之后,严冬时节,一路生死急行进入黔东,大军衣衫褴褛,饥渴而顿踣,从物质供给上来说,红军到了生死存亡的紧要关头"。旁边配有一张当年镇远老照片,两边带风雨走廊的二层青石建筑居然有几分像加泰罗尼亚的街市,"镇远,当时是苗疆首府,商家林立,民殷城富,城内大道旁,教堂里、广场上堆满了中央军和黔军的各种军需物资,真可谓'金银遍地,粮草成堆,弹药如山'"。1934年12月23日,红军兵临城下,次日下午开始攻城,当晚相继攻下卫城和府城,红九军团长罗炳辉平安夜下榻之所正是博物馆所在老宅。

攻克镇远后,"镇远官府和商人众多的钱财,加上敌军事先运到镇远的辎重物资,部分金条和数万银元,以及大量粮食、被服、药品、枪支弹药等,红军运了三天三夜,极大地充足了红军的给养……有学者认为,贵州的镇远、遵义两座名城,一个从物质上,一个从政治路线上挽救了红军"。三天之后的12月27日,红七军团占领祝圣桥桥头,为给大部队转移争取宝贵时间,红七团"忍痛点燃了桥上的魁星阁","烈火将追敌阻止在舞阳河南岸,红军顺利撤离镇远"。

和之前湘黔滇旅行团路过的不少县市一样,学生们一到镇远,就看到了几年前追击红军的军队留下的遗迹:四周高耸山头上的座座碉堡。这一天天气晴好,在镇远住下后,不少同学相约赴河边沐浴,余道南发现河水里含有碱质,洗涤换洗衣服无需肥皂。大家在这里留下了一张合影,照片里,几个男生光着上身,或坐或卧,正在河滩上晒日光浴,远一点还有人在打水漂。露齿微笑的高个儿男生叫全广辉,清华经济系大四学生,校篮球队队长,除了篮球高手,他还是田赛的全能选手,许多年后,全广辉撰文回忆起清华园内的运动氛围,尤其是那些"不见经传"而令他们"自鸣得意"的非正规比赛:斗牛、拔河、夺红旗、龙球大战、棒垒球……最受欢迎的是"斗牛"——清华独有,模仿美式橄榄球打篮球,1934年入学的清华十级同学人多势众,"斗将起来浪卷潮涌,各级老大哥莫不退避三舍。尤其我工学院的李天民、杨德增、桑士聪、徐煜竖诸人,他们个个短小精悍,身强力壮,人们誉为

'棒蛋'"[22]。

与全广辉同属十级的何炳棣在《读史阅世六十年》里曾提及1930年代平津地区运动健将引领的"歧克（chic）"潮流——一个我几年前在时尚杂志工作期间经常听到的词儿"20世纪男性的'歧克'一般由健美的体格和时髦的衣着（尤其是运动便装）结合而表现出来"，曾就读于南开中学的何炳棣认为南中是中国"歧克"的先驱和标准，"天津是华北最大的商埠，租界区广人稠，英美驻军与南中（稍后南开大、中混合队）有长期密切的体育竞赛关系。运动服装用具通常都首先由南中引进；此外，南中学生的'歧克'是长期耳濡目染，自然而然消化吸收的结果。这些因素合拢起来才能说明何以上海租界区域、人口、财富远胜天津，而富家子弟即使容貌清秀服装入时，总还不免给人以'小开''海派'的印象，总不如南中体育健将'够味'。在'歧克'的发展过程中，清华比南中似乎仅仅后半步，因为……不少运动健将毕业后考进清华。北平的燕京、汇文、育英和通州潞河诸校也紧紧跟上，所以30年代'歧克'的客观观察者一般都认为平津较上海为'成熟'、'够味'"[23]。

旅行团入住的是镇远第一完全小学，和往常一样，我打电话给当地的史志部门请教第一完小当年的位置和更多情况。镇远县档案局，一个年轻姑娘接的电话，我自我介绍没两句，她就打断我，说她是新来的，领导都下乡扶贫攻坚去了，她不知道我说的那几个大学是怎么回事，也不想知道，"你不用跟我说这些，我什么都不知道"。

"对接信息公开不是你们的工作之一吗？"

"我们是为老百姓服务的。"

"记者不是老百姓吗?"

"我又不懂你说的这些。"

"你可以请示一下你们懂的同事。"

"我只有一个人,我去问谁嘛?"

"我好像听到你旁边有别人的声音。"

"你是什么意思?"

她挂掉了电话。

我有点不甘心,猜想也许是"记者"的身份让他们敏感了,决定以"老百姓"的身份再试一下。镇远县档案局就在古城一个院子里,门口挂着个对外服务中心的牌子。一楼有五个人在忙着电子化档案,问了一下,是外包公司;二楼档案局办公室至少有三个人在,包括那个年轻姑娘和她的领导,档案局副局长,一个中年女人。年轻姑娘手机横放正在看电视剧,我进去时她并不避讳——我后来查到她的资料,一年多前就来了档案局。我对她们说,我是游客,对镇远抗战时期历史感兴趣,看到门口牌子上写着可以对外查询档案,请问要什么手续?中年女人没好气地让我出示身份证和介绍信,似乎给她找了一个巨大的麻烦。

"可是我看到门口写着也接待普通市民?"

"市民也要工作单位介绍信。"

"如果没有工作单位呢?"

"要居委会开介绍信。一般老百姓谁要看这方面的资料?"中年女人说。

"这些都是涉密的!"年轻姑娘从电视剧里抬起头来帮腔。之前在电话里她还"什么都不知道"。

只好询问当地老人——在一个满是游客的地方,还真不容易。在河对岸的卫城转了两圈，一无所获，下午6点多，舞阳河两边密密麻麻的客栈亮起了灯笼，我返回府城，沿着河边新中街——张恨水曾经散步的一条路——往回走。抗战胜利后，客居大西南的流亡者们纷纷复员，1945年12月，张恨水携家人离开重庆，经贵阳走西南公路东返，儿时他读地理教科书，有一课讲到镇远，"书中言此为西南咽喉孔道，舟逆滩上，水怒欲飞"，他琢磨着今生是否有可能来此一游，但很快就告诉自己，不可能，"因满清末季，入云贵如登天也"，没想到一场战争真的把他带来了镇远，"惟四十年来素愿，偿于一夕，精神兴奋，不可名状"。晚餐后，这位当时中国最出名的通俗小说作家"手携木杖，独步街上，意甚自适。杖上刻有文，策杖观太平，适余此时意乎？"他沿着河街散步了五里之远，"灯火寥落中，细雨如烟"[24]。

黄昏时分，我在这条路上终于看见了大批散步的本地老人，接连问了五六个人，最后是一个老太太给出了非常肯定的回答："在停车场那边！卢（六）小！"六小现在是三小的一个校区，绝壁之下，老式的三层教学楼半包围着一块平地，看到这块开阔地，我立即确信了这就是要找的"第一完全小学"。仍在加班的教导主任，一个温和友善的人，向我确认了它的历史，虽然她并不知道湘黔滇旅行团曾经在这里住过。她告诉我，镇远络绎不绝的游客，误打误撞走到这里，有时候会发出疑问："你们县城还有这么破的房子？！"

当年就是在这里，杨式德遇见一位清华七级化学系毕业的师兄，他说镇远不过是山谷间的一片小冲积地，自汉人来后，苗民便移居深山了，又说苗民身体强壮，赤足上山，如踏平地，即便直立的山也能快跑上去，还说他们衣服很污，不讲卫生，而基督教在这里有教堂，以英文字母拼写他们的文字。"我们本国人还少和他们接触，侵略者却早已深入了，这实在是很痛心的一件事。"杨式德在当天日记里写。[25]

第二天，旅行团十几个同学去附近山上访问苗寨，其中就有一直对西南少数民族问题感兴趣的钱能欣。学生们由地方官员引导，得以接近寨门。寨门前挂着一块木板，上书："现当时局不靖，本寨公议于寨周围栽有竹签，并放有弩箭，凡我乡人，以及外处人等，请勿黑夜入寨，免遭误伤，倘有强横不信或被签伤或被弩死，不与本寨相干。"

进寨门后，有会说国语的男子招呼他们，女子则纷纷躲进了茅屋。学生们随便参观，一家一个牛栏一个猪栅，栅栏上贴着黄纸，写着"姜太公在此，本家猪牛真是不卖"，不知何解。两户苗家为他们煮了饭和青菜，饭米色白而粒大，青菜则淡而无味[26]——直到近代贵州都常年缺盐，一种说法是，黔东南苗族的"酸汤"正是盐的替代发明。当年丁文江经湘黔滇驿道回内地，一入黔境就只见辣子少见盐巴，"最足以使得我永久不忘的，是贵州劳动阶级吃盐的方法"，路边的饭铺，菜里没有一粒盐，另有一只碗放块小盐巴，吃饭的人，吃得淡了，倒几滴水在这碗里，然后把这几滴盐水倒在饭菜里，得一点咸味。还有一次，半路打尖，轿夫喊老板娘拿点水放在盐碗里，老板娘说，放了水盐化得太快了，你们嫌淡，拿起来放在嘴里呷呷就好了，"不到一刻工夫，我眼看见这块盐在九个夫子的口里各进出了一次！"后来丁文江把这段故事告诉朋友遵义人蹇季常，结果蹇说："我告诉你一个故事，才真正可以代表我们贵州人吃盐的方法。有一家人家，父子三个一桌吃饭。父亲把一块盐高高的挂在桌子当中，对他的两个儿子说道：'你们觉得淡的时候，吃三口饭，看一看盐，就可以过瘾了，不必吃盐。'等了一会，他的大儿子叫道：'父亲，弟弟吃一口，就看一看盐！''你听他去罢。他不懂得事，等他咸死！'"[27]

回到涌溪的苗寨，好奇的学生围坐在矮矮的方桌上，吃了一顿苗饭。饭后，他们坐在草地上唱起歌来，听到歌声，苗妇苗女们都出来了，"欢天喜地地四周围着"，接着她们也唱了，歌声清脆，尾音悠长，满是忧郁，翻译告诉学生们，歌词的意思是："你们离别了家乡，老母亲思念你们；室中暖，野外凉；可是你们做了官，老母亲在家也欣欢。"[28]

我在镇远住的客栈开门见山，背门临河，头晚下了夜雨，早晨起来发现舞阳河变浑了，不过半天后就恢复了青绿，第二天晚上回到客栈，热情的前台姑娘（恰好她的老家就是涌溪乡，我问那边苗寨的情形，她说现在路很烂，到处都在建房子，"都是给有钱人住的"）提醒我，下游的水坝明天开始停止放水，这样古城的水位就会上涨起来了，这样就看不到那些河滩了，"就会很好看"。

我说，其实我更喜欢现在，是一条自由流淌的河流的样子。女孩笑，你真是奇怪哦，河滩有什么好看的。

早晨不到8点自然醒了，神清气爽，又是一夜好觉，可能是因为客栈安静，也可能是窗外临河，开阔舒心，又或者是窗外有寒意屋内有暖意。上午又开始下雨，我不着急退房，到外面吃完早餐又回到客栈，坐在露台上看风景。还不到10点，舞阳河的流速好像变慢了一点，但也不太确定，怀疑是心理作用。

由镇远再往上，舞阳河便无法再保证常年通航，因此，湘黔公路未贯通前，镇远是湘黔滇驿道上最重要的吞吐口和起落站——从两湖输入云贵的货物就在这里起岸,靠马帮驮运一路往西,而从云贵输出的货物,在这里上船,沿沅水而下,七八天即可抵达常德,再越洞庭入长江前往汉口——眼前空旷安静的舞阳河当年也曾被船工号子马帮铃响所填满。

10点10分,河流流速减缓已经非常明显,两岸的河滩开始缩小,一个建筑材料的垃圾堆也慢慢被水吞掉了。河面有饮料瓶漂浮。道光甲申年(1824),一个叫杨钟秀的云南人根据资料和亲历编撰了一本《万里云程》,为云南进京赶考的学子提供参考。我翻阅这本将近两百年前的旅行指南,镇远这个"滇黔第一水旱码头"是重点介绍对象之一,"此地不以城郭为固,而以山水为胜。城在山顶,城内河水中分,文武衙署,各居一半,实为滇黔咽喉之地"。从镇远府到常德府走旱路,也就是湘黔古驿道,一共16站,旅行指南详细列出了每站之间的距离,以及中间可以"打尖"的地方。那些我走过的地方历历在目:由镇远往青溪、玉屏出贵州,进入湖南的晃县、芷江,"城外有大桥一座,计十八洞,名江西桥,两边码头架木为铺",再经怀化、辰溪到沅陵,"山谷气象荒凉",接下来是马底驿、狮子铺、界亭驿、新店驿、郑家驿,多么亲切的名字,然后你就到了桃源县,"土沃水甘,山有松杉之阴,水有鱼鳖之利,到此几忘风尘之苦矣"。

不过镇远的下水船很多,许多人,尤其是着急公务的会在这里改走水路,有两种船可选,"一名跨子,一名麻阳船,即毛蓬船。跨子较稳,麻阳较快",如遇涨水,五六天就能到达常德。乘坐货船费用较廉,但要注意别选那些载重过大的,"米布船最妥,靛船较沉",若是空船下行,还须留意它的新旧情况,看看"篷舱有无漏损,并帆缆篙橹俱全为要……"

指南还特别提醒学子,不可贪便宜,有些赏钱该给就得给,"出门之人,走遍天下路,吃尽天下亏,此言信不诬也……"[29]

10点15分,对岸的沙滩又小了一些,雨下大了,密密的珠帘挂在露台外面,隔开了远处的祝圣桥和青龙洞。我决定推迟出发时间,坐在露台上看书听雨。抗战时期造访中国的美国记者格兰姆·贝克写过一本厚厚的 *Two Kinds of Time*(两种时间观,早年有中译本《一个美国人看旧中国》),开头便比较中国与西方对于时间理解的不同,在西方,人们总是"昂首面向未来",而在中国,"人在时间中所处的位置犹如一个静坐河边面朝下游的人",上游的波涛象征未来,是看不见的,只有等河水经过他的身边流向下游,成为过去时,才能被观察到。[30] 我不确定这种区分是否准确,毕竟福克纳也曾说过,人是背向着坐在快速奔驰的车子上,未来看不见,现在一闪而逝,过去是唯一清晰、稳定、可见的东西。但我确实享受静坐河边面朝下游的感受,你会想象河水去了哪里,更下游又是什么样子,我之下游是他们的上游,正如我之上游也是另一些人的下游,这么一想,过去也是可以通往未来的啊。

10点35分,居然响起了春雷,雷声很低,雨线很密。到了11点,河岸又宽了不少,水流已经非常缓慢了,好像被人撒了黏稠剂一样,上面漂着一些木屑。11点半,雨小了,舞阳河变成了一个碧绿狭长的湖泊,打着花花绿绿伞的游客开始涌上祝圣桥。

是时候出发了。

注释

1 杨式德日记。
2 高一凌:《荒山行·湘黔滇步行日记之一》,1939年9月6日《大公报》香港版。
3 钱能欣:《西南三千五百里》。
4 高一凌:《荒山行·湘黔滇步行日记之一》。
5 方铁、方慧:《中国西南边疆开发史》,昆明:云南人民出版社,1997年7月。
6 林则徐:《己卯日记》,《林则徐全集·第9册·日记卷》,福州:海峡文艺出版社,2002年10月,第88页。
7 杨式德日记。
8 高一凌:《荒山行·湘黔滇步行日记之一》。
9 《明实录》,转引自姜建国:《明代云南驿道交通的变迁及原因》,《烟台大学学报(哲学社会科学版)》,2016年第6期。
10 (日)上田信:《讲谈社·中国的历史:海与帝国 明清时代》,桂林:广西师范大学出版社,2014年1月。
11 余道南日记。
12 杨式德日记。
13 高一凌:《荒山行·湘黔滇步行日记之一》。
14 杨式德日记。
15 胡士铨:《京滇公路周览团随征记(三)》,《旅行杂志》1937年8月刊。
16 方宗佑:《京滇公路周览团莅镇纪实》,《黔山尽处楚溪头:镇远的历史记忆》,贵阳:贵州人民出版社,2009年6月。
17 胡士铨:《京滇公路周览团随征记(三)》。
18 胡士铨:《京滇公路周览团随征记(三)》。
19 方宗佑:《京滇公路周览团莅镇纪实》。
20 胡士铨:《京滇公路周览团随征记(三)》。
21 胡士铨:《京滇公路周览团随征记(三)》。
22 全广辉:《十级运动史话》,《清华十级纪念刊1934—1938—1988》,第84页。
23 何炳棣:《读史阅世六十年》,桂林:广西师范大学出版社,2005年7月,第49页。
24 张恨水:《东行小简》,《山窗小品及其它》,太原:北岳文艺出版社,1993年1月。
25 杨式德日记。
26 钱能欣:《西南三千五百里》。
27 丁文江:《漫游散记》,昆明:云南人民出版社,2008年9月,第106页。
28 钱能欣:《西南三千五百里》。
29 杨钟秀:《万里云程》,出版于道光年间(1821—1850)。
30 (美)格兰姆·贝克(Graham Peck):《一个美国人看旧中国》,北京:生活·读书·新知三联书店,1987年11月。

第二十四章

镇远—施秉—黄平：传说中的鹅翅膀

这是最后一次照相了—真的要走到这么高的地方吗—刘青云在文德关—突击植树运动—闻一多重操画笔—时间沉积的形状—将军箭和指路碑—无能脱贫誓不为人—结婚自由离婚也自由—若要此洞开除非诸葛来—世界大同是不可避免的

这天上午，镇远的4G网络崩溃了，手机信号不是E就是无服务，人们彼此询问，纷纷露出茫然无措的表情。好在我一早就用酒店的Wi-Fi定位好了徒步路线，不至于循着大路走进穿山隧道。再一次吃了顿平庸的酸红汤米线和馒头后，和八十年前的旅行团一样，我打着伞，在细雨中出发了。

由东往西贯穿镇远，走的是新中街，再一次踏上了1945年张恨水的散步之路，旧时府城街从东到西建有六座牌坊，本地顺口溜讲，"头牌一枝花，二牌盖过它，三牌金稞铺，四牌油炸粑，五牌开马店，六牌烂豆渣"[1]，说的是头牌地处文庙，二牌衙门林立——当年京滇周览团过境，团长褚民谊表演太极拳的民众体育馆，就在二牌，彼时褚是中央大员，后来抗战爆发，他未随国府西迁，而选择留在孤岛上海，后来加入汪伪政府，抗战胜利后以汉奸罪被捕，判处死刑，落得一个"生也糊涂，死也糊涂"的声名。行刑那天，他正领着许多囚犯打太极拳，临死前，忽然很镇定，跟摄影记者笑着说，这是最后一次照相了，希望照得好一点。那颗子弹是从背后打进去的，中枪之后，他忽然作了一个鹞子翻身，仰天而逝，结束了这糊涂的一生。[2]

从前的六牌是无业游民所居的偏远地界，现在是新城，人行道上被雨打湿的瓷砖奇滑无比，我小心翼翼地在盲道上走了一会儿后，决定到主路上与车同行。县城边缘位置，有一高大板正小区，名曰"好美溪上"，过了小区门口，共和街变作306省道，水泥路也成了柏油路，走起来就格外踏实了。中午12点半，完全走出城市，进入一个大上坡，路旁有镇远的大宣传牌，"心居何处，自在镇远"，和另一个旧时大水陆码头常德（"中国人心灵的故乡"）遥相呼应。左边和前面都是很高很陡的山，山顶被雨雾罩着，山腰能看见青黑色的喀斯特岩壁，草木间还露出几根等距的白色火柴棍儿，应该是公路边的电线杆吧？初看时不免怀疑自己，真的要走到这么高的地方吗？

走了许久，旁边的卡车和我一道喘着粗气。迎面下来一辆救护车，凄厉地叫着，我的心也跟着收紧了。能看见前面高处的隘口了，上面有个牌楼，不知是不是文德关，就这么耸立着，逼视着，和想象中一夫当关的地方一模一样，想到自己正朝它进发，又兴奋起来。又走了半天，公路向左一个急转弯，这里已经很高了，站在路边往下看，镇远慢慢消失在盆地的雨雾里，正如我也消失在山腰的雨雾里。但盆地里还有十来个瘦瘦的火柴盒，矗立在那里，与大山的尺度一比，显得脆弱危险，然后我意识到，那不就是"好美溪上"吗？生活在那里的人不太容易有这种视角。

过了急弯又是长坡,更陡了,下坡一侧减速带连减速带,下行汽车掀起阵阵水雾,发出的声音让我想起打摆子的疟疾患者。不知为什么感到非常孤独,好像被这雨悬置在某个不上不下的时空里——疏离之人享受在路上的自由,也要面对特定时刻袭来的虚无。这个问题在我神交的朋友那里是找不到答案的,八十年前一位学生感叹的是,自己幸而有这么多同伴,"假若一个人走这一条路,心里上必另有特殊的感觉,四望都是大山,没有人家,没有行人,走累了求一树荫休息都不成"[3]。

接近文德关时,我看到了刘青云微皱眉头僵硬的笑脸,那是巨大的酒广告牌,后面不足十米处是镇远县委的宣传语:在"实做"上笃行不倦,在"立改"上较真碰硬……放在一起真是别具风味。文德关海拔690米,历史上的兵家必争之地,吴三桂、起义的苗军和长征的红军都曾攻打过这里,被雨水洗得发亮的柏油公路穿过看起来很新的城楼,柏油路下面是泥结石的老湘黔公路,老湘黔公路下面则是古湘黔驿道,历史就这么层层叠叠堆积着,唯一没有变化的,大概就是右侧那古铜色的山体了吧。

出隘口,有豁然开朗之感,关前险景被相对平缓的丘陵地貌取代,城楼背后有个休闲农庄,播放吵闹的音乐,再过去是一块迟迟未插秧的稻田,田边一土地庙,门关着,门口红色对联,"不亦乐乎宽心座,望之××保安民",横批"感有神来"。往前走几百米是"红军山庄",少数民族风格装饰,院子里有大大的红星、江小白的广告、祝圣桥和镇雄关阻击战的壁画、某品牌液化气的抽奖以及某党支部成立的横幅,还有中共镇远县委党史研究室挂牌的红军战斗遗址,所有这些元素凑在一起居然奇怪地并不违和。屋里一大桌子人正觥筹交错,我在小雨里和山庄老板聊了一会儿,他看上去四五十岁,留着小胡子,穿黑皮衣,戴巨大的金戒指和金链子,讲起话来却文质彬彬。他告诉我,十多年前他从村集体那里把这块地租来时,这处遗址还是个茅草屋呢。我说,你那么早就想到做红色旅游的生意,可真有眼光。他谦逊地笑了。

雨天赶路让人不快的一点,是你分不清是汗水还是雨水揉在一起,粘着身体和衣服。我的越野鞋只有防泼水功能,在雨地里走久了,前半部分已经见湿,不知道什么时候会渗进去。今天最重要的任务是去看传说中的"鹅翅膀"。按钱能欣的描述,此处"居高而望,千山万山都在控制之下,胸襟为之扩大"[4]。余道南形容,"有段公路盘旋如鸟翅……自山上俯视汽车上驶如爬虫"[5]。本地资料则说,"湘黔公路鹅翅膀立交桥是保存完好、全国修建时间最早的公路立交桥,是中国公路建设史上的一座里程碑"[6]。

马路右边开着粉色的野蔷薇,一户人家门口种的桃树已经结果,当然和大多数路段一样,行道树最多的还是刺槐。徒步在国道上,你会感到这个国家对过去的延续比之前想象的要多。1938年年初,全线通车不久的湘黔公路迎来第一次行道树突击栽种活动。贵州省政府训令各县,应利用2月19日公路植树节的时机,"动员力量各方突击植树"。三穗县县长甚至亲自出巡,检查县境35公里的植物情况,"计植6286株,成活5652株,其中75%为洋槐(刺槐),25%为梓木",后因应营建公路及植树政绩被省民政厅记功一次。[7]

下午2点,小雨转为毛毛雨,太阳隔着很厚的云层,偶尔毛茸茸晃你一下。一辆越野车停在路边,女人在路边灌木丛里摘被雨水洗出新绿的嫩叶。我问摘什么，她说野生花椒。我说叶子也可以做菜吗。她说可以。我问做什么菜呢。她露出不可置信的表情：你不知道？你是哪里人呀？我说我是湖南人，湖南人连花椒都不爱吃，别说叶子了。她同情地摇摇头，抱着一大把叶子边往车里走边说，可以做芋头汤。

  公路上有一个警示牌，"前方200米路中间有树，谨慎驾驶！"转过一个弯后，我看到了路中间那棵大树。它大概有20多米高，灰色牛皮质地的树干，叶子像许多个鸟窝。此地是个路口，往左通往沿溶高速入口，往右一个饭庄，经营土鸡野菜江团岩鲤。问饭店女老板，她只知道这棵树叫"千年树"，绕到后面的老住家，一个穿着旧迷彩衣服的大叔正在门口吃饭，他端着碗给我指，路边还有两棵一样的树呢，叫"硬脑壳"，但是树龄多少，为什么被保护起来他就说不上来了。我尝试用App识别它，黄葛树似乎是最接近的答案。不论如何，国道愿意为一棵树而绕行，总归叫人印象深刻。

  右脚开始进水的时候，雨停了。我松了口气，持续的上下坡也暂时告一段落，进入一个平坦的台地，右边田里种着一大片猕猴桃树，倒吊着古旧感的黄白色花骨朵。几只落汤鸡在路边溜达，腿很长很矫健的样子。再往前走，一个国有林场里头是个良种斗鸡养殖场，难怪落汤鸡走起路来个个像侏罗纪公园里充满攻击性的小恐龙。雨后的路边有很多小癞蛤蟆蹦蹦跳跳，指甲盖大小，之前在湘西看到它们时，还是蝌蚪呢。偶尔驶过一辆汽车，压着带水膜的柏油路面，传出好似远古战场的呜呜声响。经过一个小村子，墙壁上"三个妈妈赛跑"："现代化"的妈妈轻松地背着一个孩子，"小康的"妈妈背一个孩子牵一个孩子，"脱贫的"妈妈脸色惊慌，背着两个孩子几乎要跪倒，还有第三个孩子一直在地上闹腾。一幅过时的宣传画。

这一段路面海拔稳定在660米，比文德关没低多少，算是已经登上了云贵高原吗？一个老太太背着一竹篮子新采的金银花迎面走来，比我走得有劲儿。对面有一大片开满白花的草地，我穿过马路，和一头吃草的蓬头小牛对视半天，受到了一点儿鼓励。这两天一直在和隐隐的腰疼搏斗，对走路有畏难情绪。离鹅翅膀还有两公里多时路况变得很糟，因为旁边正在建设天黄高速，到处都是烂泥和水坑。我和新路基并行了一段，得以明白高速公路的逻辑：就是垫高，不停地垫高，去消弭地形的高低起伏，如果垫高不够，就修高架桥。高架还不够？那就打洞。盘山而上？高速公路不认这个理儿。

下午3点半，终于通过施工路段。又走了一刻钟，在路边看到个废轮胎，如获至宝般坐上去歇脚。这儿风景不错，远处喀斯特群峰起伏，近处满是庄稼的梯田绵延到谷底，还有雨后迷人的灰蓝色天空。可我只觉得累，累到心里去的那种，连旅行中偶发的"我在这里干什么"的自问也没力气提了。在轮胎上呆坐了二十分钟，鼓励一下自己重新出发，没走多久，突然看到了"鹅翅膀大桥"的路牌。

我加快脚步，期待着那段"盘旋如鸟翅"的公路落在眼前，却只有一座平平无奇的水泥大桥。桥很高，跨过一道深谷，从桥面往下看溪水积成的幽绿水潭，恐高者不免腿脚发软，我在峡谷的阵风中走过大桥，迎面三根石柱，大牛角上"施秉欢迎你"五个大字，原来它还是镇远和施秉的界桥——我之前读过林则徐由镇远赴施秉，路过两县交界处时写下的诗句，"两山夹溪溪水恶，一径秋烟凿山脚；行人在山影在溪，此身未坠胆已落"——可它不是我要找的鹅翅膀。

过桥又走了一段路，看到"舞阳河景区由此去"的指示牌，直觉告诉我应该离开公路，循指示牌拐入这弯弯曲曲的下坡，但此刻已经4点20，天知道还有没有去施秉的过路车。不管了，往下走走再说。沿着满是碎石的土路走了会儿，碰到一个开小货的小哥，问他鹅翅膀桥，他指我刚走过的水泥大桥，不死心，问附近是不是还有个老桥，他立刻反应过来：有的，有的，一直往下走就是，"我们管它叫螺丝桥"。他甚至知道这个桥有多老，"二战前就有了"。

立刻兴奋起来，心不累了，腿不沉了，噔噔噔往下冲，很快就望见了那座著名的老立交桥。它和周围发黄的路面颜色全然不同，更像一个古老的城门洞，大部分青砖都呈现出一种烟熏过的黑色，好似战火还停在上面。马路从桥上经过，又从桥下穿出，蜿蜒而下伸向峡谷深处，对照八十年前的老照片，这应该就是老湘黔公路了，整体格局，甚至路边的梯田都没有变，只是在老桥旁边建了一座平行的新桥，从2006年起老桥桥面不再通车而已。

当年湘黔滇旅行团过了文德关，便沿小路过镇雄关，攀着草根，踏着泥凹[8]，来到这座桥下，闻一多在此掏出铅笔画了一张素描，世人多识他是诗人和学者，但知道他在留美期间曾经在三所大学攻读美术专业的人不多，此时，距闻一多

经过鹅翅膀桥（杨嘉实提供）

留美归来已经十三年,"十余年来此调久不弹,专攻考据,于故纸堆中寻生活,自料性灵已濒枯绝矣"。然而,"涉行途中二月,日夕与同学少年相处,遂致童心复萌","沿途所看到的风景之美丽奇险,各种的花木鸟兽,各种样式的房屋器具和各种装束的人,真是叫我如何说起!途中做日记的人甚多,我却一个字还没有写。十几年没有画图画,这回却又打动了兴趣……"[9]

这座吸引闻一多掏出画笔的立交桥建成于1935年8月,由毕业于南开学校、后来留日的贵州籍工程师陈樵荪设计[10]。桥上长着两株半人高的绿色灌木,桥下爬满刺天茄,一种结黄色圆形小果的带刺植物。我在桥洞下端详着头上"鹅翅膀"三个字,想着出发以来对它的各种想象,感到胸口被什么东西填满了。呵,终于到了。我有强烈的愿望,想要在桥下坐上半小时,可时间并不宽裕,只能继续往下走,按照网上的说法去找薛岳的题字,走了两百来米,看到了,右手边的岩壁上,"鹅翅膀"三个阴刻大字,"鹅"字破损大半,落款模糊不清,之前网上照片里还可见到的红色也已完全剥落。薛岳是1937年5月写下这三个字的,那时他刚刚就任贵州省政府主席,几个月后,淞沪抗战爆发,他请缨离开贵州,奔赴前线。脚下已被弃用的老湘黔公路曲折地通向远处山间的镇雄关,当年军用卡车排着队沿这条路翻山过桥,源源不断往湖南运送补给,而此时这里空寂无人,鸟叫、虫鸣和岩壁上泉水滴答,声声入耳,我用手机录了一小段,后来百听不厌。

惦记着时间,我又折回老桥,攀到桥上,感觉比资料上说的7.1米还要窄,一辆卡车大概能勉强通过吧。弃用十几年后,桥面满是黑白色的碎石子儿,也有青苔和枯草,交织出斑驳之色。而你稍微拉远一点，让眼睛失焦一会儿，还能看到那种冲刷感，就好像时间之河在这里流过又沉积下来——这真是旅行中不可多得的时刻，不可触摸之物有了形状、颜色甚至声音。

上坡重回306省道时，才留意到路边有一个观景台，我拍了几张全景，想象当年这里曾是何种情景。1945年抗战胜利后，张恨水沿西南公路东返，抵达镇远前也曾经过鹅翅膀。那之前一个月，鹅翅膀刚刚发生过一起劫案，匪徒在桥上往桥洞扫射，死旅客两人，全车被劫。离开贵阳后张恨水就一路听人讲到此事，"于是如老子之无化三清，传之为若干劫案"，接近鹅翅膀时已近天黑，"探首四顾，天风荡漾，乱草摇曳作声"，经过桥洞时，"众客惴惴，默然无语"，等到再往前开，南面山缺口露出水光一片，张恨水松了口气，告诉同行旅客，那是抚水（舞阳河），很快就要到镇远了。他是后来才听说，桥上树间挂着两个劫匪的骷髅头，乘客们只是因为天黑没有看见而已。[11]

观景台临近公路一侧，还有一大石，上面标明了鹅翅膀方向由此去，刚才兴冲冲地完全没有注意。石头下面有一块木板，上面用歪歪扭扭的红字写着："将军箭，东走镇远，西走施秉，南走五洋河，北走南王庄，易长成人，长命富贵"，旁边还有几块石碑木牌，也是类似字样，或叫"将军箭"，或叫"指路碑"，或叫"挡箭碑"。这是出发以来第一次在岔路口看到这类有点神秘的路牌，网上搜索，说是乡民为小孩冲煞所立，以保孩子无病无灾，长大成人——不止在贵州，西南偏僻地区都大量存在。不知湘黔滇旅行团的学生们沿途看见这些会作何感想？是斥为封建迷信，还是与彷徨歧路的心境多少发生一点共振？无论如何，行路之年，它们至少为旅人提供了明确的方向。

重新上路已过下午5点，只得听天由命。走了不到半小时，居然碰上一辆开往施秉的过路车，庆幸地跳上车去。在大山里盘旋下降，远远从高处瞥见坝子里的施秉县城和穿城而过的舞阳河，很像在老川藏线上钻出二郎山隧道后看到的康定与大渡河，山川、河流、小城都在一幅极长的画卷中徐徐展开。现在雅安到康定之间修了高速，无须再绕行二郎山口，时间上可以省去好几个小时，但那种赏画的乐趣也一同被省去了。临近施秉县城时，车窗外看到一条宣传标语，上半句忘了，下半句印象很深："无能脱贫誓不为人。"从中巴车下来时又一次意识到今天有多累，两侧髋骨反应非常强烈，半分钟内几乎挪不开脚步。

施秉给我的印象是安安静静的，没有挥之不去的喇叭和叫卖声，临街房屋保留着1990年代初白墙蓝玻璃的审美，但又新装上了民族风格的木制窗棂和雨棚，看上去有点可爱。我沿着舞阳河找到客栈，在正街背后一个满是盆栽绿植、颇有生活气息的社区里头。大堂里有股刺激性气味，前台姑娘抱歉地说，那是隔壁邻居开的豆豉坊。进屋后，我把干鞋器打开烘干鞋子，然后四仰八叉躺在床上休整。

从镇远到施秉全程将近40公里，旅行团下午抵达施秉时，当日市集尚未散尽，卖者买者都以苗族居多，余道南这才意识到为什么在青溪和玉屏都感觉街市冷清，因为他们没碰到赶场日[12]。钱能欣在街市上认识了一个孩子，由他引着去看附近一个苗寨，这一回他考察的是苗族的爱情，"他们的婚姻最自由……任何男子只要女儿欢喜可以随便到女儿的闺房里去谈情,父母是毫不过问的……结婚自由,离婚也自由,不用上官厅花钱,一不投意,便可各自东西。他们有一个歌充分表示着他们的婚姻自由:……俩个若是心不真,一世苦恼一世贫。既然苦恼既然贫,勉强夫妇难做人。不如送你金和银,俩个都好另找人"[13]。

和刘兆吉的歌谣采集一样,旅行团对苗族爱情的考察也可被视作1920年代兴起的一场民间文学运动在战争爆发后的某种延续。这场鼓吹通俗文学与民间文学的运动是对儒学主导的官方文化、精英文化的一次反叛,促使中国知识界把目光投向农村,投向边地。在民间文学家们看来,少数民族很少受儒家文化束缚(或者说"污染"——还记得闻一多训斥刘兆吉"还是孔夫子那一套"吗),所以他们仍然保持着纯真、美好的情感,而且表达情感的方式也是自由的,苗族的"跳月"更是让人惊羡不已。也许这些民间文学家浪漫化了他们的研究对象,但就像学者洪长泰所言,"中国知识分子正是通过研究民间文学,乃至民间文化,才发现了民众的重要性,同时也重新认识了他们自己。在接踵而来的思索中,他们面临的问题是:我们是谁?我们与'平民'的关系如何摆法?什么是民众有的而我们却没有的?是否我们应该'到民间去',向民众学习或者去教育他们?……这些占据了二三十年代青年民间文学家头脑的大部分问题和对问题的回答,迄今仍是当代中国知识分子阶层的思想基础"[14]。

第二天上午8点半,我按头一天电话约定,去拜访史志办的廖主任。施秉县政府大院门口没有保安,我直奔三楼,可是并没有找到人,秘书室的姑娘们倒是很好心地帮我问了半天——尤其是考虑到我当时穿着冲锋衣徒步鞋还胡子拉碴的,可是谁也不知道史志办有位廖主任,并且史志办也不在这个大院里头。我满心疑惑地下了楼,打电话给廖主任,是他的同事接的,"我们就在办公室呀!""啊,会不会是我搞错地方了?你们这是不是一个大院里的三层楼?""是呀。""是不是门口有两个石狮子?""是呀。""是不是中间有一个旗杆,旗杆下面还有滚动新闻?""是呀!""那应该没走错啊……""你等等啊,我到窗户边了,你看见我了吗?""没有啊……我也冲上面招手呢,你看见我了吗?""也没有……"我急得在大院里头打转,所有的描述都对得上,怎么就互相看不到呢?"等等,这里面是不是种着许多红豆杉?""是种着很多树,但不知道你说的那种……""……那……你们这个大院的全称是施秉县政府,还是施秉县行政中心呀?""……我们这里是黄平县……"

  我能怪谁呢?怪中国的政府大院都长得一模一样吗?赶忙道歉,赶忙叫顺风车前往下一站、30公里以外的黄平。等着接单的工夫,我联系上施秉史志办(这回终于没弄错),要了一本县志,又找到一家卖包子和豆浆的早点铺,狼吞虎咽一番,其实满街都是粉店,但是行程不到一半,我已经不想再碰米粉了,在北京时可是哭着喊着像是个瘾君子一样天天要"嗦粉"的。

  顺风车司机是一个三十来岁的精瘦男人,不跑车时做彩钢装修生意,有项目他就打电话把人从五湖四海叫过来干活,他主动跟我讲找人经验,"不能找一个地方的人,必须的!一个地方的最多两三个,防他抱团,不然他们中间走掉了你怎么办"。我问,那你怎么防止新认识的工人抱团?"简单嘛,你就用工资给他压着!不干完不给钱!"他语气凶狠起来。闲聊了十来分钟,我不识趣地提起了媒体经常报道的欠薪问题,他的态度立刻冷淡了:"不在我们范围内,想都不用想,研究都不去研究!一个压一个,一个压一个,现在什么生意买卖不是这样?还是不要考虑得太多,跟我们无关的事情,就不要去想他!"

我们都闭上了嘴。天黄高速还在修建中,车子沿306省道在山间起伏,偶尔能看到一座古老的石桥。离开施秉就告别了相伴多日的舞阳河,《施秉县志》数次提到了河上的诸葛洞,这处施秉以东的险滩长年把舞阳河水运截止在镇远。明万历二十九年(1601),贵州巡抚郭子章组织工匠役夫270人疏浚修筑,终于让船可以继续上行至旧州,但历年经久,石还本位,阻碍如故。到了清代和民国,虽然数次疏浚,诸葛洞附近仍然航道浅窄、水流湍急,船行至此须卸载放空越过,哪怕这样也时有触礁毁舟的灾难[15]——读到这里,我便更理解了镇远当年的举足轻重,也想起晃县那位客栈老板说的,"若要此洞开,除非诸葛来!要开,太平日子洞要开!"——诸葛洞最终还是开了,在1953年新政府炸掉大量礁石以后,可惜内河水运时代也慢慢迎来了它的尾声。

待到下车,这位强势的包工头又切回了因为害怕差评对客人小心翼翼的模式,后来还两次打电话过来提醒我要点击到达,这样他才能收到付款。在黄平史志办,我见到了廖主任和他的苗族同事潘主任,我们聊到了赶场天(解放前黄平这边是按照天干地支、十二生肖来赶场,所以现在仍然有牛场街、鸡场街等地名)、鬼师(汉族叫巫师,是非遗,快要失传了,"既要相信医生,也要相信鬼师嘛")和苗族服饰的变化(民国时期的新生活运动就是在改服装和改厕所上受到很大阻碍,但是,"世界大同是不可避免的"),不过,最让我感兴趣的还是公路的变迁。

他们告诉我,虽然我一路走来的320国道和306省道基本沿用民国湘黔公路的路线,但进入黄平境内时,事情变得有点复杂,从黄平到下一站重安,306省道完全放弃了老湘黔公路,取道海拔更低而且相对平坦的线路——这自然是合理的选择,但问题是,回到技术远不如今日的1930年代,为什么湘黔公路当初反而要选择一条更困难的线路呢?

注释

1. 段文浩:《旧事忆述:段大叔摆镇远故事》,贵阳:贵州人民出版社,2011年1月。
2. 陈存仁:《抗战时代生活史》,桂林:广西师范大学出版社,2007年5月,第84页。
3. 德瞻:《贵州步行记》,《宇宙风》,1938年,第75期。
4. 钱能欣:《西南三千五百里》。
5. 余道南日记。
6. 吴正光、汤先忠:《鹅翅膀螺蛳桥》,《山川碧透 贵州施秉·施秉文史》第10辑,2002年12月。
7. 李光厚、郑桂宣:《民国时期湘黔公路栽培行道树概况》,《黔东南文史资料》第10辑,1992年10月。
8. 杨式德日记。
9. 致赵俪生,致高孝贞,转引自闻立鹏、张同霞:《追求至美——闻一多的美术》序,济南:山东美术出版社,2001年7月。
10. 吴正光、汤先忠:《鹅翅膀螺蛳桥》,《山川碧透 贵州施秉·施秉文史》第10辑,2002年12月。
11. 张恨水:《东行小简》,《山窗小品及其它》。
12. 余道南日记。
13. 钱能欣:《西南三千五百里》
14. (美)洪长泰:《到民间去:1918—1937年的中国知识分子与民间文学运动》,上海:上海文艺出版社,1993年7月。
15. 《施秉县志》,北京:方志出版社,1997年5月,第683页。

第二十五章
黄平—重安：公路的意志

半里尘土的神气—历史是幸存下来的碎片—虎食百余人—我们汉族人不信—我有重要新闻要发布—你熏得有好腊肉呀—这个社会会继续进步下去吗—望覆盆子花止渴—湘黔公路海拔最高点—宽厚的检查员—泥土巴巴害羞害羞—学了几句苗语

黄平老县城位于一块巨大陡坡的放射面上，简直是一座倾斜之城——如果不是出于军事目的，很难想象明朝初年，人们为何放弃濒临舞阳河的旧州，选择在这种地方兴建城池。在平原，城市总是想着要"上去"，人们要么盖更高的楼，要么把他们当中最富有的一部分分流出去，住进山顶的豪宅，在黔东南的山区，尤其是在黄平，人们想的却是"下来"。整个行政中心已经搬下来了，与之相伴的还有商务酒店和餐馆，头一天我在老县城黄平民族中学附近溜达时，甚至找不到一家可以吃米饭和炒菜的馆子。其实这所中学已经"下来"过一次——史志办的廖主任告诉我，作为1949年之前的县立中学，黄平民族中学曾位于更高处的牛场街，与老县政府毗邻。湘黔滇旅行团当年就住县立中学，县政府的旧址是一片拆迁后的洼地,只有公安局留守,中学的旧址在旁边,现在是一个叫龙语鼎城的小区,几栋超过20层的高楼,立在四屏广场前面。我在那儿发了会儿呆,周围好些晒太阳的老人——这是进入贵州以来遇到的第一个晴天,广场海拔820米,远远超过了我之前经过的任何县城。

因为赏玩沿途的飞云洞,湘黔滇旅行团到达黄平已是晚上6点。苗族占黄平总人口的十之六七,团部本希望在这里举办一次苗汉联欢,被县府以正值农忙的理由婉拒。吃过晚饭后,大家纷纷上街买草鞋,为第二天的行程做准备。黄平是西南公路上大的宿站,湘黔公路穿城而过,"街道的特色是宽阔,臭水沟多,破旧的车辆,安分地路边蹲伏着,没有驰骋奔跑时,尾巴上带上半里尘土的神气","热闹街市的另一头,房屋是稀少的,每家屋后有成片的菜圃……","柳叶刚探首吐露绿叶子,桃花却开得满株株地,远远看来,配上黄昏的颜色,像红雾",一家冒着炊烟的草房子里,飘出柔和的笛声。学生们好奇地循声而去,敲开苗民家的门,蹲在炉火边同他们闲聊。原来他们吹的是"萨拉",一种有点像笛子的小巧乐器,"我们吃饱呀这些,闲着吹吹玩意!"这阵子并不是政府说的农忙时节,"下田还早啦!眼前挑粪搁田,撒苞谷撒秧呀这些!"想想也是,要真是农忙起来,哪还有工夫吹萨拉呢?[1]

在旅行团曾经住过的地方对面,我买了几个包子充饥,沿牛场街往更高处的南门街走去,经过折桂桥时,能看见桥洞下的青石——公路覆盖了驿道,而国道又覆盖了公路,往往在桥梁处,才有机会从横截面看到当年湘黔古驿道的质地——历史是幸存下来的碎片,沿着这样一条线路徒步,你会对这一点感受得格外真切。按县志记载，1938年3月中旬，县城牛场街发生了一场大火，但不知何故，3月23日抵达黄平的旅行团师生在日记中没有对此留下只言片语。县志提及的另一件让人印象深刻之事，是万历二十六年（1598），也就是城墙修建起来第250个年头，"虎食百余人"[2]。没有更详细的记载了，这一年丰臣秀吉病逝，明王朝大败倭寇海军的消息令这桩发生在帝国偏远地区的惨剧显得无足轻重。

南门街盘旋而上，有些地方坡度非常之大，沿街老房子上刷着四字标语："拿命赌博"，好家伙！再往前看，还有"酒后驾车"四字，立刻失去了朋克光泽。继续爬坡，不知不觉到了余凯高速的入口，才意识到走错了，折返回来，发现自己没留意到一个分岔口，也难怪，那条贵筑路太不起眼，还满是尘土——虽然它曾在王阳明的诗里出现过，"贵筑路从峰顶入，夜郎人自日边来"[3]。

公路护栏墙上写着歪歪扭扭的宣传语：土地不种误一春，人不读书误一生。一台挖掘机停在路边，巨大的爪子好像要扎进下面的老县城。海拔上升到900米时，我来到第二个岔路口。路口的土房外面刷着一条真正的狠话：放火烧山，牢底坐穿。里头一位包着头、戴眼镜的苗族老人正用电磁炉煮一种黄糊糊的东西。他确认了史志办廖主任给我画的那张草图：由这里往上是湘黔公路老路，"国民党修的"，往前是第二次修的公路，时间大概是1990年代后期。最下面"还有一条省道"，也是去重安、凯里的，甚至都不经过黄平老县城。

我选择继续往上。老湘黔公路是一条坑坑洼洼的泥巴路，1990年代后期之前车子都从这门口过，"现在没人管就成了这样"。老人家原本住在下面，因为修高速只好搬上来了。两间屋,正门进去供着"天地国亲师位",门口还贴着个红色的平安符,他说是和尚给的,花了他50块钱。旁边工地上一位打工的妇人问他,是不是如果不买,和尚就说些不吉利的话?老人"噢"了一声表示肯定,"差不多每年都来"。

"我们那儿也是,但是我们汉族人不信,他说什么我们都不信。"女人五十多岁,湖北人,朋友介绍他们来这里的一个铝矾土矿打工,因为城里对粉尘污染管得严,他们只好到山上来粉碎矿石。

"你要不信他,他把你……"

"那我们不理他!"

"不理他啊……"

"他要50啊?这个就是一块两块的!"

"还有那个坟头上的……"

"他讲是菩萨开光的吧?都是骗你的!"

"说500块钱,还有1000块钱。我讲我不需要这个,我没有钱搞……"

"骗子。"女人同情地笑了。

老人不能理解我为什么不坐车去重安,问我是不是坐不起车,女人用见过世面的语气替我解释,"读万卷书,行万里路撒!我们那里318国道,还有从上海骑车去拉萨的撒!"

由黄平到重安,湘黔滇旅行团没有走公路,而是走小路参观沿途苗寨。黄平县政府派出十个人的保安队为他们引路,其中一人是苗民,学生们纷纷跟他学苗语,dan na是下雨,neng ga da吃早饭,neng ga tai吃午饭,neng ga fang吃晚饭,还学唱了一首跳舞时的短歌,"(女唱)你来了呀请坐,你来了呀别走。(男答)我若不来心里想你,来了却无话可说了"[4]。清华化学系大四学生刘维勤是黄培云的同学,旅行团也分在同一小队,他特别留意少数民族语言,总是找一些当地的小学生问他们这个那个怎么说,然后一一记下来,把关键的、常说的词弄清楚了,就可以用这些词跟少数民族简单对话了。刘是苏州人,在清华园时就非常活跃,他能记得别人的自行车号码,每当他说"我有重要新闻要发布"时,同学就知道他发现了某女生和某男生的车摆在一起,他们去了图书馆还是体育馆,大家都喜欢听他发布新闻,"每当他发布新闻的时候,班上热闹极了"[5]。

旅行团由黄平出发,走了20里小路,到了皎沙村。几个学生口干舌燥,又不敢饮生水,最后寻到一个苗族老太婆家里,买了18个鸭蛋,在尖尖打洞,一口嗦下补充水分。不一会儿,几个保安队员也跟了过来,其中一人,不动声色摸了家中烧柴火的年轻姑娘一把,又让老太婆给他准备点饭菜,"几多盐米、几多盐巴,我们给钱!"[6]

同一时间,保安队长和当地保长张罗着把正在干农活的苗民都叫回村里,要搞一个小规模苗汉联欢。大家聚集在村庙前头,学生们唱救亡进行曲,表演吹口琴,队长让苗民也唱歌,一个9岁的孩子不肯唱苗歌,反而唱了党歌[7]。又让大人唱,大人们都害羞地勾下头,咯咯笑着,你退我让,最后终于唱了,是悠长高亢的祝酒歌,"你们客人来到我们寨子,我们得那样请大家,大家喝一杯烧酒罢!喝罢!"

这边厢,老太婆的饭菜做好了,保安队员们狼吞虎咽完,问多少钱,做出到裤袋里摸钞票的样子。

"盐巴,鸡蛋,四升米……"老太还没有计算清账啊,给中年妇人(老太太的邻居)顿衣角的动作止住了。

"这点点个你家也算钱,你怕老祖太请你家不起呀?"中年妇人说:"她是粗心咧!乐心乐意请爷们肯照应点,凡事手提高!"

老太婆给中年妇人的行动和话语弄得发愣了……

寺庙会场上那堂,旅行团的团长,大概多喝了几杯烧酒,有点醉了。他兴奋热情地用着带安徽腔调的国语,报告最近国内大事,说明他对民族问题的意见。他认为处此千钧一发的时代,歧视、挑拨、剥削、欺诈是不应该的。大家应该和睦着像家人父子兄弟一样,有难题大家同舟共济地共谋解决。他相信在现下贤明的地方当局领导之下,再没有人会那样丧心病狂……为着个人利益,挖深民族间的鸿沟了。……

"你熏得有好腊肉呀!"团团转(其中一个保安队员)注意到屋中炉架上的熏肉:"你不包点让我们带转去请县长!"

"好哪好哪!粗心粗意哪!"中年妇人忙过来帮忙:"爷们包点饭菜,半路上饿了打开请?"她又征询地提议着。

"不用,够了!"团团转他们预备走了。

旁观了此景的北大外语系大四学生林振述的感想是,"想想看,我们能够使世界上一些活在嘴里的无形的要素,得到永久的形式吗?"[8]

中午12点半,海拔975米,我又一次见到了将军箭和指路碑,在老公路旁一条岔路台阶下,从碑文确认了前面是五里墩(左走),学生日记记述的湘黔公路海拔最高处。车轴草遍地,白色和玫红色的小球星星点点。鸟鸣。各式各样的鸟鸣。有一种听起来就像你拼命捏一个塑料娃娃。风大了起来,沿途没有人烟,越走两边的坟头越多,上面挂着的白幡飘啊飘的。今天是进入贵州境内后第一次见到太阳,一直在爬坡,一直在出汗,却也禁不住偶发寒意。

又走了将近半小时,一条白花花的水泥路从天而降,取代了脚下坑坑洼洼的砂石路面。路旁一大片刺槐树林,花期临近结束,天女散花撒在马路上厚厚一层。海拔已过1000米,路边出现一栋二层小楼。向门口的老汉询问,他说水泥路是去年(2017年)修的,本来应该一直通到黄平,修得不够宽,又停工了。他1949年出生,也知道老路的来历,还指着远处一棵最粗的刺槐树,说那可能是国民党时候的行道树,"我们叫洋槐,花可以吃,有点甜味,但是吃了头有点闷"。

我问起附近野生动物的情况,野鸡还有,兔子很少见了,他说在他小时候,总听家里人讲,老虎会来猪圈拖猪。不过那会儿更多的是狼,下午五六点天还没黑就出来活动,附近有人家种鸦片田的,母亲锄地时把孩子放在田埂上,就有狼过来叼小孩,还好母亲第一时间发现,舞着锄头把狼赶跑了。他自己的母亲也遇过险。一个人去前面的水井边洗衣服,洗完衣服往回走,发现后面跟着一头狼,她不敢跑,知道一跑狼就要追,强装镇定一直走到能听见人声的地方,才把狼甩掉。

虽然住在山上有点远,老人也不愿意搬去县城住,嫌县城夏天太热,上面冬天虽然冷,也就个把月,到夏天就好过了。家里二亩多地,吃的菜和大米都自己种,房子是前年盖的,花了40多万,老大老二都在黄平打工,一人给他生了个孙子,"现在条件比以前好得多了,好了几十倍!"但他是经历过1960年代初漫山挖野菜吃的年月的人,所以总有隐忧,就是"技术发展下来你不晓得变化到哪个程度嘛",具体说,就是"这个社会是继续进步下去吗?还会不会饿饭?"再具体说,就是"好多田土他(年轻人)都不愿意种,他愿意打

第二十五章 黄平—重安:公路的意志

工赚钱自己去买,现在都不种地了,那要是粮食紧张该咋个办呢?"

告别了这位和共和国同龄的老人,我从路边擦过五里墩村,湘黔公路海拔最高处就在附近,因为没有标牌,我只能根据地势和手机App来推断最高点。或许就是这片灌满了水的梯田附近?数字在1120米上下跳动。已是一派山巅气象,水田和旱地交织着,一层一层落向左边的大峡谷,峡谷那头山势如奔,天空中一朵很大的青色乌云。无数叫不出名字的鸟叫虫鸣,偶尔山谷里也传来一阵公鸡打鸣。带刺的云实开着黄花,像收起翅膀的蝴蝶,黄花下面还有不起眼的一簇簇枣红色小花,是再熟悉不过的覆盆子,还没到结果的季节,只好望花止渴了。

考虑到人烟稀少,从贵筑路往上直到五里墩,这段路和八十年前大约没有什么两样。一辆辆军车载着战士开往前线,一辆辆客车载着平民撤向后方,施蛰存走过这条路(恰赶上黔军赴前线杀敌,"从疏星残月光下,看将士整队待发,骏马振鬣而长嘶")[9],林徽因梁思成走过,沈从文、萧乾也走过,他们都看过类似的风景——萧乾还描绘过湘黔公路最高处的云雾,"车由山脚爬到云中,四下全是不透明的白茫茫,大地像一块西式点心,我们钻到上层那片奶油里了⋯⋯一切全陷入渺茫,只是隐隐地心窝里时常问着'假如差了一尺呢',但即刻又按住这不祥的疑问"[10],"黄平雾"给他印象如此之深,以致他1939年赴伦敦深造兼《大公报》驻英记者时,觉得闻名遐迩的"伦敦雾"太薄了。[11]

从沅陵出发之前,萧乾一行收到先行的朋友不少途中起居的提醒,但关于战争期间公路沿途的检查制度却不曾多说,只是叮嘱在过云贵交界的平彝时,要尽量"规矩驯顺",并把那个检查员比作雨果《悲惨世界》里的警察长沙威,"这话在朋友写来,也许怀了不少怨意,但我想在汉奸遍地的今日,我们的后方正需要许许多多尽责的沙威,严峻到了无慈的地步,而且狡黠敏捷如一好猎手"。[12]

> 在湖南境内我几乎没遇到一位检查员……一过湘、黔交界的晃县,情形便不同了。在那以制箫出名的玉屏地方,我们受到第一次的检查。……那穿了灰制服的检查员,随问随写着,遇到稍微生硬的字眼,周围照例有些热心而博学的旅客争先提醒。那只哆哆嗦嗦的手,有时把"军人"写成了"东人",有时把"临时大学"写成"林十大学"。遇到过于热心的旅客插嘴纠正时,那位检查员脸上不免有些红,嘴里不服气地抱怨着:"他妈的,这名字起得才怪。"
>
> 到后来,我们发现他写的是一张印就待填的表格。车上一共有二十五个客人,如果这样登记下去,晚间就无法到达本日的宿站了。于是,有人接了过来,改由本人填写。这种方法我们在贵州境内一直使用着。起初,我老大地不以为然。难道我们希望那坏种良心发现,在"备考"项下注明"我是汉奸"吗?然而到处都是陡高崎岖得怕人的山路,每日都得赶二百公里的路程。真若在天黑时还停在荒凉如太古的半山上,那可怎么好!……终于,和全车的人们一样,我对那"宽厚"的检查员由贬责而变为感戴了。[13]

下午2点多,估算了一下时间还算充裕,我决定到山坳里头转转。离开公路沿小路而下,有地下水渗出,路边长着在公路旁未曾看见的蓝色鸢尾,还有一大团火红的杜鹃。没走多远,手机信号没了,跟着小路进了密密的松林,天色暗了下来,满地厚厚软软的松针。松林尽头重见天日,小路伸到细细的田埂上,小心翼翼保持着平衡,避免踩进一侧的水田。另一侧是个土坡,长着野草莓,熟透的小红果不少已经落地,揪了颗尝尝,有点酸。这时传来公鸡打鸣声,循着声音的方向走去,看到一个缠着蓝色头巾的老太太正在下面拾柴火,三条狗冲我狂吠。

老太太是苗族,听不太懂普通话,也不太会说,说得最多的词就是"害羞"。远处水田里的老头听到狗叫也过来了,他把狗儿给喝住,招呼我过去。三间显然有些年头的屋子坐落在石头垒砌的高台上,两间木屋,一间土屋,我想给老屋拍照,老太太连连摆手,"泥土巴巴,害羞!害羞!"我一边拍一边说:"好看!好看!"

老头会一点普通话,我向他确认了前面小路的方向,又提出给他们在屋前拍一张合影。老头非常大方,老太太双手蒙住脸,"害羞!害羞!"还是答应了,一边摘蓝色头巾一边害羞地笑。我继续鼓励她,"好看!好看!"走时老头送我一直送到往下的台阶边,又让我隔着水田拍他们家的房子。"好看!"他说。

台阶下去,茂密的竹子和芭蕉叶中,可以看见更多住家黑色的屋檐了,但几乎没有像样的路,我从一堆灌木丛中往下挤,几乎是摔进了这个寨子。好几户都房门紧锁,叫门无人应答。绕到前面,三个妇人坐在横放的树干上歇脚,一个苗族,两个仡佬族,苗族阿姨能说些汉话,拉着我去看她家的屋子("你看造孽不?"),给我翻手机里她30岁儿子的照片("我家还没得媳妇!""不晓得哪里有!"),又主动教我几句苗语,"吃饭是neng ga,neng ga da吃早饭,neng ga tai吃午饭,neng ga fang吃晚饭"。

告别的时候我问她苗语再见怎么说,她想了一下说,拜拜。讲完我们都笑了起来,她说,仡佬族人也说拜拜,汉族人也说拜拜。我说,外国人也说拜拜。

沿着寨子门口新修的"组组通"公路回到主路,继续在大山里七折八折,可能因为天气晴好让人心情干爽,长时间的徒步又加剧了多巴胺的分泌,我不知不觉开始朝每一个迎面走来的人微笑问好——虽然这条路上其实没有几个行人。路过一个空空的仓库,后来听说是修高速公路时存放钢筋的,现在自然废弃了,剥落的蓝色铁皮在风中哗啦啦叫着。在刷着党旗的"新时代 新思想 新目标 新征程"的火焰形状标语前,老湘黔公路重新汇入了更平坦的306省道。

按照黄平县史志办廖主任的说法,1930年代国民政府修建湘黔公路时,就想走如今306省道的线路,但因为经过的地方海拔低,坝子多,尤其是皎沙,"土地特别多,连片的良田",这些土地的主人不愿意被征地,地主们的游说力量比较强,"还用大烟去贿赂设计人员"。

林振述和他的同学们在黄平那家吹"萨拉"苗民家的闲聊,提示了我那些地主都是哪里人。"我们老板家说,'下江人看中你们的村子,你们搬出来让他们住罢。人家要起新房子咧!算你门寨子龙来脉旺啰!二天打完仗,他们还不是要回家?大栋大栋的洋房子,就归你们了! 呃?你们舍不得那几间破草房？'……就是啰！我们想想嘛，寨子是我们的寨子，我们向老板家讨田做，老板家不给田做，我们哪点找饭吃！喔！想想嘛，我们就搬咧！"这些人平淡地叙述自己的经历，像叙述别人家的事一样，也和我沿途遇到的那些因为高速公路搬家的人一样。

"哪个是老板家？"学生问。

"老板家就是管我们的保长啰嘛！他是你们客家人（注：苗族称汉族为客家人），田地多咧！我们种的田地，全是讨他家的，就是嘛！……我们讨田来种，参老板家对平分，一天去到丢黑，找不够饭吃！……长官见笑咧！……"

学生不甘心，又追问，你们没有自己的田地吗？是卖掉了吗？

"哪个卖？"坐在他们对面小伙子瞪圆了眼："在先我们的田地，就这样慢慢没得啰嘛！就是嘛！"他茫然地在空中比了个老鹰捉小鸡的手势。再复杂的——实际上是土地兼并的过程和细节，说不上来了。[14]

因为地主们的游说，也因为"剿共"迫使湘黔公路必须被快速修通，省公路局最终选择了一条海拔更高更困难的线路——也就是我刚刚徒步经过的那条。这条老路一直用到1997年，廖主任年轻时因为赶不上车也走过老路，当时是冬天，满山风雪，整条路都被冻住了，黄平到重安19公里，他走了七八个小时。1996年，黄平县争取到一笔国家资金，在老公路东边，修筑了一条替代线路，1997年通车，新公路没用几年，2006年，贵州省开始修凯（里）施（秉）二级路，也就是现在的306省道，选线又回到湘黔公路最早的方案——这里仍然人口众多，"寨子连寨子"——但如今征地已经不成问题了。

换句话说，国民党未曾实现的"公路的意志"，在七十多年后，被它当年的对手实现了，而它当初修建这条公路的目的之一，就是为了"剿灭"这个对手。

临近下午4点，我走到了马场街，在路边摊吃了碗5块钱的烫宽粉，拌上梅干菜、肉丁和葱花，出人意料地可口。对面是马场街小学，湘黔滇旅行团路过时它就在了，闻一多在这里画了一幅速写，校门是山形牌坊，下有椭圆形门洞，需要几节台阶上去——老房子已不复存在，但新校门也有山门，门洞也是椭圆形的，需要几节台阶上去，冥冥中也许某些东西仍在延续。临近放学，不少家长在台阶上等孩子放学。一个大叔说，红军来这里住过，毛主席来这里住过。另一个大叔说，以前，附近很多地方，包括重安的人都来这里读书，这个小学国民党时候出了很多有名的人，后来去了香港，去了台湾。

临街基本是新房，经人指点，我在后街找到了一座黑瓦木墙老宅，房主人不介意我随便看看。这屋子据说有一百六十年的历史，是他爷爷的几兄弟分家所得。和我沿途见到的老屋一样，正屋是留给祖先们的，"不能住人，只能住两边，挨着香火，沾点贵气"，他给我看祖宗牌位下面的铁磬，烧完香要敲几下的，这样祖先们才能听见。

老人1942年出生，凑巧在马场街小学读过书，那会儿小学和这屋子一样都是木房，四乡八邻都过来读书，不过这些房子都不在了。不在的还有马路上的"碉"——国民政府为"剿共"沿湘黔公路修建的碉堡，"那么厚的石头"，他给我比画。国共内战末期，国民党军队从黄平往重安撤退时经过马场街，还在他们家住过，"这个讲来犯不犯法我就不知道了"——走的时候落下来一个钢盔，"没有好久，解放了"，他父母把钢盔打成了铁锅,再后来,铁锅也烧烂了。

我们在旁屋坐了一会儿,他给我拿来一大块红薯和糯米做的饼,自己烙的,"你尝一下嘛,不会药你的!"他在马场街小学读到四年级辍学,因为要帮家里干农活,不然会"饿饭"。说到这儿他刚刚放学的孙女蹦蹦跳跳进来了,小姑娘笑她爷爷,"讲普通话讲不好就不要讲!"又翩然飞走了。接下来是"饿饭"的记忆。"搞合作食堂,57年都开始蒸钵钵饭,你要吃多少蒸多少……后来搞不起了,到58年下半年,59年就没有饭了。限制口粮,大人劳动力是半斤,其他人二两五,以前半斤是八两。确实有点辛苦,没有饭吃,弄个磨子,拿点米饭,拿点糠,拿点草,磨碎了拌饭吃……"

与老人道别,我继续向重安行进,一路长下坡,无数个之字形彼此相连,当海拔从1100米降到600米的时候,重安到了。今天是跨越分水岭的一天,正式告别了舞阳河流域,进入了重安江流域,重安江流到凯里,入清水江,清水江在湖南托口纳渠水始称沅江,其后在洪江复与舞水(舞阳河下游)汇合,一路下常德,入洞庭,奔向东海。不过看到重安江后,我又一次意识到,用"奔"来形容西南的河流已不再准确,阶梯式的开发让每一处几乎都是静水,更准确的动词大概是"躺"?躺向凯里、洪江和常德,躺进洞庭,躺入东海。

大概是因为当日行程较短,从黄平到重安,闻一多一路作画,画完马场街小学,画了抵达重安前的公路景致,路旁的电线杆和电线构成最引人注目的线条;画了金凤山——在重安的街道上可以很容易望见这座顶部如宝瓶耸起的山峰;还画了重安的铁索桥和桥下的石碾。铁索桥建于清同治年间,上铺木板,行人骡马走驿道至此,不必再乘船渡。1937年,贵州省政府筹划在几处渡口架设桥梁,以方便湘黔公路上的汽车通行,选址原本位于重安镇街尾,因为民众反对,挪至离镇上5里远的铁索桥附近,旅行团经过时,新桥还在建设当中。此桥建设颇费周折,方案数变,又遭遇洪水,最后由到此地视察的茅以升建议,在铁索桥下游20米处,改建钢桁构桥,1939年5月5日大桥竣工,8月通车。[15]

如今,铁索桥和钢桁构桥,连同1995年竣工的一座水泥曲拱桥一起,成了一处不大不小的景点。钢桁构桥桥头有"三朝桥碑记","斯三桥建筑于不同年代,使用不同材料,造型各异,横跨清水江同一段江面上。为国内仅有,世上罕见"。旁边还有一块残碑,上面刻着"倭阵""中华民国""陆军驾驶兵教育"等字样,背面字迹则磨损得难以辨认了。

下午6点多,没有几个游人,桥下重安江一池碧水,看起来很深,八十年前学生们就因为水太深没敢游泳,只能在这"颇像绿豆汤"的水边洗洗脚[16]。我下到水边的"钓鱼台"休息,回完几条微信后,默默地坐着,看拱桥桥洞下栖息的胆小的鸽子,看水里黄黑斑纹的小鱼,看西边苍翠幽深的河谷里晚霞一点点升起,又一点点褪掉色彩,不舍得离去。临近五一小长假,朋友圈里的摄影比赛已提前开始,真高兴那个世界和我一点儿关系也没有。我继续坐着,享受非常短暂的自在时光,眼前这个世界如此真实,又如此虚幻。

注释

1　林蒲:《炉边——黔东散记》,《大公报》香港版1940年10月16日。
2　大事记,《黄平县志》,贵阳:贵州人民出版社,1993年10月。
3　王阳明:《题兴隆卫壁》。
4　杨式德日记。
5　《黄培云口述自传》,长沙:湖南教育出版社,2011年1月,第25页。
6　林蒲:《皎沙——黔东散记》,《大公报》香港版1941年5月10日。
7　杨式德日记。
8　林蒲:《皎沙——黔东散记》,《大公报》香港版1941年5月10日。
9　施蛰存:《西行日记》,《施蛰存散文选集》第2版,天津:百花文艺出版社,2004年8月,第185页。
10　萧乾:《贵阳书简》,《萧乾文集·2·特写卷》,杭州:浙江文艺出版社,1998年,第72页。
11　萧乾:《剑桥书简(二)》,《萧乾文集·2·特写卷》,第187页。
12　萧乾:《三个检查员》,《萧乾文集·2·特写卷》,第60页。
13　萧乾:《三个检查员》。
14　林蒲:《炉边——黔东散记》,《大公报》香港版1940年10月16日。
15　《贵州公路史·第1册·古代道路交通·近代公路》,北京:人民交通出版社,1989年2月,第203页。
16　德瞻:《贵州步行记》,《宇宙风》,1938年,第75期。

第二十六章

重安—炉山—凯里：天上的师傅地上的师傅

天青色等烟雨—发现未知哦—河边开着罂粟花—后水运时代的逻辑—解放贵阳—天气预报一再失准—一个见证者—在大风洞摔了一跤—汉苗联欢会—摄像头倒是有很多—回到了城市里

　　重安的早晨是从水边开始的。河里有许多鱼儿冒头呼气，小小的圆圈扩散开来，年轻的女孩在江边墩拖把，水波把倒映在水里的金凤山晃得失去了形状。归来的渔船歇在岸边，农夫挑着担子高高低低走过吊桥，就从属于黄平的重安镇往返了对面属于凯里的湾水镇。重安这头临水的一排水泥吊脚楼飘起炊烟，上游三桥处清澈透亮的江水，流到镇上，经过生活的点染，就变了一种颜色，像落上灰尘的深青色旧桌布。

　　水是青的，天也是青的，天气预报说，大雨会在中午12点到来。其实昨晚月亮又圆又大，也没有光晕，水边蛙叫声密集，本地人都点着昏暗的灯聚在一起吃鱼火锅呢。我住的"望江楼宾馆"在一个饭店的二楼，和"望江""宾馆"都没啥关系，80块一晚的房价，让人对晚上吵闹的孩子、反复摔门的大人都没了底气,觉得提任何"文明"要求都是非分之想,自觉戴上耳塞入睡 —— 再怎么样,也远远强过湘黔滇旅行团了,当晚在重安,因为行李未到,他们只能睡在地上,被子"多年冷似铁"[1]。

上午10点离开住处,惦记着昨晚看到的一个"跨街庙"——全木结构,青瓦挑檐的三层建筑横跨于一条小巷之上,很有些味道。寻过去才发现是文昌阁,二层挂着"人文蔚起"的匾额,顶上似有琉璃。不得其门而入,旁边新楼二楼一个正在梳头的中年妇女探出头来,告诉我现在这里是老年活动中心,还没开门。"你家位置不错啊,挨着文昌阁!"我说。她哎呀了两句,还是忍不住咯咯笑了,"我家两个小孩都考上大学了咧!"

穿过文昌阁,向右拐,就到了窄窄的重安老街,老街格局与马底驿类似,但老房子更多些,上面贴着褪色的春联和门符,有的地方还保留着青石路面。一个穿红毛衣、脸色苍白,看上去有点吓人的男人推开门走了出来,"来旅游的吗?"

"是啊,徒步旅行。"

"发现未知哦。"

我停下了脚步。他是个江湖郎中,今年68岁,和母亲生活在一起。他母亲穿紫色花点棉袄,戴蓝色小帽,挂着拐杖坐在另一头,看上去红光满面,"她今年92岁了!"我头脑里迅速换算了一下,1938年时她12岁,大概还记得一些当年的事情?可惜,老人已经糊涂了。"脑子有点恍惚,"郎中说,"但身体好,从来不吃药,我们都赶不上她。"

他自己以前在供销社上班,妻子二十多年前去世后他就病了,久病成医,开始给人看病,最早医好了一个女孩的青春痘,后来就陆续有人上门求医,现在还在微信上卖药。他领着我穿过三进屋子,来到临河的一头,随手给我指,这是马尿蒿,那是龙葵,抗癌治癌的,水边草丛里甚至长着一株罂粟,还开了一朵紫色的花。我想起清华经济系大三学生蔡孝敏的回忆,有一次,他与同伴数人穿行小路,无意中发现大片良田遍植罂粟,红色白色最多,也有粉红及淡紫色,但是他们"赏花无心,消毒有意",用手捏坏无数花朵,花主人见学生人多势众,未敢出面阻止。而到了某镇茶馆,一个小伙子颇为自豪地向蔡孝敏做自我介绍:"我刚出娘胎,大人吸食鸦片,就用烟喷我了!"[2] 随处可见的罂粟花也让南开哲教系大三学生赵悦霖想起了曾在此路走过的林则徐,"林则徐地下有知,不知怎样痛哭流涕哩!"[3]

江湖郎中的家里头远不如外面古色古香,地面和床铺破破烂烂,堂屋四面墙壁贴着厚厚的旧报纸,香火龛上摆着他奶奶的照片,老人家活了97岁,"我们家都长寿"。除了他父亲。他父亲1949年以前是重安小学的语文老师,57年"说错了话",加上又是地主成分,死的时候35岁,"那时我才八九岁,知道个屁"。他又给我看一个旧相框,是他奶奶去世送葬时的照片,小二十人,清一色的壮年男丁,都看着镜头,地上跪着的也不例外,他那时还非常年轻,头缠白布把奶奶的遗像捧在胸前。黑白照片下面垫着的也是旧报纸,露出大半行标题,"在活动前列带领群众批林"。这位郎中指着照片,对我说,"这些人(现在)都死啦!"

告别郎中,我沿老街走到头,就到了重安江边 —— 水运时代顺理成章的事儿。重安江下通商业重镇湖南洪江,水量又数倍于舞阳河,从清末民初起就是出口山货、粮食和鸦片的重要渠道——青溪铁厂的操办者潘露，也曾希望借它运湾水之煤到洪江炼熟铁的，可惜未成，终于忧死。1929年，重安江上的鸦片出口转运达到了3000担，到了抗战期间的1941年年末，昆明驻军缺粮，自湖南调运补充，每个月经重安江等地转运云南500至1000吨。[4]

跟着挑着扁担的老乡，我从晃晃悠悠的吊桥过河到了凯里。这边正在修路，一个男人站在二楼抱怨自己两百年老房子的地基被破坏了，这栋有点气派的砖木建筑的墙上隐约可辨"读毛主席的书，听毛主席的话，按毛主席的指示办事"三行字。往前走一点，我看明白了在河边修路的方法：直接在河道里修筑一条条水泥石船，不断砌高、合龙，再和原来的马路连成一片，这样就有了一条更宽的马路。这是后水运时代的逻辑。往前走是凯里市人口计生局的宣传标语，"政府帮我把房建，我为计生做贡献，我为计生做贡献，政府帮我把房建"。

再往前就是昨天来过的三桥了。我从通公路的水泥曲拱桥折回重安，又在铁索桥和钢桁构桥上来回走了几遍，算作告别。1949年11月1日，解放军二野由湖南邵阳和桃源出发，沿湘黔公路开始进军川黔的作战行动，10天之内攻克了沿线的镇远、施秉和黄平，直捣重安江。11月9日，国民党四十九军炸断了重安这座钢桁构桥，向西溃退，但11月13日解放军还是设浮桥越过了重安江，并在两天后攻下贵阳。[5]已处于中共港澳工委控制下的《大公报》11月17日发表社评《解放军和现在西南的形势》，从军事地理角度分析了拿下贵阳对西南局势的影响，某种程度上，它也是元代以来中央政府治理西南思路的回响："贵阳的解放，不但巩固了黔北的地位，截断了川滇交通的大动脉，而且对于广西，也是一个重大的打击。从黔桂路直下柳州,更使李(宗仁)白(崇禧)所想要集结在那里作为联系桂邕的反动中心,无法站稳……贵阳对于云南,也具有决定性。反动头子之随时叫嚣要由重庆退到昆明,和蒋李对昆明控制的暗斗,都不过因为贵阳可以把这两个都市连系起来,他们容易逃走。没有了贵阳,便只有由泸叙(泸州、叙府,即宜宾)出毕节,经威宁宣威,而重达到滇黔路。但这条路,不但非常困难,而且如上面所说,从遵义西进,也很容易将其截断。所以贵阳的解放,已事实上使重庆和昆明完全隔离起来,反动者最后的逃亡妄想,也就这样被粉碎了。"[6]

我开始爬坡西进,太阳露出来一小会儿,很快又阴了下来。路边不少像洋甘菊的小花,用App识别,叫"一年蓬",说是从破土到枯萎以一年为周期,是"进军荒地的急先锋"。公路像长蛇一样盘上山去,180度的急转弯一个接一个,路旁都是灌木和坟地,因为有遮挡,有时你明明听到一个方向汽车的声响,却发现它从相反方向冒了出来。爬了半小时后,稀稀拉拉落了几滴雨。一辆渝C加长大卡车,缓慢拐弯时整个车前半身横扫过来,拐过去后,车后半身又横扫过去,我从弯道外侧躲到内侧,后来发现干脆躲到下面排水沟里才算安全。路边有一大簇野生花椒,一串串密密麻麻的,夹杂着盛放的金银花,花椒还没完全成熟,摘了一颗,气味不够浓烈,倒正合我胃口,脑子里满是把一大串新鲜青花椒扔进沸腾红锅佐香的画面。

每拐一个弯回来都能看见金凤山,主峰越看越像一个城堡,远在天边的方尖碑城堡。朋友推荐了一个叫Peakfinder的App,售价30元,但感觉用处不大,多数时候你可以张嘴问当地人,野外无人可问之时,也往往是没有网络信号的时候。商业社会的许多需求（以及满足需求的便利）是被创造出来的，而随时随地满足需求的副产品是什么呢？或许是交流之火的熄灭，我们变得越来越独立、自足。现代社会是不鼓励给人添麻烦的，孤独也可能很酷，很好。很好，但总归少了点儿什么不是吗——一个人走在路上就是这么忽左忽右胡思乱想的。

正午前到达大风洞乡桐油坪村，海拔780米，不到40分钟上升了近200米，在村民筹建的水井里打水洗把脸，浸湿魔术头巾，继续往前。村里有不少鹅，大摇大摆在公路上走，还会主动向人示威——把脖子抻长，再低到接近地面的高度，像个尖尖的推土机一样向你冲来。当然还有随处可见的狗啊鸡啊，但我就敬而远之了——那位江湖郎中警告我，将军箭什么的不要去碰，路上的东西也不要随便碰，"我们这边有鬼师，他有口诀送鬼走的，'天上的师傅地上的师傅'，所以别人甩鸡甩狗在路边你不要去碰它们，是他们送鬼时甩出来的，邪气的……"在桐油坪村我第三次看到了指路碑，远远拍个照片了事。

一段平路后继续往上，好多燕子在头顶上叫着，飞得很低，不知大雨几时落下。转过一个山坳，左边是很深的河谷，鸡鸣从谷底的村庄里传上来。一辆面包车驶过，大喇叭嚷着回收旧手机，"用手机换菜刀，用手机换剪刀，用手机换……"山顶是冠英村，学生们当年记作观音村——也有人说这才是湘黔公路海拔最高处，但我的测海拔App并不支持这种说法。冠英村只有一个吃饭的地方，卖辣鸡和榨菜肉丝两种粉，我在他们家祖先牌位下面吃了一碗，味道不坏。过冠英村后盘旋下山，下到一个有大片水田的谷地，像是走回了湖南，两个农民在水田里把沾着淤泥的杂草根给捞出来，开始插秧了。路旁有个更像是水泥胚子的二层楼，一个小姑娘在里头的板凳上做作业。大雨还是没来，太阳倒是先出来了。从湘黔交界处开始天气预报就一再失准，贵州的天气果真不可捉摸。

旅行团从重安出发时，天空飘着蒙蒙细雨，入黔以来除了在镇远赶上一次天晴，其余时候都在下雨。过江即开始爬山，山高泥多难走[7]，一直在云雾中穿行，沾衣欲湿[8]。沿着公路走了十多里，转入平坦，往炉山县方向，路右方岩石矗立处有一大洞，名叫云溪洞，又名大风洞，洞口一丈多，杨式德和同学点着灯笼往里走，发现里面更大，小洞很多，不知通往何处[9]。钱能欣持火把走得更深，一洞一洞，迂回曲折，绕回原地。[10] 洞底大约是某条暗河的出口，不断有水冒出，形成小溪流出，水非常清澈，杨式德看到一块石碑，得知这是两年前（1936年）县长开凿的，为的是利用这水灌溉田地。

经过又一个村子时，我决定停下来歇歇脚。在村口小卖部买了瓶可乐，坐下来和老板闲聊。老板看着也就六十多岁吧，一问居然是1935年出生，今年已经83了。我们一人搬了个小凳子，他坐了会儿把凳子放倒，坐侧面，我有样学样，没坐多久硌得慌又立了回来。他记得眼前这条公路上的许多事，虽然只是片段。解放前保长从这里过，到村里挨家挨户派公粮，6月份，"没有饭吃，还要派大包米，一包60斤，久不久又派一回……恼火！"抗战开始后征壮丁从这条路走过，"我们整个村没一个人参军，派到你家，你给钱就派别个"。1939年黄平旧州机场开建，飞机一排排的，也从这里飞过。抗战期间各种汽车也从这里经过，他记得那种"烧干柴"的木炭车，"一个（人）开车一个（人）摇"，那个慢啊，"从重安江到这里一天走不到"。前面有个土地庙，赶集时鬼师们也从这里经过，"苗族信得凶，打个喷嚏都有鬼咒，我们（汉族）是不可全信,不可不信"。解放前夕,溃退的国民党军队炸了重安江桥,从这里经过时,就住在他们家里,那会儿他十多岁,记得有一两个排,一驾马车拉着锅碗拉着米,在他们家煮饭吃,不知道怎么在饭里混进了桐油,吃完拉肚子,跑不动了。国民党走了共产党来了,也都是年轻人,但"解放军好啊",从家里拿东西还给钱,不像国民党的部队,"污糟得很"。解放后十来年,闹饿饭之前,有粮不准吃,"整个村打的谷子堆到这个马路上,(再)拉到仓库里,等到个把一两个月,(才)打开,全部烂完!"……这些和公路有关的事儿,他和路边那棵一百多岁的老皂荚树都是沉默的见证者。他还记得小时候读四书,甚至还能非常流利地背几句《大学》,"大学,孔氏之遗书,而初学入德之门也。于今可见,古人为学次第者,独赖此篇之存……哦吼,背不下去了!"

跟老人聊天的时候,雨滴啪啪打在小卖部的铝皮屋顶上,告辞时我听到了雷声。前方在修路,路边水沟上用石板搭了个袖珍桥,桥上还扎了藤条,问路边翻地的男人,说"给娃娃过的",再过去一点是个石头搭的神龛,里头扎了红布,也有藤条,怪神秘的。下午3点,在阵阵雷声中走出了山谷,大片乌云聚集在前方,好像从远处某个山坳里升起。前方是大风洞镇,凯里烟草专卖局稽查大队三中队的大院外面拉着三条红色横幅宣传语:"种烟科技含量高,烟叶品质必定好","种植烤烟能致富,老人孩子可照顾","一季烟叶收成好,胜过两年种水稻"。最后一句有点模糊了,又被一根电线斜搭过去,像是被删除了一样。

旅行团拜访过的大风洞离大风洞镇不远,那里正在修建一个"云溪山庄",施工已近结束,周围没有声响,我走到洞口，抬头凝视岩壁上"云溪洞"三个字时，只能听到洞口流出的汩汩水声。洞口上方林荫茂密，悬垂着藤蔓植物。一种静谧之感慢慢升起。这时手机突然响了，铃声震耳欲聋，接通，"哪位？"话一出口才意识到自己的声音有多大，几乎在洞里形成了回声，"您好，您需要贷款吗……"，再熟悉不过的骚扰电话，挂断，感觉自己也成了这洞的骚扰者。

入口处摆了瓶喝了一半的冰红茶，特别煞风景，附近没有垃圾桶，我给挪到石头后面去了。一进洞就没了手机信号，有微微的寒气，iPhone自带的手电平时晃眼，到了里面毫无存在感，光线刚离开手机就被吞没了，只能靠洞口进来的一点光亮前进，一开始是条窄道，走了二三十米豁然展开，像个不规则的穹顶大厅，洞深处流出一条小溪，在右边冲刷出一片碎石滩，左边是小型白色钙华，如莲花座一层层扩散开来，最上方有一个观音铜像，头披红色丝巾，下面有一些没烧完的香烛。再往里就完全黑下来了，我没有再往前走——好用的强光手电被我在常德减负时精简掉了。出来时我怀疑自己看到了杨式德说的那块县长凿洞的摩崖石碑，年久磨损，难于辨认，为了看得更清楚些，我试着往上爬了，一脚滑倒，右手下意识地去抓岩壁，外侧擦掉了一块皮，血很快渗了出来。我掏出背包里的矿泉水冲洗，又拿餐巾纸擦干伤口，然后神经兮兮地回到洞口，把刚刚被我放倒的冰红茶复归原位，在这种地方，就像那个83岁的老人说的，"不可全信，不可不信"。

往外走时我看到了云溪山庄的老板娘，她和女儿正给一个凉棚缠上假的葡萄枝叶。他们家为这个山庄前后投入了100多万，修了房子和走廊，种了柳树和桂花树。洞里的水很清，出来就浑浊了，积在一个灰色水潭里，我和老板娘隔着水潭闲聊。她说以前山那边挖煤,洞里头流出来的水都是泥水,不久前才停。她十几年前就和乡政府签了合同,30万30年,"和每一个村民都签字画押",以防万一,还把周围的地都买下了。她的计划是先做饭店,再做住宿,因为后者投入太大。她原本希望饭店5月1日能够开业,有点够呛,"现在请人(做工)可贵了,以前十八块钱一天,现在一两百还没人来"。

离开大风洞是下午4点半,回到公路上,不知什么时候,乌云彻底没了,重安方向甚至露出了淡蓝色的天空,地面是干的,没有下雨却有雨后的清新之感。天气预报再一次失准了。我在路边等到一辆过路车,去前面不远的炉山县城买创可贴。

在炉山,湘黔滇旅行团团部惦记的汉苗联欢大会终于变成了现实。到会的苗民只有四女六男十个人,早晨走了40里山路来的,炉山县政府一位职员介绍说,炉山全县十万多人,苗民占75%,历受官吏的压迫和汉民的欺侮,召集苗民参加联欢很困难,因为他们不明真相,害怕不敢来[11]。到会的苗民由一位吴姓保长带领,吴保长还特别对旅行团解释说,苗家也很重礼数,"跳月"之事实系讹传,又说苗族婚姻与汉人大致相同,必须父母同意,男女间交往也有一定界限云云,总之就是"希望同学们不要误会,并代为宣传解释"[12]。

师生们在炉山小学的操场中围了个大圈,圈中放两张桌

炉山汉苗联欢(王兰珍提供)

子，上面摆着旅行团为苗民买的两坛酒和一盘包子，团长黄师岳与他们大碗喝酒，学生演奏口琴后，苗民吹着笙表演舞蹈，二人一组，女子拉着手随在男子后面，步法一致，这舞步引起了大家的兴趣，清华大学生物系教授李继侗和队医徐大夫两人合跳了一段华尔兹助兴。演出结束后，苗人高兴地吃起了包子，团长又赠送女子化妆品，男子铅笔，负责无线电收音机的同学还调试了设备，请他们收听广播。[13]

炉山只是我的暂停之地，从十字街沿着一个陡坡往上，我一路询问解放前炉山小学的位置。运气不算好，遇到的人都怪怪的。懒洋洋的中年人往上一指，"在停车场"，去停车场，找了半天找不到，问路边一个在家门口洗衣服的女人，"没有好远了！""大概还有多远呀？""没有好远了！"还是没找到，倒是看到了行政便民中心。赶上周末，但还是决定进去碰碰运气。大厅里有一矮个年轻男子，问他停车场不知道，问解放前小学也不知道，等我转身离开他又追上来，"你刚刚说找停车场是干什么？"我说，"有人跟我说解放前的炉山小学就在这里的一个停车场的位置"。"这里没有停车场，"他幽幽地冒出一句，"摄像头倒是有很多。"

最终我还是没有找到，回十字街搭乘201路公交车前往30公里外的凯里市区，前半段几乎都在峡谷里穿行，大雨就是这个时候落下的。抵达时天已经黑了，凯里并非大城市，但那种熟悉的人与车都横冲直撞的布朗运动仍然扑面而来，提醒着你，这里已不再是县城或农村，人们不会随时随地就搬把板凳请你坐下来摆龙门阵，更不会为了给你指路陪你走上半天了，大家都很忙，所以，请做一个不麻烦别人的自足的人吧——是时候打开手机上各种生活服务类App了。

注释

1 吴征镒日记。
2 蔡孝敏:《归来行处好追寻——湘黔滇步行杂记》,张寄谦编《中国教育史上的一次创举——西南联合大学湘黔滇旅行团记实》,第214页。
3 赵悦霖:《自长沙到昆明》,《再生》杂志1938年第10期,龙美光编《八千里路云和月——长沙临时大学播迁记》,第106页。
4 《黄平县志》,贵阳:贵州人民出版社,1993年10月,第283页。
5 《贵州文史资料选辑·第11辑·回顾贵州解放1》,1982年9月。
6 社评:《解放军和现在西南的形势》,《大公报》香港版1949年11月17日。
7 杨式德日记。
8 余道南日记。
9 杨式德日记。
10 钱能欣:《西南三千五百里》。
11 杨式德日记。
12 余道南日记。
13 杨式德日记。

第二十七章

凯里—贵定—贵阳：神秘的缘分

黔地桃花始盛开—鼓浪屿上啼哭声—沿海与内陆颠倒了—满面春风的油脸—我们家还有圣旨—四海一家—依据是土改清册—感受一下那里的历史信息—忽视今日污秽默想昨日荣光—有什么能永远不朽

　　旅行团离开炉山头一晚，大雨夹着冰雹倾泻而下，第二天太阳出来了，又带着暖意。这是入黔以来第二个晴天，沿途村落桃花盛开，余道南想起3月1日过桃花源时当地桃花就已开放，按时节如今应该芳菲尽歇，不知为何黔省桃花仍在盛放？想来大约是这里气温较低，花期较晚？[1] 今日的大休息地是羊老，距离炉山20公里，已入平越县境内，3月正值竹王祠祭，旅行团一路都在听人们讲述竹王带领子民对抗官家的英勇故事，"人们由于怀旧和纪念死者的悲惨遭遇，故事会和时间走着同样路程，心的向往永不会休止的罢"[2]。

　　从羊老西行6公里，就到了甘粑哨新街，东西走向的湘黔公路与南北走向的黔桂公路在这里交汇。黔桂路是贵州最早接通省外的公路，1927年兴修，1934年营运，由贵阳经龙里、贵定、平越、麻哈、都匀、独山六县到广西的六寨³，再前往柳州和梧州。因为梧州可以通过西江水道连接广州和香港，抗战爆发后，尤其是湖南日渐成为战事前方后，这条路成为越来越多流亡者前往西南大后方的选择。1938年11月的《大公报》连载了一篇《从北平到贵阳》旅行札记，可以见出抗战爆发一年后"寻路"的情状变化。

作者禔问7月1日离平赴津，搭乘海轮赴沪，在船上遇到一位志同道合的青年E君，北平大学毕业，卢沟桥事变后为生计所迫，忍辱在无线电台工作，现在积蓄了400元长途费用，到汉口去寻找昔日教授，以图尽力后方。船行三日，驶入长江口，可见崇明岛一片碧绿，降速后开进黄浦江，吴淞镇一带尽是破瓦砾垣，满目凄凉，稍微完好一点的厂房，成了日军营房，当天天气酷热，日军三五成群，袒卧于树林之下，多数面黄肌瘦，"他们忙了一年，不知为的是什么？"七七周年纪念日是在上海法租界过的，有几家胆大的商店挂起国旗，租界当局禁止"宣传活动"，青年男女学生就在马路上向行人募捐，以救济难民。一周后禔问与E君相约一同乘船赴港，路过鼓浪屿时，可见逃难贫民露宿海边，搭帐篷居住，儿啼女哭之声，在甲板上便可听到。抵达香港后，禔问与E君告别，后者转乘粤汉铁路北上汉口，他则乘船沿珠江而上前往广西梧州，船行两日，一路用法币依次兑换港币、粤币和桂币，到梧州后，有军警三五人入酒店检查新到旅客，以防汉奸入境。禔问向茶房请教前往贵阳捷径，告知梧州一天到贵县，在大塘换车一天到宜山，一天到六寨，半天到独山，一天到贵阳。⁴

禔问进入西南大后方的路线，与美国记者格兰姆·贝克由香港赴重庆的路线非常接近，但贝克旅行的时间是1940年初,不到两年,战争已经让中国的沿海与内陆的现代化进程彻底逆转。"抗战前,正当沿海地区最为繁华和最为现代化的时候,一次走向内陆的旅行就是对西方式的享受和相当城市化了的中国的缓慢告别。从沿海的真正大都市,你可以分阶段走进内地。最初,你到达了铁路终点,继而是公路终点,然后是电报终点。沿海和内陆的典型界标则应是最后那有一所戏院的城市,有一座清洁旅馆的镇子或有家较大饭馆的村庄。……可是1940年,在我们的战时旅行中,情况却是相反的。我们接触的最原始的地方恰就是海岸。……我们进入了国民党的封锁区,这才离开了荒芜的海岸。旅途中,经过了第一条人行道,第一条宽可容下一辆人力车的道路等,都好象在对我们表示欢迎。后来,又出现了第一条汽车路,第一个小饭馆,第一家大旅店。最后,第一座有电灯的城市和第一条铁路。等到达柳州时,就已离开海岸三百英里了。"[5]

由甘粑哨继续西行7公里,就到了当日宿营地马场坪,旅行团抵达时,这里只是公路沿线一个普通村镇。一条老街,一所小学,两百来户人家,学生们分头借宿,余道南和杨式德都被分到居民陈放杂物的阁楼上,楼下就是厨房,又脏又暗,"煤烟令人窒息"[6]。更倒霉的学生被分在烟馆,一宿没法入睡,第二天早晨报复性地乱喊乱叫,让那些夜猫子烟鬼也没法睡觉。[7]

不过到抗战后期,马场坪将逆转成为繁荣的大站,驻马场坪的机关将有三四十个之多,公务员人数会超过本街老百姓;每天都有百余辆汽车通过,连中国旅行社也会在这里设立旅馆和食堂,"栉比林立的旅馆饭店,招待得旅客们眼花缭乱……于是老板的荷包里便塞得肥满地……以致在街上到处可见眯着眼满面春风弥勒佛似的油脸,踌躇满志得意忘形的神采,他们是马场坪的骄子!"与战时繁荣相伴的将是战时短缺,"这里是没有什么真正的物价……米还是涨,横是年成不好,竖是收获准坏……你明明看见田里面稻浪翻天,金黄色的谷粒长得又多又大,你也只好闷葫芦的放在心里,或许老百姓也有他们的苦衷……再说肉罢,感谢镇公所总算有个限价,规定二十二元一斤,但是保证你听得到买不到,吃素斋是家常便饭……可惜人是肉食动物……熬不住的时候只有问鼎黑市,咬他一口过过瘾?日常用品说比贵阳昂贵,半点没夸张,商人们自颁的价格会叫你目瞪口呆,只好闭起眼睛不敢望!"[8]

马场坪歇过一夜,再往前便是贵定。我是从凯里坐慢车直达贵定的,早晨在酒店吃了出发以来最难吃的一顿米粉,一勺无色无味的油汤浇在碎肉上,几乎难以下咽。有比我早到的住客抗议,不是说自助餐吗?怎么除了米粉什么都没有了?窗口米粉妹振振有词:"准备太多了又没有人吃是浪费!"

到达贵定已是下午5点,这里海拔997米,比之前路过的大多数垭口还高,我住在新城区的一家酒店,稍事整理后打车去老县城。年轻司机说起解放前的老城头头是道,还给我看他翻拍的老衙门照片。到小十字7元,到城隍庙9元,聊高兴了,司机说,我不多收你钱了,送你到城隍庙看看吧,现在城里能看到的老房子基本上只有它了。

城隍庙已经关门了,正门并不显眼,侧面爬满女贞花和金银花的山墙倒颇有气势,我用手机查了一下,说是贵州保留下来的最大城隍庙。根据司机给我指出的方向,回到东街(现在叫中山东路,也是老湘黔公路的一部分),准备一路走出(并不存在的)东门,再折返回来,找找当年旅行团入城的感觉。街边还有一些两层的木墙老屋，有的还在上面用铁皮加高一层，我从湖南一路拍过来，这些房子的住户总是奇怪我为什么拍这些"破破烂烂"的房子，在贵定，一位大妈教会了我一个新词：烂框框的。

出东门是一个长坡，从黄平到炉山再到贵定，进城都要上很大的坡，我想起林徽因在湘黔道上的感叹，"在中国做人同在中国坐车子一样……磨到焦头烂额，照样有人把你拉过来推过去爬着长长的山坡"[9]，对那些来自东部的流亡者来说，直到进城仍要爬坡大约构成某种额外的心理暗示：不到最后一刻痛苦不会结束。

爬完坡看到左手边一栋还算气派的老房子，二楼挂着块匾额，"西蜀饭店，民国壬申年仲春"，一楼大门没关，第一进屋子里摆着好几张麻将桌，塑料门帘里是第二进，探头往里望，还在装修，石柱、木材堆在地上，两只狗叫了起来，女主人端着盆走出来，她笑得面善，但并不愿意聊天，也不欢迎我进去。出来时我在门口逗留，寻找对的光线和角度继续拍这栋老屋，还有匾额。不一会儿，出来一个发量有点少的男人，我凑过去请教：民国壬申年是哪一年啊？"1932年！"男人滔滔不绝说开了。

"贵定这个地方虽然很小，但在整个贵州，它的古建筑是赫赫有名的。"他说。我说刚刚被人指点去看了城隍庙——就在他家房子后面，他摇摇头，说现在的城隍庙不行了，"当年的规模，比丰都鬼城那个还大。中间那四个大立柱，直径有七八十公分"。

他继续解释贵定在历史上的重要地位，"贵定这个地方，一个是在黔中，一个它是在交通要道，古时候称旱码头，四面八方的人、货都往这边流……这个地方当时产烤烟,全国各地贩卖烤烟的都往这里来。一直到60年代初,我们这边还有土专家去苏联,教苏联人种烤烟"。说话时,一支游行队伍喊着口号进了城,经过西蜀饭店门口时,也给我们递了张海报,是装修卖场促销,"五一装修也疯狂"。

他是大户人家,祖上——他叫"入黔始祖"——叫胡海,安徽宣城人,明初跟着傅友德的大军来到贵州,定居下来。祖父叫胡祖恕,光绪年间的刑部郎中,正三品官,"相当于现在最高人民法院院长"。他进屋取手机,给我翻看照片里家里保留下来的光绪帝圣旨。紫色绢制,烫金文,字迹有些已经模糊,他指着上面的"深绛纹""双龙纹","你别看电视剧上(演)一个人拿着圣旨(宣旨),都是假的,圣旨最少都是一两米长,长的有三米多,拿不了的!"现在这份圣旨由他一个叔父保管,他们推敲当年一共有五张,一张是他祖父任职的刑部诰授,做官做大了,朝廷要封上三代,祖父的夫人、父母、祖父、外祖父都要封,这留存下来的唯一一张属于祖父的外祖父,落款是光绪十五年三月十六日,这是1889年,光绪帝在这一年开始亲政,此时离中日甲午海战还有五年,离戊戌变法还有九年,离辛亥革命还有二十二年。

我告诉他,我在重走长沙临时大学西迁之路,每到一处都想看看八十年前他们住在哪里,在贵定,按照一个学生的记述,他们"到县城已晚,夜宿民宅,尚觉宽敞舒适"[10]。他说,几百号人,如果是住民宅还能觉得宽敞,很有可能住的就是他们家。八十年前他们家的房子比现在大得多,旁边那条通往城隍庙的小路,还有城隍庙广场都是他们的老祖屋,"光青石板雕花的天井就有一千多个平方"。

他有个远房堂兄胡端楷恰巧是西南联大毕业的，辈分与他一样，但年龄只比他父亲小一点，要是还在世就快一百岁了——我后来查到了胡端楷的资料，1938年旅行团到达贵定时，胡还在贵阳读中学，三年后胡端楷考入西南联大师范学院（院长正是黄钰生）国文学系，毕业论文是《先秦文籍中所见之宋人》，指导教师闻一多、彭仲铎[11]。等胡端楷大学毕业回到贵定时，国共内战已经打响，他后来应该是成了一位教育工作者或地方文史专家，在《贵定文史资料》里留下不少文章。

我们倚在房前的栏杆上聊得热火朝天，女主人也过来听了一会儿，我很担心她让他别说了，结果她却是来请我进去吃晚饭的。推辞一番后入座，是可口的贵州家常菜、炒白豆腐、水豆豉、青菜西红柿汤、炒猪肝、鸡蛋炒青蒜，还有糯米鸡、豆沙包和米酒。1932年，也就是民国壬申年，男主人的父亲和一个四川江油人合伙在这里开了一家川菜馆，起名西蜀饭店，抗战开始后，饭店来来往往都是党政要人，"贵定有一个凌汉舟（凌霄），老同盟会员，跟我父亲关系特好，经常在我家这儿，我家这个房子当时在贵定是有名气的，现在不行了，现在落后了"。

1944年，日军打到了黔南的独山县，距离贵阳只有一天车程，后方震动，汤恩伯安排了两个师前往阻击，一个师在马场坪，一个师在二线，师部就驻在他们家，准确说，就在我们吃饭的这间屋子。"有关人士都在这儿，相当于一个联络点。后来解放后还说不清楚了……"他笑，"反正公安十六条十八种人之一，历史有问题的……因为你跟国民党走得那么近，（我父亲）本身又是国民党员……"当年凌霄成立的抗敌协会，解放后，会长枪毙，秘书长，叫胡永昌，他一个叔公，枪毙。

他的父亲是跑腿的,劳教了几个月,"出来以后没办法,就到煤矿去,挖煤去了。是,贵定的煤矿,贵定有煤"。他又笑。我们干了一杯,我说,给你们添麻烦了。他说,四海一家!四海一家!

房改后,新政府把他们的老祖屋租给贫下中农,住了五六家人,他们一家被赶到后面,他带我看后面一口太平缸,民国甲申年,也就是1944年制的,"文革"时埋在地下才得以幸存,门口的"西蜀饭店"匾额也是这样保留下来的。那五六家人在这里住了五十多年,直到2000年左右,他才想办法拿回来,依据是土改清册,"这儿是1949年11月12日解放的,我父亲的第一张交房地产税的发票是1950年6月13号,就是解放后半年,我父亲就把房地产税交了,证明这个东西是我家的。后来我们和政府打官司就是凭这个。当时盖的章不是圆的,是长方形的。贵定县人民政府税务局。你能走掉吗?1950年6月13号,你能走掉吗?"

吃完饭,他送我出门,说我可以去大十字、大同路那边看看,虽然"街道破破烂烂什么也没有","都是老木房,要垮了,又不准自己弄,说是要规划,几十年就这样(过来)了",但是以前城市的格局还在,"你可以在那里感受一下当时的历史信息"。又邀我明天上午再来,他带我看看城隍庙和残存的一段城墙。

我连声道谢,往大同路去了。经过城隍庙广场时,我拍了几张照片。傍晚时分,蓝黑色的天空下,人们在当年胡家的祖宅里、(很可能是)湘黔滇旅行团学生们过夜的地方跳着广场舞。大同路残破不堪,污水横流,有人在路边烧垃圾,乍看像亟待拆迁的棚户区,但已经长出长长野草的残存马头墙提醒着你它昔日的荣光。人们早已习惯指向今天的叙事，譬如，你看着深圳华强北的高楼大厦与熙来攘往，然后感叹一句："四十年前，这里还是宝安县的一片菜地。"可有时我们也想有些别的追求，以显得自己不那么势利，就像美国人保罗·索鲁搭乘火车从波士顿一路南下，经过墨西哥时观察到的那样，在那里，人们"督促你要忽视今日的污秽，默想昨日的光荣"。

这位旅行作家的铁车缓缓驶入圣路易斯波托西时，映入眼帘的是裸身的小孩、跛脚的狗，还有车站广场由火车车厢搭成的小村落。褪色的衣物就是门帘，鸡笼和小孩摆在一起，到处散发着排泄物的臭味，而旁边的墨西哥人面露微笑：这里曾经非常富有，有许多美丽的教堂和梦幻的建筑，"许多年前，这里是银矿区呢"。我不知道圣路易斯波托西是不是根据玻利维亚著名银都波托西命名的，但我知道两者都衰落已久，而在它们还繁华的时候，说不定王熙凤经手的成千上万两雪花银，就是从那儿开采，再绕过大半个地球运过来的呢。历史不是直线前进的，历史甚至未必总是前进的，这一点贵定和波托西们都心知肚明。

是夜贵定雷雨倾盆，八十年前旅行团住在这里时也是如此（杨式德日记："雷声很大，雨下了一夜"）。第二天上午，老县城弥漫着下水道的气味。9点半，我来到西蜀饭店门口，大门紧闭，敲门无人应答，透过门缝看里面那道门也紧闭。我便自己去城隍庙逛了一圈，"仰观俯察""正大光明""其盛矣乎"之外，看看那些幸存下来的石碑也挺有意思，光绪年间，禁止赌博，咸丰年间，禁止在此洗菜及污物，"违者罚银"，而上溯至道光年间，有人问，什么东西能"永远不朽"？是啊，有什么东西可以不朽呢？城墙肯定不在其中——我沿着城隍庙外面的墙根出去，据说那里有老贵定东门城墙的残迹，但在落叶和垃圾的包围下，已经很难辨认出来了。

折回西蜀饭店时，它的门还没有开，敲门仍无应答，这段神秘的缘分大概已经结束了，于是我向它的主人默默问好，转身离开。

注释

1　余道南日记。
2　林蒲:《马场坪》,《大公报》香港版1941年11月5日。
3　胡端楷:《贵南公路营运前后见闻》,《黔南文史资料选辑·第5辑·黔南建州三十周年特辑》,1986年8月。
4　褆问:《从北平到贵阳》,《大公报》香港版1938年11月1日—11月4日。
5　(美)格兰姆·贝克(Graham Peck):《一个美国人看旧中国》,北京:生活·读书·新知三联书店,1987年11月。
6　余道南日记。
7　游子:《贵州观感》,《宇宙风:乙刊》1939年创刊号。
8　润德:《闲话马场坪》,《西南公路》,1943年,第262期。
9　致沈从文,《林徽因书信集》,南昌:江西人民出版社,2016年,第40页。
10　余道南日记。
11　西南联大中国文学系历届毕业学生论文题目及导师,《国立西南联合大学史料3·教学、科研卷》,昆明:云南教育出版社,1998年10月,第111页。

第二十八章

在贵阳：艺术或宗教的逃难

世上最美味的午餐—人驮进来的小汽车—喝了四两茅台—记得大夏大学的人很少了—沦陷北平的文化界—在金城江人们花钱如流水—西南公路上的司机有两个家—不要嫌贵州菜辣—我所认识的日本已经被杀死了—抗战胜利后的第一件事

抵达贵阳时我已成不折不扣的邋遢鬼。上一次刮胡子还是在沅陵，为了减负我把剃须刀也塞进行李箱从那里直寄贵阳；我胡子拉碴地离开湘西走进贵州，又胡子拉碴闯进施秉县政府到处找黄平史志办；我的鞋子带着新晃的"汽修土"、玉屏的煤灰、镇远的黄泥，又在凯里和贵定的雨夜踩了下水道溢出的水；贴身衣裤倒是每天洗，可外衣外裤许久没换了，在汗湿风干汗湿几个轮回后，它们持续散发出难以描述的气味——在玉屏时我对此尚有觉知，到了贵阳我已习焉不察，直到帮我取好箱子又订好酒店的亲友委婉提醒。

酒店显然是过于舒适了，蓬松的被子和卫生间温暖的壁灯都令人感动，大洗一通后外卖送到——点的是"爱马仕炒饭"，也不过就是牛肉、鸡蛋、胡萝卜、芥菜这些原料，但我觉得简直是世界上最美味的便当。一个多小时后，干干净净、脚步轻快地出门逛街，在西西弗书店我买到了一本写黔东南风物的MOOK，这书我横穿整个黔东南都没见过。街市上甜品店之多也叫人高兴，但"丰裕"最好之处是你可以大快朵颐，却选择拒绝——如果我当时就读到萧乾那篇《贵阳书简》，一定会对此更加感同身受。1938年3月初，他乘车离开沅陵[1]，前往昆明，到达贵阳之前他看够了"八百里荒山"，然而贵阳却是一座有电灯、电话、洋瓷浴盆的"阔城"。他自然知道，比起上海，比起青岛，贵阳并不是真阔，"然而位置在一柄枯叶般的省份里，就已经有些阔得不和谐了。每一个疲倦的旅客一走入贵阳近郊，看到那么细柔娇绿的垂柳，看到饭店旅馆的显目广告，都会感到莫大欣喜，甚而感激；然而把肚子填饱，把疲惫的身子安置到一张铁床上时，近于忘恩地，一种惊讶会冒上心头。他将不自禁地问自己（他心里那些庞大山岭的影子，沿途那些乞丐般的穷苦同胞的影子，将逼着他问自己）：怎么，这是仙境吗？是沙漠中的海市蜃楼吗？昨夜还睡在一张为虱蚤霸占了的破席上，生活在那些张菜色的脸，那四面透风的茅舍，那只有焦黑巉石，枯黄野草的荒原上，今夜怎么竟有了丝绵被？"[2]

湘黔滇旅行团比萧乾一行早两周抵达，在东门外整队入城，这天下着雨，虽然人行道上有骑楼[3]，但马路是黄泥石子路面，泥泞难走[4]，众人草鞋带起泥巴不少，甚为狼狈，曾昭抡的半截泥巴破大褂尤其引路人注目[5]。贵阳给钱能欣的第一印象是街道上方密密麻麻的电线网，"城内以中华中山两路为主干，两路的交叉处叫大十字，是全市最繁盛的地方……两旁店铺房屋，尚称整齐。据说许多三层楼的房屋，都是为了前年（注：应为去年，即1937年）京滇周览团过贵阳而临时加盖的（自然是为了体面），所以基础不稳，加盖的层，时时有塌下的危险"[6]。余道南看到大十字附近周西成的铜像，这位前贵州省主席西装领带，右手插在包里，举目远眺[7]。时人形容贵阳城是一个封了底的"用"字[8]，旅行团穿城而过，出西门再向南，到次南门——"用"字那一撇的尖尖上的大夏大学住宿。大夏大学为黔人王伯群在上海创办，因抗战内迁贵阳，"校园很宽大，有亭台花木，假山鱼池点缀其间"，余道南铺好行李后，即有大夏同学来介绍去新生活澡堂洗澡，"风尘仆仆之余，得此一番淋浴，心身为之一畅"[9]。

抗战期间，为了便于空袭疏散，贵阳老城的城墙城门陆续拆除，我原以为它们早已了无痕迹，沿着文昌南路往北散步，看到一片高楼之下有座三层四面九角、造型颇繁的楼台，虽然外观有点新，但想来今人即便仿古也不会如此费劲，走近了，果然是正经古物，始建于明万历三十七年（1609）、与镇远祝圣桥同龄的文昌阁。文昌阁建在东门瓮城之上，因此东门武胜门连同一小段城墙也得以保留。这一天云层很厚，几个老人在城墙上放风筝，飞得极高，受力紧绷的风筝线看了叫人有点紧张。

从文昌阁下来，经文笔街到了省府路——一条被酸汤鱼馆占据的青石板路，本地媒体说，未来这里将是贵阳的宽窄巷子。民国时期贵州省政府就位于这条街上，在贵阳停留期间，旅行团师生曾来这里分头参观民政、财政、教育、建设四厅，就读于清华土木系的杨式德选择参观建设厅，厅里为学生准备了茶水，一位科长向来访学生介绍说：建设厅的中心工作，一要增加粮食产量，本年度要增加1/3；二要整理交通，施秉、重安江、盘江三处改建铁索桥,以便运输重武器[10]。

值得一提的是,财政厅厅长周诒春是清华的老校长,旅行团抵达贵阳当晚他就设宴洗尘。对团里五位教授他都相当熟悉,但不认识年轻助教,便一一问及,问到袁复礼的临时助教王钟山时,他说,"你暂时不要去昆明,这里需要人,我给你安排工作"。于是王就没有随队继续西进云南,留在贵阳,到贵州省气象所任职,5月1日后,贵阳清华中学开始招生,他兼任地理教员,安顿下来。[11]

我在社区服务中心里问到了当年省政府的具体位置,就是眼前两栋二十多层的高楼,一位老大爷告诉我,早先是四五层的小木楼,解放后改成了第一招待所,到80年代才拆掉。他还说,这石板路是周西成时候修的。时过境迁,仍有人记着这位早逝军阀对黔地的贡献——1926年,周西成任贵州省主席后,即着手兴办地方建设,开办工厂、安装电灯、创办新式学校等等。1938年,一位途经贵州的旅人形容,"周西成为全贵州人所爱戴,犹之乎唐继尧之在云南,所以一到这地方,没有一个贵州人不追怀这位英雄,其心绪是扼腕与敬意交织着的"[12]。

贵阳是周西成现代化城市改造的第一个实验品。他拓街面,修马路,改建临街房屋铺面为楼房。改造就从眼前这条省府路开始,扩展到大十字,街面宽度由5米拓宽至12米,用碎石三合土铺路,临街房屋必须退让出路的宽度,然后进行重建,重建房屋底层还要留出一米作为走廊,与人行道结合[13]——让旅行团学生格外留意的骑楼由此诞生。更引人瞩目的是环城马路的修建,马路两旁种着垂柳,几年后长大成荫,走在路上别有风景[14]。周西成又派人在广州购来一辆福特小篷车，由于当年入黔公路尚未完成，不得不拆散后用人力抬运到贵阳，再行组装，成天在环城马路上行驶，以资示范——有人把这当作笑谈，可这毕竟是有史以来进入贵州的第一辆机动车。[15]

修筑环城马路的同时，周西成还开始修建通往省外的几条长途公路：往北去桐梓、赤水——这是他起家的地方；往西去安顺——贵州开禁烟毒后，安顺及临近各县盛产烟土，经济十分活跃；往南去广西——笼络桂系军阀，亦方便贵州烟土经广西外销穗港[16]。在所有现代化举措中，周西成最重公路建设，认为这是"开贵州之生路，辟全黔之利源"的前提[17]。不能不说这位军阀颇有历史眼光：贵阳乃至贵州自元代以降的发展，就是拜驿道所赐——地处四川、云南、湖广之间，发挥交通枢纽的功能，吸引人流物流不断地路过、路过、路过——以"用"字比喻贵阳城，确有几分恰当。

不过，在周西成主政期间，贵南路仅修通贵阳到马场坪路段。我在《黔南文史资料选辑》上读到一篇文章，作者恰是我在贵定遇到的那位胡姓大叔提及的远房堂兄，毕业于西南联大的胡端楷。贵阳到马场坪的公路修通后，他曾经来回走过几次，因为步行，所以对一些路段无缘无故要绕道而行感到疑惑，后来才知道，1920年代公路开修时，地方民众迷信极深，一听说要修公路，就四处打听，希望路线不要走自己的房前屋后，生怕动了龙脉，破坏风水。阳宅如此，阴宅也是这样。其结果就是勘定路线的"采路员"开始寻租。在贵定，采路员曾有意把标桩钉在东门外一大户人家的石坟和石牌坊前面，然后放出消息，令这户人家主动送上五百银元，路线才绕道而行——也算另一种"公路的意志"。[18]

第二十八章　在贵阳：艺术或宗教的逃难

1938年3月最后一天，湘黔滇旅行团抵达贵阳次日，早饭后，团长黄师岳召集同学讲话，说贵州省政府原打算派车送全团到云南平彝，因军运紧急无车可派，团部要求大家下决心步行到底。学生们认为经过一个多月的锻炼，步行已经习惯，一致表示赞同[19]。这一天杨式德进城闲逛，偶遇老同学，相约到一家北方饭馆聚餐，喝了四两茅台酒，感觉"味道强烈"。下午晚些时候回到大夏大学，到阅览室读报，得知数日来国民党军队在津浦全线优胜，这让他感到"很可乐观"[20]。这一天的《大公报》汉口版头条标题是，"临（沂）台（儿庄）支线战事最烈"，发自郑州的专电称，日军在台儿庄陷入重围，但困兽犹斗，而在临沂，日军受到重创后全线北退。

大夏大学借用讲武堂旧址，由省府拨给，校园面积不小，进入大门，两旁整齐干净的平房是教室，中间长方形的空地可作操场，场边绿树疏落，一角有棵朱砂梅颇为亮眼[21]。这所始创于1924年的私立大学，由300余名脱离厦门大学的师生发起成立，1937年8月淞沪抗战爆发后，大夏与复旦联合迁往庐山牯岭，随着战事向内地推进，两校再度西迁，复旦迁重庆，大夏迁贵阳，先遣考察迁黔事宜的副校长欧元怀一行在贵州受到热烈欢迎，被誉为"集体的王阳明"。抗战八年，大夏为贵州贡献颇大，贵州全省中等学校校长绝大多数由大夏毕业生担当，贵州的建筑师、筑路专家、司法工作人员、记者等等，也多毕业于大夏大学。[22]

在贵阳街头询问老人，记得大夏大学的人很少了，记得"解放前讲武堂"的倒还有一些。一路问下来，把位置锁定在瑞金南路上的黔剧院。不过在城市自我更新的浪潮里，连"黔剧院"也只剩下一块牌子，蓝底金字的隶书，斜插在一堆垃圾之上,"黑"字旁的上半部被挖出了一个空洞。剧院和周围社区搬走后,这里已是一副拆迁大半的城中村景象,没有搬走的几户人家眼神警惕,问什么一概不知。路边收垃圾的人说,这里规划要建广场,但已经很长时间没见动静了。

1938年年初,大夏大学校长王伯群辗转越南海防、昆明前往贵州,元宵节当晚抵贵阳城,回到阔别二十多年的故乡。回黔以后,贵阳旧友知交来访者络绎不绝,王伯群终日接见宾客,有一天,他对妻子保志宁感叹:"二十余年未归的贵阳,城郭犹旧,人民……多不认识了。与我同年老友,较我狼狈、衰朽者,多不复能为国家社会努力,像我还时时想进步,雄心未已,想必是多与青年的人接近,似较胜一筹,但是我精力大减,不能耐苦,亦是遗憾。看外国人六七十岁,尚精神弥满,事业鼎盛,我自己又觉得很惭愧,所以后要特别注意身体之休养,精神之健旺为至要。"[23]

不知来访者是否包括借住大夏的联大诸教授,到达贵阳后,闻一多给父母去信,担心武汉轰炸日频,询问湖北乡下是否安谧如常,家中老幼是否一切平安,又报告自己的行程,"十七日自晃县出发,步行三十日抵贵阳。贵州境内遍地皆山,故此半月中较为劳苦,加之天时多雨,地方贫瘠,旅行益形困难。本地谚语云'天无三日晴,地无三尺平,人无三两银',盖得其实矣。贵阳遇熟人甚多,清华方面自前校长周寄梅先生以下逮旧同学不下数十人,同班中有吴泽霖、聂鸿逵二兄,聂系本地人,吴任大夏大学文法学院院长,随校迁此……"[24]在周诒春设宴接风洗尘次日,闻一多游览了黔灵山和甲秀楼,作速写四幅,当晚,闻一多在清华读书时的老友吴泽霖又设宴款待了旅行团诸先生[25]——由贵阳西去,还有更加艰苦的旅行在

第二十八章　在贵阳:艺术或宗教的逃难

等着他们。

曾与湘黔滇旅行团同行的戚长诚后来也到了贵阳,任《大公报》驻黔记者,这一年,他以"贵阳通信"发表了大量报道,其中一组"暴敌铁蹄下 北平教育界近况"的系列文章尤引人关注。按其在开篇所述,"久在北平文化界服务之某君,自平津沦陷后,仍在敌人铁蹄下挣扎工作,最近因其服务机关,为敌人强力破坏,始忍痛化装潜离北平,昨日经港抵筑,对本报记者,历言沦陷后北平文化界情况甚详,而其中所述,又多为外界所鲜知者……"

他描述了北大清华等国立高校的情况,"敌军厌恶北大至深,每称为'排日亲王(注:领袖)学校',对于该校文物,摧残最甚。图书木器,俱作燃料,研究院考古学会室外之石刻、造像、汉砖等品,均作拴马之用,残碎支离,十无一完……缪氏珍藏艺风堂古今金石文字拓本,于大雨倾盆中,为数敌军抛置户外,尤为痛心……清华大学……工学院之机器,被毁被掠尤重……"

也记述了日本在北平推行的奴化教育,以及留平学子的情况,"困居古城之知识青年,其数亦且不少……其消极者,投奔无门,初则当卖为生,后即无以为继。其穷困无归者,甚至有卖'王致和臭豆腐'者……其积极者,如清华、北大、燕京、东北各校学生,颇多赴西山一带,成立游击队者……最近数月以来,古城夜间,晓有我游击队袭敌之枪声,被困敌人铁蹄下之国人,夜半闻之,心中之欢喜,当亦可想见矣"[26]。

旅行团在贵阳休息了四天,4月1日参观完建设厅后,杨式德一行又参观了建设厅下辖的公路局,虽然他在公路局仅得到湘黔公路的Profile leveling(断面水准)绘图,还零碎不全[27],

有点失望，但到此时，贵州全省已建成贵东（至长沙）、贵北（至重庆）、贵南（至广西）、贵西（至昆明）四大公路动脉，而缅甸至昆明公路亦在加紧修筑中。随着1938年10月广州、武汉两大重镇的沦陷，粤汉铁路与长江通道受阻，贵阳再度成为中国的交通枢纽，进出陪都重庆的两条主要线路：香港—越南海防—昆明—平彝—贵阳—重庆，香港—梧州—柳州—（桂林）—河池—独山—贵阳—重庆，都需要经过这座有"用"之城。

1939年11月，日军在钦州湾登陆广西，当时内迁到广西宜山的浙江大学匆忙疏散，"学生、教师扶老携幼，仓皇向贵州逃命"，在浙大任教的丰子恺，带了从一岁到七十二岁的眷属十人，也在逃难人流之中。他们靠着搭车（"竹杠敲得不重"）、徒步、坐滑竿，才从宜山到了河池，所住旅馆老板是读书人，对丰子恺招待得很客气，但问起去贵阳的汽车，也只有摇头。丰子恺每日破晓即到车站寻车，一连几日毫无所获，"南国的冬日，骄阳艳艳，青天漫漫；而予怀渺渺，后事茫茫……传闻河池日内将有大空袭。这晴明的日子，正是标准的空袭天气。一有警报，我们这位七十二岁的老太太怎样逃呢？万一突然打到河池来，那更不堪设想了！"

提心吊胆过了几天，老板安慰丰子恺，说有家在乡下山中，必要时可请他一家前去避难。丰子恺感激之余，问何以为报，老板第二日拿了一副大红闪金纸请他赐字，"老父今年七十，蛰居山中。做儿子的糊口四方，不能奉觞上寿，欲乞名家写联一副，托人带去，聊表寸草之心，可使蓬荜生辉！"丰子恺满口答允，下楼提笔就写。那闪金纸不吸水，墨迹久久不干，茶房等人把这副大红对联抬出门去晾晒，哪知一线生机，

第二十八章　在贵阳：艺术或宗教的逃难

就在此出现——本地加油站的一位赵姓站长路过,见到门口晒着红对子,知道是丰子恺的字,主动登门拜访。丰子恺告知这位赵君苦衷,赵便安排他一家搭乘一辆运汽油车的空位前往贵州,而丰子恺则留下一幅水墨画作为回报。顺利到达贵州后,此事在朋友圈中传开,众人谓之"艺术的逃难",丰子恺却觉得,"人真是可怜的动物!极微细的一个'缘',例如晒对联,可以左右你的命运,操纵你的生死。而这些'缘'都是天造地设,全非人力所能把握的。寒山子诗云:'碌碌群汉子,万事由天公。'人生的最高境界,只有宗教。所以我说,我的逃难,与其说是'艺术的',不如说是'宗教的'。人的一切生活,都可说是'宗教的'"[28]。

三年以后,巴金从桂林前往重庆走的也是这条公路。在广西的金城江——一个类似马场坪、因抗战繁华起来的公路小镇,候车处的大餐桌周围,几个从香港脱险的人谈论着这座大都会新近的悲惨陷落,"汽车中的血,沙发内的十万港币,舞女的巧计,门前的死尸……"金城江是个热闹而神秘的地方,"娼妓、赌博、打架……人们的钱花得像江水一样,去了就不会流转来。在这里住上几天,就必须留下一些东西,带走一些东西"。在河池,一车一车的人从桂林、金城江不断地运来,每天都听见人在问,有房间没有?每个旅馆门口人们都在互相打听,找到车子没有?你等了几天?倘使听到一句,"我明天走!",谁都会用羡慕的眼光看那个说话的人。终于到了贵阳,这个"三条岔路的中心点","从这里有无数的车辆开往重庆、昆明和桂林",巴金在大街上散步,脑子里忽然起了一个奇怪的画面,"眼前那些人似乎都是过路的,活动的,他们的脚不会停留在一个固定的地方。他们不停地跑,朝着各个方向跑，匆匆忙忙，去了回来，回来又去，到处都是站口。大家抢先恐后地挤到一个无形的热海里去洗一回澡。头上是汗，心里是火，大家热在一起，大家在争取时间，大家在动，在战斗。大家都疯了。'走啊，走啊，快向前走啊！'到处都是这样的叫喊，高声的，低声的，有声的，无声的，似乎整个城市都在附和着，整个城市都在动"[29]。

茅盾也曾走在这条西南公路上。他发现，不少司机在谈话中会提到自己至少有两个家，分置路线的起点和终点，比如说，重庆和贵阳。一个司机告诉他，在西南公路上开车月薪不高，但"奖励金"却是一笔指望，所谓奖励金，便是开一趟车所节省下来的汽油，再回卖给公司所得的钱。合法的"奖励金"之外，还有不合法的"挂黄鱼"——以稍低于正式票价的价钱私带乘客——翻看抗战时期的交通史，"黄鱼"是出现频率最高的词语之一，只需设法避开沿途检查，车费便进了司机自家腰包。所以他们养得起姨太太，而那些姨太太们，也未尝没有一把辛酸泪，茅盾所知道的那位，被警察盘问后，咆哮起来，"我有丈夫！可是和你们不相干。我的丈夫打仗去了，两年没有讯息了，谁知道他是死是活。我没法过日子，他要我，"她指了一下那司机，"我自愿跟他。谁也管不了我俩的事"。

"这些事情太平常了，我在成都住了几天旅馆，差不多天天碰到这些事。"一位回到后方休假的浙江下级军官对茅盾说，"我想，我寄回家去的一点钱，真不够什么，我哪里敢保险我的老婆不也走上这一条路？战死了，倒也罢了；自己还活着，想想家里不知怎样了，真难过。本来我也喜欢玩玩，可是自从知道有这样的事，玩的时候不知怎的便会想到自己家里的，此刻也许和什么人正在……哎哟，不能想，索性在火线上拼命,倒也没有工夫东思西想,顶怕的是调到后方来休息,那你,真是看见的、听到的,什么都不顺眼,什么都叫你寒心!可是,不顺眼,寒心,中什么用?都不是办法!仗一定要打下去……"[30]

战争切断了旧式的家庭纽带与地缘联系,婚姻解体、妇女卖淫的现象越来越多,在上亿人的流亡迁徙中,孩子与老人被家庭抛弃的情况也越来越严重,绝望的情绪在民众中间蔓延,可是与此同时,在战争中,各种人的天性与仁爱又奇特地结合在一起,一种新的责任感油然而生——当你试图与绝望做最后斗争时,唯一的希望就是大家团结在一起,互相照顾[31]。这是一位美国学者的观察,他的研究对象是1938年沦陷前的武汉,这座城市在短短十个月内迸发出的活力令世界惊叹,一度被称为"东方的马德里"。不难想见,随着大量人口的西迁,类似的变化同样将会发生在其他西南的重要城市:桂林、贵阳、重庆、昆明。

越来越多的寻路者通过公路来到贵阳,经过或者留下。以前路上只见牛车小轿,骡马托运,现在庞大的卡车,流线型的汽车在马路上风驰电掣,片刻不曾中断[32];走在路上的下江人越来越多,"过去贵州的人,大多数是'不得不得',现在这大时代,已经参杂不少'侬啦,伊啦','这个,那个',甚至还有不少'小六子,小八子,乖乖不得了'"[33]。救亡团体也活跃起来,时常有话剧公演,大夏大学的学生节约救国储金篮球比赛正在进行,铜像台上每天播送贵阳电台的播音也很受民众欢迎[34];本地一家专售清蒸鸡、鸡杂和细粉的知名小馆,门口没有招牌,却贴上了"培养正气"的纸条[35]。会做生意的江浙人和广东人,在贵阳开了不少新餐馆,压倒了不少老饭店,每逢星期假日，下江口味的"扬子餐厅"和广式早茶"五羊星期早点"，生意就特别好。[36]

1939年2月4日日机首次空袭贵阳，全市四分之三店铺在大火中化为瓦砾[37]，521人死亡、702人受伤[38]，其中消防员伤亡即超过了150人[39]。但这座城市以惊人的速度迅速重建，并且变得更加拥挤和繁荣。最早恢复的是餐饮业，大十字一带几乎是"吃"的世界，一家叫二四随园的食府，写着吃二四随园的东西，勿忘二四轰炸的血债[40]。1942年出版的《贵阳市指南》，针对人数众多的外地来黔者抱怨贵州菜太辣提出见解，"滨海之人，多不食辣，盖缘鱼虾易得，其味鲜美，足以刺激食欲，无须辛辣。山国之民则不然，得肉食不易，蔬食菜根，其味淡薄，故必以辛辣佐之，食欲始可旺畅"，还进一步介绍，贵州人通常晚餐所食菜汤，"常以白水煮白菜、豇豆或南瓜，亦多为无油无盐之品，必须以豆豉与煳辣椒粉制作蘸碟以佐食，始能得其隽味"。

因为人口与日俱增，街道建筑也迅速恢复了，中华南路有三四层的洋房，即便是只有两层的，也有着大大的玻璃窗或者"艺术化"的门面，连老牌高等旅馆"六国"与"巴黎"也显得落伍了[41]。普通人的居住倒是个大问题，《贵州日报》以"房东·房客"为题征文，一组文章读下来，印象最深的是，好像每个人都被迫住在公共厕所隔壁[42]。夏日的晚上，街上蒸发着一种汗臭、粉香、油香……交织成雾，使人们和夜的清凉的气息绝了缘[43]。当然，假如你是从火炉重庆来的贵阳，仍然会为这里"终年不息的清风，紧压树梢的白云，以及乍飞乍止的细雨"而感到舒适的歇息，但每当夕阳西斜，中华南北路两旁人行道上摊贩林立，人群如潮般由十六道城门涌进，充塞在马路上,仍提醒着你今时不同于往日了[44]。甚至连早晨也繁忙了起来,"从前贵阳上午十时以前尚在睡眠的状态中,现在则天甫破晓,路上便有行人,并有乘马驰突者……"[45]

不过这都是抗战初期以后的事情了,在1938年4月湘黔滇旅行团抵达时,贵阳"由十八世纪走到了接近二十世纪"[46]的"进步"才刚刚开始,还有本地中学教员对学生发表这样的议论,"国家将亡,必有妖孽,现在的贵阳的摩登男女就是妖孽"[47]。但更多促使"进步"的东西确实在萌芽,4月1日,生活书店在贵阳开业,同一天,教育部将战区撤下来的中小学教师组织起来,在贵阳设立第四服务团,协助贵州开展民众教育[48]。第二天,杨式德在街上散步时经过民众教育馆,恰巧看到这批教员,"男女杂居在一个大房里"。下午,他溜达到了南街的省立图书馆,馆不大,正在建筑新房舍。他随手翻开一本1938年1月号的英文杂志 *Asia*(亚洲),里面有一篇文章,题目叫"Our Little Visits to Nanking"(小游南京),作者是一个日本海军中尉,叙述了1937年8月13日和8月15日,最初两次轰炸南京的情形,认为是对中国的应惩,又形容中国空军是 opium smoking(吸食鸦片的),不堪一击,杨式德读得"心里气愤异常"。下面一篇文章是美国作家赛珍珠所作的"The Mind of the Militarist",批评日本军国主义者的心理,杨摘录了其中的两句话:Japan outrages not only China but every human creature who is above a savage. I remember the Japan I have known, the carefully tended beauty I have so valued, the courtesy I have appreciated and I feel that my Japan has been killed, too.(日本凌辱的不仅仅是中国,还是每一个文明人。我记得我所认识的日本,我如此称道的审慎塑造的美,我所赞赏的彬彬有礼,我感到我认识的日本已经被杀死了。)[49]

4月3日,离开贵阳前一日,湘黔滇旅行团全体师生前往东门外的扶风寺,接受贵州省主席吴鼎昌的宴请。上午9点集合,入西门出东门,路上细泥"比小贩卖的糖粥还要浓"[50],走得非常慢,东门外有公路通往扶风山,山腰一片绿树,山前一个亭子,周围山头散布着岗哨,进入寺内先在王阳明祠前签名,并每人发一份吴鼎昌的演说稿,是他3月20日对贵阳各校师生的演讲。因为时间不到,所以大家随意游览[51]。扶风寺内有王阳明和尹道真两先生的祠堂,王阳明祠堂有他的塑像,北墙还有他的墨迹,祠内碑文极多。不少学生都注意到了其中一块碑是日本人所立,立碑者叫三岛毅,"大日本国东宫侍讲文学博士",时间是1904年——日本的明治三十七年,中国的光绪三十年。这一年2月,日俄战争在中国的领土上爆发;5月,孙中山游历美国宣传革命;7月,中国历史上最后一次科举考试举行。三岛毅在这一年游历到了贵州的阳明洞,作诗一首,并自谦"诗虽恶,亦足以表海外景仰之意":"忆昔阳明讲学堂,震天动地活机藏。龙岗山上一轮月,仰见良知千古光。"

扶风山和扶风寺都还在,山腰的绿树与山前的亭子也和八十年前的记载一模一样,阳明先生祠堂里那句"龙岗山上一轮月,仰见良知千古光"的碑文也在,不过是1980年代市政府重制的。辨认完碑文,我走出祠堂,来到堂前小方院中,继续辨认台阶、方砖和雕栏哪些可能是旧的,又看看院中的桂花树,不知树龄几何。扶风山如今早已被扩张中的贵阳城区包围,马达声、鸣笛声、加速声,总之是城市永不眠的声音荡在山寺上空。仍能听到不少鸟鸣,只是并不婉转,都是短促或者小心翼翼的,和在乡野中听到的全然不同了。八十年前,吴鼎昌就是在这块方院中发表了对旅行团师生的讲话,他还为他们准备了茶点,馒头两个,牛肉数块,一只橘子,一包糖,两个鸡蛋,装在袋子中,上有欢迎二字。[52]

吴鼎昌拿贵州崇山峻岭蓬勃着的春气来类比抗战的朝气,鼓励这群清华北大南开的学子。他把贵州比作保险箱,"一般人均认为黔省贫苦,实则蕴藏极富",他说,"如思南等十六县皆产黄金,铜仁等二十余县水银矿存储量占全国首位,炉山产石油,黔南产锑,余如铜锌亦有,煤铁尤富……"[53],"我们所努力的就是来配一把开箱的钥匙"[54]。

他的语调是乐观的,关于民训,他夸赞"黔人勇敢",关于禁烟,他声称全省仅余西路部分未绝,一年后即可全省禁绝,"故最近将来,可见强大之新黔人出现",关于抗战局势,他说,由临沂济宁之役,可知中国军队有强大战斗力,"已为最后胜利之先兆",而英国态度转变,欧洲政局缓和,对中国的抗战实有莫大利益云云。[55]

贵阳人、大夏大学文学系主任谢六逸大约不会喜欢这种高调。战争把他从上海带回了故乡,"虽然历尽艰辛,但车行到了城郊,心中便有说不出的兴奋。走近城垣,仔细看那灰白色的石墙,也还没有全被风化,只是从前蔓延在上面的茑萝,大部分已经除去,而城门上却已肇锡佳名,这就表示已经换上了新装。不过城外的渣滓堆似乎越堆越高了,几乎和城垣一样高。天空飞着的鹰鸟更其繁殖,环绕着那些渣滓堆翱翔,正在寻觅死鼠的残骸"。进了城门,贯城河还是那么肮脏,"油绿的死水依然,污秽的垃圾仍然",但从前大十字一带的拙朴的绸缎铺已经不见了,"洋广杂货"倒增加了不少,"这就说明了古城的进化",可是日用品全是外省运来的,本省的手工业似已消失殆尽。城里修了宽大的公路,但是那些石块似的川盐,"反而是放在两轮的木箱里面,用人力来推挽,或者用竹篓背,那些劳动者有的是白头老翁,有的是黄毛孺子,然而他们同在饥饿挣扎线上则是相同的……惨苦的现实呈现在面前,大人先生们的高调却响进了云端……"[56]

"高调"可能是官僚主义,可能是何不食肉糜,也可能是少年意气,但在某些特殊的时刻,它还可能是绝望者的武器:绝不停止鼓劲,绝不停止希望,甚至绝不停止幻想。1940年年底,日军已经占领了湖北宜昌,距离陪都重庆只隔一座三峡,此时离珍珠港事件还有一年,美国还未参战,中国抗战即将进入最黑暗的年头,也是在这个时候,《贵州日报》发起了又一次征文,标题竟然是《抗战胜利后我所要做的第一件事》。

一个青年说:"抗战胜利了,那我首先就要游历中国的珠江流域到大江南北,以至于黄河两岸,再而东四省……"一个面孔很黑的顽皮朋友说:"我吗,抗战胜利了,想到四川天府煤矿公司做推销员去。"一个因为战争中断学业的人说:"我的希望,是能够回乡去把劫余的家业访问一下,倘使这能变换些钱的话,我要在凯旋的愉快中满足我的狭隘的'求知欲',读书去!"一个商界职员说:"我先痛快的大唱一场,并且第一首先要唱愉快的'祖国进行曲',直到口渴喉哑为止,以后……喔,以后的事太多,这里不须要说。"一个离家时只有十几岁、此时已经结婚的女性说:"抗战胜利以后第一件事情当然是回家……让家乡人看看,女孩子的勇敢和智慧,也是会发生出力量的。抗战几年中,我拿过枪杆,拿过笔杆,还到大学去读过书,所以也没有落伍,问心无愧,可以傲然的去见江东父老了。"一个松花江流域的海军学生说:"故乡,算起来已经别了十年啦,出来时还只是一个孩子,可是现在懂事啦!抗战胜利了,我想回去看看故乡,去看看幼年时玩雪球,听流水的地方,现在是怎样的情形?"[57]

注释

1　季培刚:《杨振声年谱·下》,北京:学苑出版社,2015年10月,第464页。
2　萧乾:《贵阳书简》,《萧乾文集·2·特写卷》,杭州:浙江文艺出版社,1998年,第72页。
3　余道南日记。
4　钱能欣:《西南三千五百里》。
5　吴征镒日记。
6　钱能欣:《西南三千五百里》。
7　余道南日记。
8　钱安毅:《边情纪述:贵阳:不如归!》,《边声月刊》1938年第1卷第1期。
9　余道南日记。
10　杨式德日记。
11　王钟山:《我对长沙临时大学湘黔滇步行团的回忆》,《西南大学记忆》,2011年第4期。
12　李长之:《西南纪行》,《旅行杂志》1938年11月刊西南专号。
13　邓庆棠:《兴建公路及改造市街见闻》,《贵阳文史资料选粹·上》,贵阳:贵州人民出版社,2006年12月。
14　沙鸥:《贵阳一瞥》,《旅行杂志》1938年12月刊。
15　邓庆棠:《兴建公路及改造市街见闻》。
16　邓庆棠:《兴建公路及改造市街见闻》。
17　转引自敖以深:《外力植入与内生发展:抗战时期贵阳城市早期现代化研究》,北京:知识产权出版社,2014年12月。
18　胡端楷:《贵南公路营运前后见闻》,《黔南文史资料选辑·第5辑·黔南建州三十周年特辑》,1986年8月。
19　余道南日记。
20　杨式德日记。
21　周蜀云:《我在大夏的教学生活》,《学府纪闻·私立大夏大学》,台北:南京出版有限公司,1982年2月。

22	王裕凯：《抗战中的大夏大学》，《学府纪闻·私立大夏大学》。
23	《人生事，总堪伤：海上名媛保志宁回忆录》，上海：上海书店，2018年1月。
24	致父母亲，《闻一多全集》第12卷《书信·日记·附录》，第325页。
25	闻黎明、侯菊坤：《闻一多年谱长编·上》（修订版），上海：上海交通大学出版社，2014年12月，第466页。
26	《北平教育界近况》，《大公报》汉口版8月30日、9月1日、9月5日、9月6日、9月10日。
27	杨式德日记。
28	丰子恺：《艺术的逃难》，施康强编《征程与归程》，北京：中央编译出版社，2001年1月。
29	巴金：《旅途杂记》，施康强编《征程与归程》。
30	茅盾：《如是我见我闻》，施康强编《浪迹滇黔桂》，北京：中央编译出版社，2001年1月。
31	（美）斯蒂芬·麦金农（Stephen R. MacKinnon）：《武汉：1938——战争、难民与现代中国的形成》，武汉：武汉出版社，2008年10月，第71页。
32	顾君毅：《贵阳杂写》，《旅行杂志》1939年3月刊。
33	于天：《从贵阳到上海》，《孤岛》，1938年，第9期。
34	裕生：《贵阳淡描》，1939年2月2日贵阳《中央日报》，《抗战期间黔境印象》，贵阳：贵州人民出版社，2008年1月。
35	顾君毅：《贵阳杂写》，《旅行杂志》1939年3月刊。
36	吴俊：《闲话贵阳》，1938年12月17日贵阳《中央日报》，《抗战期间黔境印象》。
37	1939年2月10日《新华日报》。
38	《贵阳"二四"轰炸惨案纪实》，《贵州省抗战损失调查·上》，北京：中共党史出版社，2010年12月。
39	1939年2月10日《新华日报》。
40	黑子：《挺进，贵阳》，1939年7月4日贵阳《中央日报》，《抗战期间黔境印象》。
41	茅盾：《如是我见我闻》。
42	《抗战期间贵阳文学作品选》，贵阳：贵州人民出版社，2008年1月，第372页。
43	孙济福：《贵阳十天》，《旅行杂志》1943年9月刊。
44	《贵阳杂写》，《西南公路》1941年，第166期。
45	王新命：《贵阳印象》，1942年3月9日贵阳《中央日报》，《抗战期间黔境印象》。
46	于天：《从贵阳到上海》，《孤岛》，1938年，第9期。
47	漆林：《谈贵阳》，《文艺阵线》1938年，第6期。
48	《贵州社会组织概览（1911—1949）》，贵阳：贵州人民出版社，1996年5月，第216页。
49	杨式德日记。
50	游子：《贵州观感》，《宇宙风：乙刊》1939年创刊号。
51	杨式德日记。
52	杨式德日记。

53	《吴鼎昌招待临大行军团演词》,《大公报》汉口版1938年4月3日。
54	杨式德日记。
55	《吴鼎昌招待临大行军团演词》,《大公报》汉口版1938年4月3日。
56	谢六逸:《还乡杂记》,1938年9月25日《贵州晨报》,《抗战期间贵阳文学作品选》,贵阳:贵州人民出版社,2008年1月,第148页。
57	《抗战期间贵阳文学作品选》,第366页。

第二十九章
贵阳—安顺：最好的一位无言的朋友

西子湖实在太平淡了—抗战叙事的尴尬— 一位毫无官气的年轻县长—文庙是如何幸存的—当年安顺与今日丽江— 一个担心实体经济的年轻公务员—小幺小儿郎呀—安顺每天都在警报中—美国兵带着幼稚的笑—有点肉食者谋之的感觉—山洞的故事

离开贵阳时，一位新朋友加入了我在1938年的旅行。他叫李霖灿，河南辉县人，时年26岁，日后会成为著名艺术史家，并担任台北故宫博物院副院长，但眼下，他刚刚从国立艺专毕业，正设法从贵阳前往昆明。如你所知，国立艺专由抗战爆发后先后内迁至湘西的北平艺专与杭州艺专合并而成。在沅陵的九个多月中，两校风潮不断，两位校长赵太侔、林风眠相继离校，而1938年11月长沙大火后，大批难民涌向沅陵，教育部遂指示国立艺专先分批到贵阳集中，再想办法迁往昆明。

这一路，我神交的那些朋友，就读于中文系、外语系、土木工程系、政治系和经济系，观察细致，视野开阔，后来成为沈从文高徒的林振述还有着极强的感受力，李霖灿加入以后,又为我的旅行补充了艺术的眼光。早在沅陵,他就提议安步当车,组织了七个人的"步行宣传团",花了一个月的时间走到贵阳,现在,他计划继续徒步,一路走到昆明去,"我们愿意徒步的原因,有一半就在可以多画一点画"[1]。比他小两届的吴冠中后来回忆,从杭州辗转撤到沅陵,从象牙塔跌入逃难的人群中,"虽然认为只有画人体才是艺术基本功的观念不可动摇,但生活的波涛毕竟在袭击被逐出了天堂的师生们……同尝流离颠沛之苦,发觉劳动者的'臭'和'丑'中含蕴着真正的美,大家开始爱画生活速写,在生活中写生:赶集的人群、急流中的舟子,终年背筐的妇女、古老的滨江县城,密密麻麻的木船……在杭州时顶多只能画画校内小小动物园里的猴子和山鸡,那'春水船似天上座'的西子湖实在太平淡了!……速写,那是离开杭州后才重视的宝贵武器"[2]。

他们是1939年2月7日离开贵阳的,这之前三天的2月4日,日机第一次空袭贵阳,正在黔灵山顶写生的吴冠中看见炸弹像一阵黑色的冰雹落下,城区瞬间一片火海。傍晚警报解除,李霖灿和许多人一样涌向铜像台所在的开阔地,那里有一堆堆的人,每一堆都是一个家,"一个老太婆在哀哀地哭,旁边那个青年人紧闭了嘴唇,眼睛红红的看着躺在地下的老人,满都是血,直挺挺的躺在那里,脸上蒙了一块布——这是一个'家'。母亲拉着两个小孩子茫茫然在站着,大一点的小孩拉着母亲向前走,不懂事的小弟弟固执地把母亲向后拉,一只小手指着一片火光的大十字那里:'我要回家,我要回家!'——那里也有一个'家'。草地上靠电杆边寂寞地躺着一个小娃娃,黄蜡般的肚皮上赫然是机枪子弹穿过的洞,是他母亲把他由轰炸中,火烧中,挤扎中抢出来的,一直到这里才看出她抱了那么长久的，原来是一个死了的小娃娃，母亲虽然走了，小娃娃躺在这里——这原来也是一个'家'"[3]。

抗战爆发不久，李霖灿和他的同学们就开始由杭州走向后方，沿途在轰炸中度过，但这次看到的景象是最惨的，4日轰炸起火，因为水源缺乏，到6日还有残火在角落里熊熊地烧，7日他和同学们踩着焦土默默离开贵阳，向下一站清镇进发，"一路都在想，应该在这么炸成了的瓦砾场上来一个隆重的阅兵，或者给这断了的墙头上都写上'我们会再建设起来'的字样"[4]。

我买了从贵阳到安顺的慢车，上午把行李箱快递到盘县，但是取出了里头的护膝和电动剃须刀——不想再胡子拉碴地去下一个史志办了；在桃花源出问题的脚趾也完全好了，心情愉快地扔掉了鱼石脂软膏。又继续看昨晚没看完的纪录片《大后方》——这部豆瓣9.5分的纪录片点击量不高，部分反映了抗战叙事的尴尬：习惯了官方话语的人会觉得他们知道得已经够了，而远离这话语的人又往往被抗日神剧搞坏了胃口，相关题材一概避之唯恐不及，说到底，都是历史的语境被抽离、被架空的结果。看得太投入，出发晚了，火车只有20分钟就要发车，而我还在出租车上，司机不紧不慢地抄着小道，"慢慢来，还早得很嘛！"

绿皮火车空空如也。8号车厢只我一人，上了年纪的列车员背着手在车厢里一边溜达，一边哼着"站是一棵松"的曲调。火车在细雨中穿过贵安新区，云上贵州的大数据存储中心就在这里，那意味着，我用我的iPhone随便拍张窗外，数据流就进入了窗外不远处的某个服务器里？铁路绕过清镇，窗外开阔起来，远处烟雨中的小山包剪影，像馒头般个个立着。接近下午1点,过高峰到平坝——当年的平坝县,现在的安顺市平坝区,更全是桂林山水般的孤峰,喀斯特地貌已经非常显著。李霖灿对此的概括是,"假如说我们由沅陵到贵阳,一路上看的是米家山水,那无疑的,这一带的景色却是石涛上人的山水册页。老实说,在未看到下云关这一带景色之前,对这位大作家的真实性,还多少有点怀疑呢"。

他未曾到过桂林,但这正是他理想中桂林的样子,"奇峰峦都轰然的拔地而起,有的石骨嶙峋,瘦得可怕,有的苍耸翠连,戴了一顶绿绒帽子……山还觉得不足,再邀云雾来装扮,于是咫尺之间,层层迭迭的分出那么合宜的浓淡,谁能用出这么好的墨色?"要等到大半年以后,他在云南丽江深入玉龙雪山,才会有对更宏大山景的宗教性领悟,眼下,他只须享受这如画的"神品",连沿途泥泞的公路走起来也不觉得累了。[5]

贵阳到清镇途中,湘黔滇旅行团遇到了向东开拔的国民党军队预备第二师,这是一支由贵州几个保安团拼凑出来的部队。抗战爆发后,各省纷纷出师抗日,黔军先期接受国民政府改编,奉调出省,到1937年年末已无师可出,只能由省保安处处长冯剑飞组建预备第二师。尽管如此,这支队伍还是服装整齐,精神焕发,一位学生感到"万分钦佩","他们的行李和器具,是自己担,患病的由同伴抬着走。……不少老爷太太乘坐流线型的汽车,不知看见,作何感想"[6]。

在清镇南郊的中央公园,学生们看到了高大的"剿匪"阵亡将士纪念碑,"十年内战的结果是一堆白骨",吴征镒在当天的日记中感叹。[7]他们一路和保长甲长交流,一位甲长夸奖他们:"你们是很强国的",又问学生:"下边的战事怎样了?到底是同日本打,还是同'满洲国'打?"[8]这些看起来"无知"的甲长也有自己的苦衷,国家经费不足,保长一个月尚能有三块钱办公费,甲长则完全是义务。"中央命令省政府,省政府命令县政府,县政府命令区公所,区公所命令保甲长,"一位甲长向他们抱怨,"我们保甲长只能问土地了!"[9]

到了平坝县,旅行团住在县政府旁边的小学里头,县长黄友群很是客气,学生们当晚落脚后还专门去打招呼。第二天他与师生同游县境内的胜景天台山,石山拱峙中一峰耸立如柱,山巅有座五龙寺,周围皆是绝壁[10]。我看到了当年他们在崖边的一张合影,入镜者有清华生物系教授李继侗、两位助教毛应斗和郭海峰,还有一位老僧人。后三位都持登山杖,打绑腿,李继侗则穿着风衣,戴宽边帽子,行军途中仍有名士风度。由小路下山,人们注意到田里种的多是鸦片,黄友群解释,这乃是遵照省府规定分年禁绝,以免操之过急,今年是最后一年,明年即可绝迹[11]。下山后,黄友群又带警卫员护送旅行团走到公路上,这位到任仅仅半年的县长非常年轻,毕业于中央政治学校,"穿蓝制服,无官僚气,像一个仆役"[12],还带着毛瑟枪到农村各地巡查,查获村匪恶霸,给旅行团师生留下了很好的印象。

大约半年以后,学生们在昆明得知这位年轻而勇敢的县长遇难了,在调查某种犯罪行为时他落入当地暴徒之手,被枪杀并被肢解——这个悲惨的故事在几十年后被联大校友想起,讲述给了易社强,并被写进了他的论文[13]。不过学生的说法未具信源,查"中研院"近代史研究所《黄通先生访问纪录》,可知黄友群彼时已卸任县长,参与干部讲习所,作为过来人赴贵阳培训未来的县长人选了。他还因为"国家至上主义"缺乏来源与黄通争论，最后两人跑遍了贵阳的三家书店，买了上百本书，黄友群两天两夜不睡觉翻书，终于找到了出处，"是德国教授汉斯金讲的，希特勒受他影响很大，这个主义在欧洲政治学里很有地位"[14]。那么为什么会有他被害的说法呢？《平坝县志》的政事纪略提供了一点线索：黄友群曾经带保警队、便衣队百余人到安顺樟树寨剿匪，结果便衣队队长、保警队一个班长及所带队员十多人被打死[15]。战争年代通讯不便，传闻纷繁，一个可能的解释是，这个消息辗转到昆明时走了形。

后来我在地方文史资料里找到了黄友群的确切下落。他1911年出生于贵州思南农村，天资过人，在省立思南中学读书三年，总拿第一，毕业时学校送来报头，大红纸上金粉楷书"独占鳌头"，四个大字此后一直挂在老家堂屋正中。其后入省城读高中，英文好到老师根本不相信他来自乡下。1929年，黄友群考取中央政治学校，毕业后回到家乡担任县长，"手把快慢机，身佩小左轮"，带领队伍走遍山野森林治匪。抗战期间，黄友群大部分时间在省府工作。1949年解放军进军贵州，在鹅翅膀一战大败国民党军，时任镇远县长的黄友群潜逃回思南，成立"反共救国军总部"，一直在县境内活动，还一度率部攻下人民政府，后被解放军包围搜捕，于1950年10月22日公开宣判执行枪决，祖屋那个挂了多年的"独占鳌头"也和其他招牌一起被毁掉了。[16]

回到1938年4月6日，黄友群送旅行团一直送到接近安顺县境的天龙镇[17]。远远望去公路前面一片白色——镇上一百多户人家的房子都是石砌的，墙壁、屋顶甚至柜台都是石头，而天龙小学那座洋式高大石屋，前面一排走廊，门前一口清泉，衬着两旁的枫叶，颇有些西欧乡村的风光[18]。日后这里会以"天龙屯堡"为世人所知,眼下学生只觉得"一望便知是个富裕的乡村"[19],杨式德还认为,这样颜色的房子固然好看,但对防空袭恐怕不利。

从平坝起,李霖灿也多了一位同行的朋友:徐霞客。明崇祯十一年(1638)4月,这位大旅行家抵达平坝,这是51岁的徐霞客生命中最远也是最后的一次旅行,两年前他离家时即说:"余久拟西游,迁延二载,老病将至,必难再迟"[20]。那次旅行,徐霞客从江苏老家出发,由苏入浙,入赣,入湘,入桂,入黔,经独山、都匀、贵定、贵阳到达平坝,黄昏入东门,找到住处后,一边以小鲫鱼(贵州人叫鲫壳鱼)佐酒,一边记下当日所见:"平坝在东西两山夹间,而城倚西山麓。城不甚雄峻,而中街市人颇集,鱼肉不乏。"[21] 徐霞客最终到达腾冲和丽江,以"万里遐征"震烁古今,而李霖灿也在玉龙雪山下流连四年——前两年靠的是沈从文在《大公报》为他开的稿费支持,李霖灿游历雪山的经历,反过来也滋养了沈从文的创作,在小说《虹桥》中,可以看见李的原型[22]。许多年后,李霖灿说,他平生只做了两件事,一是玉龙观雪,一是故宫看画,"足堪告慰的是,入两座宝山都没有空手而归"[23]。

在黔滇道上,一部《徐霞客游记》是李霖灿"最好的一位无言的朋友",虽然徐所取的路径和他不完全一样(前者为了探访建文帝隐修遗迹,曾弃驿道走小道),"然而,在行进中,吃茶休息的时候翻看两页,便觉得很是个味。到安顺的当天晚上,又知道他也曾走过头铺,更觉得彼此亲切得很"[24]。

1930年代安顺的繁华往往令旅行者们感到惊讶。城内居户八千家,以鼓楼为中心,东西南北两条大街,"商店货物齐备,酒楼茶座,旅馆小吃店等一应俱全,房屋建筑高大,街上行人熙来攘往，繁荣景象大大超过沿途所经各县"[25]，临街店面都漆得崭新，紫色门窗，黑镶边，"石板街道平坦整洁，比贵阳的要强得多了。自常德以来，无出其右者"[26]。这繁华与鸦片不无关系。黔省鸦片，以西路产量最多，质量最好，盘江各属，尤为著名[27]，而安顺正是西路烟土集散地，有人讲，"欲找安顺商业繁荣之原因，烟土实占据主导地位"[28]。烟土对民众的戕害无须多言，据记载，1934年安顺城区1096户中开设烟馆的就有609户，占总户数的55%，全城人口47736人中就有烟民2915人，占总人口的6.1%[29]。但畸形鸦片经济促进了社会及文化事业的发展也是事实，"地方兴办任何事业，多从鸦片上着眼，如续修安顺府志时，经费亦从烟土中每担附加二元（注：另说为一元），始克告成"[30]。

在安顺县图书馆，旅行团师生见到了正在续修安顺府志的黄元操先生。府志局在图书馆楼上，杨式德等人走进去，见一位精神爽健的老者迎上来，便是局长黄老先生了。黄是安顺本地人，时年63岁，给杨式德的印象是"谦恭稳重，真是位笃实的学者"[31]。不知这群平津来的学生是否曾与老先生谈起故都？黄老先生早在民国元年（1912）即当选国会议员，居住在北京近二十年，曾参加过护国、护法运动，拒绝贿选、反对曹锟当大总统，1931年告老还乡，从事公益事业。

因为日记记载不详，同样不知学生们是否问起续修府志的经费来源问题——修志乃各界人士倡议，邀约资金富厚的商号负责人商讨，最后决定由特货（鸦片）增收，作为开办府志局及日常费用——有时候魔鬼确实可以帮助天使的事业。修志持续数年，初步定稿，但1949年后，这部45万字的《续修安顺府志》在保管部门沉睡了数十年，直到十一届三中全会后,经过两年时间核对整理,才终于付梓,而黄元操先生已经没有机会看到这一切了。1951年他被抄家,家人从北平带回的书籍碑帖字画古物十余箱全部失散,同年11月19日,黄元操因病辞世。[32]

除了参观县图书馆和府志局,湘黔滇旅行团的部分师生还在县督学的引导下,参观了第二女子小学、县立女子初中和县立安顺初中,印象是这里"教育尚称发达,在贵州各县中是无出其右者"[33]。安顺初中的学生,听说闻一多先生也来了,还成群结队来"瞻仰"这位大作家。刘兆吉对他们说:"你们这样敬仰闻先生,你们读过他的《红烛》《死水》一类的新诗么?没有读过的可以找来读读。"学生一走,闻一多便很严肃地对刘兆吉说:"你多话了。《红烛》《死水》那样的诗过时了,我自己也不满意,所以这几年来,没再写诗。国难期间,没有活力,没有革命气息的作品,不要介绍给青年人。"[34] 闻一多在安顺还为腐败问题发过一次火,他听一位在地方工作的清华毕业生向他揭露兵役当局出卖壮丁,克扣粮饷,把爱国华侨捐赠给新兵的棉花和药品都饱了私囊,用来投机倒把,"真是丧尽天良,这是最大的犯罪!"他厉声说道,同行的北大中文系大二学生陈登亿从没见过闻先生发这么大的脾气,"他当时由于义愤而盛怒的脸色,给我印象深刻,永世难忘"[35]。

湘黔滇旅行团在安顺停留了两晚,全员留宿城内文庙,这座石砌庙宇是石城繁华的一个缩影,"建筑宏伟,殿宇高敞,大成殿前有四根花岗石柱,上刻盘龙云彩,雕工精美,堪称艺术珍品。据云系仿照曲阜孔庙雕制,为国内各地孔庙所罕见。殿后有古桂花树两株,树身高大,枝叶繁茂,传闻树龄已四五百年,每年花期香闻数里"。管理员告诉学生们,不仅孔庙保管完好，每年孔子诞辰，当地官绅还要举行祀孔典礼，至今不绝。余道南有点惊讶，"孔家店"早已被打倒，各地孔庙也多改作学校，没想到安顺还如此尊孔，"平心而论……孔子哲学至今仍然支配着我们的行动，不宜一概抹煞"[36]。

我到达安顺第二天是2018年5月4日，上午接近10点，下着小雨，市中心一个广场上，"安顺市纪念五四运动99周年暨乡村振兴安顺青年行动启动仪式"即将举行，年轻的志愿者们穿着五颜六色的雨衣等候领导出席。广场旁边有条小河，两岸修着崭新的白色石栏，不知这是不是抗战期间戴安澜将军的200师驻扎安顺时，曾帮忙疏浚的贯城河？我沿着它往老城中心走去，穿过一大片泥淖，看到了一大片废墟。作为棚户区改造的一部分，老城中心已被夷平，一栋两层楼立在废墟之上，墙体贴着"保留建筑"字样，两层黑白山墙和考究的石窗提醒着你它往日的辉煌。到废墟之前我经过了青石板铺就的儒林路，那是个热闹的菜市场，卖裹卷、羊肉粉、麻辣薯片、豆浆油条、香酥大洋芋，还有烧鸡——倒栽在货柜上，像是在砧板边缘做着拉伸。走在这里不知为什么有强烈的错觉，觉得自己不在西南，而是在中原的某个城市里。

八十年后文庙还在，事实上它保存得相当好，隔着正在施工的小广场就能感到它的雅意。进大门后的"宫墙数仞"、礼门、义路、泮池等等均是标配，地面由方白石铺就，石缝间绿草茵茵，过泮池，九级石阶之上，是雕花的棂星门——闻一多在此写生时的前景，对比他八十年前的素描，棂星门抱鼓石上的八仙人物石雕难得地一样不少。过棂星门、大成门，到一个四合院中，这里相当幽静，只有偶发的鸟鸣和淅淅沥沥的雨声。院中两株枝繁叶茂的桂花树可就是余道南说的年逾四五百岁的古树？可看着并不高大。询问一位在庙内工作的大姐，她说，古树到1980年代还在，后来因为用生马粪施肥，把树给烧死了，"他们是太勤快了！"大姐总结。大姐来这儿工作好几年了，在这里"总觉得心里很舒畅"，她搞不太清楚文庙与老城的关系，就知道外面这条街是围绕文庙转的，"永远都不会变的"。

如果说大成门的两根龙柱堪称精美，那么大成殿前的两根龙柱则足以叫人惊叹，它们用整块巨石透雕而成，比较之前在曲阜孔庙见过的盘龙柱，我的印象是，安顺的龙柱更加轻盈，更有腾云驾雾之感。站在它们面前，你没法不去想这么精细的作品是如何幸存的，尤其是考虑到，"文革"十年，贵州省"多处地面文物破坏殆尽"[37]。我电话请教了1993年起就在文庙管理处工作的杨玉龙，他告诉我，其实文庙1937年就已经用作黔江师范附小，最后一次祭孔是1937年4月京滇周览团过境时。解放后文庙划归安顺八小，两根龙柱被列为省级重点文物，接管文庙后校方即用铁丝网将其圈起保护。"文革"期间，安顺地革委安排了一批南下老干部在文庙学习，并驻军把守，使他们免遭造反派冲击，也间接保护了文庙。不过，文庙只是幸运的极少数，"你见过一张1942年的安顺老照片吗？"杨玉龙问我，"和今天的丽江是一样的……"

1950年代安顺迎来了第一波拆迁潮，包括钟鼓楼、安顺提督府在内的一批古建被拆除，让位给道路或者苏联筒子楼的建设，但直到1980年代以前，老城的总体格局没有遭到大的破坏，1980年代开始的旧城改造让老城彻底面目全非，"现在只剩下文庙和秀山白塔了……就是一个四不像"。杨玉龙一边说一边叹气。他说，2018年这新一波拆迁，是为了重建一个民国风貌的街区，440亩的范围内保留99栋老房子，其余全部新建仿古建筑。其中一条核心街道就是我所经过的儒林路，可是，儒林路的青石板也并不是"原装"的，而是2000年左右从被拆掉的围墙街挪来的，"路的修法也不对"，以前的青石路都是瓦片形的，中间微微凸起，便于雨水从路肩流走，但儒林路路面整个儿是平的，"住建部门根本不听我们文物部门的！"他又叹了口气，"中国的古城保护都是以经济为目的，设计人员根本不尊重历史和地方特色……"

安顺市政府位于城东，大院池塘里开满了莲花，有那种老机关的静谧，这个老院子原本计划拆迁，新大楼都建好了，赶上国家控制办公楼宇，家没搬成。老院子得以保留的另一个原因是南下老干部的反对，他们觉得这里承载了他们的记忆。史志办和红十字会、残联等机构位于老主楼旁边一个更老的四层楼里，秘书科的人把我带到党史科，党史科的年轻人看了半天介绍信，又听我说了半天湘黔滇旅行团过安顺的背景，最后仍然一脸困惑加一点不耐烦地问：那么这件事到底是哪一年的？我决定删繁就简：我想看看续修安顺府志。年轻人松了一口气，把我请到了隔壁的资料科。

资料科有另外一位年轻人埋首于电脑前。这位年轻人倒是友善健谈，我一边翻府志一边跟他聊天，聊拆迁，聊房价（过去两年从三千多涨到五千多），聊他的工作经历。他在大学学的是数学，毕业后在关岭镇当公务员，先要去驻村，负责计划生育，那是放开二胎前最严厉的一年，他却连什么是"上环"都不知道，去问领导，领导回：自己慢慢学。硬着头皮去了那个苗族村子，一边做工作一边学，天天软磨硬泡，慢慢明白了要从对方的角度劝说，要洞悉各种利益关系，"比如说为他们争取危房改造的经费之类的,换取他们配合"。我想起在重安江凯里一侧看到的标语,"政府帮我把房建,我为计生做贡献"。"那是以前的标语了,"他说,"那时还有'只生一个好,政府来养老'之类的呢。"

我问他对未来有什么隐忧,这位年轻的公务员说他对个人没有什么担心的,工作稳定,钱也够花,隐忧是经济大环境——村里征地,拆迁补偿一亩三四万,卖给开发商十几万,钱都在房地产上,实体经济怎么办呢?

翻阅资料时我试着打了一个电话,错进错出联系上了安顺市文联主席姚晓英,她恰好也在大院里。这些年,姚晓英和文联花了不少力气梳理安顺抗战时期的史料,她是一位爽朗的大姐,用情感充沛的书面语为我勾勒了当年的安顺:那些颠沛流离的人们乘车经过24道拐一路驶来,他们会看见黄果树的大教堂,继续往东,"就是著名的安顺","一个所有流浪者在此遇见的美好的地点",这个城市接纳了东南西北那么多流亡者,"之前它和国家的关系从来没有感觉那么紧密过",对了,还有那个叫宋阳的人,他住在安顺城的东北角,"顺着贯城河走到南门,一个叫汪家山的地方",那是一个苗族村庄,"苗族有他的圣物,芦笙,嘀嘀嗒嘀嘀嗒嘀嗒,很悠扬的乐曲,宋阳就在那个地方受到启发,谱出了《读书郎》的乐曲……"。

《读书郎》是否在安顺所作大约还有争议,不过抗战确实改变了安顺。旅行团抵达安顺时,这里还没有太多战争气息,学生们晚上无事时,照例上茶馆儿,"一个顶大的茶楼,楼上的汽灯光亮如白昼。八点钟一过,一个个'游手好闲'都来了,茶馆里有唱戏的,唱小调的……每晚总到午夜才散。除了茶馆,还有一家湖广会馆改用的电影院可以消闲。每到晚上，自己用小马达发电，开映些《荒江女侠》与《十三妹》之类的'名片'，倒是地道的国货"[38]。后来贵阳挨炸，安顺终于也跟着紧张起来，1939年2月9日，经过两天跋涉，李霖灿抵达安顺，"当天晚上，县党部便在讲演防空，街上也满是防空的标语。不过奇怪的是，安顺当局防空办法倒很奇怪，不放警，而要人民看天色自动出外躲避。于是安顺便几乎等于每天在警报中"[39]。

于是石城也就告别了它的小日子，投入了"大时代"，市中心的鼓楼挂起了斗大的标语："大家扪心自问对抗战有何贡献？""大家仔细思量对建国是否出力？"[40] 在东门外，新时代饭店、新中华旅社、大成旅社、华国大旅社，四座"穿着西装的"大厦，构成一个犄角，滇黔公路穿过这犄角的中心，这三角圈里，活跃着各式各样的人群，"正午过了，太阳朝西……茶房忙碌地，摆出密密的藏布卧椅（屋阴给它划定了一个范围），跑堂胸前挂着油腻的工作布，手里提着大茶壶往来逡巡在宽大的客堂里……藏布椅子上，躺着各色各样的人……黄鱼头在拉顾客，司机在谈黄鱼生意，在谈发了大洋财的同行……商人在谈生意经，公务人员谈活动，野鸡嗑着葵花子，呷着菊花茶……擦皮鞋的野孩子，提着小木箱子，来回的兜引生意，年轻的上尉，伸出了敷满灰尘的长筒靴……小叫花子，老叫花子伸出了颤抖的干枯的手……一家小商店的大门前摆着一摊熟鸭卵与煎饼的摊子，一个年轻的浪荡汉，两腿叉开，站着打架的架势，全神贯注看别人在掷骰子……路心，漂亮的女郎和西装笔挺的公子少爷，撑起小小的遮阳伞……高大的美国兵，带着幼稚的笑……跷起大拇指……一串从昆明开来的汽车，在干燥的石子路上，扬起了半天的灰尘，一切的人都眯起了眼睛，掏出了手帕，捂住了自己的鼻子，停住了一刹那的呼吸"[41]。

滇黔公路在安顺穿城而过，1942年夏天，美军运输抗战物资的大型重车来往频繁，城内拥挤，交通不便，遂计划修建半环城公路，绕过城中闹市区。有趣的是，经过抗战的洗礼，民众开始意识到公路的价值，一改1920年代避之唯恐不及的旧俗，纷纷抗议选线没有经过自家门口导致利益受损，安顺县长最终决定在小路口增修一条马路，两路成蚌形，从两路皆可到达黄泥塘。因其左右逢源，两边讨好，小路口由此得名"两可间"[42]——这个地名一直保留到了今天。

比起抗战期间的轶闻，同样让我觉得有趣的，是安顺本地知识分子提供的这种历史叙事，或者说理解旅行团过境这样一个"官方"行为的历史图景：对于安顺这个偏远的黔西小城来说，历史上有两次重要的文化拐点，一次是1381年朱元璋的30万大军西征云南，路过安顺时在这里屯军筑城；一次便是抗战，从沿海地区涌来的流亡者深刻地改变了安顺的城市面貌与心理。"比如我们谈甲午海战，在国家层面，是国家命运的拐点，但深入到我们云贵内陆，你会觉得还有距离，有点肉食者谋之的感觉，"姚晓英说，"但是抗战来了，那么大的文化迁徙，彰显的是一个民族生生不息的文化脉动，它包含了一种尊严，我不可能忘却，没有了这份文脉，我会觉得我的尊严是找不到一个平台搁置的。"

从事老照片收藏和地方文化研究的安顺人陈文杰也有类似表述，"安顺是一个非常热血的城市，积极支持抗战做了大量工作，我在做民国安顺时感触非常深，我们后来的教科书因为意识形态的关系，对这些东西有意无意都抹杀或者忘却了"。

他和几个年轻人合作做了一个叫"文化安顺"的微信平台,致力于挖掘安顺的地方文化,做了两年多了,他特别强调这是纯民间行为,和政府没有关系,"我希望你能记住安顺这样一个地方,虽然他们(湘黔滇旅行团)经过只是一两天,但八十年过后,这个地方还有一些人记得他们,还在搜集他们的足迹"。

旅行团的学生们常把安顺比作"贵州的常德",盖因两地繁华程度均远超沿途其他县市,而且下雨也不像长沙、贵阳那样多,"比较宜居"[43]。我也有类似的感觉,但并不是因为天气或者经济(如今安顺的经济总量在贵州排名垫底),而是因为在这两个地方,你都能感觉到某种骄傲——你未必同意他们的叙事,但你尊重他们的努力。当然,没有一种叙事可以不经检视:譬如,它是"本土"的吗?有人就认为明朝对西南的征讨是一种"内部殖民主义"。又比如,如果它只是借文化的壳,唱经济的戏呢?想想这一年大肆拆迁后将要重建的民国风貌街区,商业意义的怀旧是不反思的,而不带反思的怀旧是空洞的。

离开安顺前,我去了南郊的华严洞。八十年前,旅行团也曾前往这处名胜游览。洞在城南四里开外,"沿路一片平原,土黑色肥沃,大麦小麦多已生穗,鸦片长得有一尺高"[44],洞高且宽,"如巨鲸张口",洞口设有茶社,设茶座十余张,采集洞顶石缝滴落的山泉泡茶,"茶水益增香甜"[45]。洞旁有县立华严洞小学,闻一多在这里又画起了素描。洞深约300米,洞口刻着前省主席杨森写的"天地妙蕴"四字。

八十年后,沿途田地不多了,取而代之的是城郊常见的二层水泥楼房,还要经过一个高速公路的桥洞,附近水污染似乎有点严重,秀丽的喀斯特孤峰之下就是长满水葫芦的污水塘，路边排水沟散发出难闻的气味。岩洞所在的山体郁郁葱葱，周围也建了不少楼，都是难看的水泥房子，只有一处白色石基上的飞檐，和闻一多素描上的华岩洞小学屋顶有几分相似。石基高十余米，上书贵州提督徐印川所题"飞岩"二字，落款日期是宣统元年（1909年）春月。这一年清廷宣布预备立宪，但很快这个挽救自己的最后机会也失去了。

华严洞正在改建，一个挖掘机舞动着带钻头的钢臂，吃力地要凿宽洞口，发出巨大刺耳的噪音，碎石在洞口堆起一座灰白小山，空气中有浓重的石灰味儿。我不明白这个宽二三十米、高十余米的巨洞还需要怎样拓宽，洞口一位正在休息的工人也不明白，他知道这里有一个寺庙（丢在石堆上的"大雄宝殿"匾额佐证了他的说法），方丈是云南人，"在昆明那边化了缘"，要建新庙。施工前来过建筑专家，在洞里洞外做了标记，哪些不能凿，比如承重的柱体，比如大一点的石头，"回头可以在上面刻字"。他知道的另外一件事情，是这里的岩石太硬了，硬到什么程度呢？锰钢的钻头，在别的地方用一个月，这儿不到一个礼拜就得换新的。

杨森写的"天地妙蕴"四字还在，我绕过石灰小山往洞里走，两个好奇的工人跟着我，离洞口还有相当一段就能感到一股巨大的凉气扑面而来，一个工人说，晴天天热时更加明显，外面30度，里头十几度，他没来几天就感冒了。洞口被挖掘得如爆破现场，而往里走一点就见不到光了，用闪光灯强行拍照的瞬间，能看见洞顶往下生长的石花和岩壁上红色的钙华，空中丝丝缕缕的"地气"在往上升。一直走到无法再前进的地方，有一尊真人高度的观音像，一条下切的干涸暗河通往更深处。从1939年1月22日到1944年12月5日，80箱来自故宫博物馆，曾赴英参展的国宝，包括王羲之三帖、吴镇《双松图》、边景昭《三友百禽图》、宋徽宗《溪山秋色图》、晁补之《老子骑牛图》等等，经南京、汉口、长沙、贵阳，辗转避难于此，那是另一个惊心动魄的故事了。

注释

1　李霖灿：《黔滇道上》，《大公报》香港版1939年9月25日。
2　吴冠中：《出了象牙之塔》，《烽火艺程：国立艺术专科学校校友回忆录》，杭州：中国美术学院出版社，1998年。
3　李霖灿：《黔滇道上》，《大公报》香港版1939年9月25日。
4　李霖灿：《黔滇道上》，《大公报》香港版1939年9月25日。
5　李霖灿：《黔滇道上》，《大公报》香港版1939年9月27日。
6　德瞻：《贵州步行记》，《宇宙风》，1938年，第75期。
7　吴征镒日记。
8　德瞻：《贵州步行记》，《宇宙风》，1938年，第75期。
9　钱能欣：《西南三千五百里》。
10　余道南日记。
11　余道南日记。
12　杨式德日记。
13　易社强：《从长沙到昆明：西南联大的长征是历史也是神话》，张寄谦编《中国教育史上的一次创举——西南联合大学湘黔滇旅行团记实》，第497页。
14　《中央研究院近代史研究所口述历史丛书39·黄通先生访问纪录》，台北：中研院近代史研究所，1992年。
15　《平坝县志》，贵阳：贵州人民出版社，2004年9月，第672页。
16　马朝杰：《丹江剿匪思南为匪的黄友群》，《思南文史资料选辑》第14辑，1990年10月。
17　杨式德日记。
18　黑子：《安顺的石街》，1938年1月13日贵阳《中央日报》，《抗战期间黔境印象》，贵阳：贵州人民出版社，2008年1月。
19　钱能欣：《西南三千五百里》。
20　朱惠荣：《徐霞客与徐霞客游记》，昆明：云南大学出版社，2014年。

21　《徐霞客游记》。

22　张新颖：《沈从文的前半生》，上海：上海三联书店，2018年2月。

23　李霖灿：《天雨流芳：中国艺术二十二讲》，桂林：广西师范大学出版，2010年1月，第13页。

24　李霖灿：《黔滇道上》，《大公报》香港版1939年9月27日。

25　余道南日记。

26　钱能欣：《西南三千五百里》。

27　伍效高：《我贩运黔土外销的经过》，《安顺文史资料第6辑》，1986年12月。

28　朱文藻执笔：《安顺鸦片情况回忆录》，《安顺文史资料第6辑》，1986年12月。

29　《安顺鸦片旧事》，程国经《黔中文影丛书·黔中文史碎片》，北京：中国戏剧出版社，2010年5月。

30　朱文藻执笔：《安顺鸦片情况回忆录》，《安顺文史资料第6辑》，1986年12月。

31　杨式德日记。

32　黄孜德：《黄元操先生生平事略》，《安顺文史资料选辑 第9辑》。

33　钱能欣：《西南三千五百里》。

34　刘兆吉：《由几件小事认识闻一多先生》，《大公报》1951年7月16日，转引自闻黎明、侯菊坤《闻一多年谱长编·上》（修订版），第467页。

35　陈登亿：《回忆闻一多师在湘黔滇路上》，《闻一多纪念文集》，北京：生活·读书·新知三联1980年8月，第277页。

36　余道南日记。

37　邓克贤：《安顺府文庙》，《安顺文史资料第2辑》，1984年8月。

38　钱能欣：《西南三千五百里》。

39　李霖灿：《黔滇道上》，《大公报》香港版1939年9月27日。

40　张先智：《西行漫笔》，1944年3月12—22日贵阳《中央日报》，《抗战期间黔境印象》，贵阳：贵州人民出版社，2008年1月。

41　冬野：《安顺一角》，1945年7月27日《贵州日报》，《抗战期间黔境印象》。

42　吴伯明：《抗日时期安顺西环城路的修建——"两可间"的由来》，《安顺文史资料选辑 第4辑》，1985年9月。

43　德瞻：《贵州步行记》，《宇宙风》1938年，第75期。

44　杨式德日记。

45　余道南日记。

第三十章

安顺—镇宁—黄果树：
景致太好了，不去看的是汉奸

摆脱职业以治神经衰弱—资本主义社会的幸福—我以为它是一种白菜—耀得人眼发花的城市—口嚼槟榔避瘴气—顶顶退票的洞口—闻一多唱起桑塔·露琪亚—诗人游地狱—情理俱无的境界—现在你还相信有鬼啊

上午8点半，湘黔滇旅行团在十位保安队员的护送下离开安顺，向镇宁进发。由东西大街通过时，这座向来晚起的城市还在沉睡，冷清的街道上只有几个夹着书包上学的小学生。[1] 出发不久飘起细雨，略有凉意，两小时后天气转晴，和风送爽，加上一路平坦，杨式德一口气走了15公里，到了幺堡才略微休息。

从安顺到幺堡的公路是"贵黄路"（贵阳—黄果树）的一部分，1928年即告修通，只是幺堡至黄果树一段路况太差，不能正常运营[2]。1934到1935年间，一位名叫薛子中的28岁职员由浙闽赣湘粤桂六省一路旅行至贵州，西出安顺，就注意到因为公路没怎么通过汽车，路面长满了青草。薛子中后来根据这次旅行所闻出版了一本《黔滇川旅行记》（1936年8月中华书局），在序言里，他说自己在河南濮县教育科任职时，曾患严重的神经衰弱症，服药无效，医生告知此病应注重休养，最好游览山水，使精神有所调剂。薛子中于是决定前往江南旅游，"抵杭而病大减"，"游兴顿发，遂决一鼓作气完成全国旅行素志"[3]。

因为对他"摆脱职业"来治病这段经历感兴趣，我查阅了薛子中的更多资料，却意外发现这段长途旅行背后的故事。原来早在这次旅行之前数年，薛子中就加入了中国共产党，在豫西从事地下党工作，1932年因武装起义失败失去了党组织联系，1934到1935年间的旅行，除了社会考察，也是为了寻找长征的红军部队，可惜一直追到川康边境，仍然未能赶上红军[4]。眼下，他离开安顺，在么堡休息和用餐。虽是炎夏，贵州高原仍然温度偏低，让人感觉有"一种秋天萧条的风味"。轿夫向他讨钱吃饭，薛子中奇怪，早晨刚付了一元定金啊，轿夫答曰，还鸦片欠账已经用掉了，"今则早饭未吃，烟瘾亦未过，四肢软弱无力，如现在不吃饭过瘾，则将寸步难行"。只好又付他们五角，让他们"既吃且吸"。饭后，同伴让滑竿给他坐，薛子中平生从未坐过轿，也未被人抬过，"见二烟鬼呼吸作喘，心内异常不安"，"但细思之，在资本主义社会中，一部分人的幸福，原是建筑在另一部分人的痛苦上，二烟鬼的痛苦，我固然很同情，但没有他们的痛苦，我便没有坐滑竿的幸福。在……二者不可得兼之下，那只有不管别人痛苦，只顾得自己的幸福好了"[5]。

前往镇宁的路上可见沿途罂粟纷纷开花，而在平坝时这些烟苗不过刚刚出土。旅行团一路走来，恰好见证了它从发芽到结实的全部过程，有学生后来投书报章，"它在幼年时代，青嫩娟人，我以为它是一种白菜。它在少年时代，开着红的白的花,美丽好看,要不是我已经知道它是一种毒物,我将以为它是什么可爱的花了。它在壮年时代,它结了核桃大的果实,在果实的外面分泌出黑色的粘液体来。妇女们拿着小刀把它括下来带回家去煮成烟土"[6]。

下午2点,旅行团陆续抵达镇宁县,安顺之后又一座石头城,城墙全用大块青石砌成,房顶和街道也都是石板,"映着阳光,在街上行走,很有大雪中耀得人眼发花的感觉"[7]——这是李霖灿的描述;"望之如大都市之灰白色洋房然"——这是薛子中的感觉。你或许还记得,民国时期,贵州烟土以盘江所属最为著名。而盘江流域,又以镇宁所产鸦片质量最佳,黔省外运销售之鸦片,很多冒充镇宁产。薛子中到访镇宁时,"全县每年外销之鸦片,约二千余担,价值六十万元。鸦片税每年可收三十二万元,丁粮则仅万余元"[8]。

盘江即北盘江,西江上源红水河的大支流,来到镇宁我们已进入珠江流域,而从镇宁穿越黔西南山区到达广西百色的驿道,既是"黔土"出口粤港的重要通路(另两条是经遵义到重庆,和经常德到汉口),也是长期以来被恐怖"瘴气"笼罩的畏途。盘江流域的烟农,每日清晨用小刀在果实上划上一刀,中午收浆,制成烟膏,再经商人收购加工成块状烟土[9]。抗战之前,贵州当局对烟毒时禁时弛,烟价时涨时落,设若你是贵州的一位烟土商——必须关系灵通嗅觉灵敏,才能在涨落之间获利——1922年的某一天,你听说百色价高,除了自有的十多担货,又赊货四担,并在安顺联合另外两人组织开帮。你知道此路险峻,遍地土匪不必说,沿途还有地方军阀收保护费或曰特税,而山中瘴气尤其厉害,安顺某地曾有18个人去过百色,回来病死了16个,未死的两个人至今未愈,但你"因利之所在，仍决心前往"。

你从安顺出发，经镇宁到贞丰，在白层下水，"特货"装满了船尾上翘的桐油船，穿越北盘江的险滩到达北香，转上水，经红水河到百乐，再走七天陆路才到百色。最难走的是百乐到路城一段，整整两天要从一丈多高的巴茅草丛里通过，"上不见天，下不见地，遍地霉叶烂草，全不通风，臭气扑鼻"[10]。你牢记民间经验，瘴气呈红绿彩色，状似虹霓，或若夕阳西下时之落霞，受瘴气时，应急速卧地，或口嚼槟榔，或含泥于口，以避其毒[11]——你那时还不知道，瘴气病就是恶性疟疾，而且很可能是致死率最高的脑疟——等你挨过了瘴气之地，挨过了毒蛇野兽，挨过了土匪军阀，到达百色时，每担货能为你净赚七百元暴利。[12]

鸦片运销冒险性大，投机性强，必须依靠地方军阀，而地方军阀要招兵买马，扩充实力，也必须依靠特税作为饷源[13]。理解1920—1930年代中国西南的政治、军事乃至交通情势，鸦片运销是绕不开的关键词之一——1938年4月8日这一天，镇宁县县长告诉旅行团师生，镇宁现在计划修两条公路，其中一条就是经关岭至贞丰接白层河通红水河而去广西。他兴奋地说，公路有益于治安，更可以使镇宁商业繁盛[14]——离省府规定的禁种期限还有一年，"商业"是否也包含特货呢？

旅行团宿在县政府附近的城区女子小学，时辰尚早，团长黄师岳、闻一多，还有杨式德所在小队总共十余名师生，提着马灯，出东门去看火牛洞[15]。火牛是本地人对黄牛的叫法，盖因和水牛有对照关系。据说夏天时，农家会把火牛都赶到洞里避暑，洞名由此得来[16]。洞离城不远，有羊肠小径通达，路旁石榴树很多，走了二里地，一座矮山阻了去路，洞口位于十几米高的山腰处,看着很小,杨式德有点不乐意进去,"看过的山洞不少了,这样的小洞恐怕是不值一游吧!"[17]比他晚来将近一年的李霖灿有类似观感,"火牛洞有一个顶难看的外表,在我所看的许多洞中,火牛洞的洞口是顶顶'退票'的一个……"[18]

入洞以后,低着头小心倒垂的钟乳石,侧身挤过狭窄的"鬼门关",就令人惊喜地豁然开朗了,头上是巨大穹顶,"像清华园里的大礼堂",迎面一通天石柱[19],"那么大,却一点不粗糙,那么细腻的,耐烦的,给他一层层一迭迭加上垂穗流苏;柱中间一定浸润着水,不然,哪里会这样发出玉石的光泽"[20]。北面是一阶梯形台地,边沿上绉绸似的光滑。学生们四散开来,提灯、手电,燃成一簇一簇的火光,"无异是仙人们在云宫里欢宴"[21]。

奇形怪状的石头遍地都是,最奇幻的要数"牟竹林","再也不会有误会,明明是一面文与可亲手画成的雪竹大屏……一派雪白的岩浆,如银丝般一缕缕的垂挂下来……岩浆越流过去,留下许多尖长形的空隙,就变成一簇簇的竹叶……这一枝婉转得多么有致?被雪压倒了的一枝又横卧在这里了!另外一枝不服白雪的压迫,由于弹性,把雪震了下来,你看他昂然震雪的姿态!风在吹,一片片的竹叶都在动呢!我们似乎听到风吹竹叶在飒飒作响。向导高举着火把,照在这如白沙糖似的岩浆上,一个一个光点闪来闪去,雪也正在往竹林中一片一片地飘落下去"[22]。

再往里走,岩壁下面是一大片黑暗的水面,大家不敢前行了,以石投水,根据声音判断,水很浅,同学们又齐喊一声,静默下来,听回音的拍频,杨式德用表量着,10秒钟后还听得清楚，可惜大家都太兴奋了，很快就说起话来唱起歌来[23]，闻一多先生用他的男低音唱起了英文歌，一首是经典的那不勒斯民谣《桑塔·露琪亚》（Santa Lucia），一首是当时在美国流行的《胡安妮塔》（Juanita）[24]。回到驻地后，黄师岳团长向大家介绍火牛洞，让大家一定去看看，并请闻一多先生描述洞内的美景，闻一多一时讲不出来，只好说："景致太好了，一定要去看看，不去看的是汉奸。"众人大笑。[25]

因为这十几个"先行者"的大肆宣传，全团连伙夫都去参观了，甚至有连玩两三遍及次晨出发前还去游览的[26]。钱能欣随几十人一起进洞，各执大红蜡烛，"每个人都如考古学家发掘了古希腊的宫殿似的，欢喜和谨慎的心理，一寸一尺不轻易放过"。渐渐地，众人的烛光分散开来，高高低低在石壁的边缘形成了许多条曲线，四周站着无数的石笋，如玉佛，壁上的花纹则像波浪、花卉、虫鱼鸟兽各式的浮雕。"于是石壁间的神秘显现了出来。空气严肃，如在歌场里出演了'诗人游地狱'，又似乎在圣彼得教堂里祈祷夜之和平。"[27]

火牛洞之游成了旅行团难以忘怀的记忆，担任团部日记工作的丁则良许多年后还记得洞里的妙音，"你叩壁作响，想不到从这千万年的石壁里，回答出来的是一阵金石铿锵的音乐，许久不绝"[28]。等最后一批学生出洞来，太阳早已落山，上弦月东上，星星开始在墨蓝色的天空闪现，虫鸣很多，唧唧地叫着。余道南感到心神俱爽，是夜他不想早早入睡，便独自在街头散步，月光沐浴下的镇宁石城泛着银光，"清凉冷静，鸡犬无声，令人心境寂然"[29]。

"火牛洞看后，像是一个'梦'。"这是李霖灿的记述，"也只有梦中，我们才会有这样的幻影。然而，火牛洞竟然把

'梦'真的摆在我们面前,使我们的心胸,忽然醒悟,豁然开朗,啊,原来真的可以有这种情理俱无的境界!我们心灵上由这启示上得到一种'自由'"[30]。

去镇宁之前,我读着八十年前这些年轻人的记述,对火牛洞也产生了无限的向往,但奇怪的是,在网上搜索它的资料,总是语焉不详,改搜它现在的名字"犀牛洞"也是一样,有人说它早已关闭,又有人说你在城里随便叫个摩的都能过去。抵达镇宁是下午4点半,刚好来得及在史志办下班前去查阅县志,在"溶洞、石林"一章,我读到,犀牛洞原名火牛洞,1976年,为引出洞中水源,打开洞中的"鬼门关",并在"野牛塘"一耳洞中挖掘到一脊椎动物头骨化石,传为犀牛,故改称犀牛洞。洞长480米,最宽约60米,高30米,"1978年,犀牛洞经过修葺、安装电灯、平整道路,已对外开放"。

史志办一位工作人员是镇宁本地人,小学时进过犀牛洞,大约就是1978年左右,"因为县里搞县庆,搞了三天,那段时间游客特别多,反正我小时候就觉得里面人山人海的。闻一多先生他们来的时候自己拿着火把进去的,我们看的时候已经开发了,里头有灯,是那种原始的黄色白炽灯……当时保护的意识没有那么强,破坏得有点厉害,后来就关闭了"。她不记得关闭的具体时间,"大约是80年代吧",又听说这几年犀牛洞给某个酒厂窖酒,也只是听说而已。

从史志办出来,往东走两里路就是犀牛洞。下午5点半多,赶上很多放学的小学生,系着红领巾,穿着绿色或粉色的校服,边走边喝可乐。一路有很多洗车铺,和更多的酸汤柴火鸡饭店,一直延伸到洞口下面的空地上。没想到这么热闹。

和学生日记记载的一样,洞在半山腰十来米高的地方。

有水泥台阶上去，上面一堵白墙，远远看见褪色的警示："危房，请勿靠近！"台阶入口处被乱石和灌木挡住了，下面挂着牌子：镇宁人防山体洞穴人防工程。我爬上台阶，穿过茂盛的植物往上走，到了白墙下。这是两间废弃多时、已被大自然接管的水泥房子，门窗都空着，房前一条排水沟，久不疏浚，死水上厚厚一层绿藻。从废弃房子的结构看，一间是厕所，一间是小卖部，小卖部墙上有歪歪扭扭的大字写着奇怪的告示："顾客您好，请保管好自己携带的物品，若现金，可交给主人保管，如丢失，本店概不负责。"旁边是更加歪歪扭扭的胡乱涂写："这里有鬼""为什么害我""血海深仇"之类的。

跨过臭水沟再往上走，就看到了洞口，有阴文的"犀牛洞"三字，红漆铁门把守，写着"洞内危险，禁止入内"。门没上锁，洞口堆放着碎石和木料，再往里就一片漆黑了，奇怪的是，和华严洞不同，在这里感受不到扑面而来的凉意。耳畔只有虫鸣，我录了会儿周围环境的视频，举着可怜的微弱的手机电筒光，往里走几步，又退回来，走几步，退回来，无数可怖的画面在脑海划过，最后放弃了进洞的想法。

在离洞最近的一家酸汤柴火鸡店门口，几个男人七嘴八舌跟我说起他们所知道的犀牛洞：1977年左右政府搞开发的时候往外抽水，为把里头的水排干，还用大管子换了小管子。自然，人定胜天的努力失败了，溶洞里头的水连着地下河，源源不绝。1978年开放后还卖过票，火得很，五分钱一张票，一天能卖1000多张。那时候附近的龙宫景区还没有开发，连绿皮火车播放的录像里都有对犀牛洞的介绍，后来龙宫开发了，"它就熄火咯！"一个老人家说，带着戏谑的笑。他们也不确定洞是什么时候关闭的，但一个进过洞的中年男人非常肯定地说,"这个洞绝不比织金洞差!""那为什么现在不继续开发了?""这是上级的事嘛。"

离开洞一段距离,我听到了故事的第三个版本。一位摊主一开始对我的询问讳莫如深,说洞里发生了"不好的事情","违法乱纪的事情",我脑子里想着凶杀案和聚众淫乱的画面,却脱口而出:"是不是闹鬼了?""现在你还相信有鬼啊?"他不屑地予以否定,最后神神秘秘地低声说,90年代末,本地一些人因为待遇问题,在犀牛洞聚众开会,被政府当作危险窝点直接关闭了事。

下午6点多,灰蓝色的云厚了起来,我决定叫一辆顺风车,赶到黄果树去住宿。高速公路因为一场车祸大塞车,我们只能走国道,继而县道,所有的车,高速上下来的大货车、拉着河沙突突突的破卡车、急着赶回关岭吃饭的私家车都挤在坑坑洼洼的两车道土路上。这边山上乔木很少,灌木没有覆盖之处露出灰色的喀斯特岩,山坡上有很多坟墓,建得非常之高,清明节留下的白色纸花到处都是。到黄果树安顿下来已近8点,酒店离白水河不远,在墨蓝的天空下看不出水势大小。我对照地图,发现下游不远就是黄果树瀑布,想象着脚下河水遽然加速、跌落的样子,奇妙又神秘。

注释

1　钱能欣:《西南三千五百里》。
2　胡一平:《抗战时期安顺的交通建设概况》,《安顺日报》2014年7月11日。
3　薛子中:《黔滇川旅行记》,《民国人文地理丛书·匹马苍山·黔滇川旅行记》,沈阳:辽宁教育出版社,2018年1月。

4	"一二·九"运动爆发后,薛子中奔赴北平,任二十九军三十七师冯治安部少校秘书;"七七"事变后,他按照地下党指示,于9月离队到达开封,化名薛绍铭,以抗日督导员身份任济源县抗日民众动员委员会主任,因当地士绅举报,1937年12月30日,被当地政府杀害。参见《薛子中简介》,《济源市文史资料》第1辑1991年12月,第119页。
5	薛子中:《黔滇川旅行记》。
6	游子:《贵州观感》,《宇宙风:乙刊》1939年创刊号。
7	李霖灿:《黔滇道上》,《大公报》香港版1939年10月2日。
8	薛子中:《黔滇川旅行记》。
9	余道南日记。
10	伍效高:《我贩卖"黔土"外销的经过》,《安顺文史资料选辑》第6辑,1986年12月。
11	《瘴气病之研究》,《大公报》天津版1936年5月12日。
12	伍效高:《我贩卖"黔土"外销的经过》。
13	伍效高:《我贩卖"黔土"外销的经过》。
14	钱能欣:《西南三千五百里》。
15	杨式德日记。
16	李霖灿:《黔滇道上》,《大公报》香港版1939年10月4日。
17	杨式德日记。
18	李霖灿:《黔滇道上》,《大公报》香港版1939年10月4日。
19	杨式德日记。
20	李霖灿:《黔滇道上》,《大公报》香港版1939年10月4日。
21	杨式德日记。
22	李霖灿:《黔滇道上》,《大公报》香港版1939年10月6日。
23	杨式德日记。
24	(美)易社强:《战争与革命中的西南联大》,第53页。
25	栾汝书:《参加湘黔滇旅行团的点滴体会》,张寄谦编《中国教育史上的一次创举——西南联合大学湘黔滇旅行团记实》,第269页。
26	吴征镒日记。
27	钱能欣:《西南三千五百里》。
28	丁则良:《湘黔滇徒步旅行的回忆》,《丁则良文集》,北京:清华大学出版社,2009年11月。
29	余道南日记。
30	李霖灿:《黔滇道上》,《大公报》香港版1939年10月9日。

第三十一章

黄果树—关岭：被"近代化"的西南山水

> 向黄果树瀑布行礼—中国的旅行杂志要帮助最大多数的逃难人民—做梦也不会想到西南山水的雄奇—iPad 的淫邪之感—看天书由此去—芭蕉甘蔗与合欢—翩翩然有西班牙少女之古风—亢白蔡与烹白菜—在荧荧如豆的 17 世纪菜灯下

由镇宁到关岭，黄果树乃必经之路，中国最大瀑布的气势令人惊叹，徐霞客当年曾向这可望而不可即的飞流拱手致礼，"盖余所见瀑布，高峻数倍者有之，而从无此阔而大者，但从其上侧身下瞰，不免神悚"[1]。

"数十米内点滴如雨，阳光投射在'匹练'上，曲折反射，大雾顿成了美丽的虹光，七色的弧线跨在溪水上，如天堂的浮桥。"[2] 这是钱能欣笔下的大瀑布。湘黔滇旅行团不少人在观瀑亭久留不去，直到团长派人来催唤，才继续登程。这一天是杨式德21岁生日，礼物是瀑布美景，外加开水三碗，甜酒一碗。欣赏美景的同时，学生们也讨论了利用这瀑布发电的可能性，学土木工程的杨式德觉得沟底面积太小，很难建设电厂[3]。余道南感叹的是另一件事：如此一流的山水画，"却藏在荒凉寂寞的山国里，绝代佳人，幽居空谷，登临鉴赏者不知能有几人？"[4]

抗战爆发之前，西南交通不便，哪怕是出名的黄果树瀑布，能抵达者也非常有限，1938年11月，《旅行杂志》推出"西南专号"，在这期的书后，编者检视了创刊十二年来的内容，说关注的名胜还是在交通便利的地方，"春天游西湖，夏天到海边避暑，秋天上天平山看枫叶，冬天在家里围炉清话，走远路是一件大事……所以东南人士是做梦也不会想到西南山水的雄奇"——有统计为证：已经发表的1500多篇游记中，写湖南的只有9篇，写广西的10篇，云南也不过9篇，贵州甚至只有4篇，再读一读内容，"湖南只说了一个衡山，广西则状述桂林阳朔之胜，云南描摹了大观楼与滇池，贵州的记述，尤带一点神秘的意味"，"这实在太贫薄可怜了"[5]。

"中日战事，我锦绣河山，竟被摧毁半壁。幸有西南各省，是我国的上房，是我国的内室，是宝藏的仓库，是生产丰富的田园"，在西南专号名为《西南是建国的田园》的评论里，杂志主笔孙福熙如此开头。在另一篇文章里，他说，"中国的旅行杂志……特别要帮助最大多数的逃难人民的旅行……安富尊荣的公子小姐，大肚皮老班们，一世里不想离开他们舒适的公馆的，现在……城市乡村接触了……这两种生活的接触，除非绝对麻木不仁的人，必定先在思想上发生疑问，继之以实际上很大的影响，这影响，也许是很坏的，但我们可以设法使他成为安全良好"。他号召大家打破地域观念，因为"中国是整个的，不可分的"，西南的同胞不要埋怨难民，同时难民也不要以自己的成见，蔑视当地风俗。[6]

从1938年开始，《旅行杂志》开始陆续刊登如何前往西南大后方的实用类文章,以及大量记述川黔滇人文与自然风景的游记,越来越多的西南风景进入主流社会视野,换句话说,西南之壮丽雄奇,固然与自然风光"底子好"以及少数民族的神秘有关,但更重要的是,这里的风景是"近代化的"——如果说所有的山水都是被文化"创造"出来的话,那么西南山水的塑造与中国的近代史密不可分,当我徒步于这里的高山峡谷之中,脑子里跳跃着的是蒋梦麟、老舍、张恨水、罗常培、易君左、齐邦媛这些名字和他们的山河岁月,我借助这些从未见过但深感亲切的山水(虽然无处不在的水电站正渐渐毁掉它们),一次次地访问历史,个中情感恰如走在这条路上的穆旦所写,"我们走在热爱的祖先走过的道路上,多少年来都是一样的无际的原野……那曾在无数代祖先心中燃烧着的希望。这不可测知的希望是多么固执而悠久,中国的道路又是多么自由和辽远呵……"[7]

第二天,离开黄果树景区西行七公里左右,我到了一个叫鸡公背的地方,前方公路有一个急坡左转弯,拐过去,一座几乎横跨天际的红色大桥在头顶出现了。我在一些记录巨型工程的影片里见过它,著名的坝陵河大桥,桥面至谷底坝陵河水面370米,常若隐若现于云雾之中。此刻天气不错,巨大的悬拉桥一览无余,从高空驶过的载重大卡玩具大小,隆隆声则如云中闷雷。

对面就是关岭,这座大桥所跨越的大峡谷,在军阀争斗的年代,一直是对峙所在。1929年春天,贵州省主席周西成率领黔军在此与李燊率领的滇军作战,36岁的周死于流弹,经营贵州的满腔雄心化为坡上的衣冠冢和贵阳市中心举目远眺的铜像。杨式德和余道南都提到了周西成衣冠冢,就在鸡公背附近,有石刻华表和六角石碑亭,碑文叙其生平,不过这些我都没有看到,按照《关岭县志》的说法,"文革"中,"碑、亭、华表均被打碎,拜台及墓冢尚好,今墓石所剩无几"[8]。

钱能欣提到的"红岩碑"还在,"由公路左手小道而上,三四里,即至"[9],不过现在改了个更吸引眼球的名字:红崖天书。在一个卖枇杷的小铺左转,沿两旁长着高高芒草的平整柏油路上行。走了几百米,芒草为盛放的白色夹竹桃取代,还有野蔷薇、木蓝和疑似野花椒的植物,只是不怎么成串,颗粒也小一些,揪一颗显然还没成熟的青色果实,捏一下,出来的香味特别醒脑,用App识别,有一个好听的名字,竹叶花椒。离开车辆不断的国道,鸟叫虫鸣,包括蝉鸣声都纷纷冒了出来,左手高山与岩壁,右手两重悬崖,往下一级是320国道的超长大下坡,再往下是坝陵河切割出来的深且宽的峡谷,村庄和乡道沿河而建,前方则是黔西南无尽的蓝色群山,峡谷对面山坡上"关岭"二字在太阳的映照下熠熠生辉。

拐过一个弯后,我看到几个往回走的中年人,他们本来也是要去看天书的,女人走累了,又担心左侧山崖飞石,就打了退堂鼓,男人满心遗憾,不断扭头回看。这里确实落石不少,有的把柏油路砸出了坑,但个头都不大,倒也不觉得危险。事实上,在人挤人的黄果树景区度过了一个上午后,来到这种环境里,你只会觉得太自在了。那种典型的景区美则美矣,你很难把自己和风景交融起来,可能唯一的连接点是相机,脖子上的相机,手机上的相机,iPad上的相机——尤其是举着iPad拍照的,每次看见我都有一种淫邪之感——多半是受到村上春树影响,忘了他在哪里说的,在电车里埋头玩iPad,感觉就像是在自慰。

两公里后，柏油路到了尽头，这是一处空地，小卖部关着门，大树一棵，下书"本树出售"，右边石头上有看不懂的"天书"，标明"复制品"，心头一惊，原物不会已遭破坏吧？问树下逗小孩的中年男子，他指着灌木丛中的一条小径，"往上再走20多分钟，你看到那块红色的岩石没？"抬头望崖，犹在半空中。走向荒草径，才见有木牌提示："看天书，由此去"。感觉六字颇有禅意。

小路几乎全为灌木覆盖，走了没多远，一株高山榕下面的草堆发出激烈响动，好像是有一场搏斗，还不断有小的草粒飞出来。也不知道是什么动物，硬着头皮往前，飞出一只很大的黄尾巴雀鸟，我可能惊扰了它的洞房？又或者它被什么入侵者赶走了？继续往上，回看对面峡谷，已和关岭新修的楼盘同一高度，海拔1026米，偶见几堆牛粪，还有烂掉的枇杷和花朵，一种从没见过的灰色花斑点蝴蝶在脚下飞舞。越往上灌木越密，回头已不见峡谷，完全在树丛间穿行了。蝉鸣很响，两旁各种植物随时用各种方式跟你打招呼，蹭一下你的胳膊，拍一下你的肩，至于绊腿，简直都不是事儿。我穿的是普通的徒步鞋，只适合平路，在这高高低低满是大小石头的土路上还得随时提防崴脚，耐心快要耗尽之际，一大块刻着各种字符的岩壁出现在眼前。

和山下所见的红色不同，岩壁近看发黄发白，还有水渍过的黑色，"天书"非镌非刻，非阴非阳，非篆非隶，从明代起就有各路学者考据出处，最早的说法是与诸葛亮南征有关——旅行团经过时当地百姓还称其为"诸葛碑"，后来又有大禹治水遗迹、夜郎文化遗迹、苗彝民族文字等多种说法，甚至还有人说它们是外星人留下的文字……但可以确定的是，比较历代拓本，自然和人为因素在过去数百年里已经大大地改变了"天书"模样。最严重的一次破坏发生在19世纪最后一年（光绪二十五年），永宁州知州涂步衢命属下拓取碑文，下属为求一劳永逸，雇用泥水匠多人，先将碑文字体勾勒出轮廓，再用胶着性极强的桐油拌上新鲜石灰，涂敷隆起，使岩凸字凹，如镌刻之状。待桐灰凝固后，硬如坚石，然后按捶拓工艺一张张取样。此事很快引起地方乡绅愤慨，扬言上告，涂步衢为平息舆论，一边令人将桐油石灰斧削刀凿，无法剔削干净，又在山上安大锅烧水，用沸水洗涤，如此一来，崖面斑剥落离，字迹漫漶难辨。[10]

我是后来才读到这段历史的，不知当时所见黑色水渍纹是否就是这位知州的"杰作"，而时任贵州提督徐印川——就是在安顺华严洞题字"飞岩"的那位，闻悉此事，前往省视，见岩间尚有空隙，遂大书一"虎"字，混入天书。我翻阅当时所拍照片，没找到那个"虎"字，但这类以尴尬终结荒唐的故事，似乎历年不鲜。

下山时我走得很快，没多久再回望红崖，已在非常高的地方。停下来看远处的坝陵河大桥，那些重型大货仍然像玩具车一样缓缓前进，但在这里听不到它们的声音。现代文明总是熙熙攘攘，难得见到一种它的表征，是如此郑重其事的安宁。

4点，我回到了卖枇杷的小店，由此入320国道，像玩速降游戏一样开始下那个通往谷底的超级大坡。我依旧走得很快，随着海拔迅速降低，路边出现了不少芭蕉和合欢树，脏兮兮的洗车店门口，巨大的仙人掌开着橘红色的花朵。不远处已是谷底，从国道过河处往里走一公里余，是当年滇黔公路的咽喉、而今的坝陵老桥遗址，老桥残破的桥墩上长满了灌木，河水清浅，一路往南汇入打帮河又汇入北盘江，最终汇入珠江。《永宁州志》里提到此桥以河为名，是通滇要道，"水湍急不可设渡，往来行旅咸病涉焉。昔人建桥其上，不知创自何年……黄果树盘根错节于桥之上……游人憩其下，往往流连而不忍去……"[11]

八十年前旅行团经过这里时，桥上甘蔗摊林立，多是水西苗女所设，对于来往关索岭行人来说，此地有树有水，是顶好的休息场所。钱能欣与同学们在桥上的树荫下坐着，看着汽车在两旁的高山上盘旋而上而下，"别有一种感觉，世界上只有人力是伟大的"。在他们休息时，一群花苗少女下关索岭而来，"衣服的刺绣甜静而清秀，不像仡兜少女的那么花艳而富诱惑性，长裙白底蓝花，手挽竹篮，翩翩然有西班牙少女之古风"[12]。

骑桥之树早不见踪影，我也没有看到挽竹篮的苗族少女，路边倒是有甘蔗摊，5元一根，可惜摊主居然没有带刀，我馋而无从下嘴。公路旁种植着大片南瓜、血橙和柚子——这里已属低热河谷，光热充足，有着贵州不多见的良田——八十年前这里大概摇曳着成片的罂粟花吧。一位农妇正弯腰照料

很可能是关索岭附近（杨嘉实提供）

着我不认识的某种叶子肥大的庄稼苗,问她是什么。"橘子。"她用方言回答。"真的吗?是什么橘?""大红橘。""它会长得很高吗?"她比了个手势,到大腿处而已,我更奇怪了,哪有那么矮的橘子树?"你说的是一种水果吗?""不是,是蔬菜。""不是说是橘子吗?""是橘子。是蔬菜。""真的是橘子?""嗯。"我突然想起我可以用App识别的呀,扫描之后,是茄子……"哦,你说的是茄子。""是的,是橘子。"

在坝陵老桥回望坝陵河大桥又有一番感受,那个红色的巨无霸现在缩成明信片大小,不重要地嵌在天边。向西还得翻山,关索岭植被不算茂密,还在下鸡公背时我就注意到对面山腰有"之"字形划痕,落在非常陡峭的坡上——旅行团是走小路直接翻越关索岭的(比公路近18里[13]),大约走的就是那条路了。后来才知道,小路也有两条,一条是官道,一条是比小路还难的小路,当地村民叫做"陡坡",只有不负重时才可以走。抄近道者往往走陡坡,走之前要笑一番人比车快,但"到身临其境时只好承认,这五里高坡,实在比三十里平路厉害。哪怕是浓雾夹着细雨,每一个人头上也都冒着白烟,也不知道在雨中休息了几次;这哪里是爬山?简直是'上天梯'!"[14]

从抵达贵阳算起,旅行团已经八九日没有爬山了,"看见不免皱眉",而他们所经过的山,又属关索岭最难爬,"到了后来,走二三十步便要休息一次,天气又热,困苦之至,有一载盐的马,竟倒在地上"[15]。清华经济系大三学生蔡孝敏身长且瘦,走起来健步如飞,同队的清华气象系大四学生亢玉瑾、清华地学系大三学生白祥麟是少数跟得上他脚步的人,于是三人获赠绰号"亢白蔡"。与"亢白蔡"同称四骑士的则是校篮球

第三十一章 黄果树—关岭:被"近代化"的西南山水

队的全广辉,"步大且稳,登山如履平地",同级土木系、排球队的欧阳昌明就略逊一筹了,"用尽吃奶力气,跑得汗流浃背,气喘如牛,仍望尘莫及"。不过最惨的要属清华政治系大三学生施养成,途中曾因生病不能走路,只好绑在卡车之行李卷上,病愈后因其体胖,行动不便,故每晚总是最后才能蹒跚到达宿营地。[16]

旅行团中不但有"亢白蔡",还有"烹白菜","烹"是南开外文系大一学生彭克诚,因为不爱讲话,博得"大哑巴"绰号,但一张口就是高水准的男低音。后来,在给蔡孝敏的临别赠言中,他写道:"在咱们旅行团里,我是第一分队名誉队员。有人说咱们'烹白菜',你可还记得?这个菜总得用这三样原料才作得起来,那么什么时候我们再能凑起这个好菜呢?"[17]

天色已晚,我决定在公路旁搭车上行,接近县城处,有小路岔出,我在这里看到了此行最多的指路碑和将军箭,十多块石碑密密麻麻排在路边。县城海拔又回到了1000米以上,前方路牌显示:晴隆70公里,普安121公里,盘县196公里。那么云南就还在两百公里开外呢。到酒店,还没换鞋就急着摘掉不合适的护膝,果然右腿膝盖内侧被勒出了一个半透明的水泡,像是被什么东西蜇的。为了犒劳自己,外卖多叫了一份杨枝甘露,可惜送来的只能叫"冰激凌柚子和芒果盖糯米饭"。

在关岭,湘黔滇旅行团分住营房和民房,住民房的少不了又要闻一宿的鸦片味儿[18]。一年以后,曾与旅行团一同徒步由湘入黔的戚长诚也来到了关岭,他被报社派赴香港,坐汽车从贵阳前往昆明,再由滇越铁路出海。行到关岭时,车坏了,戚长诚不得不和一车乘客在这里住了两天,关岭并非预定宿站,没有旅店,只能投宿民家,"一间狭狭的小厅房里,门板上、草席上,竟挤满了十几个人,不分男女,都穿衣而卧"。老板娘为客人们煮汤烧水,"先生们,是由贵阳来的吧?日本鬼子太混账了,听说把贵阳城炸得好惨!"在荧荧如豆的"17世纪菜油灯"下,大家静静地听着这位老太太讲她的两个儿子都去前线参军的故事。[19]

抗战带来的对流还将继续搅动着这遥远的大后方,几年之后,《中央日报》记者张先智经过关岭,这里已经有了不少旅店,他住的旅店新建不久,但四壁已被过往的"旅行诗人"题满了长短句。"记得从前在旅馆见到的无非是'走进门来笑嘻嘻,三言两语成夫妻,只等五更天明了,各自东西两分离'之类的打油诗。但如今旅馆壁上诗也变了质……",有慷慨的,"回忆五载离家,一切事业无他。只为杀敌少术,以至遍走天涯。如今三年期满,出国杀敌如瓜。最多两年期限,踏平日本樱花","高歌涉蜀水,跃马出黔关。远征印缅去,誓效马革还",也有感怀伤时的,"云绕关山壁,日含峻岭红。长睡一觉醒,人在画图中","大战力酣,东方既白,岭南风味,与众殊绝,俯云岭之绵亘,叹良辰兮不再得"[20]。

注释

1 《徐霞客游记》。
2 钱能欣:《西南三千五百里》。
3 杨式德日记。
4 余道南日记。
5 《旅行杂志》1938年11月刊。
6 孙福熙:《旅行杂志不是花样镜》,《旅行杂志》1938年3月刊。

7	穆旦:《原野上走路——三千里步行之二》,原载《大公报》重庆版1940年10月25日,《穆旦诗文集1》,北京:人民文学出版社,2006年4月,第207页。
8	《关岭布依族苗族自治县志》,贵阳:贵州人民出版社,2002年1月,第517—518页。
9	钱能欣:《西南三千五百里》。
10	丁武光:《瞿鸿锡"跋红岩禹碑"与红岩碑文化辨识》,载个人博客。
11	转引自贵州省人民政府办公厅编《贵州资源》,第154页。
12	钱能欣:《西南三千五百里》。
13	钱能欣:《西南三千五百里》。
14	李霖灿:《黔滇道上》,《大公报》香港版1939年10月13日。
15	德瞻:《贵州步行记》,《宇宙风》,1938年,第75期。
16	蔡孝敏:《归来行处好追寻——湘黔滇步行杂记》,张寄谦编《中国教育史上的一次创举——西南联合大学湘黔滇旅行团记实》,第214页。
17	蔡孝敏:《归来行处好追寻——湘黔滇步行杂记》。
18	杨式德日记。
19	长城:《由贵阳到香港(一)》,《大公报》香港版1939年4月4日。
20	张先智:《西行漫笔》,1944年3月12—22日贵阳《中央日报》,《抗战期间黔境印象》,贵阳:贵州人民出版社,2008年1月。

第三十二章
关岭—永宁：吃饭的人都走了

倒计时钟开始滴滴答答—拜访中国改革第一村—脆皮狗腿—路上行人欲断魂—惯性与存在主义危机—它不晓得自由的滋味嘛—那些蚂蚁很危险的—甘泉与哑泉—永宁雪花豆腐鸡—鬼头刀把的重建

西出关岭又是长长上坡，街市还算繁华，小吃店里有酸菜豆米汤和苞谷饭，平时非吃不可的，想了一下，罢了。旅行中最恼人的倒计时钟从今天开始滴滴答答，其实最少还有四分之一路程呢，但确乎是朝着终点奔去了，旅行前半程那种一抬脚就是六七公里的感觉也没有了，经常走了半天一查手机还不到一公里。人到中年大概也是如此吧，热情减损与意犹未尽奇怪地开始并存。

过关岭汽车站，关索大道变为灞陵大道，都是320国道的一部分，车很少，越走路越宽，到最后成了双向六车道，还留了红色自行车道，质地一流，只是没人用，有的地方就成了菜籽晾晒场。太阳很大，烫着菜籽，也从后面烫着脖子，远处路面泛着白光，空气抖动，让人有种在戈壁徒步的错觉。路标告诉我这里叫顶云新区，附近就是"中国改革第一村"，我决定离开国道，拐进去看看。

路过一排冷冷清清的商业区，土特产店、民族服饰店都大门紧闭，唯一一家饭馆把灯都关了，我摸黑走到厨房，点了两个菜，一共35元，问老板娘为什么生意不好，她说，吃饭的人都走了。我感到奇怪：这不还是午饭时间吗？出来不多远是顶云经验纪念园，广场中间一座牌坊一座碑，左边荷花塘，右边荒地长满开着紫花的马鞭草，App告知这是对付吸血鬼的最好武器。

牌坊正反面有灰底金字四副对联，其中一副是："富裕万千家农村改革是成是败全凭实践验真知，沧桑三十载土地承包姓社姓资不以教条抢大棒"。这里便是曾与"北凤阳"齐名的"南顶云"了。1977年3月，顶云公社石板井村的30户村民顶着"走资"风险，在牛皮纸上签字画押，率先实行土地"包产到户"。次年11月11日，贵州日报刊文予以肯定——我在水泥纪念碑下读到了编者按："现在，部分生产队对劳动力缺乏科学管理，不讲责任制，'出工人等人，干活人看人，收工人赶人'……这样继续下去，农业能够高速发展吗？……"

石板井村看上去非常整洁，房子是统一粉刷过的红白相间，墙上画着幼稚的宣传画，"耕耘路上，红日高照"之类的。不过这里已经没有太多地可耕了，在路边，一个村民告诉我，四五年前，政府征用了大量土地，出钱种桃树，种樱桃，鼓励村民开家庭旅馆，搞农家乐，"那时候他们说有工作的人来吃饭，从里面扣的嘛"，不过好景不长，"（后来）上面查得紧嘛，然后他们就不来吃饭了嘛"。

农家乐和家庭旅馆都已关门了事，那些被征走的地，"不让种，政府自己又不用，就荒起来了"。有农民觉得浪费，捡起来偷偷种点玉米什么的。"那里原来栽了好多葡萄，也荒了。"她指着一片杂草地说。

这时候太阳没那么猛烈了，远处天空有深蓝色的积雨云聚集，让天光变得柔和可爱，一两滴雨珠落在我的胳膊上。从"改革第一村"出来，我抄了条近道，比灞陵大道热闹多了，店铺学校，人来人往，一家"干锅狗肉馆"的招牌菜是黄焖狗肉、清汤狗肉和脆皮狗腿，提醒我这里离著名的花江镇很近了。路过十字路口，看到马路牙子上有个铁笼，里面卧着几只黄色土狗，安安静静看着行人。

重回320国道，午后困乏，不断把路边的"泡沫洗车"看成"泡沫先生"。再次和沪昆高速短暂相逢，大坡扶摇直上，海拔超过了1200米，站在这小小制高点上，可以看到高速公路如何利用桥梁和隧道，把一座座小山包给串了起来。那里的一切都是单向度的，除了起点和终点你一无所有，你也停不下来，直到下一个混合着厕所与煮玉米味儿的服务区。

我很庆幸自己走在缓缓盘山而上的国道上，累了就到路边人家的花坛边坐着休息一下，运气好的话，主人还会请你进去喝点茶，再灌满水。一路上都有人在晒菜籽，这家也不例外，说是自己种的，打下来，黄色黑色分开，晒好了送去榨油，自己吃，放心油。记得在湘西时菜籽还没收获呢，青灰色云朵似的长在地里。这里的山远比湖南贫瘠，树很少，除了灌木就是石头，冲我叫的狗倒是一样的凶，但我的感受却不同了：它们早晚都是要被吃掉的。

湘黔滇旅行团离开关岭前往永宁那天早晨，雨下得很大，出发已是8点半以后，一路泥泞难行，又全是上坡，虽然本日行程22公里不算远,却走得非常吃力[1]。山间云雾弥漫,山谷也更荒芜,让钱能欣生出了"清明时节雨纷纷,路上行人欲断魂"之感[2],沿途一个村落没有,不要说找个喝水的地儿,"想找一可坐的地方都不得"[3]。

我是离开顶云新区两个多小时脚程后开始有类似感觉的。十几里地一直随公路在大山里穿行,见不到车也见不到人,更别说卖水的商店了,在一个疑似碉堡处——蒋介石当年对付红军的设计如今只剩下一个半月形青石残体——我喝完了最后一滴水。不知道下一个补水点在哪儿,只好一直上行,无穷尽的大坡,脚底板生疼,偶尔看到一条石阶小路,可以抄抄近路简直欢欣鼓舞。

旅行团当年走了不少小路,但也有人从不抄近道,曾昭抡就是其中之一,他每天早晨起来,收拾完铺盖先看书,看完书才吃饭,饭后,汽车拉着炊具和病号先走,他没坐过车,也不走小路,穿件破大褂沿着公路一步步测量路碑准不准。有时学生同他说话,一搭茬,忘了路碑的数字,他就回到原地,重来测量。后来大家都知道了,路上绝不同他说话。[4]

在无止尽的上坡与转弯中间消磨久了,人会陷入某种轻微的恍惚,这时候你不能问自己,我是谁?我在干吗?我要干吗?思虑并不带来答案,因为答案很可能躲在行动背后。唯有仰赖惯性——是一开始设定了方向与目的地,调动身体与精神上路之后形成的那种惯性。八十年前行走在这条路上的年轻学子或许早有类似体验,"一清早爬起来,吃过早餐之后,就只盘算着那天的途程。出发之后眼看着路旁那矮小的路碑的号码增加或者减少,心里面也渐渐地加多了喜悦,像是快完成了每天的任务"[5]。如果说,战争提供了一揽子解决某些宏大问题的契机,那么徒步本身大约也是一个具体而微的解决方案吧,在一个迷惘的时代,它用方向感明晰、富有节奏的线性前进,推开了胡思乱想与随波逐流,提供了乱世中尤为可贵的惯性,借着这惯性,许多小小的存在主义危机得以化解。

你也可以说这种惯性是一种确认感,我曾与《战争与革命中的西南联大》的作者易社强讨论长沙临时大学再度迁校前的巨大压力,除了校方"使迁移之举本身即是教育"的煞费苦心,和陈诚在演讲时提到的各尽本分,你还需要在精神层面做出更多转化。"你知道的,不管在哪个国家,哪个时代,年轻人总是要证明自己的,"易社强对我说,"我如何证明自己是一个人,是一个男人?如何证明我的价值?如何建立我的认同?你可以在文学上一直追溯到中世纪那些出去冒险的年轻骑士。所以这是普世的,但采取了一种特定的(三千里徒步)形式。湘黔滇旅行团的长征是英雄主义的,它也许不是必需的,但有很多英雄主义的东西都不是必需的。"最终,这转化的目的是,让这些年轻人在面对那些选择投笔从戎的同学时,从内心相信:参加徒步、继续读书同样也是爱国的表现,而这最终成为西南联大精神的奠基之石。想一想我自己何尝不是如此呢,用徒步来获得某种惯性,校准生活的指针,又在重新确认自我价值和认同的过程中,在由体力向精神的几重转化中,和他们一道前往昆明这个应许之地。

下午5点多,海拔1370米,斜阳被山挡住,凉快了不少。有树的地方鸟叫声就多些,我听到了几声布谷,又在一片松林里听到狗吠一样的鸟鸣,有一种鸟好像在说,"该减肥","该减肥",又一种鸟叫,"确实","确实"。也只好这般苦中作乐了。又走了一个小时,终于经过了几户人家和一个小店,我进去买了瓶冰镇冰红茶,几口下肚,异常痛快。店主人是位老人家,养了只画眉,一岁大,从广西买来的,花了3000多块钱,昨天他第一次带它去关岭斗鸟,斗了四只,三胜一平。经此一役,这只画眉完成了从"叫雀"到"斗雀"的蜕变,标志是食物的升级:从30元一包的鸟食到50元一包的鸟食。我看了下后者的配料,有胎盘粉、刺猬皮、黑蚂蚁、黄鳝、牛肉、兔丝、火麻仁、淫羊藿等等,甚至还有枸杞和螺旋藻,堪称十全大补了,难怪功效上除了"壮膘"之外,还有"促火""保火"和"增强攻击性"。

不过,老人家觉得鸟能不能斗主要是天生的,"就像人一样,有人不会打架,只会乱抓"。多聊两句,我发现他看鸟的眼光和看人一样,比如,他就碰到过刚从山上捉回来的画眉鸟,"生雀",不吃不喝,两天就气死了,所以他们总是从鸟窝里弄来毛茸茸的小鸟养起,"小的不懂嘛,它不晓得自由的滋味嘛",当然了,不同于大多数野生鸟类,画眉总体"性格比较好",有的成年后才变成笼中鸟也无所谓,"给饭吃就行,管他什么自由不自由"。一只画眉能活十五到二十岁,十七八岁以后就老了,爪子就会结痂,也"跟人起茧子一样"。虽然处处和人比较,当被问到斗鸟会不会心疼时,他还是回答:"一种娱乐嘛。(斗死了)也只是一只鸟而已嘛。"

临近晚上7点,还有两公里到永宁。我看到一个男人弓着腰在屋顶边缘走来走去,手中提着的小汽油罐不时喷出巨大的火舌,落日余晖中,就像油画里偷袭敌人城堡的轻骑兵。男人说他在喷那些"臭蚂蚁"——并非爱称,而是山上下来的,真的很臭,且会蛀蚀木头的蚂蚁。他用火舌对着屋檐缝一路扫过来,说里头有蚁穴,"这些蚂蚁很危险!天上打雷,如果树上有这种蚂蚁,打雷就会劈到树,要是屋顶有这种蚂蚁,就会劈到房子"。我不明觉厉地继续往前,留下他继续他的特洛伊战争。

抵达永宁时太阳刚刚落山,粉红玫红淡紫好几种颜色在西面天空晕染变幻,此地海拔1450米,考虑到关岭海拔不过千余,今日真是一路扶摇直上,难怪徐霞客会形容永宁(当年因为产山楂,叫查城)"绝顶回环而成坞者,在众山之上也"[6]。入住仿古建筑永宁客栈,大堂左侧有"永宁州八景"介绍——虽然如今不过是关岭县下属的一个镇,永宁在历史上却是州府所在地,西至盘江铁索桥,东至黄果树瀑布,以及中间的关岭都曾是永宁州的辖区。

八景出自清代《永宁州志》,除了"白水沉犀"(黄果树瀑布)、"关岭接天"(关索岭)等,多半已经消失,其中一景名曰"半岭琼浆",说是行人下鸡公背,过坝陵桥,再翻越险峻的关索岭,可见一汨汨清泉,泉水甘甜,"奔走背汗,到此一饮,涤烦消渴,沁人心脾,不异蓝桥琼浆也",这是清代的情形。翻阅《徐霞客游记》,可知明代情形要更复杂一些:除了这马跑甘泉,几步之外还有一毒泉,人饮用后会失声,"是为哑泉","相去不过数步"。到了民国,李霖灿和湘黔滇旅行团都未提及饮水,只有杨式德记述,前半段有山上流下的清水,也仅仅是"洗面解热"而已。他走了两个小时,休息了五六次才登到山顶[7]。

永宁正试图重获历史荣光。明清时期的城门、驿站、州府、戏楼都得以重建,被灯光装饰得气派非凡。在客栈稍事休息后出来吃饭散步,由东门入城,沿兴业路前进,一路打听旧时文庙所在。1938年4月10日下午3时许,湘黔滇旅行团的师生们一脚水一脚泥抵达永宁,就住设在文庙内的女子小学里。大约是旅途狼狈,当天没有人在日记里描述文庙景象。雨仍然在下,杨式德洗过鞋袜,便吃晚饭,这天他身体不适,饭后吐了。但也有一件高兴的事儿,永宁街上可以看到7日的贵阳报纸,他们获知中国军队在台儿庄大胜,俘敌一万,感到"不胜快乐"[8]。

拐了两个弯后,我看到了文庙,离重建的州府不远,乍看是座清漆透亮的二层木制门楼,问街对面乘凉的小哥,说殿在里头,还在施工,现在天黑了,明天白天可以翻墙进去看看。小哥1988年出生,巧的是当年就在文庙里读小学。那时文庙主体建筑只剩下了大成殿,但"鱼塘"(泮池)还在,他们进校门"要过天子桥",不过他印象最深的还是里头两棵老桂花树,"一开满街香!落花时人家都拿来晒干泡茶喝!我们小时候,省里面都想把桂花树取走……"

小哥姓张,开摩托车送人送货,可往上三代也是永宁的大户人家,"我爷爷是文人,他到死那天什么重活都没干过","张家的顶子,黄家的笔杆子,聂家的锤把子",现在只有聂家大院还得以保留,作为文物供游人参观。我们在文庙斜对面站着聊天,这是从前的正街,老滇黔公路和后来320国道老路都借道穿城而过。抗战时期永宁是公路联运宿站,从贵阳开出的客车,在安顺用过午餐后,第一晚就投宿于此。"以前我们这里很出名的,八大庙,听老一辈人说,我们这里以前都是人山人海的。"

一直到1950年代末,永宁街上一到晚上就经常堵车,因为很多司机和旅客要在这里食宿。有本地人回忆说,两家带住宿的饭店,一家"地方国营",一家"公私合营",都常常要忙到半夜才能打烊。"合营"饭店的掌勺师傅是四川人,把不好吃的"白渣渣"的鸡脯肉和永宁豆腐糅杂成雪花状,化腐朽为神奇烹成一道新菜,远近闻名,"汽车司机们,只要吃过一回永宁'合营'就生成了一种'永宁情结'。车过永宁,还不到用餐钟点也要停歇;途中到吃饭时间却不肯停歇,宁肯挨一阵饿也要赶到永宁。客车上常有乘客一路抱怨,但只消把'合营'一吃,态度马上大变……"夏天的晚上,正街上还有说书茶馆和草台班子,一个京戏班,一个川戏班,演出场地就在文庙大成殿的天井里,后来文庙成了小学,戏班照演不误,"学校放了学,天一擦黑,管场子的工作人员就把后门和边门统统关上,单留正门收票……"[9]

好光景是1960年代初消失的,赶场没有了,滇黔公路萧条了,"妈妈,我肚子饿得很!"原本是川戏班演出《秦香莲》的台词,那时成了家家户户需要面对的现实[10]。接着是"文革""破四旧",永宁的"八大庙"几乎无一幸存——这是小哥的父亲告诉我的,他不过六十来岁,声音和神态却过早地衰老了。他没怎么讲自己家族的经历——毕竟连他们的家谱都被撕毁了,他祖上来自江西,但入黔始祖的名字一下子"记不到了"——只是在感叹当年的文庙、关帝庙、州府修得有多漂亮,而现在重修的有多么"鬼头刀把",这是一句贵州方言,有乱七八糟、人不人鬼不鬼之意。而我也是这时才知道,除了聂家大院外,所谓明清古城,是全部推倒,按原样复建——正是当年湖南新晃被史志办主任骂退的糟糕方法,这还不够,所用的木材、石材也是一望而知的廉价材料——第二天上午,我又在街上转了一圈,日光之下看得清清楚楚。

离开永宁前,我翻墙进了文庙,老大成殿为新大成门所挡，未能窥见其貌，大成门一侧王闿运的对联放在这里有点奇怪："吾道南来原是廉溪一脉，大江东去无非湘水余波"。再往里还有一道锁，进不去了，只好隔着窗棂拍下古桂花树的一角，凭空想象了一下曾在那里发生的事儿。

注释

1　杨式德日记。
2　钱能欣:《西南三千五百里》。
3　德瞻:《贵州步行记》,《宇宙风》,1938年,第75期。
4　《马学良评传》,北京：民族出版社,2012年9月,第46页。
5　向长清:《横过湘黔滇的旅行》,《烽火》,1938年10月,张寄谦编《中国教育史上的一次创举——西南联合大学湘黔滇旅行团记实》,第135页。
6　《徐霞客游记》。
7　杨式德日记。
8　杨式德日记。
9　罗吉万:《高原古镇"永宁州"》,《山花（下半月）》,2013年第9期。
10　罗吉万:《高原古镇"永宁州"》。

第三十三章
永宁—晴隆：沿途最惊险的一幕

拳头大的无花果—争当贫困户吓跑儿媳妇—谁敢欺负我们中国人—大象的表演—脆弱的植被—彝族还是布依族—江中有极多漩涡—固若金汤的铁桥被炸毁了—铁拐李还是达摩—喝了泥浆水—县太爷披衣起来拉架—黄钰生的自传

从永宁到晴隆，要过北盘江大峡谷，为节约时间，我决定先坐车下到半山腰的新铺镇，从那里开始徒步。客栈前台的姑娘家住盘江边，说新铺往下，"一路都是水果"，不禁心向往之。在门口等到一辆依维柯，出永宁即开始盘旋下山，其间一条岔路通往花江镇，昨晚翻阅宾馆房间里《锦绣关岭》一书，写到花江狗肉的来历，说是光绪年间食不果腹，疟疾成灾，有人偶然煮食家犬，疟疾病除，当地人由此相信狗肉可以治病和滋补。民国以后，花江集市常有狗肉出售，加之古驿道商旅往来频繁，吃狗肉的日渐增多，"时有人设摊出售，称为'狗肉汤锅'……无不交口称赞"。

新铺是一个符合你所有脏乱差刻板印象的地方，路上满是果皮、塑料袋、建筑垃圾和污水，各种没完工的二层小楼下面杂乱着五金店、火烧狗肉、烫染吧和药店,大大的宣传标语提醒行人,"出生性别源于自然,人为选择有害社会"。这里海拔比永宁低了近500米,许多人家门口都种着无花果树,果实还是青的,但已有鸡蛋大小,我对着无花果拍照时,一群无所事事的男人发出了笑声,树荫下一个独自坐着的妇女无精打采地说:要六七月才成熟,到时能长到拳头那么大,"上面(永宁)气候不好,栽不了"。

当年旅行团路过新铺时,头一天的大雨让这里的公路翻起泥浆,枯草、石子和泥巴沾到鞋上,非常沉重[1]。八十年后的路况似乎没有好上太多,尤其是西头的一段,还是坑坑洼洼的灰渣路,过路车接连掀起小规模尘暴。快走出镇子时,我两天内第二次看到"争当贫困户,吓跑儿媳妇"的标语——扶贫攻坚诡异的副产品之一,正对着标语拍照呢,马路对面一个坐在自家门口的老头对我嚷嚷:"我看你是记者吧!?"

走过去,他看着我继续说:"我看你来是采访这方面的?这个路修了两三年,政府不管⋯⋯你采访一下,这个灰哦!扑哦!扑哦!门都不敢开!"我否认后他有点失望,由控诉变成了抱怨,"(路)原来是好的。挖嘛!修路修烂咯!你说把路修好,我们做一点生意,南盘江北盘江放过来,卖一点小茶,招待一下客人,混一点小生活。这个路!太烂!"

他知道这路最早是"国民党和美国人修的",又告诉我下面两公里有个"美国站",我问他那是做什么的,他脱口而出"集中营",吓了我一跳,细问,才知道他说的是军事营地,就在路边坡上,可惜现在一点痕迹没有了。说到美国,不知道为什么老人家激动了起来,由抱怨又变作发表演讲的口吻:"美国人和我们打交道,它想欺负我们国家,敢!我天天看电视,日本人敢欺负我们中国人?不可能!想欺负我们中国人?敢!谁想要欺负我们中国人?吓死他!我们中国人,强大!"

我匆匆告辞。由此处到北盘江,还有十来公里的漫长下坡,用徐霞客当年的话说,是"直垂垂下",一直下到江边。当然,他走的是驿道,会更加陡直。那是1638年4月25日的上午,离开新铺五里后,他到了一个叫白基观的道教古刹,这里幽静整洁,时辰还早,背负行李的驮马尚在后头,他便进到后殿,找了张书桌,掏出随身携带的纸墨,写起这几日落下的日记来——道观比关岭、永宁所住的旅店清静多了。住持檀波也非常客气,为他提供了茶水和蔬菜粥。徐霞客一直写到午后,有二大二小四头贡象经过,队伍在白基观前停了许久,还表演了驯象,大象先跪后足,再跪前足,伏地继而站立。看完大象表演,徐霞客又写了很久,直到有雷声传来,天边云幕变暗,才告辞继续出发。[2]

整整三百年后湘黔滇旅行团走的很可能是同一条小路,"比公路近的多,不过很危险,路多半是石块砌的,很滑难行"[3]。我没有找到小路,只好老老实实跟着公路180度大弯接180度大弯往下走。这些急弯形成的舌形台地,相对平整,是现成的田地,人们在上面种蓖麻、枣树或者葡萄。经过一片山坳时我听到奇怪的声响,好像许多煤气管道同时"咝咝"泄漏,离开公路,又穿过一片西瓜地,才发现这声音来自前方一片由桃树、毛桐、臭椿和构树组成的林子:是虫鸣的暴风骤雨。虽然树林气势颇盛,但这一大片河谷其实不太绿,大多数山坡都是光秃秃的,后来查阅江对岸晴隆的县志,说该县森林覆盖率在1958年到1988年三十年间由25%下降到5%[4],这边关岭的县志没有提到数据变化,但有这么一句:"因为人为乱砍滥伐,原生植被几乎无存,次生植被遭严重破坏,地带性常绿栎林已面目全非……"[5] 如果不是亲身走这么一趟,很难想象在水热良好的河谷地带,植被会如此脆弱。

往下走了五公里,看到一个紧急停车带,是路旁岔出去的碎石铺就的陡坡,尽头一排橡胶轮胎,想象了一下刹不住车的大货冲上去的情形,但这之前司机得设法在失控的状态下转过好些个180度的急弯。路边蓝色护栏每隔一段就有"安顺公路"四个字,被闲来无事的路人玩坏了,有的被抠成了"女顺公路",有的干脆被抠成了"女八路"。

下午3点半,下到海拔700多米的地方,这儿的"舌头"特别大,上面出现了花生和芭蕉树,一派亚热带风情。芭蕉开着色情的紫红花朵,同时吸引着嗡嗡的蜂和蝇。在路边小店补充了一瓶水,歇个脚,和布依族老人聊了会儿天,他说这儿的西瓜特别甜,可惜我到得早了一些。当年让旅行团大快朵颐的黄果(橙子)倒是少了,好像是有病虫害。老人说,盘江上被日本人炸断的铁桥遗址还在,只是后来下游修水库,水位抬升,把铁桥也抬高了15米才没被淹。他小时候,过江的木船很多,都是布依族的老船工——考虑到布依族多住水边,湘黔滇旅行团学生日记所云老船工为彝族,大约是误会。以前的北盘江水很小,只有在下大雨时才有急流,他见过那种把木船绑在一起的浮桥,过汽车用,不过新桥(1971年)建起来以后,渡口就渐渐废弃了,现在水位上升,老渡口已沉入江底。

可能是因为连日雨水,1938年4月11日湘黔滇旅行团抵达北盘江边时赶上了急流,"江面宽不过四十米,水色赭黄,中流湍急"[6],"水声很大,水面上急速的剧烈的翻着各种水纹,可以看见极多的漩涡"[7]。这河上原本有一铁索桥,明崇祯元年

（1628）开建，两年后完工，桥身为数十根铁链合成，两端贯于岩石之中，桥面亦为铁链平列，宽不足三米，铺上木方，即可通行。桥建成八年后，徐霞客由此过江，形容其"望之飘渺"，但是真正踏上去"则屹然不动"，"日过牛马千百群，皆负重而趋者"。徐霞客看到的从缅甸或云南进贡的大象，也是从这里经过的，过桥后便在白基观前休息和嬉戏。[8]

　　铁索桥历经明清两代，屡次维修，一直用到1936年滇黔公路通车。公路处按载重一吨半加固，维持空车通行，同时利用老桥搭建脚手架，兴建新桥。1938年3月18日，施工时发现下游铁索接口开裂，20日，禁止车辆通行，21日，新桥钢索即将建成，上午9时，40个工人在桥上施工时，老桥铁链在西岸桥台下接口全部断裂，桥身整体坠落，垂悬于东岸桥台，13人死亡，17人重伤，新桥支架亦遭损毁[9]。这桩惨剧发生在旅行团到达前三周，应该是在当地民众的口耳相传中快速走样，等旅行团到达江边，好几位学生在日记中记下的是这样一个版本：今年3月间，铁索忽告断折，一辆正在过桥的汽车随即堕入江

盘江飞渡（杨嘉实提供）

中，40名旅客，只有22人获救。

眼下旅行团无桥可过，又因建桥日久，渡船停驶，渡工技术生疏，翻船死人事故已有发生，"谈者色变"。团部包了四条船，特请当地布依族老船工驾驶，渡船长六七米，宽仅两尺，有点像端午节的龙舟。每船限载六人，船工持长篙，首尾各一人。师生们上船后，船工叮嘱：尽量下蹲，两手紧握船舷，绝不能晃动，如果胆怯可以闭上眼睛。[10]

交代清楚后即以篙撑船，逆水行至十余米外的上游，"双篙一点江岸，小舟立即随波逐流进入一片旋涡之中"，岸上人看得心惊，"啊、啊"之声不绝，船中人两眼只敢看着船底，忽听船工一声"莫怕！莫动！"，只觉得船微微一颠簸已在江心。至中流后，船工要用最大力气和最快速度将船向对岸划去，水流太急，待近岸时已被冲到码头下游数十米处，这时又要逆水撑舟直到码头，渡河路线恰好成一个之字形，"为时虽仅几分钟，但令人惊心动魄，目眩神迷，不知所措。等到船工招呼我们登岸时才惊魂略定，这大概要算此次旅行中最惊险的一幕吧"[11]。

再次拐过一个大弯后我看到了公路桥，建于1971年的新桥，桥本身无甚特点，却自有气势，就好像如今北盘江水位抬升了十五米，已是一片青色静水，但你远远望去仍能感受到它当初辟出这么一条峡谷的魄力。公路桥上游几百米外还有另一座铁桥，问路边一村民，说是输油管道，问从哪里通来的，"那，可远了"，神秘兮兮地转身回屋了。这一路遇到了各种人，有人愿意跟你多聊两句，有人问了超过一个问题他就觉得你在打探。不过也许他只是嫌热，这一天自是沅陵以来太阳最猛烈的一天，连树下避暑的黑狗都懒得冲我叫了，一边喘气一边发出低沉的警告。后来我还是查到了，那是西南成品油管道的改线工程，向西经云南接通的是中缅输油管道。

似乎已经离江边很近，又走了老半天，才终于看到老铁桥，在公路桥下游两三百米，和想象中遗迹的样子非常接近，一下子激动起来，但不知道为什么又有一个声音在耳边说着，不要靠近！危险！满脑子胡思乱想的时候经过了一个路碑工地，几百个做好待用的水泥路碑立在路边，"北盘江""公路界""严禁破坏"，最多的乃是"管理范围界"……320国道由公路桥通过，桥头有观景台，几个人在加工一种叫牛尾巴的树根，空气中弥漫着中药的气味，不远处有个三吨重的石碾，按介绍，是当年修建滇黔公路的成百上千的石碾中的一个。另一块石碑上刻着"二战钢桥"，也就是公路桥下游的老铁桥，"因始建于明崇祯元年的盘江桥被毁，于1941年在上游修建钢架结构铁梁吊桥，长102.8米，宽7.3米，净跨37.15米。桥两头各有一哨棚，设有射击孔。在二战期间，作为抗战时中国与盟国的唯一战略补给线上的咽喉要道，直接而有效地支持了国内的抗战，是第二次世界大战远东战区西南国际大通道的交通命脉"。

实际上这座桥的历史要更复杂一些。1938年3月铁索桥垮塌后，新桥继续施工，是年5月10日通车，只是要限制车速和载重。为确保后方动脉畅通，在原桥处又建钢桁构桥，次年通车[12]。此后两年，日军出动63架次飞机轰炸这一西南交通命脉，累计投弹228枚。1941年6月8日上午，9架日机来袭，我在《晴隆县志》读到了分毫不差的记载："8时12分进入广西空域，17分飞经云南省富宁县上空，30分过广西西林县上空……5分飞经（贵州）贞丰县境，8分飞经花江镇上空，14分进入盘江桥上空编队,在距地面2千公尺高空,以纵队密集队形水平飞行,尔后从桥上游6公里处大盘江进入河谷超低空向盘江桥俯冲轰炸,守桥部队高机连无法射击,敌机连续投掷300至500磅高爆弹9枚,桥身及桥基中弹全毁,9时20分,敌机循原路出境。"[13]

滇黔公路中断后,国民政府西南公路管理处启动备案,采取三项措施维持通车:在上游抢搭浮桥;在原桥台上搭建钢索便桥,卸载通车;赶造渡船,整修码头。与此同时加紧抢通钢桥,于1942年4月19日修建完毕[14]——正是我站在公路桥上,往下游望见的那座暗红色的悬拉桥,两侧高大的水泥桥柱上各有四个正体字,东岸是"忠于职守",西岸是"固若金汤"。此时刚过下午4点半,阳光仍然强烈,桥上新铺的柏油路面散发出浓重的气味,没有车也没有人,虫鸣声不小,远山的之字形公路上有缓慢喘气的大卡车。去哪里都要翻山,去哪里都很远。我鼻子有点酸,大约也是走了大半天,用身体之疲累代入了当时中国孤立无援退无可退的历史情境吧,那是1941年6月8日,离美国正式参战并成为中国的盟国还有整整半年,中国抗战最黑暗的日子里,一座"固若金汤"的铁桥被炸毁了。

过了桥就正式离开安顺的关岭县,进入了黔西南州的晴隆县。我左转沿着碎石路一直下到铁桥桥头,那里停着一辆蓝色小车,晴隆过来的两对年轻男女正把一只鸡架在火上准备烧烤野餐。我攀上一侧山坡去看资料中所记的摩岩石刻,高处一无头坐像很是显眼,他应该是盘江铁索桥的始建者朱家民,时任安(南)普(安)监军副使,后升任贵州布政使。朱家民是云南人,盘江铁索桥即仿照他家乡的澜沧江铁索桥而建,如果不是头部在"文革"时被红卫兵砸坏，造桥始祖到现在还能看着这座已不承担交通功能的铁桥呢。另一尊摩岩造像是"达摩渡江"，按民国《安南县志》所载，这位禅宗的祖师爷高6尺有余，古黝光润，镌屐荷杖，赤足踏芦，动感强烈，乃元明时所凿，可惜同样毁于"文革"，仅存残迹，我在坡上搜寻半天也未得见。李霖灿当年经过时造像尚在，不过当地有人把达摩认作铁拐李，说是在建桥之初八仙化作八个叫花子来讨钱，修桥的人不肯给，以致酿成1938年3月那场垮塌灾祸。本地人大约就是从此开始求仙人保佑的，总之李霖灿所见的铁拐李"给他们用鸡血鸡毛涂得满身满脸"，"初一看，我还以为是瘟神或雷公"，"不但样子不大雅观，而且腥臭难挡……"[15]

许多途经铁索桥的文人骚客都在两岸留下了墨迹，但这些石刻和碑刻，部分毁于1936年始建滇黔公路时，1952年土改和1955年扩修公路又毁一批，"文革"时再毁一批，今仅存摩岩造像两处残迹和摩岩石刻十余处[16]。我从西岸走到东岸，又从东岸折回西岸，似乎岁月进一步侵蚀了这些文物，只辨识出"一线缝空"和"桥横云汉"两处石刻。铁桥走起来仍"屹然不动"，北盘江已不复当年湍流，一池碧水几乎看不出流向，几个人在桥下的平台上钓鱼——对照老照片，可以看出涨水前这里是高大的桥基——平台上还有对来往船只（但我并没有看到哪怕一艘）的警告牌：此处有桥墩，请靠中航行。钓鱼者看来收获有限，一直在骂，"妈的，都给它们喂饱了"。我在东岸还没被淹掉的碉楼边坐着发了会儿呆，1941年6月8日，日本轰炸机来袭时，无法还击的守桥部队是怎样一种心情呢？

三百八十年前，徐霞客过桥之后无暇细赏摩岩石刻，因为当时"暮雨大至";八十年前,湘黔滇旅行团分批渡河,也没人留意这些作品,这一天路远难行,他们又疲又饿,着急赶往当日的宿站哈马庄。由江边到哈马庄是十余公里的上山路,学生们个个口干舌燥,走了一段终于发现公路上几处坑洼里有前两天下雨的积水,虽是不折不扣的泥水,但实在太渴,也只好掏出搪瓷碗舀出来,闭着眼屏住气喝上两口,喉咙总算不发毛了[17]。哈马庄在安南(1941年更名晴隆)县城以东9公里处,学生们原本听说这里有某师长的别墅,可以宿营,但费尽力气走到这里,才发现那栋两层西式楼房根本不够住,也买不到柴米,只好临时改变计划,在饥渴交加中(有人还流着鼻血)继续上坡,在暮色中前往安南县城。[18]

这一天创下了旅行团全程跋涉的纪录,一共走了53公里——许多年后,不少人回忆起这段旅程,可能连沿途地名都忘记或者混淆了,但是53公里这个数字却没有一个人记错。抵达安南县城已是晚上8点,县城非常之小,虽有县府帮忙,住宿仍成问题,加上行李车未过盘江,铺盖炊具当晚送不到,累了一天的学生吃不上饭,也没有被铺睡觉,有人觅得一小面馆,如获至宝,纷纷前往就食,店主乘机敲诈,价高量少,仍然抢购一空,更多的人连面也没吃上,只能在饭铺或者县府坐着挨冻。再晚一些到的学生连坐的地方都没有了,大家只能各寻出路,钱能欣在县府大堂上坐了一夜,余道南和几个同学找到一户人家,花钱买了木炭围炉烤火,坐待天明,"饥寒劳累,大家闷守炉边,无心交谈",杨式德在饭铺待到深夜,最后在一家民房的地下睡了,一只草垫睡三个人,又租了两条被子合盖着,"被子破污,有鸦片烟味,一晚上没有能睡着多久"。南开电机系大一学生高小文清晨起来,发现街上"到处都有我们的人",一些同学蜷缩在路边屋檐下或门洞里,他说,"这是我们在六十几天行程中唯一乱了章法的一天"[19]。

不知是有意无意,他们都没有提起当晚的冲突,按清华化学系大四学生、后来的中国工程院院士黄培云的口述自传,那晚天气很冷,学生们多半在厨房里,借灶火的余热过夜,两位教授曾昭抡、闻一多也一样,"学生没地方睡,他们也没地方睡",唯独副团长黄子坚(黄钰生)住在小店里面,理由是,我得筹划下一步怎么走,但"学生都不服气,说:'大家都没有地方睡,没有东西吃,团长怎么就住在宾馆里?!'就吵,要打架"[20]。学号紧挨黄培云的清华历史系大四学生黄明信是黄子坚侄子,沿途一直帮叔叔做些杂事,他晚年的回忆是,那一天路很长,又很荒凉,水也喝不着,"所以大家都很生气。我的叔叔是团长,所以大家就攻击他,说是他没有安排好,我哥哥为了维护我叔叔跟他们也吵起来了"[21]。

南开化学系大二学生申泮文原本是没有机会参加湘黔滇旅行团的,卢沟桥事变后他投笔从戎,赴上海参加抗战,11月初日军在杭州湾登陆,包抄在沪国民党军队,申泮文随军溃退,绕道徐州、郑州、武汉去长沙,到临时大学报到复学,此时学校已开课月余,申泮文在败退中两腿感染,几乎卧床不起,跟不上选课,加之意志消沉,没有参加1938年1月的期末考试,被临大教务处除名。他找到黄钰生要求留校,起初被拒绝,后来南开几位负责人商议,允许他随旅行团前往昆明,作为返校生重新报到,这样既照顾了申,又不违反校规。但是申因为已被开除学籍,只能以"自费生"身份随团——事实上这个费用也不用他出,由南开大学代付。后来成为中科院院士的申泮文描述了冲突的另一个版本:"运行李汽车、打前站人员和伙食班全部被截留在盘江东岸,到夜幕来临仍找不到渡江途径,两位团长(黄师岳与黄钰生)为张罗汽车渡江事宜,也不得不滞留在东岸。大队师生犹如丧家群体……大家……疲惫不堪,肚子饿得咕咕叫,在县政府大堂忍饥席地挨坐待旦,辅导团老师曾、闻、李诸先生也陪着大学生挨坐。半夜有个别学生怒火中烧,开始诟骂两位团长,特别是辱骂黄钰生。老师们只好呆坐无言,代替两位团长听骂。……黄钰生有一位侄公子叫黄明义……是参加旅行团的成员,但此人患神经分裂症,一向不与人结群,独自孤身行走,这时也跟大家挤到一起来了,听到有人骂黄钰生,便与其发生口角,大吵起来,几乎动武。惊动了县长,深夜披衣起来劝架,形成一场闹剧。"[22]

晚年黄明信和一位团员重聚时还谈起过这段往事,后者说起黄钰生受到部分学生质问围攻,是闻一多先生出面解的围[23]。此事吴征镒在日记中略有提及,"辅导团诸公曾、李、闻诸先生也陪坐,并替两位黄团长挨了骂"[24]。我在另一位旅行团成员、临大中文系一年级借读生季镇淮所写的《闻一多先生史略》里看到了稍详细的回忆:"……部分学生与学校负责人黄子坚先生吵闹于县政府大堂,闻一多时在人丛中说:'我今年已是四十岁的人,我跟你们一样……谁要是有意弄得这样……谁还要活吗!'他用诗人的语言,没几句话使学生们立刻安静下来。"[25]

我曾经两次采访黄钰生的女儿黄满,她告诉我,父亲从没跟她提过旅行团的事儿,她是在父亲去世十多年后,天津市档案馆找他们家收集父亲遗物,才发现父亲写过一份两万多字的自传。自传用钢笔整整齐齐写在方格稿纸上,复印件,落款日期1980年6月10日第一稿,8月3日第二稿,她不知道父亲写过这个，也不知道他为什么写这个，"通过读这个自传我才了解了一些我父亲的思想，以前真是，白话就是，一点儿不了解父亲"。对于旅行团的经历，黄钰生写得很简单，也没有提及自己是辅导团主席，只是说他和闻一多、李继侗、袁复礼、曾昭抡等担任辅导员，"那是一次有意义的旅行，我的手杖上刻着'行年四十，步行三千'的字样，引以自豪"[26]。

袁复礼之女袁刚经常为黄钰生鸣不平，"我看人报道就（只）说闻一多，我觉得要比较实事求是，（旅行团）主要是黄钰生，黄钰生做了非常多的工作，而且他很有组织能力"。袁刚毕业于联大附小和附中，对昆明的八年如数家珍，"你采访他的那个女儿（黄满），她在昆明生的，我妈带我去祝贺的，因为对黄院长（黄钰生曾任联大师范学院院长）大家都很尊敬，一个对梅校长，一个对黄院长，都是众口一声说好的"。对于安南这次冲突，袁刚是这么理解的，"管事得多，挨骂得也多"。

天色又晚了一点点，回到西岸时野炊者的烤鸡已经好了，我咽了咽口水，开始往二十来公里外的晴隆县城进发。盘江江面海拔600米，而晴隆县城海拔超过了1500米，我气喘吁吁地连续上了好几个大坡，又经过一处滑坡路段，眼看天色越来越暗，有点焦急起来。沿途车极少，好容易来辆车，招手拦车，连续过去几辆根本不减速，只好继续往前走，傍晚6点多，身后开来一辆大货，这一回居然停车了，我隔着玻璃还没说几个字，司机打个手势让我上车。开心地跳进了开着空调的驾驶室，司机年纪和我相仿，贵州兴仁人，去前面的水泥厂拉货，我跟他说前面三辆大货都把我给拒了，他说以前治安不好，确实不敢随便停车，现在呢，"反正一个人开也是开!"他载我到光照镇,下车时我祝他一路平安,他笑,"十几年也遇不到这么一回!"看来这条路上搭车客还是稀有动物。

光照镇迎面而来的是高楼垂下的几条宣传标语,"贫困不除,愧对历史,群众不富,寝食难安,小康不达,誓不罢休",来自镇脱贫攻坚指挥部。镇上开往晴隆的班车停驶了,但非常走运地碰到一辆过路面包车,10元直接给我送到了宾馆,放下行李已是饥肠辘辘,从莲湖去往县中心还得爬20分钟陡坡,在一家"音乐餐厅"点了腊肉石锅饭和酸菜豆米,还送了泡菜、蘸水和只有贵州能吃到的素瓜豆——1942年《贵阳市指南》就推介过其"隽味",太饿了,一锅二碗一碟都被我横扫一空。

注释

1 杨式德日记。
2 《徐霞客游记》。
3 杨式德日记。
4 《晴隆县志》(抄录第一轮书稿),晴隆县史志办提供,见"水土保持"一章。
5 《关岭布依族苗族自治县志》,贵阳:贵州人民出版社,2002年1月,第80页。
6 钱能欣:《西南三千五百里》。
7 杨式德日记。
8 《徐霞客游记》。
9 《贵州公路史·第1册·古代道路交通·近代公路》,北京:人民交通出版社,1989年2月,第196页。
10 余道南日记。
11 余道南日记、高小文《行年二十步行三千》,张寄谦编《中国教育史上的一次创举——西南联合大学湘黔滇旅行团记实》,第233页。
12 《贵州公路史·第1册·古代道路交通·近代公路》,第196页。

13	《晴隆县志》(抄录第一轮书稿)，晴隆县史志办提供，见"重大战事纪略"一章。
14	《贵州公路史·第1册·古代道路交通·近代公路》，第196页。
15	李霖灿：《黔滇道上》，《大公报》香港版1939年10月25日、10月27日。
16	《晴隆县志》(抄录第一轮书稿)，晴隆县史志办提供，见"文物"一章。
17	高小文：《行年二十行三千》。
18	杨式德日记。
19	杨式德日记、余道南日记、钱能欣《西南三千五百里》、高小文《行年二十步行三千》。
20	《黄培云口述自传》，长沙：湖南教育出版社，2011年1月，第41页、42页。
21	黄明信：《我的藏学人生》，《中国藏学》，2016年第A2期。
22	申泮文：《长沙临时大学湘黔滇旅行团的故事》，《联大岁月与边疆人文》，天津：南开大学出版社，2004年12月。
23	黄明信：《三如与三立——家祭挽联的注脚》，《黄钰生文集》，天津：百花文艺出版社，2009年10月。
24	吴征镒日记。
25	季镇淮：《闻一多先生事略》，《闻朱年谱》，北京：清华大学出版社，1986年8月，第76页。
26	《黄钰生自传》，《黄钰生文集》，天津：百花文艺出版社，2009年10月。

第三十四章
晴隆—普安—盘县：不牢靠的记忆

睡了几点钟最甜蜜的觉—菲菲小姐—水上来不了的空中来—天天吃炒菜受不了—人人都会说些不三不四的英文—玉皇阁的命运—著名的二十四道拐—江西坡瘴气最重—把1948安插到了1938—县衙如猪圈—香火受得多了就灵了—指路的电线杆子—人心不古特立此契

炊事车是第二天中午到的，刚一到，旅行团的伙食房就忙了起来。当时安南县属麻风病区，民众对此病了解有限，歧视颇深，团部通知大家不得食用当地的鸡、鸭及蛋类，那天的荤菜，伙食房也不在当地采购，全部使用备用腌制品[1]。饿了一天，学生们在下午2点总算饱餐一顿，饭后，杨式德去县政府看报，读到一周前的报纸，报载中国国民党临时代表大会在武汉闭幕，会议选举蒋介石和汪精卫为总裁、副总裁，修改总章，颁布抗战建国纲领，还通过了战时教育实施方案。报纸全文发表了临时全国代表大会宣言，宣言太长，杨式德读着快睡着了，赶紧回到住处，此时行李车也到了，众人纷纷取出被褥，准备回笼，"睡了几点钟最甜蜜的觉"[2]。

安南县城很小，城内坡地，人家疏落，"只合北方一个大村而已",吸鸦片的人很多,杨式德借宿的民居,唧唧的抽烟声从傍晚一直响到深夜,鸦片味儿飘到楼上,他在日记里写了两次"令人作呕"。因为旅途劳顿,加上部分学生或因夜间着凉,或因路上喝了不干净的水,患了腹泻,旅行团决定再多休息一日[3]。13日天落着细雨,杨式德坐在门口继续读莫泊桑,这一天读到名篇《菲菲小姐》,不知妓女与神父对侵略者的反抗在他内心会激起什么样的情感?当晚,因为台儿庄大捷,又接到板垣师团和矶谷师团被消灭,及中国军队收复济南的最新消息,旅行团全员计划7点半到县政府前面的广场集合,参加庆祝大会。[4]

到达晴隆第二天上午,我去拜访史志办。晴隆又名"莲城",环城九山八凹,状似莲花,县城如花瓣顶托之蕊,海拔超过了1500米,从四面八方来都要上很大的坡。这里没有滴滴也没有出租车,最方便的交通工具是三轮车,我叫了一辆,在小雨淋湿的坡上缓缓行进,到了目的地附近,却不得其门而入,手机地图亦完全失准,一路问过去,经过某小广场时,一脚踩在破碎的地板砖上,脏水溅得左腿尽湿。广场上有个不大不小的水池,水面为莲叶铺满,淡红的小朵莲花星星点点——我后来才知道,这正是八十年前庆祝大会的举办地。

最终在一家花店的三楼找到了史志办。楼道里弥漫着带一丝甜的古怪臭味,工作人员告诉我,原本县团委也在这一层,搬走以后,闲置的办公室里进了一只流浪猫,不知何故,被困在里头饿死了,前几天才被人发现,味道就是这起悲剧留下的。史志办的领导们正在面试新人,他们准备招收五个编制外的员工,我在一间办公室里翻县志,《晴隆县志》是沿途县市第一个在大事记里提及湘黔滇旅行团的,叙事也比某些地方的县志要专业。一路走来，翻阅方志，和史志办打交道，深感中国虽有漫长的文牍传统，但各地水平实在参差不齐，又往往取决于某些偶然因素。以档案整理而言，有的县电子化工作尚在进行，有的县档案打包存库不见天日已经数年，在黔西南州，档案局与史志办并未合并，虽然史志办偶尔会抱怨档案局总能拿到经费，而他们什么也没有，但他们还是在档案局的委托下（上面给档案局拨了10万经费，档案局拿出8万委托史志办来做），用了10个人，花了三个月的时间，逐字逐句爬梳了晴隆县在抗战时期的档案，完成超过20万字的汇编，并即将出版。

"现在我们已经很难形容当时台儿庄大捷引起的（激动）反应，因为（中国）一直吃败仗嘛，所以那个对民心是非常重要的。"面试结束后，晴隆县史志办主任李泽文在他的办公室里对我说。民初以来贵州兵乱不断，加之长期处在半独立状态，普通民众既厌恶战争，又缺乏国族意识。旅行团到达之前那个寒假，晴隆"中学生抗日救国宣传队"下乡时，就有人说，"打仗，是国家的事，与我们老百姓无关"，"仗又是在大地方打，隔我们这里远着呢，有哪样怕的"，于是宣传队就得重点解释，这次反侵略的抗战与军阀内战，尤其是贵州人熟知的周（西城）李（晓炎）之战有何区别，为什么这次抗战事关"救亡图存""国破也会家亡"，以及，为什么现代战争无远弗届，陆上来不了的水上来，水上来不了的空中来，危险朝发夕至随时可到。[5]

1938年4月13日，小雨一直到傍晚还没停，聚集在县府前莲花池广场上的有六七百人[6]，其中有三百余名旅行团师生，还有三四百名当地学生、官员、保安队、工兵团等等[7]。雨雾弥漫了全城，加上夜色，周围几乎一切都模糊不清。县府准备了鞭炮和火炬，在团长黄师岳、县长钱文蔚、民众代表、同学代表依次发表讲话后，鞭炮在各处响起，火炬游行开始了。大家在雨天泥地里从城内走到城外，呼胜利口号，唱救亡歌曲，本地居民亦"倾城出现，叹为本县从来未有之盛况"[8]——虽然在吴大昌印象里，安南县城没多少人，"好像游行的人比看的人还多"。杨式德上午还在抱怨鸦片烟气味恶心，晚上走得布鞋和袜子全部湿透，"精神上却异常快乐"[9]，余道南直到返回住处后仍然兴奋不已，"久久不能成寐"[10]。

中午我在史志办的食堂吃了顿便饭。那是走廊尽头的一间屋子，灶台旁边就是圆饭桌，中间摆着一大盆清汤火锅，三四碗蘸水，从领导到见习员工都围坐在一起，煮土豆豆腐菠菜排骨，熟了就放到有煳辣椒和香料的蘸水碗里过一下，边吃边聊。食堂的大姐问我，"会不会觉得我们贵州人吃得太差了？"恰恰相反，我很喜欢贵州的蘸水，这种吃法毫不油腻，又风味独具。大姐同意地说，"我们觉得每一顿都不能没得汤，看到他们天天吃炒菜，受不了！"是啊，不过更让我觉得久违的是同事围坐一桌吃中饭的感觉，比各自在工位上吃外卖要温馨多了。

饭后，史志办副主任颜明贵带我去城里溜达。我们在细雨里绕着荷花池广场转了一圈，现在这里被大小楼房包围显得逼仄了，当年因为离县政府不远，有什么大事，从庆祝游行到宣判大会都会在这里举行，甚至公路上翻车出了事故，也会拉到这里来处理。

和湘西与黔东各县相比，晴隆的战时繁荣来得很晚，1943年3月，毕业于中央政治大学新闻系、时年28岁的江苏人耿修业赴任县长时,晴隆的街头还冷冷清清[11],1944年日本欲打通大陆交通线,发动豫湘桂战役,湖南、广西前线吃紧,大量盟军物资经滇缅—滇黔公路运往湘桂二省,车辆骤然增多,最高峰时每天有3000多辆卡车昼夜不停经过晴隆[12]。是年6月,为解决停车及官兵食宿问题,耿修业奉命将原西南运输局"晴隆整理场"移交给美国陆军建车站和给养站。7月,美国陆军1880工兵营抵达晴隆,驻扎在距县城南18公里的沙子岭,并建立美国陆军车站主站,主要任务是保障滇黔公路运输线的畅通,及整修沙八公路(晴隆县沙子岭至册亨县八渡)——另一条通往广西前线的运输要道[13]。晴隆迅速热闹起来,中国旅行社在这里开设招待所,而且是贵昆沿线少有的住宿条件:书桌、五斗柜、茶几、挂镜、棕绷床、纱罗帐,盖被另用白布大套,隔日一换,最重要的,有干净的卫生间可用[14]。美军车站和他们的牛肉罐头加工厂,设露天电影放映场,每星期五、六专为美军驻站人员和中国工人各放映一次美国大片。9月,小提琴演奏家马思聪途经晴隆,应全县各界要求,在县国民政府大礼堂举行了一场小提琴演奏会,演奏曲目有《思乡曲》《塞外风云》等,轰动一时。[15]

  1945年夏季,是晴隆空前的繁荣时期,耿修业后来回忆,"单是美国人即有三四百名经常的驻留着,上万的我国士兵还在这里医疗与训练。原来是一个非常荒凉的小城,一变而成为一个雏形的近代化的都市。每一个店铺里俱可以买的着美国货,每一个机关里的主管和职员都热情的学习英文,美国人在这里装置了电灯,成天的开放着无线电收音机,八十岁的老太婆,五六岁的顽童,都会说些顶好,买不买,很相因(很便宜)的不三不四的英文"[16]。美国在晴隆的影响如此之大,我在晴隆史志办整理出来的档案里还看到这么一条，美国兵站主管魏尔慕发出通知：各商店旅栈不许标售美国军队出卖的军队公用品，如有违犯，即以没收，并要察问其情形。[17] "倘使没有贯穿晴隆的公路，没有抗战的发生，试想在那万山丛岭中的小城，谁有去那里的必要？谁又能寻出前去的途径？"耿修业写道，"当我在晴隆每有厌倦的感觉时，我常以'别时容易见时难'来自解。又每当本地人与外地人发生争执时，我向他们排解说，这是一个难得的五方杂聚的良缘，若是战争胜利了，外路人复员还乡，再要见面也不可能……"[18]

离开莲花池后，我们开始爬坡，去看老县政府。现在这里是一个安静的小院子，门口的绣球花和院内的玉兰花开得正艳，整修过的老屋，换了红色瓦片，贴上白色瓷砖，已无半点"民国"气味，倒更像是1980年代的老年活动中心。1949年11月，贵阳解放前夕，国民政府贵州省主席谷正伦避至晴隆，在县政府办公。11月15日，解放军占领贵阳当日，国民党89军军长刘伯龙亦率部退至晴隆，逼谷交权，三天后，谷正伦就在我们刚爬完的坡上诱杀刘伯龙，随即布告军民，列刘十大罪状。同日，谷正伦等撤离晴隆前往盘县，此后入滇，由滇省主席卢汉派飞机送至香港。[19]

不远处就是莲城一小，学校操场一侧板报墙后面，是一座林木森然的石头小山，叫金钟山，明正德年间即在山上兴建寺庙，后改建阁楼，又铸玉皇大帝金身塑像，始称玉皇阁——湘黔滇旅行团途经安南时，闻一多还为它画了一张速写，从画像上看，玉皇阁三层三檐四角，尖顶耸立于林木和城内民居的马头墙之上，不知那晚令人振奋的游行，人们是否也曾到过这里？三年后的1941年，国民党军事委员空军总司令部第八无线电台迁到晴隆,驻玉皇阁。出于战时保密需要,空军电台在晴隆五年,以"柯字号第八信箱"为代号,知者寥寥,但在台长夫人田小青的推动下,1943年起电台开始为县民教馆的《抗战墙报》供稿,每日一期,消息准确无误,且比报纸快上至少三天,成为当年往来晴隆的旅人获知前线消息的重要来源[20]。八年后的1946年,县参议会议定,将玉皇阁改建为"抗日忠烈祠",不久内战爆发,未建。十九年后的1957年,"赶英超美",阁内铜钟被砸毁,因当时在玉皇阁设有民办小学,主体建筑尚能幸存,直到十余年后阁楼古木被捣毁一空[21]。我此时所见的,不过是一点残迹罢了——甚至金钟山也不再完整,房地产开发商在建小学后头的"天盛时代广场"时,把山也给挖掉了一半。

1938年4月14日,湘黔滇旅行团离开安南前往普安,是日天高云淡,西行五里,公路蛇形而下,呈许多"之"字形曲折,这便是当时还没有声名鹊起的二十四道拐。1943年,美国随军记者巴特拍摄发表了一张照片——长长的车队沿着"二十四道拐"的陡峭山路,从谷底向山顶缓慢爬行运送物资。如果说在抗战初期,罗伯特·卡帕拍摄于汉口的童子军坚毅表情特写(后来成为《生活》杂志封面照片)代表了中国反抗侵略的决心,那么巴特的这张,则凸显了中国长期抗战的意志,进而成为史迪威公路乃至中美友谊的象征。[22]

旅行团经过之时,滇黔公路远未满载,但他们还是在二十四道拐遇到了几辆上驶汽车,车子每一次急转弯似乎都有倒栽下去的危险,这时司机要令助手下车以三角木垫住后轮,再开足马力继续上驶。尽管发动机不断发出吼叫,但速度仍与步行相差无几[23]。比较起来,下行的学生们就轻松多了,他们还能欣赏沿途的飞瀑和盛放的杜鹃花,"微风中带着自然的芬芳"[24]。

颜明贵带我开车走了一趟二十四道拐,也是下行,让我有点意外的是,沿途居然郁郁葱葱,和巴特照片中光秃秃的山道全然不同。颜明贵告诉我,这些都是后来栽种的楸树,抗战期间因为生活和运输都要大量木炭(在抗战后期的西南西北,木炭车占比35%[25]),山上的树都被砍得差不多了。

这段4公里的公路仍保留了当年的泥结石路面,大约是因为林木遮挡,行驶在其中不大容易感受到危险,弯道虽急,但坡度不大,所以控制速度并不困难,难怪1940年陈嘉庚回国考察,由昆明乘车前往贵阳,途经二十四道拐时,会觉得此路并不如传闻中危险,"盖每弯曲一层路,长约五六百尺,以高卅尺而斜势配许多长,计斜度不及十分之一,且阔量充足,为极平稳之上山车路",这让他感叹了一番国民性,"我国人常欲以无稽欺人,意者非眩其经历,则平素好荒谬,而不顾人格也"[26]。

当然,战时西南行路之难,远不只在公路的斜度。由于中国没有自己的汽车工业,大小车辆乃至各种零部件全靠国外,抗战爆发后进口困难,连起码的汽车保养和修理都成问题,车辆完好率极低,进厂待修或坏置路旁的车辆占总数六成

安南到普安之间的盘山路(杨嘉实提供)

以上[27]。在安南县城的第二天，余道南晚饭后在街道散步，遇到了同乡北大经济系大三学生白展厚和中文系大四学生张盛祥，他俩原本随团步行，白因身体肥胖，张因弄伤了腿，都在永宁请假，搭乘客车赴盘县，再转车前往昆明，没想到车辆中途发生故障，沿路修理，结果比步行的余道南还晚一日到安南。[28]

1939年3月，湖南省教育厅厅长朱经农（就是曾为长沙临大的教授们四处张罗找房的那位）去昆明出差，乘汽车返湘后写信给友人描述经历，一句话概括是"乘公路车赛过拼命"。他乘坐的客车刚离开昆明70多公里，遇上军事委员会运输处的一辆货车，因为着急赶路，双方互不相让，"狭路相逢，立时互撞"，险些跌入河中。事故让两车俱损，司机互相指责一番，一起搭便车回昆明了，说是另找车来接运。满车乘客从上午10点半等到下午3点半，不见车来，只能分搭货车，前往曲靖过夜。次日在曲靖等了一天，车还没来，说是派出的车也抛锚途中。第三天车来了，极破烂，连挡风玻璃都没有，一路吃土，没开多久，电瓶坏了，只能请别的车拖行一段才能启动。过平彝，刚刚登上山顶，手脚两刹也坏了，下坡上岭，危险异常，司机冒险开到盘县，筋疲力尽，无法前进，只能再耽搁一晚。次日车修好了，司机放出豪语，一天半可到贵阳，谁知山行不远，喇叭又坏了，盘县至安南间山路崎岖，百转千回不止一个二十四道拐，对面来车无法望见，鸣不了笛，于是每转一弯，司机便"令全车乘客大声呼叫"，警告对面来车，总算抵达安南。第二天，站长亲自修车，清晨出发，满心希望当晚能到贵阳，开了不到两个小时，零件又坏，候修理车甚久，抵关索岭已是下午。此后汽油两度耗尽，两度买油，当天只赶到安顺。次日由安顺发车,离贵阳仅有90公里,眼看省会在望时,前轮爆胎。朱经农只好把行李暂留车内,搭货车先行前往贵阳。又因行李未到,衣服单薄,在贵阳受了寒,身体难受,面部浮肿,好在,由贵阳回沅陵(当时的湖南省政府所在地)搭上了资源委员会的小车,只是最后抵达时仍然"满面青紫,形如戏台所饰妖怪"[29]。——一位政府官员尚有此遭遇,平民百姓在路上的困难可想而知。

下到第十一道拐时,我抬头往上看了一眼,小雨停了,但深绿色的山头仍藏在雨雾里,露出的巨大陡峭山体渐次逼近,有压顶之势。山顶的观景台不得而见,想必从那里看我们也是一样,上山拍全景的计划只能告吹。耿修业当年描述过晴隆的雾,"每年从十月开始到次年二月,几乎有五个月的时间,山城被浓雾笼罩着,雾浓的时候,伸手不见五指,人坐屋中好像在乘飞机航空"。回忆这座西南小城时,抗战已经胜利,他也已复员回到江苏,"对于大都会里的勾心斗角与欺哄诈骗等种种复杂的怪现象,使我们异样的不舒服和不习惯",倒令他怀念起晴隆来了,觉得"那种地方真可以称作世界的桃源",似乎忘了他在晴隆时,还常对那里的美国军官说,如果你们能够在回国前光临现代化的上海和南京,你们才能明了真正的中国。[30]

我们回晴隆县城时走的是320国道,二十四道拐已不再是国道的一部分,而是全国重点文物、国家首批抗战遗址、爱国主义教育示范基地、"中国最美十大公路"之一、晴隆的头号名片景点。2011年到2015年,它接待游客330万人次,旅游收入累计10.7亿元。2015年,电视连续剧《二十四道拐》在央视播出,虽然按照晴隆史志办工作人员的说法,这里头只有30%

历史，但毕竟是让二十四道拐更出名了。在半山腰，我们停车休息了一会儿，这里能看见谷底不少红瓦屋顶的别墅，那是晴隆为吸引游客新近打造的"史迪威小镇"，里面有美式乡村教堂、酒吧、咖啡馆、美军指挥所、射击场、商业街、生态酒店等等。按照规划，晴隆还要在盘江桥到二十四道拐一线推出CS真人秀游戏，主推军事创意文化，建设CS体验主题公园。

史迪威从未来过晴隆。我向史志办主任李泽文问起这个，他说他以前也喜欢较真，后来觉得没什么意义，还影响县里招商引资，现在他倾向于"不去争辩，一笑了之"，把记录事实的"历史线"和找亮点的"宣传线"分开来看——如果有人觉得什么都能和美军扯上关系更有利于发展旅游，那就让他去说好了，"说得越大越好，你们说美军亲自修（盘江）桥，甚至死了一两个美军我都没有什么意见，只要不说是正史就行"。

但他还是对二十四道拐观景台上的一个雕塑耿耿于怀。那座雕像是根据一张著名的照片——美国大兵找中国老农借火点烟——制作的，李泽文觉得，雕像把中国老百姓的膝盖弄弯了，是卑躬屈膝甚至有点猥琐的感觉，这让他很不高兴，县里相关的各种会议他都要提意见，主张把那个雕塑给拿掉。

我下了颜明贵的车，到二十四道拐游客中心又询问了一下观景台的天气，售票员说上面还是雾大，不建议我去了。只好去旁边的"安南古城"逛逛。这里的一切都是按照电视剧《二十四道拐》建的，看起来像一个片场，几个大妈戴着贝雷帽和墨镜，穿着美军军服，我以为是工作人员在cosplay，一问，原来是贵阳来的游客，刚刚从云南旅行回来。"我们28号出来，现在还没回家！"其中一个兴高采烈地说，她左手拿着把假手枪，右手拿着iPhone，摆出酷酷的pose。

离开安南县城二十五里是沙子岭,"沙八公路"由此与滇黔公路分道扬镳,向东南折向广西,要到1944年年底黔南事变,日军直捣贵州独山县、黔桂公路中断后,这条公路才会发挥最大的作用。眼下它刚修好不到一年,因为赶上贵州大旱,疫疠流行,有242名筑路工殉职,钱能欣看到当局为他们修建的纪念亭,"今日死者死矣,留在人间的是他们的血汗生命所成的大道……旅行者过此,对无名英雄,表示敬意。西南的开发,他们做了先导"[31]。越沙子岭,过江西坡,传闻此地瘴气最重,学生们不敢喝水,忍渴继续前进,当晚7时抵达普安县。[32]

　　沿线黔省各县都有城垣,唯普安独无,一条滇黔公路即为县城主要街道。城里有一县立小学,是这里的最高学府,毕业生就到乡村小学去当教师,一位旅行团的学生由此想,贵州需要大量的职业学校和师范,他还注意到当地农民留着子弟在家拾柴放牛,不肯送去上学,"理由是毕业不能做官,而且(受了教育后)可不愿拾柴放牛了"[33]。湘黔滇旅行团在普安休息一日,天气连续晴好,学生们纷纷将几日来汗湿的衣服洗完晾晒[34]。城西有条小河,杨式德邀同学到河边山坡上晒太阳,这里青草满地,他们铺上大衣,静静地躺着。普安产核桃,一钱可买四个,杨式德一边吃一边继续读莫泊桑,《两个朋友》与《懦夫》[35]。

　　对于旅行团在普安的其他活动,所见学生日记无更多记载,我在地方文史资料中读到一篇《西南联大过普安》的回忆录,作者卢昌隆,当年在盘水中心小学——正是旅行团投宿之处——读高年级。他回忆旅行团300多人分批抵达,每一批住下后都要邀请学校师生和他们开联欢会,还会买些葵花籽和糖果作为招待,"我们观察这些大学生说话真是客客气气,相互之间很讲团结,没有看到一次争吵"。联欢会除了互相交谈、讲笑话之外,主要是双方师生自由组合独唱或者合唱[36]。不过,卢昌隆似乎记错了旅行团的交通工具,称他们是乘坐大货车来的,如果说这只是细节问题,那么他关于学唱歌的回忆,则体现了在外部环境的影响下人的记忆有多么不牢靠。

按照卢昌隆的说法,旅行团的师生们教他们唱了两首新歌,唱完后还把歌单留给他们,这让他"记忆特别深刻"。一首叫《茶馆小调》,讽刺政府不许民众谈论国事,"大家痛痛快快地谈清楚,把那些剥削我们、压迫我们、不让我们自由讲话的混蛋,从根铲掉";另一首叫《五块钱的钞票》,"这年头,怎么得了,五块钱的钞票没人要,街头茅房到处有,垃圾堆里找得到……穷人吃不饱,富人哈哈笑,这样的日子怎么过哟!快把世界来改造"[37]。实际情况是,在1938年,西南地区的通货膨胀并不严重,以五块钱国币(法币)的购买力,实在是一笔"巨款"——可资参照的是,一位旅行团学生记述,在贵州,大多数时候,甚至国币一块钱都会因为面额太大无法使用,而一个小学教员每月薪水不过三四元,有的只有八角[38]——无论如何,不可能"没人要"。卢昌隆还回忆说,这两首歌很快在普安传唱开来,不少年轻人就是唱着"快把世界来改造"走上了革命的道路——或许正是时代后来的走向反过来渗入了卢的回忆,让他把只可能出现在抗战后期或者国共内战时期的场景安插到了1938年春天。

到普安次日一早,我打电话给当地史志办,是一个中年妇女接的电话,讲明来意后,被告知:"我们这里有的,网上都有,你自己去网上查嘛!"我解释,这一路我都在通过史志办查资料,哪怕只是翻翻县志,也多多少少都有收获的。"她把电话挂了。我又打过去,"请问你为什么挂我电话?""你在说什么我不知道,也不了解。""那麻烦你介绍了解的人。这样直接挂人电话很不礼貌。"她又把电话挂了。

抗战后期,晴隆崛起成为繁华的中转站,而临近的普安则因不是交通枢纽而落寞下去,"有如孤城荒村,客至似临沙漠",县府偏于一隅,"路窄狭而污积",办事人员因县长初换,皆无精打采,新县长为人倒是笃实,有"好好先生"之风,但工作无法开展,甚至县府中的办公器具都缺乏,原来这些东西之前"多借自民间,县长调换后,或将其还与,或被少数不肖职员携去,常致青黄不接……英雄无用武之地矣"[39]。

时移世易,如今晴隆人说起普安带着羡慕的口吻,"财力雄厚","拆迁搞得好"。看起来确实如此,大半个普安县城都笼罩在打桩机碎石机的声音里,老东街的房子已被拆光,戴着黄色头盔的工人正给一块二十多米高的岩壁加装紧身衣一般的防滑坡网格。老西街的支巷还保留了些老房子,一家门口挂了排金黄的苞谷,养着花鸟,红色对联还没褪色,但被拆迁吞没也是迟早的事儿,一个提着旱烟、长着寿眉的老爷子头也不回,"红头文件,你有什么办法?"我在街边吃了碗羊肉粉,退房出发前往下一站盘县。

11点半,天上飘起了雨丝,告别海拔接近1600米的普安县城开始爬山,远一点的山头都泡在雨雾里。在一个可以俯瞰全城的叫夹马石的地方,我遇到一位老道班工人,跟他聊起老普安的样子。他说,老城很小,解放前普安人有一首打油诗自嘲:"好个普安县,县衙如猪圈,大堂打板子,四门听得见",小归小,"但精致,都是山墙",抗战之前修公路是第一次破坏，后来的不必说了。他曾在湘黔滇旅行团投宿的小学读书，就在文庙里头，现在也都拆干净了，"不得喽！""不得喽"，贵州话意为"没有了"，一路听到的高频词汇。我又问起杨式德和同学晒太阳的河边山坡，他说那是他小时候常去玩耍的地方，现在是金桥百货。听完他的描述，我往下拍了几张全景，感觉在讨厌的史志办和工地噪音之外，看这座城市又有了一种新的眼光，雨雾仿佛也温柔了起来。

一路上大坡，海拔一度超过了1700米，地名也契合：插天垭。这段路程风光平淡，那些神交的朋友们都在日记里一笔带过。我走烦了，从手机里翻出《徐霞客游记》来读，找到安南后往下找"新兴"——普安旧名，"入东门，出西门，亦残破之余也"，之后"连逾二岭脊"，兜兜转转上上下下，听到水声淙淙，"忽见一洞悬北崖之下，其门南向而甚高……深仅数寸，而阔约二丈……征洞名于土人，对曰：观音洞"[40]。此刻是中午12点40分，公路在谷地中平滑地伸向远方，右侧几十米外，小山朝南侧有一崖壁，七八个人聚在下面好像是洞口的地方，我加快脚步走到通往崖壁的小路路口，那里立着一块牌子：观音洞。

我起了一身鸡皮疙瘩，冥冥中某种东西把我带到这儿，又让我分毫不差地在这里读到这段。下国道，上小路，灰鹅在田里尖叫，两只鸭子低头觅食，一头黄牛甩着尾巴。穿过一棵伞冠很大的桃树，风吹得树叶飒飒作响，我的心情也是如此，徐霞客当年看到的景物也奔涌过来，"大叶蒲丛生其间，淬绿芎于风前，摇青萍于水上，芃芃有光"[41]。

那十几个人在分吃一个柴火大铁锅上煮的乌鸡，我刚过去，他们就招呼我，"吃饭！"很快给我也盛了一碗，乌鸡汤黄澄澄的，非常之油。我边吃边问他们在做什么，一个女的简单答了句"吃斋饭"，其他人也不怎么说话。我很快意识到自己有点没眼力见儿，那位年纪最长的老人家一直没开口呢。赶紧毕恭毕敬向他请教，他用我听不太懂的方言解释了一通为什么这斋饭是荤的，好像与东岳大帝有关，零零星星听下来是一个赎罪求子的故事。吃完饭，老人带着我上台阶一直走到洞口，给我看上面一块块功德碑，其中一块是个想要保平安的煤老板捐的，"信得很！"能看出这里香火很旺，洞口的龙头石雕被熏得又黑又亮。和徐霞客描绘的一样，洞很浅，里头供有观音大士的雕像和相框，"有求必应"四个红字颇为明显。

老人家今年80岁，知道徐霞客，也知道徐霞客来过这个洞，"他是个大测士嘛！"他说自己看（守）这个洞看了三十年，"你们有投资（捐功德）的尽管来找我，有黔西南州的条子……"从洞里出来，下台阶，在我们之前吃乌鸡的地方，一个戴法帽的女人唱着咒语，拿木鱼一样的东西刮擦一个跪着的中年女人的背，据说她是来还愿的，今天是个还愿的好日子。

离开观音洞，又走了半小时，经过路边土地公公的神位，我在一个小卖部门口喝水歇脚。这地方叫"十里上"，小卖部门口是村民聊天的地方。我向他们问起观音洞，都说香火极旺，每年二六九三天大排长队，晴隆的盘县的都会过来，几千信众，求各种事情，算命先生都会来上百人，堵车堵得一塌糊涂。一个大叔说，他的一个同学，不信这些东西，进了洞还非要撒泡尿，第二天耳朵就灌脓了，怎么都治不好，直到二月初九去给菩萨上香认错，"这种东西，香火受得多了"，大叔总结:"就灵了"。

经过"半个菁"时,我看到一堆煤石,一个工人在往铲车里挑拣一些小的煤块,6毛钱一斤,给洗衣房烧锅炉用。城市里许多酒店的毛巾床单被罩就是送到这种地方来清洗的,溜进这个乡野洗衣房看了一眼,不算太脏。下午2点半,天非常阴了,雨丝飘得又密了些,我开始下一个很长的坡,大约是在这个位置吧,八十年前杨式德看到有两班壮丁,正在路上演习步法,这给他的感觉是,"这次抗战,实在是动员了全国的人力"[42]。

往前是九峰寺,准确地说是寺的遗址,前面的雷神殿已成菜地,种着菊苣,后面的大雄宝殿,石砌基座尚有留存,木结构只剩骨架。前后殿之间有"龙饮池",据《普安县志》记载,"泉水清洌味甘,四时不竭"[43],如今那尊瞪大眼睛的石龙头尚完整,还有水滴出,下面的井已经非常浑浊。问附近年纪大一些的居民,说是1958年毁的,把菩萨拖出来都敲碎了。建筑则是年久失修,慢慢墙倒屋塌了,剩下几块有着精美雕纹的门板,被文物部门拿走了,说是要重建来着,一直还没建。翻阅县志,说这里原有六角形木塔一座,"垒山墙与寺相连,混为一体",民国时期还两次整修,"寺外满山环植罗汉松"。木塔是1967年拆毁的,罗汉松则于1958年遭到火焚,遗址上还有一株不知是不是幸存者,碗口粗的树干上用几层透明胶带贴着落款九峰村委的A4纸:"寺庙风景区重点保护,破坏者罚款1万元"。

我继续下坡,前头有个穿蓝布衣服戴小帽的老人,我们在路边聊了一会儿,她说起当年的九峰寺,"几个佛,金光光的,漂亮得很!"又给我指当年钱能欣笔下"山峦高耸,树木繁"[44]的九峰山，现在一半是梯田，一半光秃秃的，朝公路这边有个巨大的滑坡面。老人说这是以前挖煤造成的，"把山都挖空喽"。我对照杨式德的日记，"这一带的土壤……有煤层露出来，是无烟煤，质料很好，煤层厚度有一百厘米的"[45]。不过据说现在政府决定要发展九峰山的旅游了，老人表示认可，"外国人喜欢爬山"。

下午3点多，我快速通过了有许多落石的滑坡路段。前面弯道形成的舌头上有一片油桃林，结了许多果，看林子的大叔热情地让我摘一个尝尝，谈不上多好吃，但新鲜清脆。他是沿途第三个毫无来由就认为我是记者的人，他也有自己的问题要反映给媒体：政府拓宽公路，砍了他家40棵树，只赔了9000块，亏了大本，"我老远就看到了你，我看你像记者！我们就是碰不到记者啊！来了记者都被县政府拉去招待了！"

公路继续盘旋下行，我决定试着抄近道走小路，泥结石路面，嵌在紫红色的山腰上，左边是不太深的悬崖，农舍、大豆田、玉米地一览无余。在一个拐弯处，两个男人在悬崖边砌一间小屋子，一个鼻头长着青斑的男人对我哇啦哇啦说了句什么，我愣了下神，另一个男人从小屋的坑道里探出头来："他说他认识你呢。"他们在悬崖边上盖厕所。

小路很具迷惑性，岔路时想当然走较宽较平的那条，走了老远才发现错了，手机地图也不管用，会把你带向死胡同。最终我靠不停问路才走回国道，比不抄近路耽误了多得多的时间。这还是在满布农舍的山谷，要是在无人的荒山古道，大概就没那么容易脱身的。当年旅行团学生抄小路时有个指路办法，就是看着电线杆子走，清华土木工程系大四学生庞瑞有回一个人抄小路，也想用这个方法，结果山势太险，这一招也不灵了，电线杆子过得去，人过不去，最后不知怎么走回公路，当天很晚才赶到宿营地，又急又累，大病一场。[46]

绕路饿肚，我在国道边一个小摊要了一杯豆浆两根油条，在苍蝇的轰炸下吃得心满意足。摊主是个年轻的妈妈，要炸油条，还得防着孩子把手伸进油锅，结账时我用微信付款5元，她的微信名叫我的青春喂了狗。没两步差点又走错路，左边是县道，右边才是320国道，但县道修得比国道好多了。沿着坑坑洼洼的国道一路往下，到了徐霞客和湘黔滇旅行团都到过的三板桥，一个开着石榴花的小镇。乌都河在这里分开了黔西南州和六盘水市，和八十年前一样，"水急湍而浑浊"[47]，过河有三座桥，我在这里一边等开往盘县的过路车，一边和桥头两个无所事事的男人聊天，他们告诉我，这三座桥分别建于清代、民国和解放后。清代那座石拱桥从前是滇黔驿道必经之路，保存完好，但已不复使用，有人在上面铺了土，开垦成菜地；解放后修的桥最宽，当地人把它当作了停车场，而选择从民国时修的桥上通过，虽然后者狭窄破烂不少。讲古讲开心了，一个人又拉着我去他朋友家看民国地契，说他朋友靠地契证明了私有产权，和政府打官司，没让政府把他家的地给征走。地契是1921年的，房屋买卖合同则是1944年，合同毛笔字所写，"人心不古，特立此契"。

回到桥头已是下午6点多，错过了末班车，搭村民摩托到了英武镇一个面朝虎跳河大峡谷、海拔很高的三岔路口，等另一条线路的乡村中巴。天色已晚，大雨将至，雾气从谷底慢慢爬上来。半小时后，车到了，雾已非常之大，我们在白茫茫里——可能就是朱经农当年被迫当人肉喇叭的路段——向终点盘县（现在叫盘州市）驶去。

注释

1. 高小文:《行年二十步行三千》,张寄谦编《中国教育史上的一次创举——西南联合大学湘黔滇旅行团记实》,第233页。
2. 杨式德日记。
3. 杨式德日记、余道南日记。
4. 杨式德日记。
5. 《抗战后方重镇》,北京:中国文史出版社,2005年8月。
6. 杨式德日记。
7. 德瞻:《贵州步行记》,《宇宙风》,1938年,第75期。
8. 余道南日记。
9. 杨式德日记。
10. 余道南日记。
11. 耿修业:《忆晴隆》,《旅行杂志》1947年1月刊。
12. 《抗战后方重镇》,北京:中国文史出版社,2005年8月,第4页。
13. 《晴隆抗战历史档案汇编》书稿,晴隆县史志办提供。
14. 酒风:《晴隆散记》,《旅行杂志》1944年7月刊。
15. 《晴隆县志》(抄录第一轮书稿),晴隆县史志办提供,分别见"文化事业"和"文学艺术"章。
16. 耿修业:《忆晴隆》。
17. 《晴隆抗战历史档案汇编》书稿,晴隆县史志办提供。
18. 耿修业:《忆晴隆》。
19. 《晴隆县志》(抄录第一轮书稿),晴隆县史志办提供,见"重大战事纪略"一章。
20. 《抗战后方重镇》,北京:中国文史出版社,2005年8月,第57页。
21. 《晴隆县志》(抄录第一轮书稿),晴隆县史志办提供,见"文物"一章。
22. 参见:韩继伟、彭建兵《重启史迪威公路的多视角分析——以贵州晴隆"二十四道拐"为切入点》,济南:齐鲁书社,2014年4月。
23. 余道南日记。
24. 钱能欣:《西南三千五百里》。
25. 引自李占才、张劲:《超载——抗战与交通》,桂林:广西师范大学出版社,1996年12月,第163页。
26. 《陈嘉庚回忆录》,北京:东方出版社,2010年11月,第183页。
27. 李占才、张劲:《超载——抗战与交通》,第160页。
28. 余道南日记。
29. 朱经农:《乘公路车赛过拼命》,《抗战与交通》,1939年,第20期。
30. 耿修业:《忆晴隆》。
31. 钱能欣:《西南三千五百里》。
32. 余道南日记。

33	德瞻:《贵州步行记》,《宇宙风》,1938年,第75期。
34	余道南日记。
35	杨式德日记。
36	卢昌隆《西南联大过普安》,《普安文史资料 第2辑》,1986年11月。
37	卢昌隆《西南联大过普安》。
38	游子:《贵州观感》,《宇宙风:乙刊》1939年创刊号。
39	黑子:《普安阴影》,1944年10月6日《贵州日报》,《抗战期间黔境印象》,贵阳:贵州人民出版社,2008年1月。
40	《徐霞客游记》。
41	《徐霞客游记》。
42	杨式德日记。
43	《普安县志》,贵阳:贵州人民出版社,1999年10月,第1039页。
44	钱能欣:《西南三千五百里》。
45	杨式德日记。
46	洪朝生来信,张寄谦编《中国教育史上的一次创举——西南联合大学湘黔滇旅行团记实》,第303页。
47	杨式德日记。

第三十五章

盘县—富源：人生百年，也只是转瞬间的事

民国档案的灰太大了—这气恼是我每日少不了的工作—利用京滇周览团给政府施压—鲜美的破酥包—希特勒沾沾自喜—扶摇直上的城墙—教师全武行—复杂的闻一多—天街的星光—溶洞里蝙蝠飞进飞出

> 在风清月朗的时候，总希望能忆起一首读过而幽美雅趣的诗或词，有时候能到一个清静的树林亦是山坡，而且无人最好，我就放开我的喉嗓歌出那美好的歌曲，以把我积郁的烦恼，播散在这原野的树林中，使我的心怀为之涤洗，也不再染市上的污气。这样的触景兴怀，我就联想到我的前途，是光明呢，还是黑暗，我总觉得茫然！
>
> ——袁章益，盘县师范第十八期学生，1944年12月30日

一早给盘州市档案局打电话，听声音那头又是位中年妇女，讲话嘎嘣脆，想到普安那位，感觉有点不妙，结果讲明来意，她爽快地答："你直接来嘛！这是我们的工作范畴嘛！"遂打车前往，先翻县志，再查1938年4月前后，可能与湘黔滇

旅行团有关的档案。翻档案时,来了位六十来岁的男人,他来查自己知青时的资料,很快找到了。盘州的民国档案还在电子化中,科长带着我去电子阅览室继续查阅,十几个人在里头扫描归档,一个月能扫描十几万张,好些人戴着口罩,"民国档案的灰太大了"。负责电子化的是云南的公司,但分公司负责人是贵州人,许多发黄的纸张薄如蝉翼,他叮嘱手下的人要特别小心,"我感觉这些都是我们贵州的历史"。

档案中盘县师范就占了好几盒,毕竟是当年黔西最高学府。翻阅盘师档案时,我偶然间读到了袁章益的这份自传。自传一共只有四篇,1949年政权更迭之际,旧省府紧急疏散,由贵阳西迁晴隆又迁盘县,驻县政府各科室内,档案馆部分卷宗来不及迁移,损毁八十七宗[1],说不定更多的自传就在那里头?谁知道呢。不过,在无尽的枯燥公文、训令、报呈中,这四篇文章有难得的个人色彩,让我可以管窥当年智识青年的烦恼和希望。

袁章益的字儿很漂亮,笔锋稍硬,让我感觉他是个一板一眼严肃的人。他出生在一个商人家庭,从小非常幸福,但8岁时父亲病故让他"失去了一切",靠着亲友资助才能继续读书,而读书的时间总感觉不够用,功课跟不上人家,史地、理化、生物尤感痛苦,国文、算术和音乐倒是较有兴趣——所以才想要借诗词到无人的山坡好好宣泄一番吧?

李正明是唯一使用半文言的,他出身布衣,读书时被富家子弟欺负,以拳头还击,回家后,得知此事的父母用桑条鞭打他直至"肤血流地",斥责他在家庭贫贱不能自存的情况下,好容易获得学习机会,却去惹事,"当鞭汝以死,吾绝不流眼泪",李正明"毛骨悚然","久久不敢仰视",自此谨小慎微循规蹈矩,"抱着何事不可做,何人不可为的决心,向学业上迈进"。

胡彰义同样家庭贫困,还一度考学失败,重获读盘师的机会后,他想起第一次败录时的心境,"韶光却渐渐的堕入灰色的暮途中去了",不愿回忆往事,"觉得有无穷的感想,但是过去的尽管过去,未来的也尽管未来,新的来旧的去,人生虽是活到百年,也只是转瞬间的事吧。茫茫的前途,哪里还用去找到一个新的幼年时代呢"。

冯思明的自传最长,错别字多,常不通顺,但有拙朴的力量。他觉得长到十七八岁,身体越来越高大,人情世故也知道了不少,但缺点却越来越多,"屈指一算,真令人难堪"。他反思自己的缺点,一是字识得不多,写得不好,二是缺乏耐心,性极暴躁,"不知我情性之人以为我是粗野的",三是缺乏好胜心,四是不爱笑,因为"在我的心理上堆满了悲哀苦痛,有时脸上虽也有点微笑,而没有一个真正的大笑。只有气恼。但是这气恼是我每日少不了的工作。啊,如今的世界可说是形形色色的无奇不有,有的是无智无识的愚人,有的是得过且过的懒人,有的是无恶不作的坏人……但是我的志愿呢?哎,宇宙之大,事业之广真是不可以限量,而人生一世不过百年之光阴,以百年有限之时光去做无限之事业成就的有多少呢?……"

1930年代贵州决定在全省开办四所师范学校,初定遵义、镇远、毕节、兴仁四地,盘县当地乡绅获知消息,通过张道藩等人的努力,原拟在兴仁的省立师范改设盘县,名"贵州省立盘县师范学校",1936年开始招收第一期学生,校址选在盘县城内山上的凤山书院。1937年,省教育厅派武汉高师毕业的胡国泰任校长,胡施教严谨,每夜学生住校自习,必提灯逐室查看。他也颇具手腕,到校不久即为盘师扩张地盘向省里呈请,要求山下用地,以解决舍宇狭窄问题,我在档案馆看到了他手书的信件,甚至利用京滇公路周览团向省教育厅施压,"新生入学将何处安置?京滇公路周览团行将过境,将如何整顿均不能不顾……计周览团行程,本月底而可到盘,为时紧迫……"

在盘师顺利拿到山下武营的新校址后,驻地机关陆续搬迁,唯有盐务缉私队借故拖延,胡国泰几次呈请政府催迁未果,某个周一,升旗仪式后,他对全校学生发表讲话,说教室和学生宿舍都不够用了,但盐务缉私队不肯搬家,催迁一个多月,"光打雷不下雨"。讲完话后,胡当场组织队伍,老师们去发动地方乡绅和学生家长,低年级的初中部到各街宣传,高年级的师范部则由校长率领下山与缉私队评理,"这是我们正义的斗争,望坚持到底,决不让步,出了问题,盘县政府负责"。

有在场者描述,学生们雄赳赳气昂昂整队下山,赤手空拳与盐务兵扭打,哨兵有枪不敢开,学生仗着人多,又从后门包抄,潮水般涌入,上房搬瓦、拆门窗,缉私队队长当场承诺"立马搬"后,房上的学生才停止拆毁。[2]

盘县师范的这次突袭是那个年代学生力量的一个小小注脚(盘师后来闹过不止一次学潮,赶走过一位校长,以致教育部长陈立夫路过盘县,还专门去学校训话[3]),也间接给湘黔滇旅行团帮了一个忙。几个月后旅行团途经盘县,得以全体借住在盘师,余道南对这里的印象是,"学校范围较大,设备完好,学生约二三百人,学习成绩闻为全省师范之冠"[4]。

在城外,湘黔滇旅行团受到师范及小学生的列队欢迎[5],他们一定注意到了这些学生也和他们一样穿着军装,系皮带,打绑腿。卢沟桥事变后,胡国泰带头穿上了这身行头,并推行军事化管理,在学校以军号声代替打钟声,新生入学还要到贵阳军训三个月[6]。可惜,旅行团师生并未对这位个性校长留下任何记述,倒是当日天气出现在不止一本日记里。旅行团抵达时,天气阴沉,晚餐因故停开,学生们领餐费自行就餐,余道南在街上吃了几个破酥包,觉得味道鲜美,回到盘师时雷声隆隆一阵急雨,几分钟后雨停风止,空气清爽,略有凉意,这样的气候让他感到,云南已经不远了。[7]

离开档案馆后,我到快递站取贵阳寄来的补给箱,回酒店简单吃了个饭,就出发去旧治所在的城关镇——1999年,为谋求更大发展空间,盘县将县城从城关搬迁到了红果镇。去城关的中巴很多,走高速,打个瞌睡就到了——高速公路真的太适合睡觉了。和大道笔直的红果比,城关的颜色和气味都好像凝固在了1990年代末,行走在灰白狭窄的街道上,由两个门店之间的缝隙随便往里一探,长着杂草的台阶之上就是黑色瓦片细密排列的老房子,这时你甚至有一种错觉:八十年前旅行团路过的那个盘县老城还在,只是在上面加盖了一个水泥与塑料的壳儿而已。这种感觉在城门洞附近尤其强烈,城门洞是当地人的叫法,实际是盘县老城的北城门,按当地县志,"为省内明代城门中建筑年代最早之城门,门楼俱存,为省内所仅有"[8]。这座贵州唯一幸存下来的明代城门,门洞发黑潮湿,外墙的每道缝里都长着野草甚至小树,和周围的民居、电线、商铺完美贴合在一起,你把余道南日记中描述的"两旁小摊,遮阳大伞数十毗连,别有风趣"直接挪用于此,也几无失真。

第三十五章　盘县—富源:人生百年,也只是转瞬间的事到城台上观赏民国十七年（1928）仿昆明"近日楼"重建的鼓楼，楼前有罗哲文所题"威震黔疆"四字，楼下是个已经关门的阅览室——巧合的是，八十年前盘县的民众教育馆就设在这里，有同学在这里读到了《云南日报》，报载长沙岳麓山遭敌机轰炸，伤亡惨重，湖南大学部分校舍被毁。余道南想到家乡常德距省会不远，难免遭劫，遂作家书一封，请老父斟酌形势，找机会搬到乡下去住。从沅陵西行以来，沿途能读到报纸的地方不多，团部携有的收音机一台也已损坏，这让旅行团不少人有置身世外之感，"但同学们亟盼前线消息，所以在安南时一闻捷报，不禁欣喜若狂。今在贵州边县能看到云南报纸，也足以令人欣慰"[9]。

后来在云南省图书馆，我查询了当年的《云南日报》，学生们读到的应该是1938年4月14日的报纸，晚了三天。当日报纸以《敌滥炸我长沙各大学 反肆意荒谬宣传》刊登了中央社发自汉口的电讯，"关于日方宣称长沙清华大学及湖南大学，均已改为军事机关，该大学等早已迁往昆明……今晨政府发言人称，日方之宣传根本无稽……幸日机轰炸该校时值为春期，学生多已出校，故死伤较少，否则更将不堪设想矣云云"。那几天的报纸里，中日在峄县（今枣庄峄城区）激战，而国际新闻版，英法对法西斯的绥靖仍在持续，法意已"重修旧好"，英意协定也即将签字，奥地利公民公决结果揭晓，赞成与德国合并者超过了99%，"希特勒沾沾自喜，自诩超出预期，为生平最快意之时"。

如果湘黔滇旅行团在盘县多停留一天，他们就能读到4月15日的《云南日报》，这一天的报纸用头条报道"国立西南联大常委梅贻琦先生抵滇"。在旅行团于2月20日离开长沙后，梅贻琦一直留在那里办理临大迁校善后事宜，直到3月27日才率领最后一批教职员离湘经桂赴滇，并于4月14日下午5时抵达昆明。《云南日报》记者当晚前去拜访，形容梅贻琦"精神健旺、态度和蔼，一望而知学养深厚"，梅贻琦透露，由长沙步行来滇之学生，四五日内即可全部到达昆明——他高估了学生们的脚程，旅行团还要十天才能抵达终点。

也是在这城门楼，李霖灿又受到了一次教育。之前国立艺专由杭州迁到沅陵再到贵阳，已经让这群学子意识到生活速写的力量，到了盘县，李霖灿发现，宣传画居然也有这么多人爱看，"盘县人对绘画很有兴趣，从街两边窗户上，你就可以看到满是梅兰竹菊的小册页，字也仿临钟鼎"，"于是，我们便想在盘县的城门上，给他们画两张大壁画再走。然而，时间不准许"[10]。

太阳很毒，我在罗哲文的牌匾下找了块阴凉地儿休息，不一会儿上来了个男青年，坐在我旁边低头看电视剧，一个女人在他手机里尖叫："今天没有100万，就别想娶走我的女儿！"我决定沿着城墙往上走走。这段城墙一路朝西，看上去也是幸存下来的，只是城内民居太密，已经和城墙长到了一起。午后家家房门紧闭，一家门口种了棵棕榈树，另一户人家门口贴着镇宅符。城墙比我预想的要长，走了几百米，垛口由旧变新，想来是补砌的了。越走坡度越陡，无尽的台阶在滚滚热浪中向上延伸，走过这么一段，我才体会到盘县老城所谓的缘山而建，简直让城墙变成了长城，台阶成了"望天梯"，"石级逐梯而上至西城巅，绿草绵绵，丛杂荫深，抬头觅西门之凤凰尾阁，则头仰帽落也"[11]。又走了一会儿，看到了那座让人帽落的深红色楼阁，但接下来的阶梯简直是飘摇直上。我定了定神，一口气上去了，大概是晒得恍惚，爬时居然有点腿软，也不太敢回头看。

楼阁明显是新修的，还有油漆味，不过对照闻一多留下的《盘县近郊》素描，突起于房屋树木之上那座六角亭阁，还真有七八分像。这里地势高，风大，我爬到阁楼二层看了会儿风景，远处山体不小，据说文笔塔就建在那里，不过我没有看见，高速公路在山脚画出一条粗粗的白线，马尾松则给山腰系上了暗红色的带子。之前在档案馆翻县志时已经知道，盘县大部分建筑乃至商业中心都在较平坦的城外，这是清代至民国人口日渐增多、城市不断扩张的结果，但我还是觉得奇怪，纵然如此，城内这头，也不至于荒废到除了陡坡杂树荒草一无所有？

沿着另一侧城墙往下走，没走多久城墙就中断了，我在女贞花浓烈的香气里终止了探索之旅，开始转抄土路在陡坡的林间打转。路过几个零星农户家时忍不住问他们，这里以前真的是内城吗？他们一一表示肯定，可眼前除了果树、农舍就只有黄色的土坡，没有半点城池的痕迹。最终我满心疑问地走到了一处工地前面，一幢宽大的木结构建筑仍在脚手架保护之下，但是它的灰瓦屋顶和白色飞檐引起了我的好奇。穿过一大堆木料和砂石，进到建筑里头，一个工人指指地上的几张图纸，让我随便看。那是几张设计图纸，我看不懂"翼角大样图"，也看不懂"斗亭宝顶大样图"，但右下角的字样再明显不过了：盘县凤山书院修复工程图。原来这里就是八十年前盘县师范所在的凤山书院了，真是得来全不费工夫！

"我们住在省立师范，在城内西边小山上，房舍不多，景色极佳，后面山更高，上有亭阁及庙宇，大如北平的万寿山。

站在校门口,可以俯览全城",我在书院前面两米来高的石头笔峰下重读杨式德日记:"城虽小而房屋栉比,北门外,一条街最为热闹。晚无雨……4月17日起得很晚,服金鸡纳霜三粒。10点吃早饭,看校舍四周景色。这小山铺满了红色土壤,树木很多,还种有稼禾,所以四周一望,青绿环绕,空气非常新鲜。"[12]

我在档案和资料里读到的许多盘师故事就发生在这里,被讲堂前的那棵老桂花树一一见证。学校成立之初,教员间颇有矛盾,教务主任和数学老师曾在教员室斗殴,而他们的同事、国文老师邹伯屏,一位总是戴毡帽和老花眼镜的瘦高个儿老头对此的反应是,"出来对两人各击一杖",此事不久被《贵州日报》载出:"盘师教师在教员室演全武行"。1937年冬,胡国泰也是在这里发表演说,并带领高年级学生,"雄赳赳气昂昂"地下山去武力催迁。抗战期间,整个盘县除了电报局,只有盘师有一台无线电收音机,每天深夜收到前线消息后,由胡国泰亲笔书写,然后下山张贴于北门城楼,"群众争相观看"[13]。而那位感到苦闷的袁章益同学,在自述里写的没准不是想往,而就是现实的情形呢——只消从学校再往上一点,就很容易找到一处清静的树林或是山坡(这里两者兼有),在那里放开歌喉倾吐烦恼——不管是个人的还是国家的,不会有人说三道四。

有时候我会想我们出生于1978—1985年这一代人漫长的、好像永远也不会终结的青春期。有好几年的时间里我的身边满是悬置着、漂浮着的朋友们,相信一切还早,相信生活仍有各种可能性,其实自己已经老大不小。现在看来只是我们恰巧赶上一个国家的上升曲线,势比人强,却让我们误以为一切可以持续,迟迟不肯降落,以致浪费了太多的时间——不要误会,我仍然认为无休止的旅行、观影、清谈和漫无目的的阅读是珍贵的,可倘若我们真的想要"创造"出什么,想有属于自己的"一生志业",那需要强烈的信念感、长久的忍耐和真正凝聚起来的心力——在官庄时因为观看穆旦纪录片而惦记着的问题也许已经有了答案。

下午6点,我离开书院继续往下走,一棵大合欢树在高台上向城中方向做出邀请状,不知旅行团风尘仆仆,一路上行至此,是否也曾见过?1952年,盘师迁往兴义,从那时起到1950年代末期,新政府各族各界人民代表大会及各种大型会议,从"整党整风"到土地改革都在这里召开,地方文史专家说,这是凤山书院没有遭到损毁的关键所在[14]。

下行路况越来越好,由土路变为水泥路,继而是带着刻纹的防滑水泥路,两旁石墙黑瓦老房子也越来越多,在一个拐弯处,我看到了一口圆井,旁边文物部门所立石碑记载,这口井始建于明洪武年间——正是六百多年前盘县建城之初,专供官府人员生活饮水,至今仍是周围居民生活饮用的主要水源。一位本地人证实了石碑的说法,"冷天就是温的,热天就是冰浆,而且不浑,洗白衣服特别好",不过现在用的人多了,他们也去更远的山上打更好的井水。

在井边,我意识到自己可能已经下到了古城某个中心位置,一分钟后便看到了一块瘦而斑驳的门楼,正上方一颗五角星,标语字迹被涂或刮掉了。进了门洞,里头是个无人照料的破败院子,有栋砖木结构的二层老楼和一株正开花的大石榴树,地上一块石碑刻着介绍:万寿宫女子小学,"始建于明万历年间,清乾隆年间重修……1919年,盘县第一所女子小学创立,定名为'盘县城区女子高等小学',学制六年,首届招生就是借万寿宫做教室。1938年3月中旬,时任西南联大教授的闻一多率长沙联合大学'湘黔滇旅行团'200多人赴昆路经盘县,闻一多先生不顾旅途疲劳,特意走访了盘县女子高等小学,并为女子小学大门作了一幅写生画。这幅画曾载于20世纪80年代的《人民画报》上"。

这一路的经验一再告诉我,如果湘黔滇旅行团能在地方文史留下一点印迹,多半因为闻一多。为了写西南联大,易社强从1970年代开始采访联大校友,如果说有一个人他最遗憾没有机会见到,"当然是闻一多"。他对闻一多1920年代在美国留学的经历很感兴趣,"那么多学生去了美国留学,回来后对美国都有着非常正面的观感,但闻一多就批判得多,他遭受了种族歧视,他看到了社会不公……关于他的经历,我想知道得更多。当美国知识分子站起来批判社会时,他们常常引用杰弗逊,而当闻一多这么做时,他常常引用屈原,我想知道他对此怎么看,他是否认为这是可以兼容的?"

易社强还想知道闻一多内心经历的变化,"他去美国留学,但回来以后完全投入了中国文化与中国社会,变成了新保守主义的一部分,然后他不断地演变、演变,然后最后一跃……你看他早年的绘画,他设计的那些书的封面,有很多美国的影响,可是到他死的时候,不只是政治上非常中国化,在文化上、灵魂上也非常中国化了。他是非常复杂的人"。

"不过,有一件事我感到很遗憾,"易社强说,"闻一多当然是西南联大的象征之一,但因为他政治上是正确的,也许人们对他的关注稍微多了一点,我想钱端升、陈岱孙、潘光旦这些人也应该受到更多关注。"在《战争与革命中的西南联大》

一书里,易社强说得更加直接些:"在允许知识分子维护其集体认同的同时……制造了一个神话……闻一多被拔高,逾越他的同事,进入革命烈士先贤祠。"[15]

这当然也是我的感受。1937年到1938年间"在路上"的闻一多,其实是非常生动和丰富的,可惜后来的许多回忆与文章——和《普安文史资料》戴上了同样的记忆滤镜——总喜欢提前将他塑造成一位先烈,好像他在沿途所做的任何事情,都必须指向"进步",指向"革命",指向最后的殉道,全然忘了等闻一多抵达昆明,转赴蒙自(联大文法学院)后,立刻又钻回书堆,成了"何妨一下楼主人"[16],最重要,也许是忘了,闻一多是一个有血有肉活生生的人。

关于八十年前旅行团为何"特意走访"女子小学,已无记载可考,不过当时这所小学,因为在本地首开女子教育先河,确实有名。最早入学的一批学生只有十二人,多是有进步思想人家的孩子,1926年第一期学员毕业,时任县长章昭芬也有新思想,还专门请吃毕业酒,安排毕业女生乘轿游文庙转泮池,轰动全城[17]。在闻一多的那幅速写里,我没看到门楼,石榴树和二层楼的位置倒是有几分相似,向街对面做小卖部生意的老人询问,说门楼以前是土基的,日子久了一下雨就垮了,是1950年代劳改队重新砌的,用的是拆老城南门的砖,后来这里就改作了公安局宿舍,直到政府迁往红果。

老人六十多岁,穿衬衫,戴贝雷帽,颇有风度,他们家住的老房看上去也有年头了,我买了瓶饮料,他和老伴热情地迎我进去看看。他祖籍四川泸州,七代之前逃难到盘县,买下这栋老屋,他指给我看还剩大半的山墙,和他家用来码花台的带花纹的砖,"你看下这个砖,和北京八达岭长城是不是一样的?"他们去年报了"华东五市"团,游览了北京天津南京上海扬州,"北京(空气)受不了,还没有雾霾天已经不舒服了"。

老人告诉我,以前屋外是个风雨走廊,他父亲觉得房子太窄,就把房子扩出去了。现在他又在院子里砌了砖房,木屋原来给兄弟住的,兄弟搬走后就一直空着,他们嫌木屋缝多招老鼠,"冬暖夏凉?说是这么说,哪有砖房好住啊"。他父亲出生于1920年代,曾在盘师做过行政工作,已经去世四十年了,"老的都死完了,后代上班都去红果去了"。我坐在这冷清的老屋门口,忍不住想,当年闻一多带着学生参观女子小学时,他的父亲,一个十来岁的少年,说不定就在门口张望呢,他怎么看这群大学生呢?

谢绝了老两口留我吃饭的好意,我按他们的指点继续往下走,经过了衙门口——民国时县政府所在地,现在那里是一栋四层苏联式老楼,从那里往左一拐,意外地发现自己回到了北门,老街上一个老人在屋里弹电子琴。临近7点,天光还亮,一时也看不到民国报刊当年描绘的奇妙夜景——"北门外城垣在高山之上,城楼雄伟,曰镇远门。省立盘县师范、地方法院等均设于斯处,夜间行人携灯行走,市中心区观之有如星光,隐约闪烁,颇似仙人在天"[18]。我临时起意,决定仿照杨式德和王玉哲、王平一当年的路线,"下坡沿北街行至尽头,直走到郊外,复返而出南门",去郊外有名的碧云洞看看。

通往碧云洞的路多数时候与一条有点浑浊的小河并行,八十年前路旁油菜结实,麦穗秀齐,豌豆开花,罂粟也正盛放,红的紫的白的都有[19],现在小河依旧有点浑浊,路则被命名为徐霞客路,路旁有七八十年代的老水泥房、跳广场舞的大妈和烧烤摊。到碧云洞时7点40分,天光被迅速调暗,而那条小河流速加快,跌入藤蔓植物掩映、蝙蝠飞进飞出的巨大溶洞里,发出微微的腥味和摄人心魄的吼声。

当年应该是在某个入口吧,杨式德和王玉哲脱去鞋袜,涉水而入,走了十几米,豁然开朗,展开的大厅比火牛洞还大,"高台有一个石钟乳,盘成一团,像一条大蟒或毒蛇,头黑色有白眼,水滴在上面,闪闪发亮像鳞",杨式德一阵害怕,迟疑着脚步不敢走上去。加上再往里水深流急,他们决定涉水出洞,看到有京滇公路周览团过此时褚民谊撰并书的石匾。褚说当年徐霞客以为下面的水洞就是碧云洞是错的,实际上上面的干洞才是,而他们在水洞里行进数里,天暮乃返,又说,"斯洞奇伟,不可以无名",遂将其命名为清溪洞。杨式德觉得这名字好听,但有点名不符实,因为入洞的小河明明是黄且浑浊嘛。至于徐霞客到底有没有搞错,一位地方文史专家认为错的是"不求甚解"的褚民谊,批判之余还不忘提醒读者,"褚氏乃汪伪政府大汉奸"[20]。

碧云洞给李霖灿的感觉也是一个"怕"字。为他们做向导的小朋友不肯下来,他们硬着头皮走到洞底,感觉自己渺小得可怜,"竭力用声音来喊,一点回声都没有,似乎声音装不满的广大的冬天",拍一张照片赶快爬出来。回城路上他们遇到老师李朴园,这位原杭州艺专的教授,之前在湘西遇匪遭劫,被抢去了大衣和西装,穿着衬衫在寒风中发抖,连冷带惊,后来到贵阳,病了一个多月[21]。不过到了盘县,李朴园先生显然已经完全恢复了,听学生们描述洞内景象,不禁心动,虽然天色已晚,还要拉着他们再去看一下,"不要迟疑,莫放过这难得机会!"

"洞仍然巍巍然在张着大口，不过夜里水的吼声更大了……阵阵冷风，由洞中吹出来；一串铃声，连续的由洞中传出一道闪光，在外面还有霞光的天空中转了一转——一只很大的蝙蝠，叫着又飞到洞中去了。……拿手电照一照，光太弱了，什么也看不到。李先生向前走了两步，用手扶着岩石说：'咱们回去吧，这已经看得够了……'在用电筒照着路回去的时候，李先生告诉我：'洞中黑得可怕，水声有那么大……刚才我差一点给掉下洞去。'"[22]

我在碧云洞附近又转了一会儿，天完全黑了，打不到也叫不到车，只好走路回城，入夜以后的城关镇老城特别像萧条的老厂区，饭馆没什么生意，路上也没什么车，"革委会旅社"还在营业，昏黄的灯光透过茂盛的行道树射下来，照着背着手散步的老人和无忧无虑跑跑跳跳的孩子。偶尔驶过一辆摩托车，嘟嘟嘟几秒钟后，一切又安静下来。

注释

1　刘希忠：《盘县解放前和解放初档案工作概况》，《盘县特区文史资料第10辑》，1988年12月。

2　邓维华、雷发育：《记省立盘县师范学校》，《六盘水文史资料第2辑》，1986年6月；余心海：《盘师的回忆》，《盘县特区文史资料第3辑》，1972年；张汉昌：《盘师十六年》，《盘县特区文史资料第8辑》，1986年12月。

3　余心海：《盘师的回忆》，《盘县特区文史资料第3辑》。

4　余道南日记。

5　杨式德日记。

6　张汉昌：《盘师十六年》，《盘县特区文史资料第8辑》，1986年12月。

7　余道南日记、杨式德日记。

8　《盘县特区志》，北京：方志出版社，1998年7月，第858页。

9 余道南日记。

10 李霖灿:《黔滇道上》,《大公报》香港版1939年11月1日。

11 郑煜贤:《老盘县忆旧》,《六盘水文史资料第4辑》,1991年8月。

12 杨式德日记。

13 张汉昌:《盘师十六年》,《盘县特区文史资料第8辑》,1986年12月。

14 恭兴让:《凤山书院》,《盘县特区文史资料第5辑》。

15 (美)易社强:《战争与革命中的西南联大》,第433页。

16 《绝代风流:西南联大生活录》,北京:北京航空航天大学出版社,2009年1月,第185页。

17 谭兴惠:《盘县女小的创办和发展》,《盘县特区文史资料第3辑》,1972年。

18 黑子:《我写盘县》,1944年9月28日《贵州日报》,《抗战期间黔境印象》,贵阳:贵州人民出版社,2008年1月。

19 杨式德日记。

20 朱流清:《谈碧云洞褚民谊摩崖之错误》,《六盘水文史资料第4辑》,1991年8月。

21 《烽火艺程:国立艺术专科学校校友回忆录》,杭州:中国美术学院出版社,1998,第15页、第137页。

22 李霖灿:《黔滇道上》,《大公报》香港版1939年11月8日。

IV

滇

从贵州省盘县到云南省富源的公路路况极差，在某些路口，我感觉那些拉煤的大货车要直接冲出弯道，在另一些路段，我又担心满载的车体会压垮已非常脆弱的路基，然后倾覆压到路旁放学回家的小学生。这个区域属于胜境街道，却没有胜景可看，只有呛人的煤灰。

我也到了当年旅行团来过的胜境关，贵州一侧有驿道通往山中，走上几百米就进入了高低不平、随时要看脚下的小径，有些石头上还能看到数百年来留下的马蹄印儿。两旁的灌木很密，瓢虫非常粘人，我在那里迎来了2018年5月12日14点28分，汶川地震整整10周年的时刻。

入胜境关,走几百米便是胜境坊。据说此坊恰好处于昆明准静止锋锋面,民谚有云,"雨师好黔,风伯喜滇",因此胜境坊朝向云南一侧多红土,朝向贵州一面多青苔。下午6点多,放牛的老人回家,从贵州回到了云南。

曲靖老城的东门街拆了大半,当年有同学就是在那里接到邮局留交的昆明来信,说学校已正式改名为"国立西南联合大学"。图中的西门街没拆,据说也不会拆了,两旁的木结构老屋、低矮的屋檐、缠头的老人很堪与旅行团留下的老照片对照,在"民国二十八年创"的郑凉粉小店里,我听了一段创业往事。

离开马龙,一路顶风前进。当年学生们说进云南如到华北,在平原(其实是大坝子)徒步和山区的确是完全不同的体验,贵州是游乐场,你走一会儿周围的景色就变了,但走很久,直线距离也前进得少得可怜。云南是跑步机,你走了很久,确实也前进了很远,但感觉还在同一个地方。

2018年5月16日,在马过河镇,我看到了又一条清畅的河流,八十年前旅行团曾经在这片河滩洗浴,我几乎毫不费力就能把景色与八十年前学生的描述联系起来,"时阳光强烈,水温宜人,在水流冲激中颇与淋浴相似。浴后躺卧河边石上养神,感到全身轻松爽快"。

在叙昆铁路桥上追怀了一番抗战交通史后,我下到河滩,这里绿草如茵,两个戴草帽的男人在这画面里钓鱼,一头水牛在他们背后吃草。我在河边洗个手,看会儿鱼,半躺着刷微博和朋友圈,再没有比徒步大半天后坐在这样的地方玩手机更叫人放松的了。对了,我还第一次查了当前位置到昆明西南联大旧址的距离,整整100公里,多么愉快的巧合。

昆明好像永远是晴天。2018年5月18日,抵达终点第二天上午,我来到云南师范大学校园内的联大旧址,在昆明的几天,脑子里总不时回响着那首歌的旋律:"迢迢长路去联合大学,去我所知最好的学校,再见,圣经学院,别了,韭菜园,迢迢长路去昆明城,那是我心之所在。"

國立西南聯合大學

第三十六章
富源：我们到云南了！云南是富庶的地方呵！

袁复礼先生的防匪法—你信不信最高领袖—重新发现刺梨—冷空气已是强弩之末—云南的土匪太胆小—每一代人都有自己的记忆—鸦片绝迹了—问小孩不知冰雪为何物—平彝的起起落落—你们这群念书的哪个靠得住—街道唯有这个时间是健康的

离开盘县往西，湘黔滇旅行团走得非常整齐——或许是离开益阳以来最齐的一次，原因是接近黔滇两省交界地带，匪徒很多，团长要求大家走公路，并且不允许散开或者掉队。走了24公里公路后转入旧时驿道，高高低低，坑坑洼洼，和一百多年前林则徐经过时"途多怪石"的状况比变化不大，"数不尽的小山坡"，杨式德"心里厌烦得要死"[1]。

这几日连续晴天，气温升高，越走越热，但没有大休息地，所以中途喝不到团部准备的开水，沿路树木繁茂，杜鹃遍野，却见不到一户人家，也无法讨水喝，"瓶里的水喝完了，便让口干着，上下齿，上下唇黏作一团。最后，唇上干了皮，连黏也不可能了"[2]，有同学途中晕倒，幸好有随行校医救治。下午5点，抵达贵州境内的最后一站：亦资孔。大家都渴极了，赶上先到的炊事工烧水煮饭，纷纷抢喝米汤解渴，"如饮甘露"[3]。

101岁的吴大昌还记得亦资孔，因为"这个名字很奇怪"，林则徐日记对此的说法是，亦资孔本名亦是孔，以路形似"亦"字也[4]。亦资孔在吴大昌的印象里是个很小的地方，"条件很差"，这和学生们的日记相符，旅行团住在一个无人照管、停着几口棺材的破庙里，污秽有臭虫，"环境殊欠佳"。团部原计划在这里住两晚，休息一天，"环境太坏，大家都不想停留"[5]，便决定改到下一站云南平彝（今富源）再说。不过，边地旅行经验丰富的袁复礼提议，为了防匪，让大家与本地居民谈话时，不提明天就走，而说会休息一天。[6]

大约是旅行团人数太多，超出了亦资孔的接待能力，比旅行团晚到10个月的李霖灿一行只有几个人，待遇就完全不同了。他们夜里踩着军号声抵达亦资孔，赶到区公所，在这里看到了临大行军团留下的片字，一位好交朋友的石晋乡先生，给了他们最好的款待，邀请本地乡绅、保安队长、壮丁队长来陪国立艺专的这几位年轻人吃饭，"于是，我们就很方便的，知道本地的一切情况……亦资孔大约有二三百户人家，原是一个分县，路旁不少歌颂分县长的德政牌。原来这里很繁华……到现在才成了这个样子……"[7]

亦资孔现在是盘州市的一个街道，离行政中心红果镇只有六七公里。5月11日上午，我把行李箱快递往昆明，便出发了。通往亦资孔的大道宽阔，路灯崭新，两旁有高大的在建楼盘，当年衰败的分县早已纳入不断扩张的城市。在亦资孔公交站，我看到了亦资小学墙外显眼的宣传画"走进红军槐"，一旁的简介说，1936年3月29日，中国工农红军第六军团在军团长萧克、政委王震的率领下攻占亦资孔，在旧分县衙门前大槐树下，召开了施贫大会，散发收缴的浮财。这棵槐树就在现在的亦资小学校园里，我隔着铁门向里头张望，一位好心的女老师说，你进去看吧，我找一个学生带你。

正是下课时间，穿过孩子们奔跑尖叫叽叽喳喳的操场，我发现自己猝不及防地融化了，止不住地傻笑起来。草草看了一眼那棵比想象中低矮许多的老槐树，就开始用手机的live模式环拍那些孩子们。一个男孩子问我："叔叔，你是不是要开一个学校呀？""为什么呢？""因为我看到你在拍我们学校，肯定是要给你们学校做参考呀。"小孩说完就笑着跑远了。

从小学出来，我在路边吃了碗三块钱的冰粉——在黔滇交界，冰粉不叫冰粉，叫"水晶凉粉"。抬头看到远处小山上有个庙，疑心是不是当年旅行团过夜的那个，便拐向老街，上山看庙。国道和老街之间的区域，环境和当年相比改善有限，处处是垃圾、污水和时浓时淡的臭味，绕过一个鱼塘，一个男人在水边很大声地打电话，已是云南口音了。穿过老街，看到几家门口挂着"无毒光荣户"的牌子，人都坐在自家门口无所事事，我的存在显得非常刺眼。赶紧往山上走，又经过一个年久失修的凉亭，环绕亭子的一池死水被绿藻覆盖，发出腐败的气味。

中途休息，在盘县附近（杨嘉实提供）

好在这一切在我往上爬的时候都消失了。山顶景致不错，能看见亦资孔处在一个大的山谷渐渐收窄的"瓶口"位置，往西似乎已是云南连片的草甸坝子。庙不大，里头供着玉皇大帝，墙壁从里到外被人乱涂乱画了个遍，主要是各种示爱，但最显眼的地方在辱骂一对"奸夫淫妇"。我在里头转了两圈，上来一个本地人，确认了这就是解放前老庙的位置，只是现在的庙是几年前在原址重建的。那么八十年前旅行团就是在这里过夜了。那一晚许多人都没睡好，部分原因是担心土匪，部分原因是环境实在太差，臭虫太多，还有一个原因是团部一位厨工提开水时摔了一跤，身上被烫伤，整夜哭泣不止[8]。

下山继续出发，沿亦资孔老街走了一段，老屋所剩无几，倒是很多猫懒洋洋地躺在路上，向一个背着娃娃的老人家问起"无毒光荣户"，他说这几年吸毒的人不少，都是十几岁二十岁的年轻人，没工作，"有点钱就花掉了"，吸白粉，没有白粉就"搞注射"。亦资孔下一站是火铺镇，从这里一直到云南境内都在修路，坑坑洼洼的路上全是煤灰，而且越往前走越黑，前两天下雨形成的黑泥洼在路中间，干掉后结了厚厚的痂。盘县北部的水城和西边的富源都产煤，拉煤的大货很多，常常喘着黑烟，看起来个个超载，随时要压垮车身的样子——我第二天听一个富源人说，因为经济不景气，现在的拉煤车已经比以前"不知道少了多少"，虽然一路都有检查站，但超载依然司空见惯，不然怎么赚得到钱呢？

八十年前萧乾由湘赴滇，就是在这一路段遇到了第二个检查员。他的面色黄中带青，似乎营养不良，在同车的二十五个乘客中，他一眼就在萧乾的箱盖上瞄到了那本《栗子》——萧乾自己的短篇小说集，路过贵阳时顺手买的。当检查员发现眼前这位和作者名字一样时,颇为得意地展开了一系列追问:"你是一个作家,对不?""这书是讲什么的?""那么你指指,哪个是写爱情的,哪个是写革命的?""你先生是哪派的?""什么左派,浪漫派,你反正也得有个派,我没听说过没有派的作家呀。""你信仰什么?""就是平民,他也得信点东西,比方说,你信不信最高领袖?""你都认识些什么文学家?""你总得认识一两个呵。你认识张恨水不?……"

满车的旅客都不耐烦地趴在窗口听着这讨厌的审问,司机连按了好几声喇叭,检查员有点不好意思了,吩咐萧乾说已经检查完毕,可以把箱子搬回车里去了,他给萧乾搭了把手,像是表示歉意,又低声说:"我也是喜爱文学的。"这回,轮到萧乾吃惊和感动了,他才明白这个检查员不是要为难他,而只是想借着这位作家"表演或者发泄他的一点高尚嗜好"。

车子开出以后,萧乾伏在窗口,寻思着刚才有趣的经历,"如果时间充裕的话(那是说,我不在行旅中),那个检查员倒是一个很好的茶馆朋友。如所有生性痛快的人们一样,他一定在一壶茶没喝干前,尽他肚里所有的全倾吐个干净"[9]。

我继续爬山,走路,今日多云,太阳不大,还有风,已有些云南的气象了。到平关镇碰上赶场,到处都是车子笼子篓子篮子,里头装着猪啊鸡啊兔子啊,在路边一家馆子吃午饭,番茄炒蛋里居然放了大葱,简直应该被开除黔籍——当地人说过了火铺再往西,到了平关就讲云南话了——这么说,我算是通过一份番茄炒蛋提前到了云南。毕竟,考虑到当年朱元璋的三十万大军和随之而来的移民,云南在许多地方其实是非常中原的。刷了会儿朋友圈,才意识到了马上就是汶川地震10周年了,脑海里亦资小学叽叽喳喳的孩子们混入了十年前采访北川中学幸存学生时的某些画面，沉郁的情绪落了下来，默默吃饭，结账走人。

国道两边的山坡上开着许多像是野蔷薇的粉红色小花，凑近了看才发现是刺梨花——附近是一个"刺梨产业带"。抗战期间，浙江大学西迁贵州湄潭，农化系教授罗登义注意到了这种在贵州高原常见的野生植物，三四月开花，七八月果熟，金黄色带着小刺，"初嚼时味酸而涩，是后渐变甘旨，市价极其廉贱，乃最平民化之果品也"。他查阅《本草纲目》，说食刺梨可解闷消积滞，而《贵州通志》记载，乾隆年间黔中饥荒，"饥民满山塞野，以此全活者多"。在实验室里分析刺梨的营养成分，单宁和纤维含量较高，所以不太可口，但维生素C特别丰富，"打倒一切之水果蔬菜"，罗登义由此建议农事机关大量推广，医务机关普遍宣传，"永远珍贵与造福于人群也"[10]。值得一提的是，1944年李约瑟访华，考察西南联大与浙大等校，访问湄潭时，正值刺梨上市，罗登义在他位于湄潭西门小庙的实验室里向英国客人介绍了这种水果，李约瑟对此很感兴趣，还说，英国人在大战中吃水果有困难，也把一种野蔷薇泡水喝。[11]

离黔滇边界还有两三公里。无休无止的拉煤车，无休无止的坑坑洼洼，无休无止的车与坑的碰撞与颠簸，在某些路口，我感觉大货车要直接冲出弯道，在另一些路段，我又担心满载的车体会压垮已非常脆弱的路基，然后倾覆压到路旁放学回家的小学生。这个区域属胜境街道，却无胜景可看，我的心情不太好，被煤灰呛得想骂人。在不断躲车的过程中，海拔不知不觉攀升到了接近2000米，远处山头的风车不停转啊转的，近处除了煤灰，就只有一条条标语："珍爱生命远离毒品"，

"儿子儿孙条件好,老人上前闹低保,可恨可悲可耻"。

下午4点42分,拐了一个弯后看到云南省公路局立的牌子:欢迎来到云南。路旁一块石碑,这面刻着"贵州省GUIZHOUSHENG 盘",那面是"云南省 YUNNANSHENG 富源",十几米外一排破破烂烂的房子,主要是饭馆,"云贵大羯羊""猪脚火锅",招牌都蒙着灰,看上去实在没啥胃口,我也没有心情做任何停留,实在是太脏了。比较起来,八十年前旅行团走驿道入滇,就要激动人心许多了:四五里上坡,山势峻拔,鸟瞰群峰,入胜境关,关内有十余户人家,坡上有关圣行宫,大门上一副黑底金字对联引人注目:"黔疆烟雨,滇界风霜,终古兼圻威一镇;魏国山河,吴宫花草,于今裂土笑三分。"殿前有古杉二株,高二三十米,枝繁叶茂,可数人合抱。自关圣行宫前行数十步有一个高大的牌坊,上书"固若金汤"四字,穿过牌坊,朝云南这边的四个字是"滇南胜境",无垠的山峦匐伏于下,森林田畴,隐约在望。"我们到了云南了!云南是富庶的地方呵!"人们发出欢呼。[12]

我加快了脚步,下午5点半,海拔2086米,到了标有胜境关的路口,离开公路,沿着柏油小路一路下坡,这条路很安静,两旁高高的银杏和松树,甚至还有一只松鼠横穿而过,这正是转折的开始:离开无穷无尽的煤灰,我终于可以"看见"云南的青山,终于可以"看见"层层叠叠的红土梯田,"看见"路旁劳作的人们,进而迅速进入某种盲目的欣快状态。

前面来了一位提镰刀、背背篓的大姐,塞满背篓的"草"比她的头高出了一米还不止。"大姐,这些草是做什么用的啊?""什么?""就是您背篓里的这些草。""这是麦子!磨面条用的麦子!"在两个刚好路过的小学生面前丢完脸后我兴高采烈地继续往前,已经可以看见前面的"滇南胜境"牌坊了。天是淡蓝而高远的,打下来铺在地上的麦子是金黄干燥的,人们的脸色是黑里泛红的,太阳明晃晃照下来,好像把贵州的阴雨和神祇都蒸发掉了,没有看到庙宇也没有土地公公,更别提将军箭和指路碑了,只有忙着收获的世俗的人间。

胜境坊朝向云南这头的地上也铺满了麦子,西晒把"滇南胜境"四个字照得金光发亮,旁边的"万里晴空"非常应景。这是一座13米高、重檐翘角、有着九级斗拱的牌坊,始建于明景泰年间(1450—1457),康熙三十四年(1695)和民国十六年(1927)两次重修——古代中国以"九"为尊,紫禁城午门的斗拱也是九级,在黔滇交界处建一座最高等级形制的牌坊,研究者说,这是帝国威严的象征,用以震慑西南少数民族,东向楹柱上的一副对联可作佐证:"总督印畀以三边改土归流一劳永逸;太傅坊标于万里畏威怀德百代常新",上联称颂云贵总督鄂尔泰在西南成功推行改土归流政策,稳定边疆,下联夸奖的则是与傅友德、蓝玉一同率三十万大军西征,后来留在云南的沐英,他和他的后代镇守云南,大兴屯田,礼贤兴学,传播中原文化[13]——我在平关吃到的那份大葱番茄炒蛋,不知他们是否亦有贡献?

不过更让我感兴趣的是胜境关与著名的昆明准静止锋的关系——每年冬天,来自西伯利亚的冷空气由北往南横扫大半个中国,但冷锋爬升至云贵交界处时已是强弩之末,渐渐停滞成为"准静止锋",受它影响,贵州潮湿多雨,"天无三日晴",而临近的云南阳光高照,四季如春。据说胜境关就处在准静止锋的锋面上,因此胜境坊的四头石狮子,朝向贵州的两头长满青苔,而朝向云南的两头则满是红土。明嘉靖年间被贬谪云南保山的翰林院修撰杨慎有可能是胜境关的最早记述者,公元1525年,在胜境坊建成后的第七十二年,杨慎随着几位解差经亦资孔抵达这里,他注意到了云贵两省截然不同的天气,"西望则山平天豁,还观则箐雾瘴云,此天限二方也"。杨慎记述行程的《滇程记》被认为是第一部中原至云南的旅程指南,在这本书里,他还描述了云南的多风,"入滇境多海风,蜚大屋,人骑辟易。贵之雨,云之风,天地之偏气也"[14]。

我绕着滇南胜境坊转了好几圈,仔细查看东西两面的匾额、楹柱、石狮乃至角角落落,也许是季节不对,又或者匾额和石狮的年头都不太久("文革"期间,坊上石狮被毁,匾额被拆,1988年,省、地、县三级拨款重修[15]),差别不太明显——倒不是一点没有,朝向贵州一侧的柱基有绿色苔藓的痕迹,朝向云南一侧则有些发黄——不过,这么一座高大的牌坊,确实提供了一个方便的想象空间。民谚说,"雨师好黔,风伯喜滇",比湘黔滇旅行团晚出发数月的李霖灿到达胜境关时,就不再担心下雨了,只是,他也看不太出来牌坊两侧的差别,反而旁边关帝庙门上的一副对联更合他的心意:"咫尺辨阴晴,足见人情真冷暖!滇黔原唇齿,何须省界太分明?"[16]

跨过滇南胜境坊,我看到一排已经关门的仿古建筑,有"70岁免票"的牌子,似乎是一个歇业的景点,往前,路变窄了,一条石块铺就、缝中生有杂草的驿道显现出来,通往下面的林中。当年旅行团就是从这条古道上来的吧,"一路各色杜鹃盛开,气象与黔省迥然不同"[17]。我沿着驿道往下走了几分钟就看到了胜境关的城门,穿过城门是一大片青翠草坡,驿道消失在草坡尽头的灌木丛里。坡上有两头黄牛,七八只黑山羊在吃草,还有一只小牧羊犬看着它们。我放下背包,坐在开着白色小花的车轴草上歇脚,城门楼挡住了西边的阳光,黄牛脖子上的铃铛发出悦耳的声响,又一个惬意时刻。

那些小黑山羊非常活跃,动不动就从山坡上俯冲下来,好像在玩一种游戏。一头黄牛看起来脾气不太好,羊和狗离它近了,就低头用角把它们顶走,放羊的老人家说,这头牛是他女儿家的,和羊、狗不熟。他早晨在家给牛搓了些苞谷,中午吃点饭就出来了,"年轻人都出去打工去了。我们老年人了嘛,喂喂牲口。小牛还是要用粮食喂,草吃了长得慢嘛,有粮食吃才有膘,光吃粮食不吃草也不行……我们这些在山上放的羊卖到四五十块一公斤,(圈养的)只卖得三十块钱一公斤"。养狗主要是为了防贼。偷牛贼、偷羊贼,"我们(云南)这边山太宽了,(贵州)那边窄得很",所以,按他的说法,贼就都来这边,"都是怕干劳动的,懒人,大多数是贵州的,我们云南少得很!"

听他指责贵州人懒,我笑出声来,在边境好像很容易听到类似的互相指责,八十年前李霖灿一行在亦资孔区公所,保安中队长就警告他们,出了贵州到云南要小心,因为"云南的土匪太'胆小'——先打死人,然后才敢抢东西!"[18]

草坡的尽头是个山谷,驿道蜿蜒而下,远处是贵州的群山,徐霞客、林则徐都曾从这条驿道上来,徐霞客为了寻找珠江源,林则徐则是去昆明主持乡试,"(从亦资孔出发)行三十五里入滇境,有'滇南胜境'木坊,右为关圣庙,左为石虬亭,有石蜿蜒地中如虬形。小坐,又行十五里至平彝城内,住县署"。进入云南省境后,当地官员给他送来了考场事宜,林则徐任正考官,对全部试卷"逐加点评",取正榜54

名,副榜10名,又撰写《己卯科云南乡试录序》,强调"大抵皆有志于学,求副实用,不以小成自甘,而浸淫风雅"的取材标准。[19]

下午6点多,老人准备回家了,他一起身,牛就乖乖跟着他走了,羊又跟着牛走,只有狗儿前前后后乱窜,好像是乱吃了什么东西,不停打嗝。我跟着他们穿过胜境关,又穿过胜境坊,觉得意犹未尽,于是第二天又从富源坐车回来。这一次时间充裕,我沿着驿道在山谷里走了很久,离开胜境关的驿道看起来完全没有整修过,正是旅行团当年走的那种高低不平、随时要看脚下的小径,有些石头上还能看到数百年来留下的马蹄印儿。两旁的灌木很密,瓢虫非常粘人,我在那里录了不少视频,并且在那里,在金丝桃、小檗、榛子、绣线菊、木蓝和凤尾蕨的包围中迎来了14点28分,汶川地震整整10周年的时刻。

五年前我在美国访学,哈佛教书的R老师说,你们80后这一代受四川地震影响很深,所以对郭美美事件反应很大——有趣的角度,倘若一个外国观察者空降中国,他能够打开我们话匣的问题之一肯定是:2008年5月12日那天你在做什么?而塑造R老师那一代人的却是更早之前的悲剧,如果我们不能理解他们的关切,或者至少做出超越代际的努力,不妨想象更年轻的人们带着一脸无辜问我们:豆腐渣工程是真的吗?

过胜境关正式进入云南,旅行团成员很容易就发现了滇黔两省的更多不同:云南这边村落渐多,地势相对平坦,土质变成了红色;公路石头碾得很碎,路面良好整洁;语言也好懂多了。但最显著的不同是鸦片的绝迹,"山岭全都绿化,田畴广阔,田野中麦浪起伏,一片绿色波澜,丰收在望。在亦资孔时,罂粟花正遍野开放,仅仅一线之隔,光景竟不同如此"[20]。但云南也有自己的问题,平彝的苍蝇很多,患大脖子病的人也很多,团部的大夫解释说,云南人多食岩盐,里头缺乏碘的成分,而劳工阶级和贫穷的人家日常吃的菜又很坏,辣椒和韭菜之类,不够营养,因此大脖子病在贫苦人群和妇女中发生得尤其多。[21]

湘黔滇旅行团在平彝停留两晚,住城区小学,补上了在亦资孔欠下的休息。第二天早餐是五个糖包子,大家起床后纷纷改穿单衣,此时已是4月下旬,天气转暖,本地人已经全穿单衣了。这一天杨式德到郊外的泉水池里洗衣洗澡,完事后躺在草地上一边读莫泊桑一边晒日光浴,和当地人聊天,"问小孩不知冰雪为何物",他还看见了北方乡村才有的木制车轮大车,这也是"地无三尺平"的贵州所没有的。余道南去了民众教育馆读报,得知国民党军队正围攻峄县,所谓收复济南之说实系讹传。平彝县城很小,但"市容整洁可观,有商店数十家,完全不是贵州各县的萧条景象"。

他们赶上了平彝一个复兴的时期。因为湘黔滇驿道的开通,这座云南的东大门在元明清三代都是滇省与外界交通的咽喉,光绪二十八年(1902)滇越铁路通车,云南人有更方便快捷的"出海"途径,平彝渐渐失去交通的重要性,商业随之衰落。1937年京滇公路通车,平彝是盘县和曲靖一日行程的中点,旅客到此午餐,加之抗战军兴,人员流动频繁,于是市况又重见起色。可惜好景不长,抗战中兴建的叙昆铁路(宜宾—昆明)选线时从曲靖北去昭通,绕开了平彝,平彝再度衰落下去,1944年《西南公路》杂志刊登《平彝导游》一文,干脆形容这里"一落千丈,中国旅行社招待所已迁曲靖"[22]。

在平彝,萧乾一行终于遇到了传说中的如警察长Javert

（沙威）的检查员，他穿灰色军服，肋下夹了一叠纸，"把手英武地向腰间一叉"，立在门间，"'闪电一般的眼睛'向我们每一个人放射了，像是在计算人数，又像是在使用着催眠术"。

他用呵斥的口吻盘问了一个裁缝，又开始盘问一个丈夫在重庆工作的老妇人，"为什么不在重庆住，要往昆明跑？""说，你们一共多少人，什么关系？"

后面一个穿西装戴很厚的近视眼镜的旅客插嘴了。

"喂，你对老太太客气点好不好？"……

"你是谁？干什么的？"检查员突然转过身来……凶凶地问。

"我吗，我姓梁。"

"你干什么的？"

"我是中央研究院的。"这学术机关的名字明明很足以引起一点尊敬了。

"你——你还研究呢，一打仗，你们这群人都是废物。你少说话！"

这人原来是已转得温和了的。也许他想把雷招到自己身上，好任那妇人逃脱。然而，三十年前老塾师的威风显然不是他准备忍受的，他欠起身来：

"朋友，中国人不要欺负中国人，我们都是因国难才出门的。你——"

"你——你什么？"检查员发狂地嚷了一声，重新恢复了"刀牌"烟的姿势。"你再说，我把你扣下！"

那位仗义的先生显然还不甘心。他立了起来，但却为旁边的旅客接下了。和事老们用最悦人的笑容献给那受了侮辱的检查员，才算结束了一场风波。……

于是门开了。我们搬起酥麻的腿，走下车来。

……

这戏剧的顶点是他在一个旅客箱中搜出几张贵阳风景片，而且，这人在车上也是同他小有冲突的。即刻，他又得把力气放到喉咙上了。

"你带这个是什么用意？"

"随便带来玩的，"那人满不在乎地说，"你看，这还是在世界书局买的。如果不准买，自然就该不准卖了。"

"你少说。你有汉奸的嫌疑，知道不？"

"什么？你凭什么胡说？我是教育厅的科员，我有护照。"

"护照管什么用？黄秋岳比你没有护照？他枪毙了。你们这群念书的哪个靠得住！"

不怪那人发急，这罪名是谁也受不住的。于是，两个人又在嚷起来了。一边嚷着"扣留你！"一边嚷"你敢！你胡说。"终于，还是那人的同伴出头，连作揖带告饶的，才算完事。

检查员把那叠风景片放在自己袋里了。[23]

湘黔滇旅行团这一天的午饭是在平彝城区小学吃的，饭后，校方请黄子坚、曾昭抡二教授演讲，黄子坚讲旅行团的事，说了几个笑话，曾昭抡则讲抗战的意义。演讲完毕，小学生们演唱了《童子军进行曲》，当时最流行的一首歌曲。[24] 晚上，县长古梅柏在县府宴请旅行团一行，晚膳后，旅行团数十人开茶话会，询问人情风土、经济状况、壮丁训练、历史掌故、矿产开发等情形，均由县长一一详述，"历数小时，宾主极为欢洽"[25]。余道南在日记里记述，这是一顿丰盛的晚餐，"盛情可感"，杨式德则写道，"县长热诚招待，晚饭即县长预备的……有六个菜"。按富源县政协文史委主任潘春提供给我的一份回忆文章，他们吃的可能包括白菜、洋芋、粉条、火腿等等，这篇文章刊载于2006年出版的《富源文史资料》，作者叫王友玉，潘春告诉我，湘黔滇旅行团过境平彝时，王友玉正在城区两级小学读书，文章就是他根据自己的亲历完成的。

我立刻对这篇七八千字的文章充满了好奇，可细细读过却又一次失望了：文章虽然生动，但充斥着各种"合理想象"，譬如县长与旅行团前站部队的热情对话（县长还开了一个俗气的玩笑）[26]，很难想象一个小学生如何得知县府里的一举一动——至少作者没有提供任何信源。因为大量细节缺乏出处，所以那些他有可能见证的部分，譬如闻一多学校慷慨演讲的具体内容，也变得可疑起来。这也是中国许多文史资料的问题，很多时候，你觉得自己读的不是信史，而是某种低水准的报告文学。

当然，我明白潘春的用心，他希望我了解到富源对抗战的贡献，"西南联大是不是到了哪个县都有这样的规格？有没有我们富源县这个蛮夷之地的热情好客？请你去查一下"。某种程度上他没有错，平彝确实是旅行团沿途受到较好接待的县市之一，故旅行团"深为感谢，对滇省烟苗绝迹尤称道不置"[27]，而平彝也的确对抗战满怀热情——战时一位记者由曲靖迁往盘县途经平彝，城墙上斗大的标语给他留下了深刻印象："怕日本鬼子的不是平彝人"，而与他谈话的好几位云南百姓也告诉他，滇军里，平彝的弟兄最多[28]。只是，以非虚构的方式重返历史现场，需要想象力，但想象力不等于编造，哪怕这种编造看起来"合情合理"。

我和潘春说话的地方在他位于县人民政府的办公室里，窗外可以看见当年的文庙、魁星阁与中山礼堂，八十年前县长宴请旅行团就在附近。有一个细节潘春和王友玉都没有提及，这位慷慨热情的县长古梅柏，在旅行团到达之前，以招待学生为名勒令平彝百姓每户缴纳一元钱——这一细节来源于《战争与革命中的西南联大》作者易社强对旅行团学生的采访，但易社强同时体谅地解释说，古县长的好客与龙云的训令精神是一致的[29]，我在《云南省政府公报》中查到了这条训令，"电饬途经过各该县县长妥为护送"[30]。

得知真相的团长黄师岳非常愤怒，但是他不愿意冒险得罪龙云的人，毕竟，在接下来的日子，这群流亡的师生还有赖于云南省主席的照拂，于是他给了古县长300元，有礼貌地请求他把这笔钱还给百姓[31]。4月21日，东方刚露出鱼肚白色，一弯明月还悬在空中，学生们便起身准备出发了。平彝城还在熟睡中，他们穿过静悄悄的街道（钱能欣觉得，"街道也唯有这个时间是新鲜的、健康的"[32]），由西门出城。太阳渐渐升了起来，十五里至多罗铺，旅行团在阳光闪烁的林间通过，林间有丰盛的香味。

注释

1 杨式德日记。
2 杨式德日记。
3 余道南日记。
4 林则徐:《己卯日记》,《林则徐全集·第9册·日记卷》,福州:海峡文艺出版社,2002年1月,第88页。
5 余道南日记。
6 杨式德日记。
7 李霖灿:《黔滇道上》,《大公报》香港版1939年11月10日。
8 杨式德日记。
9 萧乾:《三个检查员》,《萧乾文集·2·特写卷》,杭州:浙江文艺出版社,1998年,第60页。
10 罗登义:《营养论丛》,中华书局,1948年3月。
11 罗登义:《李约瑟在湄潭》,《黔故谈荟》,上海:上海书店出版社,1993年7月。
12 钱能欣:《西南三千五百里》。
13 耿文准:《胜境关考证》,《富源文史资料·第7辑》,2002年12月。
14 杨慎:《滇程记》,明万历三十三年。
15 耿文准:《胜境关考证》,《富源文史资料·第7辑》,2002年12月。
16 李霖灿:《黔滇道上》,《大公报》香港版1939年11月13日。
17 《吴征镒日记》。
18 李霖灿:《黔滇道上》,《大公报》香港版1939年11月10日。
19 林则徐:《己卯日记》;《林则徐年谱长编 上》,上海:上海交通大学出版社,2011年9月,第86页。
20 余道南日记、杨式德日记。
21 钱能欣:《西南三千五百里》。
22 《平彝导游》,《西南公路》1944年,第272期。
23 萧乾:《三个检查员》。
24 杨式德日记。
25 《临大抵达平彝县》,云南《民国日报》1938年4月20日。
26 王友玉:《忆西南联大师生过平彝》,《富源文史资料·第10辑》,2006年1月。
27 《临大抵达平彝县》,云南《民国日报》1938年4月20日。
28 毛子明:《滇黔粤道(上)》,《社会日报》,1940年4月10日。
29 (美)易社强:《战争与革命中的西南联大》,第57页。
30 云南省政府训令:秘二教总字第八七三号(中华民国二十七年二月二十一日)
31 (美)易社强:《战争与革命中的西南联大》,第58页。
32 钱能欣:《西南三千五百里》。

第三十七章
富源—曲靖—马龙：与风神同行

笑他世上熙熙攘攘—有一种说不出的压力—使女的故事—韭菜花面最受欢迎—学校已改名国立西南联合大学—白石江之战—1939年的郑凉粉—汽车到处六畜不安—洪荒之力丸—与杭瑞高速重逢—民是主人官是仆

云南的天气晴得可爱。"四面虽在山色中，但小盆地慢慢出现，蔚蓝的天空笼罩住碧绿的原野，风吹草动，沙沙作响"，这是由平彝出发前往曲靖的路上，湘黔滇旅行团所见的景致，让这些平津的流亡学生想起了北方[1]。

在平彝以西的清溪洞，他们留意到寺院佛像两侧刻着这样的对联："笑他世上往为何来为何全无个止息，坐在龛中名不识利不识哪有甚愁烦"，并试图体会其中的味道[2]，然而以他们的年纪和所处的时代，"出世"实在是过于奢侈了，在白水镇的破庙里过了一夜后，第二天便又风尘仆仆地出发了。

他们原本走小路，传闻六十七个"变兵"躲在曲靖东面山中，于是团部决定走回公路，并结队行军[3]。应该是这一天，旅行团偶遇滇军六十军向外开拔，滇军将士看到学生们个个穿着崭新制服,队容整齐,误会他们是航空部队,北大外语系大四学生刘重德听到他们在骂:"他妈的!我们步行正在开往前线去打仗,他们航空兵却躲在后方享福!"刘重德只能装聋作哑,一笑置之,"秀才遇到兵,有理说不清"[4]。

中午到沾益休息,沾益县城很小,农民就在城内街道上打豆角。余道南想在这里解决午餐,遍寻饮食店未得,杨式德买了十块油糕,就着县政府提供的开水吃下去。沾益以东还是高山,出了西门则是坦途——旅行团自离开常德以后就没见过这么平的地势,几乎是一望无际的平原,耕地也多是旱田,种着大麦小麦、油菜大豆,让人再次怀念起沦陷的华北来。[5]

不知杨式德可曾想起他在常德读的第59期《宇宙风》,记录了几个未随学校南下的大学生(包括清华的),在北平城破后,坐火车,继而徒步,去固安探访败退的二十九军。"煤山、菜担、手推车、骆驼,一应向后退去。平野展开来。光光的、黄灰色的大地,癞头毛似的小树,层见的远山。北方少树木和河流,以至使人生沙漠之感,却也有一好处,便是使人能真正认识大地的面目……倘看了心里还不能豁然无余的,便称不得'大地'……南方乡间的地,常被树木川流所腰斩,至于都市里——我记起来了:在上海要找一粒真正的泥土,得费跟找一块钱一般的力气。"

"说起来,咱们总是站在国防前线,其实咱们只是全靠人力苦撑,人力苦撑。没有家伙,怎么能跟人家打?"二十九军一位文书对这群大学生说,"社会上不知道咱们苦处,说二十九军怎样怎样,真冤枉,冤枉。中央不给咱们扩充呀……"于是学生让他发表对于国防的意见,他推脱不了,做了简短的演讲,似乎要竭力表现二十九军怎样爱国,怎样抗日,但毕竟是败军,总是怕人挑错似的吞吞吐吐,避去了几乎就要脱口而出的激烈言辞,用"人家"两字代替了"日本"。结果演说很糟。学生鼓掌鼓励他,显然是要他来一点慷慨激昂的话,但他窘极了,最后学生也觉得失望,掌声零落了。[6]

比湘黔滇旅行团晚出发10个月的李霖灿一行可能有更多需要纾解的郁闷——旅行团横越湘黔滇之时,中国军队尚在鲁南激战,还一度取得台儿庄大捷,到李霖灿徒步之际,徐州、武汉、广州已悉数沦陷,"由贵阳出发到平彝止,我们完全在万山丛中行走。心胸上亦觉得有一种说不出的压力。眼光为狭小坚实的山所约束,早已渴望着看一看广大的原野,舒展胸襟……由沾益向曲靖走来,便完全恢复了北方原野的一望无际。路在平原中向前尽伸直去,麦苗像一片手铺的碧海,加上红色的泥土,后面有淡淡的远山——我们是从那里爬过来的"[7]。

离开沾益县城五六里路后,李霖灿察觉出有一个小女孩正在"跟踪"他们。他们休息,她跟着休息,他们起身快走,她也"像在梦中吃了一惊"一样,喘着气追赶。虽已离开山地,但之前在沾益逗留时,客栈老板曾告诫过他们,一星期前,往府里(曲靖)的路上还出过非法事件,谁知道那个女孩子是不是什么绿林人士的探子呢?

被"跟踪"得有点发毛,这几个国立艺专的学生干脆停下脚步,等小女孩走近了,"以六双最厉害的眼睛盯着她",女孩则茫茫然无所表情地望回他们。问她到底到哪里去?上府里(曲靖)。到曲靖有什么事?没有什么事。有熟人亲戚么?没有。知道路么?知道。为什么老是跟着我们?女孩惨然一笑,"像是从梦中找回了一点意识",她的脸虚肿着,全无血色,"我……你们在我家店中买纸……! "他们想起来了,之前曾在沾益一家店里收集当地的年画,曲靖沾益一带盛行"使女",这女孩子大约是打小就在那家店里干活的吧。

但是她为什么要去曲靖呢?她又没有亲戚在那里,怎么吃饭呢?小女孩被问得有点害怕,便战抖抖地在口袋里摸了一阵,慢慢地颇自责地吐出:"我有两毫钱!""那你为什么不在沾益,却跟着我们跑?"她低下了头:"他们要打我……我怕……"

这下他们明白了大半,"她应该是受了家中的虐待,便茫然地有心向其他的地方跑……两毫钱,在她以为是用不完的大数目;我们又偏偏被她看成了一些了不得的人物"。可是这群大学生有什么办法呢?这么一个小女孩到了曲靖举目无亲。于是便七嘴八舌告诉她没有饭吃的可怕。

"她一半由于本性,一半由于她有两毫钱(也许是只合国币一角)的巨大财产,便十分固执地在坚持。"他们只好用近乎威胁的态度,让她回沾益去,"回沾益去,也许不至于挨饿吧?虽然棍子在等着她"。

女孩往回去的路上看了一眼,摇了一摇头,又固执地站在那里。李霖灿一行只好硬着头皮撇下她走了,走了好远,看见她还呆立在那里,再看看,她居然又追来了,她没有追上他们,"因为后来我们看到她站在大道中央,呆了一会,她那小黑影渐渐缩小,似乎是孤独地回沾益去了"。

这天晚上,李霖灿住在曲靖一个很好的老板家里,睡得很沉,"在大约下午三点的时候,我被一片火光和脚步声惊醒,一个黑影似的小女孩,捧了一盆水从我床前经过……屋子里面有老板的命令声,吸鸦片声,一会,她又端了一大桶饭进后院去,那里传出麻将牌和了的放倒声、哗笑声,外面有爆竹声、鸡叫声——天就要亮了"[8]。

下午3点多,湘黔滇旅行团抵达曲靖,城内户户悬挂国旗,说是县府通知,欢迎旅行团到来。住处是西门街附近的胜峰小学,学校专门为旅行团放了三天假,这让他们很过意不去。曲靖物价之低让人惊讶,由滇币换算法币,鸡肉五分钱一碟,火腿包子三分钱一盘两个[9],本地有名的韭菜花挂面最受欢迎,只要三分钱一碗。比较起来,在贵州没有一角钱是吃不到面的——河南人李霖灿在这里大吃面点,"有点像是回到家中了"[10]。

老城城壁坚固,楼阁巍巍也让人印象深刻,城内街道虽凹凸不平,但干净整洁,沿街房屋多建有雕漆门楼,题上诗句,颇有古风。不过,这里的房屋都比较低矮,有的伸手可攀屋檐[11],抗战期间路过曲靖的人对此多有记述。一位江浙人带着孩子逛书店,选好书准备结账时一头撞在梁上,肿痛不堪。他的理解是,曲靖多风,"三尺孩提偶一不慎,被风吹去,习见不鲜"。[12]

八十年后,曲靖老城已残存无几,东门街拆了大半,新的建设尚未跟进,于是成了一个安静的临时停车场,当年这里是全城最热闹的地方,民众阅览室和邮局电报局都在这里。抵达曲靖第二天,有同学接到邮局留交的昆明来信,说学校已正式改名为"国立西南联合大学",筹备工作初具规模,走海路到校的同学暂住迤西会馆,学校办事处亦设在内,理工两院已在昆明找到校舍,文法两院暂时无法安排,准备先在蒙自就读,然后再搬回昆明。[13]

东门街往北一点是曲靖一中,从前的省立曲靖师范,旅行团当年曾来这里参观晋代的爨宝子碑和大理国段氏与三十七部会盟碑[14],这两块碑完好保存至今。和难解的爨文化相比,我对大理国的遗物更感兴趣,在曲靖市博物馆,我读到了会盟碑的译文,了解到那些被镇压的部落,得由首领出面,研细丹砂一遍,以明心迹,表示对大理国的忠诚不二,自然,段氏也少不了要颁赐职位和奖赏,最后双方再杀牲喝血酒,盟约由此生效。

曲靖市博物馆位于市中心与沾益(现在是曲靖的一个区)之间,建筑庞大又摩登,看着像是一艘巨轮的船头,或者某种古代巨型鱼龙的化石。六个展馆中与近现代史相关的(包括三线建设馆)都没有开放,这种情况我在国内旅行不是第一次遇到——一切历史仍然是当代史,地方史家们大约也在揣摩着如何重新叙述?在开放的两个古代展厅里,徐霞客是当仁不让的明星。应该是1638年阴历五月,他经亦资孔、火烧铺,由胜境关入滇,开始了在曲靖及其周边地区长达五个月的考察,目的是寻找珠江源。九月,他在连日的大暴雨里辗转于沾益县,弄清了南北盘江的分水岭,纠正了官方《一统志》的谬误,但也因为条件所限以及旁人的错误指引,与中国第四大河的确切源头失之交臂。[15]

离开博物馆,我坐4路车前往白石江公园,去看一个六百多年前的古战场。自从进入贵州以来,我就不断在地方志、交通史和本地知识分子的谈论中听到1381这个年份。这一年,在几次劝降梁王未果后,朱元璋派傅友德和沐英率领30万大军征讨云南,他们的行军路线和我徒步路线大致相同,这次军事行动和此后的建卫、军屯、民屯深刻地改变了西南地区的历史——在安顺,人们把它视为本地文化的第一次转折点——

这一年阴历九月,朱元璋在南京皇宫外的柳树湾检阅部队,并在江边为将士们饯行。万艘大船沿长江而上,只用了26天就到达武昌。此后傅友德率主力部队,乘船越洞庭到达武陵(常德),尔后弃船登陆,沿普安路,途经郑家驿、茶庵铺、沅陵、辰溪、芷江到达晃州(新晃),进入贵州,12月11日,大军攻克普定和普安,即今日的安顺与盘县,行将进入云南,马上就要在曲靖的白石江畔,与聚集在这里的十余万元军展开一场决定性的战役。[16]

这是1381年12月16日,明军距离曲靖仅有数里,忽遇大雾,冲雾而行抵达白石江北。敌守江边,不得而渡,沐英建议让千名善泅水者,带旗帜钲鼓,从上游渡江,在山林岩谷间吹铜角虚张声势,敌军必大惊,调转兵力防备身后,这时主力便可一举正面强渡。傅友德采纳了沐英的建议,元军果然上当,傅友德遂先令善水的数百猛将持长刀蒙盾渡江,以长刀仰砍岸上元军,元军士气受挫,明军整列进战,炮铳齐发,呼声震天。战数回合后,沐英又纵铁骑直捣元军中坚,敌军大败,主将被擒,人在昆明的梁王闻讯自尽,元朝在西南的最后势力宣告终结。[17]

如今的白石江公园是个静谧的所在,大片酢浆草开着粉色小花,上面的雨水水滴晶莹可爱,在湖南时它们还是一片绿色呢。一位着披风的将领石像(是傅友德还是沐英呢?),手握宝刀,凝视远方,小径另一侧是"历史的车轮",也是石制,虽然它上面写着,"我们忘记的是战争,看见的是祥和,铭刻在心的是前进的车轮在滇东大地上不休的印记",但我还是嗅到了某种决定论的气味。白石江掩映于排排垂柳之间,宽不过十来米,近乎死水,绿中带灰,怕是用尽想象力也难回到当年的古战场。事实上，在战争发生二百五十七年后，徐霞客也来过这里，见惯了名山大川的他被"涓细仅阔数丈"的白石江震惊了，觉得这就是小小坳塘而已，"何险足据"呢？更何况，在江的上游就是戈家冲，流量很小，环绕地带不过数里而已，"沐公曲靖之捷，夸为冒雾涉江，自上流出奇夹攻之"，根本就是自夸功勋嘛！对于徐霞客的指责，地方研究者有不同说法，有人觉得两百年间，地形地貌不大可能发生较大改变，徐霞客说"书之不足尽信如此"，体现了他的求实精神，也有人觉得他冤枉了沐英，或许当年两军对垒之际，正赶上白石江发大水呢（虽然12月通常是枯水季节）？[18]

大概是身体迅速切换回了城市模式吧，公园里逛上一圈就腰酸背痛，比在山中徒步累多了，坐车回城里吃完饭，继续溜达，老城的西门街没拆，据说也不会拆了，两旁的木制老屋、低矮的屋檐、缠头的老人堪与旅行团留下的照片对照，一家名叫"郑凉粉"的小门面招牌引起了我的注意：上面写着"民国二十八年创"。那是1939年，旅行团过境一年后，李霖灿一行抵达曲靖之时。凉粉店的老板，出生于1956年的郑阿姨是个快活的人，带我进邻居家看老县衙门就像上自己家一样，翻墙看老井亦如履平地。老县衙在她家斜对过，如今只是个乱七八糟的大杂院，她和住在里面的一个老太太聊起以前哪里是关人的地方，不自觉地压低了声音，好像谁在偷听似的，又彼此感叹了一下以前"讲究得很"，"你看现在，脏得不得了！原来干净得很！"

> 我家（凉粉店）传了四代了，上春城晚报都上了二三十年了。我家最早是马龙长冲的，我奶奶有四个儿

子，我爹是老四，1917年出生，当时抓壮丁，我爹是逃回来的，我奶奶说在农村待不下去了，就送他出去学点技术，投奔他在曲靖的一个叔叔。所以我爹14岁就出来了，到他叔叔的店里（当学徒），属于帮忙的意思，那个店原来用的名字叫味正园，在大场院。

他叔叔的后代喜欢蹲茶铺，蹲茶铺是啥子意思？就是喝酒，聊天，抽大烟，成不得器了嘛，结果是我爹学出来了，学到技术了，熬酱油、用大磨推凉粉……后来到了17岁，他觉得我爹太可以了，就给我爹一点股份还是本钱，帮他说了一个媳妇，意思是说，可以带她出去了，所以我爹17岁就出去卖豌豆粉，成家立业了。到1939年，他22岁，就有了自己的牌子，我爹姓陈，我妈姓郑，是地地道道的曲靖人，家里是做玉石生意的，我爹算是上门女婿，所以招牌就用郑不用陈。

他们一开始也在大场院，挨着钟鼓楼，以前是曲靖最高的楼，曲靖人讲个俗语，麻雀在上面做蛋，哪个也拿不着。他们专只做豌豆粉，我听我爹讲上昆明拖盐巴，拖香油，（这些原料）曲靖根本没得，曲靖只有小米豆和豌豆，过去做凉粉不加酸菜，就是大蒜红油香菜，酱油都是我们自己熬。我家凉粉最早是一个铜毫，我问他一个铜毫是好多？认不得！后来卖三分五分七分，小份中份大份。打仗（抗战）的时候他们已经在卖凉粉了，我听我爹讲那些兵哦，在我们家吃东西，哨子一起来马上就走了。当官的过来，多多少少随便拽一点银子，那些小兵不给钱，（我爹）也不敢要，集合就走了。好像是路过曲靖，好像是要到哪里去。

（解放以后）那就是各蹚各的生活了嘛，打土豪分田地，我爹把大磨都交上去了嘛，就是说当农民了嘛。后来又说我家田地还多，还来分田，我家平均人口超出半亩田，就（划成）富农了。后来就在西门街做农民，种种包谷，后来改革开放了，一开放就动员我们出来，我听我爹讲，是因为我们过去出名。上面派人下来说，不怕的，养鸡养鸭可以发展了嘛，你们也可以卖豌豆粉。我爹说，不卖了，过去卖得出名还被人家整。人家说，不会了，现在是开放市场啦，是多劳多得，少劳少得。我爹就又出来做，我们是第三家个体户领证的，从摆地摊开始，也是在这条街上，就整起来，我爹为人也好，一整我们又红火，我从给他帮忙做起，单在（西门街）这个位置上就干了二十多年了。

做豌豆粉只有我家，曲靖还有一家做包子的，没有传下来，韭菜花面也没有传下来，大场院只有我家传下来。我们家传下来还是感到骄傲，我几个娃娃都有工作，我喊她（小女儿）回来，我就跟她讲，还是要传下去，老人不容易，把这块牌子整下来，不能把它丢了。我觉得我们还是可以的，电视上开个体户的会，每回开会都喊我们。路上的人进来吃，说你家上了头条，我讲，三十年前就上了头条！

我这个小姑娘才上任一两年，我大部分还是要管一下，把把关。我每天跳舞跳到十点半，就来店里，还是要待在店里，有些人来吃，看不见我，觉得说，再好吃也有些（哪里不对的）感觉，还以为店转让了，哈哈哈。我们加盟都不加盟，多少年都来喊，我们怕串味，不加盟。

没有什么秘方,就是老一辈传下来的手艺,这个豌豆粉你只要认认真真把豌豆泡出来,不要掺假,不要摆颜色。有些人讲你们这个豌豆粉没得街上的那个精致,是他(吃添加剂吃多了)吃不出本来的味来了。辣子也要买好的辣子,榨红油才能榨出那个香味。现在都是加啊加啊,都要摆颜色,只有我们从来不摆颜色。只讲味道。酱油我过去是自己酿的,连熬酱油的书本都有,现在那个书找不到了,当时觉得社会样样有,不需要了就扔了,太可惜了!现在买回来的酱油不过关,还要自己加工,用红糖、冰糖再熬,然后豌豆粉才有一种甜味,不经过我们的手加工,味道就出不来。

离开郑凉粉,我继续在西门街上闲逛,32号赵家的四合院可能是整条老街唯一一处还能看出老曲靖之精致的地方,从一楼的《大修曲靖老屋》得知,赵氏远祖乃南京应天府高石坎(今石门坎)柳树湾人氏,明初随沐英入滇(想必也参与了白石江之战?),即落籍曲靖。出生于1848年的银匠兼风水先生赵凯建起了这座老宅的第一层,他的次子赵樾外出参军,官至广东虎门要塞总司令,还曾于1915年义救梁启超。赵樾发迹后添建了老屋的第二、三层,"雕梁画栋,金碧辉煌……显大户景象",可惜历经劫难,老屋的家具被扫一空,门窗木刻、柱廊石雕也被铲敲殆尽,所幸整体格局尚存,一直到2014年终得重修,成为曲靖麒麟区残存的唯一一幢百年老屋。

查看老屋介绍时,我还意外地发现1912年创办曲靖师范的谢显琳先生(1887—1968)也曾租住在院中十年(1952—1962)之久。翻阅《曲靖文史资料》时,我读过谢先生在去世前三年写就的《省立曲靖师范、中学三十七年的一些回忆》，重点回顾了他创校以及应对学潮的经过，读完不禁感叹，从平津京沪到滇东小城，那个年代的校长苦心周旋于气势汹汹的学生与疑心异党的政府之间的经历是何其相似，文人志趣又何其可叹（如谢显琳自述："余之生活犹然一学生生活也，大布可衣，藜藿可饱，一切嗜好未敢妄沾"），只是这样的地方知识分子，很难有机会被更大范围的人们所注意罢了。

在32号院里转悠时我遇到一位老人，是赵家后人的同学，今年80岁了，他指给我看老屋用的土漆，又带我去看旅行团住过的胜峰小学旧址。从西门街拐进文昌街新道巷，现在那里是城关小学，我们进去转了一圈，崭新的教学楼和操场，"荡然无存咯！"他说，"高楼算什么……历史的底蕴都丢了……郁闷的人也不少……谁也抗拒不了啊"。出来时我们碰到了另一个老人，85岁了，西门街长大的，两人并不相识，很自然就聊了起来，谁是谁的邻居，谁谁还在（世）等等，85岁的老人抽着烟斗说，这一块地在解放后先是盖了大礼堂，当时没有砖，就拆城墙，后来大礼堂拆了又盖办公室，地委、级委、党校，"那些砖？就埋到土里头咯！"

在曲靖的第二天，湘黔滇旅行团22位师生合雇了一辆汽车去郊外泡温泉，包车共15元，每人7角，同行的有曾昭抡、袁复礼、李继侗诸先生。出曲靖南门，一条公路通往东南，路是新修的，还没铺石子，行驶起来颠簸不堪，路上的马群看见汽车惊得乱跑，乡下的狗则狂吠不止，李继侗笑曰："汽车到处，六畜不安"，引得众人都笑了。半小时后到了温泉，大家脱完衣服，裸身围坐石池内，只有袁复礼不好意思，独自在屋外洗。泡完温泉，到屋外合影，便准备沿原路返回了，不料曾昭抢看到附近有山有河，又和两个同学游泳去了，让其他人苦等一小时，回到城里已是下午4时[19]。是夜曲靖大风大雨，气温骤降，旅行团前几天刚刚在平彝换上单衣，现在又得穿上毛衣甚至棉大衣了，"这才体会到滇中俗谚'四季无寒暑，一雨便成冬'之说，确属不诬"[20]。

从曲靖到马龙，我很幸运地躲过了降雨，但躲不过的是这里的大风。走出重修的南门，过潇湘江，不久就进入一条典型的开发区公路，宽、直、没人，前方近乎一马平川，风迎面横扫而来，耳膜砰砰直响。后来才知道，马龙年平均风速4.5米/秒，比风城大理下关还高0.2米/秒[21]，而且，优势风是西南风和南风——难怪一路都是顶风前进。学生们说入云南如到华北，在平原（其实是大坝子）徒步和山区的确是完全不同的体验。贵州是游乐场，你走一会儿周围的景色就变了，但走很久，直线距离也前进得少得可怜，云南是跑步机，你走了很久，确实也前进了很远，但感觉还在同一个地方。

顶风走了十来公里，我在路边看到一块"红军战斗遗址"的石碑，路对面还有一座更高的纪念碑，石碑背面有红军长征途经西山公社路线图，但对这里发生了什么只字未提。我坐在碑旁台阶上休息，地上晒着蚕豆和红薯。不一会儿来位戴解放帽、穿解放鞋、花白胡子老长的老头，我问他，这里发生过什么战斗？"毛主席坐了国民党的两辆车嘛！""毛主席坐了国民党的车？""是的嘛，车子里有云南地图，有宣威火腿……""您是说，那两辆车本来是国民党的，后来被红军夺了？""是的嘛！""那两辆车本来是干嘛去的啊？""不是跟你讲了嘛，是国民党的车嘛，那不就拿去了。"

后来我查阅《曲靖市志》，得知这场战斗发生在1935年

4月27日晚,红军截获的是一辆从昆明方向开来的军用卡车,车内有云南省主席龙云送给薛岳的云南军事地图和云南白药,后者时任前敌总指挥,正坐镇贵阳指挥追击中央红军。因为这份军用地图,红军确定了到达金沙江边的具体路线,这样才有了后来的渡江入川北上。当时红军中就有人调侃说,三国时刘备入川有张松献地图,红军入滇有龙云献地图。[22]

下午4点多钟,我走上了响水街大桥,下面是个宽阔的峡谷,本就是风口,桥面每隔十几米就有"注意横风"的提醒,今天风又格外大,耳朵里的砰砰之声变成了噼里啪啦,20多公斤的背包看似"压舱",但也因为它,重心偏高,在桥边走起来不免摇摇晃晃,加上呼啸而过的汽车,多少有点心悸。更倒霉的是,刚走过大桥,我就发现自己走错了路,应该在上桥前就右拐上小路的,只好一边骂自己一边折返,噼里啪啦摇摇晃晃重新来一遍。

拐进响水街村,明显感到风小了,村口立着个2米8高的横杆,大字写着:禁止载重车辆及拉灵车通行,违者重罚。往里走一点是交警大队的宣传语,循循善诱地告诉村民,骑上摩托很威风,戴上头盔更帅气。穿过响水街村是大海哨村,两个村都水泥硬化武装到了牙齿,从墙根儿到下水沟到各种边边角角看不到一粒泥土 —— 八十年前此景可是只有上海才有,但不知道为什么,两个村子都异常冷清,家家户户都紧闭屋门,前者甚至连个小卖部都没有,后者有个大海哨商店,只有一个七八岁的小姑娘在柜台后面,我补充了一瓶运动饮料,又买了一盒柠檬丹,名曰"洪荒之力丸"。

大海哨当年旅行团也经过了,这里是南盘江和金沙江分水岭的一部分,过了分水岭,我就从珠江流域又回到了长江流域,上一次喝到长江水还是在贵阳呢。大海哨村离320国道和沪昆铁路其实很近,铁路几乎擦着村边开过,隔几分钟就有一辆列车经过,但列车驶过后瞬间就变得非常安静,安静得叫人有点发瘆。几只鸡在废弃的院子里觅食,一只狗儿上蹿下跳,好像着了魔。这地方冷清得连标语都看不到。

下午5点多钟走回了国道,热闹和嘈杂加倍奉还,可能因为地势平坦吧,这里的大货车是我一路所见最疯狂的,有时候我只能跳到路边的田埂上,给一、二、三、四、五辆喷着黑烟的卡车让路。小车也都着急忙慌的,为了超车大货,每每强行占用对侧车道,这就意味着他们都是打着左转弯灯向你冲来,唉,只好再一次跳上田埂。其实这里风景不赖,很多刚插上秧苗的水田,天光云影间还有一棵孤零零的菩提树,天气也非常舒服,可以把人身上心里潮湿的部分一点点烘干,又不至于发皱干枯,美妙的轻飘飘的云南空气。走了30公里,和贵州走20公里耗费的体力差不多,这还没考虑从曲靖出发时的顶风而行。

离马龙不到5公里时,一辆川A越野车缓缓停在我前面十几米处,副驾驶一个戴纱巾的老太太探出头来,待我走近,她扯下纱巾,问我是不是去马龙,可以捎我过去。我上了车,后面两个老大妈给我让出位置,开车的年轻姑娘是其中一位的孩子,在成都工作。她们都是马龙人,看到我在国道边走路,觉得很不安全,就决定捎我一程。"以前赶场也都走(国道),现在大家车多了,没人走路了,那些货车司机也就不看人了,经常是到眼前才看得到。太危险了!"戴纱巾的老太太解释。她们是非常温暖的人,又极有分寸感,有一个人刚说了句你在拍照哇,立马被另一个人截住话头:人家拍照肯定是有人家的用处撒!

我请她们在国道和高速的交口让我下来,连声道谢,并祝她们一路顺风。这里离我要住的酒店已经很近了,而我想要看看久违的杭瑞高速。我们是在湘西的沅陵分开的,我南下怀化、芷江,它西去吉首、凤凰,经过贵州的铜仁、遵义、毕节、六盘水,从云南宣威南下,终于又在马龙重新会合了。隔着天桥上的铁丝网看杭瑞高速就像看到一位老朋友,嘿,还记得我给你起的"青山大道"的绰号吗?

马龙一词是彝语"麻笼"的译音,意为"驻兵之城",不过,湘黔滇驿道上的哪座城不曾是如此呢?城比想象中新很多,毕竟已经是曲靖的一个区,旧《马龙县志》讲,"由于马龙县城较小,城内原建寺庙在'文革'中受到严重破坏,城内基本没有古建筑物存在"[23]。

八十年前马龙还有城墙和城门,虽然规模一般,东城门曰"拱宸",南城门曰"迎勋",北城门曰"北极",西城门没有题额,滇黔公路通车后,西边新辟一城门与公路相接,这是一座青条石三联跨单排结构牌坊建筑,题名"乐熙门",牌坊有动听的对联:"通路为东南要冲熙来攘往车如流水马如龙;辟门迎遐迩贤才乐后忧先民是主人官是仆"[24]。湘黔滇旅行团应该就是"拱宸"而入,"乐熙"而出,大约因为县城实在太小,他们停留的一晚只能四散开来住宿,杨式德所在小分队住在一个庙里,殿内神像很多,有女巫[25],余道南则住在一所小学里,"与平彝相较相去甚远,校舍既破败,教室内有蛛网尘封,殊嫌不洁,来则安之而已"[26]。

注释

1. 赵悦霖:《自长沙到昆明》,《再生》杂志1938年第10期;龙美光:《八千里路云和月——长沙临时大学播迁记》,云南人民出版社,2018年12月;杨式德日记。
2. 杨式德日记。
3. 杨式德日记。
4. 刘重德:《跋山涉水赴联大,读书写诗为中华》,张寄谦编《中国教育史上的一次创举——西南联合大学湘黔滇旅行团记实》,第273页。
5. 钱能欣:《西南三千五百里》。
6. 沙上旅:《我怀念二十九军》,《宇宙风》,1938年,第59期。
7. 李霖灿:《黔滇道上》,《大公报》香港版1939年11月26日。
8. 李霖灿:《黔滇道上》,《大公报》香港版1939年11月22日、24日、26日。
9. 杨式德日记。
10. 李霖灿:《黔滇道上》,《大公报》香港版1939年11月26日。
11. 钱能欣:《西南三千五百里》。
12. 《曲靖杂记(七)》,《浙赣路讯》,1949年,第468期。
13. 余道南日记。
14. 钱能欣:《西南三千五百里》。
15. 张建术:《重走徐霞客游滇路(之三)沾益——徐霞客的遗憾一言难尽》,《科学与生活》,2003年第2期。
16. 郝正治:《汉族移民入滇史话——柳树湾高石坎续集》,昆明:云南大学出版社,2014年7月,第35、36页。
17. 郝正治:《汉族移民入滇史话——柳树湾高石坎续集》,第37—41页。
18. 吴乔贵:《徐霞客游记中的曲靖》,《曲靖市文史资料第10辑》,1996年11月。
19. 杨式德日记。
20. 余道南日记。
21. 《马龙县志》,昆明:云南人民出版社,1997年10月,第76页。
22. 《曲靖市志》,昆明:云南人民出版社,1997年12月,第18页。
23. 《马龙县志》,第666页。
24. 《马龙县志》,第471页。
25. 杨式德日记。
26. 余道南日记。

第三十八章

马龙—马过河—杨林—大板桥：
把你自己投入进去

每天拉着她说长征的故事—在水流冲激中颇与淋浴相似—被遗忘的叙昆铁路—灯红酒绿的"封资修"生活方式——一个新人刚刚出现在地球上—大麻保健袜——曲自然的田园交响乐—用佛法说就是成住坏空—用于向国外宣传的新草鞋

马龙的确是无冕风城，天一暗下来就嗖嗖起风，酒店背后是山地，一整晚都能听到旷野才有的低吼，就差几声狼叫从远处传来了——八十年前湘黔滇旅行团穿越西南时，沿线各县几乎都有虎狼出没，大约是300余人声势浩大，野兽不敢靠近吧，现存的日记和回忆只有清华大学土木系大三学生陈守常提了一句，在抵达亦资孔之前，同学们听说这里有虎豹出没，得尽快赶路。[1]

第二天上午，酒店外的旗帜鼓鼓作响，背包继续西行，城市西郊花团锦簇的大道两旁，在建的是"与星级温泉为邻的原生别墅"，不知道"原生别墅"做何解释，反正我是想起了窑洞。"原生"的不只是别墅，还有"原生山地河流"，往前走了几百米就看到了，被水泥堤岸锁得死死的，几乎不怎么流淌。

虽然昨天走了30多公里,今天体力仍然很好,抬脚就是三公里的感觉又回来了,抄小路进了村,看到从别墅群流下来的那条河流,边上的河长公示牌告诉我它叫马龙河,流向和我今天行进的方向接近。河流在这里有了土岸,算是松了一点绑,也开始能看出水流,风吹起来,河面鳞片闪闪,又听到了在关岭和永宁之间那种鸟叫,"该减肥!该减肥!"

沿着土结石小路翻一个大坡,过一片松林,马龙河已是真正自然的状态,水草密布,泛出某种可爱的灰绿。沿着河走了挺久,从一个小水坝过河,农妇们在稻田劳作,再往前,就到了曲靖呈钢钢铁集团的厂区。正赶上工人中午下班,我在一家超市买了老面包和椰汁,坐在阳伞下吃午饭,对面坐着个五十来岁的男人,把头盔放在桌上发呆,他的宿舍太远了,中午就在这儿坐坐。他告诉我钢铁集团以前是国企,更早还是生产鱼雷的军工企业——当年三线建设的一部分,现在都股份制了,他在这里主要是做点体力活,一个月能拿两三千块钱。他有两个儿子,小儿子在河南读大三,学桥梁工程,一年学费3700块。大儿子本来成绩还行,高考那一年贪玩了,只考上专科,读了一学期觉得没意思,退学去红河州打工,现在又觉得还是读书好……要操心孩子读书,要操心孩子工作,还要操心他们找媳妇——这意味着一人得有一套房,"负担重啊",他叹了口气。我不知道怎么就开口讲起了自己的父亲,讲起我读书的时候,他去厦门打工,去深圳打工,还来过昆明打工,那时家里也不宽裕,"等孩子毕业能自己挣钱就好了"。他听了不说话,只是笑笑。我又想起,我爸去昆明打工时我刚上大学呢,他用工友的QQ和我视频,看到我出现在屏幕里时笑得合不拢嘴,我却惊讶于他工棚的寒酸,满脑子想着的是不要让寝室同学看到才好。

告别这位父亲,我又在这个巨大的厂区走了半天,看到墙上刷着大字广告:"咪咕影院在我手,全村姑娘跟我走"。一个大下坡后再次穿越杭瑞高速,在这一区间它与沪昆高速并线,此后西去大理、保山直至中缅边境,说不定是此行最后一次见面了。出了厂区,从一个村子到另一个村子,大片田地种着烟草。在一个老宅较多的村子,我问几个日头下歇息的人,这个那个建筑有什么来头。他们七嘴八舌一番,一个腿不太好的老人站起身来,说要带我进村看看,比他年轻的胖子说,我走不动,不然就带你去了。等腿不好的老人领着我缓缓离开,我听到胖子在和另一个人嘀咕,他是来采访的,带他看得收点钱。

村子里气味很大,我拍了些照片,老人不断给我指,这以前是赵家碾子,现在修了厕所,修厕所时还挖出了碾心,又说以前当官的住上面,老百姓住下面等等。他才六十多岁,已经老得口齿不清了,加上方言,我听得非常费力,转了一圈,又陪他慢慢走回去。胖子还在原地,一边打量我,一边问,采访了?我不再理他,和腿不好的老人一起坐下,又听他说了会儿我听不太懂的话,然后告辞,老人起身握着我的手,说,我姓古,家就在那边,下次再来玩啊。我说好的好的,一下子挺难过的。

顶着大太阳往前走,气温升到了27度,好在风大。下午3点多,我厌恶了不断给高速驶过的大货车让路,招手截住一辆从马龙开来的黄绿色乡村面包车,驶了一段,又上来一对夫妇,他们问我是不是来旅游的,我指指背包,徒步的。男人露出茫然的表情,坐在副驾驶的女人说,哦,是走路来感受这一路对吧?是啊。重走红军路吗?倒没有这个意思,不过好像这一路确实重叠了。那是走徐霞客的路吗?这回该我惊讶了。原来她之前在曲靖市博物馆工作,有一个从市委退休的老干部是个老红军,90多岁了,每天都拉着她说长征的故事,说曲靖的历史,徐霞客也是老红军说给她听的。可惜他们很快就下车了,女人露出笑脸,摆摆手:下次说给你听吧!

在马过河镇下车,去寻找当年旅行团的大休息地河边村。按照他们的描述,这里有一条清浅见底的小河,"两岸树木繁茂,碧草如茵","夹杂着野蔷薇,白色花略有黄色,有清香","成群的白鹭翱翔于林间水湄,令人神往",许多同学下河玩耍,"借此一洗尘垢"[2],杨式德之前在曲靖感冒了,下不了水,但也采了十来朵野蔷薇包在手绢里,"偶尔擦鼻涕,香气袭鼻,心欲醉"[3]。

走到镇西头,我再一次见到了缓缓流淌的马龙河。320国道从一座五孔石桥上通过,桥头小卖部的老人说这就是1933年竣工的老桥,当年滇黔公路的要塞之一,国民党修桥时,桥墩上房还有一个八角星,不知道什么时候被铲掉了。过了桥,沿国道与河流并排前进,一路有不少农家乐,看上去都生意萧条,而最热闹的时候这里光野味餐馆就有100多家,1996年云南省第一条高速公路昆曲高速开通,320国道就此冷清下来,马过河镇也随之衰落,而高峰机械厂——同样是三线建设的产物——搬走后,小镇就更加沉寂了。[4]

在一幢还没开建的房子地基上,我得以走到离河很近的地方,在这里,清亮的河水流速加快,划过一页页黄色片岩,哗啦啦地向下游奔去,这才是真正的"原生山地河流"的样子啊——几乎毫不费力就能把此景与八十年前学生的描述连接起来,"时阳光强烈,水温宜人,在水流冲激中颇与淋浴相似。

浴后躺卧河边石上养神,感到全身轻松爽快"[5]。

这一路我都在寻找"清畅"的河流,但多数河流既不"清"也不"畅",湘西有一些自由奔腾的溪河,但被五里一岗的挖沙作业弄得浑浊不堪。黔东一些河流倒比较清澈,但阶梯式开发让它们个个都得了肠梗塞,徒步旅行一个多月,只在五里山和马过河看到了算是既"清"且"畅"的流水,这和景区内干净的溪流还不完全一样,你看见村民用背篓背着孩子涉水,你看见老人和狗一前一后按照自己的方法过河,你看见两只白鹭在杂花生树的对岸浮游,你看见汤汤流水下岩石被冲刷出的形状,你知道那是活生生的世界而非景观。

刘兆吉保留了不少旅行团的照片,他的儿子刘重来印象最深的,是闻一多和学生们在河中洗澡,有人在上游抓拍了一张,"全部赤条条的,全都在笑,看到有人在拍他们也不生气,全都在笑"。刘重来在电话里也笑了起来,"这张照片今天就算在,估计也不会登出来,但我印象太深啦!"如果我们今天有机会看到这张照片,应该不难判断地点,不是在马过河,就是在镇远,再或者是晃县,旅行团集体下河洗澡的地方并不多。可惜这些照片,连同刘兆吉的步行日记——他有记日记的习惯,从山东第一师范时就开始记,从长沙到昆明每天都有日记,刘重来见过,日记本里还夹了许多"片片",纸片啊,树叶啊,花朵啊——在"文革"开始后,都被日记主人亲手烧掉了。"我记得那时候烧都不敢(直接)烧,晚上在灶里一点一点(烧),"刘重来说,"那个心疼啊,几十年的东西,可是没办法,你要被人家抄到了怎么办?"

我在河边坐了一刻钟,恢复了不少元气,好像自己也在流水中冲激了一番似的。继续前行两三公里,河上有三座桥,对面是新开业的度假酒店，风格是我喜欢的淡蓝和灰色，立刻决定今天就住这里，而不继续前往易隆，省却了一天走46公里的挑战，毕竟，长久以来，连本地民谚都抱怨这两站相隔太远，"马龙到易隆，走到鸡上笼"。

在酒店办好入住，出来看桥，相距不远的这三座桥也修建于不同"朝代"——之前重安说自己的三桥"国内仅有"显然是吹嘘之辞了——最上游是2004年建的钢筋水泥的连心桥；中游虎渡桥，建于乾隆四十六年（1781），三孔石桥，当年滇黔驿路的必经之道，结束了马帮涉水过河的历史，如今正对着度假酒店的大门；下游是修建于民国三十年（1941）的叙昆铁路桥。1938年年底，由昆明往东经曲靖、宣威、威宁到四川叙府（宜宾）的叙昆铁路，与昆明往西到缅甸腊戍的滇缅铁路同时开建，按照时人对抗战形势的分析，"这是中华民族史上较诸万里长城和运河还有更大价值的一件大事业"，因为"欧亚两洲的主要交通线，一是由苏彝士运河出红海，经印度洋，绕新嘉坡而达我国的海线，一是由欧俄经西北利亚到海参崴和东北的铁路。这两条交通线，现在已大半在敌人控制之中"，兴建滇缅和叙昆铁路，"可以西通缅甸，接驳印度洋巨轮以通欧洲，东达长江，接驳江轮、飞机、汽车以联贯华西华中及西北西南各省……会成为民族的生命线"[6]。

抗战一年多，随着沿海都市的沦陷，西南的滇越铁路成为中国最为依赖的出海口。也许你还记得，长沙临大的绝大部分教职员、部分男生和全部女生就是通过滇越铁路奔赴昆明的。他们由长沙南下广州，在香港体会了"钱的世界"，第一次坐了爬山电车，俯瞰浩荡的海水和鸽笼似的高楼大厦，还拜访了陆秀夫携南宋末帝投海处；在越南海防提防着无处不在的扒手,被法国海关工作人员推推搡搡地检查,这些法国人"只对穿西装的和妇女客气些",又看见越南的穷人被人用洋火烧耳朵,如羔羊一样驯顺,"亡国奴简直不当人看!"终于上了开往云南的火车,一路摇晃得厉害,车头的煤灰不时飞进车厢,在河口入境,交护照登记,说是联大学生,检查人员颇为优待,没有额外检查,重回中国国土,看着窗外高山、溪河、飞瀑,"以往在图书上所见的山水,原来是在这里,祖国真伟大啊!"在开远遇到领着童子军为前线战士募捐的青年人,一问原来是今年毕业的北大学生,捐完钱互道:"昆明见!昆明见!"到达学校已是第二天晚上,首先映入眼帘的是门外墙上的七个大字:"举国同温将士寒"[7]。

1940年,为了进一步封锁中国,日军入侵法属越南,占领滇越铁路,中国最后一条通往外部世界的要道也被切断。为防止日军沿铁路进犯中国,国民政府开始拆除中国境内河口至碧色寨段窄轨,并把它们移铺于叙昆铁路,尽管如此,由于战时条件的限制,叙昆铁路直到1941年才铺轨到曲靖,滇缅铁路进展就更为有限了。又因为抗战急需通车,叙昆铺轨昆曲段完成后即投入运营,在马过河的沟口,这座长6米、高12米的三孔拱桥本身就处在一个转弯坡道上,东端还连接着一个反向弯道,1944年5月21日,一列军人、货物混合列车,因为速度过高在桥头颠覆,死伤125人。[8]

我顺着景区铺设的木栈道走上叙昆铁路桥,借着铺着煤渣很窄的桥面,想象当年那场脱轨事故,只是铁轨已不见踪影。再往上走一点,倒有一段铁路通往深山沟里,一辆似乎更应该出现在游乐场的小火车停在"河边村火车站"。开火车的师傅告诉我,这是景区投资开发的旅游项目之一,有20多公里长,连接了马龙与寻甸两县的度假小镇,生产兵器的高峰机械厂旧址也是其中一站,"上面(山沟里)好看多了,随手拍都好看!"他挥挥手,开动了火车,"等100多亿的钱建好了(游乐城堡),更好看!"

离开车站,下到河滩,叙昆铁路桥西侧绿草如茵,颜色比Windows桌面还要纯正,两个戴草帽的男人在这画面里钓鱼,一头水牛在他们背后吃草,我在河边洗个手,看会儿鱼,半躺着刷微博和朋友圈,再没有比徒步大半天后坐在这样的地方玩手机更叫人放松的了。对了,我还第一次查了到云南师范大学西南联大旧址的距离,整整100公里,多么愉快的巧合。

这一天,湘黔滇旅行团走到下午6点才到易隆,这是寻甸县的一个市镇,多回教徒,全团分头借宿区公所、清真寺和百姓家。次日离易隆西行,"沿途平原沃野,所种小麦已成熟,三五农妇正在田中收割,一边唱着山歌,状颇闲适。展望远方平林漠漠,山色蔚蓝,俨然一幅悠闲的田园风景画"[9]。

接近终点杨林时,眼前展开一个大盆地,这盆地在明朝时还是个名叫"杨林海"的大湖,清代日渐淤积,每有洪水,附近县镇皆成泽国。雍正年间,地方官试图疏浚下游的牛栏江,指望由杨林海下牛栏江入金沙江,开辟云南前往四川乃至湖广的另一条通路,所谓"片帆可达吴楚",但苦心经营数载,仅部分河道可通舟楫,到乾隆年间渐渐搁置。不过,直到民初,杨林海尚有不少地方可以泛舟,人们乘船赶兔街、庙会,捕鱼捞虾(民国时期杨林虾酱颇有名气),来来往往,热闹非凡[10]。等到了旅行团抵达的1938年,杨林海已经"快干了"[11],原来的湖面,现在是"千百亩青草地的自然牧场"[12]。

杨林是嵩明县的一个大镇,旅行团住在镇上唯一的小学内，校园坐西朝东，有上中下三个院落，院内郁郁葱葱，石榴树已经开花，学生们还注意到一种表皮光滑、叶似杨树的高大乔木，询之本地人，据告为金鸡纳树，乃从南洋引入品种，树皮可提取金鸡纳霜，是抗疟良药。[13]

杨林小学的前身是观音寺，直到民国末年这里还有僧侣数人常年居住，烧香念经[14]。1949年以后几经变迁，先是小学搬走，划归粮食局作仓库，整个嵩明县的粮食都往这里运，后来粮食局搬走了，嵩明二中在这里成立，在外面修了一栋说不上是古典还是现代的三层红色水泥楼房。等我到达之时，二中的牌子还挂着，但学校也搬走了，这里成了学校教师的宿舍，最近又搬进来一家养老院——这些都是万寿街上的老街坊们告诉我的，我向其中一人打听二中的历史，几乎惊动了半个街区，连过路的人都跑过来听，但这围观并没有让我不舒服，因为他们的脸上没有任何对外人的疑心，而只是单纯地好奇于我的好奇。

老街坊中年纪最大的是一位住在万寿街44号的老人，他1933年出生，大约1940年左右在家门口的小学入学，和旅行团可谓失之交臂，他说起设在观音寺里的小学，"大殿，地上，佛面前，到处坐的人"。后来观音寺被砸他也是见证者，村长带头，把一尊大佛当废铜烂铁拿去昆明卖了，"大铜佛！（要是留下来）那值钱了哦！"每个年代都有自己的荒唐事，有的年代格外多些。八十年前旅行团在杨林只待了一天，不止一人提起这里的特产杨林肥酒。这是晚清商贾陈鼎创出的养生酒，萃取竹叶、小茴香、豌豆尖的天然色素，酒体翠绿。几十年后，肥酒也遭了殃，原因是象征灯红酒绿的"封资修"生活方式。厂方为提倡革命，将绿酒改为金黄色，寓意社会主义金光大道，结果市场疲软，一蹶不振[15]。也是在杨林，杨式德终于读完了莫泊桑的小说《奥尔拉》，这篇现代主义特征浓厚的小说与其说是在描述幻觉，不如说是凝视深渊，人之内在黑暗的深渊，"先生们，一个人，一个新人刚刚出现在地球上，无疑他即将繁衍，就像我们繁衍一样……这是在人类之后世界等候的那个人！他来取代我们，奴役我们，驯服我们，也许还要吃我们，就像我们吃牛和野猪一样"。

我是坐火车到杨林的，从马过河度假酒店出发，在烈日下走了12公里乏味的县道，到最近的照福铺站，穿过村落时又一次看到了咪咕视频刷在墙上的大字广告，比之前的"全村姑娘跟我走"愚蠢加倍："咪咕影院装在手，媳妇整天把家守"。中午1点多到了车站，还没开门，去对面的小饭铺想吃个炒菜，女主人面有难色：这里的人太少了，都没有什么菜……也不知道为什么，今年春节过后，人一下子少了。"改吃鸡蛋炒饭，10元一份，左手吃饭，右手赶苍蝇。八十年前湘黔滇旅行团一进入云南，就发现这里苍蝇不少，在易隆时，钱能欣借宿民家，"臭虫苍蝇骚扰，受累不小"[16]。抗战初期，中国军队相当一部分伤亡就源于这些小动物带来的传染病，而去除它们的办法就是烧一大壶开水，用高温蒸汽蒸衣服。虽然旅行团配有队医，不必太过担心，但仍有因病"减员"的，除了前述何善周、白展厚和张盛祥外，南开大学大一学生杨涟因腿病返回常德住院，休养好后才赴昆明入学，北大历史系大四学生金宝祥与英语系同乡则因为途中食物中毒，退出步行坐长途车直达昆明。[17]

等车的人慢慢多了起来，开车前20多分钟，车站打开了大门，里头淡黄色的小小建筑，在云南足以把人烤焦的一成不变的阳光照射下，如同沙漠中的海市蜃楼。慢车从六盘水开来，停靠的大多数站点我这辈子都没听说过，当然也经过了我曾停留的红果、富源、马龙。车厢里篮子和旅行箱一样多，里面装着鸡蛋、枇杷、杨梅，好几个人在吃老坛酸菜方便面，但我一点儿也闻不到，也许是因为我自己身上散发出的味道更重。开车了，很长的隧道，暗下来的车厢里，列车员开始推销除脚气、除脚臭的"大麻保健袜"。往杨林的路上有连绵的一望无际的大棚，中间露出的黑色房屋像江南运河里的平底船，杨林海是彻底消失了，变成了沃野和湿地，湿地上又盖起了五星级度假酒店。如果当初真能修通那条水路，杨林可直达宜宾、泸州，乃至陪都重庆，会对抗战局面有何影响呢？

　　在车上补票时我差点没忍住买到昆明，后来在杨林汽车站，我再次犹豫要不干脆一口气坐到昆明算了——旅行临近结束，出于不舍，有时候就会希望这么一个休克疗法似的结尾，但我还是买了去大板桥的车票，那是湘黔滇旅行团的倒数第二站。中巴车走320国道，中间绕道去了昆明长水国际机场。从航站楼前经过时，感觉那熟悉的有序的清凉世界和自己是那么遥远。长水的上一站叫长坡，八十年前旅行团在这里大休息，他们注意到这个村子的女人都是天足，赤脚穿布鞋[18]。临近省城，喝水吃饭越来越方便，几乎每一个小村落都有两三家乡下风味的小茶铺，"还不进去吃个两杯，好仔细体会这接近目的地的欣喜"？于是，"走路也换成饮后百步余的散步"，李霖灿一行"五里一茶十里一面的向昆明走去"[19]。旅行团的心情是类似的快活，离开长坡，公路平坦，哪怕山间突然飞来乌云，刮起狂风，一阵霹雳接着一阵大雨也不能减损他们的喜悦。高原的雨来得快也去得快，一会儿风停了雨停了，远远的山头上，一片阳光渐渐展大，金黄色向队伍这边延长，"路上默念着这一曲自然的'田园交响乐'，忘却了全身淋漓"[20]。

大板桥是昆明当时的实验镇，东西长而南北窄，四周用泥墙围成一个长方形，中间一条石板路长街，在汽车时代到来前的几百年里，由昆明出发前往内地，板桥驿都是头晚住宿之处。1911年，地质学家丁文江从欧洲留学归来，乘海船抵越南海防，经滇越铁路到昆明，住了两周后前往内地，他装了假辫子（那时还是清朝，离辛亥革命还有五个月），留了胡子，穿上马褂袍子，戴着黑纱瓜皮小帽，同九个轿夫，两名护勇，上午9点从昆明出发，下午1点半到板桥驿，"夫子就不肯走，说前面没有宿处了"。外面下雨，不能出门，丁文江只能坐在客栈里等饭吃，异常烦闷，忽然看见墙上题满了旅人的诗，仔细一看，都不怎么通顺，但有一首引起了他的注意：

> 万里作工还被虐，乡山回首欲归难。
> 十人同路余三个，五日奔波始一餐。
> 乞食几家饭韩信，干人有客愧袁安。
> 寄言来往衣冠者，末路应怜范叔寒。
>
> 丙午春偕同辈作工于滇省，不堪法人之虐待，相率辞归。既出省城，资斧断绝，同行者十人，惟存余三人而已。寒宵不寐，书此以自写苦况。

这首诗让丁文江想起了滇越铁路的往事。丙午是1906年，滇越铁路云南段开工第三年，这条窄轨铁路翻山越岭，施工难度极大，法国人修路时，本地人怕瘴气，不肯做工，于是法国人和意大利人到山东直隶两省，大登广告，招聘工人，招来一万多人，死去五千以上，南溪一段，有"一根枕木一条命"的传说，"这一位'津门穷客'一定是一万多人中的一个，被法国或意大利人骗到云南来的……到了云南以后，云南的地方官对于他们的待遇绝对不敢过问。这是在中国修铁路最可痛的历史"[21]。

湘黔滇旅行团下午2时许抵达大板桥，集市还没结束，"人群拥挤，颇热闹"，他们住在西门外明应寺内的明应小学，"宽敞清洁，住在教室的地上，一路走来，恐怕是最好的宿营地了"[22]。八十年后的大板桥让我想起了曾经的"蚁族"聚居地唐家岭，特别是当你离开正街进入两侧的窄街时，一摊摊污水和腐坏垃圾，还有两边楼房挂出的旅社与饭馆的五颜六色的招牌——你也可以调侃说它繁华得简直就是小香港。这里的交通非常混乱，有可能你等了好几分钟还是没法穿过双车道的一个路口。第二天上午我走到正街西头，意外地发现明应寺还在，寺庙正门紧闭，门外是算命、理发和去痣者的地盘。我由侧门入，听寺内住持说，这些人给寺庙的志愿者（都是些老太太）卫生费10块钱一天（他调侃说是"保护费"），被允许在这里摆摊，卫生费就用来供佛。

我是在寺外的鞭炮与哀乐声中遇到拿着热水瓶的年轻住持的，他沏了一壶茶，和我坐下来聊天。明应寺做过小学，做过湘黔滇旅行团投宿处，做过抗战部队的停留处，也做过中共领导的滇桂黔"边纵"的据点，到了1949年以后又是耳熟的故事：把神佛像都打倒削平，搬到里头办公。不过住持听当地老人转述，那些在里头办公的人，后来病的病，死的死，只好搬去别的地方——"现世报"倒是一路以来头一次听说。公社搬走后，寺庙被没有房子的贫下中农们分割占据，后来改革开放落实宗教政策,又把他们一家家请出去,重新塑了佛像,再后来外面修大公路,寺庙显得越发老旧,就在大雄宝殿上再加一层,现在,只有天王殿和大雄宝殿的基脚是老的,对了,还有殿前那棵200多岁的柏树,它见证了这里发生的大多数故事。

住持是个闲散的人,"在世间没意思,还是出家好,要是我还是在家,能有这个时间坐下来喝凉茶吗?我那些同学,在上班,一个月五六千、七八千,一万的也有,我说我一个月五六百,就一个低保,吃住都在庙里面。我跟他们说,我们一天瞌睡来了睡觉,口渴了喝水,肚子饿了吃饭,你们一天折腾下来,又是喝酒,又是应酬,累死了,一大堆事让你去折腾,没意思,人生就是那么短暂的时间。我还可以云游,中国都跑遍了,去哪个寺庙挂单都有吃的有住的,积蓄我是没有,只要有车费就可以了,你看我们出家人到哪里,就一个小背包,大太阳戴个斗笠,多简单"。他说这些时,我默默想起,自己在出发徒步前,光是如何处理行李箱,以及该往背包里放什么,舍弃什么,就犹豫了好几天,手电筒、指甲刀、防晒霜一度成了困扰我的东西,还没出发就累得够呛。

他说的折腾我也颇有同感,这趟徒步之行一个非常真切的感受,就是折腾。无论是对环境的破坏和保护,还是对文物的践踏与修复,很多时候我们都在折腾,在一次一次地回到原点。"用佛法来说,"他接过我的话头,"就是成住坏空,就这么一个道理,世间万物都一样。一切我,一切执,一切我们看得见看不见的都是这么些东西,这四个字都把它说了。你说折腾,真的就是折腾,成住坏空,成住坏空,循环,再循环。"

"那么如果一切都是循环的话,人生走这么一遭的意义是什么呢?"

"就是奉献。"

"就是把你自己投入进去?不管是投入在成、住、坏、空的哪个阶段?"

"是啊。"

我想我按自己的理解附会了他的解释,而他也没有费劲去指出,不过作为一个疏离者,我有时确实喜欢"投入"这个词,就像你很难讨厌热烈生活的人一样。人生苦短,像个少年一样投入吧,体验吧,燃烧吧,纵身一跃吧,哪怕你改变不了什么,哪怕你一点儿都不重要。

抵达大板桥时,闻一多和李继侗两位先生的胡须都留得很长了,两人还合影一张,相约抗战胜利后再剃掉,不过李继侗"守节"不长,到昆明不久就剃掉了[23]。当天联大校方派黄钰生前往大板桥慰问旅行团师生——为了准备开学事宜,他乘车提前抵达昆明。黄跟大家讲述了学校筹备的情形,还给大家带来了校常委会赠送的袜子和精制麻草鞋[24],走了这么久,多数人的袜子早就没有底了。黄钰生说,教育部对旅行团很重视,回头穿戴整齐合影后,要把照片送到国外当作抗战宣传用的[25]——时任驻美大使胡适在抗战胜利后回忆,"当时最悲壮的一件事引起我很感动与注意,师生步行,历六十八天之久,经整整一千里之旅程,后来把照片放大,散布全美"[26]。

68天过去了,这群青年跋涉三千多里,徒步横穿西南三省,感受到了自己国家的宏伟壮丽与幅员辽阔,"喜浪游,又多幻想"的清华生物系大四学生姚荷生形容这次旅行,"攀悬崖,涉急湍,清溪濯足,邃洞寻春,良宵看跳月,花朝听吹笙,唯觉壮游之乐,遂忘流离之苦矣"[27],自然,他们也发现了这个国家触目惊心的贫穷与保守。"三千多里是走完了,在我的心头留下了一些美丽或者惨痛的印象。"北大中文系大二学生向长清写道,"恐怖的山谷,罂粟花,苗族的同胞和瘦弱的人们,使我觉得如同经历了几个国度"。他们"巴不得今天就能赶到昆明"[28],又听说明日入城,校常委将率已到校的师生在东门外欢迎,"迢迢数千里,历时两月余,别后重逢,彼此无恙,其欣慰不知何如?"[29]

注释

1 陈守常来信,张寄谦编《中国教育史上的一次创举——西南联合大学湘黔滇旅行团记实》,北京:北京大学出版社,1999年12月,第312页。
2 余道南日记。
3 杨式德日记。
4 飞蚂蚁:《生活在马龙》,昆明:云南人民出版社,2014年8月,第134页。
5 余道南日记。
6 《滇缅和叙昆铁路》,《血路》,1938年,第34期。
7 赵捷民:《从香港到昆明》,《中央日报》1939年2月7日;志鸿:《从长沙到云南》,《青年抗敌特刊》,1938年第16期。均收入龙美光《八千里路云和月——长沙临时大学播迁记》,云南人民出版社,2018年12月。
8 《云南省志·卷80·人物志》,昆明:云南人民出版社,2002年12月,第598页。
9 余道南日记。
10 苏石:《杨林水官桥》,《嵩明文史资料第5辑》,1995年12月。
11 吴征镒日记。
12 余道南日记。
13 余道南日记。
14 李焕极:《校园生活回顾》,《嵩明文史资料第7辑》,1999年9月。
15 曾刚:《百年老字号——杨林肥酒》,《嵩明文史资料第6辑》,1997年8月。
16 钱能欣:《西南三千五百里》。
17 张寄谦编:《中国教育史上的一次创举——西南联合大学湘黔滇旅行团记实》,第7页。
18 杨式德日记。

19	李霖灿：《黔滇道上》，《大公报》香港版1939年12月1日。
20	钱能欣：《西南三千五百里》。
21	丁文江《漫游散记》，昆明：云南人民出版社，2008年9月，第5页。
22	杨式德日记。
23	吴征镒日记。
24	余道南日记。
25	杨式德日记。
26	《纪念联大九周年校庆大会上的讲话》，胡适致辞，《国立西南联合大学史料1·总览卷》，昆明：云南教育出版社，1998年10月，第17页。
27	姚荷生：《水摆夷风土记》，自序，昆明：云南人民出版社，2003年1月。
28	杨式德日记。
29	余道南日记。

第三十九章

大板桥—昆明：
诸位此时的神情不是还要向前走吗

已经听到蝉鸣了—教授太太们的美意—满街是南国的风情—昆明似北平—勿从摩擦和倾轧中求得自由—在1937年许多事情都是偶然的—猪油和玫瑰糖熬制的稀豆泥—同学多有醉倒者—自觉精神上痛快与光荣—时时修改我们的理想

4月28日，旅行最后一天。大家照例早晨6点起床，黄师岳训话后，由黄钰生报告学校近况，谈及个人旅行感想，说西南只可作暂避之区，不是长久安息所，东北、华北、沿海是国家命脉所在，不可丝毫有所缺损。这正是杨式德心中所想，他心里高兴，又微微有点感伤，"因为不能再作可爱的徒步旅行了"[1]。

这一天晴暖多云，路程不到20公里，旅行团整队行进，情绪甚高[2]，钱能欣看着道旁枝叶繁茂的杨柳梧桐，高兴异常，偶尔也能听到蝉鸣，但并不使人心焦，"初夏了！冬之沉水，春之桃源已匆匆留在我们后面，前面是夏日，是我们更要追求的正气的秋天"[3]。

走了10公里左右，天上传来机声，是迁到昆明的中央航校的训练机，机身黑色，翼黄色，有青天白日图样，因为心情愉悦，震耳的轰鸣声在杨式德听起来也像是交响乐。距离昆明城还有4公里，旅行团在一处私家庭院休整，这里林木幽美，主人彭禄炳携夫人备了开水和点心，学生们"乱抢着吃光了"[4]。联大常委、北大校长蒋梦麟夫人陶曾谷领着诸教授夫人和女同学专门在此迎接。"远游无处不消魂，今日风尘仆仆，征衣未浣，忽而鬓影衣香，风光旖旎，"余道南在日记里写，"一刹间换了一个环境，反倒觉得有些突然。"[5]

这个庭院叫贤园，在此休整是教授太太们的美意，旅行团到达前几天，陶曾谷与黄钰生太太梅美德、赵元任太太杨步伟相商，上街买了许多鲜花，准备献花给他们，后来章元善太太提议在城外她妹妹的贤园设个打尖处，这样师生们可以洗把脸吃点东西再进城，素来嘴快的杨步伟说，那不跟路祭似的？其余人认真地告诉她，不要说不吉利的话[6]。在贤园，杨步伟给学生们发了油印的歌词，是赵元任根据英国一战军歌It's a long way to Tipperary改编的"It's a long way to 联合大学"（迢迢长路到联合大学）。[7]

我没能找到贤园留下的任何痕迹，决定直接进城。从长水机场开往市区的轻轨6号线在大板桥设有一站，轻轨一路钻隧道，直达东部客运站，外面是熟悉的昆明淡蓝多云的天，没走多远看到一辆孤零零的摩拜单车，想到在长沙时忧虑益阳和常德有没有共享单车，我决定骑一小会儿，作为手中那听冻芬达外又一个小小的庆祝。

沿东郊路、拓东路进城。下午3点多，太阳从前方射来，眼前一切染上一种不真切的白色，像过曝的照片。路边最多的还是各种楼盘广告：亲湖墅王，珍惜发售，领域中央，绽放璀璨云云，和长沙中山路的蜡味语文连用词都多有重叠。

休息后湘黔滇旅行团整队继续前进，昆明街市渐入眼帘，许多市民驻足围观，道路拥塞[8]。"三千里的奔波，阳光和风尘使每一个尊严的教授和高贵的学生都化了装，"前来迎接的《云南日报》记者写道，"他们脸孔是一样的焦黑，服装是一样的颜色，头发和胡髭都长长了，而且还黏附着一些尘芥。每一个学生的身上都斜挂着一柄油纸伞及水壶、干粮袋之类的家伙，粗布袜的外面套着草鞋，有些甚至是赤足套上草鞋的。他们四个一列地前进着……态度是从容的，步伐是整齐的，充满在他们行伍之间的是战士的情调，是征人的作风！在陌生人的心目中，很会怀疑他们是远道从戎的兵士，或者新由台儿庄战胜归来的弟兄"[9]。

走海路先抵达昆明的男女同学也来了，他们举着"国立西南联合大学慰劳湘黔滇旅行团"的横幅，高呼欢迎口号，又唱着"It's a long way to 联合大学"引导旅行团前进，领唱者是南开外语系大一学生吴讷孙[10]，他就是后来写出了小说《未央歌》的鹿桥。一位联大女生向黄师岳团长献了束红花[11]，曾昭楣（曾昭抡的小妹）等穿着鲜艳，在献花堆里笑容满面[12]，四

昆明迎接（杨嘉实提供）

位穿着白底浅蓝花长衫的少女,袒臂抬着一个足有半人高的大花竹篮献给旅行团,由同学代表接受,抬着继续前行[13]。这是教授夫人们准备的又一礼物,献花的四位少女是杨步伟赵元任的女儿赵如兰、赵新那,和章元善的女儿章延、章斐。"章延姐姐最近去世了,我姐姐也去世了,就留着章斐跟我两人在了。"2018年4月8日,我从长沙出发当日,95岁的赵新那指着迎接旅行团的老照片回忆,"这些就是我父亲拍的了,这是我母亲,拿着伞……(花布长衫)都是自己做的。""这是谁的手艺?"我问。"你别说手艺,"她说,"这是我手做的,没有艺术。那时候的布啊,一段一段的,土布印的,所以(能看见)那个接头,不像现在连续的。我母亲咔嚓咔嚓剪,针线就是我来做。我为什么说你别说手艺,我姐姐后来到了美国,她出去见男朋友什么的,穿新衣服,来不及钉扣子,我就给她缝的衣服,就出去玩儿去了,回来才拆线呢!"

赵新那哼了一小段"It's a long way to 联合大学",大部分歌词她都记得。八十年前,这些年轻人就唱着这首歌继续前进,一直走到位于拓东路迤西会馆的联大临时办公处兼宿舍,同样暂住拓东路的中央研究院同人打出了"欢迎联大同学徒步到昆明"的欢迎横幅,还有人坐在屋顶上观看行军,献花的四位少女挎着小篮,里面是各色的碎纸屑,和花瓣一样争着投向行军队,摄影的人很多[14]。联大常委蒋梦麟、梅贻琦(张伯苓尚在重庆)和诸教授、同学在迤西会馆迎候,"热烈地欢呼,热烈地拍掌,热烈地握手"[15],蒋梦麟代表常委讲话,称此行向全世界表明,我国青年并非文弱书生、东亚病夫。[16]

次日,云南《民国日报》在报道中特别提醒读者,"他们不是洋场才子,不是乡学究,而是……脚踏实地的走了几千里路的真真实实的大学生"，又描述这群徒步者中，有一位留着一口美髯，"沿腮青葱可爱，上须短胡"，"恰是鲁迅先生所说的：'神似一个隶书的一字'"[17]。闻一多的胡子也很长了，在给妻子的信中，这位清华中文系教授不无得意地写道："你将来不要笑，因为我已经长了一副极漂亮的胡须。这次临大搬到昆明，搬出好几个胡子，但大家都说只我与冯芝生的最美。"一路走来，闻一多没生病没吃药，"现在是满面红光能吃能睡，走起路来，举步如飞"，在昆明见到嘲笑他"应该带一具棺材走"的杨振声，也终于可以反戈一击："假使这次我真带了棺材，现在就可以送给你了"，彼此大笑一场。[18]

我在一场急雨过后来到拓东路的迤西会馆旧址，这里后来成了联大工学院所在地，吴大昌吃着盐水煮萝卜怀念长沙油豆豉就是在这儿。他1988年回昆明参加联大50周年校庆时，那些平房包括戏台都还在，等到1997年再回去，就只剩高楼了。现在这里是拓东第一小学，保安告诉我，门廊处的介绍——要秉承西南联大工学院"刚毅坚卓"的精神之类的话——是新近加上去的。如今的昆明非常乐于展现它与联大的历史关联，虽然当年的老建筑已所剩不多。

下雨前我在得胜桥附近转悠，按桥头的介绍，这座横跨盘龙江、平平无奇的短桥居然始建于元大德元年（1297），后毁于战火，明洪武年间重建，因处于云南要津，改名云津桥。清康熙年间平定三藩之乱，清军由此桥攻入，道光年间重修后改名得胜桥。1937年，滇军58师誓师出征，正是通过此桥往东奔赴抗战前线。1938年4月28日，湘黔滇旅行团也由此桥往西进入昆明城，钱能欣还特别提及他们经过了滇越铁路站大门。[19]

我在桥上向一位白发老人询问，问他是否知道老滇越铁路的终点云南府站，没想到他是铁路子弟，1950年代初从四川调来昆明铁路局工作。跟我比画半天后，他干脆放弃散步，带我回河东岸的铁路大院转了一圈，给我指哪里是从前的大门，哪里从前有许多法国风情的小楼。现在大院里还残存了一段一百多年前的法式建筑，是原来机车库的外墙，现在加高一层，改作了棋牌室。米轨早不在了，但大致方向还能辨认，就是那条两旁是小店的窄巷，"火车就在这里分出几支轨道进站"，他指着一处停车收费哨卡说，又跟另一个路过的老人打招呼："他们来寻根！"那位老人上海口音，提醒我看路旁，是铁路留下的垫高的路基，"我们这里从来不淹水！"

　　转一大圈往回走，过了"欢天洗涤"洗衣店，就是从前云南府客运站的位置，当年走海路的临大师生，由海防登陆，转滇越铁路一路向西北行，多数就在这里下车（也有人提前在碧色寨站下，直接去了文法学院所在地蒙自）。如今昆明市铁路局的七层大楼就建在老站台之上，那株巨大椿树很可能是当年唯一遗存。按照吴宓日记，火车抵达时间大约是下午6时，在此之前，人们有一整个白天去饱览沿途的滇南风光，"见云日晴丽，花树缤纷，稻田广布，溪水交流。其沃饶殷阜情形，甚似江南。而上下四望红黄碧绿，色彩之富艳，尤似意大利焉"[20]。八十年前，师生们抵达终点，出站后，经过椿树的荫翳，就正对我的方向走出来，两旁各有一个水塘（现在变成了体育馆和食堂），走上百来米，左转再左转，就上了拓东路，离迤西会馆的联大临时办事处不远了。

　　从迤西会馆到得胜桥还有一里多地，湘黔滇旅行团沿着宽阔的石板街道继续前进，过桥入城，踏上了槐荫满街的金碧路,街两旁房屋整齐,行人已是夏天的装束,"白色遮阳伞间夹着安南的三角顶草帽,苦力们来往奔跑,挥着汗,满街是阳光,满街是南国风情"[21]。因为紧邻火车站,金碧路附近教堂洋行云集,成为近代文明在昆明的入口,"滇越铁路这条大动脉,不断地注射着法国血、英国血……把这原是村姑娘面孔的山国都市,出落成一个标致的摩登小姐了"[22]。最显眼的建筑是始建于明代、光绪年间重修的"金马碧鸡坊",金马碧鸡是昆明的吉祥物,这四个烫金大字让杨式德觉得像北平的东西,昆明的晴天、风和尘土也像,就连人力车夫也像——至少不像长沙——"比较客气而跑起来很快"[23]。不止杨式德一个人有此感觉。"云南如华北,我们一入胜境关,看见大片平地,大片豆麦,大片阳光,便有这个印象。"这是钱能欣的记述,"在途中尽量幻想昆明,是怎样美丽的一个城市,可是昆明的美丽还是出乎我们意料。一楼一阁,以及小胡同里的矮矮的墙门,都叫我们怀念故都。城西有翠湖,大可数百亩,中间有堤、有'半岛',四周树木盛茂,傍晚阳光倾斜,清风徐来,远望圆通山上的方亭,正如在北海望景山"[24]。

下午4点45分,我到达金马碧鸡坊,正是蓝花楹盛开的季节,到处都是紫色的浮云,2018年4月8日长沙出发,5月17日终抵昆明,买了只圆筒冰激凌作为小小犒劳。大概十年前的冬天,我第一次来到这里,当时在滇西北晃了一大圈,准备在文化巷附近住一晚就飞回湖南老家过年。那晚下着毛毛雨,落在人行道上也不知是不是冻住了,滑得很。我在一个敞开门脸的苍蝇馆子吃了份有"锅气"的炒米粉后心满意足,四处溜达,小心翼翼踩过云南大学高高低低的台阶,又穿过街道,进了云南师范大学。校园静谧,路灯昏暗,走了一段我看到路牌:

联大路。顺着联大路往前不远,夜色中看见了门楼上"国立西南联合大学"几个字,意识到自己撞上这所已不复存在的大学旧址后,心里好像被某种巨大的东西击中(或者填满),以至于,不知怎么回事地,也非常刻奇地,哭了。这些情感多数已经模糊,有些还记得,因为语境无法找回也显得生涩,但某种东西始终还在。由当时再往前五年,刚刚毕业进入新闻这一行,那时有非常单纯的信念感,相信写得好本身就是价值,相信写下去就可以改变某些东西。我也是在那几年读了不少西南联大校友的日记或者口述,你不需要刻意寻找,当年的时代精神会把他们推送到你面前。而今再谈论这些,几乎"古典"到不合时宜,才多长时间呢,此间的问题意识已经天翻地覆,其中又有多少真实、错置和自欺欺人呢?

我想发条朋友圈,掏出手机又有点意兴阑珊,便只是简单报告一下自己到了昆明,附上It's a long way to Tipperary的链接,再往北沿着正义路继续行进,让那旋律在脑海中回响,再改填上赵元任改编、赵新那在长沙哼唱过的歌词:

It's a long way to 联合大学(迢迢长路去联合大学)
It's a long way to go(迢迢长路)
It's a long way to 联合大学(迢迢长路去联合大学)
To the finest school I know(去我所知最好的学校)
Goodbye 圣经学院(再见 圣经学院)
Farewell 韭菜 square(别了 韭菜园)
It's a long long way to Kunming City(迢迢长路去昆明城)
But my heart is right there.(那是我心之所在)

八十年前正义路就是昆明最繁华的路段，湘黔滇旅行团经过时，这里的退街改造刚完成两年多，路面拓宽，铺面统一以浅绿色粉刷，雕龙画栋的中式风格[25]，难怪钱能欣会觉得这里与金碧路"异乎其趣"。在正义路北段，旅行团应该能瞥见文庙一角，自1381年朱元璋30万大军平定云南后将近三百年这里都是沐英——就是曲靖白石江之战中立下首功的那位——家族的府第，直到1645年，第十三代世袭"黔国公"沐天波出逃永昌，标志着明朝在云南的统治结束[26]。十七年后的1662年1月，一路追击南明残余势力的吴三桂进入缅甸首都阿瓦，缅甸被迫交出流亡于此的永历帝，5月底，被押回云南的永历帝与其子在昆明被害，有可能是被勒死的[27]，遇害地点就在不远处的华山西路，余道南后来还专门去看了那块"明永历帝殉国处"碑[28]——由蔡锷于民国元年（1912年）所立，难得地保存至今。我在那块碑前站了半天，八十年前那群流亡的师生看到它又会作何感想呢？"昆明很像北京，令人起无限感慨。"闻一多在给妻子的信中说[29]。一种说法是，明永历帝在云南三年，明末士大夫流落入籍者颇众，蓄意想把昆明摹拟成故都，遂有此结果。[30]

由华山西路继续往北，右拐入圆通街——令人高兴的是八十年前的路名得以保留，我可以毫不费力地循着他们的路线

到达圆通公园（王兰珍提供）

前进——再走上一段路便是圆通公园,现在的圆通山动物园。这是1938年4月28日湘黔滇旅行团的最后一站,团长黄师岳在这里进行了最后一次点名,双手捧着花名册交给联大常委、清华校长梅贻琦,表示他未辱三位校长的重托,把学生全部平安地带到昆明,此时此刻结束了他作为团长的使命。在场的师生用雷动的掌声向他致谢。[31]

梅贻琦在四方亭的石阶上做简短训话:"诸位从长沙起程六十八天,今天到达目的地了,沿途辛苦。风雨不曾欺凌了你们,土匪也不敢侵犯你们,完全是你们的精诚感召所致。记得你们都是翩翩年少,今日相逢却怎么都'于思于思',长出了胡须?……但是……你们所走的程途,全都是中国的大好山河,所遇的人们,全都是我们的同胞。所谓'险阻艰难,备尝之矣,民之情伪尽知之矣'。这对你们将来的责任和事业,是有如何伟大的帮助啊!"[32]

梅贻琦讲话时,落下一阵小雨。"诸位此时的神情不是还要向前走吗?是的!你们是要向前进的!文法学院的同学,三数日后就得往蒙自去,那面都预备齐全,即可开学上课了。你们此次长途跋涉,没有发生意外,与其说是'洪福',毋宁说是'黄福',因为团长是'黄'师岳团长,辅导委员会主席是'黄'子坚先生,他们辛劳地率领你们安全到达此地,真是不容易呢!这应该向此次全团的教职员深深致谢!末,希望你们本着'忍苦,耐劳,服从,合作'几字,好好地继续做下去,勇往迈进!"

雨停了,"不科学的说一句,"在场的云南《民国日报》记者后来写道,"因为群情振奋竟把沉郁的阴霾打开了,这丝丝春风雨,恰好替他们洗尘。"云南教育厅代表徐绳祖和团长黄师岳也先后致辞，后者表扬学生的毅力，谓众团员好比唐僧上西天取经，自己是孙悟空美猴王，语毕，笑声大震。话讲完了，太阳也出来了，兴奋的清华大学教授、体育部主任马约翰手舞足蹈领导着大家高呼"中华民国万岁"——学生们一定记得，整整68天前他们在长沙圣经学院的操场上喊过同样激动人心的口号。[33]

走海路经香港到昆明的燕卜荪认为徒步是"学生们的志愿与热情的某种象征"，它给人们心中灌输了尚武精神和团结抗日的决心，"你会听到反对学生步行来云南的声音，但实际上没有人敢拿这件事开玩笑，因为那是以一种戏剧化的姿态安排的行动；它在一定程度上是一种政治宣传"。他还注意到，"至少有一位很优秀的学生因为没有选择参加这个具有象征意义的团体，而没有获得额外一年的奖学金"[34]。以这样一种戏剧化的方式，湘黔滇旅行团在精神上的转化得以暂时完成："救国"与"启蒙"，鱼与熊掌在特定时空下可以兼得。

"前尘往昔已成了不能挽回的回味，"一位参加旅行团的学生几个月后发表文章说，"自动发生而不可遏抑的青年政治运动，变为由政府领导而纳入有目标有秩序的路线上去，深深地觉悟了过去两种传统的误解：一、以不满政府中少数人之故，而持着反政府的态度。二、单凭情感的冲动，从摩擦和倾轧中求得自由。年来事实的指示给予同学们有力的启发是：中国此时绝对需要以现在执政党为中心，由各党各派及无党无派者共同促进国家真实的统一，然后再以此力量来捍卫民族国家的生存。"[35]

"一开始写这本书（《战争与革命中的西南联大》）的时候，我会认为学生是天然的反抗者（rebels），这种想法来自我的第一本书,研究的是1927—1937年的中国学生运动,"易社强告诉我,但后来他对中国知识分子的看法变化很大,"其实中国的知识分子和学生是忠诚的爱国者(loyal patriots),他们真的希望支持政府。'一二·九'运动的学生挑战南京政府,也是因为他们认为国民政府不抗战,而当国民政府开始抗战后,学生的态度也就变了。你知道吗?我想起了何炳棣,他1930年代支持国民党,1980年代又支持共产党,这是同一个人,我也不觉得这有多大的自相矛盾,他就是一个爱国的中国人。"

不过易社强仍然做了一个区分,那种"忠诚的爱国"与"从小被教导要听话"是不同的,前者缘于一种身份认同:我是学生,也是这个国家的公民,我对这个国家负有责任。"那时的学生要独立得多,他们对老师非常具有批判性,看看胡适,大家都尊敬他,但当他反对学生运动时,学生就反过来反对他……"

在云南师范大学正门外、一二一大街的一家小面馆里,我和易社强继续谈论着湘黔滇旅行团与西南联大的关系。他提起prosopography(群体传记学)中代际的视角,让我想到,湘黔滇旅行团这一代学生,出生在20世纪第二个十年,五四运动时他们刚刚出生或者还是幼童,"九一八事变"时他们也只是少年,1930年代中期以后救亡运动轰轰烈烈展开,他们开始成年,塑造他们人生的是"卢沟桥事变"和此后的流亡经历。毫无疑问,穿越中国最贫困地区的三千里长征提高了他们的阶级意识,但很难说那些更激进的观念对他们有什么吸引力,就像吴大昌告诉我的,"当时认为贫困是现实,但贫困怎么解决,并没有想到革命,而是要想到现代化。知识分子想到的是现代化,真正的农民,可能想要革命吧,但我们当时接触到的农民,都还是想要勤奋发家的多,至于说把富人的东西都夺过来,好像还没有这个想法。但是呢,有钱的人越来越有钱,土地都集中在少数人那里,对这些富人,怎么说,(中国人)有佩服的口气,但好像并没有一个他应该得到的这个思想,不像在美国,美国人就认为他有钱,是因为他有能力,应该得到"。当然,随着国内形势的变化,联大本身也在发生剧烈的变化,到了1945年,在易社强看来,参加"一二·一运动"的联大学生和1938年参加徒步的联大学生已经是完全不同的两代人。至于新一代的革命学生,那是又一个复杂的故事了。

燕卜荪1939年离开西南联大回到英国,为BBC远东部门工作,1942年,在一篇分析中国政治前景的文章里,他假借一位来自流亡的公立大学、亲现代中国,但不那么左倾的教师的口吻,谈起阶级问题,"当然,他们都在谈论着民主。那是个聪明的事情。如果一首诗不是无产阶级的,他们就会提出反对。但是他们会愿意穿上苦力的套服吗?你如果提出这一点,他们就会非常震惊,甚至不知道怎么才能原谅你……如果民意不存在,如果在从上到下的统治与无政府主义之间没有中间选择,那么最好还是接受从上到下的统治……不要以为他们都腐化了。一点也不是"。——不要误会,燕卜荪不是要否认中国人的民主志向,更不是在谈论什么"伪善"(这真是廉价的指控),他是在指出一个事实:中国仍然在承受着剧烈社会失衡的后果,在受过良好教育的领导者与工人农民之间存在着一个历史性的、教育性的鸿沟,任何希望使二者建立联系的进步的统治者都需要开展多年的文化重建工作。[36]

"战争可能使精英和大众前所未有地团结起来,"这是易社强的总结,"但这种经历对他们有不同的意义。对于知识分子,贫穷困顿是为了国家事业作一时的牺牲,对于群众,这种牺牲是长久的,贫穷也是长久的……一场抗战还难以把这种观念转变成国家政策。"[37] 想象一下,假如是你,你愿意为弥合这道鸿沟做点什么?愿意为此走多远?以及,到底应该走多远?你也许无动于衷,认为它天然合理,或者干脆选择闭上自己的眼睛。"中国人尤其擅长于此,"易社强说,"中国的历史有太多困苦了,如果你不闭上眼睛,你怎么活下去呢?你怎么存在呢?"你也许对此心怀内疚,那么你可能是一个温和的改良主义者,苦苦探索或许并不存在的第三条道路;也许你认为改良的光与热不足以照亮黑暗的社会,你可能就是后来振臂一挥的闻一多。史景迁说,人们可以在某种意义上把中国的知识分子比作希腊歌剧中的合唱班,"恐惧而又着迷地注视着舞台中央结局已定的人与神的搏斗",但他们还是和传统的合唱班不一样,仍拥有离开自己的既定位置走向舞台中央的巨大力量,当他们选择走向舞台时,结局往往是"比别人早些死去"。当然,你也可能幸存,你继续往前走,往前走,最终,你帮助舞台中央的人把"平等"的观念变成了国家政策——十一年后的解放,至少在观念上,就是这么发生的,那是对"富强"之梦最激烈的一个回应。

拍完最后一张合影后,湘黔滇旅行团宣布解散,在圆通山接引殿前的茶铺里,风尘仆仆的师生吃着学校准备好的茶点,五个包子一碗面[38],和迎接他们的故旧、爱人与同窗握手、叙旧,"'久违久违'、'你好你好',一片欢笑声交响在风和日暖的氛围里"[39]。次日,学校通知,旅行团经费尚有节余,可为全体成员每人做衬衫一件、裤一条,以补充旅行中的磨损[40],

此后几年,这些参加了文军长征的高年级同学自豪地穿着印有"湘黔滇旅行团"字样的衬衫在校园出没。"从长沙到昆明的长途跋涉,它最深刻的影响,可能不是近三百名团员后来的工作,而是这座大学的校风。"易社强在《战争与革命中的西南联大》一书中写道,"毛泽东从江西开始的长征成就了延安精神,与此相同,从长沙出发的长征对联大精神至关重要……联大学生会经常想起那次坚苦卓绝的跋涉。联大在昆明八年,无数学生用自己的长征加入这所著名的大学。"[41]

如今圆通公园已经变成了昆明动物园,大概是气候温和,这儿的动物看起来相当健康,亚洲象狂啃胡萝卜,非洲狮懒洋洋地环视游人,小狐狸们脸贴脸挤在一块儿午休,孔雀们比赛似的开屏,长臂猿不知疲倦地飞檐走壁。我在它们中间穿行,试图寻找八十年前那最后一次聚会的历史信息。那段残破的城墙是不是旅行团入园那张照片的背景?有没有古木见证了他们的大合影?这个无字碑的亭子是否就是梅贻琦发表"黄福"演讲的所在?各种牛啊羊啊鹿啊就在周围毫无戒心地散步。只有旅行团吃茶点叙旧的地点可以基本确定,就在"万山在抱石"附近的一块空地上,在这里你可以俯瞰昆明一角,城市是凌乱的,天光是肃穆的,岩壁之下圆通寺红色的圆锥塔顶让人想起佛国缅甸,而上面又落满了白色和灰色的鸽子,所有的城市都世俗而神秘,而我感到自己与那群风尘仆仆的师生前所未有地接近。

至此,我从长沙出发前的种种好奇都得到解答了吗?我不确定。我沿着这样一条公路踏上全新的土地,遇到了友善的人、警惕的人、热情的人、在桃花源里忧心忡忡的人、等待记者如同等待戈多的人。我生了一场小病,大脚趾疼了若干天,和人吵了两架，被挂了三次电话，在肮脏的棉被下做了一次噩梦。我喝到了无比甘甜的山茶，吃到了大数据不会告诉你的鲜美米粉，还数次被陌生人邀请吃饭。我触摸到了已经在城市里消失的"附近"，或者说，一种亲密的人情社会，但当一场大雨过后县城每个角落都被下水道气味（斯坦贝克曾心系于此）灌满时，我知道自己又该出发了；我亲眼看到了那些"空心化"的乡镇，我遇到了许多老人，他们是那么孤独，你只要一张口，他们就能和你说上半天；我体会到了李继侗当年说的，为什么每年总要过若干天最简单的生活，试试一个人最低生活究竟可以简化到什么限度，因为那会让你知道自己究竟为何所累；我发现了游客永远不会见到的风光，通常是在漫长的乏味的等待之后，我也看到一条条河流被拦腰阻断或者开膛破肚。我见识了官僚体制的刻板，也发现了它的裂缝。我有多为留下的历史痕迹庆幸，就有多为失去的遗憾。我意识到浩劫来临时无人幸免，连最不重要的人和最小的庙宇也不能例外；我想起了一些遥远的往事，我目睹了记忆的变形，也体察到了它的坚韧。我经过了城市与乡村，在其间旅行，与其说是空间的穿越不如说是时间的穿越，我品味着时差，也借助它来重建一座座城池。我一路都在阅读、检索、翻找，有的时候我觉得我们的历史没有故事，只有周而复始的重复，有的时候我又被那些短暂却闪光的生命感动得简直要掉下眼泪。我想起易社强告诉我，他是一个"偶然论"者，"当我说起我的偶然论而非必然论时，一个完美的例子就是联大，在1937年，许多事情都是偶然的，并不必然会导向联大在昆明的成立，完全也可能就地解散，就此消失"。的确如此，就在旅行团出发前一个多月，柳无忌不还在担心临时大学可能作鸟兽散吗？但倘若如此，我们要赞美的是偶然性吗？我想不是。接受这偶然性，然后去做事，用行动来包抄自己，创造自己，这是值得我长久咀嚼的收获。与此同时，我也开始重新理解一些更大的东西，譬如"家国"，本来，在很长一段时间里它已经被空泛的口号与潜在的强制消耗得差不多了，但这趟重走，我一步步踏过那些历史现场，慢慢填充起某些空洞的概念，并重新发现了一种"壮阔"，那壮阔是一个一个具体生动的人和他们不受拘束的情感构成的。这里头有真正的爱和自信。和八十年前比，物质之进步已不可以道里计，"富强"似乎已在掌中，但精神世界里，我们究竟前进了多少？而重温当年的炮火、激愤与泪水，亦是对我们曾经有过的那些情感结构的检视之旅。抗战期间我们"以感情承受灾难"[42]，无比脆弱又无比强韧，十年后，二十年后，七十年后，或许八十年后，我们的情感世界仍在重复这样的故事，这究竟是幸运还是不幸，我也没有答案。

4月30日到5月1日，完成护送任务、即将东归参加抗战的黄师岳连续两晚在昆明著名的海棠春酒家以个人名义[43]设宴，先宴理工，再宴文法，请全团师生聚餐话别。海棠春1927年开业，老板是川味厨师出身的袁炳奎，他融合浙江口味与四川口味，创造出改良的滇味菜肴。饺底海参、锅贴乌鱼、油淋鸡都是名菜，这里的汤汁八宝饭也独具特色：不加豆沙的八宝饭翻入大盘，再浇上一大勺用猪油和玫瑰糖熬制而成的稀豆泥，拌匀后食用[44]。黄团长的宴席每桌10人，按9元的标准上菜，"吃了什么忘了，但那一顿是最好的"。吴大昌边回忆边笑。酒更好，有1.2元一斤的最好的杨林肥酒，味甜，"绿澄澄的，带着强烈的香蕉味"[45]，可能还有茅台，据说是黄团长在贵州买了一大坛，搁在车上一路运到昆明的[46]。宾主共同举杯，预祝抗战早日胜利,"来干杯!"的声浪到处都听得见。团长到各桌敬酒,同学们则以班为单位回敬,而后,或三五人,或单人,"几乎是排了队等候着向团长敬酒","团长则来者不拒,一饮而尽",这时人们才发现,黄师岳团长不但记忆力惊人,酒量也惊人。最后大家和团长以干杯的约定,下次痛饮黄龙。两天宴请下来,"同学多有醉倒者"[47]。

5月2日,旅行团师生赴大观楼举办游艺会,回请黄师岳团长——除了回请,联大还赠他金表一只及川资500元,但被婉拒。在一封写给蒋梦麟、梅贻琦两常委的函件中,黄师岳表示此次率旅行团到滇,"虽云跋涉辛苦,为民族国家服务,与数百青年同行三千里,自觉精神上痛快与光荣",联大的礼物他只留下了纪念像,"什袭珍藏,永远存念,以纪此行"[48]。

大观楼在昆明城西南二三里,杨式德顺着麦田里的小道一路走去,周围是很大一片平原,麦子将熟,日暖风和,一股干燥清爽的味儿,这让他又一次想起了北方的家乡。"昆明,不,就说云南吧!一年前我做梦也想不到要到这里的……更远的像美国,像英国,我都曾幻想着将来要去游一趟,却是想不到要居留在云南这中国的堪察加境内,而且又来的这么凄怆。我的故乡我的亲属都在敌人践踏下呢。我的心摇荡着,直等到走到大路的时候,才被美丽的景色催醒了。"[49]大观楼公园西面是山,东望是水,亭榭很多,还有疏落的小洋房点缀着,不止一位学生想起了当初在长沙时读到的《国民日报》劝他们不要迁校的社论,"昆明湖不在颐和园,大观楼哪如排云殿"[50],呵,如今真的来了昆明湖畔的大观楼了啊。

大观楼公园里头有一方场,中间是唐继尧骑马的铜像——八十年后,方场尚在,铜像不存——联大常委、北大校长蒋梦麟在这方场内发表了讲话,"你们的长途跋涉是很令人满意的,我以为你们要遇到土匪,而你们遇到的是火牛洞,事实和理想相去这么远,我未来昆明时,以为房舍一定不成问题,因为总可以找到,不然也可以用竹子制或用木头建,不是经济而便当的吗。长沙圣经学校的大食堂是用木制的,用了七百元钱,拆了再卖二百元,只费去五百元,多么经济。然而一来这里没有间房舍,也没有成材可用的大竹子,木材也很少,以至于我们的校舍发生极困难的问题。于是又想到蒙自⋯⋯这也是处处说,没有经过详细考察的理想与现实是不相符的。然而做人的方法就是要时时修改我们的理想去适应现实。这应该是诸位长途步行所应得的一个教训,一件最大的收获"[51]。

团长黄师岳作了最后一次训话,游艺茶点便开始了。众人轮流上台分享故事,或者笑话。李继侗代表全团向黄师岳作答谢词,闻一多把途中趣事选了七件,作成七绝,其中有倪副官玉体演捉放(凶绝),许维遹凝视诸葛洞(憨绝),曾叔伟白吃五碗酒,还说路上以曾叔伟(昭抡)先生风流韵事最多,害得曾昭抡十分不好意思起来[52]。毛鸿副参谋长分享了黄团长与苗女的合影,调侃"苗家有女初长成,养在深山无人知,天生丽质难自弃,一朝选在团长侧",又后续两句:"回眸一笑百媚生,团长太太无颜色",时团长太太亦在席,全场哄堂大笑。[53]

这是昆明暮春的普通一日,天气晴好,物价平稳,电力充足,一所名叫"国立西南联合大学"的学校还有两天正式上课,而它刚毅坚卓的八年才刚刚开始。

注释

1 杨式德日记。
2 余道南日记。
3 钱能欣:《西南三千五百里》。
4 杨式德日记。
5 余道南日记。
6 杨步伟:《杂记赵家》,沈阳:辽宁教育出版社,1998年3月,第129页。
7 杨式德日记。
8 余道南日记。
9 特写《联大旅行团长征抵省印象记》,《云南日报》1938年4月29日。
10 齐潞生来信,张寄谦编《中国教育史上的一次创举——西南联合大学湘黔滇旅行团记实》,第330页。
11 杨式德日记。
12 齐潞生来信。
13 杨式德日记。
14 杨式德日记。
15 特写《联大旅行团长征抵省印象记》。
16 余道南日记。
17 《记联大学生步行团抵滇》,云南《民国日报》1938年4月29日,龙美光《八千里路云和月——长沙临时大学播迁记》,云南人民出版社,2018年12月。
18 致高孝贞,《闻一多全集》第12卷《书信·日记·附录》,第326页。
19 钱能欣:《西南三千五百里》。
20 《吴宓日记(1936—1938)》,北京:生活·读书·新知三联书店,第316页。
21 钱能欣:《西南三千五百里》。
22 艾芜:《人生哲学的一课》,《滇越铁路百年史(1910—2010)——记云南窄轨铁路》,昆明:云南美术出版社,2010年3月。
23 杨式德日记。
24 钱能欣:《西南三千五百里》。
25 杨树群:《老昆明风情录》,昆明:云南民族出版社,2006年10月,第38页。
26 杨树群:《老昆明风情录》,第37页。
27 可参考:(美)司徒琳(Lynn A.Struve)著、李荣庆等译:《南明史:1644—1662》,上海:上海人民出版社,2017年5月。
28 余道南日记。
29 致高孝贞,《闻一多全集》第12卷《书信·日记·附录》,第326页。
30 可参考:《"昆明像北平"考》,余斌《学人与学府》,昆明:云南民族出版社,2003年10月。
31 高小文:《行年二十步行三千》,张寄谦编《中国教育史上的一次创举——西南联

	合大学湘黔滇旅行团记实》，第233页。
32	《记联大学生步行团抵滇》，云南《民国日报》1938年4月29日。
33	《记联大学生步行团抵滇》，《联大旅行团长征抵省印象记》。
34	《在名流中间：威廉·燕卜荪传（第一卷）》，第568页。
35	天水：《联大的今昔》，《云南日报》1938年12月3—5日，龙美光编《绝徼移栽桢干质——西南联大问学拉杂谭》，昆明：云南人民出版社，2018年，第25页。
36	《在名流中间：威廉·燕卜荪传（第一卷）》，第575页。
37	（美）易社强：《战争与革命中的西南联大》，第431页。
38	钱能欣：《西南三千五百里》。
39	《联大旅行团长征抵省印象记》。
40	余道南日记。
41	（美）易社强：《战争与革命中的西南联大》，第64页。
42	可参阅吕芳上：《抗战期间的迁徙运动——以人口、文教事业及工厂内迁为例的探讨》。
43	高小文：《行年二十步行三千》。
44	张佐：《滇川味名店海棠春》，《昆明百年美食》，昆明：云南美术出版社，2011年9月。
45	董奋日记。
46	《黄培云口述自传》，长沙：湖南教育出版社，2011年1月，第40页。
47	高小文：《行年二十步行三千》、董奋日记、余道南日记、杨式德日记。
48	西南联大博物馆档案。
49	杨式德日记。
50	齐潞生来信。
51	杨式德日记。
52	杨式德日记。
53	董奋日记、杨式德日记。

尾声
那么,人生的意义究竟是什么呢?

袁刚

1938年春天,袁复礼妻子廖家珊也离开了北平,开始前往昆明的寻路之旅。她和保姆带着六个孩子,最小的9个月,最大的12岁。12岁的长子因为大脑炎后遗症有智力障碍,还需要别人照顾,只有过了十岁的长女能帮着做点事,好在清华大学物理系教授叶企孙和他的学生熊大缜一直在天津负责接应安排,沿途又得中文系教授刘文典帮助。当时4岁多的袁刚记得刘文典,"干巴儿瘦","一个人,没带家眷,挺照顾的",尤其记得,在滇越铁路的火车上,马上要过人字桥了,刘文典还特意跑过来提醒袁家观看这建筑奇迹,"就站在我旁边指着。过一会儿果然到了,我记得那个桥是白颜色的"。

关于这次南下,袁刚还记得其他一些片段:在天津等船时住的旅馆,窗帘特别好看,全是蝴蝶。在塘沽上船是家里的厨师老余送的,"我妈跟我说,你跟老余招招手。他穿了一个灰色的大褂,我在船上跟他招招手"。在香港接船的是北平图书馆馆长、三叔袁同礼,"我们站在甲板上,三叔在快艇上,我跟我妈说,三叔来了,三叔来了"。在香港住了半个来月,坐船去越南乘火车,老街下车过国界到河口,那天下大雨,地上积水很深,她那不愿意做亡国奴、从上海逃出来的大学生表哥潘世征说:你们鞋别湿了,我来抱你们。"两个胳膊一边夹一个小孩","踩水,啪啪啪在水里头"。

潘世征毕业后成为《扫荡报》战地记者,报道滇西抗战,写过一本《战怒江》,一本《战时西南》,解放后不能做记者了,在华北"革大"接受训练后分配到军队做文化教员,过节时来过袁复礼家,跟袁刚讲他给部队上课,讲国民党军队抗战,"共产党的兵一听,啊,国民党还打仗?他说,我怎么说呢……我就说蒋介石不打,但底下的兵都打"。那是1951年的事儿。

到了昆明,也是先到迤西会馆,"就记得一个屋子里,好多人,都是逃难的",过一会儿父亲来了,一家九口团圆,至于久别重逢的感觉,"都不记得了。太小了"。在昆明一住八年(中间去了一年叙永分校),能看的书不多,就老翻父亲的相册,从那些照相——1933年出生的袁刚仍用老话"照相"——中知道了湘黔滇旅行团。照相中有许多少数民族在跳舞,袁刚觉得都差不多,父亲就给她解释其中的差别;印象最深的是毛鸿教官牵一头浅色军犬的照片,"哎哟,特别神气"。

旅行团中的老师,除了黄钰生,在昆明接触最多的是曾昭抡。袁家住金鸡巷1号,曾昭抡常来,穿个灰布大褂,照例不修边幅,"不是后跟袜子破了,就是前脚趾出来",总是拿着本精装英文化学书,在路上不搭理人,"直眉瞪眼地往前走,总在想自己的东西"。一般客人来,像杨武之、孙承谔,跟袁复礼说话,也跟廖家珊说话,"他不,他不理我妈,就跟我爸说一些我们也听不懂的话"。那时候大家都经济困难,一般不留客人吃饭,曾昭抡是个例外。吃饭时他坐在袁复礼和袁刚中间,"到夏天,他那个衣服都有味儿!我们小孩就偷偷叫他臭汉,我弟弟说,臭汉又来了!"解放后曾昭抡任高教部副部长,"我妈就说,曾昭抡做了部长以后,穿得好一点了,不那么破烂了。"袁刚笑。

大概是在1944年、1945年左右,袁复礼保留的旅行团照片还展览过,所谓的展览也就是校庆日挂出来给人看看,是袁刚帮父亲弄的,找两张大牛皮纸,然后挑一些照片插上去。她记得1947年也展览过一次,那时已经回北平了。这些照片,连同整个相册都没能保存下来,全没收了——后来联大校友征集旅行团照片,袁家一张也拿不出来,直到最近几年,他们在整理袁复礼存放在学校办公室的资料时,发现了一个盒子,里头有200多张照片——200多张底片,全是旅行团的,多数是空的风景照,袁刚推测,这是父亲当初在收集相册时挑剩下来的。

至于具体情形,袁刚当时在上海,了解不多,"我妈也不愿意说,我们也不愿意问,因为说详细了大家都很难受"。但回北京后,母亲偶尔说一句她还是知道了一些。从南横街(祖屋)拉了好几卡车,"一开始还以为我们和袁世凯有关,不过很快就弄清楚了,跟袁世凯没关系"。

赵新那

赵元任唯一一次向二女儿赵新那发脾气,也是在1938年春天。他接受美国夏威夷大学客座教授的邀请,决定举家赴美,但正值抗战,新那不愿意走,最后走的条件,是父亲答应她一定会回来。

在夏威夷她印象很深的一件事,是历史老师给他们模仿希特勒,后来她在广播里听到希特勒的演讲,才知道老师学的不对,"根本不是粗嗓子,是尖嗓子"。当时英法绥靖纳粹德国,但赵新那记得母亲杨步伟说希特勒不会罢手。一年后,赵家离开夏威夷,赵元任先后任教于耶鲁和哈佛,抵达纽约那天是1939年9月1日,德国入侵波兰,第二次世界大战爆发。

1941年,赵新那考入拉德克利夫女子学院(后来并入哈佛大学),本来是学数学,一个德国来的犹太老师黑曼博士化学讲得特别好,她就转了化学专业。"你知道美国的男孩子女孩子,十七八岁,都是出去跳舞啊,玩儿啊,date(约会)啊,我哪儿也不date,谁也请不动我,所以我母亲说别人说我,赵二小姐太骄傲了。"回忆到这儿,赵新那顿了顿,说,"我没有心情"。

在学校,她最好的同学都是从欧洲逃到美国的犹太人的孩子,他们不怎么跟美国人玩,"因为我们心情不一样,自己国家受压迫,一边受德国,一边受日本,受侵略的哪有心思跳舞啊"。至今她还和一位捷克的犹太人同学保持着联系,但她今年(2018)贺年没有收到同学的信,捷克同学比她小两岁,两人都已是耄耋之年。

拜访赵新那家时,她的次子黄家林请我在一个来访宾客本上签名,并写下联系方式。这是赵家的一个传统。赵新那上大学没几个月，珍珠港事件爆发，美国对日宣战，跨太平洋民用交通基本中断，位于麻省剑桥市沃克街27号（27 Walker Street）的赵家变成了一个中国人活动中心和信息中心，终日客人不绝，每位客人都要在赵元任准备的一个签到簿上签名。

逢年过节来赵家聚会的能有几十上百人，一波波地来，杨步伟是主厨——她后来写的《中华食谱》由胡适写前言、赛珍珠作序，一度畅销全美。赵新那是母亲的司机，带着她去搜罗那些新鲜又便宜的食材，特别是美国人不吃的鸡杂、牛尾、鸭脚等等，"我母亲把这些东西做得很有中国味，留学生吃得香极了……我们家里一年到头源源不断的客人，如果家里只剩我们一家人吃饭，我母亲会说，我懒得做饭了"[1]。

清华同学会的活动也常在赵家举行，在一次活动结束后，赵新那去厨房，看到一个高个子男生在洗碗。男生叫黄培云，1938年毕业于清华大学化学系，此时正在麻省理工学院攻读硕士学位。"你别把碗砸啦！"赵新那冲他说，又问需要帮忙不，这是两人认识的开始。后来黄培云参加了哈佛和麻省理工留学生组织的"哈麻歌咏队"，大家开玩笑叫"蛤蟆歌咏队"，赵新那也在里头，指挥是新那的姐姐赵如兰，大家常唱《凤阳花鼓》《车水歌》。再后来，与黄培云合租的同学发现他去赵家去得越来越勤。1944年12月17日，胡适先生生日，赵家为他祝寿，四十三位客人出席生日午餐，就在那次聚会上，赵元任杨步伟向客人们宣布赵新那与黄培云订婚。1945年7月，两人结婚。这是赵家第一次嫁女儿，给亲友的结婚通知书上特意注明："为省物资以促胜利千祈勿赠礼物为幸"[2]。

"我最记得哈佛广场有个地铁站，旁边拐弯有个小吃店，我老伴儿请我去吃hot dog（热狗）。人家都要请吃这个那个，他请我吃hot dog。"赵新那笑。她是后来才知道,黄培云也参加了湘黔滇旅行团。"我们就说笑话了,"她微微笑着,"我老伴儿不是步行团(一大队二中队)第五分队的队长吗,我是献花的,所以我们那天应该见了面了,那是38年,我们到41年才认识,才真正见了面。"

刘兆吉

至迟在1939年春天,刘兆吉完成了《西南采风录》,并请朱自清、黄钰生、闻一多三位老师作序。朱自清对这本书的评价极高,说不同于传说中古代天子派使者乘着轻车到民间采集歌谣,刘兆吉是以个人的力量来做采风的工作,"可以说是前无古人"[3]。

黄钰生回忆了湘黔滇三千里步行中,他所目睹的刘兆吉采风画面,"一群人,围着一个异乡的青年,有时面面相觑,有时哄然大笑,是笑言语不通,手指脚划,面面相觑,是要窥测真意。本来,一个穿黄制服的外乡人,既不是兵,又不一定是学生,跑来问长问短,是稀有的事,是可疑的事——稀有,所以舍不得让他就走,可疑,所以对他又不肯说话"。在刘兆吉采集到的歌谣里,九成是情歌,黄钰生以亲身经历注解:从镇远到施秉,他与几个挑棉纱的人同行,每个人的担子都在百斤以上,黄钰生跟他们走了整整一天,他们整整唱了一天,都是郎啊妾啊一类的情歌。又有一次,在盘江的荒山中,他遇到一群从平彝驮铁锅到镇宁的人,山路难行,一步一喘,但也在断断续续唱些妹啊郎啊的情歌,"这些人是在调情么?是在讴歌恋爱么?是在宣泄男女之情么?肩上的担子太重了,唱一唱,似乎可以减轻筋骨的痛苦。再听人唱一唱,也觉得绵绵长途上,还有同伴,还有一样辛苦的人。他们所唱的歌,与其说是情歌,毋宁说是劳苦的呼声"[4]。

闻一多惭愧于曾经在途中挂名指导,但在采集工作上"毫未尽力"。他对这些歌谣有"极大的兴趣",也有"极大的感想","在都市街道上,一群群乡下人从你眼角滑过,你的印象是愚鲁,迟钝,畏缩,你万想不到他们每颗心里都自有一段骄傲","打仗本不是一种文明的姿态……人家要我们的命,我们是豁出去了,是困兽犹斗……感谢上苍,在前方,姚子青,八百壮士,每个在大地上或天空中粉身碎骨了的男儿,在后方几万万以'睡到半夜钢刀响'为乐的'庄稼老粗汉',已经保证了我们不是'天阉'!如果我们是一个乐观主义者,我的根据就这一点。我们能战,我们渴望一战以得到一战为至上的愉快"[5]。

到了夏天,临近毕业,刘兆吉的工作仍无着落,他原想托老师黄钰生帮忙,但师母梅美德病危在医院,钰生师日夜守候,他不忍前去打扰。几天后,消息传来,梅师母去世。在追悼会上,黄钰生悲痛欲绝,对前往慰问者,只是颔首致谢,拭泪不语。追悼会结束,黄钰生站在门口,向参加追悼会者致谢,当刘兆吉低着头从他身边经过时,被他一把挽住手臂:"传鉴先生(喻传鉴,时任重庆南开中学教务长)回信了,同意你去重庆南开中学教书,准备准备吧!他要你7月10号到校。"

"几个月来为自己生计焦虑、失望,加上此时的悲哀心情,忽然又遇上天大的喜讯,使我呆若木鸡了,"刘兆吉后来回忆自己的反应,"我被深深地感动了,内心的千言万语,反而使我变成了哑巴,喏喏而退。"6

1939年7月,刘兆吉从昆明搭"黄鱼"到了重庆,先任南开中学教导处职员,再任语文教师、教务主任7。战时首都条件艰苦,1941年3月,刘兆吉的妻子生下双胞胎,因为营养不良,两个男孩一共5斤多。"我才2斤多,小老鼠一样,嘴小得连奶嘴都含不住,就那样活下来的。"刘兆吉之子刘重来说。

刘兆吉后来任西南师范大学教育系主任,是解放后最有影响力的心理学家之一,2001年去世。父亲去世后,刘重来为出版《刘兆吉诗文集》翻找家里留下的资料,看到几张手稿,是刘兆吉从未发表过的一篇纪实散文《双生子》,在这篇文章里——不排除有艺术加工的成分——刘兆吉记录了自己1941年那个春天等候在产房外的千头万绪,彼时他刚刚交了入院费40元、保证金50元,全部财产还剩一张10元的法币,"我在想,我已寄出尚未发表的文章,担心它原封退还,虽慷慨的附足邮资并注明'如不登载务请退还'字样。又担心虽已发表但迟付稿费或者数目过少。妻在生产之后能否再做事情,能否再继续帮我缮写整理湘黔滇旅途上搜集的资料。授课之暇我能否预备功课,应付今春的高等考试,我目前的薪水能否养活我的妻子,提高中学教员待遇能否兑现。国民政府奖励生育的议决案有无具体办法,首都物价是否继续飞涨,留在战区的父母怎样接济……"

等到护士小姐通告他母子平安、还是双胞胎男孩的喜讯,旋即叮嘱他妻子奶水不够,要买奶粉,而一磅奶粉的价格几乎赶上他一个月工资时,"我感到惹下了塌天大祸,我觉得自己是杀人的凶犯"。第二天他带着鸡蛋肉松红糖去看妻子,妻子的神情忧虑着。"不要愁!我有办法了,"他说,"《西南采风录》的稿子，教科用书编辑委员会通过了，稿费八百五十元，不久就会寄来。"那是他第一次对妻子说谎[8]，实际上《西南采风录》到1946年12月才由商务印书馆出版。[9]

　　刘重来家里只保留了一本原版的《西南采风录》，是他的伯伯，也就是刘兆吉的亲哥哥留给他的。你或许还记得，当初家里为了支持次子刘兆吉读书，长子辍学去药厂当学徒，后来哥哥干了革命，当上八路军野战医院的院长，解放后是南京卫生局副局长。1949年，哥哥偶然在苏州商务印书馆的分馆看到弟弟的书，非常高兴地买了下来，并自豪地给二十多个朋友传阅。"文革"开始后，弟弟被批斗抄家，许多资料有去无回，自己的书也不例外，哥哥幸免，得以留下这本原版。

　　刘重来告诉我，刘兆吉在"文革"中的一个罪状是"游山玩水"，说的就是湘黔滇旅行团的经历，"他当时（抗战时）觉得自己是为了国家，要好好读书。但那时候呢，也觉得，是啊，人家都是抗日，我们还往大后方（跑）。两种情感都是真实的。就是季羡林说的，一种原罪感，就是觉得自己本身就是罪人，什么都没做就是罪人"。

　　刘兆吉被抄了好几次家，除了贵重物品比如项链啊西装啊，就是各种书和信，把书抄走时会有一些夹在书中的东西落在地上——其中就包括朱自清、黄钰生、闻一多1939年给《西南采风录》作序的手稿，战时艰苦，他们的序都写在很差的土纸上，大约因此没引起注意。"几张烂纸片，他们没有拿走，我们就赶紧把它们捡起来，就这样保存下来了。"刘重来说。

　　现在，如果你去云南师大校内的西南联大博物馆，可以看见这三份手稿的复印件，裱在框中，挂在墙上，整整齐齐。

吴大昌

1940年毕业后吴大昌也去了重庆工作。先是在江津金矿勘探队,战事不利,重庆的空袭也很厉害,他的心头总有一团阴影,尤其是1941年,年初皖南事变,接着苏德战争,德军在苏联长驱直入,"苏联曾经还帮我们的,现在也没力量帮了,也是不好的消息。一直都是不好的消息"。

这一年年底他调去资源委员会电化冶炼厂,新单位在綦江乡下一个叫大渡口的地方。他从江津坐船沿江而下,晚上到了綦江的工厂,厂长是位华侨,叫叶渚沛,有一台收音机,那天晚上,吴大昌就是在这台收音机里听到了日本人突袭珍珠港的新闻。"哦!这个时候,那个心里面就是,真是好像得到一个胜利呀,"吴大昌说,"现在你讲这个思想很不好,崇美,但当时像我们这种思想的人,很多的。并不是我们欢迎日本人去打珍珠港,但是日本人犯了一个致命的错误……当时我们就是希望美国支持,现在就明确了……沉闷的空气没有了。"

那时候助理工程师工资不高,物价高,"一个月结余可以买条裤腿,两个月可以买两条裤腿,三个月可以买块腰布,配齐了,三个月的钱可以买条裤子"。有段时间吴大昌只有一套衣裤,那就得等放假,放假很少,两个礼拜休息一天,休息头天晚上把衣裤洗了,晾在外头晒,第二天早晨不起床,等衣服干。当然在重庆,你还得等天晴,不然就洗不了衣服。每到这时候吴大昌就特别怀念1937年暑假离开清华园时,留在男生宿舍明斋208号的那两条裤子,就像他在长沙的课堂上怀念着计算尺和画图仪,在昆明的食堂里怀念着长沙油豆豉一样。

不过那时候年轻,虽然条件艰苦,但大家好像过得都挺高兴,有的宿舍是二三十个人的大房间,联大的、武大的、浙大的,晚上有聊不完的天,过年贴个对联,写:"茅屋三间,广庇天下寒士;欢声一片,尽是厂中实习(员)。"还能读到美国大使馆发的新闻稿,能读英文的人,你写一封信去,它就会给你寄,"所以陆陆续续的新闻,美国人占领这个岛,占领那个岛,他一个岛一个岛地战胜,你也就跟着他一个岛一个岛地……士气很高的"。吴大昌笑。

抗战胜利是1945年8月,一直等到12月才买到船票东下,从重庆一直坐到南京,1946年元旦在船上过的,当时刚好过洞庭湖口,能看见八百里洞庭——算是对湘黔滇旅行团遗憾的弥补,可惜那会儿洞庭湖好像也没水。回到浙江新登老家,父亲和弟弟还在,母亲已经去世了,1941年走的,肺病。在家乡住了一段时间,印象很深的是,许多家庭的孩子都上了战场,人们搞不清楚国民党共产党,但希望不要再打仗了,希望孩子们回家,"这种愿望是很强烈的,蒋介石觉得自己(打共产党)会胜利,这个是他不得人心的地方"。

因为之前考取了公款留学,吴大昌1946年乘船赴美,学农业工程,也是等船等到7月份才走,那时国共和谈已经破裂,内战没有正式开始,但东北已经打起来了,他的判断是,内陆是共产党的,沿海是国民党的,但不管谁主政,都要搞建设,"反正总感觉到中国现代化,我们应该可以做点事情的"。

赵新那

赵新那和黄培云是1946年回国的,"我已经结婚了,我独立生活了,要走完全是我自己的事儿了。去的时候没想去,回来的时候想回来"。他们找母亲杨步伟借了850块钱,买了辆二手福特自驾穿越美国，一边拿着老师的介绍信参观各地工厂，一边游览各地风光，跑了一万多英里——赵新那还记得黄石公园的老忠厚泉，还有满地乱跑的小狗熊。两人轮流开车，把沿途走的地方都详细记在一张地图上，"非常可惜，'文革'时期我家被抄了，没还"。

从东海岸开到西海岸，车坏了，但西岸车贵，坏掉的老福特卖了1000块，倒赚150块。原本大姐赵如兰和丈夫卞学璜也要和他们一起的，临时决定不走了，"姐夫家里在天津，他们家里人大概觉得危险，叫他们不要回来了"。第二年赵元任杨步伟夫妇也离开剑桥准备经西海岸回国，但教育部长朱家骅给赵元任发电要求他担任中央大学校长，一向不愿意做行政工作的赵元任决定推迟回国，并接受加州大学伯克利分校邀请——原本只是计划路过加州，这一路过就是三十年，用赵新那的话说，"就彻底改了后半辈子"。

杨式德

1949年10月16日上午10点，杨式德坐车从旧金山去伯克利拜访赵元任，在赵家午餐，下午3时离开，这是他在美国的最后一天。他是1945年夏天坐运兵船赴美留学的，同船的还有杨振宁。在普渡大学拿到土木工程硕士学位后，他赴哈佛大学深造，1949年获得博士学位。当时新中国即将成立，杨式德接到母校清华大学工学院邀请，决定回国。

还在哈佛时，他与几位好友，包括任以都、白家祉、史国衡（也参加了湘黔滇旅行团，费孝通的得意门生）等人搞过一个学习新民主主义的讨论会。白家祉比他们早一步回国，给杨式德写信,说了很多正面的东西。

1949年10月17日,杨式德在旧金山登上开往天津的轮船。离开哈佛后他又开始记日记,风格和他的湘黔滇旅行日记很接近,都是实录,极少评论,日记一直记到1970年代初。1976年杨式德因病去世,时年59岁,这些日记如今保存在杨嘉实美国家中,他给我发来了1949年10月16日那天的日记。

十月十六日 星期日

下午三时(离开赵家)……到International House

五时随杨勤策、郅玉汝和其他五位U.C.中国人到Oakland(奥克兰)中国饭馆吃饭,回到青年会已八时。

十一时读完Hewlett Johnson: *The Secret of Soviet Strength*(苏维埃力量的秘密),有几句话值得记下来:

P106

It takes a nation of gentlemen—as Bernard Shaw defines a gentleman: "the man who puts more into life than he takes out of it"—to run a Communist State. Russia may work long before such a state is reached.(要管理一个共产主义国家,得全国人民都是绅士——萧伯纳定义的那种绅士:对世界的付出大于索取。俄罗斯要实现这个目标,可能得付出很长时间的努力。)

吴大昌

吴大昌是1950年回国的,当时朝鲜战争已经开始,但中美都还没有参战,他离开美国时,有美国朋友对他说,你们回去了,将来我们不要打仗啊。在旧金山上船时,吴大昌从报纸上读到了美国副总统给毛泽东的公开信("Open Letter to Mao Tse-tung." September 30, 1950),信里说,"如果新中国在学会制造卡车和拖拉机之前学会了制造坦克,这将是一个世界的悲剧"。

回国的船上有许多留学生,大家轮流发言交流回国愿景,吴大昌的想法是去东北的农场工作,那里的地形最接近美国中西部,美国农业效率很高,全部机械化,而农业机械化最核心的就是拖拉机,吴大昌毕业实习就是在爱荷华州的一个拖拉机厂,"回国时有一种光荣感,(把)好的东西在中国普及,是很有意义的一件事。你看,农业可以这样搞!我们当时都看得很容易,就好像你知道了就可以做出来"。

等回到国内,抗美援朝已经开始,东北农学院什么的都疏散了,农场去不成了,而且进口不到原油,农业机械化无从谈起。连北京的公共汽车都得烧木炭,只有一路,从安定门到永定门,五辆车。吴大昌的一个联大同学,也是学农的,在一个农场当场长,对他讲,油太贵!所有用拖拉机的农场都赔钱,用马拉的可以平衡,只有用人拉的是赚钱的。

后来就到了北京工业学院,北京理工大学的前身,为重工业部培养人才,转军用测量工业就跟着转了,跟着学校走,跟着单位走,学英文没有用了就学俄文,学俄文需要教材了就翻译俄文教材,"想得很简单,抗战胜利,建国必成,就是希望搞建设,原来希望在国民党领导下建国,现在希望在共产党领导下建国"。

黄师岳

完成护送湘黔滇旅行团的任务后，48岁的黄师岳回长沙复命，后任国民党军队第五战区第十三游击纵队司令，在皖南一带打游击，与中共新四军张云逸部防区相邻。

张黄两人私交甚密，黄师岳常以各种方式补给张云逸军需。皖南事变后，中共担心国民党迫害张云逸家属，欲将其转移，转移须经黄师岳防区，黄派人专程护送通过。因为黄师岳的"亲共"行为，他从未得到升迁，军衔一直是"中将"，抗战胜利后更是离开战斗序列成为"闲人"。

1948年11月，辽沈战役结束，黄师岳在沈阳被解放军俘虏，关押于战俘营。1950年，被俘国民党高级将领中的进步人士集中到北京西苑军营的华北"革大"学习，进一步改造思想，同年，时任广西人民委员会主席的张云逸赴京开会期间，发现了名单中的黄师岳，随即召见了黄，在征求今后去向的意见时，黄师岳表示跟随张云逸去广西工作。

1950年12月，黄师岳被安排到广西人民委员会参事室工作，任参事。1952年参加土改。1954年秋，63岁的黄师岳因脑血栓回南京家中休养。1955年春回广西继续工作，10月1日晚9时病逝，葬于南宁东北郊皇帝岭公墓地。[10]

闻黎明

湘黔滇旅行团的许多学生对黄师岳颇为感念，但并不知道他后来的去向，他的经历被发掘出来，是因为闻一多的长孙闻黎明。

1985年，中国社科院近代史研究所研究员闻黎明参加第二次全国闻一多学术研讨会，看到各地寄来的论文，感觉材料陈旧，重复居多，决定自己编写一本《闻一多年谱长编》。1988年，他在清华大学档案馆检索旅行团相关资料时，发现了黄师岳1938年写给蒋梦麟与梅贻琦两位联大常委的信，被这位旧式军官的胸襟所感动，次年，在《团结报》的专栏中发表了《抗战教育史上的一次壮举》一文，这应该是解放后最早介绍黄师岳的文章。

若干年后，闻黎明又发表《黄师岳其人》，这篇文章被黄师岳之孙黄超在网上看到，给他去信，两人通信后，黄超提供了祖父被俘到去世中间更多的情况，由闻黎明写入《黄师岳其人补记》中，至此，这位"与数百青年同行三千里，自觉精神上痛快与光荣"的和蔼可亲的军官的生平才算基本完整，至于更多细节，恐怕已经湮没在历史之中。

闻黎明出生于1950年，从小和奶奶一块儿住，他记得家里每年春节吃年夜饭，第一件事就是家祭，在爷爷的像前——用的是抗战胜利后闻一多刮了胡子的那张照片——点蜡烛、香，再摆上苹果等供品，还要写一个祭词，一般是大伯闻立鹤写，汇报全家的情况。虽然和奶奶住，但聊家史并不多，闻黎明学的是历史，但当年只重文本，不重口述，"当时我奶奶在的时候，问什么不行啊？就没有问过！"包括那些叔叔伯伯，他刚开始闻一多研究时，他们都还在，"都是自己身边的人"，"当时觉得不着急，什么时候问都可以……"说起来的语气满是懊悔。

好在，因为占有文本资料极为丰富，闻黎明与侯菊坤合编的《闻一多年谱长编（修订版）》仍是闻一多研究最重要的参考书。闻黎明形容自己对爷爷的研究"没有感情色彩"，许多重大突破点都是他首先提出的,比如闻一多遇刺与蒋介石无关,比如闻一多和中共的关系,甚至闻一多的第三者问题,"他们都是为贤者讳,我说就是这样的,人嘛,都是有七情六欲的"。

闻黎明告诉我,关于闻一多研究,还有细节的问题,但已经没有大问题了。我们聊起闻一多当年婉拒顾毓琇,不肯去教育部当官的事儿,他觉得,即使闻一多去了汉口,也不太可能如他的同学浦薛凤一样走上技术官僚的道路,"他不是一个行政能力很强的人,他本身是个诗人"。

"诗人"是闻黎明对爷爷的基本判断,"爱冲动,爱走极端,包括(在美国留学时)梁实秋给他寄了张卡片,他就(转校)过去了……他头脑一热就过去了。这种人干不了(当官)这个事情"。

虽然历史学家从不假设也讨厌假设,但我还是忍不住问起了那个讨厌的问题:如果闻一多没有在1946年遇害呢?闻黎明答得坦诚:"他死的时候,是为他心目中那个理想而死的。但是呢,我也不排除,因为他的性格就是走极端,他真的会走那个路子,像吴晗一样……哎,怎么说,我不知道,有时候你很难理解他,他一根筋,轴,他相信什么他就是什么。……所以两种可能都存在。"

黄钰生

闻一多遇刺后,黄钰生出任治丧委员会主任,在追悼会上,他把闻一多比作盗火的普罗米修斯,婉转谴责当局暴行,而他悼念闻一多的挽联是,"茫茫人海 同乡同学同事同步行三千里回首当年伤永诀，莽莽神州 论学论品论文论豪气万丈 横视古今有几人"。

其实这两位好友在联大后期已经疏远了。"他左，我右；他民盟，我国民党。"黄钰生后来回忆，"1941年以前，我还收到共产党的宣传品，这说明共产党在争取我，1941年之后，我收不到了。"[11] 但事情的另一面是，联大教师无论左中右，都有表达自由，"一段时间的笔战、舌战十分激烈，但是从来没有动过拳头，更没有拿过棍棒。胜者对输者不采取打翻在地而且踏上一只脚的办法，这是胜者高姿态的表现。这也正是联大内部民主精神之所在"[12]。

天津解放是1949年1月15日，黄钰生被国民政府教育部列为抢救南运的大学教授之一，解放前几天，南开大学学生宋淑贤（1939年毕业于西南联大经济系）给他送来六张即将起飞的机票，让他全家南下，黄钰生与同事邱宗岳商量，不走了，事实上也走不成了，解放军已经占领了飞机场。这一年黄钰生50岁，他的前半生结束了。

解放之初黄钰生颇为疑惧，毕竟他是国民党员，而且抗战胜利后还曾短暂担任过天津市教育局局长，算是为"伪政府"工作过。听了与他同龄的南开中学校友周恩来在怀仁堂对平津大学教授的讲话，他放心了，"可是随即翘起尾巴来，以为，办教育非我们不可"。1951年，他在津沽大学师范学院教心理学，讲条件反射，说："狗见生人就狂吠，见主人就摇尾，狗的立场最坚定。"[13]

第一个冲击是抗美援朝，"对我这个美国留学生来说，要把亲美、崇美、恐美思想，变为对美仇视、鄙视、蔑视的思想，确实是一百八十度的大转弯，这个弯子，单凭宣传，从理论对我讲说，是转不过来的。但是我终于转过来了。主要的原因，是人民志愿军打了胜仗"[14]。然后是三反五反，在一次会议上，这位私立南开时期的大管家，湘黔滇旅行团"钱袋子"的负责人，不识时务地说老南开财务向来廉洁，一下子激怒了积极分子，把他打成贪污犯隔离起来，结果三个月清查下来，整个南开大学只有200万旧币（相当于200元人民币）没对上账[15]。黄钰生虽无"贪污问题"，但被认为不适合再在南开待下去，1952年调到天津市图书馆，告别了他为之服务二十七年的南开大学——一直到现在，知道黄钰生的南开人都不多。

再以后种种不必多说，1974年，黄钰生从"牛棚"出来时已经76岁。是年，天津市政协举行"爱国人士经验交流会"，黄钰生发言谈如何对待老年问题，引宋人韩琦的一首诗，"莫嫌老圃秋容淡，犹有黄花晚节香"，受到总理周恩来的称赞，由此"走上了红色晚年的历程"[16]。大概也是七几年，当年来送机票的宋淑贤访问大陆，还来看望老师黄钰生，黄满记得，父亲回来讲，她来看我我很高兴，但没想到她向我讲这些信基督的，我没想到她现在变成了一个虔诚的基督徒。1980年，易社强在天津采访黄钰生，黄钰生说起在湘黔滇旅行团管钱袋子，"抓得很紧，时常向常委会报告……因为抓得紧了点儿，同学们有时讨厌我"，又调侃自己，每天"腰缠万贯，步行百里"[17]。

1970年代末期知识分子落实政策，黄钰生重新忙碌起来，他恢复了天津市图书馆馆长的职务，各种社会身份也接踵而至，全国科学大会、天津政协、民进天津市委、天津科协、天津心理学会、天津图书馆学会、天津情报学会都需要他，1979年他82岁，别人问他身体是否顶得住，他说，我能吃能睡,一夜好睡,第二天照样工作,抱歉的是,动作迟钝,效率很低,忙碌一天,干不出什么活来,但好在,"心情是舒畅的,这样活着,蛮有意思"。他说起"知识分子的脾气":领导用他,给他信任和尊重,他就积极,乃至拼命干,反之就消极,什么都不干。平反、纠正冤假错案、补发工资、恢复名誉都在调动知识分子积极性,"但关键所在,还是用不用他,是真用还是假用"[18]。

他又勉励那些与他年龄相仿、遭遇类似的人,不要叹老,不要伤逝,而要各尽所能地工作着劳动着,"你倒骑着驴儿,看见的只是过去的事,过去的事,过去了"[19]。1984年,黄钰生到北京参加全国政协会议,与侄甥辈的黄燕生、黄明信(当年也参加了湘黔滇旅行团)、黄书琴三人长谈,86岁的黄钰生对也已年逾花甲的后辈说:"让我们过个幸福的红色晚年吧!"[20] 1985年以后,在当年旅行团"插班生"、南开大学教授、中科院院士申泮文等人的推动下,南开大学举办座谈会,宣布撤销1952年"给予黄钰生撤销南开大学秘书长及天津市津沽大学津沽师范学院院长职务的处分"决定,恢复了黄钰生的名誉。[21]

晚年的黄钰生被塑造为老一辈知识分子追求进步的典范,更是在1986年加入中国共产党,在一般人看来,他随和幽默,心态平和,近乎"人瑞",但他的内心深处并非没有遗憾。近90岁时,他写信给一位老校友:"我很少照镜子,要照得到的也只是一个模糊朦胧的形象。我总结我的一生有这么几句:学问事业两无成就,而错误累累;学不专精,而诸多旁骛;标榜超然,而左右摇晃。在行为上,我是一个循规蹈矩的人,而在内心里,我是一个重感情而轻理智的人。我往往自负,而又时时自谴。我的理想很多,而又无一实现。我是在这些错综复杂的矛盾中度过了这行将就灭的一生。"有论者说，这是一位老知识分子的内心剖白，冷静深沉，未可单纯以谦虚目之。[22]

他为自己没有留下一本著作而遗憾，在《悼念郑天挺先生》一文中他写道："在学问上，我差他何止千丈，他赡博精湛，我了无成就。我对他钦佩羡慕，对我自己遗恨无穷。"——回到1937—1938人人都"在路上"的一年，他们分别从平津奔向长沙，又前往昆明，不知道黄钰生会不会想起20岁时致信同学，讨论"自由意志"的问题，"人类为自动者乎，抑为被动者乎？"[23] 其实，黄钰生早年曾编著"心理学讲义"手稿用于教学，一再修订，却不肯发表，友人建议他送书局印行，他总说还需要修改补充，这部书稿最终毁于日军轰炸南开园的火海之中。[24]

应该是在1990年年初，某天晚上，黄钰生起来想喝口水，喝不进去。"他叫我弟弟来，"黄满回忆，"我弟弟给他扶到床上睡了。当时也没在意，第二天才知道他生病了，起不来了。"送去一中心（现在的天和医院），"打进了医院就没再出医院"。脑干出血，以92岁高龄，只能保守治疗，黄钰生在医院住了四个月，神智一直特别清醒，但说话不清了，有时候医生听不明白，还得让家人来做翻译。

他没有留下遗言，就是到最后的时候，可能知道自己不行了，叫黄满的姐姐拿纸笔，当时他已经说不了话，"他就想写，实际上他也写不出来，我们就问他，你想说什么？"黄满说，"他气管切开了，从喉咙里发出的就是'谢谢'这个音，当时我们就明白他的意思，（对他说）你想谢谢医生，谢谢护士，谢谢政协，谢谢图书馆，他就一个劲儿地在那儿点头，之

尾声　那么，人生的意义究竟是什么呢？

后他就昏迷过去,两天后就去世了。所以我们就说,他最后留下的就是'谢谢'"。

旅行团

李继侗1949年后仍任清华教职,1952年院系调整,调任北京大学生物学系教授,1955年当选中科院学部委员,两年后奉命赴呼和浩特筹办内蒙古大学并任副校长,赴任前突发中风,经抢救后脱险,但已判若两人。其子女回忆,之前父亲虽年届花甲,仍健步如飞,中风后跟跄龙钟,唇颤手抖,"他还独自下床试步,然而他毕竟是不行了,猝然摔倒在地,这对他真是一次最严重的打击"。1958年4月,李继侗抱病去内蒙古赴任,但行动不便,只能在家工作[25]。也是这一年,他在为"植物生态学与地植物学资料丛刊"第一辑撰写编者的话及编后记时写道,"小麦亩产万斤根本不可能!"此后又发表、出版著作若干,1961年12月12日,在呼市病逝,时年64岁。[26]

曾昭抡在联大时期是进步教授、民盟成员,一度被当局认作共产党员,李公朴、闻一多相继遇刺后,曾昭抡获地下党报信,躲过特务追捕,不久出国讲学,1949年回到北京,任北大化学系教授兼教务长,1952年任新中国高教部副部长,1955年当选中科院院士。1957年,因为主张"保护科学家",反对"以外行领导内行",被划为"右派",后撤销副部长等职务,1958年4月只身前往武汉大学化学系任教,1961年得知患癌,获准回京休养三载,仍孜孜不倦阅读文献,撰写了百万字著作,又自学日语。1966年9、10月间夫人、北大西语系教授俞大纲受迫害,去世,曾昭抡亦被隔离审查,次年12月8日,曾昭抡在武汉病逝,时年69岁。1981年获平反。[27]

许维通1951年病逝于清华园,时年49岁[28]。

李嘉言建国后任河南大学中文系主任,1967年去世,时年56岁[29]。

吴征镒留在了昆明,是中科院院士、著名植物学家,2013年去世,时年97岁。

毛应斗,那位在湘黔滇道上专走小路的年轻助教,后来出国,一直在联合国粮农组织供职,1999年去世,时年92岁[30]。

郭海峰也留在了昆明,任云南师范大学教授,多年从事昆虫和病虫害研究,1987年去世,时年79岁[31]。

王钟山后来任教于西南师范大学地理系,与刘兆吉成了同事,2005年去世,时年94岁。

毛鸿上校,那位总是牵着漂亮军犬的教官,一直留在联大,主持学生军训,每天早晨领学生早操,然后帮学生解决各种生活问题,修灯泡,搬家,漏雨,种种琐事。他了解学生,同情学生,他的朋友吴晗后来回忆,"他……一出校门就到长沙的临时大学,他没有沾染一切作官、尤其是作军官的习气……在(旅行团)几十天的徒步旅行中……在感情上他成为学生的一分子了"。在昆明,毛鸿预备投考陆军大学,半夜起来读英文,还请人补习数学,跟吴晗学历史,初试拿了昆明考区第一,正打算到重庆复试,政策传来,没有带过兵的军官不录取。这晴天霹雳后他消沉了,终于在联大行将结束时贫病交加去世,年仅37岁,联大的学生与朋友还专门为他的太太与孩子募款。[32]

近300名学生[33]中,目前所知保留完整日记并公之于众的三位,钱能欣后来供职于外交部,余道南解放后回到常德老家,在南县中国人民银行工作至退休[34],杨式德是清华大学土木系教授——其子杨嘉实告诉我,父亲日记之所以能够保留,是因为"文革"中非常幸运地未被抄家。和他们一样,许多人都做了日记,但因为各种原因丢失了。董奋只留下了非常生动的长沙日记,这位在圣经学院彷徨着未来、自嘲"基本功差,狗嘴中何以能生出象牙"的化学系小伙子,到昆明后改学土木工程,毕业赴滇缅铁路,在澜沧江边工作了一年,解放前后一直从事公路、铁路勘测设计,1959年调入沈阳铁路局,退休后回北京定居。[35]

绝大部分旅行团成员都留在了大陆,少数在台湾(不少于14人)或者美国(不少于16人),以世俗标准,相当多数都在各自领域做出了可观贡献。在大陆,理工学院学生受到重用,不完全统计,旅行团中的两院院士包括张炳熹、唐敖庆、杨起、严志达、陈庆宣、黄培云、李鹗鼎、沈元、屠守锷、洪朝生、陈丽妫、王鸿祯、申泮文等,其余也多为高级工程师或大学教授;文法学院学生则因际遇不同,差异显著。当然,理工学院学生亦有回乡务农,受制于户籍制度无法离开,贫病交加去世的。[36]虽然许多学生学的是经济学,但从商者很少,且基本都在海外,主要原因应是大陆1949年后建立计划经济体制,联大所学之市场经济无用武之地。法律系与政治系亦有类似情形。白冲浩——那位冒险回到清华园为同学千里捎毛毯的历史系大四学生,1949年解放前任浙江余杭县县长,后率众起义,去南京革大学习,改造思想,1950年代初在开封任中学教师,1960年代初去世。[37]

因为各种原因,不得志者不在少数,杨谋适(北大外语系1938级,后改名杨白苹)解放后在四川大学做行政工作,英语无用武之地，改学俄语，领导不让他教，辗转到重庆师专（重庆师范大学前身）教外国文学，好容易可以潜心教学与研究，又因不愿做行政工作受领导排挤，他的女儿回忆起父亲的压抑与苦闷，"有天晚上，酒醉后，他不断呼喊：'我要飞、我要飞……'"[38] 旅行团中有一位真正的"酒鬼"、湖南人陈述元（联大经济系1940级），解放前执教于贵州大学经济系，因为抨击时弊被投入监狱，在狱中还闹着要喝酒，酒后更嬉笑怒骂，高唱"马家坡，要人上；身后事，管他娘！"（注：马家坡是当时贵阳处决政治犯的地方）解放后，陈述元重回昆明，任昆明工学院教授，1957年被划为"右派"，工资克扣，又遭妻子离婚，一个人要养活几个孩子，还不忘敦促他们学英文，那时孩子吃不饱饭，学外语总是犯困，他只好在小黑板上写下bread一词，并大声说，这是面包！孩子们眼睛一亮，都惊醒过来。[39]

不止一位学生因为旅行团的经历改变了一生，南开大学生物系大一新生司徒愈旺是朝鲜归侨，在南开中学时他是穿皮衣打冰球的时髦小伙子，三千里徒步下来，他改学艰苦的地质，后来成为成都石油研究所总地质师[40]。黄钰生之侄、清华历史系大四学生黄明信在学校的时候，和大多数同学一样，想走读书—留学—教授这么一条路，经过湘黔滇旅行，他和许多同学都对边疆少数民族发生了兴趣，黄明信判断，西南人才荟萃，西北人少，"去西北将来能出奇制胜一鸣惊人"[41]。毕业他先赴青海，再去拉卜楞寺当了八年喇嘛，考下"绕绛巴"（意为"广博、渊博"）学位，回到北平已是1948年。解放后黄明信在民委工作，1958年被划作"右派"，农场劳动十三年，直到1978年才被重新起用参加藏汉大辞典编撰工作，此时他

尾声　那么，人生的意义究竟是什么呢？

已经61岁了。[42]

也有人完全换了专业，比如吴宓，虽从清华土木工程系毕业，却走上了研究中国语文之路，他在麻省理工学院工作时的一位年轻同事叫做乔姆斯基。后应梁实秋之邀，吴宓回台湾师范大学任教。教师清贫，他一辈子单身，以101岁高龄去世。他在师大的同事回忆，"晚年常看他撑着一把伞，清瘦的身子，走在师大附近的青田街、泰顺街、金华街、温州街上（吴是浙江宁海人，碰巧，这几条街的街名都在浙江省内），他的身影早已成了当地街巷间的一道风景"[43]。

旅行团中有名的、擅长徒步的"亢白蔡"组合，亢玉瑾是台湾大学地理系教授[44]，蔡孝敏是新竹清华大学教授[45]，白祥麟随孙立人将军去了加拿大，后来留在那里，从事检测放射性物质仪器的开发工作[46]。与他们齐名的篮球队队长全广辉，去了银行工作，"严苛的职业规范铸成我具有谨小慎微而又严厉冷酷的工作态度，这和我在学校时所表现的气质和风格大相径庭，由此想到职业与爱好是何等不一致"，毕业后全广辉继续打球，"想顽强地摆脱职业生活给我的精神枷锁"。1949年后全广辉留在大陆，就职于轻工业部，退休后写写体育史料，还研究起太极拳来[47]。而"烹白菜"中的彭克诚，那个沉默的男低音，已久失音讯，蔡孝敏晚年回忆起彭的临别赠言，感叹"'原料'星散"，"何时再能与子同行，我欲搔首问苍天！"[48]

那个娃娃脸，总是带给大家很多欢乐的何广慈后来去了康奈尔大学留学，毕业后从事工程事业，又因为喜欢音乐，还拿下一个音乐学士学位，娶了荷兰太太，在加州定居，参与所在公司的卫星与导弹设计[49]。在长沙圣经学院的草坪上，注意到"临时"和"万岁"难以结合的栾汝书后来成为北京大学数学系教授[50]。抄小路差点儿迷路的庞瑞是铁道建筑研究所所长[51]。在湘西与棺材同屋，被吓得够呛的小队长余文豪（余行迈）是苏州大学历史系教授[52]。在盘县探访碧云洞的王玉哲是南开大学历史系教授。擅长记别人车牌号，又擅长记少数民族语言的刘维勤是北京医科大学药物化学教授[53]。在晃县和刘维勤一起为旅行团发现一顿海参大餐的林从敏则是美国印第安纳州立大学医学院教授，首创胃酸细胞的组织胺受体特异学说[54]。在沅陵雪阻之时，与杨式德一起，一边吃洪江柚子一边讨论哲学问题的王鸿图未知下落，而唐云寿曾任"驻纽约领事"，后弃政从商，任肇明企业纽约经理及海陆企业总经理[55]。把西南三千里形容为"壮游"的姚荷生在南京医学院任教四十年，离休后每年都要作一两次长途旅行，"漫游神州渡余生"[56]。

那位杰出的诗人穆旦，1949年赴美留学，在芝加哥大学攻读英美文学，三年后，与妻子周与良回国，时值朝鲜战争，中国留学生回国手续烦琐，许多好心朋友来劝，说再等一等，看一看。"学理科的同学主要顾虑国内的实验条件不够好，怕无法继续工作；学文科的同学更是顾虑重重，"周与良后来回忆，"当时良铮经常和同学们争辩，发表一些热情洋溢的谈话，以致有些中国同学常悄悄地问我，他是否共产党员。我说他什么也不是，他只是热爱祖国，热爱人民，在抗战时期他亲身经历过、亲眼看到过中国劳苦大众的艰难生活。"[57]回国后，穆旦任南开大学外文系副教授，除教学工作外，翻译了普希金、拜伦、济慈的大量诗作，1958年起，政治运动一个接一个，其间穆旦仍在翻译拜伦的长诗《唐璜》。1976年5月25日，穆旦给老友董言声写信，说起他时常想起董庶——这位穆旦最好的朋友，也是他南开中学、长沙临大、西南联大的同学，1955年在"反胡风"运动中蒙冤自杀，"谁知道就这样完了。人生很不圆满，有头无尾，令人莫名其妙，谁写这种剧本该打屁股"，"咱们一混想不到就是六十岁了，这个可怕的岁数从没有和自己联系起来过。好像还没有准备好，便要让你来扮演老人；以后又是不等你准备好，就让你下台。想到此，很有点自怜之感。而且世界也不总是公平待人，它从不替你着想，把最适于你生长的地方让给你，而是胡乱塞给你个地方，任你自生自灭……我记得咱们中学时代总爱谈点人生意义，现在这个问题解决了没有呢？也可以说是已解决，那就是看不出有什么意义了。没有意义倒也好，所以有些人只图吃吃喝喝，过一天享受一天。只有坚持意义，才会自甘受苦，而结果仍不过是空的"[58]。

林振述（林蒲）与穆旦同是联大时期南湖、高原文学社的成员，他曾在《大公报》副刊连载湘黔滇旅行记，1948年赴美留学，以艾山为笔名发表诸多诗作，后留在美国，任路易斯安那州立大学哲学系主任。1980年11月25日晚上七八点钟，林振述正在家中洗澡，电话响了，那头是失联三十多年的老师沈从文的声音，"林蒲！……""是，沈先生……""你身体好吗？"学生的眼泪掉了下来。很快，林振述由路州北上，到康州与访美的沈从文相聚，带着录音笔与老师一口气聊了近五个小时。林振述当年的湘黔滇旅行记只写到黔东，沈从文邀约他以散文的方式入诗、写小说，后来林振述与妻子、同样毕业于联大并参加了文学社的陈三苏讨论，沈先生曾在一篇自我检讨的文章中说，提到在这个大时代，个人除了默默做点事，不应该再有什么话说，要"沉默归队"，"我一心外务，久假不归，距离实在拉得太远了，以后，是否也有机会'沉默归队'呢？"[59]

林振述在湘黔滇旅行记中提到名字最多的是"辛大哥"——应该是与他同一小分队的北大外语系同学辛毓庄。抗战胜利后，辛毓庄受柳无忌之邀请赴南开大学外语系任教，1948年年底被吸收为中共地下党员，解放后在天津统战部工作。1955年夏天，"肃反运动"开始，辛毓庄不幸成为被审查对象，在一个清晨，他从统战部的三层楼上跳下，结束了44岁的生命[60]。在旅行团成员中，骆凤峤、夏绳武（清华物理系1938级）、周醒华（清华化学系1941级）、周华章（清华地学系1938级）、彭秉璋（清华土木工程系1939级）、汪篯（清华历史系1938级）、丁则良（清华历史系1938级）等人也逝于后来的运动。[61]

然而他们并不是最早逝去的。艾光曾（清华经济系1938级），长沙临大公布的步行团名单中的第一个名字，毕业后他回到陕北老家，后到河南部队中任审核主任，因为揭发上级军官贪污，1941年5月15日被刺杀，时年32岁[62]。郑逢源，那位在贵州玉屏被郑家老乡邀到家里吃饭认亲的北大历史系大四学生，毕业后从事出版工作，1946年早逝[63]。徐璋，旅行团时是南开化学系大四学生，后转外文系，与许渊冲同班，1944年亦曾应征入伍，为飞虎队担任上尉翻译，1948年在北平服毒自杀，他的朋友夏济安在给夏志清的信中，说徐璋的自杀不是一时冲动，而是"有决心、有步骤、有哲学依据的"，因此自己不能指出它的不应当，"他的享乐心比我们多得多（他在印度时为colonel，收入颇丰），所受的痛苦也比我们多得多（自幼没有家庭亲人，盲肠炎都开过两次刀，等等），他的boredom（注：

厌倦）感也该比我们大得多。我可以猜测到他的心情，但不能了解他，我想我不配劝导他。他的身体的突然衰弱使他不能继续他的dissolute（注：放荡的）生活（对此他或本已厌倦），他又没有决心来改变他的生活（他除预备自杀外，很少下决心做过一件像样的事，看他的考留学），他又不甘心做一个平庸的教书匠，过平凡的生活，自杀似乎是必然的结果。横一横心结束了自己的生命，和抱'做一日和尚撞一日钟'态度乏味地活下去，我不知道哪一种可取"[64]。

还有一位叫韩裕文的北大学生，任继愈和石峻的同班同学，1938年联大有且仅有这三位哲学系毕业生，于是他们被戏称为"中国处国难时期的三大哲人"，套用的是联大教授贺麟所著《德国三大哲人处国难时之态度》[65]。韩裕文毕业后在国内工作数年，1947年赴美留学，1955年12月18日因癌症在美逝世，时年四十二三。韩是山东莱芜人，朴实内敛，留美期间，他与人在香港的唐君毅保持通信，透露了自己精神上的苦闷：怀念故国山川和乡中父老，但不愿意回大陆，亦不愿去台湾。唐邀他来香港，他说如果在美国实在待不下去才会来投靠。韩裕文一说起国民党政客便非常激愤，觉得他们有误国之责。他不赞成青年把理想寄托于马列主义，但也看不出有什么地方可以寄托青年之理想。他想要过真正严肃的人生，觉得美国一般大众过于浮动，学院派又闭门于逻辑分析的工作。他说归根到底我们要努力，在精神上先自立，可是他也清楚中国人民生活困苦，这困苦是中国赤化的原因。他还向往社会主义之平等精神，觉得美国贫富太悬殊不足为法。他在美国也总是精神不安，常有孤寂之感，觉内心情怀，无可告语。总之他每每述说零零碎碎无数烦恼，待他去世后，唐君毅重读他的若干来信，

"加以合起来看这正是代表今日最典型的有良知的中国知识分子,应有的感想与应有的烦闷与苦恼"[66]。

袁复礼

和袁刚的第一次谈话接近尾声的时候,我又一次提起袁复礼1937年丢失17个箱子的事儿,她喝了口水,顿了一下,好像下了个小小的决心,对我说:"这件事我们都不说,(但)你比较了解。大概是74年还是73年,找着了。在青岛一个仓库里头,埋得很深很深。"

原来,这17个装着西北科考珍贵成果的箱子根本没有到达长沙,甚至都没有到达任何铁路沿线,而是 —— 按照合理推测 —— 从天津海运到青岛,尚未来得及转运南下,就交通断阻而不见天日了。袁刚说,直到解放后的50年代,父亲还找过几次,后来就放弃了。

接到来自青岛的通知时,袁复礼已年近八旬,作为"反动学术权威"被迫退休 —— 如果不退休就得跟着地质学院搬去江西 —— 又经过几次被迫搬家,住处越搬越小,当时就只有两间小屋子。通知的人问袁复礼,箱子你还要吗?要是要,你就来领走吧。

袁刚那时候在上海,她的两个弟弟一个在新疆一个在西安,"地质学院都没有了,谁管得了啊?我爸说,那么多箱子,老头儿老太太两个人……后来他说,不要了,你们处理吧"。

我想起袁复礼学生回忆的,1937年下半年到1938年初,在长沙临时大学,他利用课余时间一站一站在粤汉线上寻找丢失的箱子,又想起他在湘黔滇步行途中手提地质锤、腰系罗盘,总是在留意岩石露头用以观察的形象[67],那年他45岁,年富力强,每天走很多路,还能很快绘制出一幅路线图来[68]。

我不知道袁复礼说出"你们处理吧"时是什么心情,袁刚告诉我,"文革"开始时,父亲去地质大学矿物展览馆,看到标本展览被弄得乱七八糟,心疼得哭。"当时那个情况,也不知道以后会好会坏……一点希望都没有,就处理掉了……反正就是,当时这些事情,都不算数了。"

袁刚读过莫言的一个采访,记者问莫言小时候有什么理想,莫言说,我没理想,我55年生在农村,小时候的记忆就是挨饿,不但我没有理想,我们家也没有理想,所有的理想就是想法儿怎么样弄东西能吃饱。袁刚对此感同身受,"当时我父亲的理想就是我俩好好活着吧,还有什么?我还要什么整理新疆材料?没有这事儿,对付能活着就不错。就是说你在这种条件下只能这样处理,不能有别的处理。你问受得了吗?受不了也得受着呀"。

1978年12月,袁复礼复职,任武汉地质学院北京研究生部教授。1987年,袁复礼去世,时年94岁。

赵新那

赵新那再一次见到自己的父母,是二十七年后。1970年代初,中美关系趋于正常化,1973年4月16日至5月28日,赵元任夫妇作为贵宾回国访问,这是他们1938年后第一次回来。赵元任列了一个70多人的老友名单希望见面,有的人在医院里,有的人在牛棚里,政府居然基本上都找到了,"我父亲觉得还挺了不起"。赵新那说。

赵新那之子黄家林和哥哥当时正在下放，也奉命回城，陪母亲从长沙赴广州接自己的外公外婆，"周培源（西南联大物理系教授，时任中国科协副主席）给我妈妈打电话，说北京还没准备好，能不能先把他们接到长沙住几天"。黄家林说。

　　赵元任夫妇是从香港入境的，但除了知道他们哪一天到广州，其他赵新那母子一概不知，也打听不到。他们南下广州，在广州站门口傻等，一直到香港开来的最后一班火车都走了也没见到人，后来，正在北京开会的黄培云拍来电报，说赵元任夫妇已经到北京了。原来他们在广州站走了贵宾通道，一出站就被革委会接走宴请，因此虽然同在广州，却没能碰面。

　　到了北京，杨步伟在迎接的人里没看到女儿，一下子就急了，黄培云解释说去广州接人了，杨步伟根本不信——这是"文革"期间海外宾客的正常反应。"因为她之前回来的人也碰到过这种事儿，"黄家林说，"也是机场没见到，就说我们先回去住下来再说，等住下来才知道（亲人）已经去世了。"

　　等赵新那母子急急赶回长沙，还没进屋，电话就响了，杨步伟从北京打来的，还是那么风风火火，"我外婆在电话里那个声音大得整个屋子都听得到。"黄家林说。在电话那头听到赵新那说话，杨步伟还是不信，"她说声音不像"，赵新那说。他们仍然怀疑赵家唯一一个回国的女儿没能熬过来。于是赵新那母子又往北京赶，那时候去北京要省里头批准，等坐火车到了北京站，黄家林又把包落在车上，一家人回去找，又错过了来接站的黄培云，黄培云没接到人，不敢去见岳父母，最后是赵新那母子自己去的前门饭店。"我妈从早上已经闹翻了，"赵新那说，"等我们到了饭店，前台说，赶紧上去，赶紧上去。"

　　上去了，杨步伟看到女儿，第一句话是："我打你！我

尾声　那么，人生的意义究竟是什么呢？　　　　673

打死你!"回忆到这里,赵新那笑了起来,"我们二十七年没见了……我妈妈看到我高兴得不行了,说要打我……时间啊……她可想我了。"赵新那沉默了一会儿,转头对黄家林说,"外婆是变了样,外公没变"。黄家林说,"矮了,缩了,讲话还是那样"。

赵元任不声不响和女儿亲了一下,后来回美国时有人问他这么多年没和女儿见面,是什么感觉,他说:"我觉得比我预料得自然。"[69] "哎呀,我父亲是很疼我的,从小就很疼我。"赵新那回忆起父亲时又一次闭上了眼睛,"(小时候)我父亲悄悄地告诉我,四姐妹他最喜欢我。我父亲就生过我那一回气。我不肯去美国那次。哎呀,从小特别疼我。"

除了二十七年没见的女儿,在北京,赵元任还见到了张奚若、吴有训、竺可桢等老朋友。5月19日,他们南下南京探亲访友,赵元任专门去了北极阁原中研院史语所的旧址,上楼坐在自己过去的办公室拍照留念。他上一次从这里离开是1937年,就像杨步伟说的,当年,史语所所长傅斯年给赵元任安排的语音研究室非常讲究,"隔音地毯都是北平定制的,照全房间的大小,是一色儿灰白色的厚地毯,各种仪器也都是从外国订购的,因为他想这些以后是大家终生的事业,学者可以安心发展他们的专长了。"[70]

吴大昌

我第一次拜访吴大昌是2018年5月28日,完成重走湘黔滇旅行团之路后不久,当时他的两位同级好友、也参加了三千里徒步的洪朝生(清华电机系1940级)和郭世康(清华机械系

1940级）还在世,偶尔见面,都是吴大昌去看他们,因为只有他的身体最好。

那一次他告诉我,他前一阵刚刚去看了洪朝生,这位中国低温物理研究的开创者2011年洗澡时摔了一跤,坏了骨头,手术后就没法自己走路了,到2014年他俩还能一起说说话,到2016年洪朝生就住进医院,起不来了,转年连话也说不了了,"好的时候就是眼睛有点表情,不好的时候眼睛都不睁开"。我问吴大昌,那这一次他知道您去看望他了吗?"你可以说他知道,有时候有一个不完整的笑容,好像要笑了,好像又停住了,但反正有一种表情告诉你,你给我讲的话我听到了,"吴大昌说,"但是呢,他表达不出来。"

吴大昌告诉我,以他对老友的了解,洪朝生是不愿意这样活的。他记得洪朝生很佩服王选,王选也是院士,当年在遗愿里提出一旦病重,要求安乐死。吴大昌对此也表示认可,"一个人当然应该是好好活着,但是当你得了某些毛病,不可能好,生活质量又很低的时候,这个时候活着就没意思了,就可以结束生命了。"可是,洪朝生现在已经没法提这个要求了。"别的人不可能替他来要求。所以现在就是呼吸器啊什么的维持生命。他贡献很大,所以他们单位好像愿意承担费用什么的。但问题就是这样,他要是能够表达意思,他一定会那样表达,但是他现在不能够表达。"

谈起自己的人生,吴大昌说是"五年五年过的",1959年他41岁时就发现自己尿血,后来检查是膀胱癌,做了切除手术,说是术后五年生存率20%到25%,"所以我跟死亡很接近的,那个时候我最大的孩子还不到10岁,三个孩子最小的才4岁,我爱人带着孩子来看我,看完他们走了,病房里的病友叹口气：孩子还那么小……病友是同情我，我也有这种遗憾，要是孩子大一点就好了"。

那时吴大昌的愿望是活到60岁，这样孩子们就都过了20岁，自己可以放心走了。1978年改革开放，他60岁，感觉身体还好，"好像还可以活个五年呢"，就又活到了65岁，这一年他的老伴去世了，但他感觉自己还能再活五年，就又到了70岁。这是1988年，他的身体还是很好，联大50周年校庆，校友会给包了两节车厢去昆明，吴大昌带了两个包（里头是给亲戚的礼物）去赶火车，公交在西四堵了半小时，到北京站时钟都响了，他提着两个包就跑，跑到检票口人家正准备关门，又让他赶快往站台跑，一路跑上了车，刚走到自己的位置，火车开了，其他校友称赞他，哎呀，你真是掐时间掐得准啊。

"年轻的时候觉得人不会死的，"吴大昌说，"但你得了癌，你就怕了，就感到死亡是可能性很大的事情，能够活下来是很幸运的。"就这么五年五年地活，到了80岁，90岁，100岁。第三次见吴大昌是2019年夏天，洪朝生与郭世康已相继去世，我和吴大昌一家人在北京理工大学的餐厅吃饭，一个油嘴滑舌的晚辈过来跟吴大昌打招呼，"一百了吧？"

"够了，够了。"吴大昌答。

"没有！得先奔着120，然后150。"

"你不要给我加任务。我现在过得很高兴，你给我加任务，我就想，怕完不成，结果晚上睡不着觉。那就很对我不利！"101岁的吴大昌笑眯眯地摆摆手。

吴大昌喜欢逛书店，大约是2012年，或者是2013年，他在书店里看到一本《冯友兰论人生》，拿来翻一翻，有一篇叫《论悲观》，"这件事情我完全忘记了……哎，一看这篇我就想起来了,这篇文章是为我写的"。

那是1939年,旅行团抵达昆明第二年,可能是大三下学期,也可能是大四上学期,21岁的吴大昌陷入对"人生的意义"的困惑:"觉得很苦闷,觉得活着没意思,觉得人生有什么意义呢?回答不出来。"他并不是一个喜欢冒险的人,但那段时间总想冒险,学校后面有个无线电铁塔,平常看着没啥感觉,那个时候就总想着一个人爬上去,"也并没有想着要跳下来,就是想爬上去,可能是想寻找刺激吧"。

因为读冯友兰的书比较多,也没有人好商量,他就写了封信给冯友兰,冯友兰约他礼拜天到他家里谈谈。冯友兰家住昆明城东,离工学院很近,吴大昌去了,结果冯友兰没怎么说话,都是吴大昌在讲,"把我这些没意思的谬论发表了一通",就回去了。隔几天吴大昌收到冯友兰的信,说他写了一篇文章发表在《云南日报》上,叫《论悲观》。这篇文章的开头做了一段引述:"有位青年说:'人落入悲观中以后,似乎不能再从中跳出来。'他几次想努力用功,振作上进,但是他又几次觉得一切都没有意思。读书也没有意思。结果他懊悔不该思索人生的意义问题。他反复去羡慕那些多动少思的同学。很有些人想知道人生的意义是什么,很有些人'思索人生意义问题'。在思索不得意义的时候,很有些人即对于人生抱悲观。"

"讲的就是我。"吴大昌说。现在他回想起来,觉得自己当时可能得了抑郁症,是后来不知不觉中好的,什么时候好的不知道,正如什么时候得的不知道一样。病不是冯友兰治好的,但也许在他那儿讲一讲,起到了"排泄"的作用;病也不是那篇文章治好的,吴大昌记得当时读了并没有感到豁然贯通,当然,也不是没有帮助,"心不是那么困在那里头了,不去想它了，就放松了"。

"'人生的意义是什么'，恐怕是个不成问题的问题。"冯友兰在那篇文章里写，"我们可以问：结婚的目的是什么，读书的目的是什么？但人生的整个，并不是人生中的事，而是自然界中的事，自然界中的事，是无所谓有目的的或无目的的，我们不能问：有人生'所为何来'，犹之我们不能问：有西山'所为何来'。"但这"没有意义"，并不等于不值得过，或者不值得做，因为人生"本身即是目的，并不是手段"。

当然，冯友兰也知道，这理论对悲观者恐怕影响不大，"因为有一部分抱悲观的人，并不是因为求人生的意义而不得，才抱悲观，而是因为对于人生抱悲观，才追问人生的意义"。这就好比，一个人去图书馆里找书，出来说"没有"——吴大昌对这个比喻仍然记得非常清楚——这不代表图书馆里没有书，而只是没有他要找的书，"本欲以此事达到某目的，而其实不能达到，此事即成为无意义……对于这一部分人，专从理论上去破除他的悲观，是不行的。抱悲观的人，须对于他以往的经历，加以反省，看是不是其中曾经有过是他深刻失望的事"。

"一定有原因，这个原因自己不知道，当时不知道，现在也不知道。"谈起这段突然闯入记忆的往事，吴大昌这么说。

那么，在101岁这个年龄，他觉得人生的意义是什么呢？他觉得冯友兰说的是对的，"人生就是，活着就是活着……人生问题就是这样子，你就好好过生活，你在生活里头过好生活，就没有问题"。但是在1939年，他并不明白这一切，毕竟，他才21岁，一切才刚刚开始。

注释

1. 《黄培云口述自传》，长沙：湖南教育出版社，2011年1月，第111页。
2. 《黄培云口述自传》，第115页。
3. 《西南采风录》朱自清序，刘兆吉《西南采风录》，商务印书馆，1946年12月。
4. 《西南采风录》黄钰生序。
5. 《西南采风录》闻一多序。
6. 刘兆吉：《怀念心理学家教育家黄钰生教授》，《刘兆吉诗文选》，重庆：西南师范大学出版社，2003年4月。
7. 刘兆吉：《雪泥鸿爪忆学人》，《怀沙坪忆当年》，中国人民政治协商会议重庆市沙坪坝区委员会文史资料委员会编，1989年9月。
8. 《双生子》（1941年3月），《刘兆吉诗文选》，第47页。
9. 《刘兆吉诗文选》，第181页。
10. 闻黎明：《黄师岳其人》、《黄师岳其人》补记，http://www.tsinghua.org.cn/publish/alumni/4000382/10026248.html
11. 《黄钰生自传》，《黄钰生文集》，天津：百花文艺出版社，2009年10月。
12. 《读南开大学校史稿随笔》，《黄钰生文集》。
13. 《黄钰生自传》。
14. 《黄钰生自传》。
15. 申泮文：《南开大学元老黄钰生教授》，《黄钰生文集》。
16. 黄钰生：《满目青山夕照明》，《黄钰生文集》。
17. 伊斯雷尔（易社强）访问黄子坚，1980年3月22日，西南联大博物馆提供。
18. 黄钰生：《满目青山夕照明》。
19. 黄钰生：《满目青山夕照明》。
20. 《黄钰生小传》，《黄钰生文集》。
21. 申泮文：《南开大学元老黄钰生教授》。
22. 张晓唯：《老南开的活字典黄钰生》，《中外书摘》，2014年第2期。
23. 黄钰生致孔繁霱、冯文潜（1918年8月20日），《黄钰生文集》。
24. 张晓唯：《老南开的活字典黄钰生》。
25. 《纪念我们的父亲》，《李继侗文集》，北京：科学出版社，1986年3月。
26. 《民国人物小传·第19册》，北京：生活·读书·新知三联书店，2017年7月，第128页。
27. 《民国人物小传·第14册》，北京：生活·读书·新知三联书店，2016年7月，第230页。
28. 可参见：浦江清《许维遹先生辞世前后》，《无涯集·文化随笔》，天津：百花文艺出版社，2005年5月。
29. 可参见《李嘉言纪念文集》，开封：河南大学出版社，2015年5月。
30. 王殿：《静宁文史》，据"静宁发布"公众号。

尾声 那么，人生的意义究竟是什么呢？

31　《云南辞典》，昆明：云南人民出版社，1993年5月，第665页。

32　《毛鸿教官》，《吴晗文集·第3卷·杂文》，北京：北京出版社，1988年3月，第337页。

33　据张寄谦编《中国教育史上的一次创举——西南联合大学湘黔滇旅行团记实》，北京：北京大学出版社，1999年12月，名单如下：艾光曾、查良铮、翟松年、张兆杰、张家骅、张芳谔、张一中、何善周、张炳熹、张时俊、张树棨、张树梅、张澍生、张有源、赵关华、赵悦霖、陈之颔、陈举乾、陈冲鹏、陈孝崑、陈丽妫、陈龙章、陈伯容、陈守常、陈四箴、陈登亿、陈体强、陈营生、陈远志、郑逢源、程秀芳、季镇淮、齐植梁、齐潞生、齐毓枫、贾朴、陈化权、江爱钟、蒋庆琅、姜希贤、姜淮章、蒋增海、钱能欣、迟习儒、金正铨、金鸿举、金宝祥、仇中唐、周树楠、朱德祥、朱延辉、朱应麟、全广辉、钟秉哲、范寿仁、冯钟豫、冯绳武、傅魁良、傅幼侠、韩裕文、何广慈、侯立臣、夏绳武、夏胤中、向长清、项旭东、辛毓庄、许安民、周醒华、徐璋、徐长龄、徐乃良、徐天球、胡熙明、逯钦立、黄敬、黄辉宙、黄明信、黄培源、黄元盛、洪朝生、丁则良、易欢联、任继愈、亢玉瑾、高本荫、高仕功、高廷章、高文泰、管琳生、孔昭锷、孔宪杰、郭世康、赖镇东、蓝仲雄、李珍焕、厉征庆、李家丰、李憬、李庆庚、李敬亭、李传基、李崇墅、李鹗鼎、李宏纲、李廉锟、李玉瑞、梁行素、梁维纲、梁文郁、廖世静、林振述、林从敏、刘兆吉、刘金旭、刘景丰、刘重德、刘焕藻、刘淮、刘明侯、刘鹏岩、刘柏年、刘绍庭、刘树森、刘维勤、刘允中、刘永魁、骆凤峤、罗慨才、罗士瑜、罗德洪、律长祎、陆迪利、栾汝书、马学良、马彭颢、马丹祖、马遇蕙、梅希古、马芳若、明景乾、牟敦煜、区伟昌、欧阳昌明、白家驹、白冲浩、白祥麟、潘钊信、潘志英、庞瑞、庞慎勤、鲍栋年、彭弘、彭克诚、彭秉璋、邵循恺、沈季雄、沈新祥、沈洪涛、沈功、沈宝鋘、沈元、施养成、司徒愈旺、斯允一、苏滋禄、宋金声、宋淑和、宋同福、戴昌年、谭惠凡、谭文耀、唐敖庆、唐立寅、唐绍密、唐绍宾、唐云寿、陶亿、邓俊昌、田方增、丁承谦、丁道炎、蔡孝敏、蔡德洪、曹国权、曹宗震、曹享瑞、曹鼎乾、崔熙讷、杜鸿德、屠守锷、董奋、仝允炅、王继光、王吉枢、汪篯、王金钟、王丰年、王鸿祯、王洪藩、王鸿图、王克峨、汪国华、王联芳、王乃梁、王平一、王绍坊、王寿仁、王树墉、王代璠、王德祎、王宗炯、王玉哲、吴宝麟、吴大昌、杨正道、杨起、杨启元、杨春芳、杨锡祥、杨荣春、杨桂和、杨铭昌、杨谋运、杨式德、姚家瑾、姚荷生、姚士茂、姚应尊、严志达、颜锡煆、余南康、余树声、余文豪、俞言昌、恽肇强、杨砚零、宋道心、刘疘、范金台、张之毅、高亚伟、李象森、梅镇岳、孙昌煦、黄钺、陈镇南、王尚文、邵良、周华章、曹颖深、陈斯恺、吴匡、郭宝玉、杨涟、王兴仁、胡秉方、林宗基、王守民、宁谨庵、李家治、王克勤、陈熙昌、高宏祖、庞礼、萧人俊、陈庆宣、陈庆宁、彭建屏、牟庶咸、张盛祥、胡崇尧、李昭顺、喻亮、李悦、吴宝仁、胡承藩、张执中、陈述元、史国衡、范中廉、张德董、王济沅、周敬修、黄培云、朱桂农、高小文、陆智常、申泮文、林从焕、余道南、白展厚。

34	据张寄谦编：《中国教育史上的一次创举——西南联合大学湘黔滇旅行团记实》。
35	《清华十级纪念刊1934—1938—1988》，第124页。
36	这是清华大学生物系1938级学生赖振东（也作赖镇东）的遭遇，参见《清华十级纪念刊1934-1938-1988》，第229页。
37	《清华十级纪念刊1934—1938—1988》，第258页。
38	杨双：《晨风暮雨——我的父亲母亲》，作者个人博客。
39	《缅怀陈述元先生》，《管窥蠡测录 刘正强文选》，昆明：云南美术出版社，2003年12月，第27页。
40	《天津市南开中学建校九十周年纪念专刊1904—1994》，第34页。
41	《清华十级纪念刊1934—1938—1988》，第153页。
42	黄明信：《我的藏学人生》，《中国藏学》，2016年第A2期。
43	庄坤良：《缅怀百岁老人吴匡先生》，《清华校友通讯》复76辑。
44	中国名人传记中心编辑，张朝柽主编：《中华民国现代名人录》，1983年，第21页。
45	《天津市南开中学建校九十周年纪念专刊1904—1994》，第31页。
46	采访吴大昌。
47	《清华十级纪念刊1934—1938—1988》，第146页。
48	蔡孝敏：《归来行处好追寻——湘黔滇步行杂记》，张寄谦编《中国教育史上的一次创举——西南联合大学湘黔滇旅行团记实》，第214页。
49	《清华十二级纪念刊1936—1940—1990》，第77页。
50	据张寄谦编《中国教育史上的一次创举——西南联合大学湘黔滇旅行团记实》。
51	《清华十级纪念刊1934—1938—1988》，第236页。
52	《江苏省高等学校教授录》，南京：南京大学出版社，1989年8月，第80页。
53	《清华十级纪念刊1934—1938—1988》，第233页。
54	《清华十级纪念刊1934—1938—1988》，第232页。
55	《清华十级纪念刊1934—1938—1988》，第260页。
56	《清华十级纪念刊1934—1938—1988》，第185页。
57	周与良：《怀念良铮》，《一个民族已经起来：怀念诗人、翻译家穆旦》，南京：江苏人民出版社，1987年11月。
58	《穆旦诗文集·2·增订版》，北京：人民文学出版社，2014年6月，第185页。
59	林蒲：《沈从文先生散记》，《我所认识的沈从文》，长沙：岳麓社，1986年7月，第169页。
60	谢思全：《跨越半个世纪的团聚》，天津《今晚报》2019年11月29日。
61	根据地方文史资料、个人回忆、校友通讯等不完全统计。
62	《榆林人物志》，西安：陕西人民出版社，2007年9月，第835页；张寄谦《中国教育史上的一次创举——西南联合大学湘黔滇旅行团记实》，第15页。
63	金川鸿泥：《英年早逝的北大史学高才生——郑逢源》，个人博客。
64	《夏志清夏济安书信集·卷1》，杭州：浙江人民出版社，2017年3月，第222页。
65	陈修斋：《哲学生涯杂忆》，《哲人忆往》，北京：中国青年出版社，1999年1月。

尾声　那么，人生的意义究竟是什么呢？

66	唐君毅:《敬悼亡友韩裕文先生》,《唐君毅全集·第8卷·哲思辑录与人物纪念》,北京:九州出版社,2016年3月。
67	张寄谦编:《中国教育史上的一次创举——西南联合大学湘黔滇旅行团记实》,第281页。
68	张寄谦编:《中国教育史上的一次创举——西南联合大学湘黔滇旅行团记实》,第280页。
69	赵新那、黄培云编:《赵元任年谱》,北京:商务印书馆,1998年12月,第480页。
70	杨步伟:《杂记赵家》,沈阳:辽宁教育出版社,1998年3月,第91页。

图书在版编目（CIP）数据

重走：在公路、河流和驿道上寻找西南联大 / 杨潇著.
-- 上海：上海文艺出版社，2021（2024.7 重印）
（单读书系）
ISBN 978-7-5321-7937-4

Ⅰ.①重… Ⅱ.①杨… Ⅲ.①游记—作品集—中国—当代 Ⅳ.① I267.4

中国版本图书馆 CIP 数据核字（2021）第 058524 号

发 行 人：毕　胜
责任编辑：肖海鸥
特约编辑：罗丹妮
书籍设计：周安迪
内文制作：李俊红

书　名：重走：在公路、河流和驿道上寻找西南联大
作　者：杨潇
出　版：上海世纪出版集团 上海文艺出版社
地　址：上海市闵行区号景路 159 弄 A 座 2 楼　201101
发　行：上海文艺出版社发行中心发行
　　　　上海市闵行区号景路 159 弄 A 座 2 楼 206 室　201101　www.ewen.co
印　刷：山东临沂新华印刷物流集团有限责任公司
开　本：1194×889mm　1/32
印　张：22
插　页：16
字　数：490 千字
图　片：48 幅
印　次：2021 年 5 月第 1 版　2024 年 7 月第 12 次印刷
ISBN：978-7-5321-7937-4/I.6295
定　价：98.00 元

告读者：如发现印装质量问题，影响阅读，请与出版社发行部门联系调换。